CAROL O'CONNELL

Mallorys Orakel
Der Mann, der die Frauen belog

Mallorys Orakel

In einem Abrißhaus in Manhattan wird Pearl Whitman ermordet aufgefunden. Die Leiche der alten Frau ist grausam entstellt – das »Markenzeichen« eines Mörders, der schon vorher zweimal zugeschlagen hat und sich immer an wohlhabende Damen hält. Diesmal aber ist ihm auch ein kräftiger Mann zum Opfer gefallen: Louis Markowitz, Polizist in dem Team, das diesen Serienkiller stellen soll. Zu diesem Team gehört auch Kathleen Mallory, die als hochqualifizierte Computerspezialistin im Innendienst tätig ist. Obwohl sie Zahlen lieber mag als Menschen, ist sie nun wild entschlossen, ihr Büro zu verlassen und sich unter Menschen zu begeben, denn Louis war ihr Adoptivvater. Um seinen Mörder zu finden, ist ihr jedes Mittel recht …

Der Mann, der die Frauen belog

Ein neuer Fall für Kathleen Mallory, Computerspezialistin bei der New Yorker Polizei: Im Central Park wird eine junge Frau ermordet aufgefunden, die der Detektivin zum Verwechseln ähnlich sieht. Schon bald ist Kathleen drei Verdächtigen auf der Spur, die eines gemeinsam haben – sie nehmen es mit der Wahrheit nicht so genau …

Autorin

Carol O'Connell studierte Kunst und hielt sich jahrelang mit diversen Jobs über Wasser, bis sie sich mit ihrem Debütroman »Mallorys Orakel« auf einen Schlag in die Spitzenriege der Krimiautorinnen schrieb. Seit diesem großen Erfolg widmet sich Carol O'Connell ganz dem Schreiben.

Von Carol O'Connell sind außerdem bei Goldmann erschienen

Das Judaskind. Roman (44706)
Tödliche Kritiken. Roman (44555)

Carol O'Connell

Mallorys Orakel

Der Mann, der die Frauen belog

Zwei Romane in einem Band

GOLDMANN

Umwelthinweis:
Alle bedruckten Materialien dieses Taschenbuches
sind chlorfrei und umweltschonend.

Der Goldmann Verlag
ist ein Unternehmen der Verlagsgruppe Bertelsmann GmbH

Einmalige Sonderausgabe Juni 2001

Umschlaggestaltung: Design Team München
Unter der Verwendung eines Fotos von Gerd Weising
Druck: Elsnerdruck, Berlin
Made in Germany · Verlagsnummer: 13313

ISBN 3-442-13313-0

www.goldmann-verlag.de

Mallorys Orakel

Deutsch von Renate Orth-Guttmann

Die Originalausgabe erschien unter dem Titel
»Mallory's Oracle«
bei Hutchinson, London

Für Paul Sidey, in Dankbarkeit

PROLOG ....

Der Hund gehorchte ihrem Ruf. Sein Fell zuckte. Er näherte sich langsam, mit leichten Schritten, auf hohen, schlanken Dobermannbeinen. Ihre Stimme zog ihn durch Zimmer und Diele bis in die Küche. Leise tönte das Klippklapp seiner Krallen auf dem Linoleum. Und dann stand er mit angespannten Muskeln, gleichsam soldatisch stramm, vor seiner Herrin.

Wie nässende Wunden wirkten die braunen Hundeaugen in dem schmalen Kopf. Das dunkle Fell verbarg alte Narben. Dank seiner Jugend und seiner guten Konstitution hatte er vieles überlebt. Jetzt aber war er nicht mehr jung.

Die Frau saß im Sessel, und der Hund wußte, daß es eine Weile dauern konnte, bis sie sich wieder regte, er witterte es, noch ehe er sah, daß ihre Augen geweitet waren und ihr Blick ins Leere ging.

Ein leises Winseln kam aus der Hundekehle. Er lief vor dem Sessel auf und ab, spürte, daß die Frau blind für ihre Umgebung, taub für seine Angst war.

Wie lange würde es dauern, bis seine Herrin wieder zu sich kam? Sie verdrehte die Augen wie in Trance. Nicht mehr lange. Der Hund bellte. Nichts. Kein Blinzeln, kein Reflex. Der Hund umkreiste den Sessel und stieß einen fast menschlich klingenden angstvollen Klagelaut aus. Er stieß mit der Schnauze die Hand an, die ihr schlaff in den Schoß fiel.

Er jaulte.

Bald.

Der Hund verlor die Fassung. Die unter Schmerzen erlernte Zucht, das gewohnte Ritual – all das war vergessen. Er ging rückwärts aus der Küche hinaus, ohne die furchtgeweiteten Augen von der Frau zu lassen, dann drehte er sich um, stürmte ins nächste Zimmer, durch die offene Tür, den langen Korridor entlang, mit den Pfoten nur leicht den Boden berührend, ein Bild vollkommener Harmonie. Die Muskeln spannten und streckten sich, die Augen glänzten. Ein Sprung, der Körper hob sich in die Luft, durchstieß scheppernd die Scheibe des Fensters im fünften Stock.

Schock und Grauen dieses Fluges ohne Flügel brachten sein Herz zum Stillstand. Er war schon tot, ehe sein Körper auf dem Gehsteig zerschellte.

1

Strähniges Haar fiel dem Jungen über ein Auge, das andere glänzte wie im Fieber. Das schmutziggraue T-Shirt hatte gelblichbraune Schweißflecken unter den Armen. Durch die verwaschenen, abgewetzten Jeans hindurch sah man knochige Knie, als er erneut an den Verschlag des Pfandleihers herantrat.

Der Alte, durch Maschendraht und Glas gesichert, hatte nur eine Sorge: daß sein Blick Schock und Schmerz verraten könnte. Unter gesenkten Lidern sah er sich noch einmal an, was der Junge ihm gebracht hatte.

Vom Polizeirevier bis zu seinem Laden waren es nur ein paar Minuten. Wieviel Zeit mochte vergangen sein? Wo steckte Kathy? War es richtig gewesen, sie zu verständigen? Mit zitternder Hand fuhr der Alte sich übers Gesicht. Was mochte der Junge sich denken, wenn er sein Zittern, seine Tränen sah?

«Was machste so lange rum, Alter?» fragte der Junge. «Gold is Gold.»

Nicht in diesem Fall.

In der Taschenuhr stand der Name von Louis Markowitz' Großvater. Und aus den Initialen auf der Innenseite des schweren Goldreifs ersah der Alte, daß dies der Trauring war, den Helen einst ihrem Louis an den Finger gesteckt hatte. Er war selbst bei der Hochzeit gewesen. Und hatte zwanzig Jahre später mit Louis und Kathy an Helens Grab gestanden. Uhr und Ring bedeuteten für Louis mehr als Gold. Freiwillig hätte er sich von beidem nie getrennt.

Der Junge drückte sich noch einen Augenblick vor dem Verschlag herum, dann lief er quer durchs Zimmer, machte einen Satz, hob vom Boden ab. Wie mager er war, nur Haut und Knochen, getrieben von manischer Energie, schweißüberströmt der hagere Körper, fiebernd das Hirn, nach Geld gierend, um sich den Zauberstoff in die Vene zu pumpen und davonzufliegen.

Ein leises Klopfen an der Scheibe. Kathy Mallory war da. Der Alte betätigte den Türöffner. Langsam pirschte sie sich an. Lange Hosen an den schlanken Beinen, schwarzer Blazer über T-Shirt und Revolver. Alles, was ihm an Komplimenten einfiel, hatte mit hartem, edlem Material zu tun: die Augen kalte grüne Edelsteine in einer Elfenbeinfassung, das Haar eine Aureole aus Gold.

Einen Lidschlag später hatte sie sich den Jungen geschnappt. Es war, als sei sie aus der Lichtbahn am Fenster verschwunden und wie durch Zauberhand hinter ihm, am anderen Ende des Zimmers, wieder aufgetaucht. Ihre Lippen öffneten sich, zwischen den Zähnen kam die Zungenspitze zum Vorschein. Vielleicht lag es an seinen alten Augen, vielleicht war es auch Einbildung – jedenfalls hatte er den Eindruck, als koste sie diesen Moment genüßlich aus. Die Hände waren erhoben, zu Klauen gekrümmt.

Der Junge wandte sich um. Er hatte sie noch nicht richtig wahrgenommen, als sie ihm schon einen Arm auf den Rücken verdreht hatte und ihn gegen die Wand stieß. Der Junge schrie auf vor Schmerz und Angst. Er wirkte jetzt jünger, ein Kind mit verstörten Augen, das sich einem Monster aus bösen Knabenträumen gegenübersieht. Das darf nicht wahr sein, sagte sein Blick.

Woher hast du die Uhr, fragte sie und stieß ihn erneut gegen die Wand. Woher? Ihre Stimme hatte sich nicht gehoben, aber sie hatte Haarbüschel in der Hand, als sie die Frage wiederholte, weil keine Antwort gekommen war.

Schlaflose Nächte hatten Jack Coffey an den Rand des Zusammenbruchs getrieben. Gebetsmühlenartig drehte sich eine Frage in seinem Kopf: Warum nur war Markowitz allein hineingegangen? Warum?

Verdammt, der Mann hatte dreißig Jahre Berufserfahrung auf dem Buckel, war als Cop mit allen Wassern gewaschen, kannte sich aus. Blutige Anfänger, Rotzjungen, die noch nicht trocken hinter den Ohren waren, benahmen sich nicht so dämlich, gaben besser acht auf ihr Leben.

Lieutenant Jack Coffey hatte sich das Jackett über einen Arm gehängt. Die feuchten Stellen auf dem gestreiften Hemd waren um das Schulterhalfter herum am dunkelsten. Das schmale, sonnengebräunte Gesicht war schlaff und müde, die Augen waren verquollen.

Dabei hatte er sich eben selber wie ein blutiger Anfänger benommen. Hätte er mal wieder eine Nacht durchschlafen können, wäre ihm das wahrscheinlich nicht passiert. Aus dem Haus gerast war er, als sei der Leibhaftige hinter ihm her, und hatte seine letzte Mahlzeit auf den Gehsteig gekotzt. Jetzt knickten ihm auch noch die Knie ein. Rasch, Lässigkeit vortäuschend, lehnte er sich an einen der Einsatzwagen.

Die Straße stand voller Polizeifahrzeuge, auch ein paar nicht gekennzeichnete Wagen der Kriminalpolizei waren dabei. Die hinteren Türen des Leichenautos standen weit offen. Die beiden Sanitäter drückten ihre Zigaretten aus und gingen zurück ins Haus. Keine Macht der Welt hätte Jack Coffey da wieder hineingebracht – allenfalls die Vorstellung, sich vor Kate Mallory zu blamieren.

Eine Sirene durchschnitt jammernd wie der Schrei einer Frau die lastende Schwüle der Luft. Da hatte doch tatsächlich irgendein Trottel einen Krankenwagen gerufen! Mit einem Affenzahn kam der jetzt auf sie zugerast, als gäbe es noch Hoffnung für Louis Markowitz. Dabei war der Mann seit zwei Tagen tot.

Was für ein Ort zum Sterben! Die Fenster des sechsstöckigen Gebäudes waren wie schwarze Löcher. Brocken der einst prunkvollen Fassade lagen auf dem Gehsteig herum. In den letzten Wochen hatte das verlassene Mietshaus im East Village als Crackbude gedient. Man konnte die Spuren der Junkies vom Gehsteig bis zur Tür verfolgen.

Der Wagen federte, als ein zweiter, schwererer Mann sich an den Kotflügel lehnte.

«Hallo, Coffey.» Harry Blakely, Chef der Kriminalpolizei, zwanzig Jahre älter und vierzig Pfund schwerer als Coffey, hatte graues Haar und rot geäderte Alkoholikeraugen.

Coffey nickte ihm zu. «Hat Riker Sie informiert?»

«Soweit er konnte. Derselbe Täter?»

«Nach den Verletzungen sieht's so aus.»

«Mein Gott», sagte Blakely. Obwohl es nicht sehr wahrscheinlich war, daß der liebe Gott sich in diesen Winkel von Lower Manhattan verirren würde, schielte er, während er sich mit dem Taschentuch übers Gesicht fuhr, nach oben, wo hinter der bröckelnden Backsteinfassade der Himmel zu vermuten war. «Haben wir schon einen vorläufigen Befund?»

«Ja, aber der ist mit Vorsicht zu genießen. Slope ist noch nicht da. Die Spurensicherung meint, sie könnten vor vierzig bis fünfzig Stunden gestorben sein.»

«Ist die Frau identifiziert?»

«Miss Pearl Whitman, fünfundsiebzig. Wohnhaft Gramercy Park. Wie die beiden anderen.»

«O verdammt! Ihnen sagt der Name nichts, was? Pearl Whitman von Whitman Chemicals. Haben Sie eine Ahnung, wieviel die wert ist?»

Typisch für Chief Blakely. In Vermögensverhältnissen und Kreditlinien kannte er sich aus.

«Die haben uns gerade noch gefehlt.» Blakely deutete mit einer ärgerlichen Kopfbewegung zu einem Kombi mit dem Logo eines TV-Nachrichtensenders hinüber und machte einem der Polizisten ein Zeichen. Der dirigierte den mit Reportern und Kameraleuten besetzten Wagen rasch vom Tatort weg. «Die reinsten Schakale. Riechen das Blut kilometerweit.»

Jack Coffey schloß die Augen, aber das nützte nichts. Auf der Innenseite der Lider sah er die Schlagzeile der *Post*: «Dritter Mord des Unsichtbaren.» Bei der Konkurrenz hieß er einfach der Ladykiller, aber der Touch des Übersinnlich-Geheimnisvollen kam bei den Lesern besser an.

Die erste alte Dame war am hellichten Tag in dem kleinen Park am Gramercy Square umgebracht worden. Es gab genug Fenster, die auf den Park hinausgingen, genug Spaziergänger, die auf den Parkbänken herumsaßen, genug Passanten, die den Mord an Anne Cathery hätten beobachten können, aber kein einziger Zeuge hatte sich gemeldet. Unbemerkt von den dickfelligen New Yorkern hatte die Leiche im Gebüsch gelegen. Erst durch die Fliegen war in den frühen Morgenstunden des nächsten Tages ein Anwohner auf sie aufmerksam geworden.

Das zweite Opfer, Estelle Gaynor, war ebenfalls am Gramercy Square gefunden worden. Pearl Whitmans Tod in einer heruntergekommenen Gegend von Manhattan – was geographisch gesehen nur zwanzig Blocks weiter südlich war, von der sozialen Lage her aber wie auf einem anderen Kontinent – durchbrach dieses Muster. Und diesmal hatte es – auch das eine signifikante Abweichung – außerdem einen Cop erwischt. Keinen Geringeren als den Leiter der Sonderkommission für Gewaltverbrechen.

Harry Blakely zündete sich eine billige Zigarre an, und Coffey biß sich auf die Unterlippe, um das trockene Würgen zurückzudrängen, das ihm schon wieder zu schaffen machte.

«Wie hat der Täter die alte Dame wohl hierhergelockt? Was meinen Sie, Coffey?»

«Er muß einen Wagen gehabt haben.» Der dienstliche Teil seines Gehirns war auf Autopilot gestellt, während er sich auf das Grummeln in seinen Gedärmen konzentrierte. «Wahrscheinlich hat er sie sich am Gramercy Park geschnappt. Reiche alte Damen pflegen in dieser Gegend hier nicht spazierenzugehen.»

Blakely lächelte. «Er hat also einen Wagen. Das ist immerhin schon mehr, als wir gestern wußten. Somit ist Markowitz doch kein Totalverlust.»

Was kriegte einer, der den Kripochef k. o. schlug? Freibier für den Rest seines Lebens. Aber keine Pension.

«Sie sind der Dienstälteste im Dezernat, Coffey. Wenn Sie sich bewähren, sind Sie noch vor Jahresende Captain. Der Fall gehört Ihnen.»

Na wunderbar. Und wer sollte das Mallory klarmachen?

Coffey hatte die lange schwarze Limousine im Blick, die jetzt am Gehsteig hielt, aber er nahm sie gar nicht richtig wahr, begriff nicht gleich, daß es der Wagen von Police Commissioner Beale sein mußte.

«Zu dumm, die Sache mit Markowitz», sagte Blakely halb zu sich selbst. «Wie kann man bloß einen derart idiotischen Fehler machen? Er war eben doch pensionsreif.»

Coffeys Faust verkrampfte sich in dem lappig gewordenen Sakko. Daß Louis Markowitz der New Yorker Polizei immer wieder zu glanzvollen Erfolgen verholfen hatte, zählte also nicht. In Erinnerung würde man ihn nur behalten, weil er zum Schluß einen Fehler gemacht hatte. Vielleicht war der Täter ausgefuchster als Markowitz. Noch ausgefuchster? So einem war Coffey bisher noch nicht begegnet. Und wenn er auf ihn stieß – würde dann er, Lieutenant Coffey, Chief Blakely und Konsorten auch nur wegen seines letzten Fehlers in Erinnerung bleiben?

«Weiß Mallory Bescheid?» fragte Blakely.

«Sie ist im Haus. Mit der Spurensicherung.»

«Mist!»

«Sie war als erste am Tatort. Haben Sie im Ernst gedacht, wir könnten sie da raushalten?»

«Sie hat den toten Markowitz gesehen?»

«Ja, und sie ist voll in Fahrt.»

Nur undeutlich registrierte er, daß jetzt ein dritter Mann neben ihm stand und eine blutleere, knochige Hand auf den Kotflügel legte. Er zuckte zusammen, als der Neuzugang ihm ins Ohr schrie: «Sergeant Mallory ist da drin? Das darf doch nicht wahr sein!»

Wie war Beale auf seinen kleinen Frettchenpfoten so schnell hergekommen?

Noch immer etwas benommen drehte Coffey sich um und sah dem Commissioner in die wäßrig-grauen Augen. Für so einen Bonsai-Typ, dachte er, hat der Junge ein bemerkenswert lautes Organ.

Dr. Edward Slope kam direkt von einem Barbecue am Swimmingpool seiner Villa in Westchester. Im Grunde war es eine Flucht gewesen. Eine willkommene Flucht vor Schwiegereltern und Nachbarn, kreischenden Kindern, schwirrenden Frisbee-Scheiben, rauchenden Hamburgers und Grillwürstchen. Er hatte sich nicht einmal mehr die Zeit zum Umziehen genommen, sondern nur seine Tasche gepackt, sich – schon im Gehen – wortreich entschuldigt und noch einen Blick auf seine Frau geworfen, die einen langen, spitzen Bratspieß in der Hand hielt. «Das zahl ich dir noch heim», las er ihr von den Lippen ab, dann stieß er mit dem Wagen rückwärts aus der Ausfahrt und ließ sie mit dem Trubel allein.

Als Polizeiarzt der Stadt New York kam Dr. Slope gewöhnlich in gedecktem Anzug zu seinen Patienten und nicht in einem Hawaii-Hemd, dessen Farbtupfer dem Blut am Tatort Konkurrenz machten und vor dessen exotischer Blütenpracht das diskrete blaue Kleid, der brave braune Anzug der Mordopfer verblaßten.

Und meist hatte er Unbekannte vor sich und nicht einen Mann, mit dem er ein halbes Leben lang zusammengearbeitet hatte. Er war rasch ausgestiegen und zu der Tür geeilt, vor der ein Polizeiposten stand. Niemand hatte ihn abgefangen und vorbereitet. Und dann stand er in dem schäbigen Zimmer, sah seinen alten Freund als Leiche vor sich und mußte sich rasch an die nackte Backsteinwand lehnen. Das grelle Scheinwerferlicht vertiefte die Falten in seinem Gesicht. Der Sechzigjährige wirkte in diesem Augenblick gut und gern zehn Jahre älter.

Was stimmte nicht an diesem Bild? fragte er sich. Nichts stimmte daran. Louis hätte der Spurensicherung und den Fotografen Anweisungen geben, ihn selbst nach Einzelheiten ausholen müssen. Louis als Leiche? Ein undenkbares Szenario!

Und warum war Kathy Mallory hier? Sie gehörte an ihren Computer im Revier, statt hier in Schmutz und angetrocknetem Blut herumzukriechen, während Fliegen auf ihrem lockigen Haar landeten und ihr über Hände und Gesicht liefen.

Der Fotograf und das Team von der Spurensicherung standen an der Tür und warteten darauf, daß Mallory ihnen das Zeichen zum Einsatz gab. Sie kniete am Boden und steckte dem Toten, der ihr Vater gewesen war, einen goldenen Trauring an den kräftigen Mittelfinger der linken Hand.

Dr. Slope musterte den Jungen mit den Handschellen. Es schien irgendwie unangemessen, ihn von diesem bulligen Polizisten bewachen zu lassen. So angeschlagen, wie er war, hätte er nicht mal vor den beiden Toten wegrennen können. Er blutete am Kopf, eine Gesichtshälfte war geschwollen. Slope überlegte, ob er zur Ablenkung seine Aufmerksamkeit erst mal einem lebenden Patienten zuwenden sollte, sagte sich aber, daß er den Jungen schon bald von Amts wegen wiedersehen würde. Der ausgemergelte Junkie war ein sicherer Todeskandidat. Hatte Mallory ihn so zugerichtet? Daß sie ihn voll beherrschte, stand jedenfalls fest. Er hing wie gebannt an ihren Lippen.

Mallory sah zu dem Jungen hoch. «Du hast die Leiche von der Stelle bewegt, nicht?»

In der kurzen Zeit ihrer Bekanntschaft – nach dem Gerinnungszustand des Blutes zu urteilen etwa eine halbe Stunde

– hatte sie den Jungen offenbar schon bestens abgerichtet. Er reagierte wie eine ausgehungerte Laborratte.

«Ja, Ma'am. Ich hab ihn rumgedreht.»

«Sag mir Bescheid, wenn er richtig liegt.» Sie rollte den schweren Körper wieder auf den Bauch.

Slope überlegte, ob sie schon mal am Schauplatz eines Verbrechens gewesen war. Wohl kaum. Von Anfang an hatte sie sich bei der New Yorker Polizei mehr mit Computern als mit toten oder lebendigen Menschen beschäftigt. Ein Gedankensprung – und er sah seinen Freund Louis an jenem Frühlingstag vor sich, an dem er die kleine Kathy in die Geheimnisse des Baseballspiels eingeweiht hatte.

Als er sich jetzt neben Mallory hockte, hatte er sich wieder einigermaßen gefangen. Er deutete auf die dunklen Spritzer im Gesicht des Toten. «Bring die Blutspuren am Körper mit den Blutlachen am Boden zur Deckung.»

Sie nickte und beugte sich tief über die fahle Haut, hantierte mit dem toten Fleisch, das in der Augusthitze eine trügerische Wärme ausstrahlte. Dann sah sie zu dem Jungen auf. Der nickte.

Slope suchte in Mallorys schönem Gesicht nach Anzeichen eines Schocks. Daß er keine fand, verunsicherte ihn. Ganz sachlich legte sie die weiße Hand des Toten in die dunkle Blutlache zurück und sah wieder fragend den Jungen an, der erneut nickte. Befriedigt stand sie auf und trat an die Leiche der alten Frau heran. Die Halswunde klaffte wie ein zweiter Mund, Vorderteil des blutverklebten Kleides und BH waren aufgeschnitten. Eine Brust lag schlaff auf den Rippen, die andere hatte das Messer zerfetzt, sie war voller Fliegen. Das Summen war ohrenbetäubend. Slope kam der schwarze Schwarm vor wie ein einziges gefräßiges Tier. Das verwüstete Greisinnengesicht, die Fliegen auf den klaffenden Wunden – es war wie ein Bild aus einem Horrorfilm.

Mallory besah sich die Ermordete so ungerührt, als habe sie irgendein beliebiges Möbelstück vor sich.

«Jetzt sie.»

«Die hat schon so gelegen, als ich gekommen bin.»

«Hast du sonst noch was angefaßt?»

«Nein. Von dem Mann hab ich noch die Taschen durchsucht, dann bin ich abgehauen. Die Brieftasche ist da hinten.» Er deutete auf einen Haufen Müll und Schutt in einer Ecke. Die Brieftasche lag auf einem eingerissenen grünen Müllsack.

Slope nickte einem Mann von der Spurensicherung zu, deutete zu dem Müllsack hinüber und schrieb etwas in sein Notizbuch.

«Sie da!» Mallory rief den Mann heran. «Haben Sie dem Jungen die Fingerabdrücke abgenommen?»

Der Spurenspezialist wies ihr die in Feldern eingeteilte Karte mit den schwarzen Farbklecksen vor.

Sie wandte sich an Martin, den Polizisten, der den gefesselten Jungen an einem mageren Arm festhielt.

«Ich brauch ihn nicht mehr. Lassen Sie ihn gehen.»

Slope unterbrach seine Untersuchung, sah dem jungen Polizisten ins Gesicht, sah das Unglück kommen.

«Es war Leichenfledderei, Mallory», sagte Martin. «An Markowitz, verdammt noch mal. Und den lassen Sie laufen?»

«Abgemacht ist abgemacht. Also los jetzt.» In Mallorys mühsam beherrschter Stimme schwang ein eindeutiges «Und untersteh dich, unverschämt zu werden, mein Junge» mit. Sie schien zu wachsen, als sie auf Martin zuging. Eine Illusion, gewiß, aber trotzdem fast beängstigend. Slope überlegte, ob sie sich dessen bewußt war. Anzunehmen, dachte er.

Martin beeilte sich, den Schlüssel herauszuholen, und beugte sich über die Handschellen. Sein Gesicht war dunkelrot angelaufen. Gleich darauf war der Junkie verschwunden.

Sehr praktisch gedacht, Kathy. Pure Zeitverschwendung, so einem den Prozeß zu machen.

Mit dem verfassungsmäßigen Recht des Jungen auf einen

Rechtsbeistand hatte sie sich vermutlich nicht aufgehalten, und über sein Recht zu schweigen war sie offenbar ebenso großzügig hinweggegangen.

Jetzt wandte sie sich an den Fotografen. «Okay, alles klar. Shoot!»

Geblendet von dem Blitzlicht ging Slope auf die beiden Mordopfer zu. Er streifte der toten Frau Plastiktüten über die Hände, dann sah er zu Mallory auf. «Ich kann anfangen, sobald du sie freigibst.»

«Ist es bei der Frau nach demselben Muster gelaufen wie bei den anderen beiden?»

«Ja.»

«Nehmen Sie sich zuerst Markowitz vor. Von der Frau verspreche ich mir nichts Neues.»

«In Ordnung.»

«Können Sie mir jetzt schon etwas sagen? Seit wann sind die beiden tot?»

Erstaunlich, diese Ähnlichkeit zwischen Vater und Tochter. Er wußte natürlich, daß sie nicht blutsverwandt waren, trotzdem war sie ganz Louis nachgeschlagen.

«Zwei Tage, kann auch etwas mehr oder etwas weniger sein. Bei der Hitze und dem Grad der Zersetzung kann ich es allenfalls auf fünf oder sechs Stunden genau bestimmen. Die Morde sind in jedem Fall bei Tageslicht begangen worden. Wie gehabt.»

«Wie lange hat Markowitz noch gelebt?»

«Nach dem Blutverlust tippe ich auf eine halbe bis eine Stunde. Wahrscheinlich wäre er ohne ärztliche Versorgung früher oder später sowieso an der Stichverletzung gestorben, aber die unmittelbare Todesursache war ein schwerer Herzinfarkt.» Markowitz hatte schon früher ein paarmal mit dem Herzen zu tun gehabt. Diesmal hatte es ihn mit voller Wucht erwischt.

«Er wußte also, daß er sterben würde.»

«Ja.» Das ging ihr unter die Haut. Er sah, wie sich ihre

Augen verschleierten. Louis Markowitz hatte in der letzten Stunde seines Lebens Angst gehabt und Schmerzen gelitten.

Ziemlich beschissen, diese Welt, nicht wahr, Kathy?

Laut sagte er: «Der Mörder hat sich nicht lange mit ihm aufgehalten. Die Frau interessierte ihn offenbar mehr. Markowitz hat Verletzungen an den Armen, vermutlich hat er versucht, seinen Angreifer abzuwehren. Und die Stellen, an denen die ersten Blutspritzer ihn getroffen haben, lassen darauf schließen, daß er sich zwischen die Frau und ihren Mörder geworfen hat.» Mallorys Blick verschwamm – erste Anzeichen eines leichten Schocks. «Kann ich etwas für dich tun, Kathy?»

Sein erster Fehler war, sie im Dienst beim Vornamen zu nennen, der zweite sein gütig-väterlicher Ton. Beides brachte ihm die Verachtung der versammelten Mannschaft ein. Wie kann man nur so blöd sein, sagte das lastende Schweigen der Uniformierten, der Techniker, des Fotografen.

«Sind Sie hier fürs erste fertig?» Ihr Blick war wieder klar, kalt, nüchtern.

Er nickte, und Mallory wandte sich an die Fahrer des Leichenwagens. «Packt ihn ein und schafft ihn weg.» Sie sah in die Ecke. «Und die da?»

«Sie hat nur noch ein paar Minuten gelebt.»

«Einpacken.»

Und dann schickte sie alle fort, die nicht mehr gebraucht wurden – einschließlich alter Freunde der Familie. Dr. Slope ging noch vor seinem Team. Der Weg aus dem Haus und hinaus ans Licht kam ihm viel länger vor als der Weg hinein.

Sergeant Kathleen Mallory saß auf dem einzigen Stuhl, der im Zimmer stand, während die Leute von der Spurensicherung auf Händen und Füßen herumkrochen und nach Fasern und Haaren suchten, nach Körnchen und Stäubchen, nach all den Winzigkeiten, die als Beweismittel dienen konnten. Ihr Blick ging der Blutspur nach. Dort an der Tür war er hingefallen.

Wie ist es möglich, daß du tot bist?

Dann war er aufgestanden und hatte sich an der blutbeschmierten Wand entlang zum Fenster geschleppt.

Hast du um Hilfe geschrien, hier in dieser Gegend, wo keiner was hört, keiner was sieht?

Am Fenster, dort, wo die größte Blutlache sich im Staub ausbreitete, war er dann zusammengebrochen und gestorben. Aber es hatte gedauert. Er hatte Zeit zum Nachdenken gehabt.

Was hast du mit dieser Zeit angefangen? Was hast du hinterlassen? Nichts?

Sie sah auf, als sie ihn in einem schwarzen Plastiksack wegschleppten.

Ein kleines Notizbuch lag aufgeschlagen in ihrem Schoß. Mit einer entschlossenen Bewegung strich sie, was sie sich über Markowitz' Wagen notiert hatte. Er war wahrscheinlich gestohlen worden. In den zwei Tagen, die sie schon nach ihm suchte, war das Fahrzeug auf keiner einzigen Sammelstelle für abgeschleppte Wagen aufgetaucht. Vermutlich war es inzwischen längst umgespritzt und in Jersey gelandet.

Warum bist du allein ins Haus gegangen?

«Hat sich offenbar gewehrt», schrieb sie auf ein leeres Blatt. Er war demnach dem Täter ohne Rückendeckung gefolgt. Warum?

«Weil die Frau in Lebensgefahr war», schrieb sie in ihrer klaren, leserlichen Schrift. Sie konnte davon ausgehen, daß er zu Fuß gewesen war, sonst hätte er über Funk Unterstützung anfordern können. Demnach war der Täter auch zu Fuß gewesen.

Die Feder kratzte wieder über das Papier. «Keine Entführung mit dem Wagen.» Der Mörder hatte sich mit der alten Frau ein gutes Stück vom Gramercy Park entfernt verabredet und war damit vom Muster der anderen beiden Morde abgewichen. Ein Taxifahrer mußte die Tour in seinem Fahrtenbuch haben. Eine reiche alte Frau nimmt nicht die U-Bahn oder den Bus und hätte sich in dieser Gegend auch nie allein mit einem Unbekannten verabredet. Sie hatte ihren Mörder gekannt.

Demnach hatte Markowitz die mysteriösen Parkmorde durchschaut. Alter Fuchs! Aber warum hatte er sein Wissen für sich behalten? Und seit wann blieb ein Kriminalbeamter im Range von Louis Markowitz einem Verdächtigen höchstpersönlich auf den Fersen?

Einer der Techniker sah kurz in ihre Richtung und schnell wieder weg.

Hatte er nach Tränen gesucht, nach Anzeichen eines bevorstehenden Zusammenbruchs? Pech für ihn. Sie würde keinen Sonderurlaub brauchen. Wenn nicht Commissioner Beale, dieser Armleuchter, sie per Dienstbefehl nach Hause schickte. Und dann?

Der Geruch der Toten hing noch im Raum. Es war kein so sauberes Sterben gewesen wie bei Markowitz. Der Mörder hatte den Darm durchstochen. Bis auf ein paar erboste Tiefflieger hatten sich die Fliegen zerstreut, als sie keine Nahrung mehr fanden. Summend und brummend, schwarz und schwer von Blut schossen sie an Mallorys Ohr vorbei durch das kaputte Fenster. Sekunden später war die ganze Wolke auf und davon. Jetzt hörte man nur noch das leise Wischgeräusch des Pinsels, mit dem der Mann zu ihren Füßen in Staub und angetrocknetem Blut nach Zeichen suchte.

«Ich hätte wohl so spät gar nicht mehr anrufen dürfen.»

«Doch, Mr. Lugar, Sie haben es ganz richtig gemacht.»

Der schlaftrunkene Rabbi und der Nachtwächter waren beide Ende Fünfzig und hatten schütteres Haar, damit aber hörte die Ähnlichkeit auch schon auf. Der Wachmann hatte verhuschte Bewegungen und glich einem Bierfaß auf streichholzdünnen Beinen. Der Rabbi war schlank und hochgewachsen, bewegte sich mit selbstverständlicher Sicherheit und sah ein bißchen aus wie ein abgeklärter alter Kater. Seine Lider waren schwer. Ergebnis einer schlaflosen Nacht.

Der Wachmann blickte mit einem Ruck zu dem Rabbi hoch. «Aber Sie sollten das arme Ding nur sehen. Wie ein kleines Mädchen sitzt sie da in der Kälte. Wir müssen die Temperatur niedrig halten, Sie verstehen ...»

«Ich verstehe.»

«Komisch, ich arbeite jetzt seit fast zwei Jahren hier, und bisher hat keiner die ganze Nacht bei einem Toten wachen wollen. Wirklich komisch. Ich wußte nicht, an wen ich mich wenden sollte. Und dann hab ich Ihren Namen auf dem Blatt für die Bestattungsvorbereitungen gesehen und hab mir gedacht, daß Sie vielleicht die Familie kennen.»

«Ja, ich kenne sie.»

Der Wachmann führte ihn zur Tür und deutete auf das quadratische Fenster.

«Sieht doch wirklich aus wie ein kleines Mädchen, nicht?» Bekümmert schüttelte er den Kopf, dann schloß er auf und trat zurück. «Ich muß jetzt meine Runde machen, Rabbi.»

«Schönen Dank für Ihre Mühe, Mr. Lugar. Es war sehr nett von Ihnen.»

Der Wachmann senkte den Kopf unter der ungewohnten Last der freundlich anerkennenden Worte, drehte sich um und ging durch den trüb beleuchteten Gang davon, mit steifen, ruckartigen Bewegungen, als habe er sich seinen Körper nur für diese Nacht geliehen und käme noch nicht ganz damit zurecht.

Durch die Pendeltür betrat der Rabbi einen hellen, kalten, in antiseptischem Grün gehaltenen Raum. Sie saß auf einem Metallklappstuhl vor den Schubfächern mit den Toten, von denen einer für Kathy Mallory sehr wichtig war. Den Blazerkragen hatte sie hochgeschlagen, als könnte sie dadurch ein wenig Wärme speichern, die Hände hatte sie in die Achselhöhlen gesteckt. Es sah aus, als umarme sie sich selbst, weil sonst niemand da war, der sie in den Arm genommen hätte.

Er wußte, daß sie fünfundzwanzig war, aber gleichzeitig war sie das Kind mit dem trotzig-herausfordernden Blick auf dem alten Foto in Louis' Brieftasche. Grundlegend geändert hatte sie sich nicht seit jenem Tag vor vierzehn Jahren, als er sie zum erstenmal gesehen hatte. Da war sie zusammen mit Helen ins Wohnzimmer gekommen und danach kaum von ihrer Seite gewichen. Nur größer war sie jetzt natürlich.

«Was treibst du hier, Kathy? Mr. Lugar hat sich deinetwegen Sorgen gemacht.»

«Ich denke, es ist Sitte, daß jemand bei dem Toten wacht. Jemand von der Familie.»

«Nein, Kathy, das ist nicht nötig. Louis war kein orthodoxer Jude. Streng eingehalten hat er nur unsere Pokerrunde donnerstagabends. Bis auf letzten Donnerstag.»

Er hockte sich hin. Es war, als sei er wirklich kleiner geworden. Mit Kindern sprach er gern in Augenhöhe.

«Louis war so unorthodox, daß ich ihn mal beim Kauf eines Weihnachtsbaums erwischt habe. Es muß in deinem ersten Jahr bei Louis und Helen gewesen sein. Louis wollte mir einreden, es sei ein Chanukka-Busch.»

«Haben Sie mit ihm geschimpft?»

«Und ob! Als wir den Baum zusammen heimgetragen haben. Da kenne ich nichts...»

«Der Baum war vier Meter hoch, ich sehe ihn noch vor mir.»

«Eben! Würde ein orthodoxer Jude einen Weihnachtsbaum aufstellen und ein kleines Christenmädchen aufziehen? Du brauchst nicht bei ihm zu wachen.»

«Helen hätte es gern gesehen.»

«Da hast du auch wieder recht.« Lächelnd hob er die Schultern. «Sie hätte es gern gesehen. Auch Louis hätte es gern gesehen.»

Mallory blickte auf ihre Hände hinunter.

«Wein ruhig, Kathy.»

«Das werden Sie nicht erleben, Rabbi.»

Der Angesprochene richtete sich wieder auf. Er holte sich einen der Klappstühle, die an der Wand standen, mühte sich eine Weile mit der Aufklappmechanik und setzte sich.

«Dann bleibe ich auch», sagte er.

«Wozu?»

«Helen hätte es gern gesehen.»

«Ich bin okay.»

«Ich auch, Kathy. Ich auch. Wie lange kenne ich dich jetzt? Seit du ein kleines Mädchen warst.»

«Markowitz hat immer gesagt, daß ich nie ein kleines Mädchen war.»

«Seit du noch nicht so groß warst wie jetzt. So lange kenne ich dich schon. Und ich bin da, wenn du mich brauchst.»

«Ich bin keine Jüdin.»

«Das ist mir klar. Aber Helen hat so viel in dich investiert, das sollte man nicht einfach abschreiben.» Er sah zu der Neonleuchte hoch. «Heute ist Donnerstag. Als ich begriffen habe, daß ich nie wieder mit Louis Poker spielen würde, habe ich geweint.»

«Ich weine nicht.»

«Ich weiß. Schon damals, als du... noch nicht so groß warst wie jetzt, hat Louis immer gesagt, daß du feste Grundsätze hast. Nur Hampelmänner heulen, so hat er dich zitiert. Ich bin ein Hampelmann, Kathy. Du kannst von mir haben, was du willst, eine Einladung zum Lunch, einen Rat... Bist du sehr böse auf Louis?»

Jetzt horchte sie auf. Ja, sie war sehr böse.

«Er war ein guter Cop», sagte sie. «Wenn ein Cop draufgeht, dann deshalb, weil er leichtsinnig war. Wie konnte er das tun?»

«Wie konnte er dir das antun, meinst du. Louis hat sich wegen deines Jobs in der Sonderkommission immer Sorgen gemacht. Das wußtest du nicht? Gewiß, du hast dich immer mehr für Maschinen als für Menschen interessiert, aber trotzdem... Er war unheimlich stolz auf dich. Meine clevere Tochter, hat er gesagt. Aber die Leute, mit denen er zu tun hatte, waren so gefährlich. Er wußte, worauf er sich einließ. Ich glaube, er hat auch gewußt, daß es so enden würde.»

«Ich krieg das Schwein.»

«Deine Stärke ist der Computer, Kathy. Die praktische Arbeit solltest du anderen überlassen. Ihm lag deine Sicherheit am Herzen. Er wollte dich nicht in die Sache hineinziehen. Versprich mir, daß du die Finger davon läßt. Ein letztes Geschenk für Louis.»

Sie lehnte sich zurück und kreuzte die Arme über der Brust, als wollte sie sagen: Jetzt kommen wir der Sache schon näher. «Das hat Markowitz also alles rausgelassen? Interessant.»

«Wir haben uns nur unterhalten. Über dieses und jenes.» Ihr Lächeln war ihm nicht geheuer. Das Armageddonlächeln, so hatte Louis es genannt. «Ich war nicht nur sein Rabbi. Ich war sein ältester Freund.»

«Und Sie wollen mir helfen? Ich nehme Sie beim Wort, Rabbi. Wenn das nicht nur leere Versprechungen sind, müssen Sie ausspucken, was Sie wissen.»

Die Kälte kroch durch den leichten Stoff seiner Jacke. Ihre Augen verengten sich, ein weiteres Alarmzeichen. Unglaublich, dieser Gegensatz: ein Engelsgesicht mit Killeraugen.

«Was hat Louis Ihnen über die Morde im Gramercy Park erzählt?»

«Er würde wiederkommen und mir die Zunge rausschneiden, wenn ich dich in dieses Schlamassel hineinschlittern ließe.»

Sie beugte sich unvermittelt vor, und er rückte – körperlich und gedanklich verunsichert – von ihr ab. Als sie aufstand und dichter an ihn herantrat, vergaß er, daß er größer war als sie.

«Schön, dann muß es eben auch so gehen. Ohne Rückhalt, ohne Hilfe. Ich hab mir ja gleich gedacht, daß Sie nur leere Luft ablassen...»

«Geschenkt, Kathy. Abgemacht ist abgemacht, wie Louis sagen würde. Aber etwas Konkretes hat er mir nie erzählt. So gewunden, wie er sich ausgedrückt hat, hätte er sogar in meinem Beruf was werden können. Die Spuren führten in die Irre und auch wieder nicht, hat er gesagt, der Fall sei kompliziert und simpel zugleich. Hilft dir das weiter, Kathy?»

«Sie verschweigen mir etwas.» Sie setzte sich wieder und rückte nah an ihn heran. «Er wußte, wer es war...»

«Gesagt hat er es nicht.»

«Aber er wußte es.»

«Er hat gesagt, daß man diesen Spinner nur bekäme, wenn man ihn auf frischer Tat ertappt. Weil es ein unheimlich cleverer Typ ist. Ausgefuchster als Louis, vielleicht sogar ausgefuchster als du.»

«Warum hat Markowitz all das Ihnen und nicht mir erzählt?»

«Du weißt doch, wie Eltern sind. Irgendwann nabeln sie sich ab. Bilden sich ein, alles zu wissen, keinen Rat mehr zu brauchen. Melden sich einfach nicht mehr. Als ob ihnen mit einem Anruf ein Zacken aus der Krone fallen würde. Da schenkt man den Eltern die besten Jahre seines Lebens, und das ist nun der Dank: Sie stürzen sich in die Schrecknisse der bösen Welt, ohne die Kinder daran teilhaben zu lassen.»

«Das kann noch nicht alles sein. Raus damit, Rabbi. Warum hat er ihn selber beschattet? Warum hat er keinen von unseren Leuten dafür abgestellt?»

«Der Fall machte ihm angst, Kathy. Der Täter ist kein normaler Mensch, sondern einer von der Nachtseite des Lebens. Markowitz fürchtete um seine Leute.»

«Das überzeugt mich nicht, Rabbi.»

In den blinkenden Schubfächern sah er ihr Spiegelbild. Bei jeder Bewegung verzerrten die schrägen Flächen ihr Gesicht zu einer Fratze. Er mußte den Blick abwenden.

«Hast du gewußt, daß Louis ein Tanznarr war?»

«Rabbi!»

«Geduld, Kathy! Er tanzte so gern. Aber es gab keine tanzenden Juden in seiner Familie. Sie waren alle konservativ bis in die Knochen, unheimlich fromm, es war gar nicht so einfach für ihn. Louis tat sich mit den jungen Iren zusammen, und sie gingen tanzen. Eines Abends – wir waren noch jung, zwei andere Menschen aus einer anderen Welt – nahm Louis mich in einen Nachtklub mit. Es ist eine dieser Erinnerungen, die ganz tief sitzen – so wie die Nacht, in der mein erstes Kind zur Welt kam.

Wie er tanzte, Kathy! Die anderen bildeten einen Kreis um ihn und seine Partnerin, sie klatschten und schrien Beifall. Wir stampften mit den Füßen und wiegten uns hin und her wie ein einziges großes zuckendes Tier, das ganze Haus bebte, die Band spielte immer weiter, immer schneller. Und als dann die Musik schließlich doch aufhörte, stieß das Tier mit den zweihundert Mäulern einen schrecklich-schönen Schrei schmerzlicher Lust aus.

Die Sonne ging auf, als wir mit der U-Bahn nach Brooklyn zurückfuhren. Ich weinte. Louis begriff das nicht. Er hatte mir mit dem Abend eine Freude machen wollen.»

Jetzt hörte sie zu, wehrte ihn nicht mehr ab, wartete gespannt auf das Ende der Geschichte.

«Louis war immer ein schwerer Mann, aber anmutiger als so manche Frau. Und so leichtfüßig. Diese Leichtfüßigkeit ist mir ganz besonders in Erinnerung geblieben. Ganz schlanke junge Leute machten beim Gehen mehr Lärm als Louis. Er war zum Tanzen geboren. Ein Naturtalent. Auch als Polizist, sagen manche. Er konnte sich an einen Verbrecher heranschleichen und –»

«Okay, ich hab's begriffen. Einen schwerfälligeren Cop hätte man eher gehört.»

«Louis bewegte sich fast lautlos und mußte trotzdem sterben. Ich bitte dich, Kathy, laß die anderen herausfinden, wer dieser Irre ist.»

«Ich glaube, ich weiß es schon.»

«Dann überlaß ihn der Polizei, Kathy.»

«Ein ausgefuchster Täter, hat Markowitz gesagt. Aber beim letztenmal hat er einen schweren Fehler begangen.»

«Wie wirst du vorgehen, Kathy?»

«Streng nach Vorschrift. Das hätte Markowitz gefallen. Es ist mein Geschenk für ihn.»

Rabbi Kaplan zog die Jacke fester um sich. Ihm war so kalt wie noch nie in seinem Leben.

2

Er hatte eine gute Figur und trug einen tadellos sitzenden anthrazitfarbenen Maßanzug. Das struppige braune Haar aber sah aus, als könnte es mal wieder einen Friseurbesuch vertragen, und sein komisches Gesicht wollte einfach nicht zum Anlaß passen. Charles Butler fühlte sich elend, und je elender er sich fühlte, desto komischer wirkte er. Die leicht vorquellenden Augen mit der auffallend kleinen blauen Iris und dem vielen Weiß, das sie umgab, blickten ein bißchen irre, und seine Nase hätte einer New Yorker Taube bequem als Landeplatz gedient. Die wenigen Regentropfen suchten sich unter den Trauergästen gerade ihn, die Karikatur eines Trauernden, aus und verwässerten seine Tränen. Er war einsneunzig, somit fast einen Kopf größer als alle anderen und nicht zu übersehen. Ein Clown beim Begräbnis.

Mallory ging vor ihm, ganz allein, als sei sie nur zufällig von zahlreichen Trauergästen umgeben, die ebenso zufällig dasselbe Ziel hatten wie sie. Charles wunderte sich nicht darüber, daß sich kein fürsorglicher Arm um ihre Schultern gelegt hatte, daß niemand sie stützte.

Er beschleunigte den Schritt. Als er sie eingeholt hatte, sah sie zu ihm auf. Kühle grüne Augen, die nichts preisgaben, keine Rede von Spiegeln der Seele, die romantische Dichter so gern besingen. Er legte einen Arm um sie. Zwei Polizisten in Uniform, die in diesem Moment aufschlossen, staunten über diese tollkühne Geste – ebenso wie darüber, daß sie seinen Arm nicht sofort wieder abschüttelte.

Kathleen – so hieß sie privat. Im Dienst ließ sie sich Mallory nennen. Welche Anrede war die richtige bei der Beerdigung von Louis Markowitz? Charles Butler hatte Mallory von Markowitz geerbt und zerbrach sich den Kopf darüber, wie er ihr das beibringen sollte. Er setzte seine Hoffnungen auf den Brief, den er in der Tasche hatte.

Mallory stellte die Kaffeetasse ab und machte ihren Brief auf. Zuerst kamen ein paar Sachen, die Louis Markowitz bedauerte. Daß seine Frau Helen gestorben war, ehe sie Kathy zu einem wahrhaft zivilisierten Wesen hatte machen können. Daß er, Markowitz, Mallory zu ihr sagen mußte, seit sie bei der Polizei war. Daß es ihm nicht gelungen war, in Kathy irgendein Unrechtsbewußtsein wegen ihrer Computerhackereien zu wecken. Und daß er sich immer wieder ihre Diebereien zunutze gemacht hatte, statt ihr mit gutem Beispiel voranzugehen. Dann kam das, was er nicht bedauerte. Daß er sie als Zehn-, Elf- oder Zwölfjährige (das genaue Alter stand bis heute nicht fest) verhaftet hatte. Daß er mit dem verwilderten Kind zu der sanften Helen gekommen war, die es mit ihrer Umarmung und einem Schwall unverdienter, schrankenloser Liebe sprach- und wehrlos gemacht hatte. Daß Kathy so schön geworden war und so beängstigend klug.

Sie habe Helen bis zuletzt so glücklich gemacht, schrieb er, daß er mit dem Wissen leben und sterben könne, daß Kathy im Grunde ihres Herzens noch immer eine Diebin sei. Und es sei ihm ein Trost zu wissen, daß sie in Charles Butler einen so durch und durch aufrichtigen und anständigen Freund habe. Sie möge ihn bitte nicht schamlos ausnutzen, sondern sich an ihn wenden, wenn sie Kummer habe, Hilfe brauche oder sich – was freilich recht unwahrscheinlich war – nach ein wenig menschlicher Wärme sehne. Und darunter stand noch ein P. S.: Ich habe Dich sehr lieb.

Sie legte das Blatt zusammen und sah zu dem Mann mit dem traurig-törichten Lächeln hinüber. Charles Butler starrte schweigend in seine Kaffeetasse.

Jetzt wartet er wohl darauf, daß ich anfange zu weinen.
Da kann er lange warten.

Commissioner Beale nahm auf der Couch Platz. Ein maskulines Möbelstück, stellte er fest, ganz aus schwarzem Leder, das gut zu der übrigen Einrichtung paßte, massiv und solide. Weiblich an Sergeant Mallorys Wohnzimmer war nur jene perfekte Ordnung, mit der sich Männer so schwertun. Jede persönliche Note fehlte. Er kam sich fast vor wie im Ausstellungsraum eines teuren Einrichtungshauses – ein wenig zu teuer für seinen Geschmack. Und die Wohnung war entschieden zu groß für ihr Gehalt. Mitarbeiter, die über ihre Verhältnisse lebten, besser gekleidet waren oder einen teureren Wagen fuhren als er, waren seiner argwöhnischen Buchhalterseele nicht geheuer. Sergeant Mallory brachte ein Tablett herein, das unverkennbar aus Silber war und auf dem ein guter Sherry und schön geschliffene Gläser standen. Auch diese Details wurden von ihrem Besucher gewissenhaft registriert. Sie lächelte. Soviel zu Harry Blakelys Warnung, er würde ihr Büro in die Luft sprengen müssen, ehe sie sich einen Sonderurlaub verordnen ließe, dachte Commissioner Beale. Sie hatte sich widerspruchslos gefügt. «Also bis auf weiteres beurlaubt, Sergeant. Mit vollen Bezügen.»

Blakelys Rat, sie auszuschalten, bis der Fall gelöst war – was nach Aussage des Chiefs allenfalls ein paar Wochen dauern konnte –, war zweifellos vernünftig. «Mallory ist für die Abteilung unersetzlich», hatte Blakely gesagt. «Vergrätzen Sie mir das Mädchen nicht. Sagen Sie ihr, daß es immer so gehandhabt wird.» Was ja stimmte. Auch Ärzte vermeiden es, die eigene Familie zu behandeln. Sie hatte die Zweckmäßigkeit der Maßnahme eingesehen, hatte ihm in allem recht gegeben. So was gefiel ihm. Gefiel ihm ausnehmend.

«Und nehmen Sie ihr den Dienstausweis und den Revolver ab», hatte Blakely gesagt. «Sonst läuft sie noch mit der Kanone herum und versucht, den Fall im Alleingang zu lösen.»

Commissioner Beale hatte zwar den Dienstausweis und die Smith & Wesson zur Sprache gebracht, aber diese Bemerkung war offenbar an ihr vorbeigegangen. In ihren Augen stand ein Ausdruck sanft-zerstreuter Melancholie. Schließlich waren ja erst ein paar Tage vergangen, seit sie ihren Pflegevater unter die Erde gebracht hatte. Wie hübsch sie war, wie verletzlich. Ein zweites Mal schnitt er das Thema nicht an. Alles lief so gut. Nur nicht die Stimmung verderben. Schließlich war sie eine seiner vertrauenswürdigsten Mitarbeiterinnen.

Oder etwa nicht?

«Ist das eine Wohnung mit städtischem Mietzuschuß, Sergeant? Darf ich fragen, wieviel Sie dafür zahlen?»

«Ich zahle keine Miete, es ist eine Eigentumswohnung. Markowitz hat mir die Anzahlung vorgestreckt. Er wollte, daß ich in einem gut gesicherten Haus mit Pförtner wohne.»

Vermutlich hatte Markowitz ihr auch bei den monatlichen Raten und den laufenden Kosten unter die Arme gegriffen. Er war schließlich lange genug im Dienst gewesen, da konnte man schon einiges zurücklegen. Nein, er würde nicht noch einmal auf die Frage der Dienstwaffe zurückkommen. Markowitz war immer sauber gewesen, und da diese bezaubernde junge Frau in seinem Haus groß geworden war, konnte man sich bestimmt auf sie verlassen.

Die Nachricht, daß dank seiner Gutgläubigkeit Mallory jetzt als potentielle Zeitbombe in New York herumlief, wurde später am Tag von Blakely nur mit einem stumm-verzweifelten Augenaufschlag quittiert.

Lieutenant Jack Coffey schloß die Tür hinter sich und ließ sich in Markowitz' Bürosessel fallen. Eine kahle Stelle an seinem Hinterkopf spiegelte sich in der Scheibe in seinem Rücken, hinter der man in dem großen Dienstraum das hektische Hin und Her der Mitarbeiter von der Sonderkommission für Gewaltverbrechen beobachten konnte.

Die beiden Wände rechts und links von ihm waren Markowitz pur und gewissermaßen eine Fortsetzung der Aktenlawinen und Zettelhaufen, die den Schreibtisch bedeckten. An Korkplatten, die von der Decke bis zum Boden reichten, steckten seine Aufzeichnungen, festgehalten auf Streichholzbriefchen, Dienstplänen, Observierungs- und Verhaftungsprotokollen, Aktennotizen, auf allem, was in einer expandierenden Abteilung an Papierkram so anfiel. Die scheinbar chaotische Anordnung war typisch für Markowitz. Er war ein Detailfanatiker gewesen, ein Sammler von Impressionen, ein Hamsterer noch der kleinsten, unbeachtlichsten Fingerzeige. Am intensivsten aber beschäftigte Coffey im Augenblick die Wand, die er direkt im Blick hatte, denn diese Wand war leer. Vor der Beerdigung war auch dort eine mit handgeschriebenen Notizen, Zeitungsausschnitten und Zeugenaussagen gespickte Korkfläche gewesen – eine Materialsammlung zu den Morden im Gramercy Park, die die Sonderkommission zur Zeit praktisch rund um die Uhr beschäftigten.

Diese Informationen waren natürlich auch weitgehend im Computer gespeichert, die Beweismittel im Asservatenraum hinter Verschluß, aber das war kein Trost. Die hintere Wand war Markowitz' Hinterlassenschaft, ein letztes Zeugnis seines mit äußerster Logik und Präzision arbeitenden Hirns. Schon zwanzig, dreißig Quadratzentimeter Freiraum in dem Papierwust dieses Büros hätten Coffey nervös gemacht. Die leere Wand war wie ein Schlag ins Gesicht.

«Wie hat sie das Zeug rausgeschafft, Riker?» blaffte er den Sergeant an, der gedankenvoll auf seine abgestoßenen Schuhe sah.

«Sie glauben also, daß es Mallory war?»

«Ich bin schließlich kein Vollidiot!»

Er habe nichts gesehen, sagte Riker und verschwieg wohlweislich, daß sie mit einer dicken Korkrolle unter dem einen Arm und einer Schreibunterlage unter dem anderen, einem Schreibtischkalender und sonst noch allerlei an Mitnehmenswertem in einer großen Tasche durch den voll besetzten Dienstraum und an dem Sicherheitsbeamten vorbei in die Garage marschiert war. Den Fotokopierer hatte er getragen. Damit sie nicht zweimal zu gehen brauchte.

Dabei hatte Mallory nur eine Wand abgeschleppt. Lieutenant Coffey konnte von Glück sagen, fand Riker, daß sie ihm nicht auch noch den Schreibtisch und den Sessel unter dem Hintern weggeklaut hatte.

Mallory betrat ihr kleines Arbeitszimmer, in das Commissioner Beale nicht vorgedrungen war, ein Zimmer von spartanischer Schlichtheit, in dem früher nur der PC, ein Schreibtisch, ein Sessel und ein Regal mit EDV-Handbüchern und Disketten aus zahllosen Hackeraktionen gestanden hatten. Die Fensterscheiben waren spiegelblank. Kein Fleck, kein Streifen hinderte den Blick daran, sich in die Tiefe des brausenden Verkehrs zu stürzen, der am Hudson entlangrollte.

Im Schneidersitz setzte sie sich auf den Fußboden und rollte vorsichtig Markowitz' Vermächtnis aus. Die Korkunterlage durfte nicht beschädigt werden, die verschiedenen Zettelschichten hatten eine ganz bestimmte Bedeutung für seine Sicht des Falles.

Auf der ersten Schicht fand sich unter anderem auch das Persönlichkeitsprofil, das das FBI von dem Mörder erstellt hatte. Demnach war er zwischen zwanzig und fünfunddreißig, vor seinem dreizehnten Lebensjahr von seinem Vater verlassen und von einer Frau – Mutter oder Großmutter – aufgezogen worden. Über diesem Blatt aber hingen genaue Angaben über die Aktienportfolios der ersten beiden Opfer. Markowitz hielt viel von Geldmotiven. Daß er das FBI-Profil überdeckt hatte, sprach dafür, daß er den Täter nicht für einen Psychopathen hielt. Er ordnete die Unterlagen immer so an, daß er von seinem Schreibtisch aus jeweils nur die oberste Schicht der Korkwand vor Augen hatte, und Stück für Stück fügten sich dann die einzelnen Teile für ihn zum Ganzen. Es war alles da – man mußte es nur erkennen können.

Nach dem zweiten Mord hatte Mallory für ihn recherchiert. Der Bericht über den von ihr favorisierten Verdächtigen hatte einen Ehrenplatz auf der Korkunterlage. Jonathan Gaynor entsprach nicht in allen Punkten dem FBI-Profil, aber als Alleinerbe seiner Tante traf das Geldmotiv auf ihn zu. Estelle Gaynors Erbe war siebenunddreißig und zweifellos clever (ja, Rabbi, ich habe gut aufgepaßt!), denn er hatte beinah genauso viele Buchstaben, die akademische Titel und die Mitgliedschaft in angesehenen Vereinigungen bezeichneten, hinter seinem Namen wie Charles Butler. Vielleicht sogar clever genug, um seine Tante nicht zum ersten, sondern zum zweiten Opfer zu machen?

Um Auskünfte über Henry Cathery, den Erben des ersten Opfers, zu bekommen, hatte sie den Zentralrechner einer Bank angezapft. Markowitz hatte offenbar das Interesse an Cathery verloren, als er erfahren hatte, daß er vermögender war als das Opfer.

Sie brauchte zwei Stunden, um sämtliche Zettel zu fotokopieren, zurechtzuschneiden und in der ursprünglichen Anordnung auf dem Kork zu befestigen. Die Kamera, die sie erst kürzlich aus dem Polizeilabor hatte mitgehen lassen, stand hinter ihr auf dem Boden. Sie legte die Hochglanzfotos der beiden Tatorte auf den Kork und machte davon Dia-Aufnahmen. Auch dreidimensionale Gegenstände hielt sie im Bild fest, Streichholzbriefchen mit Markowitz' Gekrakel, einen grünen Plastiksack, der nicht zu dem am Tatort sichergestellten Beweismaterial gehörte, und eine Zellophantüte mit Perlen, die am Schauplatz des ersten Mordes im Gramercy Park gefunden worden waren. Anne Catherys Perlen.

Der jüngste Mitarbeiter der Spurensicherung hatte sich bitter darüber beklagt, daß ausgerechnet er nach jeder verdammten Perle einzeln hatte suchen müssen. Geschlagene sechs Stunden war er durch Gras und Dreck gerobbt, um sie einzusammeln. Einen ganzen Tag hatten sie gebraucht, um eine identische Kette aufzutreiben, und Stunden, um festzustellen, ob die Zahl der eingesammelten Perlen der an der intakten Kette entsprach. Und das alles nur, weil Markowitz das Erbsenzählen zu einer hohen Kunst entwickelt hatte.

Es klingelte.

Einer der Nachbarn? Besuch von draußen hätte der Pförtner per Haustelefon angemeldet. Bei Mallorys Einzug hatte Louis Markowitz den Mann erst gekonnt eingeschüchtert und ihm dann vorsichtshalber noch einen Hunderter zugesteckt. Danach war er allein in sein dunkles Haus in Brooklyn zurückgefahren, in dem früher eine glückliche kleine Familie gelebt hatte: Vater, Mutter, Diebin.

Es klingelte zum zweitenmal. Ihre Tasche mit dem Dienstausweis und dem Revolver lag auf dem Tisch an der Tür. Noch hatte sie keine Spuren hinterlassen oder mit ihrer Arbeit Unruhe stiften können. Trotzdem hatte sie den Revolver in der rechten Hand und die Hand hinter dem Rücken verborgen, als sie die Tür aufmachte.

Vor ihr stand Riker, ein zottiger Bär in schlecht sitzendem Anzug. Sein graues Stoppelgesicht sah aus, als habe er sich seit Markowitz' Tod nicht mehr rasiert. Auch eine Art Tribut, wenn man Riker heißt, dachte sie. Riker sah dorthin, wo ihre rechte Hand hätte sein müssen. Er lächelte ein bißchen, und die Kummerfalten verflüchtigten sich kurz. «Du würdest mir doch nichts tun, Kathy?»

Es war ein Versuchsballon. Wenn sie ihm die Anrede Kathy durchgehen ließ, würde sie ihn wohl nicht abknallen. Sie lächelte zurück. Wer sie nicht kannte, hätte nie geahnt, wie wenig Übung sie im Lächeln hatte.

Sie machte die Tür weit auf und winkte ihn herein. Während sie den Revolver wieder in der Tasche verstaute, tappte Riker schon zum Kühlschrank. Der Kronenkorken, den er von einer kalten Flasche hebelte, kollerte über den Küchenboden. Mallory bückte sich und warf ihn in den Mülleimer. Unordnung war ihr verhaßt. Bei Helen Markowitz war es immer sauber und ordentlich gewesen.

Am Tag nach Helens Tod hatte Mallory in dem Haus in Brooklyn, in dem sie alle zusammen gelebt hatten, ehe das Skalpell des Chirurgen ihr Helen genommen hatte, wie besessen angefangen zu putzen, bis jede Ecke und jeder Winkel blinkte und blitzte vor Sauberkeit. Als sie sich dann aber den Kamin vornahm und sich bis in den Rauchfang vorarbeitete, hatte Markowitz sie kurzerhand aus Ruß und Asche herausgezogen, und beim Anblick der Schmutzspuren auf dem Teppich, den sie einen halben Tag lang mit der Drahtbürste bearbeitet hatte, war sie ausgeflippt, sie hatte getobt und geschrien und mit den Fäusten auf Markowitz' Brust herumgetrommelt. Markowitz hatte sich gar nicht darum gekümmert und sie nur wortlos festgehalten. Dann hatte sie geweint. Tagelang. Und seither nie mehr. Es war, als habe sie all ihre Tränen für Helen aufgebraucht.

Riker machte es sich auf der Couch bequem.

«Coffey schickt mich, ich soll das Zeugs abholen, das du geklaut hast. Bis auf den Fotokopierer, den vermißt er noch gar nicht.» Er wollte ein Bein über die Armlehne der Couch legen, besann sich aber noch rechtzeitig, wo er war und mit wem er es zu tun hatte.

«Den Kopierer kannst du auch mitnehmen, ich brauche ihn nicht mehr.»

«Nein, den behalt mal ruhig, in dem Punkt bin ich sentimental. Es war schließlich der von Louis.» Er angelte eine Zigarette aus der Hemdentasche und hielt sie fragend hoch.

Mallory nickte und schob ihm den Aschenbecher hin.

Seine schwere Pranke hinterließ fettige Spuren auf dem silbernen Zigarettenanzünder. «Und was treibst du so, Mallory? Neulich, bei deiner großen Selbstbedienungsaktion im Revier, sind wir ja nicht viel zum Reden gekommen. Du glaubst gar nicht, wie Coffey sich aufgeführt hat, er konnte einem richtig leid tun. Ich hab gedacht, er heult gleich los. Alles klar bei dir, Kathy?»

«Danke, bestens.»

«Kann ich was für dich tun?»

«Ja.»

Eine Stunde später hing Markowitz' Korkrolle an der hinteren Wand von Mallorys Arbeitszimmer, daneben eine zweite, leere Korkbahn. Mallory überprüfte den Stoß mit Hilfe eines Senkbleis und nickte zufrieden. Riker schlug den letzten Nagel ein. Von der Tür her begutachtete Mallory den veränderten Raum. Der Fußboden war mit Schnipseln und Filmschachteln bedeckt. Zwei leere Bierflaschen waren in die hinterste Ecke gerollt, und von dem Inhalt der dritten Flasche, die Riker gerade beim Wickel hatte, war einiges auf dem spiegelglatten Parkett gelandet.

Wer Markowitz nicht gekannt hatte, sah in der Wandcollage nur einen chaotischen Zettelwust. Das Zimmer spiegelte nicht mehr Kathy Mallorys fanatische Ordnungsliebe wider, sondern sah fast so aus, als habe hier noch vor kurzem Louis Markowitz gehaust.

Sie hatte Markowitz' abkopierten Terminkalender in der Hand, als Riker mit schwappender Bierflasche auf sie zukam.

Er sah ihr über die Schulter. «Kannst du was mit den Dienstagabenden anfangen?» fragte er. «Die Sache macht Coffey ganz verrückt.»

In schwarzer Schrift waren an den Dienstagen die Buchstaben BDA eingetragen und die Zeit: 21.00 Uhr. Begonnen hatten diese Eintragungen vor einem Jahr, nachdem Mallory aus dem Haus in Brooklyn ausgezogen war.

«Ich hab die Jungs von seiner Pokerrunde gefragt und die Nachbarn. Erfolg gleich Null.»

«Was hast du denn schon alles überprüft?»

«Sämtliche Firmen mit diesen Anfangsbuchstaben im Telefonbuch. Ergebnislos. Und in unserem Vorstrafenregister haben wir auch keine passenden Kandidaten.»

Als Riker mit Mallorys Beutematerial und der Laborkamera abgezogen war, ging sie zurück ins Arbeitszimmer und freute sich an der jungfräulich leeren Korkfläche, die aussah wie die Leinwand eines Malers vor dem ersten Pinselstrich. Sie pinnte ihre eigenen Unterlagen über den Doppelmord im East Village auf ihre leere Seite.

Der Unterschied zwischen der Markowitz- und der Malloryhälfte bestand nicht nur in einem Mehr oder Weniger an Material. Markowitz hatte seine Zettel aufs Geratewohl angebracht. Unter Hunderten hing nur einer gerade, und auch das war reiner Zufall. Mallory befestigte ihre Unterlagen pingelig präzise und achtete auf völlig gleiche Abstände zwischen den Aussagen und Berichten, den Fingerabdrücken des Junkies, den Aufnahmen von Markowitz und der toten Frau und dem vorläufigen Autopsiebericht.

Sie ging an den zehn Fotos vom East Village entlang. Zehnmal der ermordete Markowitz, zehnmal die ermordete Pearl Whitman. Unter den Fotos brachte sie einen neuen Ausdruck an, einen Untersuchungsbericht der amerikanischen Börsenaufsicht über die Whitman Chemical Corporation, den sie dem Computer der Justizbehörde abgeluchst hatte. In diesem Bericht war auch eine gewisse Edith Candle erwähnt, die dort als Finanzberaterin und Hellseherin bezeichnet wurde. Edith Candle wohnte in dem Mietshaus in Soho, das Charles Butler gehörte.

Markowitz hätte diese Verbindung zu Charles nicht überrascht. «Die Menschen auf unserer guten alten Mutter Erde sind einander alle näher, als sie denken», hatte er mehr als einmal zu ihr gesagt und betont, daß ein guter Polizist diese Verbindungen aufspüren müsse. «Es gibt keine Sackgassen, Kleines. Jeder kennt irgend jemanden, der irgendwas weiß.»

«Sag nicht Kleines zu mir», hatte sie ihn zurechtgewiesen.

Über Edith Candle hatte sie nur ein einziges Blatt mit dürftigen Informationen. Sie durchstieß es mit der letzten Markiernadel genau in der Mitte. Als sie zurücktrat, kippte das Blatt zur Seite, wie von einer unsichtbaren Hand bewegt, was Mallory seltsamerweise nicht zu merken schien, als sie noch einen Blick auf die Korkwand warf, ehe sie die Tür hinter sich schloß.

In der letzten Stunde vor Sonnenuntergang bog sie auf der Twentieth Street nach links ein, ließ Hupen- und Sirenengeräusch, Straßenstreitereien und brandenden Verkehr hinter sich und rollte sacht einem vergangenen Jahrhundert entgegen.

Kopfsteinpflaster und Gaslaternen hatte der Gramercy Square nicht mehr aufzuweisen, sonst aber hatte sich dort in den letzten hundert Jahren nicht viel verändert. Den Platz umstanden ehrwürdige Stadthäuser aus rotem und braunem Backstein, ausgestattet mit viel Marmor und Granit, Mahagoni und Messing. Man kam sich vor wie auf einer Insel, so ruhig und friedlich war es hier. Zwar machten der New Yorker Autoverkehr und die New Yorker Fußgänger vor dem Gramercy Square nicht halt, aber die imposanten Gebäude mit den Fenstern, die wie strenge Wächter wirkten, dämpften durch ihr bloßes Dasein allzu lebhaftes Getriebe, zwangen die Schritte zu einer bedachtsameren Gangart.

In diesem schönen alten Viertel gab es für einen, der nicht dazugehörte, keinen Platz zum Verweilen. Der kleine Park, der das Herzstück des Square bildete, war von einem spitzenbewehrten schmiedeeisernen Gitter umgeben, zu dem nur die Anwohner einen Schlüssel besaßen. Für Außenstehende gab es keine Möglichkeit zum Ausruhen, gab es nicht eine einzige Bank. Alle Straßen führten sie auf dem schnellsten Weg wieder vom Gramercy Square weg. Nur Hundebesitzer, die ihre Lieblinge Gassi führten, blieben hin und wieder stehen, alle anderen zogen durch, ohne Spuren zu hinterlassen.

Mallory blieb nur noch eine Stunde Tageslicht, als sie mit einigem Abstand von dem Taxi, das den Verdächtigen von seiner letzten Veranstaltung in der Columbia University zurückgebracht hatte, am Gehsteig hielt. In den Straßen jenseits der Gitterstäbe, hinter die sich die Anwohner freiwillig zurückzuziehen pflegten, war es still. Im Park, von Gittern umgeben, saßen Frauen in sommerlichen Kleidern und mit winterweißem Haar auf hölzernen Bänken und redeten mit den Händen, eine junge Mutter schlenderte mit einem kleinen Kind über die Kieswege. Ein alter Mann saß allein, nur ein paar Tauben leisteten ihm Gesellschaft. Blumenduft wehte durch das heruntergekurbelte Wagenfenster.

Während der Verdächtige das Taxi zahlte, holte Mallory aus dem Handschuhfach seinen Stundenplan heraus, den sie aus dem Zentralrechner der Uni abgerufen hatte, und das Programmheft des Stückes, das von einer studentischen Theatergruppe vorbereitet wurde. In der Liste der Mitspieler war auch ein gewisser Jonathan Gaynor aufgeführt. Der Mörder hatte immer tagsüber zugeschlagen. Gaynors Veranstaltungen und seine Sprechstunde folgten nicht lückenlos aufeinander. Mit einem schnellen Wagen und einigem Glück an den Ampeln hätte er es schaffen können, die hundert Blocks bis zum Gramercy Square zu fahren und mal eben einen Mord zu begehen.

Daß Professor Jonathan Gaynor für den Zeitpunkt des Todes seiner Tante ein Alibi hatte, störte sie nicht sonderlich. Wer clever genug war, diese Morde zu begehen, konnte auch eine Handvoll Studenten davon überzeugen, daß sie ihn zu einer Zeit gesehen hatten, die ihm ins Konzept paßte. Schließlich war das ja das Geheimnis jeder guten Zaubernummer: daß die Zuschauer etwas sahen, was gar nicht da war. Ein Mord am hellichten Tag mochte aussehen wie Hexerei, aber an so etwas glaubte sie nicht. Es war ein Trick dabei, und hinter den würde sie schon noch kommen.

Sie sah durch die Gitterstäbe zu der Stelle hinüber, wo jenseits der gepflegten Büsche, Blumenbeete und grünen Rasenflächen das erste Opfer umgekommen war. Mrs. Cathery war neben einem der Geräteschuppen am Ende des Parks gefunden worden, die aussahen wie putzige Miniaturhäuschen.

Die raffinierte Ausführung einer Tat von so primitiver Brutalität war ein noch ungelöstes Rätsel. Achtundzwanzig Anwohner hatten ausgesagt, daß sie an jenem Tag zu unterschiedlichen Zeiten im Park gewesen waren. Kein einziger erinnerte sich daran, einen Fremden gesehen zu haben, der den Park betreten, eine alte Frau zu dem Schuppen gelockt, sie abgestochen, ihre Perlen verstreut und ihr Blut vergossen hatte – und das alles fast ohne Deckung. Viel Lärm hatte es wohl nicht gegeben, Hilferufe schon gar nicht. Der erste Messerstich hatte die Kehle getroffen, das Opfer hatte nach Slopes Meinung nicht mehr schreien können. Allenfalls war mit dem Blutstrom noch ein leises Röcheln herausgekommen.

Mallory spürte dunkel, daß sie etwas ganz Simples übersah. Aber was? Es mußte eine logische Erklärung geben. So clever der Mörder auch sein mochte – er war weder unsichtbar noch ein übernatürliches Wesen.

Das Programmheft rutschte aus dem Aktendeckel auf den Wagenboden. Sie warf einen Blick auf den fett gedruckten Titel. *Radio Days* hieß die Inszenierung der Studenten des Barnard College, die Mallory nur deshalb interessierte, weil auch eine Folge aus der Shadow-Serie so hieß. Sie kannte die Texte auswendig. Im Keller des Hauses in Brooklyn lagen Markowitz' alte Platten, er hatte die ganze Palette der damaligen Popmusik gesammelt, von Artie Shaw bis hin zu Elvis, er mochte die Lone Rangers und Johnny Dollar, aber den *Shadow*, den Schatten, hatte er besonders ins Herz geschlossen. An zahllosen Samstagen hatte Mallory neben ihm gesessen und sich die alten Aufnahmen aus den vierziger und fünfziger Jahren angehört.

Die meisten Väter in ihrem Viertel hatten sich im Keller eine Werkstatt eingerichtet und dort Möbel zusammengezimmert, weil ihnen das die Frauen in den Wohnräumen nicht erlaubten. Markowitz bastelte in seiner Werkstatt an Phantasiewelten für ein Kind, das in seinem kurzen Leben ein Übermaß an Wirklichkeit erfahren, das sich aus Mülltonnen ernährt und in Hauseingängen und alten Pappkartons geschlafen hatte.

Der Held der alten Radioserie hatte die Gabe, den Menschen den Verstand zu trüben und sich unsichtbar zu machen.

«Blödsinn», hatte sie damals zu Markowitz gesagt. «Das kann der nicht. Das kann keiner.»

«Er kann so tun, als ob, Kathy», hatte Markowitz gesagt und zu ihr heruntergesehen, denn damals war sie noch viel kleiner gewesen als er.

«Nee. Wer so'n Scheiß schluckt, hat doch 'ne Meise.»

«Man sagt nicht Scheiß, Herzchen», sagte Helen, die unten an der Kellertreppe aufgetaucht war, um dem Kind, das dicht am Ofen saß, einen Pullover umzuhängen. «Sie kann unmöglich frieren», hatte Markowitz protestiert. Kathy hatte gefröstelt, Helen zuliebe, und Markowitz hatte gesagt: «Siehst du, Kleines? Genau das hab ich gemeint.»

Mallory hatte ihren Wagen in der Nähe des Players' Club geparkt. Sie rutschte tiefer in ihren Sitz, als sie Jack Coffey sichtete, der mit dem Pförtner sprach. Jetzt verschwand er in dem Haus, in dem die Polizei einen Beobachtungsposten eingerichtet hatte. Hier, an dieser Stelle, hatte man in einem Wagen mit getönten Scheiben das zweite Opfer, Jonathan Gaynors Tante, gefunden. Auch der zweite Mord war kühn gewesen, aber nicht so verblüffend wie der erste, der unter den Augen sämtlicher Anwohner geschehen war.

Auch Estelle Gaynor war am hellichten Tag brutal ermordet worden – kaum zu fassen in einem Viertel, in dem so viel altes Geld und neuer Rockstar-Reichtum zu Hause waren. Pearl Whitman, das dritte Opfer, war aus der Reihe getanzt, war in einem Abbruchhaus, einer verkommenen Gegend gestorben. Warum? Und was hatte Markowitz, der alte Fuchs, gesehen, was Mallory entgangen war? Pearl Whitman irritierte sie, weil die alte Dame keine Erben hatte. Außerdem machte ihr die durch den Bericht der Börsenaufsicht belegte Querverbindung zu Edith Candle zu schaffen, die bei Charles Butler im Haus wohnte – vielleicht auch deshalb, weil sie so wenig über diese Frau wußte. Edith Candle verstand es offenbar besonders gut, ihr Privatleben dem öffentlichen Zugriff zu entziehen.

Gegenüber hielt wieder ein Taxi. Durch das Rückfenster sah man Einkaufstüten und bunten Stoff, ein weißes und ein braunes Gesicht. Als die hinteren Türen sich öffneten, quollen aus dem Innenraum ungeahnte Mengen an Krimskrams sowie ein kleiner Junge und ein Dobermannwelpe hervor. Gleichzeitig war auch der Taxifahrer ausgestiegen. Die prall gefüllten Einkaufstüten leuchteten in allen möglichen Farben. Ein gebrechlicher kleiner Klapptisch lehnte am Wagen, der Fahrer stapelte Schachteln zu einem wackeligen Turm, der Junge mühte sich mit einem alten Trichtergrammophon.

Die Frau, die in diesem Moment durch die Beifahrertür dem Taxi entstieg, hätte nach normalen Maßstäben gar nicht hineingepaßt. Die Zaubervorstellung ging weiter. Sie war mindestens einsachtzig und ungeheuer ausladend.

Jetzt zeterte der Taxifahrer lautstark auf die Frau ein, weil er mit dem Trinkgeld nicht zufrieden war. Er war Araber und offenbar noch nicht lange im Land, denn sein Englisch war nahezu unverständlich und sein Talent, sich mit einer amerikanischen Frau auseinanderzusetzen, ohne handgreiflich zu werden, gleich Null. In seinem Frust stieß er unartikulierte Schreie aus und fuchtelte mit den Fäusten. Mallory verstand nur: «Du mich nicht bescheißen, du Miststück.»

Er war mindestens dreißig Zentimeter kleiner als sie und mußte zu ihr aufsehen. Dazu kam, daß sein Fahrgast keine gewöhnliche dicke Frau, sondern eine ausgesprochen majestätische Erscheinung war. Sie beugte sich zu dem Fahrer hinunter, sah ihn eindringlich an und sagte ein paar Worte, die nicht zu verstehen waren.

Im Nu war der Fahrer wieder an seinem Taxi, riß die Wagentür auf und dabei fast aus den Angeln, hechtete ans Steuer und brauste mit Vollgas davon.

Mallory nickte anerkennend. In diesem Augenblick genoß das Zentnerweib ihren vollen Respekt.

3

Charles Butler klopfte mit der Schuhspitze auf den Boden und versuchte, durch schiere Willenskraft den Fahrstuhl zu einer schnelleren Gangart zu bewegen. Zehn Minuten Verspätung würde ihn diese Trödelei kosten. Im günstigsten Fall. Vorausgesetzt, es gab nicht noch einen Zwischenstopp. Irritiert sah er auf die übrigen Fahrgäste hinunter, die offenbar aus lauter Bosheit den Fahrstuhl in jedem zweiten Stockwerk halten ließen.

Er hatte sich mit Mallory sechzig Blocks weiter südlich und ebenso viele Stockwerke tiefer verabredet, und sie würde natürlich pünktlich zur Stelle sein. Zur vollen Stunde – nicht eine Sekunde früher und nicht eine Sekunde später – würde sie vor seiner Tür stehen. Sie war nicht nur eine Ordnungsfanatikerin, sondern auch ein Pünktlichkeitsfreak.

Und jetzt fiel ihm siedend heiß ein, daß er ja noch einen weiteren Grund zur Sorge hatte, nämlich den Zustand seines Büros, das in einem kürzlich freigewordenen Apartment gegenüber von seiner Privatwohnung lag. Sämtliche Räume waren mit Papier- und Bücherstapeln vollgestellt und ein Paradies für Spinnen und Hausstaubmilben.

Der Fahrstuhl hielt erneut, und Charles funkelte den einsteigenden Fahrgast wortlos an. Hatte dieser Typ nicht den ganzen Vormittag Zeit gehabt, mit dem Fahrstuhl auf und ab zu gondeln? Andererseits hatte die Verspätung möglicherweise auch ihr Gutes. Vielleicht war Mallory noch mal weggegangen, so daß ihm genug Zeit blieb, um sein Büro aufzuräumen.

Einen ersten, nicht sehr erfolgreichen Anlauf hatte er vorhin schon gemacht, ehe er aus dem Haus gegangen war. Überall war Zeugs herumgelegen. Steuerformulare quollen aus Schubläden und Kartons, dazu kam der umfangreiche Papierkram, mit dem er sich als Hausbesitzer neuerdings herumschlagen mußte. Die Regale für Hunderte von Büchern und Fachzeitschriften waren angeschafft, aber noch nicht eingeräumt.

Was würde Kathy zu dem Chaos sagen? Vielleicht hielt sie es für das Werk eines Einbrechers. Notfalls konnte er Entsetzen mimen, wenn er die Wohnung betrat.

Dann war Mrs. Ortega, seine Putzfrau, eingetroffen. Charles, der auf dem Fußboden herumkroch und sich verzweifelt bemühte, einige Handbreit Teppichboden freizuschaufeln, war aufgesprungen, als er es gegenüber hatte schließen hören, hatte den Kopf durch die Tür gestreckt und ihr erwartungsvoll zugelächelt, aber ihre ablehnende Miene hatte all seine Hoffnungen im Keim erstickt. Wortlos war sie in seiner Privatwohnung verschwunden, für die allein sie sich verantwortlich fühlte.

In Mrs. Ortegas Augen war Charles Butler eine exotische Erscheinung, ein Besucher von einem anderen Stern vielleicht, jedenfalls keiner dieser ganz normalen Zweibeiner, wie sie auf dem ihr vertrauten Stückchen Erde, einem eng begrenzten Latinobezirk in Brooklyn, herumliefen.

Daß er auf seine Mitmenschen ein bißchen fremdartig wirkte, war ihm durchaus klar. Er hatte eine behütete Kindheit und Jugend in einer Akademikerfamilie hinter sich gebracht und war nach dem Studium in ein Forschungsinstitut gegangen, wo er ebenfalls nur mit seinesgleichen zu tun gehabt hatte. Mit dem wirklichen Leben war er erst vor kurzem in Berührung gekommen. Als er Mrs. Ortega vor einem Jahr seine neue Adresse mitgeteilt hatte, hatte sie ihn gar nicht erst gefragt, was ihn von den breiten Boulevards der Upper East Side in die schmalen, immer ein wenig schmuddeligen Straßen von Soho getrieben hatte, denn sie wußte ja, daß

Außerirdische anders fühlen und denken, als es in Brooklyn üblich ist.

Ehe er zu seinem Termin im sechzigsten Stockwerk eines Wolkenkratzers aus dem Haus gegangen war und seine Aufräumarbeiten hatte einstellen müssen, war er so verzweifelt, daß er am liebsten mit dem Flammenwerfer Ordnung geschaffen hätte.

Der Fahrstuhl hielt schon wieder. Eine Frau mit einem zehn- oder elfjährigen Jungen stieg ein. Während die Türen sich schlossen, streckte das Kind die Hand aus und drückte zehn Knöpfe gleichzeitig.

Mrs. Ortegas Mutter, eine Irin, hatte die gleichen grünen Augen wie die Fremde vor der Wohnungstür. Nur war Ma kein Cop. Für Mrs. Ortega war der Fall klar, als die Besucherin sie kurz und knapp anwies, ihr Mr. Butlers Büro zu öffnen. Eine Kriminale, keine Frage.

Weisungsgemäß schloß sie auf. Für Mrs. Ortega stellte das, was sich hinter der Tür zu Charles Butlers Büro verbarg, eine Hölle für Putzfrauen dar, die auf Erden schwere Schuld auf sich geladen hatten. Daß Mr. Butler ihr den Schlüssel gegeben hatte, war ihr gar nicht recht. Am Ende dachte er noch, sie würde sich irgendwann erweichen lassen, dort auch sauberzumachen. Aber da hatte er die Rechnung ohne Shannon Ortega gemacht. Sie kannte ihre Rechte. Zwingen konnte er sie zu so was nicht.

Zuerst hatte sie sich natürlich gefreut, als die Wohnung gegenüber frei geworden war und Mr. Butler sein Büro ausgelagert hatte. Damit kamen ihr die widerlichen Papier- und Bücherberge aus den Augen, und er lief ihr beim Staubsaugen und Wischen nicht ständig vor die Füße. Aber da drüben so was wie Ordnung herzustellen war praktisch ein Ding der Unmöglichkeit, damit wollte sie nichts zu tun haben. Ein für allemal nicht! Aus die Maus! Schön, die Wände waren frisch getüncht, aber das war auch schon alles. Die Fensterscheiben waren wie aus Milchglas, und zwischen den Papier- und Zeitungsstapeln spannten in dem beruhigenden Gefühl, daß ihnen hier nichts passieren konnte, bedachtsam Spinnen ihre Netze. In die anderen Zimmer hatte sie nicht mal einen Blick geworfen, das wollte sie ihrem schwachen Herzen nicht zumuten.

Ach du dickes Ei, dachte Mrs. Ortega, als sie die Kriminale lächeln sah. Es war kein freundliches oder zufriedenes Lächeln. Die Kriminale lächelte wie eine Katze, die eine zappelnde Maus zwischen den Zähnen hat.

Der Fahrstuhl war kurz vor dem fünfzehnten Stock steckengeblieben, und in der Finsternis berieten die Fahrgäste, was zu tun sei, wenn die Kabine abstürzte. Einer hatte irgendwo gelesen, man solle auf und ab springen. «Dann hast du nämlich», erläuterte er seinen faszinierten Zuhörern, «eine Fifty-fifty-Chance, daß du gerade in der Luft bist, wenn die Fahrstuhlkabine nach unten kracht.»

«Und daß Sie sich dabei die Beine brechen», ergänzte Charles. «Denn Ihre Fallgeschwindigkeit ist ja dieselbe wie die des Fahrstuhls.»

Erstaunlicherweise war der Elfjährige der einzige, dem die Gesetzmäßigkeiten von freiem Fall und Schwerkraft einzuleuchten schienen. Die anderen hopsten wie wild in der Gegend herum.

Von draußen ermahnte ein Feuerschutzbeauftragter sie über Lautsprecher, Ruhe zu bewahren. «Hört auf mit dem Blödsinn, ihr Knallköppe!»

Mrs. Ortega wich bis an die Wand zurück. Die Kriminale hatte ihr geschickt den Fluchtweg abgeschnitten.

«Ich nicht können Englisch», sagte sie. Dabei sprach sie, Amerikanerin in der vierten Generation, kein Wort Spanisch, dafür aber um so geläufiger New Yorkerisch.

Nachdem er den Straßennamen ein paarmal geduldig wiederholt hatte, war Charles mit dem des Englischen nicht mächtigen Taxifahrer zu einer gütlichen Einigung gekommen. Leider entpuppte sich der Mann als enttäuschend gesetzestreu und ließ jeden beruflichen Ehrgeiz vermissen. Er machte keine gewagten Überholmanöver, nahm vor jeder Ampel, die auf Gelb stand, brav Gas weg und sah gewissenhaft nach rechts und links, ehe er bei Grün über die Kreuzung fuhr.

Es war zum Auswachsen.

Charles verkrampfte sicherheitshalber die Hände im Schoß, um dem Fahrer, der offenbar zum erstenmal am Steuer eines Taxis saß, nicht vor lauter Ungeduld den Hals umzudrehen. Das würde schon der nächste Fahrgast besorgen.

Charles traf Mrs. Ortega auf dem Gang. Mit gesenktem Kopf, den Blick auf den Teppich geheftet und entschlossen, sich auf ihrem Weg zum Fahrstuhl und in die Freiheit nicht aufhalten zu lassen, eilte sie an ihm vorbei. «Wiedersehen! Bis zum nächstenmal», sagte Charles freundlich, was ihm als Antwort nur ein wütend gezischtes «Scheißcops!» eintrug.

Die Tür zum Büro stand offen. Er ging durch die kleine Diele und betrat eine Welt der Ordnung. Die Fenster blinkten, Teppich und Schreibtisch waren vom Papierwust befreit, man sah wieder die schöne dunkle Maserung der Schreibtischplatte, so wie er sie von der Auktion bei Sotheby's in Erinnerung hatte. Auf dem Mahagonischrank standen Aktenordner, an denen noch die Preisschilder klebten, flinke Hände mit rot lackierten Fingernägeln rückten gerade weitere, prall mit Akten gefüllte Ordner in den Fächern zurecht. Im Bücherregal standen zwölf Fachzeitschriftenjahrgänge und eine kleine Handbibliothek.

Mit einiger Mühe schloß Mallory die Schranktür. «Du mußt auf Computer umstellen, Charles», sagte sie. «So geht das nicht weiter.»

«Hallo, Kathleen.» Er küßte sie auf die Wange und sank in

einen bequemen Sessel, den er schon fast vergessen hatte. «Entschuldige, es ist nicht meine Art, mich um einen halben Tag zu verspäten. Du hast ja wahre Wunder gewirkt.» Zu diesem schönen Raum mit den alten Möbeln und den Tiffanylampen paßte einfach nichts Technisches, fand er, nicht mal eine Schreibmaschine oder ein Bleistiftanspitzer. «Wahre Wunder», wiederholte er, als könne er damit das Thema Computer aus der Welt schaffen.

In den zwei Jahren ihrer Bekanntschaft hatten sie schon oft darüber gesprochen. Sein Widerstand gegen die neue Technik war ihr unbegreiflich, zumal er sich auf dem Gebiet der elektronischen Datenverarbeitung bestens auskannte, ja sogar einen viel beachteten Artikel über junge Computertalente geschrieben hatte, zu dem er von Mallory inspiriert worden war. Sie konnte jede beliebige Software so abrichten, daß sie auf Wunsch Männchen machte und den Mond anbellte.

«Wir könnten hier die besten und modernsten Computersysteme installieren», sagte sie.

«Du weißt ja, wie altmodisch ich bin.» Daß sie ›wir‹ gesagt hatte, war ihm nicht entgangen und kam ihm verdächtig vor.

Als der Türsummer ertönte, war das für Charles eine willkommene Unterbrechung. Computer vertrugen sich einfach nicht mit seinen geliebten Antiquitäten und dem Perserteppich, der aussah, als sei er für dieses Zimmer eigens gemacht worden. Der Knüpfkünstler, der inzwischen gut und gerne hundert Jahre tot war, mußte bei seiner Arbeit den Raum auf rätselhafte Weise deutlich vor Augen gehabt haben.

Der nervende Summton war noch nicht verstummt. Weil das Geräusch derart penetrant war, tippten die meisten Besucher den Summer nur einmal an. Der dickfellige Dauerton konnte nur bedeuten, daß auf dem Knopf der Daumen von Herbert Mandrel aus Apartment 4 A lag.

Charles machte auf. Vor ihm stand ein kleiner, drahtiger Mann mit ruhelosem Gesicht und argwöhnischen Augen, der eine geradezu ansteckende Nervosität verbreitete.

«Haben Sie mal 'ne Minute Zeit?« fragte er und flutschte unaufgefordert an Charles vorbei. Vor Mallory, die ihm den Weg in die Diele versperrte und keine Anstalten machte, beiseite zu treten, kam er zum Stehen, legte den Kopf schief und fixierte sie starr mit einem Auge, als gelte es, einen Vampir zu bannen. Mallory, die ihn um gut zehn Zentimeter überragte, musterte Herbert mit deutlichem Widerwillen.

«Ehrlich gesagt nein, Herbert», antwortete Charles, obgleich er natürlich wußte, daß er diese Frage nicht hätte wörtlich nehmen dürfen. Es war einfach Herberts Art, einen zu begrüßen.

«Es wird immer gefährlicher», verkündete Herbert. «Alle sind heutzutage bewaffnet.»

«Alle?»

«Henrietta aus dem dritten Stock zum Beispiel.»

«Die hat ihren Revolver doch schon länger, hat sie mir erzählt. Seit sieben Jahren, wenn ich mich recht erinnere.»

«Das wußte ich nicht. Sonst hätte ich schon früher was unternommen.» Bis auf seine Füße war alles an Herbert in ständiger Bewegung. Die Augenbrauen zuckten, der Kopf ruckte hin und her, ein spitzer Finger spießte in die Luft. «Wissen Sie, daß eine Revolverkugel durch vier Stockwerke hindurch einen völlig Unschuldigen treffen kann? Wenn Sie nicht dafür sorgen, daß die Schußwaffe aus dem Haus kommt, werde ich entsprechende Schritte einleiten.»

«Nämlich?» Dumme Frage. Herbert hatte für Probleme jeder Art – vom tropfenden Wasserhahn bis zur kaputten Glühbirne im Hausflur – nur eine Lösung parat.

«Einen Mieterstreik. Die anderen weiß ich geschlossen hinter mir. Ich will, daß die Kanone verschwindet. Sofort!» Der Zeigefinger hätte um ein Haar Charles' Gesicht getroffen.

Mallory trat einen Schritt vor, aber Charles winkte ab. Er machte die Tür ein Stück weiter auf. Doch gegen zarte Andeutungen war Herbert immun. Das «Zieh endlich Leine!» mußte für ihn verbal artikuliert werden.

«Henrietta ist in einem Schießklub und hat einen Waffenschein, dagegen kann ich überhaupt nichts machen.»

«Und was ist, wenn ich mir auch 'ne Kanone zulege?»

«Moment! Habe ich das richtig verstanden? Falls Henrietta mal versehentlich abdrückt, wollen Sie ihre Kugel abschießen, wenn sie durch die Dielenbretter kommt, ja?»

«Ich mach's. Ich kauf mir 'nen Ballermann.»

Mallory tippte ihm auf die Schulter. Als er zusammenzuckte, stemmte sie lächelnd eine Hand in die Hüfte, so daß der Blazer aufschlug und das Holster mit dem Revolver zum Vorschein kam. Herbert kriegte kugelrunde Augen.

«Das würde ich Ihnen nicht empfehlen, Freundchen», sagte sie mit seidenweicher Stimme und ging Schritt für Schritt auf den zurückweichenden Herbert zu. «Wenn ich Sie mit einer Kanone sehe, wenn ich auch nur läuten höre, daß Sie eine Kanone haben, komme ich nachsehen, ob es mit dem Waffenschein seine Richtigkeit hat. Alles klar?» Sie legte ihm einen langen roten Fingernagel auf die Brust.

Herbert erbleichte und machte auf dem Absatz kehrt. Voller Hochachtung registrierte Charles, daß er von selbst wieder ging, und zwar so rasch, daß er sich nicht mal die Zeit nahm, die Tür hinter sich zu schließen.

Charles sah sich erleichtert in der leeren Diele um.

«Ein bewaffneter Herbert wäre ein Alptraum für mich!»

«Den Waffenschein kriegt er nie, wenn er im Computer einen Vermerk als psychisch instabil hat.»

«Du willst doch nicht sagen –»

«Durch eine kodierte Hintertür habe ich jederzeit Zugang zu den Rechnern der Polizei.»

«Es wäre mir lieber, wenn du mir solche Sachen nicht erzählen würdest, Kathleen.»

«Du redest wie Markowitz.» Sie ging zu dem an die hundert Jahre alten Schreibtisch hinüber, fuhr mit der Hand über die blankpolierte Platte und rückte sich wie zum Probesitzen auf dem Schreibtischsessel zurecht.

«Die Mieterunterlagen hab ich nebenan gestapelt und den ganzen wissenschaftlichen Kram auch. Es sind Berge, Charles. Wenn ich es mit einem Scanner auf Disketten rüberbringe, bleiben nur noch ein paar Zentimeter.»

Damit waren sie also wieder beim Thema. «Ich arbeite aber lieber mit einem Stück Papier, da habe ich ein besseres Gefühl für die Realitäten.»

«Das kannst du nicht mehr, Charles. Eines Tages finde ich dich noch lebendig begraben unter einer Papierlawine.»

«Einmal im Monat kommt mein Steuerberater und nimmt mir eine große Plastiktüte von dem Zeugs ab.»

Mallory verzog keine Miene. «Im nächsten Monat schickst du ihm eine Diskette über Modem, da spart er sich eine Fahrt und einen Leistenbruch.»

«Das ist ja gerade mein Einwand gegen Computer, Kathleen: Irgendwann wird es keine zwischenmenschlichen Beziehungen mehr geben, dann gehen unsere Sozialkontakte nur noch über elektronische Netze.»

Natürlich wußte er, daß sie im Grunde recht hatte. Er konnte nicht wie Louis Markowitz eine Ordnung schaffen, die auf Außenstehende wie Chaos wirkte. Je mehr Details und Daten sich auf Louis' Schreibtisch gehäuft hatten, desto besser konnte er denken. Charles' Unordnung war Konfusion in Reinkultur. Er sah sich in dem makellos aufgeräumten Büro um und überlegte, wann die Papierfluten ihn wieder überrollen würden.

Sie merkte, daß er die weiße Fahne schon gehißt hatte, und schenkte ihm ein strahlendes Lächeln. «Du brauchst mich. Morgen fange ich an. Ich nehme eins der Hinterzimmer.»

«Zum Arbeiten? Wie kämst du dazu, für mich zu arbeiten?»

«*Mit* dir. Als Teilhaberin.» Sie stand auf und legte einen Scheck auf den kleinen Beistelltisch aus Kirschbaumholz.

Auf dem Scheck stand der Name einer großen Versicherungsgesellschaft. Die Abwicklung von Lebensversicherungen dauerte normalerweise zwei Monate und nicht zwei Wochen. Sie hatte den Vorgang offenbar beschleunigt. Mit ihren Hackertalenten? Oder mit der Waffe in der Hand?

«Damit kann man eine Menge Computerelektronik kaufen», sagte sie. «Abgemacht?»

Man konnte sich Kathleen Mallory schwer auch nur vorübergehend im Team vorstellen – von einer Teilhaberschaft ganz zu schweigen. Es war ihr schwer beizubringen gewesen, daß die Polizei außer ihr noch ein paar andere Mitarbeiter beschäftigte.

Sie ist ihren Weg immer allein gegangen, stand in dem Brief von Louis, den Charles an dem Tag geöffnet hatte, als Markowitz tot aufgefunden worden war. *Sie hat nie mit Kollegen in Kneipen herumgesessen, hat nie erfahren, wie es ist, ausgebrannt und ganz am Ende zu sein. Sie hält sich lieber an ihre Maschinen.*

Louis Markowitz' Brief hatte ihn geehrt, aber auch nachdenklich gemacht. Warum war er an ihn gerichtet, warum nicht an Rabbi Kaplan oder jemanden, den Louis schon länger kannte?

«Kathy ist ein Sonderfall», hatte Louis gesagt. «Und du bist Spezialist für Sonderfälle.»

Der Rabbi oder ein Pfarrer wären dieser jungen Frau, die Louis in seinem Brief als eine amoralische Wilde bezeichnet hatte, wohl auch kaum gewachsen gewesen.

Als meine Helen vor ein paar Jahren starb, hätte Kathy am liebsten die ganze Menschheit ermordet. Nur mit Mühe konnte ich sie davon überzeugen, daß es nicht in Ordnung wäre, den Chirurgen abzustechen, der Helen nicht hatte helfen können. Wenn ich tot bin, wird Commissioner Beale sie zunächst beurlauben. Mach ihr klar, daß das bei der Polizei so üblich ist und daß es mir nicht recht wäre, wenn man Beale an den Eiern aufgehängt in irgendeinem Durchgang fände.

Sie hatte das mit dem Zwangsurlaub bereitwillig geschluckt, hatte in dieser Sache widerspruchslos seinen Rat angenommen. Warum hatte ihn das nicht mißtrauisch gemacht? Wahrscheinlich, weil er ein Trottel war.

Und was war ihm noch alles entgangen? Es hatte wenig Sinn, ihr direkte Fragen zu stellen. Für Mallory war er wohl wirklich so was wie ein Freund. Ein Freund, den man gelegentlich ins Vertrauen zieht – allerdings mit Vorbehalten. Er würde sich damit begnügen müssen, Schadensbegrenzung zu betreiben.

Charles Butler ließ seinen Blick noch einmal durch den schönen, harmonischen Raum gleiten. Beiden war klar, daß er sie brauchte, auch wenn das umgekehrt nicht der Fall war. Mallory brauchte weder ihn noch sonst einen Menschen auf der Welt. Kathleen Mallory als Teilhaberin – das würde ihn schlaflose Nächte kosten. Wenn er nur daran dachte, was sie mit den Computern wildfremder Leute anstellte, ohne deren Wissen und Billigung...

Ihr besonderes Talent wäre vor dem Computerzeitalter keinen Pfifferling wert gewesen. Erstaunlich, dieser Weitblick des genetischen Entwurfs, dachte er. Jede Begegnung mit einem Menschen, der ein angeborenes Talent besaß, war für Charles wie ein Fenster, durch das er einen Blick in die Zukunft der ganzen Menschheit tun konnte. Was er durch das Fenster sah, das Kathleen Mallory ihm geöffnet hatte, war aber doch sehr beängstigend. Eine Teilhaberschaft mit ihr wollte sorgfältig bedacht sein. So sorgfältig wie der Gang über ein Minenfeld oder der Absprung aus einem völlig intakten Flugzeug. Louis Markowitz hätte ihn in dieser Auffassung zweifellos bestärkt. Im Geiste sah er ihn die Augen verdrehen und bedenklich den Kopf wiegen. «Nicht sehr empfehlenswert, Charles», hörte er ihn ironisch sagen. «Laß lieber die Finger davon, mein Freund.»

«Abgemacht, Kathleen. Willkommen in der Firma.» Er streckte ihr die Hand hin, und Kathleen schlug ein.

«Jetzt, wo wir Partner sind, kannst du ebensogut Mallory zu mir sagen.»

«Damit du mich Butler nennen kannst? Nein, besten Dank, dazu kennen wir uns zu gut. Es käme mir unnatürlich vor.»

«Na gut, dann eben Charles. Wenn die Sachen kommen, brauchst du den Empfang nur zu quittieren.» Sie reichte ihm eine Visitenkarte. «Hier, ein Muster. Gefällt es dir?»

Von wegen Muster... Ausgesucht gutes Papier, zweifarbiger Druck. Sie mußte die Bestellung vor mindestens zwei Wochen, vielleicht schon am Tag der Beerdigung aufgegeben haben.

«Kathleen...»

«Mallory.»

«Pardon. Ich bin da über eine Formulierung ins Grübeln gekommen. *Diskrete Ermittlungen.* Das klingt ganz nach Privatdetektiv.»

«Was gefällt dir daran nicht, Charles?»

«Wir sind eine Consulting-Firma.»

«Und was macht ein Consultant, Charles?»

«Wenn ein Kunde mit einem Problem zu mir kommt, prüfe ich den Fall und biete ihm eine Lösung an.»

Sie hauchte ihm einen Kuß auf den Scheitel und ging zur Tür, als sei damit alles gesagt. Aber so einfach war es natürlich nicht, denn Charles Butlers Spezialgebiet war die Suche nach praktischen Anwendungsgebieten für neue Intelligenzformen und ausgefallene Talente. Die Kleinigkeit, daß ihr Name vor dem seinen stand – *Mallory and Butler, Ltd.* – war ihr wohl gar nicht erst der Erwähnung wert.

«Moment noch!» rief er, als sie schon an der Tür war. «Brauche ich nicht eine Zulassung für so was?»

«Hast du schon.»

«Wie –» Dumme Frage! Natürlich hatte sie das in einer Nacht- und Nebelaktion über den zuständigen Computer erledigt. Der Rechner führte ihn jetzt, ob er wollte oder nicht, als ordnungsgemäß zugelassenen Privatdetektiv, während sie ihren Status als Polizistin behielt, die allerdings zur Zeit beurlaubt und deshalb gewissen Einschränkungen unterworfen war.

Die Partnerschaft bestand erst wenige Minuten, und schon hatte sie ihn über den Tisch gezogen. Das konnte unmöglich legal sein, es gab schließlich Regeln und Vorschriften und ...

Sie lächelte. Die Tür klappte zu.

Schon nach wenigen Sekunden war ihm, als habe er etwas verloren. Immer ging es ihm so mit ihr. In jedem Zimmer, das sie verließ, blieb ein Vakuum zurück, ein leise nach Chanel duftender leerer Raum.

Nur in Tagträumen hatte er jemals mit dem Gedanken gespielt, zwischen ihnen könnte irgendwann einmal mehr sein als nur Freundschaft. Sie war eine schöne junge Frau, er ein Mann mit einer lächerlich großen, lächerlich gebogenen Nase, einem liebenswürdig verrückten Lächeln und nach Meinung nicht weniger seiner Mitmenschen auch sonst noch etlichen Macken.

Sein eidetisches Gedächtnis rief die letzte Seite von Markowitz' Brief auf und projizierte sie mit allen Einzelheiten – von den Falzen im Papier bis zu den schwarzen Tintenklecksen des Füllers, den Louis stets benutzte – auf eine freie Wandfläche.

«Sie hat bis auf die paar Wochen in der Ausbildung nie praktisch gearbeitet, und ich möchte nicht, daß sie es jetzt tut, um mir über den Tod hinaus auf den Fersen zu bleiben. Es ist hart zu wissen, daß ich nicht immer da sein kann, um sie zu schützen.

Sie hat ihre ganze Kindheit auf der Straße verbracht, hat sich Frühstück, Mittag- und Abendessen und auch ihre Schuhe zusammengeklaut. Sie kennt keine Angst und glaubt fest, daß gegen ihren schlauen Kopf (oder aber gegen ihre Kanone) keiner ankommt. Das Dumme ist, daß sie wirklich ganz schön clever ist und verdammt gut schießen kann, so daß die Vorstellung gar nicht so abwegig ist. Einigermaßen beängstigend, was?»

Louis fehlte ihm sehr. Zum letztenmal hatte er ihn an dem Tag der Briefübergabe gesehen. Wie behutsam er sein Sherryglas in der Hand gehalten hatte! Seine Bewegungen, seine Haltung hatten trotz seines Übergewichts eine unglaubliche Leichtigkeit. In Ruhestellung erinnerte er auf den ersten Blick an einen verfetteten Basset. Doch wenn sich das schwere, faltige Gesicht zu einem Lächeln verzog, verlor sich diese Vorstellung, und sein ganzer Charme kam zum Vorschein. Man lächelte unwillkürlich zurück. Es war schon vorgekommen, daß harte Burschen in Handschellen zurückgelächelt hatten.

Hatte Louis gewußt, wer ihn ermorden würde? War es der Mann gewesen, der alte Damen abschlachtete? Denn ein Mann mußte es wohl gewesen sein. Frauen lag diese Art von Gewalttätigkeit nicht. Ein Mann von überragender Intelligenz. Wenn Louis fürchtete, Mallory könnte ihm nicht gewachsen sein, war er intellektuell eindeutig Spitzenklasse.

Aber du knobelst an dem falschen Rätsel herum, mein Freund, sagte sich Charles. Louis hat nicht verlangt, daß du seinen Mörder jagst, sondern daß du dich um seine Tochter kümmerst, und das ist entschieden die größere Herausforderung.

Mallory schaltete den Motor aus und rückte sich bequemer zurecht, während Jonathan Gaynor das Taxi zahlte und das Apartmenthaus betrat. Von Montag bis Freitag hatte er einen festen Tagesablauf, und sie ließ ihn bis zur Dämmerung nicht aus den Augen. Alle Morde waren tagsüber begangen worden.

Der leichte Septemberwind wehte den würzigen Duft von frisch gemähtem Gras durchs Wagenfenster. Mallory schätzte die sauberen Straßen, den gepflegten Park, die wohltuende

Ordnung von Gramercy Park. Die Ruhe, die blühenden Blumen – all das war so anders als überall sonst in der Stadt, daß sie ein in ihrem Workaholic-Leben völlig ungewohntes Gefühl von Frieden überkam. Sie sah zu dem Schuppen hinüber, wo Anne Cathery, von ihren Perlen umgeben, unter einem Müllsack auf der blutgetränkten Erde gelegen hatte. Nur wenige Meter von dieser Stelle entfernt saß heute auf einer Bank Henry Cathery, der Enkel des Opfers.

Er sah nicht aus wie einundzwanzig, sondern wirkte eher wie ein zu groß geratener Zwölfjähriger. Auch er war ein Gewohnheitsmensch, der zwar zu unterschiedlichen Zeiten, aber zuverlässig jeden Tag in den Park kam und sich immer dieselbe Bank aussuchte. Auch an dem Tag, als seine Großmutter ermordet worden war, hatte er demnach nur wenige Meter vom Tatort entfernt gesessen.

Cathery beschäftigte sich mit seinem Reiseschach, ohne die Welt um sich herum wahrzunehmen. Die Polizei hatte bei ihren Ermittlungen vor zwei Monaten festgestellt, daß es sich umgekehrt genauso verhielt: Alle Pförtner, alle Anwohner waren so sehr an Cathery gewöhnt, daß sie ihn überhaupt nicht mehr sahen. Er war ein ebenso gewohnter Anblick wie die Hydranten, von denen sie auch nicht hätten beschwören können, ob sie nicht einen Vormittag lang verschwunden waren, um dann nachmittags wieder aufzutauchen.

Pearl Whitman hatte als einzige eine Aussage gemacht, die Cathery für die Zeit des Mordes an seiner Großmutter ein Alibi lieferte. Wie mochte Markowitz das bewertet haben? Da er an Zufälle nicht glaubte, konnte ihm durchaus der Gedanke gekommen sein, daß Pearl Whitman womöglich von ihrer Aussage abgerückt wäre. Oder war es einfach Catherys Pech, daß sie als bisher letztes Opfer hatte herhalten müssen?

Wer weiß, wieviel an Bösem wohnt in eines Menschen Herz?

Der Schatten weiß es.

Mallory lächelte, als sie an diese Sätze dachte, mit denen

alle Folgen der alten Radiosendung begonnen hatten. Markowitz hatte sich immer bemüht, sie zu kreativem Denken zu erziehen, zu einer Sicht, die über den Tellerrand hinausging und sich auch an Unkonventionelles wagte. In eine eher unkonventionelle Richtung ging auch ihr nächster Gedanke: daß man sich nämlich Henry Cathery gut als einen Mann von einem anderen Stern vorstellen konnte. Seine Augenbrauen waren wie in ständigem Staunen hochgezogen, um den kleinen Mund lag ein Ausdruck von Verdrossenheit und Ekel wie nach einem versehentlichen Tritt in einen Hundehaufen. Es gab da eine lockere Beziehung zu einer schlampig gekleideten jungen Frau, die sich manchmal neben ihn setzte und auf ihn einredete, ohne Antwort zu bekommen. Richtige Freunde hatte er nicht.

Ebensowenig wie Mallory, vor allem nachdem sie und Charles Teilhaber geworden waren.

Markowitz war vielleicht von dem Persönlichkeitsprofil des FBI abgerückt, das so gut auf Cathery paßte, von Cathery selbst aber war er keinesfalls abgegangen, er hatte nur auf der Korkplatte für ihn gewissermaßen eine eigene Abteilung eingerichtet. Cathery hatte vor kurzem das bisher treuhänderisch verwaltete beträchtliche Vermögen seiner Eltern geerbt, war also auf das Geld seiner Großmutter nicht angewiesen. Mord aus Habgier paßte auf ihn lange nicht so gut wie auf Gaynor.

Mallory hatte herausgefunden, an welcher Stelle sie für das Observierungsteam der Polizei im toten Winkel stand, und hatte deshalb heute ein Stück näher an Jonathan Gaynors Haus geparkt. Vier Wagen vor ihr hielt ein Taxi. Das Zentnerweib samt Gefolge war diese Woche eine Stunde früher dran. Zuerst stieg der Junge aus, dann der kläffende Dobermannwelpe. Ein Pförtner half dem Taxifahrer, Taschen und Tisch, Grammophon und Schachteln auszuladen. Als das Zentnerweib sich aus dem Fahrzeug kämpfte, ging Mallory die Beschreibung einer gewissen technisch begabten Hochstaplerin durch, die sie auf einem Fahndungsblatt gelesen hatte. Größe und Gewicht, der jugendliche Gehilfe, der Hund – alles stimmte, nur nicht das Alter des Dobermanns. Das Fahndungsblatt war mehrere Jahre alt, dieser Hund aber höchstens ein halbes Jahr.

Bisher war ihr einziger Zugang zum Gramercy Square die Verbindung zwischen Charles und Edith Candle, der Frau, die in dem Untersuchungsbericht der Börsenaufsicht erwähnt war und den lebenden Beweis für Markowitz' These lieferte, daß die Welt eben doch ein Dorf war. Wenn ich es schaffe, dachte Mallory, mich mit dem Zentnerweib anzufreunden oder sie irgendwie unter Druck zu setzen, kann sie mir vielleicht zu Kontakten mit ihrer exklusiven Kundschaft verhelfen, und ich brauche nicht mehr hier im Wagen herumzulungern.

Sie richtete ihr Teleobjektiv auf das Gesicht des Zentnerweibs. Sie war nicht so hellhäutig, wie Mallory zuerst gedacht hatte. Die Iris waren dunkel, schimmerten bläulich und rollten wie gut geölte Kugellager in den Augen mit der Mongolenfalte herum. Die Gesichtshaut hatte einen mediterranen Olivton, Nasenlöcher und Lippen waren klassisch afrikanisch. Heute hing ihr das rötlichbraune Haar glatt über die Schultern. Wie viele Rassen wohnten wohl in diesem gewaltigen Körper? Eine Frau wie Mutter Erde.

Das Zentnerweib zündete sich einen schwarzen Zigarillo an und rief den Jungen. Seltsam schwerfällig, mit schleppenden Schritten und hängendem Kopf, kam er zu ihr hingetappt. Was war los mit ihm?

Die erstaunlich zierlichen Füße unter dem langen bunten Baumwollrock des Zentnerweibs bewegten sich rasch auf den Eingang zu. Sie sprach Spanisch mit dem Taxifahrer, Französisch mit dem Jungen und Englisch mit dem Pförtner, dann schloß sich die Glastür hinter ihr und ihrem Gefolge.

Die Sonne, die Mallory warm ins Gesicht schien, verfinsterte sich jäh.

«Bitte verhaften Sie diese Person!»

Durch das heruntergekurbelte Wagenfenster sah Mallory

eine Mittfünfzigerin vor sich stehen. Sie hatte ein verkniffenes Gesicht und trotz des erschlafften Kinns und der verquollenen Augen in dem Nest von Krähenfüßen sattbraunes Haar ohne jede graue Strähne. Das Leinenkostüm war von Lord & Taylor, die Perlenkette echt.

«Haben Sie nicht gehört? Bitte verhaften Sie sofort diese Person!»

Die Frau deutete auf die Tür, hinter der Zentnerweib, Junge und Hund verschwunden waren.

«Ich wiederhole mich nicht gerne.» Die gut gekleidete ältere Dame hatte offenbar Übung darin, bissige Hunde auf Lieferanten zu hetzen.

«Ich bin nicht bei der Polizei, Lady.»

«Erzählen Sie mir doch nichts!»

«Ich –»

«Zuerst hatte ich ja auch meine Zweifel, weil Ihr Wagen so ordentlich war. Aber jetzt ...»

Mallory warf einen Blick auf die Rückbank. Zeitungen und Sandwichhüllen lagen zwischen Notizbüchern und Fast-food-Schachteln, Strohhalmen und Zuckerwürfeln, Ketchup- und Senftütchen, leeren Filmspulen, weißen Plastiktüten mit dem Aufdruck des Drugstores, in dem sie ihr Fotomaterial kaufte, und einem angebissenen Sandwich. Der ganze Wagen war vollgemüllt mit allem, was sich so ansammelt, wenn man Stunden und Tage in einem Observierungsfahrzeug sitzt. Ein Schild am Wagen hätte nicht verräterischer sein können.

Käme das Coffey zu Ohren, würde er sich totlachen. Und sie schleunigst vom Dienst suspendieren – ohne Gehaltsfortzahlung, Waffe und Dienstausweis.

«Ich bin nicht bei der Polizei.»

«Diese vielen Kaffeebecher ... Und der braune Wagen ... Sie sind Polizistin, und wenn Sie die Frau da nicht verhaften, melde ich Sie Ihrem Vorgesetzten. Ich kenne Commissioner Beale sehr gut, wir haben den gleichen Zahnarzt.»

«Ich bin nicht–»

«Sie haben also nicht in dieser und der letzten Woche hier auf der Lauer gelegen?»

«Ich bin Privatdetektivin.»

«Was?»

Mallory gab ihr eine Visitenkarte. «Der Commissioner sieht es bestimmt nicht gern, wenn wir seinen Leuten ins Handwerk pfuschen», sagte sie.

Mit skeptisch heruntergezogenen Mundwinkeln las die Frau, was auf der Karte stand.

«Diskrete Ermittlungen? Es darf gelacht werden ...»

In diesem Moment kam Jonathan Gaynor aus dem Haus. Mallory ließ den Motor an und legte den Gang ein. Er hatte sich umgezogen und eine Baseballkappe aufgesetzt, aber sie hätte ihn auch von weitem allein an der Körpersprache erkannt. Mit seinem langbeinigen Schlenkergang sah er aus wie eine Vogelscheuche, die der Wind vor sich hertreibt.

Trotz seiner linkischen Bewegungen wirkte er nicht unsympathisch. Brünett, Vollbart, schmales, frisches Gesicht – durchaus ihr Typ. Wäre da nicht der Gedanke gewesen, daß Gaynor womöglich ihren Vater erstochen und zum Sterben allein gelassen hatte.

Gaynor winkte ein Taxi heran, und Mallory gab Gas.

Im Rückspiegel sah sie, daß die verkniffene Matrone ihr mit offenem Mund nachsah und Mallorys Visitenkarte warnend schwenkte wie eine rote Fahne.

Rabbi David Kaplan kämpfte verbissen mit den Beinen des Kartentisches. Theoretisch war es ganz einfach, sie auszuklappen, aber die verdammten Dinger wollten nicht so wie er.

«Das macht sonst immer meine Frau. Sie hat nicht mit Besuch gerechnet.»

«Gut, daß ich das Bier mitgebracht habe», sagte Dr. Edward Slope. «Ist irgendwas im Kühlschrank?»

An sich hätte heute abend Louis Markowitz für die Verpflegung sorgen müssen. Slopes Frau Donna hatte das so eingeführt. «Erwartet bloß nicht, daß Anna für euch kocht», hatte sie gesagt, denn Anna hätte sich nie mit belegten Broten begnügt, sondern aufgefahren, was Küche und Keller nur hergaben.

«Ich bin nun fünfunddreißig Jahre mit dieser Frau verheiratet», sagte der Rabbi, «aber einen leeren Kühlschrank habe ich bei ihr noch nie gesehen.» Ein Tischbein war glücklich draußen, aber nur, weil er völlig unbewußt die Verriegelung gelöst hatte. Bei seiner Frau dauerte das ganze Unternehmen drei Sekunden. Wahrscheinlich zwang sie den Kartentisch durch schiere Willenskraft, sich aufzustellen und womöglich noch auf seinen vier Beinen allein in die Zimmermitte zu marschieren.

Slope ging in die Küche und machte den Kühlschrank auf. Er erinnerte sich an den von Louis Markowitz, der früher ganz ähnlich ausgesehen hatte – gefüllt und überwacht von einer Frau, die Einkaufslisten schrieb und Rezepte im Kopf hatte, Reste aufbewahrte und für kommende Mahlzeiten vorsorgte, einen Kühlschrank mit bunt-appetitlichen Früchten und knackigem Gemüse, Gewürzen und geheimnisvollen unbeschilderten Gläsern, in denen Flüssiges schwappte. In Louis' späterem, frauenlosem Haushalt hatten hinter der weißen Tür nur noch Tüten von der Imbiß- und Salattheke und in den Ecken sonderbare pelzige Gebilde gelegen, die aussahen, als wären sie hergekommen, um auf den Tod zu warten.

Versonnen betrachtete Slope Anna Kaplans reichlich gefüllte Fächer. Essen ist Liebe, sagte dieser Kühlschrank.

Er war noch dabei, in Schüsseln und Töpfe und Plastikdosen zu schauen, als es klingelte. Das konnte nur Robin Duffy sein. Die sonst so herzhaft-heitere Stimme des Anwalts tönte heute tief und dumpf wie Trauergeläut. Robin hatte Louis Markowitz viele Jahre gekannt und würde nur schwer über seinen Tod hinwegkommen.

Dr. Slope langte nach dem Senf.

Jetzt waren sie drei.

Vor zwei Wochen war die Beerdigung gewesen. Heute abend hatten sie sich in stillschweigender Übereinkunft wieder in der alten Freundesrunde versammelt.

Slope krampfte die Hand um die Plastikdose und machte das gequälte Gesicht eines Mannes, dem man beigebracht hatte, daß Tränen eines Mannes unwürdig waren. Er stellte die Plastikdose auf das Tablett. Was fehlte noch? Als die Türglocke einen vierten Besucher ankündigte, fiel ihm das Tablett aus der Hand.

Er bückte sich. Der Senftopf war zum Glück robust und noch intakt. Blindlings tastete er auf den Fliesen nach den heruntergefallenen Sachen, fand die Butter, das Messer. Die Augen hatte er dabei fest zugekniffen. Wasserdicht abgeschottet.

Als er alles zusammengeklaubt hatte, trug er das Tablett in das Arbeitszimmer des Rabbis, das an allen vier Wänden mit Büchern vollgestellt war und in dem zwei alte Freunde und ein hochgewachsener Fremder standen, der gerade das letzte Tischbein herausklappte. Trotz seiner Größe von fast zwei Metern wirkte er unbedrohlich, vielleicht weil er ein so sympathisches Gesicht hatte. Was für eine Nase! Und diese großen, wie in permanentem Staunen aufgerissenen Augen mit der kleinen blauen Iris, umgeben von unverhältnismäßig viel Weiß!

Slope mochte den Mann auf Anhieb. Er sah seine Freunde an, die – genau wie er – unwillkürlich lächelten.

«Nehmen Sie sich einen Stuhl, Mr. Butler.»

«Charles.»

«Ich heiße Edward.»

«Also dann zu den Grundregeln, Charles», sagte Robin Duffy, ein kleiner bulliger Mann, Louis' Anwalt und seit zwanzig Jahren sein Nachbar.

«Die kennt er schon. Von Louis», sagte Rabbi Kaplan und rückte seinen Stuhl näher an den Tisch heran. «Charles hat zwölf Pfund Nickel- und Dime-Münzen mitgebracht.»

«Finde ich gut, wenn einer angetreten ist, in großem Stil zu verlieren», sagte Robin Duffy in das etwas beklommene Schweigen hinein.

«Louis hat dich also zu unserer Runde eingeladen?» Slope gab die Karten und suchte sich die Zutaten für ein Rauchfleisch-Sandwich zusammen.

«Ich habe seinen Stuhl geerbt.» Charles musterte mit Kennerblick das Tablett und entschied sich für Cheddar. Schweizerkäse war im Geschmack entschieden zu kräftig für das zarte Hühnerfleisch. Er holte den Brief aus der Jackentasche, reichte ihn Slope und ließ sich von ihm dafür das Mayonnaiseglas geben.

Der Arzt betrachtete die aus vielen Jahren gemeinsamer Arbeit so vertraute Schrift. Louis' Freund deutete auf den dritten Absatz, in dem tatsächlich von einer Erbschaft die Rede war. Stumm wurde der Brief weitergegeben. Die ausgeteilten Karten blieben liegen. Louis' Freund hatte wohl mehr als nur einen Stuhl geerbt.

«Ich habe ja schon immer gesagt, daß die Pokerrunde nur ein Vorwand ist, um über Kathys Erziehung zu reden», bemerkte Duffy und reichte den Brief weiter über den Tisch. Er machte eine Flasche Bier auf und griff nach seinem Blatt. «Hat Lou dir mal erzählt, wo er sie aufgelesen hat?»

«Nein.»

«Sie war zehn oder elf, als er sie dabei erwischte, wie sie einen Jaguar knacken wollte. Er packte sie am Kragen, und sie schlug wie wild um sich. Ja, und da blieb ihm nichts anderes übrig, als sie mit nach Hause zu nehmen, wenn er nicht ausgerechnet den Abend, an dem seine Frau Geburtstag hatte, mit endlosem Hickhack auf dem Jugendgericht zubringen wollte.»

Jetzt griff Slope nach seinen Karten. «Aber Helen hat gedacht, er hätte ihr Kathy zum Geburtstag mitgebracht, und hat sich an diesem Geschenk die nächsten zwölf Jahre gefreut.»

Charles lächelte. Er selbst hatte noch nie gepokert. Sein fotografisches Gedächtnis projizierte aus einem anerkannten Fachbuch die Regeln des Pokerspiels auf die leere Tischplatte. Aber von einem Doomsday Stud mit wilden Zweiern stand nichts im Hoyle. «Für Louis muß es eine große Genugtuung gewesen sein, daß sie so gut geraten ist und daß sie sich dafür entschieden hat, auch zur Polizei zu gehen.»

Die anderen drei sahen von ihren Karten hoch und maßen ihn mit mitleidigen Blicken.

«Na ja, Tischmanieren hat Helen Markowitz ihrer Kathy immerhin beigebracht...» Duffy besah sich die offen aufgelegte Karte. «Ich setze einen Nickel. Aber an der Mentalität der Kleinen hat das nichts geändert. Zur Polizei ist sie gegangen, weil sie da die Chance hatte, mit Hilfe ihrer Computer interessantere Sachen zu klauen. Und das macht sie immer noch. Mit Erfolg.»

«Genau.» Slope zündete sich eine Zigarre an und schob sein Geld in die Mitte. «Ich halte den Nickel und erhöhe um einen Dime. Durch Kathy kam Louis an alles heran, was für ihn wichtig war. Ein paarmal hatte er echt Grund, sich um seine Pension zu sorgen. Als sie den FBI-Computer geknackt hatte, hat er sich bekreuzigt. Pardon, Rabbi!»

«Unglaublich, was sie sich alles geleistet hat.» Duffy heuchelte Unzufriedenheit mit seiner Hand und schob widerwillig seinen Dime in die Mitte.

«Wißt ihr noch, wie Helen die Göre in der Uni zu dem Kindercomputerkurs angemeldet hat?»

«Natürlich», sagte der Anwalt. «Helen war selig. Endlich interessierte sich Kathy mal für etwas nicht Gesetzwidriges. Und wißt ihr noch, wie sie geweint hat, als rauskam, was die Kleine in dem Kurs gelernt hatte?»

«Die Überweisung von der Sparkasse meinst du...» Slope gab noch einen Nickel in den Pott, als die nächste offene Karte auf die Tischfläche klatschte.

«Genau.» Robin Duffy mußte lächeln und machte schnell

wieder ein ernstes Gesicht, um sich nicht seine Hand zu verderben, die sich durch die neue Karte leicht gebessert hatte. «Kathy begriff einfach nicht, warum Helen weinte. Wer drei Wochen vor Weihnachten zwanzigtausend Dollar mehr auf dem Girokonto hat, muß sich doch eigentlich freuen, fand sie.»

«Und dann hat sie sich gesagt», ergänzte Rabbi Kaplan, «daß Helen als Jüdin ja vielleicht manche Dinge anders sieht...»

In den folgenden vier Stunden erfuhr Charles, daß man Pokern nicht aus einem Buch lernen kann und daß Helen an Kathy wahre Wunder gewirkt hatte. Nach einem halben Jahr hatten Mr. und Mrs. Markowitz die Kleine zum Einkaufen mitnehmen und ihr sogar minutenlang den Rücken kehren können, weil ihre Diebereien Helen zum Weinen brachten. Helen hatte so gute Arbeit geleistet, daß Kathy überall als junge Dame hätte durchgehen können. Nur die engsten Freunde wußten, was sie wirklich war: eine geborene Diebin, abgebrüht und ohne Unrechtsbewußtsein. Und trotzdem hat Louis Markowitz von den fünf Milliarden Menschen auf dieser Erde sie am meisten geliebt.

Nach dem Sparkassenfiasko hatten sie Kathy aus dem Computerkurs genommen. Den Übungsleiter hatte der Verlust einer so vielversprechenden Schülerin sehr bekümmert. Die Sache mit der Überweisung sei doch geregelt, sagte das blasse Männchen mit der dicken Brille, die Bank habe den Verlust überhaupt nicht bemerkt. Warum wollen Sie das Kind rausnehmen, hatte er ehrlich ratlos gefragt. Es trifft die Kleine sehr. Sehen Sie, gleich fängt sie an zu weinen...

Wie hätte Louis diesem gütigen kleinen Mann mit der himmlischen Geduld und der sanften Stimme klarmachen sollen, daß es kein richtiges Kind war, das er an der Hand hielt? Kathy hätte man den lieben langen Tag lang mit Nadeln stechen können, ohne ihr eine Träne zu entlocken. Sie hatte keine einzige verwundbare Stelle.

Weil ihm das Risiko zu groß war, Kathy noch einmal auf Zivilisten loszulassen, nahm Louis sie nach der Schule mit ins Büro. Dort führte er sie zu den Computerterminals. Alles Schrott, sagte er zu dem mageren kleinen Ding, das ihm damals kaum bis zum obersten Jackenknopf reichte. Wir haben keine guten Programme, keine anständige Hardware. Und das, was wir haben, ist meist kaputt, mein PC streikt auch schon wieder. Wenn du ihn in Ordnung bringst, darfst du damit spielen.

Sie war knapp zwei Zentimeter größer, als sie eines Tages geheimnisvoll lächelnd in seinem Büro erschien, einen Stapel bedrucktes Computerpapier auf den Tisch packte und sich still wieder davonmachte. Nachdem Helen ihren kleinen Engel abgeholt hatte, saß Louis noch lange am Schreibtisch und arbeitete sich durch die Personalakten, die seine diebische Tochter dem Computer entlockt hatte. Nie hätte er geglaubt, daß seine Kollegen so viel Dreck am Stecken hatten.

Ein Geschenk.

Das war Kathys längste Lektion gewesen.

Die Pokerrunde war zu einer Zwitterversion von Five-card Draw mutiert mit wilden Zweiern, wenn man eine Königin hatte, und wilden Buben, wenn man eine Zehn hatte. Und Charles wußte nun, daß Slope nicht nur ein ungewöhnlich versierter Gerichtsmediziner war, sondern auch Rauchkringel blasen konnte.

Slope reckte einen Finger hoch und ließ sich eine Karte geben, um die anderen davon zu überzeugen, daß er vier gleiche hatte. Was nicht der Fall war. «Monatelang hat die Kleine sich vergeblich den Kopf darüber zerbrochen, warum Louis sich mit diesem Hintergrundwissen nicht die Stelle als Kripochef geangelt und obendrein einen schönen Batzen Geld kassiert hat.»

«Und wahrscheinlich», ergänzte Duffy, «hat sie selbst noch eine Gewinnbeteiligung erwartet. Zwei Karten.»

«Was sich Kathy bei der ganzen Sache gedacht hat, werden

wir wohl nie erfahren», sagte Slope. «Louis meinte, er hätte wohl erst mal bei ihr verspielt, weil er bei dieser Riesenchance nicht mit beiden Händen zugegriffen hat.»

«Danke, keine Karte mehr», sagte Duffy. «Lausige Hand.»

«Ich passe.» Der Rabbi legte die Karten hin. «Als sie zwanzig war und Louis eröffnete, daß sie das Studium hinwerfen und auf die Polizeiakademie gehen würde, hätte ihn fast der Schlag getroffen.»

«Lizenz zum Klauen *und* eine Kanone.» Aus Duffys Hand klimperte ein Dime in den Pott. Er sah auf und ließ seine Augenbrauen tanzen. «Wenn ihr meine Hand seht, Freunde, kommen euch die Tränen.»

Slope steuerte zwei Dimes bei, die anderen ebenfalls, und er fächerte einen Buben als wilde Karte und drei Zehner auf und grinste Duffy durchtrieben an. «Louis mußte mächtig seine Beziehungen spielen lassen, damit er sie in der Sonderkommission behalten konnte, sonst hätte ganz New York vor Kathy zittern müssen.»

Rabbi Kaplan hob die Hände. «Schluß jetzt, Edward. Charles denkt sonst noch, daß er ein Monster geerbt hat.»

«Hat er auch.» Duffy legte seine wilde Karte und drei Königinnen auf den Tisch und reckte sich, um mit seinen kurzen Armen an die Nickel und Dimes im Pott heranzukommen.

«Ihr waren, als Louis und Helen sie von der Straße holten, noch nicht alle menschlichen Gefühle abhanden gekommen», sagte Slope. «Aber ein gesellschaftlich angepaßtes, durch und durch zivilisiertes Wesen wird sie nie werden, dazu war es einfach zu spät.»

«Die Beziehung zu Helen hat sofort hingehauen.» Rabbi Kaplan gab zur nächsten Runde. «Aber Louis hat sich sehr schwer damit getan, ihr Vertrauen zu gewinnen. Ein ganzes Jahr hat sie ihn mit ‹Hey Cop› angeredet. Als sie dann ‹Hey, Markowitz› zu ihm sagte, war das schon ein Fortschritt.»

«Aber sie liebte Louis», sagte Slope. «Andere Jugendliche

verkraften die Zeit auf der Straße nie. Wenn du denen in die Augen siehst, ist da alles ausgebrannt und tot. Serienmörder haben solche Augen. Kathys Emotionen sind noch sehr lebendig, aber geschädigt ist sie, das darf man nie vergessen.»

Charles ordnete seine Karten neu, und seine drei Mitspieler wußten sofort, daß er zwei Paare hatte. Er lächelte in die Runde. «Ihr meint also, der Unsichtbare könnte jemand sein, der in der Jugend seelischen Schaden genommen hat?»

Slope forderte mit zwei hochgereckten Fingern weitere Karten an. «Manche Leute kommen schon als Verbrecher zur Welt, hat Louis immer gesagt. Ich schätze, daß unser Killer ein ganz gewöhnlicher Soziopath ist, die gibt es so häufig, daß man sie nicht als seelisch gestört bezeichnen kann.»

«Louis bevorzugte Geldmotive.» Duffy winkte ab, er wollte keine Karte mehr. «Die Sonderkommission wurde ursprünglich eingerichtet, um besonders brutale, bizarre Straftaten und solche von offenkundig geisteskranken Verbrechern zu klären. Dann aber stellte sich heraus, daß ein großer Teil der Täter ihre Verbrechen aus Habgier und wegen des Kitzels begingen.»

«Wie meinst du das?»

«Soziopathen brauchen stärkere Stimulanzien als normale Menschen, und ein Mord, stelle ich mir vor, kann durchaus stimulierend sein. Ich setze einen Nickel. Und das Moralempfinden des Soziopathen bewegt sich gegen Null.»

Drei Runden später – Charles riß gerade seine letzte Rolle Dimes an – meinte der Rabbi, Kathys Verhalten sei zwar nicht besonders moralisch, aber durchaus berechenbar. «Ihre Moralvorstellungen sind weitgehend durch Helens Charakter geprägt.»

Rabbi Kaplan sah über sein hundsmiserables Blatt hinweg Charles an und lächelte. Er lächelte wie ein Sieger.

Charles betrachtete seine Hand. Sie war sehr viel besser als die von Kaplan, ja sie war so gut, daß die anderen ihm das an der Nasenspitze ansahen. Sie legten die Karten auf den Tisch.

«Bekanntlich ist sie fest entschlossen, Louis' Mörder zu fangen», sagte Kaplan.

«Wußte Markowitz, wer es war?»

«Fragt mich was Leichteres», sagte Slope. «Louis wußte sehr viel über den Mörder, aber es waren mehr so allgemeine Sachen. Ich kann nur soviel sagen, daß der Täter verdammt clever sein muß. Benutzt jedesmal ein anderes Messer.»

Niemand war überrascht, als Charles seine Traumhand aufdeckte. «Wie war das eigentlich mit dem Wagen, in dem die zweite Tote, diese Estelle Gaynor, gefunden wurde? Wenn der Mörder das Schloß aufbrechen mußte, läßt das doch auf gewisse Fachkenntnisse schließen.»

«Nicht schlecht gedacht, Charles.» Duffy sah betrübt die Dimes und Nickels an sich vorbei zu Charles wandern. «In New York steht in jedem Block mindestens ein nicht abgeschlossenes Auto. Der Besitzer nahm den Wagen nur, wenn er seine Frau im Krankenhaus besuchte, und weiß nicht mehr, ob er ihn abgeschlossen hatte. In so einem Viertel kann man sehr schnell leichtsinnig werden. Tagsüber ist am Gramercy Square noch nie ein Auto geklaut worden.»

«Ein Mord am hellichten Tag dürfte doch etwas heikler sein als Autoklau. Du meinst also, daß der Mörder auch dort wohnt und deshalb nicht besonders auffiel?»

«Am Gramercy Square herrscht kein Mangel an Verdächtigen», sagte Duffy. «Die Frauen haben große Vermögen hinterlassen. Aber es gibt keinen Hinweis darauf, daß die Erben etwas mit den Verbrechen zu tun hatten. Jedenfalls nichts, was sich vor Gericht verwerten ließe. Wenn die Erben ein Alibi auch nur für einen Mord haben, muß die Täterschaft in den anderen Fällen zumindest angezweifelt werden, selbst wenn es Indizienbeweise gäbe.»

«Clever», sagte Rabbi Kaplan. «Louis hat immer gesagt, so einen Verbrecher könne man nur überführen, wenn man ihn auf frischer Tat ertappt.»

«Könnten es zwei gewesen sein?»

«Denkbar wäre es natürlich», sagte Slope. «Aber Louis sah es nicht so, er hat immer nur von einem gesprochen. Einem Mann. Einem Freak. Einem Es.»

Die nächste Runde begann, und Charles gab dem Rabbi die letzte Karte. «Kathleens Verhalten ist, wie du sagst, mehr oder weniger berechenbar?»

«Wenn du mehr über Helen wüßtest, wüßtest du mehr über Kathy.»

«Ich halte mich an das, was ich habe.» Duffy ließ sich keine Karten mehr geben. «Als Kathy klein war, hat sie geklaut, um Helen etwas Schönes schenken zu können. Weil sie Helen so lieb hatte, konnte sie gar nicht genug für sie klauen.»

«Zwei bitte», sagte Slope. «Es war wohl ihre Art, sich für Helens Liebe zu revanchieren.»

«Und Kathys Geschenke haben Helen unweigerlich zum Weinen gebracht. Eine bitte.»

«Was Kathy partout nicht begreifen konnte. Warum weinte Helen, wenn das Zeugs doch nichts gekostet hatte? Kathy war ein liebes Kind ... auf ihre Art. Aber sie hatte nicht immer den vollen Durchblick. Bis sie eine Regel für sich aufstellte, mit der sie gut zurechtkam: Sie würde nie etwas tun, worüber Helen weinen mußte, selbst wenn sie nicht begriff, wieso Helen weinte. Danach hat sie nie wieder was geklaut.»

«Karten, Rabbi?»

«Aber von manchen Sachen verstand Helen nun mal nichts, und damit bot sich Kathy ein moralisches Hintertürchen. Computer beispielsweise waren für Helen ein Buch mit sieben Siegeln, und deshalb war fast alles, was man mit einem Computer anstellen konnte, aus Kathys Sicht völlig in Ordnung.»

«Und auf die Idee, daß Kathy töten könnte, ist Helen nicht gekommen», ergänzte Slope. «Deshalb hat sie es ihr nie verboten.»

4

Wild an Knöpfen fummelnd und an Reißverschlüssen zerrend stürmte Mallory auf die Straße und warf sich fluchend die Büchertasche über die Schulter. Ausgerechnet heute hatte sie den Wecker nicht gehört. Gaynor war schon weg. Wenn sie die U-Bahn nahm, schaffte sie es vielleicht trotzdem noch vor ihm zur Uni.

Um halb neun, auf dem Höhepunkt der Rush-hour, zwängte sie sich zwischen die anderen Arbeitssklaven, die glücklich einen Sitzplatz ergattert hatten. Wer stehen mußte, drückte sich, schon jetzt gereizt und gestreßt durch die Viehwagenatmosphäre, flach an die Wand. Ärger wollten sie alle nicht, alle aber waren sie, wie es sich für anständige New Yorker gehört, gerüstet für die Konfrontation, die nach einem Schubs, einem kräftigen Tritt auf die Zehen oder einem Stoß mit der Aktentasche in Rücken oder Bauch unvermeidlich war.

Als sie an der 177th Street ausstieg, verdichtete sich der vage morgendliche Ammoniakgeruch zu deutlich wahrnehmbarem Uringestank. An der Hauswand stand ein Mann und pinkelte. Es war ein gewohnter Anblick, längst hatte sie vergessen, daß es offiziell verboten war, Backsteinfassaden zu Bedürfnisanstalten umzufunktionieren. Sie stieg die Treppe hinauf ans Licht. Frische Luft und der Geruch nach Kaffee und frischen Brezeln von einem Straßenstand kamen ihr entgegen.

Auf dem abfallenden Gehsteig kam hinkend ein Mann auf sie zu, der offenbar mit Erfolg die höhere Bettlerschule der

Stadt New York absolviert hatte. In der Hand hielt er den unvermeidlichen Einmalbecher, der eine Fuß war überzeugend nach außen gedreht. Ein armer Behinderter. Vor Mallorys Blick prallte er zurück wie vor einer Wand und machte sich auf zwei gesunden Füßen schleunigst davon. Durch das vertraute Tor betrat sie den Campus, stellte sich in einen Hauseingang und behielt die Straße im Auge. Das Taxi setzte Gaynor jeden Morgen an der gleichen Stelle ab, und zwar nie vor neun. Nach Markowitz' Taschenuhr waren es bis dahin noch zehn Minuten. Die Uhr hatte er immer bei sich gehabt, aber nie benutzen können, weil sie nicht ging, und zehn Jahre lang hatten er und Helen regelmäßig nach dem Essen bei Kaffee und einem Stück Kuchen darüber gesprochen, daß man sie doch unbedingt mal richten lassen müsse. Das hatte nun Mallory nachträglich für sie erledigt. Sobald man ihr Markowitz' persönliche Habe ausgehändigt hatte, war sie zum Uhrmacher gegangen. Jetzt stand in dem goldenen Dekkel unter den Namen von Markowitz' Großvater, dessen Vater und seinem eigenen noch ein weiterer: Mallory.

Sie sah zu der Glaswand der Mensa hinüber. Verschlafene Studenten schütteten sich grimmig mit Kaffee zu, andere hatten sich mit ihren Tabletts an den Kassen angestellt. In den nächsten zehn Minuten beobachtete sie mehrere dabei, wie sie seelenruhig mit ihrem Essen davongingen, ohne zu zahlen. Die Studenten, die in der Mensa an der Kasse saßen, haßten ihren Job und hätten ihre Kommilitonen widerspruchslos auch mit den Tischen und Stühlen abziehen lassen. Eine ganz miese Form des Diebstahls, dachte Mallory verächtlich.

Wieder sah sie auf die Uhr. Gaynor hatte sich verspätet. Sie zog ihr Notizbuch aus der Jackentasche und vermerkte gewissenhaft die Abweichung von seinem normalen Tagesablauf.

Aber er hatte sich gar nicht verspätet. Er war zu früh dran. In diesem Moment kam er aus der Mensa, in der Hand einen Becher mit Deckel und eine braune Papiertüte, in der nach ihren Aufzeichnungen meist ein Schokoladen-Doughnut, eine

Serviette und drei Tütchen Zucker für seinen Milchkaffee waren.

Sie folgte ihm zu seinem Büro und vertiefte sich ein paar Türen weiter in die Anschläge am Schwarzen Brett, während er hinter geschlossener Tür frühstückte. Genau zwanzig Minuten später kam er heraus, schloß ab und hängte sich die Büchertasche über die Schulter. In diskretem Abstand ging sie ihm zu seiner ersten Veranstaltung nach.

Seine Beine hätten sich offenbar am liebsten in entgegengesetzte Richtungen aufgemacht, die Ellbogen waren in rechtem Winkel abgespreizt, die Gliedmaßen bewegten sich nur unter Zwang im Gleichklang mit seinem Körper. Daß er über mindestens einen Pflasterstein und eine Marmorstufe stolpern würde, ehe er den Hörsaal betrat, war schon jetzt sicher.

Einzeln und zu zweit kamen die Studenten herein. Während sie geräuschvoll ihre Plätze einnahmen, mit Papier raschelten, Bücher auf die Pulte knallten, gähnten und husteten, ordnete Gaynor sein Skript. Dann wünschte er ihnen lächelnd einen guten Morgen, und es wurde totenstill.

Mallory setzte sich wie immer ganz nach hinten, wo sie unter den hundert jungen Gesichtern nicht weiter auffiel. Mit aufgeschlagenem Notizbuch und gezücktem Kugelschreiber spielte sie die vertraute Rolle, die schon mit dem Ende der ersten Vorlesung aufgehört hatte, eine Rolle zu sein. Jonathan Gaynor war gut. Bei seinen Vorlesungen schlief niemand ein.

Als er wieder mal die Kreide fallenließ, sah Mallory, daß ihr Nachbar den dritten Strich an den Rand seines Collegeblocks machte. Bis zum Ende der Vorlesung sollten noch zwei dazukommen.

Gaynors Vorlesungen boten kaum Überraschendes, aber sie waren nie langweilig. Mallory hörte ebenso aufmerksam zu wie seine Studenten, wobei sie große Mühe hatte, sich nicht über seine ironischen Bemerkungen zu amüsieren und – was noch schwerer war – ihn nicht sympathisch zu finden.

Nach seiner zweiten Veranstaltung ging Gaynor, gefolgt

von seinem blonden Schatten, wieder zu seinem Büro zurück. Dabei gab es keine besonderen Vorkommnisse, nur einmal fiel ihm ein Buch aus der Hand, über das er prompt stolperte.

Während er im Büro seine Sprechstunde abhielt, setzte Mallory sich auf eine Bank im Gang. Die Studenten gaben sich die Klinke in die Hand. In den nächsten beiden Stunden war er nie allein.

Sie notierte, wann der letzte Student Gaynors Zimmer betrat, dann holte sie den Brief aus der Leinentasche, den sie eigentlich schon gestern hätte aufmachen sollen, und wog ihn in der Hand. Er war von Robin Duffy, dem Anwalt und langjährigen Freund der gewesenen Familie Markowitz, der zum drittenmal ihre Entscheidung wegen des Hauses in Brooklyn anmahnte. Ungeöffnet steckte sie den Schrieb in die Hosentasche.

Sie brachte es einfach noch nicht fertig, die vertrauten Räume zu betreten und zu akzeptieren, daß niemand mehr zu Hause war.

In irgendeiner Dimension lebte Markowitz weiter, aber nicht in diesem unbestimmten Raum, den die Leute Jenseits nannten. Mallory konnte – eine Stunde oder auch mehr – an den Helden einer Hörspielserie glauben, der die Gabe hatte, sich unsichtbar zu machen, aber nicht an einen Himmel, in den man kam, wenn man gestorben war. Nur – irgendwo mußte Markowitz sein.

Sie hatte nie mehr einen Fuß in das kleine Lokal in der Nähe des Reviers gesetzt. Vormittags mied sie diese Gegend, denn vielleicht saß er ja dort und frühstückte, genau wie früher. Wie konnte sie das Haus in Brooklyn betreten, ohne ihm zu begegnen, wenn sie daran glauben wollte, daß das schwarze Loch im Friedhofsrasen nicht das Ende aller Dinge für ihn war?

In Gedanken aber bemühte sie sich noch immer genau wie früher, ihn zu verblüffen, ihm zu einer neuen Geschichte für seine Pokerrunde zu verhelfen, die immer so anfing: «Ihr werdet staunen, was meine Kleine diesmal wieder angestellt hat.»

Die weißhaarige Samantha Siddon nickte dem Pförtner freundlich zu und ging, den Stock mit dem silbernen Griff schwenkend, langsam bis zur nächsten Ecke. Das leichte Hinken war eine ständige schmerzliche Erinnerung an den bösen Sturz, bei dem sie sich die Hüfte gebrochen hatte. Endlos hatte es gedauert, bis der Knochen geheilt war, und eine beginnende Arthritis hatte die Schmerzen schier unerträglich werden lassen. Lieber von vier schnellen Pferden in Stücke gerissen werden als noch einmal so etwas erdulden! Ohne ihren Stock, den ein Löwenkopf als Griff zierte und der ihr ein wenig Mut gab, tat sie keinen Schritt mehr aus dem Haus.

Bald lagen die friedlichen Gefilde des Gramercy Square hinter ihr, und sie war in Manhattan, einem fremden Land, in dem sie nur flache Atemzüge tat, weil sie seiner Luft mißtraute. Der Fahrer des Taxis, das sie heranwinkte, war, wie sie ebenso erfreut wie überrascht feststellte, ein waschechter New Yorker mit handfestem Brooklyn-Akzent, einer von denen, die kein Risiko scheuen, mit Todesverachtung die Spur wechseln und regelmäßig bei Gelb über die Kreuzung rasen. So kam es, daß sie viel zu früh an der Madison Avenue war. Sie hatte bei ihrer Zeitplanung mit einem Fahrer fremder Zunge gerechnet, einem von denen, die die angegebene Adresse immer am falschen Ende der Stadt suchen.

Nun hatte sie noch eine Viertelstunde Zeit. An einer belebten Ecke blieb sie neben einer Telefonzelle stehen und beobachtete die Heerscharen der auf flachen Schuhen oder hohen Absätzen fest und sicher dahinschreitenden Kommerzkolonnen, die auf ihrem Weg in die Mittagspause nicht nach rechts und nicht nach links sahen und bedenkenlos jedes Hindernis – auch alte Frauen oder kleine Kinder – überrollt hätten. Sie wußte sehr wohl, daß sie mit einem Tageszins ihres Kapitals jeden aus dieser Heerschar hätte kaufen oder verkaufen können. Trotzdem machte ihr der Anblick Angst. Ein unbedachter Stoß, und sie war für den Rest ihres Lebens zu einem Dasein im Streckverband oder im Rollstuhl verurteilt. Das Gehen fiel ihr – auch mit Spazierstock – ohnehin immer schwerer.

Die Zeit verging, und allmählich verloren sich diese Gedanken. Als der Apparat in der Telefonzelle läutete, war sie bereit.

Sie führte ihr Gespräch zunächst im Flüsterton, obgleich es unwahrscheinlich war, daß sich in der vorüberhastenden Menge jemand Zeit zum Lauschen nehmen würde. Ein Bus fuhr vorbei, ihm folgte mit jaulender Sirene ein Einsatzfahrzeug der Polizei, und in dem Lärm gingen ihre Worte unter. Zuletzt mußte sie schreien, um sich inmitten all dieser Menschen verständlich zu machen, die durch sie hindurch und über sie hinwegsahen und sie wohl auch als Frau mit zwei Köpfen nicht zur Kenntnis genommen hätten.

Sie verließ die Telefonzelle und setzte ihren Weg in schnellerem Tempo fort. Das kleine Ränkespiel hatte sie verjüngt, auch wenn die spiegelnde Scheibe der Bank unverändert das Bild einer hinkenden alten Frau mit krummem Rücken und weißem Haar zurückwarf.

Mallory traf kurz nach Gaynor vor dem Theater ein. Auf der obersten Stufe blieb sie stehen, studierte das Programm hinter der Glasscheibe, das sie inzwischen auswendig kannte, und ließ ihm drei Minuten Vorsprung.

Sie kannte die Räumlichkeiten noch aus ihrer Studienzeit. Aus einem anderen Leben. Wenn sie jetzt daran zurückdachte, war ihr, als habe eine fremde Frau inmitten all der Menschen gesessen, die von anderer Art waren als sie und in einer anderen Sprache miteinander redeten. Menschen mit plappernden Mäulern und dem Unschuldsblick von Opfern.

Als Mallory das winzige Foyer betrat, verschwand Gaynor gerade durch die kleine Tür, die in den Zuschauerraum führte.

Vor dieser Tür hatte sich eine junge Frau mit langem, rotem Krisselhaar aufgebaut.

«Da kannst du nicht rein», sagte sie aggressiv.

Sie war nicht älter als zwanzig, unübersehbar kleiner und leichter als Mallory und unbewaffnet. Mallory ging an ihr vorbei.

«Noch ein Schritt, und ich rufe die Campuspolizei.»

Mallory blieb stehen und sah die junge Frau mit der Pudelmähne so befremdet an, daß die schnell wegsah. «Komm, komm! Wir wissen doch beide, daß die Campuspolizei frühestens nach vierzig Minuten hier sein kann. Wenn man Glück hat.»

Von der Seite kam belustigtes Prusten. An der Kasse lehnte ein junger Mann mit Babyface in Denimhemd und Jeans. Er zündete sich eine Zigarette an und ließ sie zwischen den Lippen wippen, während er grüßend an seinen alten breitrandigen Filzhut tippte und ihn dann mit verwegenem Ruck nach unten zog. Mallory, die Gefallen an Hut und Träger gefunden hatte, nickte ihm kurz zu.

«Wir haben Generalprobe», sagte die Pudeldame böse. «Zutritt nur fürs Ensemble!» Dann schnüffelte sie, fuhr herum und wütete den Jungen an. «Und du machst schleunigst die Zigarette aus. Rauchen ist hier verboten.»

«Aber ich mache doch so gern Sachen, die verboten sind, Fiffi.» Der Junge lächelte ein unwiderstehliches Kinderlächeln.

«Du machst die Fluppe aus! Augenblicklich!»

Der Junge drückte sorgfältig die Zigarette an einer abgetretenen Schuhsohle aus, behielt sie aber in der Hand. Kein Wohlstandsjüngling, stellte Mallory fest, sondern einer, der aufgrund seiner Leistungen zu einem Stipendium und ins College gekommen war.

Mallory wandte sich an Fiffi, die Pudeldame. «Ich bin zum Platzanweisen eingeteilt.»

«Konntest du doch auch gleich sagen! Hier, fang schon mal

an, die Programme zu falten.» Sie drückte Mallory einen Karton in die Hand und stakste davon.

«Wie kann man bloß Fiffi heißen», sagte Mallory zu dem Jungen mit dem Babyface.

«So nennen wir sie nur, um sie zu ärgern, das ist ein beliebter Sport hier. Du hast das aber auch nicht schlecht hingekriegt.» Er zündete sich die Zigarette wieder an.

«Seit wann kommt man als Platzanweiserin zur Generalprobe?»

«Stark ausgeprägtes Pflichtbewußtsein.»

«Eher eine masochistische Veranlagung. Freiwillig würde ich mir das Stück bestimmt nicht antun.» Er setzte sich auf die Holzbank und deutete einladend auf den Platz neben sich. «Liegt das nur an mir, oder findest du es auch so bescheuert, Hörspieltexte auf die Bühne zu bringen?»

«Bei den Shadow-Drehbüchern klappt es jedenfalls nicht, der Shadow wird nur im Radio so richtig lebendig.» Sie setzte sich, nahm den Karton auf den Schoß und sah auf die Uhr. «Mir ist, als hätte ich vorhin Professor Gaynor kommen sehen ...»

«Stimmt, vor ein paar Minuten.»

«Was macht der denn hier?» Eine rhetorische Frage. Sein Name stand auf dem Programm, das an der Korkwand in ihrem Arbeitszimmer hing.

«Fiffi hat ihn für die Rolle des Ansagers gekapert.»

Mallory stellte den Karton mit den Programmen neben sich auf die Bank und sah zu der Doppeltür an der gegenüberliegenden Wand hinüber. Von früher wußte sie, daß dahinter eine Treppe zu den Rängen führte. Tagsüber hatte sie Gaynor bisher nie länger als zehn Minuten aus den Augen verloren. Wie viele Ausgänge mochte das Gebäude haben?

Fiffi kam sichtlich sauer ins Foyer zurück. Die qualmende Zigarette bot ihr einen willkommenen Anlaß zum Dampfablassen.

«Du machst sofort das Ding da aus!»

Dann wandte sie sich an Mallory, die langsam und sorgfältig das erste Programm in der Mitte zusammenfaltete, und hielt ihr eine Rolle roter Eintrittskarten unter die Nase. «Hier, die müssen auch noch numeriert werden.»

Mallory, die nicht die geringste Lust zum Numerieren von Eintrittskarten hatte, blickte betont über die rote Rolle hinweg. Fiffi machte den Mund auf, aber in diesem Augenblick sah Mallory mit zusammengekniffenen Augen zu ihr hoch, und Fiffi machte den Mund schleunigst wieder zu und setzte sich ans andere Ende der Bank, um selber mit dem Numerieren anzufangen.

Mallory sah wieder auf die Taschenuhr. Zehn Minuten reichten kaum aus, um eine alte Frau umzubringen – immer angenommen, Gaynor war pünktlich zu Beginn der Generalprobe wieder da. Ganz geheuer war ihr die Sache trotzdem nicht.

Babyface griff nach der Kartenrolle. «Komm, ich mach das.»

Während Fiffi den Zuschauerraum betrat, zündete er die inzwischen ziemlich mitgenommene Zigarette wieder an. Mallory stand auf und ging rasch auf die Doppeltür zu. Der Junge machte ein dummes Gesicht, als er aufsah und feststellte, daß sie plötzlich wie in der Versenkung verschwunden war.

In großen Sätzen, mit ihren langen Beinen immer drei Stufen auf einmal nehmend, rannte sie die Treppe hinauf. Hier war sie bisher nur einmal gewesen. Sie erinnerte sich, daß man sich ohne Taschenlampe schwer zurechtfand. Die Treppe schraubte sich in Windungen zwei Stockwerke hoch, dann ging es über einen kleinen Gang und fünf Stufen in tiefer Finsternis wieder hinunter zum zweiten Rang. Sie setzte sich in der schützenden Dunkelheit zurecht, während Fiffi von der Bühne aus Kommandos für die Beleuchtung gab. In der ersten Reihe steckten zwei junge Frauen die Köpfe über einem Klemmbrett zusammen. Sie steckten, wie am Barnard College üblich, in Jeans und Cowboystiefeln, während die Rothaarige auf der linken Bühnenseite ein für Barnard sehr untypisches wadenlanges Kleid und Schuhe mit Pfennigabsätzen anhatte. Ein junger Mann mit pomadisiertem Haar und einem Anzug aus den vierziger Jahren saß am Bühnenrand und ließ die Füße baumeln, die stilwidrig in Joggingschuhen steckten. Fiffi stand breitbeinig da, die Hände in die Hüften gestemmt, und rief ihre Kommandos. Gehorsam wanderte der Scheinwerfer auf der Bühne hin und her, bis er bei Position zweiundzwanzig den Geist aufgab und es im Zuschauerraum dunkel wurde.

Samantha Siddon sah auf ihre Armbanduhr und faßte den Stock mit dem silbernen Löwenkopf fester. Sie wußte, daß jemand hinter ihr war, noch ehe sie die Schritte hörte. Den ganzen Tag schon spürte sie dieses Unsichtbar-Bedrohliche um sich. Jetzt war es unabwendbar und ganz nah. Es war der Tod.

Nur langsam und unter Schmerzen gelang es ihr, sich umzudrehen. Noch länger dauerte es, bis sie durch die dicken Brillengläser ihr Gegenüber erkannt hatte. Ratlosigkeit trübte den Blick der matten braunen Augen.

«Sie?» sagte sie. «Sonderbar. Sehr sonderbar.» Wie gebannt sah sie auf das Messer. Sollte sie um Hilfe rufen? Sie konnte sich nicht recht dazu aufraffen. Müde hob sie den Stock, um den ersten Stich abzuwehren, und ihr blieb noch Zeit zu begreifen, daß dies nur ein Reflex ihres Körpers war, während der Geist, der in diesem Körper wohnte, auf eine Fortsetzung seines Erdendaseins nicht sonderlich erpicht war.

Fiffi betrat die Bühne und warf das Krisselhaar zurück, aber der erhoffte dramatische Effekt blieb aus. Die Mähne fiel schlapp zur Seite.

«Wo ist der Beleuchter?» rief sie in den schwarzen Zuschauerraum hinein. Sie legte eine Hand über die Augen und sah über Mallorys Kopf hinweg zum zweiten Rang hoch. «Die Zeit läuft uns davon.»

Und wo war Gaynor? Wieder waren zwei Minuten verstrichen. Mallory beschloß, noch zwei zuzugeben. Wenn er dann nicht auf der Bühne stand, mußte sie sich auf die Suche machen.

Fiffi stakste hin und her und rief weitere Befehle. Die Scheinwerfer gingen an und aus, wanderten nach oben und unten. «Jonathan!» rief sie. «Wo zum Teufel steckst du?»

Das hätte Mallory auch gern gewußt. Seit neunzehn Minuten bist du verschwunden, du Ar–

In diesem Moment stürmte Gaynor auf die Bühne, einen breitrandigen Hut auf dem Kopf, den Schlips auf Halbmast, die Hemdsärmel aufgekrempelt und mit Ärmelhaltern versehen. Und noch etwas hatte sich an seiner Erscheinung geändert. Seine Ellbogen zuckten nicht mehr, die Füße trugen ihn bereitwillig in die von ihm gewünschte Richtung. Er verbeugte sich tief und küßte Fiffi die Hand, ohne daß es lächerlich wirkte. Plötzlich hatte er Stil und Haltung. Das nenne ich schauspielern, dachte Mallory mit widerwilliger Bewunderung.

Tänzerisch-elegant bestieg Gaynor die unfallträchtig wakkelnde, nach rechts abschüssige Plattform und setzte sich an den Schreibtisch, auf dem ein altmodisches Mikrofon mit den Kennbuchstaben eines Radiosenders stand.

Im Zuschauerraum herrschte jetzt Halbdunkel. «Verdammt, wo ist der Shadow?»

Die Doppeltür zum Foyer flog auf, die Türflügel schlugen krachend an die Wand. Alle Schauspieler drehten sich zu dem jungen Mann um, der den Zuschauerraum betreten hatte und einen Augenblick im Zwielicht stehengeblieben war. Er hatte wilde schwarze Locken, schwarze Augen und volle Lippen. Bildschön, dachte Mallory. In diesem Moment schwankte er und fiel volltrunken, aber mit einer perfekten Dreipunktlandung, auf Hinterkopf, Po und einen Ellbogen. Das muß der Shadow sein, stellte Mallory bei sich fest, und Fiffis entsetztes Gesicht bestätigte diese Vermutung.

Gaynor stieg von seiner Plattform herunter, hechtete mit einem eleganten Satz in den Zuschauerraum und beugte sich über den regungslosen jungen Mann. Er rief ihn beim Namen, rüttelte ihn, suchte nach Lebenszeichen und schleppte schließlich den leblosen Körper durch die Seitentür hinaus, indem er ihm unter die schlaff herabhängenden Arme griff.

Wie ist nur Fiffi auf den Gedanken gekommen, dachte Mallory, die Rolle des Shadow diesem hinreißenden Typen zu geben, der noch stockbesoffen so unheimlich sexy wirkt? Für einen Mann, der die Gabe hatte, seinen Mitmenschen die Gedanken zu trüben und sich unsichtbar zu machen, war er die denkbar schlechteste Besetzung. Welche Frau – und sei sie noch so tranig und tiefgekühlt – hätte bei seinem Anblick nicht prompt an das eine gedacht? Welche Frau hätte ihn nicht zielsicher in jeder Menge ausfindig gemacht?

Gaynor kam auf die Bühne zurück und setzte sich wieder an seinen Schreibtisch. Die Plattform war so wackelig, daß Mallory jeden Augenblick erwartete, sie würde zusammenbrechen und Gaynor samt Schreibtisch und Schreibtischstuhl unter sich begraben.

Eine Stunde mußte Mallory alte Hörspielfragmente, einen Jack-Benny-Sketch, eine Szene aus *Stella Dallas* und Fiffis keifende Regieanweisungen über sich ergehen lassen, ehe der Text kam, auf den sie gewartet hatte:

Wer weiß, wieviel an Bösem wohnt in eines Menschen Herz?

Der Shadow weiß es.

Mallory sprach die Worte lautlos mit. Wenn sie die Augen schloß, sah sie sich wieder mit Markowitz im Keller des Brooklyn-Hauses sitzen, Kakao trinken und mit ihm in die Welt des So-tun-als-ob abtauchen.

Es gab eine lange Pause, die im Stück nicht vorgesehen war. Der Shadow hatte sein erstes Stichwort verpaßt.

Sie schlug die Augen auf. Der Star stand auf der Bühne und war offensichtlich stocknüchtern. Mit Kaffee konnte er das unmöglich so schnell geschafft haben. Demnach hatte er die kleine Szene vorhin nur gespielt, um Fiffi zu ärgern. Jetzt ging er zur Bühnenmitte und begann einen hinreißenden Monolog.

Der Text war aus *Endstation Sehnsucht* und hatte mit der Rolle des Shadow nicht das geringste zu tun. Die Heldin des Stückes aber machte bereitwillig mit. Sie kam aus den Kulissen gerannt und warf sich dem animalisch kreischenden und brüllenden Sexprotz an den Hals. Ensemble, Bühnenarbeiter und Mallory klatschten heftig, als er sie von der Bühne trug. In der allgemeinen Begeisterung ging Fiffis Gezeter unter.

Im Zuschauerraum wurde es hell, während Mallory nach unten ging. Draußen wartete sie, ein Buch vor der Nase, bis die Schauspieler in Straßenkleidung das Theater verließen. Fiffi war offensichtlich noch immer sauer. Nach einer Viertelstunde erschien Gaynor in Jeans, offenem Sporthemd und Sakko und ging in Richtung Campus davon.

Sein Gang war jetzt wieder unsicher und tolpatschig, die Ellbogen zeigten nach außen, die Füße stolperten über den erstbesten Stein. Jonathan Gaynor hatte zu seinem eigentlichen Ich zurückgefunden.

Danach gab es keine besonderen Vorkommnisse mehr. Er blieb bis in den Abend hinein auf dem Campus, aber Mallory interessierte nur das, was er tagsüber trieb. Tagsüber, wenn der Mörder zuschlug.

In der U-Bahn geriet sie wieder in die Rush-hour. Sie stand dicht an der Wand, so daß sie nicht an ihre Büchertasche kam und sich damit behelfen mußte, über die Köpfe der Mitreisenden hinweg die Anzeigen zu lesen. «Für immer frei von Warzen und Hühneraugen», stand auf einem der Plakate. Ein anderes war eine Werbung für die Recht-auf-Leben-Bewegung. Wer eine unverheiratete werdende Mutter kannte, konnte dort anrufen und sie verpfeifen.

Ein Fahrgast sah Mallory wütend an und machte den Mund auf, um sich nachdrücklich zu beschweren, weil ihr Fuß auf seinen Zehen stand. Als er ihre Augen sah, machte er den Mund wieder zu und suchte sich ebenfalls Lesestoff an der Wagenwand.

Charles hatte ein paar dringende Fragen an Mallory, aber als sie mit vorgerecktem Kinn und finsterem Gesicht stumm an ihm vorbeiging, verkniff er sie sich. Sein Leben war ihm schließlich lieb. Erst nach geraumer Zeit folgte er ihr in das Hinterzimmer, das sie sich als Büro eingerichtet hatte und das auf beunruhigende Weise ihre Persönlichkeit widerspiegelte.

Die drei Computerterminals mit Drucker und der Rollwagen mit weiterem raffinierten elektronischen Spielzeug waren wie mit dem Lineal ausgerichtet. Auf dem Schwarzen Brett an der hinteren Wand vermißte Charles das anheimelnde Markowitz-Chaos, die Zettel waren an allen vier Ecken festgepinnt und hingen millimetergenau gerade. Kein Stäubchen lag auf den Geräten in den Regalen, Handbücher und Nachschlagewerk standen stramm wie die Soldaten auf dem Bord.

Er hatte ihr ein paar seiner schönen alten Stücke angeboten, aber sie hatte sich für ganz normale, streng sachliche Büromöbel entschieden: einen Metallschreibtisch, Bürostuhl, Drehsessel und einen großen Aktenschrank. Er wußte, ohne daß er eins der Fächer aufzumachen brauchte, daß in den Ordnern kein Blatt aus der Reihe tanzte. Es gab keine Familienfotos, an der Wand nur nüchterne Informationen, auf dem Schreibtisch nichts an persönlichen Gegenständen. Ein Zimmer, das besessene Ordnungsliebe, seelenlos präzises Denken und Handeln verriet – und das doch irgendwie nicht zu jener Kathy paßte, die er kannte, einer jungen Frau, die sich im Eifer des Gefechts immer wieder vergaloppierte, deren Raubzüge auf fremde Computer etwas Lustvoll-Zerstörerisches hatten.

«Ich würde gern ein paar Kleinigkeiten mit dir besprechen, Kathleen.»

«Mallory», verbesserte sie automatisch und stellte den ersten Computer an.

«Also gut: Mallory. Mein Steuerberater glaubt, ich hätte was gegen ihn, und ist ziemlich sauer.»

«Um so besser.» Sie rief eine Datei auf. «Dann wird er es sich zweimal überlegen, ehe er sich an deinen Konten vergreift.»

«Arthur? Der würde nicht mal eine Büroklammer einstekken, die ihm nicht gehört. Er ist eine grundehrliche Haut. Steuersachen sind sein Leben.» Charles stellte sich hinter ihren Sessel. Hörte sie überhaupt zu? «Andere Leute bronzieren Babyschuhe, er hat die erste Steuererklärung, in der sein Kind auftaucht, in Folie eingeschweißt und aufgehängt. Arthur ist sehr tüchtig, ich möchte ihn nicht verlieren.»

«Ich habe ihm keinen Vorwurf gemacht.»

«Nein, du wolltest nur eine Kopie seiner Diskette haben, um sie zu prüfen. Wie soll man so was wohl auffassen?»

Sie antwortete nicht, sondern studierte stirnrunzelnd die Daten für Wohnung 3B. «Hier ist jede Menge Miete fällig.»

Er schaute ihr über die Schulter. «Edith Candle zahlt keine Miete.»

Mallory sah auf. Der Blick war skeptisch und ein bißchen sexy.

«Komm, Mallory, seit wann hast du Tomaten auf den Augen? Edith ist die Vorbesitzerin des Hauses. Sie hat hier Wohnrecht auf Lebenszeit.»

Der Türsummer ging zum drittenmal in einer Stunde. In den letzten Wochen war Charles Butler klargeworden, daß Mallory in einem recht gehabt hatte: Es war ein Fehler gewesen, den Mietern mitzuteilen, daß das Haus jetzt ihm gehörte. Obgleich er einen Hausmeister hatte, kamen sie mit allen Beschwerden erst zu ihm. Sie waren schlimmer als seine Klienten, die meldeten sich wenigstens an oder setzten ihm ihr Anliegen brieflich oder telefonisch auseinander.

«Warte noch», sagte Mallory. «Wer ist es diesmal?»

Nach dem kurzen Summton klopfte es leise.

«Dr. Ramsharan aus 3 A», entschied Charles. «Ärztin für

Psychiatrie. Henrietta würde nie zweimal auf den Summer drücken, das findet sie aufdringlich.»

Mallory folgte ihm in die Diele, nickte Henrietta Ramsharan kurz zu und ging in die Küche, um Kaffee zu machen – wie immer, wenn Charles ihr sagen konnte, wer vor der Tür stand, ehe er aufmachte. Seit Wochen hatte er sich seinen Kaffee nicht mehr selber zu kochen brauchen.

Zunächst hatte er sich gegen eine Kaffeemaschine im Büro gesträubt, für seinen Geschmack nahm die Technik dort sowieso schon viel zu viel Raum ein. Dann aber stellte sich heraus, daß Mallory Louis' alte Kaffeemaschine aus dem Revier abgestaubt hatte, und diese sentimentale Tat, fand er, war entschieden ein Fortschritt in ihrer sozialen Entwicklung.

Wenn er in die Küche kam, vermied er es nach Möglichkeit, die neue Errungenschaft direkt anzusehen, denn irgendwie wurde er den Eindruck nicht los, daß Louis Markowitz in dieser Kaffeemaschine herumspukte und ihm blubbernd Vorwürfe machte, weil er noch nicht herausgebracht hatte, was Mallory tagsüber trieb. Ich arbeite lieber abends, hatte sie behauptet, aber das nahm er ihr nicht ab. Total vertrottelt war er denn doch noch nicht, auch wenn er sich jetzt manchmal so vorkam.

«Entschuldigen Sie die Störung», sagte die höfliche Henrietta Ramsharan, als er einladend auf die Couch deutete. Das schwarze Haar, in dem die grauen Strähnen an den Schläfen wie eingefärbt wirkten, war von neun bis fünf zu einem strengen Knoten geschlungen. Jetzt fiel es ihr locker bis auf die Schultern. Sie hatte schon ihre bequemen, verschossenen Freizeitjeans an, aber die rechte Freizeitstimmung hatte sich offenbar noch nicht eingestellt. Augen und Mund verrieten Unruhe. Natürlich fiel ihm dabei sofort einer seiner Mieter ein, der es schaffte, alle – offenbar sogar die abgeklärte Henrietta – in Unruhe zu versetzen.

«Herbert?»

«Ja. Aber wieso –?»

«Inzwischen kenne ich Herbert schon ganz gut.»

Henrietta aber kannte hier alle, sie war seit zehn Jahren im Haus. Überhaupt schienen die Mieter wechselseitig über ihre Vorgeschichte und ihr Tun und Treiben erstaunlich gut informiert zu sein. Charles hatte vorher in der Upper East Side gewohnt, dort in vier Jahren keine vier Worte mit seinen unmittelbaren Nachbarn gewechselt und sich das damit erklärt, daß er eben ein ungeselliger Typ war. Erst Mallory hatte ihn darauf hingewiesen, daß kühle bis frostige nachbarschaftliche Beziehungen die Regel und die engen Verflechtungen in diesem Haus eher die Ausnahme waren. Dabei gab es keinen Mieterverein, keinen Treffpunkt, in dem die Hausbewohner regelmäßig zusammenkamen. Hin und wieder machte ihm dieses Rätsel erheblich zu schaffen, aber Edith, die vermutlich einiges dazu hätte sagen können, schwieg sich aus.

«Sie glauben also, daß Herbert eine Schußwaffe hat?»

«Wie kommen Sie darauf?» fragte Henrietta.

«Sie kennen doch Martin Teller, der gegenüber von Herbert wohnt.»

Sie nickte.

«Als ich heute früh in der Halle an Martin vorbeikam, trug er eine kugelsichere Weste. So was ist nicht zu übersehen, besonders bei dieser Wärme. Mallory hat auch eine, aber die trägt sie nicht zum Einkaufen.»

«Martin hat Angst vor Herbert, das ist mir klar. Aber wußten Sie das von dem Lippenstift an Edith Candles Wand?»

«Nein. Hat man bei ihr –»

«Nein, kein Vandalismus. Haben Sie noch nie von diesen Absencen gehört, die sie manchmal hat? Von den Sätzen, die sie dann automatisch niederschreibt? Soviel ich weiß, kennen Sie ja Edith von klein auf.»

Nein, davon hatte er nichts gewußt. Er wußte nur, daß sie mit Onkel Max zusammen in einer Hellsehnummer aufgetreten war. Vage regte sich etwas Beängstigendes aus einer Kindheitserinnerung, einem belauschten Gespräch ... aber bei diesen Dingen half ihm sein eidetisches Gedächtnis nicht weiter.

«Manchmal nennt man es auch Tranceschreiben», fuhr Henrietta fort. «Edith war gerade dabei, die Schrift abzuwaschen, als Martin kam, um sich seinen Resteteller zu holen.»

«Resteteller?»

«Seit der Rezession bringt ihm seine Kunst nicht viel ein, und da wird er dreimal in der Woche von Edith verpflegt, seit ein paar Jahren schon. Und als er unvermutet hereinkam, sah er sie an der Wand herumwischen.»

«Hat Martin denn einen Schlüssel zu Ediths Wohnung?»

«Sie schließt nie ab. Vielleicht könnten Sie mal mit ihr darüber reden. Ich bemühe mich schon seit Jahren, ihr klarzumachen, wie gefährlich das ist. Selbst in das bestgesicherte Apartmenthaus kann mal ein Fremder eindringen.»

«Demnach könnte es also doch Vandalismus gewesen sein.»

«Die Schrift an der Wand meinen Sie? Nein, die Worte hat eindeutig Edith geschrieben, sie hat nur hinterher keine Erinnerung mehr daran.»

«Demnach ist so was schon öfter vorgekommen?»

«Ja, aber es liegt lange zurück.» Und steht hier nicht zur Debatte, ergänzte Charles für sich, als er Henriettas abweisende Miene sah. Merkwürdig, das Ganze ...

«Was stand denn diesmal an der Wand?»

«Ich weiß es nicht, Martin rückt nicht damit heraus. Sie kennen ihn ja. Wenn er drei Worte an einem Tag sagt, ist das für ihn schon viel. Diesmal waren es *Tod*, *hier* und *bald*. Ob er Angst vor Herbert habe, wollte ich noch wissen. Da hat er genickt und sich damit ein Wort gespart. Martin ist sehr labil. Und zugegebenermaßen macht es auch mich etwas nervös, wenn ich mir vorstelle, daß Herbert mit einer Kanone herumläuft.»

Unversehens stand Mallory mit zwei Kaffeebechern vor ihnen.

«Ich kann mich ja mal darum kümmern», sagte sie.

Charles wehrte ab. «Nein, laß mich das machen. Ein Gespräch mit dir hält Herberts armes Hasenherz bestimmt nicht aus.»

Henrietta trank einen Schluck und lächelte Mallory dankbar zu. «Ich glaube nicht, daß es gut wäre, Herbert direkt darauf anzusprechen. Er steht kurz vor einer Explosion, die Lunte brennt schon. Mit seiner Frau lebt er in Scheidung, die Verhandlungen verlaufen offenbar sehr unerfreulich, und Ende September verliert er auch noch seinen Job. Wenn jetzt noch die geringste Kleinigkeit dazukommt, dreht er durch.»

Charles sah Mallory an, die ein skeptisches Gesicht zog. «Alles klar?» fragte er.

«Ja. Der Typ ist total daneben.»

Kurz und knackig. Henrietta und Charles wechselten einen belustigten Blick.

Das Telefon läutete. Charles stand auf, aber Mallory kam ihm zuvor. Ihr Tempo – oder vielmehr die Art, wie sie ohne erkennbare Eile von einer Stelle verschwand, um scheinbar unvermittelt an einer anderen wieder aufzutauchen – war beängstigend.

Sie griff zum Hörer seines schönen altmodischen Apparats. Das heißt – ein richtig altmodischer Apparat war es nicht mehr. Einigermaßen entsetzt hatte er festgestellt, daß sie die Innereien ausgetauscht und einen Anrufbeantworter angeschlossen hatte. Immerhin hatte sie soviel Anstand besessen, das Monstrum in einem Schreibtischfach zu verstecken, wo er es eher zufällig entdeckt hatte.

«Hier Mallory und Butler... Hallo, Riker. Moment.» Sie zog die Schublade auf, wo das Lichtzeichen des Anrufbeantworters munter blinkte. Falls sie sich ärgerte, ließ sie es sich nicht anmerken. Sie ging in ihr Büro und machte die Tür hinter sich zu.

Er wandte sich wieder an Henrietta. «Soll ich mal mit Edith sprechen?»

«Nein», sagte sie rasch und sehr nachdrücklich.

«Wo hast du denn den ganzen Tag gesteckt, Mallory? Ich hab's mindestens hundertmal bei dir probiert.»

«Viermal. Charles schaut nie nach unserem Anrufbeantworter.»

«Ich hab was für dich», sagte Riker. «Gaynor und Cathery haben jeweils ein Alibi für zwei der Morde, gemeinsam aber keins für alle drei.»

«Ein Komplott? Davon halte ich nicht viel.»

«Nein, hör doch mal. Cathery hat ein Alibi für den Mord an seiner Großmutter und Gaynor eins für den an seiner Tante –»

«Den Film hab ich auch gesehen, Riker, aber damit kommen wir hier nicht weiter. Hätte Markowitz geglaubt, daß er es mit zwei Verdächtigen zu tun hat, hätte er sich nie ganz allein an die Verfolgung gemacht.»

«Dazu könnte ich dir was sagen, nur wird dir das nicht schmecken.»

«Spuck's aus.»

«Coffey meint, daß der Mörder Markowitz in eine Falle gelockt hat. Daß Markowitz völlig unvorbereitet war.»

«Genial! Genau wie Coffeys Theorie, daß Pearl Whitman entführt worden ist, dabei hätte ihm auch ein halbwegs aufgeweckter Schimpanse sagen können, daß sie sich mit dem Täter verabredet hatte.»

«Reg dich ab! Ich bin doch auf deiner Seite.»

«Was Neues zu den BDA-Terminen in Markowitz' Kalender?»

«Nein, und von dieser Rille ist Coffey auch wieder weg. Ich würde der Sache ja auch allein nachgehen, aber ohne Anhaltspunkte ist das verdammt schwierig. Ich hab mich mal ein bißchen in seinem Haus in Brooklyn umgesehen. Bei den Kreditkartenabschnitten und im Scheckbuch hab ich nichts gefunden, aber mit den anderen Sachen bin ich noch lange nicht durch. Sein Arbeitszimmer ist genauso chaotisch wie sein Büro, da übersieht man leicht was. Vielleicht könntest du es mal versuchen? Das Haus ist noch versiegelt, aber das ist ja kein Problem.»

«Wird gemacht. Sobald ich ein bißchen Luft habe.»

Als sie auflegte, stand auf dem Schirm des ersten Computers immer noch die Datei mit den Auskünften über die alte Dame in 3B. Die Informationen, die sie von Charles über Edith Candle bekommen hatte, waren mehr als dürftig. Zu ihrem Leidwesen hatte sie ihm die lobenswerte, aber in ihren Augen reichlich übertriebene Achtung vor der Privatsphäre seiner Mitmenschen bisher noch nicht abgewöhnen können.

Mallory blickte zur Decke hoch. Sie spürte, daß dort jemand war, noch ehe sie das Scharren von Stuhlbeinen auf den Dielenbrettern hörte. Ein rotes Licht am dritten Terminal meldete ihr, daß Edith Candle ihren Computer angestellt hatte, mit dem sie über Modem eine sekundenschnelle Rundreise von New York zur Börse in Tokio und wieder zurück unternehmen konnte.

Mallory nahm ihren Prüfhörer zur Hand, wählte die den Telefongesellschaften vorbehaltene Testnummer für Wartungsarbeiten an, rollte ihren Sessel zum dritten Terminal und kletterte über die Telefonleitung, die zu Edith Candles Modem führte, geradewegs in Ediths Rechner hinein. Heute aber fragte die alte Dame keine Aktienkurse ab, sondern ließ sich von einem kleinen, unbekannten Wirtschaftsdienst eine Kreditauskunft über einen oder eine gewisse J. S. Rathbone geben. Vielleicht eine künftige Klientin? Mallory sah wieder auf den dritten Monitor und verfolgte, wie der Wirtschaftsdienst Edith Candles Schirm mit Rathbones Aktienportfolio beschickte.

Bei keiner der aufgeführten Firmen hatte es bisher eine Fusion oder feindliche Übernahme gegeben. Auffällig allerdings war, daß Edith Candle häufig ihre Wertpapiere kurz vor verheerenden Kursstürzen – in einem Fall unmittelbar vor dem Rückruf eines Produkts wegen technischer Mängel – günstig hatte abstoßen können. Auch hatte sie sich in vielen Fällen vor dem unerwarteten Boom eines Wertpapiers mit einem größeren Aktienpaket der betreffenden Firma eingedeckt. Bei einer dieser Transaktionen hatten sich die Kurse verdoppelt. Da das nicht nur hin und wieder, sondern Dutzende von Malen vorgekommen war, mußte sie entweder eine Weltklasse-Hellseherin oder aber eine gewiefte Kennerin der Insiderszene sein. Konkret nachzuweisen allerdings war ihr nichts. Ihre Meisterleistung war der enorme Gewinn gewesen, den sie bei der Fusion von Pearl Whitmans Firma erzielt hatte.

Mallory schaltete den zweiten Computer ein und landete mit einem Tastendruck in der Datenbank der amerikanischen Börsenaufsicht, der Securities and Exchange Commission in Washington, D. C. An den dort bekannten Börsenbewegungen aus jüngster Zeit schien Edith sich nicht beteiligt zu haben, aber bei der Todd & Remmy-Fusion vor vier Jahren war sie groß eingestiegen. Dieses Geschäft war noch nicht verjährt. Nach der Whitman-Chemical-Fusion Anfang der achtziger Jahre aber hatte die Börsenaufsicht anscheinend das Interesse an Edith Candle verloren. Vielleicht fürchtete man, sie würde sich bei peinlichen Fragen einfach mit ihren hellseherischen Fähigkeiten herausreden.

Als Mallory die Liste der Begünstigten aus der Todd & Remmy-Fusion überflog, fand sie einen bekannten Namen vom Gramercy Square, nämlich den von Estelle Gaynor, sowie eine Fußnote, die auf eine frühere Ermittlung verwies. Mit fünf Tastenbewegungen kopierte sie die Information auf eine Diskette und ließ sich von Edith Candles Wirtschaftsdienst eine Kreditauskunft über sie geben.

Die alte Dame war dort offenbar schon lange Kundin, und wer in einem Informationsdienst die Angel auswirft, wird automatisch selbst zu einem Fisch, nach dem geangelt werden kann. Mallory war dieser Gefahr dadurch aus dem Weg gegangen, daß sie sich überall ungefragt und kostenlos bediente. So vorausschauend war Edith Candle nicht gewesen. Außer ihren Aktienbewegungen aber gab die Auskunft nicht viel her. Rasch baute Mallory die Information in die Datei ein, die den Vorgang der Staatsanwaltschaft über den Untersuchungsbericht der Börsenaufsicht enthielt, eben jenes Schriftstück, das zu ihrer Partnerschaft mit Charles geführt und ihr einen Zugang zu der alten Dame in 3 B eröffnet hatte.

Nach einer knappen halben Stunde hörte sie wieder den Türsummer gehen, hörte das Öffnen und Schließen der Wohnungstür und gedämpfte Stimmen. Sie saß noch ein paar Minuten nachdenklich vor der Datei der Bewohnerin der Wohnung 3 B und ließ sie dann vom Bildschirm verschwinden.

Als sie in Charles' Zimmer kam, saß vor seinem Schreibtisch nicht mehr Henrietta Ramsharan, sondern die verkniffene Frau vom Gramercy Square.

«Das ist sie», verkündete sie mit schriller Stimme und deutete mit einer Visitenkarte auf Mallory. «Jetzt erzählen Sie mir bloß nicht, daß Sie so was nicht übernehmen. Ich verlange ja gar nicht, daß sie sich die Finger schmutzig machen, es handelt sich nicht um einen Scheidungsfall oder so was. Diskretion ist ja gut und schön, aber man kann's auch übertreiben.»

Charles war tief in seinen Sessel gerutscht und hatte einen leicht gehetzten Blick.

Mallory setzte sich auf einen Queen-Anne-Sessel an der Schmalseite des Schreibtischs. «Mein Partner hat eine andere Klientel mit ausgefalleneren Problemen.»

Charles musterte sie argwöhnisch. Sie konnte in seinem Gesicht lesen wie in einem Buch.

Zu Mrs. Pickering sagte er: «Meine Klienten sind gewöhnlich Forschungsinstitute, Hochschulen, hier und da auch ein Regierungsausschuß. Ich beschäftige mich mit ausgefallenen Talenten, ungewöhnlichen Erscheinungsformen von Intelligenz und versuche, diese Gaben gewissen Berufsgruppen oder Forschungsprojekten nutzbar zu machen. Für normale Ermittlungsarbeit ist meine Partnerin zuständig.» Er drehte seinen Sessel zu Mallory herum. «Mrs. Pickering wollte von mir wissen, was du am Gramercy Square gemacht hast.»

Er lächelte gequält.

«Berufsgeheimnis», sagte Mallory zu Mrs. Pickering. Ihr Lächeln war so leer wie eine Leinwand nach dem Filmriß.

«Jetzt kommen Sie schon wieder mit dieser verflixten Diskretion! Warum wollen Sie meinen Fall nicht übernehmen?»

«Habe ich das gesagt?»

«Er hat es gesagt.»

Charles lehnte sich zurück und machte eine matte Handbewegung. «Mrs. Pickering möchte, daß wir das Lieblingsmedium ihrer Mutter als Betrügerin entlarven.»

Diesmal war Mallorys Lächeln echt. «Warum nicht? Eine Frau mit betrügerischen Gaben ... das ist doch genau dein Gebiet, Charles. Mal was Neues!»

«Neu wohl kaum», sagte Charles. «Es wäre nicht mein erster beruflicher Kontakt mit Medien. Nach meinen Erfahrungen verfügen die meisten über eine außerordentliche Empathie, bei manchen kann man von einer echten Gabe sprechen.»

Mrs. Pickering sprang auf, als wollte sie geradewegs an die Decke gehen. «Nicht in diesem Fall. Diese Person ist eine geldgierige Schwindlerin.» Das *Sie Trottel* blieb unausgesprochen, stand aber im Raum. Erschöpft von ihrem Ausbruch sank sie wieder in ihren Sessel zurück. «Sie wollen mir doch wohl nicht im Ernst erzählen, daß diese Schwindlerin sich mit meinem toten Vater in Verbindung setzen kann?»

«Soweit ich weiß, kommen selbst begabte Medien mit den Verschiedenen nicht so gut zurecht», sagte Charles. «Dafür können sie mit Hilfe ihrer meist hoch entwickelten Intuition die Lebenden um so besser manipulieren. Sie registrieren alle Einzelheiten eines Menschen, werten sie aus und verarbeiten sie zu Informationen, die die Betroffenen meist sehr verblüffen, weil sie meinen, Außenstehende könnten unmöglich Zugang zu diesem Wissen haben. Manchmal grenzt das tatsächlich an Hexerei.»

Mrs. Pickering als typische, von keinerlei esoterischen Regungen angekränkelte New Yorkerin machte ein skeptisches und etwas geringschätziges Gesicht, was Charles natürlich nicht entging.

«Nehmen wir zum Beispiel Sie», fuhr er fort. «Sie sind noch nicht lange geschieden, haben gute Schulen besucht, finden trotz der Ihnen vom Arzt verordneten Mittel keinen Schlaf und sind zuweilen scheinbar grundlos deprimiert.»

Mrs. Pickering nickte unwillkürlich und sah Charles wie gebannt an. Mallory registrierte die dünne weiße Linie an dem Finger, an dem der Trauring gewesen war. Die gute Schulbildung hörte man ihr an, sie war im übrigen bei einer Anwohnerin des Gramercy Square auch zu erwarten. Wenn man genau hinsah, konnte man trotz des geschickt aufgetragenen Makeups die dunklen Augenringe erkennen, Zeichen chronischer Schlaflosigkeit, die meist mit gewohnheitsmäßiger Einnahme von Schlafmitteln einhergeht. Und mit einem so verdrucksten, verklemmten Gesicht konnte sie eigentlich nicht anders als unglücklich sein.

Gute Leistung, Charles.

«Sie lassen alle vierzehn Tage das Haar nachtönen», fuhr er fort.

Na klar, dachte Mallory, sonst hätte man zumindest einen Ansatz gesehen.

«Und Sie hatten als Kind und Jugendliche Ballettunterricht.»

Woher er das wohl hatte? War sie vielleicht auf Zehenspitzen ins Zimmer geschwebt?

«Sie gehen lieber zu den Auktionen von Christie's als zu denen von Sotheby's.»

Das durfte ja nicht wahr sein …

Dann aber sah sie die vielen Ringe mit den schönen alten Fassungen an Mrs. Pickerings Fingern. Wahrscheinlich hatte Charles mit seinem fotografischen Gedächtnis Auktionskataloge abgerufen.

«Sie haben einen Hund.»

Konnte das Zeug, das an ihrem Kleid hing, nicht ebensogut Katzenhaar sein? Moment... sein sagenhafter Geruchssinn. Draußen nieselte es, und Mrs. Pickering war vermutlich vor ihrem Besuch bei Charles mit dem Hund draußen gewesen. Katzen führt man nicht im Regen spazieren.

«Sie hatten es beim Anziehen auffallend eilig.»

Mallory hatte zunächst an dem modischen Outfit ihrer Besucherin nichts auszusetzen, aber dann sah sie, daß im Nacken das Schildchen mit der Waschanleitung hochstand und der Rougeklecks auf einer Wange nicht richtig verteilt war. Eine eitle Frau, die sich, ehe sie aus dem Haus geht, nicht gründlich vor dem Spiegel begutachtet? Wieder ein Treffer, Charles.

«Ihr Leben bietet Ihnen zur Zeit keine Höhepunkte», sagte Charles, «sondern fließt mit quälender Gleichförmigkeit dahin, und es sieht nicht so aus, als würde sich in absehbarer Zeit daran etwas ändern. Die Hinterhältigkeit Ihrer Mutter irritiert, ja ärgert Sie, der Gedanke an Ihr eigenes Leben aber erfüllt Sie mit Trauer und Entsetzen. Doch das alles ist im Grunde ziemlich primitiv. Ein gutes Medium könnte sich Zugang zu Ihren Gefühlen verschaffen, hätte das Flackern in Ihrem Blick registriert, als Sie betonten, Sie handelten nur im Interesse Ihrer Mutter, hätte die Tatsache, daß Sie nicht Besorgnis erkennen ließen, sondern Ärger, sehr viel geschickter ausgewertet als ich.»

Weil du für so was viel zu anständig bist, dachte Mallory. Sie selbst hatte seine Anständigkeit immer schamlos ausgenutzt, denn nur so hatte sie gegen seinen genialen IQ überhaupt eine Chance. Aber künftig würde sie sich doch ein bißchen zurückhalten müssen. Sie hatte nie die Absicht gehabt, Charles zu gefährden, aber wenn sie ihre Bereitschaft signalisierte, diesen Fall zu übernehmen, von dem er offenbar so gar nichts hielt, konnte es durchaus gefährlich werden.

Andererseits bot ihr diese Pickering einen Zugang zum Gramercy Square und dessen alteingesessenen Geldadel. Und auch an das faszinierende Zentnerweib mußte man denken ...

Mallory traf eine schnelle Entscheidung. «Wir übernehmen den Fall. Fünfzehnhundert Dollar Vorschuß. Zeitaufwand und Spesen werden später mit der Vorauszahlung verrechnet.»

Mrs. Pickering saß nach wie vor aufrecht in ihrem Sessel. Trotzdem sah es so aus, als beanspruche sie nicht mehr so viel Platz im Zimmer. Müde nickend kramte sie ihr Scheckbuch heraus. Ihr Gehabe war also nur Schau gewesen. Sie war keineswegs die hochkarätige Furie, für die Mallory sie zuerst gehalten hatte.

«Meine Mutter heißt Fabia Penworth», sagte Mrs. Pickering, nachdem sie mit ihrem goldenen Füller eine schwächliche Unterschrift auf den Scheck gesetzt hatte, und holte ein Kärtchen heraus. «Das ist die Adresse.»

Mallory nahm Scheck und Karte entgegen und besiegelte das Geschäft mit einem Handschlag, was jemand, der sie nicht näher kannte, fälschlicherweise für eine herzliche Geste halten konnte. «Danke, Mrs. Pickering.»

Mrs. Pickering, inzwischen nur noch eine verunsicherte Frau reiferen Alters, lächelte fast schüchtern.

«Sagen Sie doch Marion zu mir. Und Sie sind ...»

«Mallory.»

Mrs. Pickering stand auf und ging langsam zur Tür. Jetzt begriff Mallory, wieso Charles auf Ballettunterricht getippt hatte. Mrs. Pickering ging leicht und graziös, mit nach außen gedrehten Zehen, einer eindeutig angelernten Haltung. Ein gesenkter Kopf und gebeugte Schultern hätten viel besser zu ihrer derzeitigen Stimmung gepaßt, aber die Körpersprache hatte ihr ein gestrenger Ballettmeister in jungen Jahren mit einem großen Stock ausgetrieben. Bei Mallory war ein ähnliches Experiment schmählich gescheitert.

Charles drehte seinen Sessel zu Mallory herum und machte ein ziemlich unglückliches Gesicht. «Was treibst du eigentlich ständig am Gramercy Square?»

Die großen grünen Killeraugen wurden noch größer, die dichten Wimpern senkten sich verführerisch, und als sie die Lider wieder hob, wirkte das wie ein Striptease, eine Verlokkung, vor der ihn nur das Wissen schützte, daß sie fünfundzwanzig und eine Schönheit war und für ihn, den Neununddreißigjährigen, unmöglich mehr als platonisches Interesse haben konnte. Seine Logik war erbarmungslos – auch wenn sie sich gegen die eigene Person richtete.

Als sie mit der Verführungsmasche nicht weiterkam, vertiefte sie sich in die Betrachtung ihrer roten Fingernägel.

«Komm, sag was!»

«Ich observiere da eine Sache ... in einem ähnlich gelagerten Fall.»

«Kathleen!» Der Verdacht, dies könne eigentlich nur eine faustdicke Lüge sein, klang nur ganz diskret an.

«Mallory! Am Gramercy Square wird irgendein Schwindel großen Stils betrieben», erklärte sie mit einem treuherzigen Augenaufschlag, von dem Charles sich keine Sekunde lang täuschen ließ. «Ich habe das Medium nach der Beschreibung auf einem Fahndungsblatt erkannt.»

«Und es hat nichts mit dem Mord an Louis zu tun», sagte Charles. Und hätte ebensogut sagen können: «Heute war zweimal Sonnenaufgang.»

«Nein.»

«Ich mache mir Sorgen um dich. Du würdest es mir doch sagen, wenn du in diese Sache verwickelt wärst, nicht?»

«Ja, sicher, warum denn nicht?»

Warum denn nicht? Sie hatte ihn wirklich gern. Auf eine Lüge mehr oder weniger kam es ihr nicht an, wenn sie ihn damit glücklich machen konnte.

«Du interessierst dich also nur für das Medium.» Und ich, Charles Butler, bin die Maikönigin.

«Die Frau hat was mit Computerbetrug zu tun. Nicht, daß sie selber Programme schreiben könnte, aber sie kennt sich mit elektronischen Informationsdiensten aus. Genau wie die Alte in 3 B.»

«Moment mal...»

»Edith Candle arbeitet nach der gleichen Masche. Über ihren Computer läßt sie sich Zeitungsausschnitte und Informationen von Gott weiß wo kommen, Kreditauskünfte undundund...»

«Bitte laß meine Mieter und ihre Privatsphäre in Ruhe. Daß Edith Candle sich von elektronischen Netzen Auskünfte liefern läßt, ist doch nichts Anrüchiges.»

«Bewahre...»

«Sie hat seit dem Tod ihres Mannes vor über dreißig Jahren das Haus nicht mehr verlassen –»

«Von mir aus kann sie so wunderlich sein, wie sie will – ich sage ja nur, daß sie nach der gleichen Masche arbeitet wie Mrs. Pickerings Medium.»

«Edith lebt sehr zurückgezogen, aber sie ist nicht weltfremd. Über die Informationsdienste hält sie sich auf dem laufenden. Vermutlich könnte sie uns über das, was draußen vorgeht, mehr erzählen als andere Leute, die sich für wer weiß wie umtriebig halten. Und wer ein Mietshaus hat, braucht eben hin und wieder auch eine Kreditauskunft. Es ist alles ganz harmlos.»

«Sie hat aber gar kein Mietshaus mehr, das hast seit einem Jahr du, Charles. Und sie ist trotzdem nach wie vor auf ihre Wirtschaftsdienste abonniert. Und wieso verkriecht sich eine Multimillionärin hier in Soho?»

«Edith besitzt ein ganz hübsches Vermögen, aber von Multimillionen kann keine Rede sein. Für das Haus hat sie knapp eine Viertelmillion bekommen. Es mußte ein paar Jahre refinanziert werden... Verzeih, ich hatte ganz vergessen, mit wem ich rede, wahrscheinlich kannst du mir auf den Cent genau die Höhe der Hypothek sagen.»

«Charles, die Frau schwimmt in Geld. Sie ist eine leidenschaftliche Spekulantin. Wußtest du, daß es bei der Börsenaufsichtsbehörde einen Vorgang über sie gibt?»

«Was? Nein, laß, ich will es gar nicht wissen.»

«Insidergeschäfte. Ich habe die Unterlagen.»

«Ja, wenn du es schwarz auf weiß gesehen hast, muß es wohl stimmen.» Er hob Hände und Augen gen Himmel. Seine Ironie war so versteckt, daß Mallory manchmal sehr genau hinhören mußte. Er holte die Brieftasche heraus und legte seinen Führerschein vor sie hin.

«Vielleicht kann ich damit deinen Glauben an die Allmacht des Schriftlichen ein bißchen erschüttern. Hier steht, daß ich am sechsundzwanzigsten geboren bin. Auf der Geburtsurkunde steht dasselbe. Der Arzt war nach einer sechzehnstündigen schwierigen Entbindung so fertig, daß er das falsche Datum eingesetzt hat.»

«Die Börsenaufsicht hat ganz offiziell gegen Edith Candle ermittelt, sie ist sogar zu einem Gespräch gebeten worden...»

«Ich will nichts mehr davon hören.»

«Warum nicht? Die Angaben stammen von der Staatsanwaltschaft und stimmen hundertprozentig, ich kann dir den Ausdruck zeigen –»

«Nein!»

Sie hatte ihn eigentlich nur ablenken wollen. Jetzt erschrak sie, weil sie offenbar zu weit gegangen war. Es kam nicht oft vor, daß er in Rage geriet. Charles hatte ihr schon einmal gesagt, wie sehr es ihm widerstrebte, in die Privatsphäre seiner Mitmenschen einzudringen. Auch damals hatte sie das nicht begriffen, hatte sich erboten, ihm diese Macken auszutreiben, wie sie es nannte. «Das kriegen wir schon hin», hatte sie gesagt.

«Verzeih, ich wollte dich nicht anschreien», sagte er milder. «Also versuchen wir's noch mal. Alles, was wir über einen

Menschen erfahren, wirkt sich auf unsere Beziehung zu ihm aus. Ich kenne Edith von klein auf, ihr Mann war der Vetter meines Vaters. Sie ist meine einzige noch lebende Angehörige. Mehr, als ich jetzt von ihr weiß, brauche ich nicht zu wissen.»

«Ihre Insidergeschäfte interessieren dich also nicht?»

«Nein. Wenn nun jemand zu dir käme, um dir etwas Abträgliches über Louis oder Helen zu erzählen?»

«Okay», sagte sie. «Vergiß es.»

Er war nicht überzeugt, das sah sie ihm an. Ihre Antwort war zu schnell gekommen, war zu glatt. Darauf würde sie in Zukunft achten müssen.

In der Diele verabschiedeten sie sich etwas gezwungen. Mit einem Knopfdruck holte sie den Aufzug hoch. Als die Aufzugtür sich öffnete, sah sie in das erschrockene Gesicht von Herbert Mandrel. Er zuckte mit dem kleinen Kopf wie ein Vogel, als Mallory die schönen Zähne bleckte, sah sich gehetzt um, drückte sich flach an die Wand und stand so gerade, als könne er damit sein Größendefizit wettmachen.

Mallory hatte die Ausbuchtung unter der Bomberjacke bemerkt und drückte lächelnd auf den roten Knopf. Sie hielten im dritten Stock.

Die Sehnenstränge in seinem Hals traten hervor, als sie ihr Gesicht dem seinen näherte. «Sie gucken viel fern, stimmt's, Herbert?» sagte sie leise. «Krimis und so. Da werden Sie auch wissen, was Sie zu tun haben, wenn ich Sie auffordere, sich an die Wand zu stellen...»

Widerstrebend sah er sie an. Mit der strammen Haltung war es vorbei, trotzdem versuchte er noch einmal aufzumukken. «Sie haben nicht das Recht –»

Sie packte ihn am Arm, drehte ihn um, stieß ihn grob gegen die Aufzugwand und machte ihm mit einem Fuß die Beine breit. Als er mit ausgestreckten Armen und Beinen dastand, hin- und hergerissen zwischen Hilflosigkeit und schlotternder Angst, sagte sie: «Eine Bewegung, und ich muß Ihnen weh tun. Kapiert?»

Er nickte und stand ganz still. Sie klopfte ihn ab und griff sich mit der freien Hand den schweren metallenen Gegenstand, der vorn in seinem Gürtel hing.

«Jetzt können Sie sich wieder umdrehen, Herbert.»

Noch einen Augenblick stand er da wie ein aufgespießter Schmetterling, dann ließ er die Arme sinken und sah haßerfüllt zu ihr hoch.

«Was ist das?» Sie ließ den Schnellader am Griff baumeln.

«Hab ich von einem Kumpel in meinem Schießklub gekauft.»

«Und wo ist die Waffe dazu?»

«Hab ich nicht.»

«Das können Sie Ihrer Großmutter erzählen, Herbert. Ein Schnellader ohne Kanone?»

«Ich hab keine, ehrlich. Die von der Stadt geben mir keinen Waffenschein, ich hab schon einen Anwalt eingeschaltet. Fragen Sie Edith Candle, die hat mir einen empfohlen. Schießübungen mache ich nur im Klub.»

«Und wo ist der?»

«West Fourteenth Street.»

«Der Laden von Barry Allen?»

«Ja. Er kann's Ihnen bestätigen. Fragen Sie Barry. Fragen Sie Edith.»

«Worauf Sie sich verlassen können.»

Sie drückte auf den Knopf, die Tür ging auf. Von draußen warf sie ihm den Schnellader zu. Er strecke die Hand aus, griff aber daneben. Sie sah noch, wie er sich danach bückte, dann ging die Tür wieder zu.

Durchaus glaubhaft, dachte sie. Herbert war nicht der Typ, der sich eine gestohlene, nicht zugelassene Waffe gekauft hätte. Barry Allen war ein früherer Cop und hatte einen guten Ruf. Aber es war nur eine Frage der Zeit, bis irgend jemand im Klub dem kleinen Zitteraal eine Kanone beschaffte.

Sie hakte das Thema Herbert erst einmal ab und dachte wieder an ihre Auseinandersetzung mit Charles. Sie hatte ihn sehr gut verstanden. Wehe dem, der sich in ihrem Beisein abfällig über Helen oder Markowitz geäußert hätte! Sie würde also Edith Candles Spekulationsgeschäfte zunächst auf sich beruhen lassen. Aber über die Erwähnung von Pearl Whitman in dem Bericht der Börsenaufsichtsbehörde konnte sie unmöglich so ohne weiteres zur Tagesordnung übergehen. Die Hälfte unserer Arbeit, hatte Markowitz mal zu ihr gesagt, besteht darin, Verbindungen zwischen uns bekannten und uns unbekannten Personen auf die Spur zu kommen. Pearl Whitman hatte ihren Mörder gekannt. Vielleicht kannte auch Edith Candle ihn. Mit diesem Gedanken im Hinterkopf klingelte sie an der Tür von 3 B.

Schritte näherten sich, aber das metallische Schurren zurückgeschobener Riegel blieb aus. Als die Tür aufging, stand vor ihr eine rundliche Frau mit weißem Haar und einer Haut, die von innen zu leuchten schien, so hell war sie. Edith Candle lächelte, als habe sie nicht eine unangemeldete Fremde, sondern eine lang erwartete liebe Freundin vor sich, und verstieß damit eklatant gegen das Sicherheitsbedürfnis des typischen New Yorkers, der ohne einen festen Riegel und zwei gute Sicherheitsschlösser, einen Dobermann, einen Pitbull-Terrier und ein Guckloch in der Wohnungstür nicht auskommt.

«Ich bin eine Bekannte von Charles Butler.»

«Freunde von Charles Butler sind mir jederzeit willkommen.» Sie trat einladend beiseite. Im Wohnzimmer, wo es heller war, sah Mallory, daß Edith Candle ganz und gar nicht ihren Vorstellungen von einer Börsenschwindlerin entsprach. Auf dem kleinen Körper wirkte der Kopf unverhältnismäßig groß, das Haar war im Nacken zu einem Knoten geschlungen, der altmodische Spitzenkragen verschwand unter einem Dreifachkinn. Die Hände waren arthritisch verdickt, und die Augen hinter der dicken Brille blickten groß und unschuldig blau.

Eine warme, weiche Hand zog Mallory sanft weiter. «Bitte setzen Sie sich doch, ich mache gleich Kaffee. Oder möchten Sie lieber Wein?»

«Einen Kaffee nehme ich gern, vielen Dank.»

Von Charles wußte sie genug, um die schönen alten Stilmöbel nicht als billigen Trödelkram zu verkennen. Das Zimmer war vollgestellt mit teuren Zier- und Nippesgegenständen – Porzellanfiguren, silbernen Konfektschälchen, seidenen Lampenschirmen, Gruppen von Fotografien auf den breiten Fensterbrettern –, alles Staubfänger, die wunderbarerweise keine einzige Staubflocke angesetzt hatten. Es roch nach Kiefernnadelöl und Möbelwachs, genau wie bei Helen Markowitz, der besten Hausfrau aller Zeiten. Und aus der Küche kam der von tausend Sonntagsessen und Montagsschulbroten vertraute und geliebte Geruch nach Rinderschmorbraten.

«Wer war sie?»

Mallory fuhr so jäh herum, daß Edith Candle zurückprallte und einen Schaukelstuhl in Bewegung setzte. Die alte Dame fing sich wieder und fing auch die rutschende Brille wieder ein, aber der Schaukelstuhl wiegte sich weiter wie von einem Unsichtbaren bewegt.

«Es sind Erinnerungen an eine Frau, nicht wahr?» Mrs. Candle setzte sich auf die Couch und rückte automatisch ein Schondeckchen auf der Armlehne zurecht. «Nichts in diesem Zimmer deutet darauf hin, daß hier einmal ein Mann gelebt hat. Dachten Sie an Ihre Mutter?»

«Ich habe meine Mutter nicht gekannt.»

«Sie haben tief geatmet. Es riecht nicht nach Blumen, nur nach Sauberkeit. Das hat Ihnen gefallen. Und auch, daß es so ordentlich ist. Sie sind offenbar richtig erzogen, sind geliebt worden. Wer war sie?»

«Helen. Sie sagen *war*. Woher wußten Sie, daß sie tot ist?»

«Was Sie sahen, war eine Erinnerung.»

O Himmel! Aus dieser Ecke also hatte Charles sein besonderes Talent...

Und dann saßen sie in der geräumigen Küche und tranken ihren Kaffee. «Ja, Kind», sagte Edith Candle und schob Mallory einen Teller mit selbstgebackenen Keksen hin, «als

Charles klein war, haben seine Eltern mich oft besucht. Wußten Sie, daß seine Mutter sechsundfünfzig war, als er zur Welt kam? Kaum zu glauben, was? Sehr liebe Menschen, die Butlers. Max und ich haben Charles gehütet, wenn sie zu ihren Hochschulkonferenzen reisten. Ich ging dann mit ihm in den Park, aber er kam mit den anderen Kindern nicht zurecht. Immer wieder machte er sich Hoffnungen, und immer wieder erfuhr er nur Ablehnung. Schon sein IQ machte ihn zum Einzelgänger, und dann diese Nase... Noch nie habe ich ein Neugeborenes mit einer so großen Nase gesehen. Auch als er nach der Promotion an diesem Forschungsprojekt arbeitete, waren wir oft zusammen, Charles und ich. Für ihn war ich ein Versuchskaninchen. Ich war nämlich Hellseherin.»

«Ich weiß. Wir bearbeiten zur Zeit den Fall eines falschen Mediums.»

In den Augen der alten Dame blitzte es belustigt auf. «Da sind Sie bei mir an der richtigen Adresse. Ich kenne so ziemlich alle Tricks, die es auf diesem Gebiet gibt. Aber nicht alles ist Schwindel. Charles kann Ihnen bestätigen, daß manche Menschen wirklich die Gabe besitzen, in der menschlichen Seele zu lesen. Was ich in Ihrer Seele lese, Kind, ist Schmerz. Zerstörerischer Schmerz.»

Zwei Tassen Kaffee später machte Edith Candle die Hintertür auf, und Mallory betrat nach ihr den kleinen Vorplatz, von dem aus eine Wendeltreppe in den Keller führte. Das Geländer zeichnete ein gewundenes schwarzes Muster auf die weiß getünchten Treppenhauswände, die Glühbirnen über den Zugängen zu den Wohnungen in den unteren Stockwerken leuchteten nackt und grell. Mallory folgte Edith Candle aus deren enger Fünfzimmerwelt die Treppe hinunter bis zur Kellertür, die – bestimmt als einzige in ganz New York – nicht abgeschlossen und auch nicht abschließbar war. Sanft hielt sie die alte Dame mit einer Hand zurück, während sie im Kellerdunkel nach dem Lichtschalter tastete, wobei sie das Gewicht des schweren Revolvers im Holster als sehr beruhigend empfand. Als sie versuchte, das Licht anzuschalten, tat sich nichts.

«Auf dem Sicherungskasten liegt eine Taschenlampe», sagte Edith Candle hinter ihr.

Mallory machte die Tür ein Stück weiter auf, damit Licht aus dem Treppenhaus in den Keller fiel, fand die Taschenlampe und leuchtete die Sicherungen ab. Sie waren alle in Ordnung.

«An der Sicherung liegt es nicht», erklärte Edith. «Schon als Max und ich das Haus kauften, war der Schalter kaputt. Drei Generationen von Elektrikern haben sich erfolglos mit ihm abgemüht.» Sie nahm Mallory die Taschenlampe ab. «Wenn ich mich recht erinnere, ist da drüben an der Wand noch eine Lampe.» Sie tastete sich an Kisten und Kasten entlang zu einer alten Stehlampe mit gerüschtem Schirm. Gleich darauf war ein kleiner Teil des Kellers in warmes gelbes Licht getaucht. «Gleich mache ich es uns noch heller», sagte sie lächelnd. «Kommen Sie nur mit.»

Vorbei an lastenden Schatten folgte Mallory ihr durch einen Gang aus Schiffskoffern, auf denen Schachteln und Kisten gestapelt waren. Dazwischen standen alte Möbel in Schutzbezügen und am Ende des Ganges eine kopflose Schneiderpuppe.

«Alle Requisiten von Max sind hier unten», erklärte Edith. «Den Lagerraum haben wir nachträglich abteilen lassen, er geht über den halben Keller.» Sie steckte einen Schlüssel ins Schloß, eine Falttür öffnete sich, und man sah in eine dunkle Höhle, in die nur durch das breite Fenster auf Gehsteighöhe ein wenig Licht fiel. Draußen standen Mülltonnen. Eine Ratte huschte vorbei.

Mallory erkannte die Umrisse von Kisten und einen hohen, dreiflügeligen Paravent.

«Ich war schon ewig nicht mehr hier unten», sagte Edith. Sie ging an Mallory vorbei und knipste eine Kugelleuchte an, die ein mattes Licht verbreitete. Es fiel auf einen Plastikkleidersack, in dem gefaltete Seide glänzte und Pailletten glitzerten.

«Als nach dem Tod meines Mannes die Kollegen kamen, um mir zu kondolieren, fragten sie auch, ob ich ihnen seine Requisiten verkaufen wollte. Aber für mich war es Ehrensache, seine Geheimnisse nicht zu Geld zu machen. Hätten Sie Lust, eine seiner berühmtesten Nummern zu sehen? Haben Sie ein starkes Herz? Wir haben sie nur einmal gezeigt. Zu viel Blut, hat der Theaterbesitzer gesagt. Sie sind hoffentlich nicht schreckhaft?»

Mallory sah die alte Dame an. «Ich denke, wir können es riskieren.»

Edith schaltete einen Strahler am Sockel des fast bis zur Decke des hohen Kellerraums reichenden Paravents ein. Auf dem zarten Reispapier war jetzt ein feuerspeiender Drache zu sehen.

«Warten Sie hier», sagte die alte Dame. «Ich muß die Technik überprüfen, sie ist über dreißig Jahre nicht benutzt worden.» Sie drückte Mallory die Taschenlampe in die Hand und verschwand hinter dem Paravent.

Mallorys Handrücken prickelten. Ihr Instinkt mahnte zur Vorsicht. Sie spürte den Blick, der sich aus dem Dunkel auf sie richtete, dann erfaßte der Strahl der Taschenlampe ein Augenpaar.

Charles?

Nein. Ein abgetrennter Kopf auf einem Koffer. Aus Wachs natürlich, aber trotzdem ... Es überlief sie kalt. Die Augen wirkten beängstigend echt. Die Proportionen zwischen dem Weiß und der Iris waren nicht ganz so extrem, aber der staunende Ausdruck – wie der eines Neunjährigen unter dem Weihnachtsbaum – lag wohl in der Familie. Das mußte Charles' Onkel sein.

Hallo, Max.

Sie hörte Edith Candle rufen und ging um den Paravent

herum durch einen Gang aus Kleiderständern zu der alten Dame, die unter einer fünf Meter hohen Guillotine kniete. Über dem weißen Haar trug sie einen roten Turban, der Hals lag zwischen den Pfosten in einem hölzernen Bügel mit Öffnungen für Kopf und Hände. Genau über ihrem Nacken hing ein breites, bösartig blitzendes Fallbeil.

Edith nickte lächelnd zu einem verschnörkelten goldenen Hebel hinüber, der seitlich an der Guillotine angebracht war. «Ziehen Sie daran, Kind.»

Mallory schüttelte einigermaßen ratlos den Kopf. Das war kein fauler Zauber, kein Spiegeltrick. Unter dem scharf geschliffenen Fallbeil kniete keine Wachsfigur, sondern die leibhaftige Edith, die eben noch mit ihr gesprochen hatte.

Ein unheilverkündendes Knirschen... Mallory sah rasch nach oben. War der Mechanismus ins Rutschen gekommen? Ihr Magen krampfte sich zusammen. Wie gebannt sah sie auf das Fallbeil. Hatte es sich ein Stück gesenkt, der Winkel sich verändert?

Das Gestänge klickte.

Edith stieß einen Schrei aus, und ein auf der Guillotine befestigter leuchtender Sonnenball tauchte jäh den ganzen Raum in grelles Licht. Mit vorgestreckten Händen und halb blind lief Mallory auf die Guillotine zu, war fast am Ziel – da sauste das Fallbeil herunter, der Kopf mit dem blutigen Stumpf fiel von dem hölzernen Bügel und rollte über den Boden. Der Torso zuckte noch eine Weile wie im Krampf, dann lag er still.

Mallory war zu Eis erstarrt. Sie brachte keinen Ton heraus.

Der Kopf zu ihren Füßen lachte.

Nein, doch nicht... Ganz allmählich stellten sich Mallorys Augen auf die neuen Lichtverhältnisse ein. Was vor ihr lag, war das wächserne Abbild einer Edith aus jüngeren Jahren. Unversehrt richtete Edith Candle sich auf.

«Ihr Gesicht...», stieß sie hervor. Sie wischte sich die Lachtränen aus den Augen, Bauch und Busen bibberten. «Ihr

Gesicht hätten Sie sehen sollen! Kein Wunder, daß wir mit dieser Nummer so durchschlagenden Erfolg hatten. Die Zuschauer glaubten alle an ein Unglück und schrien wie am Spieß. Bei den Nummern von Max ging es meist um Leben und Tod, das war sein Markenzeichen.»

Weil sie fürchtete, ihre Knie könnten einknicken, setzte Mallory sich schnell auf den Fußboden. «Das war wirklich ganz schön hart.»

Edith zog aus dem Gewirr von Requisiten einen Schemel hervor und setzte sich neben Mallory. «Viel darf ich Ihnen zu den Nummern von Max nicht sagen, die Zunft hat einen strengen Ehrenkodex. Nur soviel vielleicht: Die entscheidende Rolle bei diesem Trick spielt das Licht. Während das Auge adaptiert, sieht man einen Moment alles nur verschwommen. Man sieht das, was man zu sehen erwartet – nämlich einen Betriebsunfall. Mehr kann ich Ihnen nicht verraten, ich darf Ihnen nicht mal zeigen, wie das Licht angeht. Auch das ist Berufsgeheimnis.»

Mallory sah sich genötigt, ihre Vorstellung von netten alten Damen grundlegend zu revidieren. Sie musterte Edith voller Hochachtung. Kein Zweifel, hier war sie an der richtigen Adresse.

«Wie sehen die Tricks der Medien aus?»

«Es gibt natürlich Unterschiede zwischen Magiern und Spiritisten, aber beide arbeiten mit den Mitteln der Irreführung und Spiegelfechterei. Eine Klientin erzählte mir mal von einem Medium in der Forty-second Street, das Gegenstände zum Fliegen brachte. Das könnte ich Ihnen vorführen.»

«Mit Draht?»

«Nein, mit Schwarzer Kunst.»

«Schwarzer Kunst?»

«Nicht das, was Sie denken. Keine Spur von Okkultismus! Schwarze Kunst ist die Tarnung von Schwarz mit Schwarz. Man braucht dazu einen Handspiegel und einen vollständig abgedunkelten Raum. Es genügt, wenn sich der Gegenstand nur wenige Zentimeter in die Luft erhebt. Zu viel ist eher von Übel und riecht nach Fälschung. Wenige Zentimeter Levitation in einem schräg gehaltenen Spiegel sind glaubhafter und irgendwie unheimlicher. Dazu braucht das Medium einen Komplizen, der sich frei im Raum bewegen kann.»

«Sie bringt immer einen kleinen Jungen mit.»

«Mit einem Gehilfen hat man wesentlich mehr Möglichkeiten.»

«Sie soll eine ausgeprägte technische Begabung haben.»

«Erwarten Sie nichts Ausgefallenes, keine holographischen Bilder oder dergleichen. Je simpler der Trick ist, desto besser wirkt er. Sie wird kaum mit High-Tech-Geräten zu ihren Klienten kommen.»

«Aber sie zieht mit Hilfe des Computers Erkundigungen über ihre Opfer ein.»

«Klienten, Kind. Bei Opfern denkt man immer an faule Tricks und vergißt gern, daß sich die Zuschauer bei unseren Darbietungen im Grunde doch gut unterhalten. Max und ich hatten unsere Hellsehnummer erarbeitet, während er eine Verletzung ausheilte. Bei einer seiner Illusionen war ihm etwas schiefgegangen, als ... Aber ich schweife ab. Sie wollten hören, was es so an Tricks in der Zunft gibt. Ich riet mit verbundenen Augen den Gegenstand, den der Kunde in der Hand hielt.»

«Mit Hilfe eines Mikrofons?»

«Nein, es war viel einfacher – wie die meisten unserer Kniffe. Wenn Sie zu kompliziert denken, kommen Sie nie dahinter.» Sie schob sich die Brille wieder auf den Nasenrücken und sah nachdenklich vor sich hin. «Max gab mir Stichworte. Wenn er sagte: ‹Konzentriere dich›, war der Gegenstand aus Metall. Seinem nächsten Stichwort entnahm ich, ob es eine Münze war oder eine Uhr oder sonst etwas. Wenn er ‹Bitte› sagte, war der Gegenstand aus Papier. Geld oder ein Foto. Und wenn ich dann die Binde abnahm, las ich den Zuschauern ihre Sorgen und Geheimnisse vom Gesicht ab.»

«Hatten Sie vorher Erkundigungen eingezogen?»

«Nein. Max stellte sich zu ihnen in die Schlange. Wir ließen sie immer möglichst lange warten. Schlangestehen verführt zum Schwätzen. Wir haben uns bei der Auswahl nie auf den Zufall verlassen. Ich weiß, das klingt nach Betrug, aber die Leute haben immer etwas für ihr Geld bekommen. Es war eine gute Show.» Sie lächelte, wurde aber gleich wieder ernst.

«Und dann fand ich zu meiner wahren Berufung. Ein Sheriff holte uns in der nächsten Stadt ein, nachdem eine meiner Visionen Wirklichkeit geworden war. Ich hatte eine Tote gesehen, und der Sheriff hatte sie gefunden. Damit wurde ich berühmt. Bei der nächsten Tournee war nicht mehr Max in den Schlagzeilen, sondern ich. Nach seinem Tod hat mich diese Gabe sehr belastet. Ich hatte seinen Tod vorausgesehen. Sie glauben mir nicht, das spüre ich. Aber es war so.»

«Haben Sie auch Pearl Whitmans Tod vorausgesehen?»

«Nein, Kind. Diese Trancezustände überkommen mich immer ein paar Tage vor dem Tod eines Menschen, mit dem ich kurz zuvor zusammen war. Mit Pearl hatte ich seit vielen Jahren keinen Kontakt mehr.»

«Es macht Ihnen nichts aus, über sie zu sprechen?»

«Aber nein. Ein trauriges Ende, nicht wahr? Als ich sie kennenlernte, war sie erst fünfundsechzig. Ihr Vater war gerade gestorben, er war um die Neunzig gewesen, wenn ich mich nicht irre, und sie bat mich, Verbindung zu seinem Geist aufzunehmen. Ich mußte ihr sagen, daß ich für solche Dinge nicht zuständig bin. Fälschlicherweise werden Hellseher und Medien ja oft in einen Topf geworfen.»

«Sie konnten aber Pearl Whitman dann trotzdem helfen?»

«Ja, ich habe sie finanziell beraten. Über finanzielle Fragen hatte sie auch mit ihrem Vater sprechen wollen.»

«Haben Sie dazu in Ihre Kristallkugel gesehen?»

«Nein, Kind. Darf ich Kathy sagen? Danke. Ich kenne mich auf dem Börsenparkett ganz gut aus und habe Zugang zu einer guten Datenbank, folge aber auch meinem Instinkt. Ich riet

Pearl zu einer Fusion, mit der sie ihr Vermögen verdoppeln konnte.»

«Und haben Sie von dieser Fusion auch profitiert?»

«Ja. Ich hatte mir auf unseren Tourneen einiges zusammengespart, und Max und ich hatten unser Haus mit einem schönen Gewinn verkauft. Ich investierte alles in Wertpapieren von Whitman Chemical und hatte nach der Fusion genau doppelt soviel wie zuvor.»

«Hat man Ihnen vorgeworfen, daß Sie damit etwas Ungesetzliches taten?»

«Insidergeschäfte meinen Sie ... Ja, ich bekam tatsächlich ein bißchen Ärger mit den staatlichen Stellen, wurde vorgeladen und stundenlang verhört, aber zum Schluß ist alles im Sande verlaufen. Vielleicht hatte die Staatsanwaltschaft einfach keine Lust, sich mit einer alten Hellseherin anzulegen. Dann gab es den ganzen Wirbel um Mr. Milken und seine Affären, darüber haben sie mich wohl vergessen. Erstaunlich, was man sich alles leisten kann, wenn man alt ist.»

Die alte Dame gluckste belustigt. Mallory lächelte. Ihre Gedanken hatte Edith Candle offenbar nicht gelesen, ja nicht einmal ihr Lächeln hatte sie richtig deuten können.

Jetzt hab ich dich, sagte dieses Lächeln.

«Sagen Sie, Edith – ich darf Sie doch Edith nennen?»

«Aber natürlich.»

«Sagen Sie, Edith, ist Pearl Whitman dann davon abgekommen, Verbindung mit ihrem Vater aufzunehmen? Oder ist sie woanders hingegangen?»

«Das weiß ich nicht, Kathy. Bei mir war sie nie wieder.»

«Kommt es eigentlich oft vor, daß sich jemand Börsentips bei einem Medium holt?»

«Sehr oft sogar. Probleme mit dem Geld und mit der Liebe haben die Menschen immer, und je älter sie werden, desto mehr ist das Geld gefragt.»

«Bei der Hellseherei geht es also in erster Linie um Finanzielles?»

«Nein, so würde ich das nicht sagen. Dazu braucht man schon einiges Fachwissen. Die meisten aus der Zunft sind Schmalspurtalente, die leben von der Hand in den Mund. Dann gibt es natürlich auch echte Begabungen, die überhaupt kein Geld nehmen und kostenlos mit der Polizei zusammenarbeiten. Aber gute Börsenexperten sind im Jenseits so selten wie auf der Erde.»

«Und Sie waren gut. Die Fusion hat sich bezahlt gemacht. Warum hat Pearl Whitman sich nicht wieder bei Ihnen gemeldet?»

«Vielleicht fand sie, daß sie nun genug Geld hatte.»

«Sie leben aber auch nicht schlecht, wie?»

«Ganz unter uns: Ich schwimme in Geld.»

«Und warum gehen Sie nie aus dem Haus?»

«Wozu? Die Welt kommt ja zu mir. Über die elektronischen Netze komme ich an alle Informationen heran, die ich brauche, ich habe meinen Fernseher, Video, meine Buchklubs und ein nettes Verhältnis zu den Mietern hier im Haus. Was will ich mehr?»

«Aber gibt es nicht auch einen konkreten Grund? Einen Grund, der etwas mit dem Tod Ihres Mannes zu tun hat?»

«In gewisser Weise ja. Ich sah den Tod meines Mannes voraus, konnte ihn aber nicht verhindern. Danach wollte ich nur noch meine Ruhe haben. Aber ich bin nicht einsam, es vergeht kaum ein Tag, ohne daß ich Besuch bekomme. Vielleicht bin ich fürs Einsiedlerleben doch nicht so recht geschaffen, ich denke in letzter Zeit immer öfter daran, mich wieder in die Welt hinauszuwagen.»

«Was wissen Sie über Medien? Sie sagten ja, es sei eigentlich nicht Ihr Gebiet.»

«Sie meinen die Technik? Nach den Jahren mit Max durchschaue ich wahrscheinlich die meisten Tricks – aber nicht immer ist dabei Betrug im Spiel. Den meisten geht es einfach darum, eine gute Schau abzuziehen. Zum Recherchieren bedienen sich alle der modernen Technik mit Computern und allem Drum und Dran, aber die alten Spielchen haben deshalb noch lange nicht ausgedient. Mit Schaltbildern lassen sich nun mal keine Illusionen vermitteln.»

«Hätten Sie Lust, mich zu einer Séance zu begleiten?»

Daß es in einem einzigen Wohnblock so viele private Videokameras gab, hätte Jack Coffey nie für möglich gehalten. Und eigenartig war es schon, daß ausgerechnet in diesem entlegenen Winkel der Stadt, der sich gleichsam aus dem zwanzigsten Jahrhundert ausgeklinkt hatte, die Anwohner aus den Fenstern und von Balkonen hingen und für ihr Pantoffelkino eine Mordermittlung filmten. Mit einigem Glück hätte er einen Film von dem Mord selbst haben können, wenn sich nicht der Täter zielsicher den einzigen blinden Fleck im Gramercy Park ausgesucht hätte. Drei Meter rechts und links von der Kellertür des Hausmeisters hatte die Kamera nichts erfaßt.

Seine Leute bemühten sich mit unerschütterlicher Höflichkeit, die Menge in Schach zu halten, aber die geldschweren Anwohner verteidigten lautstark ihr vermeintliches Recht, sich von der Schau, das heißt von dem blutigen Tatort nicht fernhalten zu lassen. Heute abend würde sich Beales Limousine hier nicht sehen lassen. Auch Harry Blakely würde nicht da sein, um die unvermeidliche Reporterfrage zu beantworten: Wie konnte das unter Ihren Augen passieren?

Die auf das Haus gerichteten Scheinwerfer machten den Gehsteig taghell. Gerry Pepper, der Fotograf, beugte sich über das Geländer und richtete seine Kamera auf die Nische vor der Kellertür. Er arbeitete ohne Blitz. Dann ging er die kleine Treppe hinunter, um die alte Dame besser aufs Korn nehmen zu können. Sie lag an der Wand, auf der sich blutig der Abdruck ihrer Hand abzeichnete. Immer wieder drückte er auf den Auslöser. Still und ohne Protest, dem hektischen Getriebe schon weit entrückt, sah sie zu ihm hoch. Er schoß ihr Gesicht, und dann wich er unvermittelt zurück, als habe sie eine spitze Bemerkung gemacht. «Ich brauche noch Großaufnahmen von dem Handabdruck, Gerry», rief Coffey zu ihm hinunter.

Gerry Pepper sah auf, und Coffey merkte, daß irgend etwas diesen ausgebufften Profi aus dem Gleis geworfen hatte. Seit fünfzehn Jahren fotografierte er Menschen, die auf jede nur denkbare Art zu Tode gebracht worden waren, vom zerstükkelten Säugling bis zum Junkie, der sich selbst den Goldenen Schuß gesetzt hat. Er hatte weit schlimmere Verstümmelungen gesehen als eine durchgeschnittene Kehle oder eine abgehackte Brust. Coffey winkte ihn zu sich.

«Was liegt an, Gerry?»

In heiserem Flüsterton – als ob das bei dem hundertfachen Stimmengewirr auf dem Square nötig gewesen wäre! – gab er zurück: «Das wird ein Selbstmörderfoto. Verrückt, ich weiß. Aber Sie glauben ja gar nicht, wie viele Selbstmörder ich schon aufgenommen habe.» Er fuhr sich mit der Hand durchs Haar und warf einen scheuen Blick über die Schulter. «Die ganze Wohnung könnte ich mit meinen Selbstmörderbildern tapezieren. Und Fotos von Mordopfern hab ich zehnmal soviel. Ich weiß, wovon ich rede.»

Coffey kannte Gerry schon lange und hütete sich zu sagen, was er dachte: «Du Trottel, meinst du denn, sie hat sich selber so zugerichtet?» Es war nicht seine Aufgabe, die Jungs zu demoralisieren, dazu hatte der liebe Gott einen Kripochef geschaffen, und von diesem Gespräch würde Blakely nie erfahren.

«Verrückt», sagte Pepper. «Aber Sie wollten es ja wissen.»

Jetzt schleppten die Sanitäter die Leiche in einem Plastiksack nach oben, und Dr. Edward Slope zog die Gummihandschuhe aus und nickte Coffey zu. Ja, das gleiche Muster, besagte dieses Nicken. Und: Ja, es ist eine verrückte Welt, in der wir leben.

Coffey legte Slope eine Hand auf den Arm. «Wann ist es passiert, was meinen Sie? Mir wäre schon mit einer groben Schätzung geholfen ...»

Slope ließ seine Tasche zuschnappen, sah Coffey an und brachte fast so was wie ein Lächeln zustande. «Markowitz hat Sie gut gedrillt, mein Junge. In diesem Fall ist es nicht allzuschwer, ich habe ja die Körpertemperatur, den Zustand der Verletzungen und die Leichenstarre als Anhaltspunkte. Falls nicht bei der Obduktion noch irgendwas ganz Verrücktes zutage kommt, würde ich sagen zwischen elf und zwei. Bis morgen kann ich das sicher noch ein bißchen einengen.»

Grußlos drehte er sich um und ging langsam davon. Es kam Coffey vor, als sei er seit ihrer letzten Begegnung um Jahre gealtert. Höchste Zeit, daß wir uns nicht mehr aus so einem Anlaß treffen, dachte er.

Riker blätterte in seinem Notizbuch. «Der Pförtner kann sich nicht erinnern, wann Samantha Siddon das Haus verlassen hat. Irgendwann am Nachmittag, meint er. Mrs. Fayette, die Putzfrau, hat die alte Dame um zwölf noch gesehen, danach ist sie heimgegangen. Mrs. Siddon habe einen Hausmantel angehabt und Hausschuhe, sagt sie. Wenn sie sich umziehen mußte, kann sie frühestens um Viertel nach zwölf in der Halle gewesen sein, eher um halb eins. Sie hatte Arthritis in den Händen und den Beinen, da tut man sich schwer mit dem Knöpfen.»

«Haben Sie mit dem Hausmeister gesprochen?»

«Ja, der ist ganz schön fertig. Er hat nämlich noch einen zweiten Job und möchte nicht, daß wir das an die große Glocke hängen, wenn wir mit der Hausverwaltung sprechen. Von diesem zweiten Job kommt er um dreiundzwanzig Uhr fünfzehn nach Hause. Er geht nach unten zu seiner Wohnungstür. Es ist dunkel. Die Birne ist schon eine ganze Weile kaputt, aber weil genügend Licht von der Straße kommt, hat er sie noch nicht ausgetauscht. Beim Aufschließen sieht er das Stoffbündel in der Ecke und ist stinksauer, weil er denkt, ein Mieter hat ihm was zum Wegschaffen hingelegt, und schließlich ist er ja nicht die Müllabfuhr. Er zerrt an dem Zeugs herum und begreift erst mal gar nicht, was er vor sich hat.»

Coffey warf einen Blick in das Notizbuch, aus dem Riker das alles vorgelesen hatte. Auf der Seite standen ganze vier Worte.

«Haben Sie in der Wohnung Hinweise auf Angehörige gefunden?»

«Sie hatte nur noch eine Cousine. Soll ich einen Streifenwagen hinschicken?»

«Wie heißt sie noch gleich?» fragte Coffey.

«Margot Siddon», antwortete Officer Michael Ohara, Polizist in der dritten Generation. «Cousine zweiten Grades.»

«Wo ist sie jetzt?»

«In Markowitz' Zimmer.»

«Markowitz hat hier kein Zimmer mehr, Ohara.»

«Jawohl», sagte Ohara, aber es klang nicht überzeugt. «In Ihrem Zimmer, Lieutenant.»

Sergeant Riker tappte hinter Jack Coffey her, dessen Nakken zwischen Haaransatz und weißem Kragenrand rot angelaufen war, sah feixend auf seine Schuhspitzen und betrat hinter Coffey Markowitz' Zimmer.

Der neue Anblick war verdammt ungewohnt. An den Wänden hingen nur noch eine normal große Korktafel und zwei Aufnahmen der Rennpferde, die Coffeys einzige Leidenschaft waren – wenn man von der für knackige Bräute absah.

Zu dieser Kategorie gehörte Margot Siddon nach Rikers Einschätzung nicht. Sie saß auf dem Stuhl am Schreibtisch und trank Kaffee aus einem Pappbecher. Ihr Gesicht sah aus wie halbseitig betäubt. Die Muskeln auf der linken Seite waren gelähmt, sie konnte keine Bewegung machen, die nicht zur Grimasse wurde. Die Narbe auf der Wange bezeichnete die Stelle, an der zusammen mit der Haut offenbar auch die Nerven durchtrennt worden waren.

Von der Anwaltskanzlei Jasper & Biggs hatte Riker erfahren, daß sie ein Vermögen erben würde, aber Horace Biggs, der Testamentsvollstrecker, war auf Urlaub in Rom, und

Morton Jasper hatte, verärgert über die späte Störung, nicht mit Bestimmtheit sagen können – oder wollen –, ob sie die Alleinerbin war.

Wie eine junge, hoffnungsvolle Erbin sah Margot Siddon nicht gerade aus. Sie hatte strähniges Haar und abgetretene Kunstlederschuhe an den Füßen. Obgleich sie mehrere Schichten von Kleidung übereinander trug – ein schwarzes Kleid, eine verschossene Gobelinjacke und einen Schlabberschal –, wirkte sie überschlank. Die Beine mit den kräftigen Waden hatte sie ausgestreckt. Der Körper war zierlich, aber wahrscheinlich muskulös. Tänzer, sagte sich Riker, trainieren wahrscheinlich jeden Tag. Schwäche verriet nur das Gesicht mit den kleinen Augen, dem fliehenden Kinn.

Coffey machte sie miteinander bekannt.

«Wir haben uns schon mal gesehen», sagte Riker. »Miss Siddon ist eine Bekannte von Henry Cathery, dem Enkel des ersten Opfers. Sie war in Catherys Wohnung, als Markowitz ihn verhört hat.»

Coffey guckte sauer. Hättest du mir auch früher sagen können, übersetzte sich Riker seinen ungnädigen Gesichtsausdruck.

Riker setzte sich hinter Margot Siddon, und zwar so, daß er Blickkontakt zu Coffey hatte. Er zog ein ledergebundenes Büchlein aus der Tasche und blätterte zurück zu den Notizen über das Gespräch in der Wohnung von Cathery.

«Sie und Mr. Cathery sind also befreundet», sagte Coffey.

«Wir kennen uns«, stellte sie richtig. «Ich habe einmal in der Woche meine Cousine Samantha besucht. Die Catherys wohnten im gleichen Haus. Nachdem Henrys Großmutter gestorben war, habe ich ihn hin und wieder besucht. Ihr Tod hat ihn sehr getroffen. Er war in jeder Beziehung auf sie angewiesen und tat sich schwer ohne sie.»

Riker nickte Coffey zu. Das stimmte. Gleich zu Beginn seiner Notizen hatte er die Worte *Opfer/Kinderfrau* unterstrichen. Die Großmutter hatte offenbar Henry in allen praktischen Dingen umsorgt, ohne sie wäre er ungewaschen und in schmutziger Wäsche herumgelaufen. Als Markowitz mit Cathery gesprochen hatte, war sie seit einem Monat tot. Die Sonderkommission hatte den Fall erst übernommen, als nach dem zweiten Mord klargeworden war, daß sie es höchstwahrscheinlich mit einem Serienkiller zu tun hatten. In der Wohnung, die der Junge früher mit Anne Cathery geteilt hatte, roch es, als sei kürzlich eine Putzfrau dagewesen, deren Bemühungen sich aber offenbar nicht auf Henry selbst erstreckt hatten. Trotz des blumigen Raumsprays müffelte es deutlich nach ungewaschenem Körper.

«Ich hab ihm mit Kleinigkeiten unter die Arme gegriffen», sagte Margot Siddon gerade zu Coffey. «Hab aufgepaßt, daß er regelmäßig ißt und so Sachen.»

Riker nickte erneut bestätigend. Die nächsten in seinen Notizen unterstrichenen Worte waren *Margot Siddon – neue Kinderfrau.* Bei Markowitz' Besuch hatte sie ihnen aufgemacht – mit einem Paar sauberer Jeans und einem Männerhemd über dem Arm. Kein Zweifel, wer in dieser Zweierbeziehung das Sagen hatte. Henry Cathery hatte keine Frage beantwortet, ohne erst Margot anzusehen. Und wenn ihm nichts Rechtes einfiel, war sie eingesprungen. Sie war nicht nur die Dominierende, sondern man hatte merkwürdigerweise den Eindruck, daß Henry auch körperlich der Schwächere war, obgleich er auf den ersten Blick groß und kräftig wirkte.

«Ich glaube, Henry hat keine Ahnung, wie man an Lebensmittel kommt», sagte Margot Siddon gerade. «Er hat sich wohl gewundert, daß nichts mehr im Kühlschrank war, wußte aber nicht, wie er diesen Zustand ändern sollte.»

Lebensmittel, las Riker. Ja, die waren zehn Minuten nach Beginn der Vernehmung ins Haus geliefert worden. Henry Cathery hatte ihr Geld für den Lieferjungen gegeben, und dann war sie kurz in die Küche gegangen, um die leicht verderblichen Sachen im Kühlschrank zu verstauen. Pure Nächstenliebe, hatte Riker zunächst gedacht, obgleich die junge Frau nicht gerade einen mütterlichen Eindruck machte. Aber sie waren eben beide Einzelgänger und kamen wohl, weil sie anders waren, mit korrekten Zweireihertypen nicht klar.

Den letzten Vermerk hatte er sich auf der Rückfahrt von Catherys Wohnung gemacht. Die junge Frau, hatte Markowitz gesagt, habe Henry das Wechselgeld nicht zurückgegeben. *Nassauer*, hatte Riker notiert und unterstrichen.

In Catherys Wohnung hatte gedämpfte Beleuchtung geherrscht. Im grellen Licht der Neonröhren auf dem Revier sah Riker, daß Margot Siddons Sachen keine modischen Grunge-Klamotten, sondern nur alt und abgetragen waren. Die reiche Alte hatte sich der Cousine gegenüber offenbar ziemlich schofel benommen.

Miss Siddon trank ihren Kaffee aus, setzte den Becher auf den Schreibtisch, faltete die Hände im Schoß und drückte die Finger zusammen, um sie ruhig zu halten. Die Beine ließen sich nicht so gut disziplinieren, sie zuckten unruhig mal in die eine, mal in die andere Richtung.

Coffey kondolierte ihr zum Tod der Cousine und streifte Riker im Lauf des Gesprächs hin und wieder mit einem vielsagenden und leicht irritierten Blick. Daß der Sergeant auch nach einer halben Stunde noch nichts notiert hatte, war ihm nicht entgangen.

«Feinde? Nicht daß ich wüßte», sagte Margot und nahm Coffey das Foto ab. «Ja, das ist Samantha. War es ein Messer mit Wellenschliff?»

«Wie bitte?» Lieutenant Coffey beugte sich vor, als habe er sich verhört.

«Das Messer, mit dem sie umgebracht wurde. Hatte es Wellenschliff?»

Sie legte das Foto, eine Aufnahme des Gesichts zu Identifizierungszwecken, auf den Schreibtisch. Ein weißes Tuch verdeckte die klaffende Halswunde, das Gesicht wirkte friedlich wie bei einer Schlafenden.

«Das wissen wir nicht genau», sagte Coffey. «Die Obduktion ist noch nicht abgeschlossen.»

«Wenn Sie mir Fotos von den Verletzungen zeigen, könnte ich es Ihnen wahrscheinlich sagen.»

«Das verlangen wir gar nicht von Ihnen, Miss Siddon. Uns geht es nur um die Identifizierung.»

«Gibt es einen Grund, mir die Aufnahmen vorzuenthalten?»

«Wir möchten im Augenblick noch nicht alle Einzelheiten in der Öffentlichkeit bekanntmachen.»

Ein Mißgriff, dachte Riker. Die Augen der jungen Frau glühten. «Ich bestehe darauf, die Fotos zu sehen», sagte sie.

Und dann machte sie den Fehler, mit ihrem halben Gesicht zu lächeln. Die Grimasse brachte Coffey sichtlich in Rage. Er nahm den Umschlag mit den Hochglanzfotos heraus und gab ihr die Aufnahme, auf der man die Halswunde sah.

Sie hielt das Foto nach Art der Kurzsichtigen dicht vor die Augen. «Ein langes Messer. Ohne Wellenschliff.»

Coffey stand auf und rückte den Schlips zurecht. Jetzt reicht's, sagten seine Miene, seine steife Haltung.

«Sergeant Riker wird Ihnen noch ein paar Fragen stellen und Sie dann nach Hause bringen.»

Damit verließ er das Zimmer.

Riker machte sich ein paar Notizen und blickte auf. Sie sah ihn erwartungsvoll an.

«Können Sie sich erinnern, wo Sie heute zwischen elf und zwei waren, Miss Siddon?»

«Auf der Probebühne von TriBeCa.» Und da sie als Kind der Fernsehgeneration ganz genau wußte, welche Frage jetzt kommen mußte, fügte sie hinzu: «Es waren etwa hundert Leute zum Vortanzen da. Der Regisseur erinnert sich bestimmt an mich. Ich war echt gut, hat er gesagt.»

Aber sie wußte und Riker wußte, daß der Regisseur sich nicht wegen ihrer Leistung, sondern wegen ihrer linken Gesichtshälfte an sie erinnern würde.

«Er ruft mich an», setzte sie mit ihrem einseitigen Lächeln hinzu. Auf der anderen Wange zog sich die Narbe zu einer schauerlichen Mondsichel zusammen.

Das kannst du deiner Großmutter erzählen, dachte Riker.

«Dann fahre ich Sie jetzt nach Hause, Miss Siddon.»

Im East Village wimmelte es von jungen Leuten aus guter Familie, die sich wie arme hungrige Künstler benahmen, aber diese junge Tänzerin mit den billigen Schuhen war echt arm, echt hungrig. Bei beiden Gesprächen war er nicht allzu nah an sie herangekommen. Hier im Wagen fiel ihm der Geruch nach Altkleiderladen auf. Und die fast greifbare Nervosität, die von Margot Siddon ausging.

Er bog in die Houston ein, fuhr drei Blocks nach Norden und hielt vor ihrem Haus. Eine Gruppe Halbwüchsiger stand an der Ecke und beäugte interessiert den Wagen. Ratten rannten zwischen den Mülltonnen herum. In dem Unrat auf dem Gehsteig blinkten die Scherben einer Einwegspritze.

«Ich bringe Sie noch nach oben», sagte er und zog den Zündschlüssel ab.

«Nein, danke, nicht nötig», antwortete sie schnell. Viel zu schnell.

«Es macht mir nichts aus.»

«Nein, bitte! Wirklich ...» Nicht mal auf der unversehrten Gesichtshälfte wirkte das Lächeln überzeugend.

«Gute Nacht, Sergeant Riker.»

Er nickte, fuhr an und ordnete sich langsam in den Verkehr ein. Sie blieb auf dem Gehsteig stehen und blickte ihm nach. Im Rückspiegel sah er, wie sie kleiner und kleiner wurde und schließlich in der gefährlichen Landschaft von Avenue C verschwand.

Übers Autotelefon versuchte er Mallory zu erreichen. Er ließ es lange läuten, manchmal nahm sie sich verflixt viel Zeit mit dem Abnehmen.

Vor dem Gespräch mit Margot Siddon hatte er zu Coffey gesagt, daß sie wahrscheinlich alles erben würde, was die Alte auf dem Konto hatte, und daß Markowitz immer sehr für Geldmotive gewesen war. Markowitz ist tot, hatte Coffey zum zweitenmal an diesem Abend festgestellt, als könne er es nicht fassen, daß diesem Trottel Riker das nicht in den Kopf wollte. Und außerdem, setzte Coffey – mindestens zum zehntenmal – hinzu, ist das nicht die Tat einer Frau.

An der nächsten Ampel machte sich Riker die letzte Notiz für diesen Tag: Warum keine Frau?

Margot Siddon knipste Licht an, und eine Kakerlake ging rasch unter der Scheuerleiste in Deckung. Die Bestückung der Messerleiste in der winzigen Küche hätte einen Profikoch neidisch machen können. In der Nische, die sich Schlafzimmer schimpfte, waren weitere Messer. Schweizer Armeemesser, gewöhnliche Taschenmesser, Springmesser. Manchmal vergaß sie, daß diese Leidenschaft für Schneidwaren von ihren Mitmenschen nicht unbedingt geteilt wurde. Heute abend war sie zu weit gegangen. Die beiden Cops hatten sie angesehen, als käme sie vom Mond – da, wo er am finstersten ist.

Als sie gefragt hatte, mit was für einem Messer Cousine Samantha umgebracht worden war, wären dem Jüngeren, diesem Coffey, fast die falschen Zähne rausgefallen.

Liebste Samantha. Das viele schöne Geld...

Sie würde mehr als genug haben, um sich ihr früheres Lächeln zurückzukaufen. Ihre Augen glänzten verträumt, als sie mit der einen Gesichtshälfte lächelte. Und dann fing sie an zu tanzen. Arme und Beine wirbelten in freudig-festlichem Schwung. Sie tanzte durch ihre schäbige Einzimmerbude und sagte jeder Wand einzeln Lebewohl.

Mallory ging auf der dunklen Straße in Soho an einer Fußgängerin vorbei. Die Frau schnappte mehr überrascht als ängstlich nach Luft, denn sie hatte keine Schritte, kein Geräusch gehört. Mallory war plötzlich neben ihr gewesen und rasch an ihr vorbeigegangen.

Ohne sich umzudrehen wußte Mallory, hinter welcher Tür die Frau verschwunden war und daß sie ihre Handtasche aufgemacht hatte, um selbst aufzuschließen. Den raschen Schritten hatte sie die jähe Angst angehört. Gut so. Normale Bürger hatten gefälligst Angst zu haben. Dann lebten sie länger. Besonders, wenn sie aufmerksamer auf das achteten, was sich um sie herum tat.

Sie ging in nördlicher Richtung zu der Garage, in der ihr Wagen stand. Einen Block vor der Houston blieb sie stehen. Horchte. Drehte sich mit verengten Augen um. Nichts. Niemand.

Du bist allein auf der Straße, meldeten ihre Augen. Aber sie spürte den Blick, der auf sie gerichtet war.

Jäh, mit schrillen Alarmsirenen und rotem Blinklicht, meldete sich eine Erinnerung. «Die meisten Leute schauen nicht nach oben», hatte Markowitz zu ihr gesagt, als sie noch in der Ausbildung war. Sie trat zurück und sah dem schwarzen Ding entgegen, das auf sie niedersauste, um sie in eine bessere Welt zu befördern, als es die Stadt New York war. Behende wie eine Großstadtratte sprang sie zur Seite, als der schwere Betonklotz neben ihr auf dem Gehsteig aufschlug und ein Netz von Rissen im Beton erschien.

Sie sah zu den Dächern hoch. Dort oben zeichnete sich eine dunkle Gestalt vor dem Nachthimmel ab, ein Schatten, der sich am Dachrand entlangbewegte. Schon hatte sie den Revolver in der Hand – aber der entscheidende Sekundenbruchteil war vertan. Der Schatten hatte sich zurückgezogen.

Sie ging zum Haus und hievte sich mit einem Satz auf die Feuerleiter. Der Adrenalinstoß war so groß, daß sie sich ohne spürbare Anstrengung auf den Gitterrost im ersten Stock ziehen konnte. Immer drei Stufen auf einmal nehmend, lief sie in einem Zug die sechs Stockwerke hoch.

Es war eine mondlose Nacht. Im matten Licht der großen Stadt sah sie, daß der Schatten schon einen großen Vorsprung hatte. Sie hechtete über die Trenngitter zwischen den aneinanderstoßenden Dächern, überwand mit einem Sprung den Abstand, wenn die Häuser auf Lücke gebaut waren. Der Schatten war nicht so schnell wie sie, aber Zeit und Raum waren ihm günstig. Die Schöße seiner dunklen Jacke flatterten im Wind wie Fledermausflügel, und dann hob er ab und war verschwunden.

Alle Sinne sagten ihr, daß sie allein in der Dunkelheit stand. Leise ging sie weiter, suchte mit scharfem Blick Feuerleitern und Dachluken ab. Eine stand offen. Sie sah in das schwarze Treppenhaus hinunter, auf der Suche nach einer wenn auch noch so leichten Luftbewegung, einer Spur von Körperwärme, aber sie spürte nichts, hörte nichts – nur die Stille derer, die einem neuen Bürotag entgegenschliefen. Hier war der Schatten nicht untergetaucht. Sie ging noch ein Haus weiter, prüfte auch hier die Dachluke und die Feuerleiter.

Dann trat sie zurück und hob den Kopf. Vor ihr lag die Skyline von Lower Manhattan, das Panorama heller Fenster, hinter denen die Nachtmenschen hockten, die nie etwas gesehen hatten, wenn die Cops bei ihnen anklopften.

Jack Coffey saß allein in seinem Zimmer, das noch immer Markowitz' Zimmer hieß. Die Sache mit Margot Siddon hatte ihn ziemlich mitgenommen. Dieses Gerede von Messern, dieses grimassenhafte Grinsen. Eins von diesen Punkergirls aus dem Village, hatte er gedacht, für die es ein Sport ist, Cops anzumachen. Ganz falsch.

Er sah auf die Akte hinunter, die Riker ihm auf den Schreibtisch gelegt hatte. Die von Markowitz unterschriebene Anforderung war angeheftet, sie war nach dem Gespräch in Catherys Wohnung herausgegangen. In dem zwei Jahre zurückliegenden Bericht über den Anschlag auf Margot Siddon war auch von dem Messerstich die Rede, den durchtrennten Gesichtsnerven. Und die Narbe war ja nicht zu übersehen. Er aber hatte für grinsende Dreistigkeit gehalten, was das Werk eines grausamen Messers und nicht Schuld des Opfers war.

Es war schon ein Elend mit all diesen Opfern ...

Und was hatte er noch übersehen? Herrgott, was war er müde!

Riker hatte auch mit dem Beamten gesprochen, der damals den Fall bearbeitet hatte, und seine Notiz dem Vorgang beigelegt. Coffey nahm das Schulfoto eines hübschen, ganz normal lächelnden Mädchens in die Hand, aufgenommen kurz vor dem Tag, als dieser Verbrecher zu ihr gesagt hatte: «Schau, wie das Messer tanzt, meine Kleine.» Nach Aussage des Kollegen hatte Margot zusehen müssen, wie die Klinge in ihre Wange gefahren war, hatte – splitternackt und im Schock, nachdem er ihr Gewalt angetan hatte – das Blut fließen sehen.

Ein Elend mit all diesen Opfern ...

Er machte das Deckenlicht aus. Eigentlich wollte er Schluß machen, aber er war so kaputt, daß er sich zu nichts mehr aufraffen konnte. Er knipste die Schreibtischlampe an, die die frisch getünchten, vom Markowitz-Chaos befreiten Wände in sanfteres Licht tauchten. Gleichsam durch die Hintertür aber hatte sich Markowitz doch wieder eingeschlichen. Akten lagen auf dem Fußboden und stapelten sich auf den beiden Stühlen, und auf der neuen, sauberen Schreibunterlage vor dem Computer lagen jede Menge Briefe und Tagebücher, die darauf warteten, ganz altmodisch-konventionell durchgearbeitet zu werden.

Es gab ihm zu denken, daß die Aufzeichnungen der alten Damen alle vor über einem Jahr endeten. Entweder war ihnen nichts Interessantes mehr eingefallen, oder an die Stelle des Briefe- und Tagebuchschreibens war eine fesselndere Betätigung getreten. Das ging ihm nach. In einem Fall waren alle Aufzeichnungen in einem alten Koffer auf dem Speicher gewesen und nicht in der Wohnung selbst. Dabei war bekannt, daß die Betreffende gewissenhaft Tagebuch geführt hatte. In den zehn ledergebundenen Bänden, die er gefunden hatte, war nicht ein einziger Tag ausgelassen.

Alle Opfer waren, ehe er Zugang zu ihren geheimsten Gedanken bekommen hatte, eindimensional für ihn gewesen. Von den Erben hatte er nichts Erhellendes über ihr Leben erfahren. Mit wem waren die Opfer befreundet gewesen, welche gemeinsamen Interessen hatten sie möglicherweise gehabt? Die Angehörigen konnten ihm dazu nichts sagen. Und von den Putzfrauen hörte er nur Banalitäten. Heute abend war er, um zu erfahren, wie diese Frauen wirklich waren, in ihre Gedankenwelt eingedrungen und hatte sich auch näher mit den Erben befaßt. Die große Angst aller Opfer war es gewesen, den Kontakt mit den ihnen verbliebenen Angehörigen zu verlieren, die ihnen als Brücke zur Welt galten, den Fortbestand der Familie sicherten.

In einer flüssigen, altmodischen Schrift machte eine der alten Damen sich Vorwürfe wegen der unsinnigen Fragen, die sie stellte, nur um das Gespräch in Gang zu halten, zu verhindern, daß die seltenen Besuche zu rasch endeten. Hin und wieder machte sich das Leiden an der Verständnislosigkeit der Umwelt, die Unfähigkeit, mit einer Generation zu kommunizieren, mit der sie nichts gemein hatte, in blinder Wut Luft. Da waren die Weinkrämpfe, das schreckliche Sichfallenlassen in die Erkenntnis, daß jedes Aufbäumen zwecklos war. Da war die Wut darüber, wie ein Kind behandelt zu werden – als habe man sich mit den Tränen aller Erfahrung des Alters begeben –, der Frust der Mißverständnisse, die daraus erwuchsen, daß die Jungen nur halb zuhörten und das Einfachste – zum Beispiel, daß arthritische Hände keine kindersicheren Verschlüsse öffnen können – nicht begreifen wollten. All diesen Frauen war gemeinsam, daß sie sich nach menschlicher Berührung sehnten.

Das war bei Samantha Siddon nicht anders gewesen. Er hatte die letzte Eintragung im Tagebuch des vierten Opfers aufgeschlagen, die genau ein Jahr zurücklag:

Die Umarmungen bei der Begrüßung und beim Abschied läßt sie über sich ergehen. Dabei muß sie das Gefühl haben, daß ich mich an sie klammere wie ans liebe Leben, und so ist es ja auch. Sie ist das einzige warme Fleisch, das ich berühren, von dem ich mich berühren lassen darf. Ohne Berührung stirbt man. Wenn sie nun nie wiederkommt?

Er ließ das Licht brennen, als er in das Zimmer mit dem von Riker bei Mallory sichergestellten Material und den übrigen Asservaten ging. Es war ein Chaos aus Bildern blutiger Gemetzel in sattem Kodacolor und fliegenden Blättern, die irgendwie und irgendwo alle zusammengehörten. Zu viele Spuren, hatte Markowitz gesagt. Und jetzt auch zu viele Verdächtige – von denen zwei möglicherweise im Team arbeiteten. Bei Cathery, auf den das FBI-Profil so gut paßte, stimmte alles – bis auf das Motiv. Jonathan Gaynor, der Soziologieprofessor, hatte das meiste Geld geerbt. Margot Siddon war unter den Erben die Bedürftigste.

Markowitz und seine verdammten Geldmotive. Aber häufig hatte er ja recht gehabt, der Alte. Kein Zweifel, der Mörder war krankhaft veranlagt, aber verrückt war er nicht. Das hatte Markowitz gespürt. Warum hatte er nicht ihm, Coffey, eine faire Chance gegeben? Ein Wort, in den Staub geschrieben, irgendwas...

«Nein, hier nichts Neues. Schönen Dank für den Anruf, Riker. Ja, bis morgen.»

Nichts Neues? Immerhin lebte sie noch. War das nichts?

Mallory legte auf, ging ins Arbeitszimmer und pinnte die Zettel an die Wand, auf denen sie ihre Beobachtungen über die Observierung Gaynors festgehalten hatte. Zwischen zwölf und zwei war also das vierte Opfer gestorben. Selbst bei besten U-Bahnverbindungen oder günstigsten Straßenverhältnissen brauchte man für die Fahrt von Harlem zum Gramercy Square und zurück fast eine Stunde, auch wenn für den Mord selbst nur Minuten zu veranschlagen waren. So lange hatte sie ihn – von seiner Sprechstunde abgesehen – nie aus den Augen verloren. Sein Zimmer hatte nur eine Tür – die auf den Gang. War es denkbar, daß Gaynor ihr trotzdem entschlüpft war? Wie Mrs. Pickering sehr richtig bemerkt hatte, war Observierung offenbar nicht ihre Stärke. Sie hatte sich gewünscht, daß es Gaynor war. Es hätte so schön gepaßt.

Einmal hatte Markowitz sie dabei erwischt, wie sie an einem Puzzleteil herumgeschnipselt hatte, damit es in die Lücke paßte. «Mit Schummeln, Kathy», hatte er gesagt – damals durfte er sie noch so nennen –, «kannst du es natürlich so hinkriegen, daß die Stücke zusammenpassen, aber dann ist das, was du siehst, nicht das richtige Bild. Das Leben läßt sich nicht betrügen, Kleines.»

Sie pinnte das Material über Gaynor und die Teleaufnahmen des schachspielenden Cathery seitlich an die Korkwand.

Ein neuer Hauptverdächtiger mußte her. Und ein neuer Ansatzpunkt. Sie sah in Markowitz' Taschenkalender. Wenn er nun an jenem Dienstag nicht zu seinem BDA-Termin gegangen war? Seit Dienstagvormittag hatte ihn niemand mehr gesehen. Zu der Pokerrunde am Donnerstag davor war er auch nicht gekommen. Was hatte er an diesen Abenden gemacht?

Wenn Markowitz die Lösung gefunden hatte, dann mit Sicherheit aufgrund einer Spur aus dem ersten oder dem zweiten Mord. Oder hatte er den dritten erwartet? Er hatte etwas gesehen, was sie nicht erkennen konnte. Aber was?

Sie bestückte das Diakarussell, sah zu, wie Markowitz Bild für Bild aufs neue umgebracht wurde, ließ die Aufnahmen von den ersten beiden Morden an sich vorüberziehen und zuletzt die Fotos, die sie selbst von Gaynor gemacht hatte, von Cathery und von dem Medium mit Gehilfen und Gepäck. «Sammle alles, was du finden kannst», hatte Markowitz im ersten Jahr der Ausbildung zu ihr gesagt, «auch das Ausgefallenste. Bloß nie was wegwerfen, Kleines.»

«Sag nicht Kleines zu mir», hatte sie ihn angeblafft, und danach hatte er sie immer *Mallory* genannt. Es war ihn hart angekommen nach all den Jahren, in denen sie seine Kathy gewesen war, die er mit großgezogen hatte.

Das Licht der schnell wechselnden Bilder spielte über ihr Gesicht. Was würde Markowitz jetzt sagen? Zunächst einmal, daß sie Spuren hinterließ. Deutliche, unübersehbare Spuren. Das wäre Markowitz, dem Tanznarr, nie passiert.

Wie aber war er dann umgebracht worden?

Das Karussell zeigte wieder das erste Dia: Markowitz in seinem Blut. Kathleen Mallory war inzwischen nicht mehr stolz darauf, daß sie nie weinte. Sie schaltete den Projektor aus und saß noch lange mit fest geschlossenen, tränenlosen Augen allein in der Dunkelheit.

Die neue Ordnung, die sie für ihn geschaffen hatte, umfaßte alle Bereiche seines Lebens, sogar die kleine Küche seines Büros. Als er die Kühlschranktür aufmachte, sah er, daß Mallory in dem blitzsauberen Innenraum an Zutaten und Gewürzen so ziemlich alles eingelagert hatte, was nötig war, um jedes nur denkbare Sandwich unter der Sonne zu komponieren.

Ausgerechnet in dem Moment, als er Schinken und Cornichons, Senf und Mayonnaise aus dem Kühlschrank nahm, überfiel ihn die Erkenntnis, wie tief sein Gefühl für Kathleen Mallory ging. Mit einer Endgültigkeit, die ihm angst machte, wußte er nun, daß er (wo war denn bloß der Cheddar?) dieses diebische, amoralische, verlogene Geschöpf lieben würde, solange er lebte. Und es würde immer die unerwiderte Liebe eines einsamen Mannes sein, über dessen Gesicht die Leute lachten.

Er vermied es, auf die gelbe Wand über dem Herd zu starren, während er den Kessel aufsetzte.

Längst bereute er es, daß er Gelb für die Küche gewählt hatte. Es war eine spontane Entscheidung gewesen. Wie die meisten Leute hatte er Gelb für eine heiter-optimistische Farbe gehalten. Als er eine Seite aus einer alten Fachzeitschrift zum Thema Farben auf die weiße Kühlschranktür projiziert hatte, war es schon zu spät. Der Artikel hatte ihm nur die Bestätigung für sein Gefühl geliefert: Gelb macht nervös.

Aber selbst das beruhigende Pink der im nachfolgenden Absatz geschilderten Experimente mit aggressiv aufgeladenen Versuchspersonen hätte wohl an diesem Abend seine Stimmung nicht aufgehellt.

Er klatschte Mayonnaise auf eine Scheibe Roggenbrot. Was mochte sich im Gramercy Park jetzt tun? Wen beobachtete sie, und von wem wurde sie beobachtet? Wilde Wahnvorstellungen wucherten in seinem Kopf. Er belegte das Brot mit drei Scheiben Schinken und dachte an den Revolver, den sie auf diese Expeditionen mitnahm. Auch Herberts Revolver machte ihm Sorgen. Und was hatte Edith mit all dem zu tun?

Er gab eine dicke Scheibe Käse dazu.

Der Kessel kreischte.

5

Diesmal ist es also wieder nach dem gewohnten Muster abgelaufen», sagte Riker und schüttete sich einen Schluck Frühstücksbier aufs Hemd. «Nur, daß diese Siddon irgendwie anders aussieht, nicht? So ruhig und friedlich.» Er streckte ihr das Foto hin. Sie zuckte nur stumm die Schultern. Aber was wußte Kathleen Mallory schon von Ruhe und Frieden?

Sie pinnte das blutige Bild von Samantha Siddon an die Korkwand neben die anderen Tatortfotos. Riker spürte, wie sie sich konzentrierte. Es war geradezu, als ob sie in den Kork hineinkroch, um in allen Einzelheiten aufzunehmen, was er ihr gebracht hatte.

Auf dem ersten Foto sah man, daß die Hauswand rot bespritzt und Mrs. Siddons rehfarbenes Kostüm blutgetränkt war. Einen knappen halben Meter über ihrem Kopf zeichnete sich der Abdruck einer blutigen Hand ab.

«Der Abdruck des Opfers?» fragte Mallory.

Riker nickte.

Sie ging auf die andere Seite, zu der Sammlung von Markowitz, und sah sich die Aufnahmen der ersten beiden Morde im Park an. «Waren bei dem zweiten Mord Fingerabdrücke am Wagen?»

Riker verschluckte sich fast. «Was?»

«Bei dem Mord an Estelle Gaynor, die in der Limousine gefunden wurde. Gab es da Blutspuren?»

«Steht alles in Louis' Bericht. Von ihr nur ein Daumen- und ein Zeigefingerabdruck am Fenster. Ansonsten nur noch die Spuren von einem Mann aus der Werkstatt, der mal was an dem Wagen gemacht hat, und von dem alten Knaben, dem der Schlitten gehörte.»

Er nahm einen letzten Zug aus der Dose und stellte sich hinter Mallory. Auf einer der Detailaufnahmen, die den Mord an Anne Cathery dokumentierten, war der Abdruck einer blutigen Hand auf dem weißen Putz des Schuppens zu erkennen.

«Wenn du nach einem Markenzeichen suchst, liegst du schief, Kathy. Bei Pearl Whitman gibt's keine blutige Hand.»

«Irgendwas stimmt hier nicht.» Sie ging wieder auf ihre Seite, zurück zu der ermordeten Samantha Siddon, der blutigen Hand in Großaufnahme.

Riker meinte Markowitz zu hören, der ein so feines Gespür für Unstimmigkeiten gehabt hatte. «Die Frau hat um ihr Leben gekämpft, Mallory –» Er stockte und besah sich Samantha Siddons friedliches Gesicht. Nein, es sah nicht so aus, als hätte es hier einen Kampf gegeben.

«Slope kann also nicht mit Bestimmtheit sagen, ob es sich um einen einzigen Täter handelt?»

«Er knobelt noch daran herum. Commissioner Beale wär's recht, wenn's mehrere wären, weil wir dann eine Nasenlänge Vorsprung vor der Presse hätten.»

«Beale macht also Coffey das Leben schwer?»

«Du kennst das ja: Die Presse drischt auf Beale ein, Beale fuchtelt quiekend mit den Fäustchen in der Luft herum, und Coffey tut, als wenn er Angst vor Mäusen hätte.»

Sie pinnte ein Blatt an die Korkwand. «Irgendwelche Abweichungen bei dem neuen Fall? Sonst irgendwas Auffälliges?»

«Ja. Das Blatt hängt schief.»

«Laß die Witze.»

Dabei hatte das gar kein Witz sein sollen. Abweichungen von ihrer pingeligen Ordnung waren eindeutig etwas Auffälliges. Nachdem er den gesplitterten Fingernagel an ihrer rechten Hand entdeckt hatte, suchte er gezielt nach weiteren

Hinweisen. Fernseher und Videorecorder hatte sie offenbar aus einem anderen Zimmer geholt. Der Diaprojektor war neu. Aber nirgends eine Spur von Staub. Na ja, selbst eine Perfektionistin konnte wohl mal einen schlechten Tag haben.

Er zuckte die Schultern. «Nein, alles wie gehabt. Die Handtasche war weg. Auch unsere Leichenfledderer haben gearbeitet wie immer.»

Daß sie lächelte, gab ihm zu denken. Was fand sie an seiner Bemerkung so aufschlußreich?

«Und die Verletzungen?» fragte sie.

«Slope sagt, daß Vergleiche schwierig sind, wenn der Typ jedesmal ein anderes Messer nimmt. Aber es sind immer die gleichen Stellen, und es ist auch immer die gleiche Reihenfolge. Zuerst geht er ihnen an die Kehle.»

«Was setzt er, daß es zwei waren?»

«Hab ich auch gefragt, aber Slope mag keinen Einsatz riskieren, dabei zockt er doch sonst so gern.»

Auch das letzte Foto hängte sie schief auf. Riker trat zurück. In Markowitz' Hälfte herrschte das gewohnte Chaos, in der von Kathy noch immer leidliche Ordnung, die aber mit jedem neuen Stück der Sammlung ein bißchen mehr in die Binsen ging. Der vorläufige Obduktionsbericht des letzten Mordes schaukelte krumm und schief an einer einzigen Nadel. Die Wohnung selbst war tadellos in Schuß. Wieviel Zeit mochte sie in diesem Zimmer verbringen?

Sie zeigte ihm die Aufnahme einer großen, schwergewichtigen Frau, die sich drohend vor einem Taxifahrer aufgebaut hatte. «Nennt sich Redwing und hat irgendeinen Schwindel am Gramercy Square laufen. Kennst du sie?»

«Nicht persönlich, aber unsere Leute erwähnen sie in ihren Berichten.» Redwing war keine Neuerscheinung am Square, sie tauchte seit über einem Jahr einmal in der Woche dort auf. Viel mehr interessierten ihn die Aufnahmen von Jonathan Gaynor und Henry Cathery.

«Ich lerne sie morgen bei einer Séance kennen», sagte

Mallory, «und hätte mich vorher gern ein bißchen schlau gemacht. Als Redwing ist sie nicht im Rechner. Solltest du sie zufällig unter einem anderen Namen entdecken, sagst du mir Bescheid, ja?»

Riker nickte. Er hatte nur halb zugehört. «Wir sollten mal über deine Technik reden, Mallory. Solche Aufnahmen kriegt man nur, wenn man nah rangeht. So nah, daß das Zielobjekt einen sehen kann.»

Sie drehte ihm den Rücken und pinnte das Redwing-Foto an die Korkfläche. «Du warst dabei, als Markowitz mit Gaynor gesprochen hat, nicht? Hast du dir Notizen gemacht?»

Riker blätterte in seinem zerfledderten Notizbuch, fand die Stelle, die er gesucht hatte, und hielt sie mit dem Zeigefinger fest. «Windmühle.»

«Wie bitte?»

«Seine Bewegungen. Er fuchtelt ständig mit den Armen herum. Als wir mit ihm durch die Halle gegangen sind, hat er beim Reden die Arme geschwenkt wie Dreschflegel. Ein paar alte Damen, die dort herumstanden, sind auseinandergestoben wie aufgescheuchte Hühner.»

«Aus Angst?»

«Nicht direkt, aber du weißt ja, alte Leute brechen sich leicht mal was, da muß man sich sehr in acht nehmen. Dieses Herumrudern und daß er nicht aufgepaßt hat, wo er hintrat, hat sie wohl ein bißchen nervös gemacht.»

«Wie eine Vogelscheuche.»

«Du, das gefällt mir.» Er strich *Windmühle* und schrieb *Vogelscheuche* darüber.

«Welchen Eindruck hatte Markowitz von Gaynor?»

«Schwer zu sagen... Er hat ständig versucht, dem Mann kostenlose Ratschläge aus der Nase zu ziehen.»

«Gaynor ist Soziologe und kein Seelendoktor.»

«Ja, aber er hat einen Artikel oder ein Buch oder so was über Senioren geschrieben, und Markowitz interessierte sich für das Thema. Damals stand er ja noch ganz am Anfang, seit dem zweiten Mord waren erst zehn Tage vergangen.»

«Und was hat Gaynor ihm so alles erzählt?»

«Hab ich nicht notiert. Irgendwie ging es um die Rolle der Alten in der Gesellschaft. Markowitz fand das unheimlich spannend. Ich nicht.»

«Und was hat Coffey jetzt vor?»

«Ich soll mich für ihn ein bißchen um die kleine Siddon kümmern.» Er zog eine Videokassette aus der Jackentasche. «Willst du dir das letzte Gespräch mal ansehen?»

Sie schob die Kassette in den Recorder und stellte auf Play.

Margot Siddon erschien auf dem Bildschirm, aber schon nach zehn Minuten schnitt Mallory ihr das Wort ab und gab Riker die Kassette zurück.

«Ich hab sie im Park gesehen. Mehr als unsere Leute, die dort observieren, weiß ich auch nicht. Manchmal drückt sie sich um Henry Cathery herum, der sie meist ignoriert, er schließt ihr noch nicht mal das Parktor auf. Sein Schachbrett ist ihm offenbar wichtiger als eine Frau.»

Mallory stand vor Martin Tellers Wohnung im vierten Stock und besah sich die Bücher und Zeitschriften, die neben einem Staubsauger, einem Kupferkessel und einem Ventilator vor der Tür gestapelt, aber nicht etwa für den Sperrmüll bestimmt waren. Charles hatte ihr erklärt, daß der Minimalkünstler hier alles auslagerte, was nicht reinweiß war.

Sie sah kurz auf die gegenüberliegende Tür. Ihr war ausdrücklich verboten worden, Herbert zu terrorisieren. Rasselnd wurden in Martins Apartment vier Schlösser aufgesperrt, und fast bedauernd wandte sie den Blick von Apartment 4 B ab. Drei Schlösser waren ersichtlich neu, das vom Vermieter angebrachte war gut und gern zwanzig Jahre alt.

Die Tür öffnete sich, und Martin bat sie mit einer kaum wahrnehmbaren Kopfbewegung herein. Sein Kopf war kahl, und auf etwas so Überflüssiges wie Augenbrauen konnte man als Minimalkünstler offenbar ebenfalls verzichten. Das weiße Hemd, das sich über der kugelsicheren Weste bauschte, die weiße Hose und die weißen Socken hoben sich kaum von den weißen Wänden ab. Im Wohnzimmer sah es aus wie nach einem Einbruch, bei dem die Räuber ganze Arbeit geleistet haben. Keine Gardinen, die Wände vollkommen kahl bis auf die kleine Sammlung briefmarkengroßer Kunstwerke, eins an jeder Wand, auf denen jeweils nur ein dünner Bleistiftstrich zu sehen war.

Minimal Art war Mallory von allen Kunstrichtungen die liebste: übersichtlich, sauber, so gut wie unsichtbar. Keine knalligen Farben, keine profunden Probleme, nichts Gedankenschweres.

Im türlosen Schrank hing nur das Notwendigste an Kleidung, alles war in Weiß gehalten und deshalb in dieser Umgebung kaum wahrnehmbar. Quadratische weiße Klötze dienten als Stühle und einer – weiß gedeckt und mit einem Ei darauf – als Frühstückstisch. Die Schlafzimmereinrichtung konnte sich Mallory danach mühelos zusammenreimen: wahrscheinlich eine schmale Matratze mit einem sorgfältig gefalteten weißen Bettuch darüber.

Eine kugelsichere Weste war für diese Räume, für diesen Mann ein höchst problematisches Requisit.

«Mich interessiert die Schrift an der Wand von Edith Candles Wohnung, Martin.»

Er sah sie nicht an, sondern blickte in ihre Richtung wie ein Blinder, der nach der Stimme auszumachen versucht, wo sein Gesprächspartner steht, und blieb die Antwort schuldig. Mallory stellte sich direkt vor ihn und lächelte. Auf seiner Stirn sprang eine Sorgenfalte auf – für ihn ein Zeichen heftiger Gemütsbewegung. Möglicherweise schätzte er sie richtiger ein als die meisten seiner Mitmenschen, die Mallorys Lächeln für bare Münze nahmen.

«Die Schrift an der Wand, Martin ...» Sie federte auf den Ballen und sah ihn erwartungsvoll an. Wenn sie ihn zu sehr bedrängte, verschwand er womöglich in irgendeiner autistischen Dimension und machte die Tür hinter sich zu. Also wartete sie.

Und wartete.

Nichts.

Ja, richtig: Sie hatte keine konkrete Frage gestellt.

«Können Sie mir sagen, was an der Wand geschrieben stand?»

«Rot», sagte Martin nach genau dreißig Sekunden.

Jetzt lächelte sie nicht mehr.

In den letzten vier Wochen hatte sie den Künstler hin und wieder auf der Straße und im Haus bei seinen seltenen Kontakten mit anderen Bewohnern dieses Planeten beobachten können. Die meisten Leute begriffen letzten Endes, daß er ein komischer Vogel, aber im Grunde harmlos war, aber meist dauerte das ein paar Minuten, und das machte sie nervös. «Roter Lippenstift, ich weiß. Aber die Worte, Martin ...»

Sie versuchte es erneut mit einem Lächeln, um ihn aus der Reserve zu locken. Schließlich konnte sie sich ja nicht den ganzen Tag mit diesem Unfug aufhalten.

«Dicke Linien», sagte Martin.

Es kam ihr vor wie ein schlecht synchronisierter Film mit einer undurchschaubaren Handlung. Ich *könnte* ihn umbringen, aber ich *darf* es nicht, überlegte sie und mußte dabei an Helen Markowitz denken, die immer so strikt auf dem richtigen Gebrauch der Hilfsverben bestanden hatte.

Vergeblich wartete sie auf mehr. Er stand da wie ein weißer Strich in der weißen Landschaft. Aber irgendwelche menschlichen Regungen mußte doch selbst einer wie er haben ...

«Was stand an der Wand, Martin? Wollen Sie es mir nicht sagen?» bat Mallory mit leiser, lockender Stimme und fing seinen Blick mit einem unsichtbaren seidenen Faden ein, den Martin entschlossen zerriß, indem er sich wieder zur Wand drehte und damit signalisierte, daß sein Vorrat an Worten aufgebraucht war.

Mallory ballte die Fäuste hinter dem Rücken und konnte nur hoffen, daß ihre Stimme sie nicht verriet. «Ein hochinteressantes Haus, Martin, finden Sie nicht? Ich meine die Art, wie die Mieter den Kopf einziehen, wenn sie sich zufällig mal begegnen. Als wüßten sie, daß jeder seine eigene Leiche im Keller hat. Fast gespenstisch, nicht?»

Er senkte den Kopf um zwei Zentimeter. Eine aufschlußreiche Bewegung, wenn man bedachte, wen man vor sich hatte. Sie setzte sich auf einen der weißen Klötze, starrte auf Martins Rücken, versuchte ihn mit all ihrer Willenskraft zu bewegen, sie anzusehen – und war nicht überrascht, als es klappte. Der Mann war hochsensibel.

«Es gibt kaum Mieterbewegungen hier im Haus«, sagte sie sanft. «Eigentlich merkwürdig in einer Stadt wie New York, wo alles ständig im Fluß ist. Ich möchte wirklich wissen, warum sie alle hierbleiben. Sie selber haben schon vor zehn Jahren hier gewohnt, als George Farmer seinen Selbstmordversuch machte. Der nächste, der auszog, war der Mieter, der gegenüber von Charles wohnte. Packte eines Tages seine Sachen, verschwand ohne Nachsendeadresse und ließ seine Kaution mit Zinsen für fünfzehn Jahre einfach sausen. Wer macht denn so was?»

Ihre Blicke prallten schmerzhaft aufeinander, aber Martin sah gleich wieder weg.

Sie hob fragend beide Hände. «Sie glauben also, er hat die Zeichen an der Wand gesehen?»

Martin drehte ihr erneut den Rücken zu und schüttelte den Kopf. Nicht als Zeichen der Verneinung, sondern so, als wolle er damit eine lästige Fliege verscheuchen.

Sie war zu weit gegangen.

Mallory stand auf und ging langsam zur Tür. Sie war schon fast draußen, als Martin sagte: «Wachet, denn ihr wisset nicht den Tag noch die Stunde.»

Als Charles in sein Büro zurückkam, staunte er nicht schlecht, denn da stand am hellichten Tag Mallory in der Küche und garnierte gekonnt eine Sandwichplatte.

«Hallo, Mallory.» Inzwischen versprach er sich nicht mehr. Sie hatte ihn gut erzogen. Außerdem sorgte sie bestens für seine Verpflegung und erleichterte ihm auch sonst das Leben auf vielerlei Art. Sogar Arthur, sein Steuerberater, sang Loblieder auf sie, weil er nun nicht mehr Plastiktüten voller Rechnungen nach Hause zu tragen brauchte, auf denen die Endsummen durch Kaffee- und Teeflecke unkenntlich gemacht worden waren.

Und doch sagte ihm sein Gefühl, daß gerade jetzt eine neue Komplikation auf ihn zukam.

«Ich habe mich lange mit Edith Candle unterhalten», bemerkte sie betont beiläufig.

Das hatte wohl früher oder später so kommen müssen. Auch Mallory zog es also – wie sämtliche Mieter hier im Haus – zu Edith Candle. Die Sache war ihm nach wie vor ein Rätsel, mit dessen Lösung er es allerdings nicht besonders eilig hatte.

«Sie kommt mir in dieser Wohnung wie eine Gefangene vor», sagte Mallory.

Er musterte anerkennend das Roastbeef auf Roggenbrot mit einer Garnitur aus knackigem Salat und Petersilie. «Ja, diesen Eindruck kann man durchaus bekommen.»

Die Kaffeemaschine, in der Louis Markowitz herumspukte, mischte sich tröpfelnd und gurgelnd ins Gespräch.

Vielleicht sollte er sich mit dem Rätsel Edith doch einmal näher beschäftigen. Mallory dachte erstaunlich eingleisig und war zur Zeit voll durch den Mord an Louis Markowitz in Anspruch genommen. Was sollte also diese Bemerkung? Wo war die Verbindung?

«Weißt du, warum sie nie das Haus verläßt?» fragte sie jetzt.

Müßiges Geschwätz lag Mallory nicht. Was sie sagte und fragte, führte immer gezielt auf einen bestimmten Punkt hin.

Na schön – wenn er schon nichts aus ihren Antworten erfuhr, brachten ihn ja vielleicht ihre Fragen weiter.

«Sie trauert noch um ihren Mann.» Jetzt hatte er das Rauchfleischbrot mit Senf und Mayonnaise entdeckt. Die Wahl fiel schwer.

«Kein Mensch trauert dreißig Jahre lang, Charles.» Mallory verzog skeptisch einen Mundwinkel, und Louis' Kaffeemaschine blubberte. «Allein das kann es nicht sein.» Sie stellte die Platte mit den Broten auf das karierte Tischtuch. «Vielleicht hat es ja etwas mit dem Unfall ihres Mannes zu tun ...»

«Hat sie dir davon erzählt?»

«Setz dich.» Sie wies ihm einen Platz am Küchentisch an und wandte sich wieder der Kaffeemaschine zu.

Charles Butler hatte schon oft mit ihr gegessen, aber noch nie in einer Küche. Louis Markowitz hatte sich gern in Küchen aufgehalten. Es redet sich dort lockerer, hatte er immer gesagt.

Vielleicht, dachte Charles, hat die Pokerrunde mich auf eine falsche Spur gesetzt. Mallorys Verhalten wurde womöglich leichter vorhersehbar, wenn er sich auf das konzentrierte, was sie von Markowitz angenommen hatte.

«Dreißig Jahre», sagte Mallory. «Das ist ja wie Knast.»

«Ja, es wirkt tatsächlich wie eine Buße.» Er griff nach einem Sandwich, aber plötzlich war ihm der Appetit vergangen. Buße ... Warum war er auf diese Idee nicht schon eher gekommen? Verschwommene Erinnerungen drängten ans Licht. «Vielleicht fühlt sie sich verantwortlich für den Unfall.»

«Weil –?» half Mallory nach.

«Ich weiß es nicht genau. Ich war damals erst neun.»

«Komm, du hast doch ein Gedächtnis wie ein Computer!»

«Ein eidetisches Gedächtnis. Das ist etwas anderes. Ich kann dir ganze Kapitel aus Büchern vorlesen und dir sogar sagen, ob Kaffeeflecken auf einer bestimmten Seite waren, aber an Gespräche, die über meinen Kopf hinweg geführt wurden, als ich noch ein Kind war, erinnere ich mich nicht mehr.»

«Es gibt bestimmt nicht viel, was du nicht mitgekriegt hast, Charles. Diese Gespräche, an die du dich nicht erinnerst... Sind die zu der Zeit geführt worden, als dein Onkel starb?»

«Ich denke schon. Max hat die letzten drei Tage vor seinem Tod bei uns verbracht.»

«Nur Max? Hatte er seine Frau verlassen?»

«Ich... Also gut: Sie hatten sich gestritten. Wegen der neuen Nummer. Edith fand sie zu gefährlich. Ihr wäre es wohl am liebsten gewesen, wenn er die ganze Sache abgeblasen hätte, aber das brachte er nicht fertig. Ganz früher war immer er an erster Stelle genannt worden. Als Maximilian der Große. Später war er dann nur noch der Mann der berühmten Edith Candle. Seine genialen Illusionen, seine große Gabe waren irgendwie in Vergessenheit geraten.»

«Diese Nummer sollte also sein Comeback sein. Er wollte es noch mal wissen...»

«Ja. Er hatte sich etwas ganz Neues einfallen lassen. Ich weiß noch, wie wir zu viert, Max und meine Eltern und ich, am Tag nach der Premiere um den Tisch herumsaßen und die Besprechungen lasen.» Sein fotografisches Gedächtnis rief den Artikel auf, der ihn als Kind so beeindruckt hatte, daß er ihn noch nach dreißig Jahren deutlich vor Augen hatte. «Die *New York Times* hat ihn *maestro* genannt.» Jetzt bewegte er sich auf vertrautem Boden. Er las, als hielte er die Zeitung in der Hand: «Der Meister ist unvergleichlich. Und unverkennbar auf der Höhe seiner kreativen Kraft. Sein Stern ist wieder im Steigen begriffen.»

Am nächsten Morgen, dem Tag nach dem Unglück, hatte man ihm die Zeitungen vorenthalten.

«Max konnte sich also Hoffnungen auf eine neue Karriere machen. Und Edith?»

«War in spiritistischen Kreisen durchaus noch geschätzt, aber mit dieser einen Vorführung hatte Max sie wieder ins zweite Glied zurückgedrängt. Es war ein Riesenerfolg, der überall besprochen wurde – in New York gab es damals noch mehr Zeitungen als heute –, und alle Blätter nannten das Unternehmen *todesmutig* und *überaus gefahrvoll.*»

«Gefahrvoll? In Wirklichkeit war es doch aber nur fauler Zauber, nicht?»

«Nein, die neue Nummer war tatsächlich sehr risikoreich. Das Finale verlangte Max sein ganzes Können und sehr viel Konzentration ab. Als er bei uns im Haus war, gab er keine Interviews, ging nicht ans Telefon und ließ sich nichts ausrichten.»

«Auch nicht von Edith?»

«Besonders nicht von Edith.» Warum hatte er das gesagt?

«Da müssen die beiden sich wohl ganz schön gekracht haben.»

«Ein Illusionist muß sich hundertprozentig sammeln können, er darf sich durch nichts ablenken lassen.»

«Durch Voraussagen über seinen Tod zum Beispiel?»

Die Schrift an der Wand. Was hatte seine Mutter ihm darüber erzählt?

«Ja, darum ging es wohl. Ein paar Tage vor der Premiere fand er einen mit rotem Lippenstift geschriebenen Satz an der Wand...»

«Und wie lautete der?»

«Das weiß ich nicht. Ich habe ja nur Bruchstücke aufgeschnappt, gesprochen hat nie jemand mit mir darüber. Bei ihren früheren Nummern hatten sie nie mit automatischem Schreiben gearbeitet.»

«Mit automatischem Schreiben?»

«Das sind Worte oder Sätze, die jemand unbewußt, in Trance, aufschreibt. Edith hat nie abgestritten, sie geschrieben zu haben, sie sagte nur, sie könne sich nicht an den Vorgang des Schreibens erinnern.»

«Und hast du ihr das abgenommen? Auf welcher Seite warst du?»

«Schwer zu sagen, wenn man erst neun ist... Sicher habe ich sie beide liebgehabt.» Aber so stimmte das nicht. Liebe war es nur in einem Fall gewesen, allenfalls Zuneigung in dem anderen. «Mag sein, daß Max mir näher stand. Er war immer sehr beschäftigt, und trotzdem hat er sich die Zeit genommen, mit mir zu spielen. Ja, ich habe ihn wohl sehr geliebt.»

Er nahm eine Olive von seinem Teller und schloß die Finger darum. Als er die Hand wieder öffnete, war die Olive weg. Er tat, als ob er sie aus seiner Augenhöhle zöge, und überreichte sie Mallory. Sie lachte. Lachte wie damals der kleine Charles über einen Zaubertrick ganz nach dem Herzen von Kindern, die Grusel und Gänsehaut genießen.

«Max kam am zweiten Abend, an dem er seine neue Entfesselungsnummer im Wasserbecken vorführte, ums Leben. Als mir meine Eltern am nächsten Morgen von dem Unglück erzählten, wollte ich es nicht glauben. Es ist ein Trick, dachte ich. Edith zog sich danach völlig zurück, sie ist nicht einmal zur Beerdigung gegangen. Die Trauerfeier war in der Kathedrale von Manhattan. Zauberkünstler und Zauberkünstlerinnen aus aller Welt waren gekommen, die Männer mit weißem Zylinder und in weißem Frack und Cape, die Frauen in weißen Satinkleidern, auch der Blumenschmuck war weiß. Und als auf dem Friedhof der Sarg in die Grube gesenkt wurde, kamen unter den Capes der Zauberer tausend Tauben hervor, der Himmel war weiß von Taubenschwingen. Es war ein einmaliges Erlebnis.»

«Edith muß sich sehr schlecht gefühlt haben, wenn sie nicht an der Beerdigung teilnehmen konnte.»

«Das möchte ich annehmen.»

«Du weißt es nicht?»

«Meine Eltern brachten mich danach nie mehr zu ihr. Mutter sagte, wir dürften sie in ihrer Zurückgezogenheit nicht stören. Ich habe Edith erst nach der Beerdigung meiner Mutter wiedergesehen.»

Die Kaffeemaschine spuckte.

Edith Candle blickte auf die Wand, ohne etwas wahrzunehmen. Jenseits des verschlungenen Rosenmusters auf der Tapete stand die Erinnerung an die Zeit vor dem Tod eines Magiers. Die Entscheidungen oder Handlungen, die ein Leben in andere Bahnen lenken, ein persönliches Schicksal verändern, lassen sich meist sehr genau bestimmen. Ihre Stunde war in einem entlegenen Winkel des flachen Mittelwestens gekommen. Die Sterne flirrten wie Feuerräder an einem purpurnen Himmel, die Zeltklappen waren geöffnet, um an diesem heißen Sommerabend ein wenig Luft in den Innenraum zu lassen. Ganz hinten stand Maximilian mit einem Zuschauer und deutete ihr durch Kodeworte an, daß dieser eine Uhr in der Hand hielt.

«Ich sehe nichts mehr», stieß sie plötzlich hervor. «Andere Gedanken verdrängen das Bild.» Diese «anderen Gedanken» waren etwas, was Max in der Warteschlange aufgeschnappt hatte. Eine Frau hatte eine lange Geschichte von ihrer Schwester Emaline erzählt, die ein krankes Herz hatte und um die sie sich ständig die größten Sorgen machte.

«Berichte uns von diesen Gedanken», sagte Max. Nach diesem Stichwort würde Edith, so war es verabredet, die Binde von den Augen nehmen und fragen, ob jemand im Zelt etwas mit dem Namen Emaline anfangen konnte. Sie sah auf die Gesichter herab, die ihr erwartungsvoll zugewandt waren.

Eins war darunter, das sie nicht mehr losließ, das Gesicht eines Jungen in der ersten Reihe. Er sah sie groß an, fröstelte, sah weg, senkte die sanften Augen zu Boden. Sie fixierte ihn, bis er wieder hochsah, Qual im Blick wie ein ertrinkendes Tier. Als er jetzt aufstand, bewegte er sich mühsam, wie durch tiefes Wasser, das ihn nicht freigeben wollte. Ein älterer Mann, der das gleiche Tankstellen-Logo auf dem Overall hatte wie der Junge, legte ihm die Hand auf die Schulter, bedeutete ihm, sich wieder hinzusetzen. Der angsterfüllte Blick des Jungen heftete sich erneut auf Edith Candle. Er schüttelte die Hand des Älteren ab und schwankte wie alkoholisiert zum Ausgang. Sie aber wußte, daß er nichts getrunken hatte.

«Du mußt der Polizei sagen, was du getan hast!» rief sie ihm nach. Mit einem Ruck drehte er sich noch einmal um. Sein Gesicht verriet mehr Leid, als einem Kind je widerfahren durfte.

«Du mußt es sagen», wiederholte sie lauter.

Der Junge stieß einen erstickten Schrei aus und flüchtete. Ein Polizist, der unter den Zuschauern gesessen hatte, stand auf und folgte ihm.

In jener Nacht grub der Sheriff des Ortes hinter einem baufälligen Behelfsheim die Leiche von Tammy Sue Pertwee aus. Die Meldung kam noch rechtzeitig für die Morgenzeitungen, und in Maximilians Zaubershow war Edith Candle zur Hauptattraktion geworden.

Henry Cathery saß zur Dämmerzeit im Park. Als die schöne Frau eintraf, gingen gerade die Straßenlampen an. Er hatte gewußt, daß sie wiederkommen würde. Gestern hatte er den ganzen Tag vergeblich auf sie gewartet. Nachdem sie zuvor so viele Tage jeden Morgen und jeden Abend dagewesen war, hatte er sie gestern schmerzlich vermißt. Aber dann war Mrs. Siddon gestorben, und da war die schöne Frau zu ihm zurückgekommen.

Sie öffnete die Tür ihres braunen Kleinwagens und stieg aus. Das hatte sie noch nie gemacht. Mit anmutig schwingenden Hüften ging sie auf das gegenüberliegende Haus zu. Er sah ihr nach, ohne den Kopf zu bewegen. Das goldene Haar leuchtete im Lampenlicht und schien Funken zu sprühen. Wundervoll gefährliche Augen hatte diese elektrisierende Frau.

Der Pförtner hielt ihr die schwere Eichentür auf. Einen wie ihn traf eher dreimal hintereinander der Blitz, als daß er die Chance gehabt hätte, Kathleen Mallory auch nur einmal zu berühren, und das nagte an ihm, man sah es ihm an. Er war ein langer Kerl und hätte, dachte sich Henry, auf einer Kuhweide bestimmt gut zum Blitzableiter getaugt. Aber man war in New York.

Henry Cathery stand auf und ging zu dem Gittertörchen. Er drückte sein Gesicht an die Stäbe und sah zu dem braunen Wagen hinüber. Dann machte er das Tor auf und ging langsam über die Straße, ohne sich weiter um den Autofahrer zu kümmern, der seinetwegen eine Vollbremsung hinlegen und gefährlich um ihn herumkurven mußte. Er sah durch ein Wagenfenster. Der Innenraum war heute viel ordentlicher. Kein Abfall, keine Kaffeebecher. Das Fenster an der Fahrerseite stand einen Spaltbreit offen. Er schnupperte. So also roch sie. Er schob die Hand in die Öffnung und drückte die Scheibe so weit nach unten, daß er mit der Handfläche das Sitzpolster streicheln konnte.

Jonathan Gaynor stand so dicht vor ihr, daß Mallory den Sattel heller Sommersprossen auf seinem Nasenrücken erkennen konnte. Er war fast vierzig, trotzdem meinte man immer noch, einen kleinen Jungen mit falschem Bart vor sich zu haben. Sie streckte ihm das Lederetui mit dem Ausweis und ihrer Dienstmarke entgegen. Die meisten Leute streiften den Ausweis nur mit einem flüchtigen Blick, er aber las ihn genau.

«Sie sind pünktlich, Sergeant Mallory.» Er trat beiseite, um sie eintreten zu lassen. Das Handgelenk mit der Rolex schnellte vor. «Auf die Sekunde.»

Sie merkte, daß er den Kaschmirblazer musterte, den sie zu ihren Jeans trug. Wahrscheinlich versuchte er, das feine Tuch mit ihrem Polizistensalär in Einklang zu bringen. Scharfäugig wie ein Schätzer von der Versicherung registrierte sie die feuchten Ringe auf dem schönen alten Holz, die druckfrische Zeitung, die auf dem hellen Brokatpolster unweigerlich Flecken hinterlassen würde, die schönen Sammlerstücke aus Kristall, die überall herumstanden. Fast überall. Mit ihrem ausgeprägten Sinn für Symmetrie entdeckte sie Stellen, an denen noch vor kurzem Pendants dazu gestanden hatten. Sie ließ sich in dem schweren Sessel nieder, der die übrige Einrichtung beherrschte, und forderte ihn mit einer Handbewegung auf, sich einen zierlichen Fauteuil heranzuziehen.

«Sie haben mit niemandem über diese Verabredung gesprochen?»

«Natürlich nicht, Sergeant.» Er quetschte sich in den Fauteuil, und die spitzen Ellbogen kamen den Figurinen auf dem Beistelltisch gefährlich nahe. «Daß verdeckte Ermittlungen gefährlich sind, ist mir durchaus klar. Sie können sich auf meine Diskretion verlassen.»

«Vielen Dank. Eine Ihrer Nachbarinnen hält mich für eine Privatdetektivin. Es wäre mir lieb, wenn man sie in diesem Glauben lassen könnte.»

«Selbstverständlich. Was kann ich für Sie tun?»

«Sie kannten Inspector Markowitz?»

«Er war einmal hier, nach dem Mord an meiner Tante. Ein sympathischer Mensch, ich war sehr betroffen, als ich hörte, daß er tot ist.» Eine Hand hing über der Sessellehne, die andere lag auf seinem Schenkel, als seien die beiden Körperteile sich gänzlich fremd.

»Sergeant Riker hat mir erzählt, daß Markowitz Sie um Ihren fachlichen Rat gebeten hat, Mr. Gaynor.»

«Ja. Er interessierte sich für die Sozialkontakte am Gramercy Square, besonders die der älteren Anwohner.»

«Über dieses Gespräch liegt nichts Schriftliches vor, wir würden aber der Spur gern nachgehen, vielleicht bringt sie uns ein Stück weiter. Können Sie sich noch erinnern, worüber Sie geredet haben?»

«Nur noch vage, das Gespräch ist ja inzwischen zwei Monate her. Es ging im wesentlichen darum, wie die alten Damen vom Gramercy Square miteinander Verbindung hielten. Das Viertel ist eine faszinierende kleine Welt für sich ...» Die herabhängende Hand stieß an den Beistelltisch. Gaynor merkte gar nicht, daß sie sich weh getan hatte, so fern waren sich Hand und restlicher Körper.

«Hat Markowitz Sie auch nach Einzelheiten gefragt?»

«Ja, aber ich konnte ihn nur ganz allgemein ins Bild setzen. Damals wohnte ich noch nicht hier – ich bin erst Wochen nach dem Tod meiner Tante eingezogen – und kannte mich auf dem Square nicht so aus.»

«Sergeant Riker hatte den Eindruck, daß Sie Markowitz sehr geholfen haben. Das Gespräch ging über drei Stunden, nicht wahr? Sein oberes Limit waren sonst vierzig Minuten.»

Gaynor sah zur Decke hoch, als fahnde er dort nach persönlichen Aufzeichnungen.

«Er suchte nach Berührungspunkten. Der einzige gemeinsame Nenner, auf den ich ihn hinweisen konnte, war die Einsamkeit älterer Menschen. Damals waren ja erst zwei Frauen ermordet worden. Ich erinnere mich noch, daß ich ihn fragte, ob das erste Mordopfer, Mrs. Cathery, so etwas wie ein soziales Netz gehabt habe. Nein, meinte er, davon wisse er nichts. Bei Tante Estelle war es genauso. Und beide hatten auch keine Hilfe, die ständig im Haus wohnte.»

Die Hand rutschte von der Armlehne und fiel schwer in seinen Schoß.

«Aber Mrs. Cathery lebte nicht allein, sie wohnte mit ihrem Enkel Henry zusammen. Kennen Sie ihn?»

«Ach, wissen Sie, hier in New York kann man ja kaum bei Leuten von nebenan von gutnachbarlichen Beziehungen reden – geschweige denn bei denen, die um die Ecke wohnen. Meine Tante kannte ihn. Sie bezeichnete ihn als Einsiedler. Und ein bißchen exzentrisch ist er zweifellos.» Ein Fuß verirrte sich unter den Couchtisch, das Schienbein stieß gegen die harte Tischkante, aber Gaynor verzog keine Miene, das Schmerzgefühl hatte ihn nicht erreicht. «Der Presse habe ich entnommen, daß er nicht einmal die Polizei verständigt hat, als seine Tante an dem bewußten Abend nicht heimkam. Ist das nicht eigenartig? Aus der Sicht der Polizei, meine ich.»

«Dem Ermittlungsbeamten hat er gesagt, er habe es genossen, einmal seine Ruhe zu haben, und deshalb sei er gar nicht auf die Idee gekommen, nach ihr zu suchen.»

Bei jener ersten Vernehmung von Henry Cathery vor einem Vierteljahr war für den Fall noch die Mordkommission zuständig gewesen. Aufgrund der Notizen des ermittelnden Beamten und nach einem zweiten Gespräch war Markowitz zu dem Schluß gekommen, daß Cathery die Wahrheit sagte. Rücksichtslose Ehrlichkeit überzeugte ihn immer.

«Sie haben nie mit Henry Cathery gesprochen, Mr. Gaynor?»

«Jonathan.» Er lehnte sich zurück und stieß mit einem Ellbogen an eine Porzellanfigur, die am Rand des Beistelltischs zu seiner Linken stand. «Gelegentlich sehe ich ihn im Park und habe ihm zuerst wohl auch zugenickt, aber da er nie reagierte, gehört er jetzt für mich gewissermaßen zum lebenden Inventar, das man nicht weiter zur Kenntnis nimmt.»

Er stand auf, ließ sich von seinen langen Beinen zu dem großen Panoramafenster tragen und winkte Mallory. «Da ist er.» Er deutete auf die Bank hinter den dunklen Gitterstäben, die direkt gegenüber dem Fenster stand. Henry Cathery hatte sich über sein Schachbrett gebeugt. Als Mallory zu ihm hinsah, hob er den Kopf. Es sah aus, als blicke er sie direkt an. Unwillkürlich trat sie einen Schritt zurück.

«Ein bißchen spät für ihn», stellte Gaynor fest. «Meist sitzt er dort nur tagsüber. Er soll früher ein großer Schachspieler gewesen sein, ein richtiges Wunderkind, inzwischen ist er offenbar ausgebrannt. Aber das alles wissen Sie bestimmt längst.»

Er lotste sie zur Couch. «Sie heißen Kathleen mit Vornamen?»

Sie nickte. «Kannten Sie Pearl Whitman?»

«Nur vom Sehen. Darf ich Sie Kathy nennen?»

«Nein.»

Er wurde rot. Gut so! «Pearl Whitman ging regelmäßig zu

spiritistischen Sitzungen. Sie hatte möglicherweise Verbindung zu einem Medium, das jede Woche –»

«Redwing?»

«Sie kennen die Frau?»

«Zu übersehen ist sie ja nicht mit ihren zwei Metern. Und der Umfang...» Seine Hände beschrieben einen großen Kreis und brachten eine schlanke Porzellanfigur auf einem Sims hinter der Couch ins Wanken. «Ich habe sie einmal hier in der Halle getroffen, der Pförtner nannte mir ihren Namen. Bei meinem nächsten Besuch habe ich dann meine Tante nach ihr gefragt. Das ist jetzt schon eine ganze Weile her, aber ich erinnere mich sehr genau an das Gespräch, vor allem deshalb, weil es mit einem lautstarken Streit endete.»

«Ist Ihre Tante auch zu Redwings Séancen gegangen?»

«Das hat sie mir nicht verraten – was mich nach unserer Auseinandersetzung auch nicht wundert. Sie glauben, daß Redwing etwas mit der Sache zu tun hat?»

«Zunächst einmal interessiert mich alles, was sich hier tut. Redwing kommt seit über einem Jahr jede Woche hierher. Sie haben sich mit Ihrer Tante gestritten, sagen Sie. Was hatten Sie gegen das Medium?»

Seine Hand fuchtelte unvermittelt in der Luft herum, und ein Sofakissen segelte auf den Marmorboden. «Das Ganze ist doch ausgemachter Schwindel, nicht? Es dürfte nicht sehr viel dazugehören, einen Haufen leichtgläubiger alter Damen hinters Licht zu führen. Betagte Menschen auszunutzen finde ich ekelerregend. Ich verabscheue jeden, der sich zu so etwas hergibt.»

«Hätten Sie Lust, sich Redwing mal näher anzusehen? Sie gibt morgen nachmittag eine Séance. Allerdings brauchen Sie eine Einführung. Mrs. Penworth ist die Gastgeberin. Ich habe die Einladung über ihre Tochter bekommen, aber wahrscheinlich ist es praktischer, wenn Sie sich direkt mit Mrs. Penworth in Verbindung setzen. Sie können ihr ja sagen, daß Sie gern mit Ihrer Tante im Jenseits sprechen würden.»

«Ist das Ihr Ernst?» Sein Ellbogen zuckte nach hinten, ein Bein stieß an den Couchtisch. Eine zarte Kristallvase kam erst knapp am Tischrand zum Stehen.

«Mein voller Ernst», sagte Mallory. «Wenn es kein allzugroßes Opfer für Sie ist... Wir versprechen uns davon einiges für unsere Ermittlungen.»

«Aber warum gerade ich?»

«Ich möchte wissen, ob Redwing Ihnen etwas über Ihre Tante sagen kann, was nicht allgemein bekannt ist.»

«Sie glauben also, daß sie Verbindung zu den Opfern hatte.»

Ein Bein legte sich über das andere, das falsch informierte Knie stieß die Kristallvase an, die auf dem vorgestreckten Fuß landete. Mallory konnte sie gerade noch auffangen, bevor sie auf den Boden fiel, und stellte sie an ihren Platz zurück.

«Nein, das hätten wir inzwischen vermutlich festgestellt. Es geht mir einfach darum, möglichst viele Informationen zu sammeln. Vier oder fünf Frauen im Alter Ihrer Tante werden dasein, vielleicht war sie mit der einen oder anderen näher bekannt. Ich muß wissen, ob der Tod Ihrer Tante etwas mit dem Mord an Pearl Whitman zu tun hatte.»

«Der gemeinsame Nenner also... Sehr gut. Sie werden sich demnach als trauernde Angehörige von Miss Whitman ausgeben?»

«Nein. Ich möchte Louis Markowitz aus dem Totenreich zurückrufen. Er war mein Vater.»

Die Vase fiel zu Boden und zerschellte auf dem harten Marmorboden.

Mallory bog in die Einfahrt ein. Das alte Haus sah nach sechs Wochen Abwesenheit nicht so schlimm aus, wie sie befürchtet hatte. Die Fenster waren dunkel, aber das Grundstück machte einen bewohnten Eindruck. Der Rasen war gemäht, Gartenweg und Veranda gefegt, kein welkes Blatt lag herum. Das mußte Robin Duffys Werk sein. Sie sah zum Nachbarhaus.

Es wäre nicht das erstemal, daß der Nachbar bei Markowitz den Rasen gemäht hatte. Louis war manchmal von einem einzigen Haar am Tatort so gefesselt, daß er nicht merkte, wie hoch das Gras in seinem Vorgarten stand. Hatte auch Robin Duffy sich in eine Welt des So-tun-als-ob geflüchtet? Und hatte er beim Mähen herzhaft auf Markowitz geflucht? Oder war er von dieser lieben Gewohnheit diesmal abgegangen?

Riker war bei seinem letzten Besuch offenbar durch die Hintertür gekommen. Das amtliche Siegel an der Vordertür war unversehrt. Sie zog es ab und steckte ihren alten Schlüssel ins Schloß.

Im Haus selbst verlor sich dann die Illusion. Es roch nach Staub und Muff und bedrückender Leere. Ein Griff zum Wandschalter, und die Hängelampe verbreitete ein mildes, warmes Licht.

Vor der kleinen Couch, auf der Helen abends gesessen und genäht hatte, blieb sie stehen. Der Nähkorb stand am gewohnten Platz. Mit den Erinnerungen an Helen konnte sie inzwischen umgehen. Um den Sessel aber, in dem Markowitz nach Feierabend – nur nicht am Dienstag und Donnerstag – seine Zeitung gelesen hatte, machte sie zunächst einen weiten Bogen.

Wie mochte ihm zumute gewesen sein, nachdem er hier allein zurückgeblieben war? Sie selbst würde nie mehr in diesem Haus leben können. Schon nach Helens Tod war es ihr schwer genug gefallen.

Unwiderstehlich zog es sie zur Küche, in der so viele Erinnerungen an Helen wohnten. Keine andere Frau in ihrem Leben hatte sich je darum gekümmert, ob ihre Haare gekämmt und ihre Fingernägel sauber waren, ob sie ihr Milchgeld und ihre Schulbrote eingesteckt hatte. War die Küche nicht früher größer gewesen? Vielleicht sah sie diesen Raum immer noch mit den Augen der kleinen Diebin, die eines schönen Abends von Markowitz geschnappt worden war.

«Ja, was treibst du denn da, Mädel?» hatte er gefragt und durch das Fenster des Jaguars gesehen.

«Mach die Fliege, Alter, sonst stech ich dich ab», hatte sie gesagt.

Und dann hatte er sie kurzerhand in seinen Wagen gepackt und mit nach Hause genommen. Weil er Geburtstag feiern und sich nicht auf dem Jugendgericht durch Berge von Papier wühlen wollte, hatte er zu ihr gesagt. Der Kuchen für Helen stand auf der Rückbank und duftete würzig-zitronig, und Markowitz selbst roch nach fruchtigem Pfeifentabak.

Helen war ausgerastet, als sie das Kind in Handschellen gesehen hatte, der arme Markowitz konnte die Dinger gar nicht schnell genug aufschließen. Und dann hatten sich liebevoll-weiche Arme, die nach Seifenflocken, Abwaschmittel und Scheuerpulver rochen, um die kleine Kathy gelegt. Aus der Küche duftete es nach Schmorbraten und Buttergemüse, und ein Hauch von Talkumpuder wehte Kathy an, als Helen sich vorbeugte, um ihr einen Gutenachtkuß zu geben.

Helen...

Das Haus roch nicht mehr nach ihr. Überall lag Staub. Das hätte Helen sehr traurig gemacht.

Mallory ging nach oben. Auf dem Weg zu dem kleinen Gästezimmer, in dem Markowitz gearbeitet hatte, kam sie auch an ihrem früheren Zimmer vorbei. Er hatte alles unverändert gelassen, vielleicht hatte er insgeheim doch gehofft, sie würde wieder herkommen. Am Türrahmen war noch die letzte Kerbe aus ihren Wachstumsjahren zu sehen. Und erstaunlich weit darunter die erste. Erstaunlich für eine Zehnjährige. Sie war unbändig stolz darauf gewesen, daß sie es geschafft hatte, sich zwei Jahre älter zu schwindeln.

Markowitz' Arbeitszimmer sah aus wie nach einem wüsten Einbruch. So hatte es auch zu seinen Lebzeiten ausgesehen, und Riker hatte bei seiner Suchaktion alles an seinem Platz gelassen. Die Rechnungen auf dem Fußboden neben dem Schreibtisch, die Uneingeweihte für einen Wust fliegender

Blätter halten mochten, waren sorgfältig nach Fälligkeitsdatum geordnet. Auf dem Stoß von Briefen lag ganz obenauf seine Korrespondenz mit dem Oldtimer-Radioklub, erst dann kamen die für ihn weit weniger wichtigen Mitteilungen vom Finanzamt. Mallory griff nach dem Papierkorb, den er als Ablage für seine Kreditkartenabschnitte und Schecks benutzt hatte, aber die hatte Riker auf der Suche nach Hinweisen auf das Kürzel BDA ja schon durchgeforstet.

Sie nahm sich zunächst die Schreibtischfächer vor. Eine Stunde später hatte sie sich bis zu der letzten Schublade in dem verschrammten alten Aktenschrank vorgearbeitet. Hier fand sie ihre alten Schulzeugnisse und Klassenfotos. Sie nahm das Gruppenbild aus der Privatschule in Manhattan in die Hand, die Markowitz ein Vermögen an Schulgeldern gekostet hatte. Die kleine Kathy fiel dem Betrachter sofort ins Auge – das einzige frühreife Gesicht in einem Meer von Unschuld. Markowitz hatte schon recht gehabt: Sie war nie ein kleines Mädchen gewesen.

Sie war schon wieder unten, hatte das Licht ausgemacht und kramte nach dem Autoschlüssel, als sie die Umschläge bemerkte, die unter dem Briefschlitz an der Tür lagen. Flüchtig sah sie die Sendungen durch. Nur Werbung. Der Prospekt der Brooklyn Dancing Academy wäre ihr fast entgangen.

B. D. A.

Wie hatte Riker gesagt? Er habe ergebnislos sämtliche Firmen mit diesen Anfangsbuchstaben im Telefonbuch überprüft ... Verschwieg er ihr etwas?

Sie griff sich das schwere Branchenbuch und blätterte so hastig, daß die Seiten einrissen, fand aber keinen Eintrag für die Brooklyn Dancing Academy. Vorsichtshalber machte sie eine Gegenprobe im amtlichen Telefonbuch, kam aber auch dort zu keinem Ergebnis. Riker war aus dem Schneider.

Langsam ließ sie sich in Markowitz' Sessel sinken, strich über die abgewetzten Armlehnen und lehnte den Kopf an das weiche Rückenpolster. Ein Geruch kam ihr entgegen, den der

Staub nicht hatte überlagern können. Auf dem kleinen Beistelltisch zu ihrer Rechten lag ein offener Tabaksbeutel. Sie streckte eine Hand nach dem Pfeifenständer aus, ließ die Fingerspitzen über die glatten, abgegriffenen Pfeifenköpfe gleiten und entschied sich dann für die Pfeife mit dem geschnitzten Gesicht. Die hatte er am liebsten gehabt, weil Kathy sie für ihn geklaut hatte. Damals, als sie noch «Hey, Cop» zu ihm sagte. Sie krampfte die Hand um die Pfeife, schloß die Augen, versuchte sich Markowitz als jungen Mann vorzustellen: Markowitz, der Tanznarr.

Der Pfeifenstiel zerbrach ihr unter den Händen. Fassungslos betrachtete sie ihr Zerstörungswerk und hielt hoffnungsvoll die gesplitterten Teile aneinander, als wüßte sie nicht, wie schwer es ist, wieder zusammenzufügen, was einmal zerbrochen ist. Ihre Hände sanken in den Schoß, die zerbrochene Pfeife fiel ohne einen Laut auf den Teppich. Sacht wiegte sie sich hin und her. Die Bewegung versetzte sie zurück in eine Zeit, die vor der erinnerten Vergangenheit lag, jener Vergangenheit, in der es vor allem Fliehen und Verstecken gegeben hatte, die Suche nach Eßbarem, die Bedrohung durch fliegende Flaschen und die Luden vom Babystrich. Hin und her wiegte sie sich, taub für das Klingeln, taub für die Drehung des Schlüssels im Schloß, den Robin Duffy vor Jahr und Tag von seinem Nachbarn bekommen hatte. Und eine ganze Weile auch blind und taub für den drahtigen kleinen Rechtsanwalt, der sie bei den Schultern gepackt hatte und schüttelte und immer wieder ihren Namen rief.

In jedem Blätterschatten, der über das Rollo spielte, lauerte ein Mann mit einem Messer. Margot zog die Decke über den Kopf, denn dann, das wußten schon die Kinder, blieben einem die Monster vom Leib, aber schlafen konnte sie jetzt nicht mehr. Im Dunkeln wählte sie Henry Catherys Nummer. Mühelos fanden ihre Finger die vertraute Tastenkombination. Er war nicht eben erfreut über die Störung.

«Was ist?» blaffte er.

«Ich bin's, Henry. Kannst du mir zwanzig Dollar leihen?»

«Bist du nicht gescheit? Du hast nach Abzug der Steuern eine runde Million zu erwarten.»

«Aber ich hab sie noch nicht, und Samanthas Wohnung hat die Polizei versiegelt, ich kann nicht mal was verpfänden.»

«Laß dir morgen früh von der Bank einen Vorschuß geben. Bei mir war das überhaupt kein Problem, sie haben mir gleich die Rückzahlungsverpflichtung mitgeschickt.» Ohne ein weiteres Wort legte er auf.

Sie knallte den Hörer hin. Henry war schon ein schräger Vogel. Oder hatte er rausgekriegt, daß sie die Ringe aus der Schmuckschatulle seiner Großmutter hatte mitgehen lassen? Er saß nicht permanent auf seiner weißen Wolke, sondern hatte auch klare Momente, und in denen war er ihr richtig unheimlich. Wie ein Schlafwandler kam er ihr dann vor, der von einer Sekunde auf die andere hellwach ist. Mehr als hellwach. Aufgedreht. Angetörnt. In diesem Zustand konnte er sich in ihr Hirn einklinken, konnte für ganze Tage, ganze Nächte die Erinnerung daraus vertreiben, ihr zu traumlosem Schlaf verhelfen. Er war der einzige, der bereit war, mit ihr über den Mann mit dem Messer zu reden.

Von Samantha hatte sie in all den Jahren, in denen sie ihr schöngetan, ihr Honig um den Mund geschmiert hatte, kein einziges persönliches Wort gehört.

Als Kind hatte die Mutter sie oft zu Samantha Siddon mitgenommen. Später – die Mutter hatte wieder geheiratet und war aus ihrem Leben verschwunden – war Margot allein hingegangen, und Samantha hatte bei jedem Besuch fünfzig Dollar springen lassen – eine nicht gerade üppige Zuwendung für viele Stunden lähmender Langeweile.

Früher, als Samantha jung und schön war – so hatte die Mutter eine ihrer Geschichten angefangen, und die kleine Margot hatte es nicht fassen können, daß die klapprige Alte mit dem Buckel und den zittrigen Händen wirklich einmal eine schöne Frau gewesen sein sollte. Damals hatte Samantha alles *süß* gefunden. Margot war süß, und die Schleife in ihrem Haar war süß, und für die einsame alte Frau war das eine so wichtig oder so unwichtig wie das andere. Im Lauf der Jahre war Samanthas Stimme schrill geworden, zum Schluß klang alles, was sie sagte, wie ein Kreischen der Angst.

Nachdem der Mann mit dem Messer bei Margot gewesen war, hatte Samantha sie einmal im Krankenhaus besucht. Nur dieses eine Mal. Margot solle ihr Gesicht abdecken, die Narbe verbergen, hatte sie gebeten, sie könne den Anblick nicht ertragen. Danach waren die angsterfüllten Nächte das einzige gewesen, was sie verband. Die eine wachte auf und schrie vor Angst, weil sie einsam war. Zwanzig Blocks weiter südlich erwachte die andere davon, daß ein Messer vor ihren Augen tanzte, ihre Wange durchbohrte, den Nerv durchtrennte, mit dem sie gelächelt hatte.

Margot Siddon starrte auf die Wand, bis sich die erste Spur von Helligkeit darauf abzeichnete, dann griff sie ziellos in einen der Kleiderhaufen vor dem Bett und zog sich an. Daß sie die Weste schief knöpfte, merkte sie nicht. Es war nichts zu essen im Haus. Sobald sie ihren Vorschuß hatte, würde sie einkaufen gehen. Sie würde sich alles in bar geben lassen, in kleinen Scheinen. Die ganze Welt würde sie sich kaufen. Und Fleisch, rotes Fleisch. Und eine Biskuitrolle.

6

Wieder einmal bedauerte der Banker lebhaft, daß er kein richtiges Büro mit einer Tür hatte, die man hinter sich zumachen konnte. In den Räumlichkeiten von gut und gern doppelter Ballsaalgröße, in denen es keine Trennwände gab, waren vertrauliche Gespräche völlig unmöglich. Gerade heute empfand er die ausladende Galerie, auf der sein Schreibtisch stand, als besonders öffentlich. Neugierige Blicke streiften die absonderlich gekleidete junge Frau, die vor ihm saß. Sie grinste verzerrt, und auf einer Wange zeichnete sich eine blasse halbmondförmige Narbe ab. Sie wirkte schmuddelig, und ein paarmal war sie drauf und dran, einzuschlafen.

«Um Ihnen Geld auszuzahlen, brauche ich eine Anweisung des Testamentsvollstreckers, Miss Siddon, daran führt kein Weg vorbei», sagte der Bankbeamte. «Im übrigen konnten Sie mir keine einzige Frage nach Ihrer Cousine zufriedenstellend beantworten. Wenn Sie mir nicht einmal sagen können, wie ihr zweiter Vorname lautet –»

«Wir haben nie viel miteinander geredet.»

«Am besten wenden Sie sich an ihre Anwälte.»

«Die haben gesagt, daß sie sich wieder melden, aber kein Mensch ruft mich an.»

«Dann bitten Sie Ihren Anwalt, sich darum zu kümmern.»

«Sie wissen ganz genau, daß ich keinen Anwalt habe. Ich brauche Geld, und zwar sofort. Was nützt es mir, daß ich irgendwann eine Million kriege, wenn ich inzwischen verhungert bin?»

Das konnte nur ein plumper Schwindel sein. Es war nicht

das erstemal, daß jemand so was bei ihm probierte. Diese merkwürdige Person verfolgte offenbar systematisch die Todesanzeigen in der Zeitung. Andererseits wäre es peinlich, falls sich herausstellen sollte, daß sie tatsächlich die Erbin des Siddon-Vermögens war... Vorsicht war also angesagt.

«Können Sie sich ausweisen? Wenn Sie mir Ihren Führerschein zeigen...»

«Ich kann nicht Auto fahren.»

«Wie weisen Sie sich denn aus, wenn Sie Schecks ausschreiben?»

«Überhaupt nicht. Ich habe gar kein Konto.»

Das war nun bestimmt gelogen. Ein Mensch ohne Bankkonto – so etwas gab es doch gar nicht. «Wenn Sie sich nicht ausweisen können, kann ich Ihnen unmöglich etwas auszahlen, das müssen Sie doch einsehen.»

Ja, offenbar hatte sie es eingesehen, denn jetzt stand sie schwerfällig auf. Das lange Kleid schlotterte, aus den Ärmeln der weiten Brokatjacke sahen erschreckend magere Arme hervor, das Gesicht wirkte regelrecht ausgehungert.

Langsam ging sie auf die elegant geschwungene Treppe zu, die in die Schalterhalle hinunterführte. Er hatte überlegt, ob er ihr ein bißchen Kleingeld aus der eigenen Tasche zustecken sollte, hatte es dann aber doch lieber bleiben lassen. Womöglich hätte sie ihm noch eine Szene gemacht.

Er sah Margot Siddon nach, die langsam die breiten Stufen hinunterging, und mußte plötzlich daran denken, daß er in den Sechzigern Leadgitarre in einer Rockband gespielt hatte. Das Hippiemädchen, das mit der Band gesungen und gehungert hatte, war seit fünfundzwanzig Jahren seine Frau. Und wer war dieser unmusikalische Banause, der gerade einer halb verhungerten Frau die Tür gewiesen hatte?

Er spielte mit einer Büroklammer, während Margot Siddon durch die überdimensionale Schalterhalle dem Ausgang zuging. Als sie ausrutschte und auf den harten Marmorboden stürzte, ließ er die Büroklammer fallen und sah rasch weg.

Riker hielt wohlweislich Distanz zu der Glaswand des Büros und suchte nach einem Fluchtweg für den Fall, daß Commissioner Beale zufällig in seine Richtung sah und ihn hereinrief, um ihn zusammen mit Coffey fertigzumachen. Der kleine blasse Commissioner fuchtelte Coffey gerade mit einer Zeitung vor der Nase herum, deren Schlagzeile Riker auswendig kannte: *Unsichtbarer führt New Yorker Polizei vor.*

Als der Fall gerade acht Wochen alt und Markowitz erst achtundvierzig Stunden tot war, hatte Chief Blakely zu Beale gesagt, die Lösung sei in greifbarer Nähe. Sechs Wochen später hockte Blakely mit seinem wabbeligen Hintern auf Coffeys Schreibtisch, ließ seine Zigarre qualmen und Coffey im Regen stehen.

Jawohl, buchstäblich stehen. Riker hätte ihm sagen können, daß Blakely die strategisch beste Position hatte, denn zu ihm brauchte der Commissioner nicht aufzusehen. Coffey war einfach zu groß, er paßte nicht in Beales System, zumal ihm keiner das bei Vorgesetzten so beliebte Schleimergrinsen beigebracht hatte. Er stand da wie ein Fels, und in diesem Moment war er Riker fast sympathisch.

Zwei Kollegen in Uniform, die sich die Schau auch nicht entgehen lassen wollten, gesellten sich zu Riker an den Wasserkühler.

Der fand, daß es Zeit war, Flagge zu zeigen und Coffey den Rücken zu stärken. Er holte seine Brieftasche heraus. «Fünf Dollar, daß Coffey immer noch steht, wenn der Commissioner Leine zieht.»

Margot Siddon angelte einen Pappbecher aus der Mülltonne und hielt ihn dem Mann mit dem zerrissenen Sweatshirt hin, der einen Dime und einen Quarter hineinwarf. Zwanzig Minuten später schob sie das Geld über das Schalterbrett und ließ sich eine U-Bahn-Münze geben. Im Zug schlief sie ein, verpaßte ihre Station und mußte fünfzehn Blocks zu Fuß gehen. Vor der Haustür blieb sie mit einem Ruck stehen. Ihr war ganz flau geworden. Ihre Schlüssel waren weg. Offenbar waren sie ihr bei dem Sturz in der Bank aus der Tasche gefallen. Wütend wummerte sie an die Tür der leeren Wohnung, warf sich heulend gegen das Holz, sackte im Hausflur zusammen. Irgendwo in dem Chaos hinter der Tür lag – unerreichbar für sie – ihre Geburtsurkunde. Mit dem Rest von Kraft, der ihr noch geblieben war, trat sie gegen die Türfüllung.

Moment... der Briefkasten.

Auf den Briefen an sie standen ja ihr Name und ihre Adresse. Aber auch der Briefkastenschlüssel hing an dem verlorengegangenen Schlüsselring. Sie holte das Springmesser aus der Tasche, brach die Tür ihres Briefkastens auf und holte eine Drucksache und die Stromrechnung heraus.

Mallory kniff die Augen zusammen. In der grellen Sonne, die durch die hohen Fenster fiel, sah man sämtliche Zigarettenbrandflecken auf der roten Plüschcouch. Die beiden Frauen, die dort saßen, jede an einem Ende, kannten sich offenbar nicht. Sie waren nicht mehr die Jüngsten, aber Rouge und Lippenstift leuchteten wie Feuermelder. Am Empfang stand ein alter Mann, der aus einem Geldscheinclip mit dem Logo einer Schnellreinigung Dollarscheine auf den Tresen zählte. Die Dame am Empfang nickte bei jeder Dollarnote, die er vor sie hinlegte, so nachdrücklich, daß ihr Vierfachkinn wabbelte.

Der flotte Mr. Esteban schob die Kassette in den Recorder. Mallory sah fasziniert auf das tintenschwarze Haar mit dem halben Zentimeter Grau am Scheitel.

«Wir nehmen die Schüler alle zwei Wochen auf Video auf, damit sie selbst sehen können, wie sich ihre Leistungen verbessert haben. Meist löschen wir die Aufnahmen dann wieder, aber von dieser hier mochten wir uns nicht trennen. Er war ein phantastischer Tänzer, ein Naturtalent. Sie werden es gleich selbst sehen.»

Auf dem Bildschirm erschien der grauhaarige, übergewichtige Markowitz mit einer schlanken jungen Tanzpartnerin. Die junge Frau in dem roten Kleid und den flachen Tanzschuhen war etwa so alt wie Mallory, vielleicht auch jünger, und kam ihr irgendwie bekannt vor. Dann näherte sich das seltsame Paar der Kamera, und Mallory schnappte nach Luft.

Es war Helen Markowitz.

Nicht die behäbig-mollige Matrone, die sie kannte, sondern dreißig Jahre jünger, ein Teenager mit Gel in den Haaren und einem Ring in der Nase.

Warum nicht, dachte Mallory und sank auf einen der abgewetzten Plüschsessel. Gespenster hatten in dieser Woche offenbar Hochkonjunktur.

Rabbi Kaplan hatte recht gehabt: Markowitz war ein großartiger Tänzer. Zur Musik von Chuck Berry stemmte er seine Partnerin in die Luft, wirbelte sie herum und setzte sie wieder ab. Rock 'n' Roll in Reinkultur. Schwung und fließende Bewegungen ließen die Jahre vergessen: Ein junger Louis tanzte mit einer Helen, die fast noch ein Kind war.

«Wie heißt die junge Frau?»

«Brenda Mancusi.»

«Wo ist sie?»

«Brenda arbeitet nicht mehr hier. Nachdem wir das von Mr. Markowitz gehört hatten, ist sie nicht mehr gekommen.»

«Ich brauche die Adresse und Telefonnummer und eine Kopie von Ihrem Videoband.»

Er hatte nicht damit gerechnet, sie noch einmal zu sehen. Doch da stand sie, hatte zwei Umschläge in der schmuddeligen Hand und hielt sie ihm unter die Nase. «Da!» krähte sie. «Da! Reicht das?»

Mit zwei Fingern nahm er ihr die Umschläge ab, überlegte, ob man sich auf diese Art Läuse holen konnte, und fand sich selber ziemlich schäbig. Als er den Namen auf der Stromrechnung gelesen hatte, wiegte er skeptisch den Kopf.

«Daraus geht nur hervor, daß Sie den gleichen Nachnamen haben wie Samantha Siddon.»

«Ich will mein –»

«Nach unserem Gespräch habe ich versucht, Mrs. Siddons Anwalt anzurufen. Er ist in Europa und telefonisch nicht zu erreichen. Sein Partner hat versprochen, sich um die Angelegenheit zu kümmern und mir Bescheid zu geben.»

«Wer's glaubt, wird selig! Wahrscheinlich ist der Arsch inzwischen mit meinem Geld schon über alle Berge.»

«Ich kann Sie beruhigen, Mrs. Siddons Geld ist bei uns gut aufgehoben. Aber ihre Konten bleiben eingefroren, bis der Bank die Anweisungen ihres Testamentsvollstreckers vorliegen. Und auch dann brauchen wir von Ihnen einen Ausweis mit Bild –»

«Und ich brauche Geld, Sie Saftsack. Wissen Sie, was ich in der Tasche habe? Da ...»

Sie stülpte die Taschen der Brokatjacke um. Auf seinem Schreibtisch landeten ein paar vollgefusselte Münzen, ein Berg verrotzter Papiertaschentücher – und das Springmesser.

Gewiß, sie hatte ihn nicht bedroht, es war mit den anderen Sachen herausgefallen. Aber ein Messer... Vielleicht hatte dieser Anblick – ein leibhaftiges Messer in der Bank – ihn einfach umgeworfen, vielleicht hatte er deshalb auf den Alarmknopf gedrückt.

Während sie noch beide mit großen Augen das Messer ansahen, kamen zwei dickliche grauhaarige Wachmänner mit knallroten Gesichtern die Treppe hochgekeucht.

Der Banker wechselte einen erschrocken-ungläubigen Blick mit seiner Besucherin. Margot Siddon nahm das Messer an sich, lief die Treppe hinunter und drängte sich an den angejahrten Wachmännern vorbei, die beide vergeblich nach ihr griffen und dann schwerfällig kehrtmachten, um die Verfolgung aufzunehmen. Margot stolperte, stieß mit einem Bankkunden zusammen, fing an zu heulen vor Wut und war auf und davon, noch ehe die beiden sie einholen konnten.

«Nein», sagte Mallory, «sie erwartet nur mich. Über Sie hätte Redwing sonst vielleicht Hintergrundinformationen eingeholt, und das ist schließlich nicht im Sinne des Erfinders. Ich gebe Sie als eine Freundin der Familie aus.»

«Keine gute Idee», sagte Edith Candle. «Es hochstapelt sich viel leichter, wenn man sich weitgehend an die Wahrheit hält. Mit einer glatten Lüge schadet man sich nur. Wenn die Frau was kann, durchschaut sie den Schwindel sofort.»

«Wir machen es auf meine Art.»

Ein Dienstmädchen in schwarzem Kleid und gestärkter weißer Schürze führte sie, nachdem Mallory ihren Namen genannt hatte, zu einem kleinen Vorraum, in den auf einer Wolke erlesener Parfüms diskretes Klappern von Teegeschirr und eine Etüde von Chopin zu ihnen hineinwehten. Das Mädchen verschwand in dem großen Raum, dem diese kleine Wartezelle für verdächtige Besucher vorgeschaltet war. Mallory hörte hohe Zwitscherstimmen und melodisches Lachen. Gleißende Sonne fiel durch die großen Fenster. Unter der Parfümwolke lauerte säuerlicher Krankenzimmermuff.

Das Mädchen machte eins der Schiebefenster auf, durch das nun der Straßenlärm drang. Demnach ging der Vorraum nicht auf den Park hinaus. Ein Autofahrer hupte anhaltend – was nach stillschweigender Übereinkunft auf dem Gramercy Square tabu war –, und ganz in der Nähe jaulte die Sirene eines im Stau steckengebliebenen Krankenwagens. Die alten Damen saßen auf ihren Sesseln wie Vögel auf der Stange, während der Tisch aufgestellt und Stühle hereingetragen wurden. Hennarote Haarschöpfe neigten sich blaugespülten Schlohköpfen zu, die Spannung war förmlich mit Händen zu greifen.

Lächelnd betrat eine Dame in den Siebzigern den Vorraum. Der Hals war üppig mit Perlen behängt, der Kopf unverhältnismäßig klein – eine mit weißer Watte beklebte Murmel auf einer Eieruhr mit verdickter Taille.

«Miss Mallory? Ich bin Fabia Penworth, Marions Mutter.

Es freut mich sehr, daß Sie kommen konnten. Aber –» Sie warf Edith Candle einen irritierten Blick zu. «Nein, das geht nicht! Sie sollten allein kommen, Redwing empfängt keine unangemeldeten Besucher.» Sie trat einen Schritt näher an Mallory heran und sagte in weithin vernehmbarem Flüsterton: «Ich habe ihr ausführlich von dem unzeitigen Tod Ihres Vaters erzählt. Geistwesen, die eines gewaltsamen Todes gestorben sind, sagt sie, kann man besonders gut erreichen. Sie wollen den Kontakt mit uns, sie wollen, daß die Wahrheit ans Licht kommt.» Dann kam sie wieder auf die ärgerliche Anwesenheit von Edith zurück. «Das geht nun wirklich nicht...»

«Es ist eine alte Freundin der Fa-»

Edith trat einen Schritt vor. «Ich bin Edith Candle. Vielleicht haben Miss Whitman oder Mrs. Gaynor mal von mir gesprochen. Wir hatten, soviel ich weiß, denselben Broker.»

«Aber ja!» Mrs. Penworth gab Edith Candle Gelegenheit, ein teures zahnärztliches Gesamtkunstwerk zu bestaunen. «Welche Ehre. Damit hätte ich nie gerechnet. Kein Problem, Mrs. Candle, Redwing wird entzückt sein. Bei Ihrem Ruf in der spiritistischen Welt...»

Falls Redwing entzückt war, wußte sie es geschickt zu verbergen. Sie saß, in leuchtend bunte Gewänder gehüllt, einen indischen Schal turbanartig um den Kopf geschlungen, auf dem schweren Polstersessel wie auf einem Thron. Mallory schätzte, daß ihr Schmuck – schwere Armbänder und goldene Ketten – gut und gern zehn Pfund wog. An den zierlichen Füßen hatte sie goldene Riemchensandalen. Sie kniff die Augen zusammen und streckte Edith Candle die Hand hin wie zum Kuß. Jemand wie Redwing hatte es nicht nötig, zur Begrüßung älterer Damen aufzustehen.

Edith nahm Redwings ausgestreckte Hand und zuckte ein wenig. Vielleicht tat ihren arthritisgeplagten Händen auch der leichteste Druck weh. Redwings Augen hatten sich geweitet, blickten beängstigend scharf und klar.

Hinter Redwings Sessel stand der Junge, der ihr ständiger Begleiter war und in dem sich Gene aller Rassen zu einer eigenartigen Mischung zusammengefunden hatten: goldbraune Haut, krauses Haar, der Gesichtsschnitt eines Weißen, gelbe, schräggestellte Augen ohne Mongolenfalte. Das Gesicht wirkte stumpf. Stand er unter Drogen?

Als Redwing mit einer majestätischen Geste die Audienz beendet hatte, zog Mallory Edith Candle in eine stille Ecke.

«Daß Sie Estelle Gaynor kannten, haben Sie mir ja noch gar nicht erzählt.»

«Sie haben mich nicht danach gefragt. In meinem Alter ist es nichts Außergewöhnliches, wenn man die eine oder andere Person kennt, die es inzwischen nicht mehr gibt.»

«Das eine oder andere Mordopfer?»

Und wie stand es mit Samantha Siddon? Hatte das vierte Opfer vielleicht auch die eine oder andere der Frauen gekannt, die ihr in eine hoffentlich schönere Welt vorangegangen waren?

Ein melodisches Glockenspiel an der Tür meldete den nächsten Gast. Jonathan Gaynor trat vor Redwings Thron, gab ihr die Hand, ließ sich dann augenzwinkernd mit Mallory bekannt machen, als sähen sie sich heute zum erstenmal, und folgte seiner Gastgeberin. Eine der weißhaarigen Damen verfügte offenbar über einen gut entwickelten Überlebensinstinkt, denn sie brachte sich vor seinen spitzen Ellbogen schleunigst in Sicherheit.

Doch Mallory mußte neidlos anerkennen, daß er gut bei den alten Damen ankam, solange er ruhig an einem Fleck saß, so daß er keine Zusammenstöße provozieren und über nichts stolpern konnte. Er ließ sich willig von ihnen verwöhnen und mit Plätzchen vollstopfen. Die gut erhaltene Achtzigjährige schmolz sichtlich dahin, als er im Eifer des Gesprächs ihre Runzelhand streifte.

Mallory sah sich genötigt, von ihrer bisherigen Meinung abzurücken, wonach jenseits der Vierzig mit Sex nichts mehr läuft, und wandte ihre Aufmerksamkeit wieder der großen schlanken Frau mit der Mannequinfigur zu, die sich neben sie auf die Couch gesetzt hatte. Die teuer-raffinierte Kurzhaarfrisur brachte die feine Struktur des von tausend Fältchen durchzogenen Gesichts vorteilhaft zur Geltung. «Ja, wir kannten Samantha Siddon recht gut», sagte sie gerade zu Edith. «Nach dem zweiten Mord hat sie sich keine Séance mehr entgehen lassen. Sie genoß den Kitzel der Gefahr. So etwas habe sie vor fünfzig Jahren zum letztenmal erlebt, und auch da nur ganz kurz, hat sie gesagt.»

Mallory nahm dem Dienstmädchen die hauchzarte Teetasse ab. «Haben Sie denn keine Angst?» fragte sie. «Drei Morde in Ihrer unmittelbaren Umgebung. Diese Frauen –»

«Aber nein, Kindchen, weshalb denn? Pearl Whitman zum Beispiel ist gar nicht hier ermordet worden. Allerdings war es wohl derselbe Wahnsinnstäter. Pearl hatte viel weniger Angst vor dem Tod als davor, jahrelang in einem Krankenbett dahinzuvegetieren und aufs Sterben zu warten oder aber – und das meist vergeblich – auf Besuch.»

«Mrs. Whitman gehörte demnach auch zu Ihrem spiritistischen Zirkel?»

«Sogar zu den Gründungsmitgliedern. Ein Mord, fand sie, machte die ganze Sache nur noch spannender.»

«Und Estelle Gaynor?»

«Bei ihr hat die allererste Séance stattgefunden.»

«Nein, bei der ersten war Anne die Gastgeberin», sagte eine Stimme hinter Mallory.

Mallory sah in die blanken Augen einer Frau mit Vollmondgesicht und blau getöntem Haar.

«Anne?»

«Anne Cathery», ergänzte das Mondgesicht.

«Es ist Ihnen doch wohl klar, daß es da einen Zusammenhang gibt ...»

«Zwischen den Morden und den Séancen? Natürlich ist uns das klar.» Sie machte eine weit ausholende Handbewegung.

«Dem ganzen Zirkel – oder dem, was davon übriggeblieben ist. So verkalkt sind wir denn doch noch nicht. Ihr jungen Leute denkt immer, wir wären alle schon mit Alzheimer und Altersflecken zur Welt gekommen.»

«Nichts für ungut, Kindchen», sagte die mit der Mannequinfigur freundlicher. «Daß für Sie und Ihresgleichen ältere Mitbürger automatisch auch vertrottelt sind, ist völlig normal und das Vorrecht der Jugend. Mich stört das nicht, ich finde diese Einstellung bei Kontakten mit Ihrer Generation sogar recht nützlich.»

Das Mondgesicht zwinkerte der Mannequinfigur zu. «Wie bei dem Finanzmenschen, den du letztes Jahr so schön über den Tisch gezogen hast?»

«Eine runde Million Nettogewinn. Nicht zu verachten. Der gute Junge hatte sich eingebildet, ich säße als Witwe des Hauptaktionärs nur der Form halber im Aufsichtsrat. Aber Sie scheinen sich mehr für Morde als für Mäuse zu interessieren. Das spricht für Sie.»

«Sie haben also keine Angst?»

«Vor dem Tod? Das müßte ich mir überlegen. Doch, meistens schon. Aber Sie wissen ja, dann gibt es immer wieder Tage... Nein, natürlich wissen Sie das nicht. Sie sind noch ein halbes Kind, haben noch nie etwas mit Blähungen und Inkontinenz zu tun gehabt. Ich habe nicht den Eindruck, daß Samantha sich ans Leben klammerte. Sie fand, daß sie alt genug geworden war. Sogar die eigenen Kinder hat sie überlebt, was fast unverzeihlich ist.»

«Gab es da nicht eine Cousine?»

«Margot. Ein sonderbares junges Geschöpf. Ich glaube, Samantha machte sich nicht viel aus ihr, auch wenn sie mächtig stolz darauf war, daß das Mädel pünktlich jede Woche bei ihr antrat. Viel Freude hat sie an den Besuchen wohl nicht gehabt. Nein, ich denke, Samantha ist nicht ungern gestorben.»

«Aber so ein Tod...»

«Ein jähes Ende hat etwas Erregendes. Der Tod ist das Größte, was es gibt ... aber davon verstehen Sie nichts.» Eine schmale, federleichte Hand legte sich über die von Mallory. «Sie halten sich für unsterblich, Kind, hab ich recht? Natürlich hab ich recht.»

Mondgesicht setzte sich ebenfalls auf die Couch, lehnte sich behaglich zurück und ließ die kurzen, stämmigen Beine baumeln. «Durch die Séancen wurden Samanthas letzte Tage sehr viel abwechslungsreicher, soviel steht fest. Es war fast wie eine Lotterie. Oder wie Bingo. Überhaupt, wenn es den Bingosaal nicht gäbe ... Den hat der liebe Gott wohl extra als Warteraum für uns Gruftis erfunden.» Mondgesicht seufzte. «Und jetzt müssen wir wieder einen ganzen Monat warten.»

«Auf die nächste Séance?» fragte Mallory.

«Nein, die Séancen sind einmal in der Woche. Sie meint die Morde», erläuterte die mit der Mannequinfigur. «Meist liegen vier Wochen dazwischen.»

«Weiß die Polizei von den Séancen?»

«Gott behüte! Redwing wäre das gar nicht recht. Wegen ihres Karmas. Künstler sind ja so sensibel. Sie werden uns doch nicht verpetzen, Kind?»

Von Markowitz hatte Mallory gelernt, wie wichtig es ist, gründliche Feldforschungen zu betreiben. Jetzt war sie mitten im Land der Blauspülungen und des grauen Stars, der Krückstöcke und Stützstrümpfe, Morde und Komplotte.

Das Dienstmädchen schwang eine kleine Handglocke.

Wieder mußte Mallory an Vögel denken, als sich die alten Damen wie ein Schwarm erhoben und unter Kleiderrascheln und Stühlescharren an dem weiß gedeckten Tisch Platz nahmen. Mallory saß zwischen Jonathan Gaynor und einer Frau mit Nickekopf, Edith zwischen Nickekopf und der Gastgeberin. Redwing nahm die Hände der rechts und links von ihr Sitzenden, und ihrem Beispiel folgend faßten sich jetzt alle bei der Hand.

Eine Schale mit einer schwarzen, noch nicht angezündeten

Kerze stand in der Tischmitte, daneben eine bunt bemalte Madonna mit Kind. Vor Redwing lag eine kleine Sammlung von Gegenständen: Markowitz' Taschenuhr, juwelenglitzernde Ringe, ein Schlüssel, eine blonde, mit einem Band umwundene Strähne aus feinem Kinderhaar.

Das Dienstmädchen zog schwere Vorhänge vor die Fenster, in deren Scheiben die Sonne stand. Als der Raum im Dunkeln lag, flammte die schwarze Kerze, die nun die einzige Lichtquelle war, wie von selbst auf. Süßlicher Weihrauchduft zog durch den Raum, verstärkte und überlagerte den Parfümgeruch. In dem schwankenden Kerzenlicht sah es aus, als beginne die kleine Madonna mit zuckenden Bewegungen zu tanzen.

Redwing schloß die Augen und legte den Kopf zurück. «Vater unser, der du bist im Himmel», begann sie, und alle – bis auf Mallory – schlossen die Augen, alle – bis auf Mallory – sprachen ihr die Worte nach.

Vater unser, der du bist im Himmel...

Mallory bewegte nur die Lippen. Eine Ketzerseele, die nicht glauben mag, daß der Himmel käuflich ist.

Geheiligt werde dein Name...

Und die immer wieder neu mit der Erkenntnis fertig werden mußte, daß in jener Grube Markowitz lag, den Würmern zum Fraß.

Dein Reich komme, dein Wille geschehe...

Die Würmer kriechen hinein, die Würmer kriechen heraus.

Staub zu Staub, Asche zu Asche, tot ist tot, Leiche ist Leiche. Ganz allein in der kalten Erde. Markowitz.

Und vergib uns unsere Schuld, wie wir vergeben unseren Schuldigern...

Nein, nie.

Der Junge schlängelte sich an Redwings Sessel heran und blieb mit hängenden Armen dahinter stehen. Die Madonna wirkte lebendig gegen ihn. Mallory war fest entschlossen, das Jugendamt einzuschalten, sobald sie sich davon überzeugt hatte, daß er unter Drogen stand. Sie konnte es nicht mit ansehen, wenn ein Kind geschlagen wurde, und hier geschah Schlimmeres. Ganz kurz tauchte sie in eine Grauzone frühester Erinnerungen ein, die gleich wieder entschwanden wie ein zerflatternder Traum und die sie, einem dunklen Instinkt gehorchend, auch nicht festzuhalten versuchte.

Das Trichtergrammophon begann zu spielen. Erst Klassik, dann Schlager der zwanziger Jahre, schließlich Rock 'n' Roll aus den Fünfzigern. Mallory horchte auf; sie hatte ein Album aus Markowitz' Kellersammlung erkannt.

Redwing zog unter den Gegenständen auf dem Tisch Markowitz' Uhr hervor. Die Musik verstummte.

Das Medium schloß die Augen. Die Uhr, von Redwing an der Kette gehalten, senkte sich, bis sie flach auf der Tischplatte lag. Redwings Finger ließen die Kette los. Das Medium verdrehte die Augen, stemmte die Handflächen auf die Tischplatte und setzte sich in wiegende Bewegung, erst ganz sacht, dann immer schneller, bis der ganze Körper sich schüttelte wie im Krampf. Er stieß an den Tisch, der Sessel schaukelte, die Sesselbeine schlugen einen harten, hämmernden Rhythmus. Unvermittelt wurde die große schwere Frau ganz steif, lehnte sich im Sessel zurück, vergrub den Kopf in den Polstern und drückte mit weit geöffnetem Mund das Kinn an die Brust.

Dann sah sie Mallory an. Mit Markowitz' Lächeln, das tausend Fältchen in seinen Augenwinkeln aufspringen ließ.

Auch die anderen lächelten. Markowitz' Lächeln war bekanntlich ansteckend. Nur Mallory blieb ernst.

«Wie geht's, Kleines?» sagte die tiefe Stimme mit dem unverkennbaren Brooklyn-Tonfall.

Mallory und Markowitz sahen sich über den Tisch hinweg an.

«Nenn mich nicht Kleines», sagte sie.

Markowitz lachte und wollte gar nicht wieder aufhören. Der Tisch bebte unter Mallorys Händen, sie war wie berauscht von Markowitz' Gelächter.

Der Junge trat hinter dem Sessel hervor und verfiel nun auch in Trance. Der Tisch schaukelte, obwohl Redwings gespreizte Hände ruhig lagen und der Junge den Tisch nicht berührte. Die Musik hatte wieder eingesetzt, aber der Plattenteller drehte sich nicht. Buddy Holly sang vom Auf und Ab der Liebe.

Markowitz' Lachen war verstummt, jetzt lächelte er wieder, herzlich und entspannt. «Möchtest du mir etwas sagen, Kathy? ... Nein? ... Oder vielleicht etwas fragen?»

«Wer weiß, wieviel an Bösem wohnt –» Ihre Stimme war klein und zerdrückt und erstarb schließlich ganz.

«Der Shadow weiß es», sagte Markowitz.

Der Mund des Jungen bewegte sich lautlos mit, der magere Körper wiegte sich vor und zurück. Markowitz lachte wieder, und der Junge stimmte ein. Mit geschlossenen Augen wiegte er sich im Takt der Musik und streckte lachend den Bauch vor.

Jetzt hatten sie alle die Hände flach auf den Tisch gelegt, der sich noch immer bewegte, mal ein Stück nach links, mal ein Stück nach rechts. Mallory spürte die Energie, die durch ihre Handflächen strömte. Ihr Körper verspannte sich. Markowitz lachte, ihr Herz hämmerte, der Tisch tanzte wie ein Derwisch, die Spannung stieg, die Zeitbombe tickte, Blut erstarrte zu Eis, die Gedanken rasten. Lauter wurde das Lachen. Immer lauter.

In den Augen des Jungen stand jetzt nacktes Entsetzen. Er riß die Hände hoch, als wollte er Schläge abwehren, sein Mund öffnete sich zu einem stummen Schrei, irgendwo lachte es noch immer. Mit beiden Händen griff er sich an den Leib – genau an die Stelle, wo Markowitz der tödliche Stich getroffen hatte. Die Madonna kippelte wild und fiel um, der Gipskopf brach ab und rollte über den Tisch auf Mallory zu.

Mallory hatte nicht gemerkt, daß sie aufgestanden war, bewußtes Handeln setzte erst wieder ein, als sie, wie aus einem Traum erwachend, über den dicken Teppich zur Tür ging. Hinter sich hörte sie Markowitz schreien, hörte das zischelnde Wispern der alten Damen, das Schurren von Möbeln, die sich wie von selbst über den Boden bewegten. Markowitz' Schreien im Ohr, das allmählich zu einem gurgelnden Stöhnen verebbte, verließ sie die Wohnung und ging mit starrem Blick auf das Scherengitter des Aufzugs zu. Nur weg von hier. Hinter ihr schrie Markowitz.

Und dann hörte sie Schritte. Edith Candle hatte sich in Trab gesetzt, um sie einzuholen. Und dann standen sie wortlos nebeneinander in der altmodisch-verschnörkelten Kabine, die sie drei Stockwerke in die Tiefe trug, durch finstere Schatten und grelles Licht, ein Wechselbad von Hell und Dunkel, bis sie glücklich wieder festen Boden unter den Füßen hatten.

Henry Cathery stand am breiten Schlafzimmerfenster und beobachtete, wie sie mit der alten Frau das Haus verließ. Wie schön sie war. Lange schon stand er so und rührte sich nicht.

Auch heute hatte sie ihm nicht Gesellschaft geleistet, er mußte jede Gelegenheit nutzen. Henry Cathery fing das vom Leid gezeichnete Gesicht in seinem Teleobjektiv ein und drückte ab. Einmal, zweimal, viele Male. Und noch einmal, als sie zu ihrem braunen Kleinwagen ging, der so schön nach ihr roch.

Sie und die alte Frau stiegen ein, der Wagen rollte davon. Henry Cathery blieb am Fenster stehen und sah auf das große Schachbrett des Gramercy Park herunter.

Die Polizei hatte den üblichen Fehler unbegabter Schachspieler gemacht. Die Trottel würden sich weiter in ausgefahrenen Gleisen bewegen, phantasielose Spieler, die auf ihre Erfahrung pochten und unfähig waren, den kühnen Logiksprung zu wagen, mit dem allein man bis zum Endspiel kommt.

In dem kleinen Lokal am Gramercy Park ließ Edith sich Tee nachschenken, und Mallory behielt über den Rand ihres Kaffeebechers hinweg die Tür im Auge. Es dauerte vierzig Minuten, bis Jonathan Gaynor hereinkam und sich zu ihnen setzte. Er legte die Taschenuhr neben Mallorys Teller mit dem unberührten Croissant. Sie starrte die Uhr an. Wie hatte sie die nur vergessen können?

«Alles in Ordnung?» fragte er besorgt, während er seinen eckigen Körper auf die Bank neben Edith schob.

Mallory vergaß, ihn zu ignorieren oder ihm mit einem vernichtenden Blick zu signalisieren, daß es ein Irrtum war zu glauben, er könne ein bißchen menschliche Wärme mit ihr teilen. Sie war so verunsichert, daß sie ihm die besorgte Frage durchgehen ließ. Daß sie sich von Redwing hatte vorführen lassen, ging ihr nach, und das sah man ihr wohl auch an, denn Gaynor wurde jetzt noch kühner und wagte – mit dem Unschuldsblick eines schüchternen jungen Kansasfarmers im Weizenfeld – ein herzlich-teilnahmsvolles Lächeln.

Zu ihrem Schrecken merkte sie, daß sie das Lächeln fast spontan zurückgab.

«Sie hätten ihr nicht die richtige Uhr in die Hand geben dürfen», sagte er.

«Es ging nicht anders», wandte Edith ein. «Eine falsche hätte Redwing sofort erkannt, die Frau ist hochbegabt.»

«Zum Teufel mit der Begabung», sagte Mallory. «Redwing holt per Computer Auskünfte über ihre Kunden ein. Und weil meine Geschichte sich mit diesen Auskünften decken mußte, habe ich ihr Markowitz als Material gegeben.»

«Riskant», sagte er. «Demnach weiß sie auch, daß Sie Polizistin sind.»

Mallory nickte.

«Sie haben in Redwing wirklich Markowitz gesehen, nicht?» fragte Edith.

«Eine großartige Schau, das muß ihr der Neid lassen.»

«Es wäre ein schwerer Fehler, ihr Talent zu unterschätzen», sagte Edith.

Gaynor lächelte ihr zu. «Redwings Vorstellung hat offenbar Eindruck auf Sie gemacht.»

«Sehr gekonnt», bestätigte Edith. «Keine billige Schmierenkomödie.» Zum drittenmal winkte sie der Bedienung mit erhobener Teetasse. Die junge Frau in dem schmuddeligen weißen Kittel ging rasch an ihr vorbei, den Blick stur auf die Wanduhr gerichtet, und Edith setzte enttäuscht die Tasse wieder ab.

Mallory fing den Blick der Bedienung ein. In ihren Augen stand nur eine ganz leise Drohung, aber die junge Frau hatte es plötzlich sehr eilig, den Tee einzuschenken. Dann ließ sie die Kanne auf dem Tisch stehen und machte, daß sie wegkam.

«Das Beste haben Sie gar nicht mitgekriegt», sagte Gaynor. «Der Tisch erhob sich fast einen halben Meter in die Luft.» Er machte eine weit ausgreifende Handbewegung und fegte die Zuckerdose vom Tisch. «Ganz schön unheimlich.» Er bückte sich, um die Zuckerdose aufzuheben, und der Pfefferstreuer fiel Edith in den Schoß. «Pardon. Möchte wissen, wie sie das gemacht hat. Der Junge stand einen Meter weit weg, und Redwings Hände lagen flach auf dem Tisch.»

«Kein Kunststück», sagte Mallory. «Die Ringe schnitten ihr in die Finger, als sie die Hände auf den Tisch legte. Und das Tischtuch warf zwei Falten. Sie hatte die Ringe in die Nadeln unter dem Stoff gehakt und konnte nun den Tisch nach Bedarf manipulieren.»

«Ah ja», sagte Gaynor enttäuscht wie ein kleiner Junge, der gerade erfahren hat, daß es keinen Weihnachtsmann gibt. «Aber das war noch nicht alles. Sind die Frauen durch Stiche in die Brust getötet worden?»

«Weshalb fragen Sie?»

«Als Redwing Kontakt mit meiner Tante aufnahm, legte der Junge die gewölbte Hand an die rechte Brust oder dahin, wo mal eine Brust gewesen war. Jetzt war da nur noch eine blutige, zerstückelte Masse.»

Mallory hob unbestimmt die Schultern, ohne zu antworten. Als sie sich nach der Bedienung umsah, verschwand der schmuddelige Kittel hinter der Tür für Damen, und die Tür klappte sehr nachdrücklich zu.

Vor dem Lokal trennten sich Edith und Mallory von Gaynor. Mallory fuhr Edith Candle nach Hause, brachte sie bis vor die Tür von Apartment 3 B und ließ dann den Aufzug im zweiten Stock halten. Vor ihrem letzten Termin hatte sie noch zwei Stunden Zeit.

Die Tür war unverschlossen. Hatte Charles sich etwa von Ediths schlechten Angewohnheiten anstecken lassen? Gute New Yorker reagieren schnell. Der Revolver lag in ihrer Hand, als sei er in diesem Moment dort herausgewachsen. Mit der Waffe im Anschlag stieß sie die Tür auf. In einem der hinteren Räume brannte Licht. Katzengleich schlich sie sich an.

Im warmen Licht der Tiffany-Schreibtischlampe saß Charles. Er war so vertieft in die Zeitschrift, die vor ihm lag, daß er Mallory gar nicht zur Kenntnis nahm. Beneidenswert, diese Konzentration, dachte sie. Nur dieses Lesen mit Lichtgeschwindigkeit irritierte sie.

Sie steckte den Revolver wieder ins Holster und ging leise ins Vorderzimmer zurück. Es war doch ein gewisser Trost, daß er da war. Geh zu Charles, wenn du Hilfe brauchst, hatte Markowitz gesagt. Nicht: Wenn du vor hast, ihn und seine Verbindungen zu benutzen. Daß sie Charles in den Fall hineinzog, hätte er bestimmt nicht gewollt. Sie setzte sich auf die Couch, die keine kostbar-unbequeme Antiquität, sondern weich gepolstert war, ein bißchen wie die zu Hause in Brooklyn, und sie freundlich aufnahm. Am liebsten wäre sie hier sitzengeblieben und hätte sich nicht mehr vom Fleck gerührt. Der Abend war noch lange nicht zu Ende, aber allmählich setzte die Müdigkeit ein und drückte auf die Lider.

Sie mochte es drehen und wenden, wie sie wollte, aber sie konnte einfach nicht nachvollziehen, was Markowitz gesehen hatte. Von der Logik her sprach viel für Coffeys Theorie, daß Markowitz gestorben war, ohne seinen Mörder zu kennen. Aber Mallory glaubte fest an Markowitz – so wie er sie gelehrt hatte, an den Shadow zu glauben. Zum Teufel mit der Logik.

In fünfzig Prozent aller Fälle half sie einem nicht weiter. Die Augen fielen ihr zu.

Sie wachte davon auf, daß das Polster sich unter dem Gewicht einer zweiten Person senkte. Charles lächelte ihr zu. Sie liebte dieses verrückte Lächeln. Dann aber wich sein Lächeln einem Ausdruck der Besorgnis. Was mochte er in ihrem Gesicht lesen? Was verriet es ihm? Hatte es Sinn, ihm etwas zu verschweigen? Konnte sie es überhaupt? Wahrscheinlich nicht.

«Die Séance ist nicht so gelaufen, wie du gedacht hast, wie?»

Daß sie am Gramercy Square gewesen war, wußte er offenbar von Edith. Was wußte er noch? Er konnte noch aus Winzigkeiten die verblüffendsten Schlüsse ziehen.

«Nein. Aber ich habe mich sehr nett mit Markowitz unterhalten.»

Das ging ihm unter die Haut. In seinen Augen stand jetzt nicht nur Sorge, sondern fast so etwas wie Zorn. Ärgerte er sich über sie? Und warum?

«Woher wußte Redwing von der Verbindung zwischen dir und Markowitz?» fragte er sanft. Sein Zorn war demnach nicht gegen sie gerichtet. Wem galt er dann? Edith?

«Von mir.»

«Das könnte ein entscheidender Fehler gewesen sein. Hast du Edith gesagt, daß du Louis ins Spiel bringen würdest?»

«Ja, es ging nicht anders. Gaynor hat auch gesagt, daß es ein Fehler war.» Wenn Charles mit seiner Einschätzung recht hatte, mußte Markowitz jetzt im Rock 'n' Roll-Rhythmus in seinem Grab rotieren. Sie machte einen Schnitzer nach dem anderen, ließ sich ständig in die Karten schauen.

«Komm, sprich dich aus ...»

Seine Hand lag über der ihren und schenkte ihr die in Markowitz' letztem Brief verheißene menschliche Wärme. Eine Wärme, die sie so lange nicht gespürt hatte, daß sie das Gefühl nur mit Mühe identifizieren konnte. Geh zu ihm, wenn du Hilfe brauchst, sagte Louis Markowitz, der zusammen mit Helen in ihrem Kopf wohnte wie in einer Nachbildung ihres blinkenden, blitzenden, nach Sauberkeit und Kiefernnadelöl duftenden Brooklyn-Hauses.

Sie schilderte die Séance in allen Einzelheiten, wie sie es von ihrem Job her gewöhnt war. Nur den Moment, in dem sie auf Redwings Markowitz-Schau hereingefallen war, ließ sie aus. Denn das war mit das Schlimmste an der ganzen Sache: daß ihr die Augen geöffnet worden waren, daß sie nie wieder an Illusionen, an das So-tun-als-ob würde glauben können. Weil sie nun die Drähte gesehen hatte, an denen die Puppen tanzten.

«Wie ist es möglich, daß sie ihn so gut nachmachen konnte, Charles? Daß sie genau gewußt hat, wie die Opfer umgebracht wurden? Die Einzelheiten standen nicht in der Zeitung.»

«Deine Computer haben dich betriebsblind gemacht, Mallory. Hättest du mehr Erfahrung in der praktischen Arbeit, wüßtest du, daß man auch von dem Datennetz Mensch jede Menge Informationen abzapfen kann. Wie viele Polizisten, wie viele Zivilisten waren am Tatort, wie viele von denen haben Frauen, Schwägerinnen, Schwestern, Mütter, und mit wem reden diese Leute? Daß der Junge Markowitz' Verletzungen angedeutet hat, besagt gar nichts. Im übrigen kennen wir doch Markowitz alle aus dem Fernsehen. Während der Senatsanhörungen war er ständig auf dem Bildschirm. Einmal abends, als wir zusammen in Chinatown gegessen haben, hat man ihn zweimal um ein Autogramm gebeten.»

«Und die zerstückelte Brust, die der Junge angedeutet hat?»

«Der Junge hat eine Frau dargestellt, eine Brust angedeutet. Gaynor kann schwerlich eine blutig-zerstückelte Brust gesehen haben. Aber bewußt angelogen hat er dich sicher nicht. Je mehr Leute du in einem Raum zusammensperrst, desto mehr Energie sammelt sich dort an, und dann ist eine

Massenpsychose nie auszuschließen. Die Leute reden sich alles mögliche ein, was nie passiert ist.»

«Die alten Damen wußten alle, daß es einen Zusammenhang zwischen den Morden und den Séancen gibt, aber keine einzige hat es für nötig gehalten, mit diesem Wissen zur Polizei zu gehen. Warum nicht?»

«Weil es, wie eine von ihnen sehr richtig sagte, sehr viel spannender ist, auf einen Mord zu warten als im Schlaf zu sterben. Du hast aber auch bei allem deine Hintergedanken...»

«Vielleicht hatten sie vor irgendwas mehr Angst als vor dem Mörder.»

»Vor der Polizei zum Beispiel? Siehst du in diesen Frauen so was wie eine Rentnergang?»

Immerhin hatte Charles eine einköpfige Rentnergang in der eigenen Familie. Wie hatte Edith gesagt? Erstaunlich, was man sich alles leisten kann, wenn man alt ist... Doch das war verbotenes Terrain.

«Es wäre doch denkbar, daß Redwing sie irgendwie unter Druck gesetzt hat. Die Frau kann wirklich was, Charles. Schade, daß du nicht dabei warst. Die Markowitz-Imitation war geradezu verdächtig gut. Er hat eine Stunde zum Sterben gebraucht. Wenn nun Redwing Gelegenheit hatte, ihn in dieser Stunde genau zu beobachten?»

«Das hatte sie gar nicht nötig. Mit deinen Erinnerungen an Louis hast du ihr die halbe Arbeit abgenommen. Medien kalkulieren das von Anfang an ein. Ich habe die Besten ihrer Zunft beobachtet. Sie werfen einen Halbsatz in die Debatte, ihr Klient hat nichts Eiligeres zu tun, als ihn zu vervollständigen, und darauf bauen sie dann auf. Es ist eine hohe Kunst. Auch kleinste Nuancen des Gesichtsausdrucks geben willkommene Hinweise. Ein Mensch mit einer echten medialen Begabung liest in dir wie in einem Buch.»

«Irgendwas hat sie mit dem Fall zu tun!»

«Mag sein. Als Mordverdächtige kann ich mir Redwing

allerdings nicht gut vorstellen. Es wäre nicht sehr clever, sich die Opfer ausgerechnet im eigenen Wirkungskreis zu suchen, und nach Meinung von Louis haben wir es hier doch mit einem ausgefuchsten Täter zu tun.»

«Vielleicht hat sie uns ganz bewußt gleich zweifach in die Irre führen wollen.»

«Soviel Raffinesse traue ich ihr nicht zu. Eine mediale Begabung ist nicht zwangsläufig mit einem hohen IQ verbunden. Redwing macht alles aus dem Bauch.»

«Und Edith? Woher wußte sie, daß ihr Mann ausgerechnet an dem bewußten Abend sterben würde? Zufall?»

Charles richtete sich auf. Er sah zur Seite, es war wie ein Blick in die Vergangenheit, und wandte sich dann wieder Mallory zu. «Das hat sie dir gesagt? Dann weißt du über die Einzelheiten mehr als ich.»

«Ich habe den Fall recherchiert, Charles. Sie wußte schon Tage vorher, an welchem Abend er sterben würde, die Nachbarn haben es bestätigt.»

«Sie kann rein zufällig den richtigen Abend erraten haben. Bei einer so riskanten Nummer mußte man jederzeit mit einem Unglück rechnen. Es war ja nicht einer dieser Tricks, bei denen der Zauberkünstler durch eine Falltür auf der Bühne in der Versenkung verschwindet. Max stieg, mit Stricken und Eisenketten gefesselt, in ein Wasserbecken. Bei der Premiere, zu der mich meine Eltern mitnahmen, lief alles nach Plan. Ich sah, wie er sich unter Wasser mit den Fesseln mühte und vor den Augen der Zuschauer allmählich freikam. Auf der Bühne stand ein riesiger Wecker, der auf die Zeit eingestellt war, die ein Mensch höchstens unter Wasser verbringen kann. Als der Wecker losging, hatte Max es noch nicht geschafft. Eine Weile hing er wie eine Wasserleiche in dem durchsichtigen Behälter. Der Wecker rasselte, das Publikum raste. Plötzlich warf er die Fesseln von sich und schnellte nach oben. Es war eine großartige Leistung. Er mußte ja Herzschlag und Atmung gewissermaßen auf Sparflamme schalten, und das geht nur mit einem ungeheuren Maß an Konzentration. Eine winzige Ablenkung – und alles ist aus.»

«Hattest du Angst, als alle dachten, er sei ertrunken?»

«Keine Spur! Ich hatte Max hundertmal sterben sehen. Gerade das macht ja den Reiz von Sensationsnummern aus – daß der Illusionist sich immer in Lebensgefahr begibt. Bei Max hatte das Publikum das Gefühl, für sein Eintrittsgeld auch etwas zu bekommen. Die echte Sterbeszene habe ich nicht miterlebt, meine Eltern gingen ohne mich.»

«Und an dem Abend, als er wirklich starb, hat Edith zum letztenmal das Haus verlassen?»

«Wie meinst du das?»

«Sie war im Saal. Hast du das nicht gewußt?»

«Nein. Hat sie dir das erzählt?»

«Ich habe ein Foto von ihr in der Zeitung gefunden. Im Archiv.»

Sein Blick war sekundenlang beunruhigend fern. Dann lächelte er.

«Meinst du nicht, du solltest dir jetzt von mir helfen lassen? Ich verstehe ja, warum du es tun mußt, auch wenn ich es nicht gern sehe, weil ich mir Sorgen um dich mache. Aber du brauchst wirklich nicht allein zu kämpfen.»

«Du meinst, daß ich Mist gebaut habe, stimmt's? Okay, ich bin vielleicht nicht so ausgefuchst wie Markowitz –»

«Deine Intelligenz steht außer Frage – auf diesem Gebiet kenne ich mich schließlich aus –, aber so eine Befähigung muß man gezielt und zweckmäßig anwenden. Deine Stärke ist das Sammeln und Analysieren von Daten. Und das Schießen – allerdings auf unbewegliche Ziele. Ob du mit einem Cop mithalten kannst, der im Laufen feuert, ist eine andere Frage. Du solltest dich auf das konzentrieren, was du am besten kannst, auf die Arbeit mit Daten nämlich, und Observierung und verdeckte Ermittlungen der Polizei überlassen.»

«Der Polizei? Coffey denkt, daß Markowitz versagt hat. Daß er sich in die Falle hat locken lassen. Aber ich bin nach wie vor der Meinung, daß Markowitz die Sache voll durchschaut hat, daß er dem Verdächtigen gefolgt ist.»

«Louis ist tot. Wenn du versuchst, so zu arbeiten wie er, bist du es auch bald. Logisch – oder? Wenn du seinen Spuren folgst, fällst du früher oder später in dasselbe Loch. Du weißt nicht, wem er an jenem Tag nachgegangen ist. Du hast einen Hinweis auf die Verdächtigen gefunden, er vielleicht einen anderen...»

«Der Shadow weiß es.»

«Meinst du diese alte Hörspielserie?»

«Sie war Markowitz' Lieblingssendung.»

«Meine Eltern haben keine Folge ausgelassen.»

«Okay, dann gehe ich zurück zu meinen Daten. Willst du mir einen Gefallen tun?»

«Schieß los!»

«Ich möchte, daß du dich ein bißchen mit Henry Cathery anfreundest. Er sitzt jeden Tag mit seinem Schachbrett im Park. Frag ihn, ob er mal eine Partie mit dir spielen möchte.»

«Ich habe nichts dagegen. Aber warum?»

«Weil du im Gegensatz zu mir etwas von Schach verstehst.»

«Warum ich, Mallory? Für verdeckte Ermittlungen bin ich nicht der richtige Mann.»

«Eben deshalb. Du wirkst so schön unverdächtig. Mich würde Cathery sofort durchschauen. Er ist smart. Du bist smarter.»

«Und wieso steht er plötzlich bei dir ganz oben auf der Liste? Ich dachte, du hättest ihn abgehakt. In der Zeitung stand, daß er ein Alibi hat.»

«Du darfst nicht alles glauben, was in der Zeitung steht. Er steht nicht ganz oben, aber auch nicht ganz unten auf meiner Liste. Er sitzt Tag für Tag stundenlang im Park herum, die Anwohner sind so an ihn gewöhnt, daß er für sie so selbstverständlich geworden ist wie die Büsche oder Bänke. Vermutlich war er auch da, als seine Großmutter ermordet wurde.»

«Mein Schlüssel wird nicht mehr passen. Soll ich an den

Gittern rütteln und ihn bitten, mich einzulassen? Womöglich denkt er, ich will ihn interviewen.»

«Komm, jetzt übertreib nicht. Was für einen Schlüssel meinst du überhaupt?»

«Ich hab einen der Originalschlüssel, eine echte Antiquität. Moment, ich zeig ihn dir.»

Er ging rasch in seine Wohnung hinüber und kam wenig später mit einem Schmuckkästchen in der Hand zurück. Auf schwarzem Satin lag ein blinkender goldener Schlüssel.

«Der stammt noch aus dem vorigen Jahrhundert. Damals waren die Parkschlüssel alle aus Gold. Diesen hier hat Onkel Max mir mal zum Geburtstag geschenkt.»

«Und wieso hatte Max einen Schlüssel zum Gramercy Park?»

«Seit hundert Jahren hat es am Gramercy Square immer mindestens einen Butler gegeben. Max hatte sich in Candle umbenannt, als er sein Elternhaus verließ oder vielmehr, als seine Eltern ihm die Tür gewiesen hatten. Nachdem er dann berühmt geworden war und man sich seiner nicht mehr zu schämen brauchte, hat sein Vater ihn wieder in sein Testament eingesetzt und ihm das Haus vermacht.»

«Er hat demnach mal am Gramercy Square gewohnt?»

«Ja. Edith und er haben das Haus etwa fünf Jahre selbst bewohnt, dann haben sie es zu einem sehr guten Preis verkauft, das Mietshaus in Soho erworben und das übrige Geld günstig angelegt. Das ist jetzt an die dreißig Jahre her. Es überrascht mich, daß Edith dir davon nichts erzählt hat.»

«Edith ist immer wieder für Überraschungen gut», sagte Mallory. Damit war natürlich klar, weshalb Edith mindestens zwei der alten Damen vom Gramercy Square kannte.

«Inzwischen haben sie aber das Schloß bestimmt ein paarmal geändert, mit diesem Schlüssel ist also nichts mehr anzufangen. Tut mir leid.»

«Macht nichts. Nimm meinen.» Sie holte einen Schlüssel aus der Jackentasche.

«Am besten sagst du mir gar nicht, woher du den hast ...»

«Du wirst Markowitz täglich ähnlicher, Charles. Ich habe ihn bei Gaynor mitgehen lassen, der wird ihn nicht vermissen. Er geht nie in den Park.»

«Hat Gaynor gemerkt, daß du ihn eingesteckt hast?»

«Wer ist die beste Diebin, die du kennst, Charles?»

«Du bist die einzige, die ich kenne.»

Als Edith sich in ihren Sessel zurücklehnte, allein im matten Licht des schwindenden Tages, sah sie vor sich das All ausgebreitet, sah die Sterne in galaktischen Wirbeln kreisen, sah, wie eins das andere in Bewegung setzte, wie scheinbar Zufälliges mit der Gesetzmäßigkeit von Tönen einer vertrauten Melodie dahinfloß. Sie sah vor sich die vollkommene Ordnung aller Dinge.

Dann dachte sie an Redwing. «Was halten Sie von ihr?» hatte Kathy gefragt, und Edith hatte zahlreiche Eigenschaften genannt, die ihr zu Redwing einfielen: Furchtlosigkeit, Arroganz, Charme, das Talent zur Täuschung, Belastbarkeit, totale Fremdheit und Unzugänglichkeit. Dabei hätte Kathy die Frau eigentlich am besten kennen müssen.

Sie hat sehr viel von Ihnen, Kathy.

Die alte Dame schloß die Augen und überließ sich Morpheus, dem Gott der Träume, und dem kleinen Tod, den die Menschen Schlaf nennen.

Stunden später ging sie ein wenig schwankend über die Diele in ihr Schlafzimmer. Sie war jetzt sehr müde. Als sie an der offenstehenden Küchentür vorbeikam, sah sie nicht einmal hin. Noch ehe sie, der aufdringlichen Botschaft an der Küchenwand den Rücken kehrend, die Schlafzimmertür geöffnet hatte, fielen ihr schon wieder die Augen zu.

Margot ließ sich zu Füßen eines der steinernen Löwen nieder, die den Eingang zur Bibliothek bewachten. Viele Stunden waren vergangen, seit sie aus der Bank geflüchtet war, sie spürte ihre Beine nach dem Sprint über das harte Straßenpflaster. Sie war nicht in Form. Wann war sie zum letztenmal beim Training gewesen? Konnte man in wenigen Tagen so viel verlernen?

Dieser miese Bankertyp hatte wahrscheinlich die Cops angerufen und ihnen erzählt, sie hätte ihn mit einem Messer bedroht. So was zog bei Bullen immer. Was war, wenn sie in ihre Wohnung gingen und die Messersammlung dort fanden?

Quatsch, der Druck auf den Alarmknopf war eine Kurzschlußreaktion gewesen, wahrscheinlich hatte er gar nicht angerufen, es war zu riskant für ihn. Wenn sich herausstellte, daß sie wirklich die war, die sie zu sein behauptete, sah er nämlich ganz schön alt aus. Henry würde ihr raten können. Oder zumindest konnte er ihr ein bißchen was pumpen. Aber sie hatte nun bestimmt schon zehn-, zwölfmal bei ihm angerufen, und er hatte nicht abgenommen. Manchmal ließ er den Hörer tagelang neben dem Telefon liegen. Er war schon ein Blödmann, dieser einzige Freund, den sie besaß. Ihr Beichtvater. Und manchmal ihr Gott.

Sie würde am frühen Morgen zu ihrer Wohnung zurückgehen und ein Fenster einschlagen. Um diese Zeit, wenn es wirklich gefährlich wurde, mied die Polizei das Viertel. Sie griff sich wieder einen Pappbecher vom Gehsteig und ließ ihre letzten Münzen klingeln, bis sie das Fahrgeld für die U-Bahn zusammen hatte.

Sie fuhr kreuz und quer durch die Stadt, überlegte flüchtig, wie spät es wohl sein mochte, hatte aber jedes Zeitgefühl verloren. Sie schielte auf die Armbanduhr ihres Nachbarn. Zwanzig vor zehn... So lange schon? Ihrem Bauchgrimmen nach konnte das stimmen. Wann hatte sie das letztemal was in den Magen gekriegt? Sie sah den anderen Fahrgästen ins Gesicht, bis die vor ihrem glasig-übernächtigten Blick die Augen niederschlugen.

Vor Tagen hatte sie gedacht, sie würde die U-Bahn nie

wieder nötig haben. Margot Siddon verfiel in den flachen Schlaf der routinierten U-Bahn-Fahrer.

Der Zug hielt, ein Fahrgast stieg ein. Mit einem Ruck wurde sie wach und hob den Kopf. Es war ein schreckliches Erwachen. Das war der Mann. Der gleiche Zug, die gleiche Nachtzeit.

Er war nicht so groß und breitschultrig, wie sie ihn in Erinnerung hatte, aber das kam wohl daher, daß er in den vergangenen Jahren zu einem Mythos geworden war, der mit jedem Alptraum mehr Macht über sie gewann. Sie hatte vergessen, wie menschlich er war mit seinen Aknenarben und den großen feuchten braunen Augen. Ob auch das Messer in Wirklichkeit kleiner war als in ihrer Erinnerung? Das Messer, das vor ihren Augen getanzt und ihr Gesicht verwüstet hatte? Vielleicht war er gekommen, um sich die andere Seite vorzunehmen, um Symmetrie in das grimassenhafte Grinsen zu bringen.

Sie zog die Knie an und rollte sich zusammen. Ihre Nachbarn standen auf und gingen zum hinteren Wagenende, während sie das Gesicht an die Brust drückte und sich wimmernd hin und her wiegte. Ihr Blick irrte durch den Wagen. Wie allein sie war. Von aller Welt verlassen. Sieh zu, wie du zurechtkommst, signalisierte die neue Sitzordnung. Wieder fuhr der Zug in eine Station ein. Vielleicht schaffte sie es bis zur Tür, ehe er allzuviel Schaden anrichten konnte. Und dann? Würde er sie einholen, wieder an ihren Haaren zerren und sie büschelweise ausreißen? Auf dem Bahnsteig war bestimmt keine Polizei, beim erstenmal war auch keine dagewesen.

Der Zug hielt. Sie stürzte zur Tür, schon war er hinter ihr, sie hämmerte mit der Faust auf das glatte Metall, bis die Tür aufging, stieg stolpernd aus und stieß mit einem Mann zusammen, der gerade einsteigen wollte. Der Mann mit dem tanzenden Messer sah flüchtig zu ihr hin und durch sie hindurch – und ging seiner Wege.

Wie war das möglich? Nach einem brutalen Überfall und

einer Vergewaltigung war es doch kaum vorstellbar, daß er sich nicht an sie erinnerte.

Er ging die Treppe hoch, sie folgte ihm. Erinnerte er sich wirklich nicht? Auf der Seventh Avenue betrat er ein Bürogebäude, sie sah durch die Glastür, wie er dem Wachmann seinen Ausweis zeigte. Demnach arbeitete er in der Schicht von zehn bis sechs. Sie ging auf die andere Straßenseite, die voller Abfall war, und die Dunkelheit nahm sie auf. Sie hörte Ratten huschen und ließ sich ohne Angst in ihrer Mitte nieder.

Aus den Fenstern fiel warmes Licht, der Fernseher lief, und auf der Veranda dufteten die mehrmals blühenden Rosen. Sie fühlte sich lebhaft an das Markowitzhaus erinnert, als es noch von Wärme und Leben erfüllt gewesen war. Noch ehe Mallory klingeln konnte, ging die Tür auf, und sie sah in Helens lächelnde Augen. Das mußte Brendas Mutter sein.

«Sergeant Mallory?»

«Ja.» Sie atmete auf, weil es nicht Helens Stimme war, und griff in die Tasche, um ihre Dienstmarke herauszuholen.

Mrs. Mancusi wartete nicht, bis sie sich ausgewiesen hatte. «Bitte kommen Sie doch herein.» Sie trat zur Seite. Die Tür war einladend geöffnet.

«Es tut mir leid, daß ich Sie so spät noch störe.» Mallory folgte Mrs. Mancusi in das große Wohnzimmer, das gemütlich mit schweren Möbeln und Sitzkissen eingerichtet war. Eine zusammengefaltete Zeitung lag neben dem Fernsehsessel. Der Abendessengeruch hatte sich noch nicht ganz verzogen. Eine halbfertige Halloween-Kürbismaske und ein Messer lagen auf dem Tisch, Kürbiskerne, Innereien und ein dreieckiges Stück Fruchtfleisch für das eine Auge waren aus der orangefarbenen Kugel bereits herausgeschnitten.

«Sie stören gar nicht, Sergeant. Brenda hat vorhin angerufen, weil sie ein bißchen spät dran ist, aber in ein paar Minuten müßte sie hier sein. Nur mein Mann kann leider nicht dazukommen, er hat Nachtdienst in der Klinik.» Sie räumte ein

Strickzeug und Wolle vom Fernsehsessel. «Nehmen Sie den, Sergeant, der ist am bequemsten.» Mrs. Mancusi setzte sich ihr gegenüber auf die Couch. «Sie sind bestimmt müde nach dem langen Tag. Den Sessel kann man kippen. Legen Sie die Füße hoch. Sie könnten sicher eine kleine Stärkung vertragen. Wie wäre es mit Kaffee und einem schönen Stück Kuchen?»

«Nein, vielen Dank.» Auch wenn sie nicht Helens Stimme hatte, erinnerte sie in ihrer mütterlich-mitfühlenden Art, in ihrem festen Glauben an die Heilkraft von Kaffee und Kuchen sehr an Helen Markowitz. «Wir wollen Ihnen gern helfen, soweit wir können. Louis Markowitz war ein wunderbarer Mensch, ich habe geweint, als ich es erfuhr.»

«Kannten Sie ihn gut?»

«Erst seit einigen Monaten. Er kam alle vierzehn Tage zum Abendessen. Brenda kannte ihn natürlich schon länger. Daß sie wieder bei uns ist, haben wir ihm zu verdanken. Als sie weglief, war sie erst sechzehn.»

«Hat er auch von seiner Arbeit erzählt? Wenn irgendein besonders prominenter Fall anstand, hätte Sie das doch sicher interessiert.»

«Louis hat nie über Geschäftliches – ich meine nie über seine Arbeit bei der Polizei gesprochen.»

«Sondern?»

«Er hat von seiner Familie erzählt. Seine Frau war vor ein paar Jahren gestorben, sie fehlte ihm sehr. Er hatte eine Tochter, eine hochintelligente, bildschöne junge Frau, auf die er sehr stolz war. Als ich in der Zeitung von dem Mord las, wollte ich sie anrufen, sämtliche Markowitze im Telefonbuch habe ich angewählt, Sie glauben gar nicht, wie viele es gibt, aber ich habe sie nicht gefunden. Ein furchtbarer Schicksalsschlag für das arme Kind.»

Mrs. Mancusis Stimme schwankte. Auch diesem Haus waren wohl Schicksalsschläge nicht fremd.

«Brenda muß bald da sein. Tagsüber studiert sie, und abends – stellen Sie sich das vor! – tanzt sie an der Metropolitan Opera. Den Job hat Louis ihr besorgt. Nicht der Rede wert, hat er gesagt, er habe da jemanden, der ihm noch einen Gefallen schuldig sei. Wenn sie Opern mit großen Ballszenen spielen, tanzt meine Brenda mit. Wie eine Statistin beim Film. Tagsüber studiert sie Tanz an einer Ballettschule, aber das ist natürlich etwas anderes. Modernen Tanz und klassisches Ballett.»

Mallory hörte die Haustür gehen, die junge Helen, die sich Brenda nannte, brachte einen kalten Luftzug mit ins Zimmer. Mrs. Mancusi machte sie miteinander bekannt, und Brenda ließ sich anmutig auf einem flachen Sitzkissen vor Mallory nieder. Sie lächelte schüchtern, stützte die Arme auf und legte das Kinn auf die verschlungenen Hände, unbewußte Eleganz in jeder Bewegung.

«Ich habe ihn sehr liebgehabt», sagte sie mit leiser, kindlicher Stimme. «Kannten Sie ihn? War er ein Kollege?»

«Wir waren in derselben Abteilung. Mich interessiert die Brooklyn Dancing Academy. Im Büro hat er nie darüber gesprochen.»

«Er war ein Jahr lang jeden Dienstag da und hat für die Unterrichtsstunden bezahlt, aber er war besser als alle Lehrer zusammen. Von ihm habe ich den echten Rock 'n' Roll aus den fünfziger Jahren gelernt. Und wenn ich mit der Arbeit fertig war, hat er mich nach Hause gebracht. Damals fand ich den Job fürchterlich. Ich hatte es so satt, alte Kerle übers Parkett zu schieben und mich gegen ihr Gegrapsche zu wehren. An dem Abend, als Markowitz zum erstenmal kam, war ich so weit, daß ich alles hinwerfen wollte. Man sollte denken, daß ein Mann in seinem Alter – er war ja fast sechzig – beim Tanzen irgendwie albern wirkt, und schlank war er ja auch nicht gerade, aber er war toll. Einfach phantastisch.»

Markowitz, du Tanznarr.

Mallory schloß kurz die Augen und machte sie wieder auf, als Mrs. Mancusi ihr einen Kuchenteller in die Hand drückte und einen Becher mit Kaffee auf den Couchtisch stellte. Ehe

Mallory sich bedanken konnte, war sie schon wieder in der Küche verschwunden. Brenda hantierte mit ihrer Kuchengabel.

«Wenn er Sie nach Hause brachte, hat er da auch über seine Arbeit gesprochen?»

«Meist sprachen wir nur von meinen Problemen. Daß es das beste für mich wäre, wieder nach Hause zu gehen und was Vernünftiges zu lernen und und und. Er hat mich so lange bearbeitet, bis ich mich in der Ballettschule angemeldet habe. Sogar das Geld fürs erste Semester hat er mir vorgestreckt. Im September habe ich angefangen.»

«Deshalb haben Sie dann an der Brooklyn Academy aufgehört?»

«Dazu hatten wir ihr die ganze Zeit schon geraten», sagte Mrs. Mancusi, die mit Sahne und Zucker wieder hereingekommen war. «Aber sie wollte Louis unbedingt noch ein Geschenk von ihrem selbstverdienten Geld kaufen.»

«Mom und Dad haben ihm das Schulgeld zurückgezahlt, das ließen sie sich nicht nehmen.» Brenda stand auf und ging zur Tür. «Ich zeig Ihnen, was ich ihm gekauft habe.»

Mrs. Mancusi setzte sich auf die Couch und flüsterte: «Sie hofft, daß Sie es seiner Tochter geben. Für Brenda ist es sehr hart, sie hat es noch nicht verwunden. Ich eigentlich auch nicht, ich kann nicht gut mit dem Tod umgehen.»

Brenda ging auf Mallory zu und legte ihr ein Kästchen in die Hand. Mallory öffnete es. Eine goldene Taschenuhr kam zum Vorschein.

Mallory ließ den Deckel aufspringen. In den Boden der Uhr waren die Worte *Ich hab dich lieb* eingraviert, umgeben von einem Herzen, das wie von Kinderhand gezeichnet aussah. Ein Spielwerk klimperte die ersten Takte eines Oldie-Rocks. Diese Sonderanfertigung mußte Brenda ein kleines Vermögen gekostet haben.

«Seine alte Taschenuhr ging nicht», sagte Brenda. «Er hatte eine Armbanduhr, aber die kaputte Taschenuhr hatte er immer dabei. Ulkig, was? Meinen Sie, die Tochter würde sie nehmen? Könnten Sie wohl dafür sorgen, daß Kathy sie bekommt? Wäre das möglich?»

«Ich bin Kathy.»

Brenda Mancusi stieß einen klagenden Mauzton aus und setzte sich mit gekreuzten Beinen neben Mallorys Sessel auf den Boden. Sie ließ den Kopf hängen und zog mit dem Zeigefinger das verschlungene Muster des Teppichs nach, als suche sie dort vergeblich nach dem Sinn des Lebens. Entmutigt sah sie auf. «Es tut mir so leid.» Ihre Stimme brach. «Ich würde Ihnen so gern weiterhelfen, aber ich kann überhaupt nichts für Sie tun.»

«Doch, Sie haben mir geholfen. Die Uhr ist wunderschön, sie hätte ihm sehr gefallen. Und mir gefällt sie auch. Vielen Dank. Es war schon eigentümlich, daß er immer zwei Uhren bei sich hatte. Können Sie sich im Zusammenhang mit Louis Markowitz noch an irgend etwas Ungewöhnliches erinnern?»

«Er war ein ungewöhnlicher Mann, und ich hatte ihn sehr lieb. Wenigstens das habe ich ihm noch sagen können. Ich hätte es wohl kürzer machen sollen, vielleicht habe ich ihn in Verlegenheit gebracht. Er ist aufgestanden und hatte es plötzlich schrecklich eilig. Das war unsere letzte Begegnung.»

Eilig? Markowitz hatte es nie eilig, er bewegte sich immer langsam und bedächtig, mit einer trotz seines Körpergewichts selbstverständlich-gemessenen Grazie. Niemals ließ er sich anmerken, daß ihm etwas unter den Nägeln brannte.

«Haben Sie das Gespräch noch in Erinnerung? Ich weiß, es war sehr persönlich, aber vielleicht hilft es mir ein bißchen weiter. Worüber haben Sie gesprochen, ehe er so unvermittelt ging?»

«Ich versuchte ihm klarzumachen, wieviel er mir bedeutete. Der Job in der Brooklyn Dancing Academy war lausig, aber ich hätte sonst anschaffen gehen müssen wie das Mädchen, mit dem ich zusammenwohnte. Durch die Dancing Academy hat sich mein Leben von Grund auf verändert. Zuerst habe ich dort getanzt, weil ich das Geld brauchte, dann habe ich durch ihn Spaß daran bekommen, und zum Schluß konnte ich ohne Tanz nicht mehr leben. Das habe ich ihm gesagt. Es war wie eine Fügung, sagte ich, daß wir uns begegnet sind und daß dann eins zum anderen geführt hat. Als wenn diese Begegnung der Auslöser für alles andere gewesen wäre. Und dann ist er gegangen. Ganz schnell. Können Sie damit etwas anfangen? Ich möchte Ihnen so gern helfen.»

«Ja, durchaus...»

Dabei hatte sie doch von Brenda nur erfahren, was sie schon wußte, womit sie bisher schon hatte arbeiten können. Nein, doch nicht ganz... Sie hatte jetzt erfahren, was Markowitz vor seinem Tod gewußt hatte. Und nun mußte sie wohl doch aufpassen, damit sie nicht in die Falle tappte, die ihm zum Verhängnis geworden war.

«Ich hatte ihn so lieb», sagte Brenda erschöpft, als sei sie hundert Meilen weit getanzt. Sie legte eine Hand vors Gesicht. Sie weinte.

Mallory hatte keine Tränen.

Es war eine spektakuläre Multimediaschau. Über das Videogerät in der Ecke liefen die Bilder von Louis, der mit der jungen Helen tanzte. An die weiße Wand warf sie Dias von gemetzelten alten Damen. Ströme von Blut rannen über die Leinwand und schwappten im Lichtstrahl des Projektors über Mallorys Gesicht. Klick: Opfer Nummer eins. Chuck Berry singt für das tanzende Paar. Klick: Opfer Nummer zwei. In dem harten Beat ruckt unwillkürlich Mallorys Kopf, schlägt ihr Fuß den Takt.

Sie stellte den Recorder auf Endlosbetrieb, und das Paar durchtanzte die Nacht, ohne müde zu werden. Mallory konzentrierte sich auf die Dias, suchte nach Diskrepanzen, Ungereimtheiten. Sie mußten da sein. Markowitz hatte sie gesehen, und ihr bereiteten sie schlaflose Nächte. Was war ihr entgangen?

Nein, so durfte sie nicht fragen, das sah sie jetzt ein. Auch sie bewegte sich, wie der tanzende Markowitz, die tanzende Helen, in einer Endlosschleife. Du darfst dich nicht an das klammern, was ich herausgefunden habe, Kleines, hätte Markowitz gemahnt. Sie hatte inzwischen mehr Material, als er je gehabt hatte.

Am Himmel stand das dunkle Violett der ersten Morgenstunden vor Sonnenaufgang. Der Mann verabschiedete sich von dem Sicherheitsbeamten und trat durch die Drehtür auf die Straße.

Kein Zweifel, er war es.

Margot kroch aus dem kaputten Pappkarton und blieb noch einen Augenblick auf dem Gehsteig liegen, wo im Schutz der Dunkelheit noch immer die Ratten tanzten. Ein besonders wagemutiges Tier rannte über ihren ausgestreckten Handrükken. Sie zog rasch die Hand zurück und musterte sie, als habe die Ratte Spuren hinterlassen.

Langsam, mit gesenktem Kopf, ging der Mann zur U-Bahn. Erst als sie aufrecht stand, nahmen die Ratten Notiz von ihr und waren blitzschnell vom Gehsteig verschwunden. Zügiger, aber nicht ganz so rattenflink folgte Margot ihrem Opfer.

7

In raschem, ruckendem Rhythmus bewegten sie sich über die flachen Gehsteigplatten, helldunkel gemustert, manche auch blau und grau getüpfelt, einheitlich nur in ihrem taubentypischen Gang. Und eine von ihnen war verrückt.

Rote Füße, rot umrandete blanke Augen mit irrem Blick, das Gefieder tiefschwarz oder je nach Lichteinfall grünlich schimmernd. Am Kopf lagen die Federn nicht rund und glatt, sondern waren – borstig-verdreckt, vor langer Zeit einmal furchtsam gesträubt und durch Schmutz und Regen verklebt – zu einem Signal permanenter Angst erstarrt. Jetzt aber hatte der schwarze Täuberich längst jede Angst verloren – was auch bei Tauben das sicherste Zeichen für eine Geistesstörung ist. Menschen fürchtete er schon mal gar nicht. Eine Passantin watete durch den Taubenstrom, der sich gehorsam teilte. Nur der verrückte Täuberich wich und wankte nicht und bezog dafür einen Tritt, der die Passantin mehr erschreckte als ihn.

Die Frau stieß einen spitzen Schrei aus und stakste steifbeinig die Seventh Avenue hinunter. Der Täuberich folgte ihr hinkend, bis er vergessen hatte, was er eigentlich wollte.

Margot Siddon wußte nicht, wie lange sie jetzt schon ohne Schlaf war. Unter dem allmählich heller werdenden Himmel folgte sie dem Mann über den St. Lukes Place in Richtung Seventh Avenue. Die Straßenlaternen brannten noch und tauchten Margots Gesicht in weißes Licht, als sie sich durch das Drehkreuz in die U-Bahn schob. Um diese Zeit war der Bahnsteig menschenleer. Vorsichtshalber schritt sie ihn einmal ab und sah hinter jede einzelne der dicken Säulen.

Nach allen Gesetzen dieser Welt und der Stadt New York hätte in diesem Augenblick, da sie ihn am wenigsten gebrauchen konnte, ein Cop auftauchen müssen, aber in dem allgemeinen Niedergang von Recht und Ordnung war offenbar auch diese alte Regel außer Kraft gesetzt.

Sie ging auf ihn zu. Nur einmal noch wollte sie seine Augen sehen.

Er wandte sich um, als sie ihn am Ärmel zupfte, schüttelte die schmutzige Hand ab und hörte das Klicken, den letzten Laut, den er im Leben hören sollte. Als guter New Yorker wußte er, was dieses Klicken bedeutete, und noch blieb ihm der Bruchteil einer Sekunde, um Angst zu haben, dann fuhr ihm die Zwanzigzentimeterklinge zwischen die Rippen. Er stürzte und starb, ohne daß er nach dem Warum hatte fragen können.

In der grauen Geisterstunde vor Sonnenaufgang wachte Edith Candle auf, setzte die nackten Füße auf den Teppich, hängte sich einen wollenen Hausmantel um und begann das allmorgendliche rituelle Hin und Her zwischen Bett und Badezimmer. Sie ließ Badewasser ein, ohne einen Blick in die Küche zu werfen. An der Wand über der Spüle stand in kindlicher Krakelschrift: DER PALADIN WIRD STERBEN.

Eine leise Unruhe regte sich in ihm, als er sich zum erstenmal nach über dreißig Jahren dem Park näherte. Für ihn hatte dieser Ort noch immer etwas Bedrohliches. Was man einmal aus der Augenhöhe eines Kindes gesehen hat, kommt einem bekanntlich in der Erinnerung stets größer vor. Abgesehen aber von der Verschiebung in den Proportionen war der Gramercy Park unverändert. Und die Party zur Feier seines sechsten Geburtstages stand Charles Butler so klar vor Augen, daß er schmerzlich das Gesicht verzog.

Edith hatte alle Kinder vom Square eingeladen, obwohl die bei früheren Besuchen nie etwas von ihm hatten wissen wollen. Auch an diesem Nachmittag fand er keine neuen Freunde, lieferte aber den anderen mehrmals willkommenen Anlaß zu wieherndem Gelächter, so daß er am liebsten in den Erdboden versunken wäre.

Während dann Onkel Max seine Künste zeigte, Gegenstände in Flammen aufgehen ließ und Vögel gen Himmel schickte, war der sechsjährige Charles so tief wie möglich in seinen Sitz gerutscht, um nicht gesehen zu werden. Als Höhepunkt und großes Finale der Zaubervorstellung hatte Max dem Neffen dessen größten Wunsch erfüllt, hatte ihn erst zum Mittelpunkt der Aufmerksamkeit und dann unsichtbar gemacht – ein Kunststück, das Charles selbst bisher bei Kindern dank seiner großen Nase nie gelungen war.

Nach Ende der Vorstellung hatten die mit kleineren Nasen und bescheideneren Geistesgaben ausgestatteten Geburtstagsgäste den zu seinem Leidwesen wieder sichtbar gewordenen Charles umringt und verlangt, er solle ihnen den Trick verraten. Der aber hatte sein Ehrenwort gegeben, nicht über Max' Berufsgeheimnis zu sprechen. Während Edith und Max ihre Zaubersachen zusammenpackten und Kisten und Tüten über die Straße zurück ins Haus schafften, schloß sich um den Jungen mit der großen Nase der Kreis haßerfüllter Kindergesichter.

Der erste Hieb in den Magen tat eigentlich vor allem deshalb weh, weil es schmerzte, ohne ersichtlichen Grund geschlagen zu werden. Als er schützend die Hand auf den Leib legte, trat ihn einer von hinten, eine flache Hand landete in seinem Gesicht, er wehrte sie mit erhobenen Armen ab, da ballte sie sich zur Faust und traf ihn in die Seite.

Und jetzt wußte er, was er zu tun hatte.

Er ließ die Hände sinken und lächelte sein breitestes, verrücktestes Lächeln. Verunsichert traten sie einen halben Schritt zurück. In ihrem primitiven Verständnis von Angst und Wut war dieses Lächeln gegen die Regel. Eine Faust traf Charles am Hinterkopf, aber es war kein Schwung dahinter, der Zorn war verpufft. Keiner schlug ihn mehr, bis Edith in den Kreis trat, ihm eine Hand auf die Schulter legte und ihn im Haus verschwinden ließ.

Danach war er bei seinen Besuchen am Gramercy Square immer draußen vor dem Parkgitter geblieben.

Er schloß mit Mallorys Schlüssel auf und wählte eine Bank, die in einer breiten Oktobersonnenbahn stand.

Der junge Mann gleich dort am Gitter, das mußte Henry Cathery sein. Kathleens Beschreibung war genauer als nötig gewesen, Charles hätte ihn allein schon an seinem kleinen Reiseschach erkannt. Daß der junge Mann aussah wie ein Besucher von einem anderen Stern, hätte Kathleen ihm nicht zu sagen brauchen. Charles fühlte sich diesem Außerirdischen brüderlich verbunden und konnte sehr gut nachempfinden, wie ihm unter den Erdlingen zumute war.

Während Cathery sich ebenfalls in die Sonne setzte, holte Charles sein Schachspiel heraus. Es war eine schöne alte Arbeit, die Felder waren aus Mahagoni und Zedernholz, die Steckfiguren aus Elfenbein und Jade, eine filigranhaft feine Schnitzarbeit, das reinste Augenpulver für den unbekannten Künstler.

Über mehrere Parkbänke hinweg sah Charles, daß Cathery seine Züge auf einem Magnetbrett machte. Er war so vertieft in sein Spiel, daß ihn der indiskrete Blick des Fremden überhaupt nicht störte, und so weltenweit von Charles entfernt, daß der von dem Gedanken, wie zufällig eine Begegnung herbeizuführen, gleich wieder abrückte.

Charles hatte als Kind nicht gelernt, unbefangen auf fremde Menschen zuzugehen, spontan ein Gespräch zu beginnen. Dieser für andere so selbstverständliche Schritt war in seiner Sozialisation schlicht und einfach ausgefallen. Gerade deshalb fühlte er sich diesem jungen Mann von einem anderen Stern auf seltsame Weise nahe. Er klappte sein Schachbrett zusammen und drang entschlossen in Henry Catherys für Eingeweihte deutlich abgegrenztes Parkbankterritorium ein.

«Wie ich sehe, spielen Sie lieber mit Magnetsteinen als mit Steckfiguren.»

Cathery nickte, ohne aufzusehen, ja, er hätte womöglich nicht einmal dann den Blick gehoben, wenn Charles aus einem brennenden Busch zu ihm gesprochen hätte. Charles klappte sein Brett auf und hielt es Henry Cathery vor die Nase. Der lächelte verzückt wie ein kleiner Junge, der eine besondere Leckerei zum Greifen nah vor sich sieht.

Damit war der erste Schritt getan. «So eins habe ich schon mal gesehen», sagte Cathery, Brett und Figuren mit gierigem Blick verschlingend. «Ein seltenes Sammlerstück, nicht?»

«Ja.»

«Wo bekommt man so was?»

«Gar nicht. Es gibt nur drei davon, zwei stehen in Museen.»

«Würden Sie es mir verkaufen? Ich zahle jeden Preis.»

«Nein, danke. Aber wie wär's mit einer Partie?»

Cathery schob sein Brett beiseite und blickte hoch, hilflos wie jemand, der tanzen soll und die Schritte nicht kennt. Charles begriff aus eigener bitterer Erfahrung, daß dieses junge Schachgenie im gesellschaftlichen Umgang so unbeholfen war wie ein kleines Kind. Lächelnd setzte er sich auf die Bank, stellte sein schönes altes Schachbrett neben sich und hielt Cathery fragend die weißen Figuren hin. Der nickte. Das Gespräch hatte begonnen, auch wenn es noch zwanzig Minuten dauern sollte, ehe das erste Wort fiel.

Nach einem raschen Blick auf Catherys Magnetschach kam ihm dessen Eröffnung, die einer klassischen Meisterschaftspartie entnommen war, nicht unerwartet. Drei Züge später wußte er, daß Cathery vorhatte, diese Partie auch weiter nachzuspielen. Charles rief sich die entsprechende Seite aus einem Schachbuch auf und machte seinen Zug. Catherys Reaktion war vorhersehbar. Allerdings würde er, wenn Charles sich sklavisch an die Originalpartie hielt, wohl doch Verdacht schöpfen. Auch wenn Cathery kein eidetisches Gedächtnis besaß – eine eher seltene Begabung –, hatte er als überragender Schachspieler berühmte Partien mit Sicherheit vollständig im Kopf.

Während Cathery das Brett studierte, überlegte Charles, welche weniger bekannten Partien zu dieser Eröffnung passen mochten. Natürlich war das irgendwo unredlich – Mallorys verderblicher Einfluß! –, aber es blieb ihm gar nichts anderes übrig, als durch Leistung zu überzeugen. Mit einem Gespräch über das Wetter würde er Cathery nicht lange fesseln können.

«Ich habe Sie noch nie hier gesehen», sagte der und gefährdete einen Läufer in seiner Eile, einen Bauern in eine Dame umzuwandeln. «Sie sind wohl gerade erst eingezogen?»

«Nein, ich wohne nicht hier.» Charles verschonte den Läufer und überlegte, wie er die neue Dame schlagen konnte. «Meinem Onkel gehörte das schöne alte Haus dort drüben.» Er deutete auf die andere Seite des Parks. «Wahrscheinlich hat man inzwischen Eigentumswohnungen daraus gemacht. Hier im Park habe ich als Kind gespielt, er hat sich nicht verändert. Wunderbar, diese Stille.»

Cathery nickte. «Ich ziehe hier nie weg.»

Das konnte Charles gut verstehen. Jetzt, da Cathery erwachsen war und keine kindlichen Quälgeister mehr zu fürchten brauchte, war diese Umgebung ideal für den Schachspieler, der die Einsamkeit liebte. Keine krakeelenden Passanten, keine störenden Schnorrer. Ein auf die elementarsten Bedürfnisse reduziertes Leben. Kleidung und Haar verrieten, daß Henry Cathery auf seine eigene Person wenig Sorgfalt verwandte. Der Dreitagebart war nicht Absicht, sondern Nachlässigkeit. Er würde sich immer auf das Wesentliche beschränken, um sich nicht von seinem Spiel ablenken zu lassen.

In diesem Moment aber gab es doch eine Ablenkung.

«Henry!»

Vor dem Parktor stand eine magere junge Frau mit verfilztem Haar. Sie trug ein langes dunkelrotes Kleid mit Rissen im Rock. Eine verschossene Brokatjacke war ihr einziger Schutz gegen die Kühle des Oktobermorgens. Interessant, daß sie ihn beim Vornamen nennt, dachte Charles.

Er wartete, bis Cathery seinen Zug gemacht und aufgesehen hatte, dann deutete er mit einer Kopfbewegung auf die Frau am Gitter. Cathery sah flüchtig zu ihr hin und sagte ungerührt: «Lassen Sie nur, die geht gleich wieder weg. Sie sind am Zug.»

«Nicht Ihre Freundin?»

«Nein.»

Es hätte ihn eigentlich auch gewundert. Henry Cathery war wie in einem Reservat und ohne finanzielle Sorgen aufgewachsen, während von dem Mädchen dort an den Gitterstäben etwas Zielloses, Unbehaustes ausging.

«Ich habe keine Freunde», sagte Cathery.

Das klang plausibel. Auch Freundschaft ist eine Form der Ablenkung.

«Und keine Familie?»

«Nicht mehr.»

Noch eine Ablenkung weniger.

Die junge Frau lief vor dem geschlossenen Tor hin und her. Jeder Muskel ihres Körpers war in zuckender Erregung. Unvermittelt blieb sie stehen, klammerte sich ans Gitter und drückte das Gesicht gegen die Stäbe. Allmählich legte sich die Anspannung, sie ließ das Gitter los, wurde ruhiger. Still, mit leichten, anmutigen Schritten ging sie davon. Charles sah ihr nach und empfand dabei ein unerklärliches Gefühl der Trauer.

Cathery streifte ihn mit einem etwas ungeduldigen Blick. Charles brachte Catherys neue Dame zu Fall, was seinen Gegner ein wenig zurückwarf. In der Atempause, die ihm dieser gekonnte Zug des alten Schachmeisters verschafft hatte, sah Charles zu dem Schuppen am Ostende des Parks hinüber.

«Dort also ist der erste Mord geschehen. Eigentlich ein viel spannenderes Problem als eine Schachpartie ...»

Cathery hatte die Hand ausgestreckt, um seinen König zu rochieren. Die Hand blieb in der Schwebe, der Blick, nun doch abgelenkt, folgte dem von Charles.

«Ich sehe da kein Problem.»

«Bei einem Mord am hellichten Tag ohne einen einzigen Zeugen? Wenn das nicht spannend ist...»

«Kein Kunststück», sagte Cathery. «Er hat sie rasch zu Boden geworfen, ihr die Kehle durchgeschnitten, damit sie nicht schreien konnte, und noch ein paarmal zugestochen. Die Büsche haben ihm Sichtschutz gegeben. So eine alte Frau wird wenig Gegenwehr geleistet haben.»

«Woher wissen Sie, daß er ihr die Kehle durchgeschnitten hat?»

«Das wissen alle. Mindestens zehn Leute haben die Leiche besichtigt, ehe die Polizei kam.»

«Sie auch?»

«Ja, natürlich.»

«Ist Ihnen außer der durchgeschnittenen Kehle noch etwas aufgefallen?»

«Nein. Sie steckte in einem Müllsack, man sah nicht viel von ihr. Angefaßt hat sie keiner, sie wollten nur mal eine leibhaftige Leiche sehen.»

Die Erinnerung an den brutalen Mord, dem seine Großmutter zum Opfer gefallen war, hatte offenbar nichts Schmerzliches für ihn. Das Thema war unergiebig, war nicht mehr als eine ärgerliche Ablenkung.

«Aber von den Bänken hier hat man doch direkte Sicht auf den Schuppen. Und keinem ist an dem bewußten Tag ein Fremder im Park aufgefallen.»

Cathery zuckte die Achseln. «Dann war es eben kein Fremder. Das vereinfacht die Sache.»

«Nein, überlegen Sie doch mal genau. Sie sind zu sehr an Ihr zweidimensionales Schachbrett gewöhnt. Sehen Sie das Gesicht da oben?» Er deutete auf ein in roten Backstein eingefaßtes Fenster im zweiten Stock.

Cathery kniff die Augen zusammen und blickte hoch. Hinter der Scheibe bewegte sich ein weißhaariger Kopf.

«Und jetzt schauen Sie dort hinüber.»

Von der anderen Straßenseite sah ein jüngeres Gesicht sie an.

«Der Polizei sind solche Leute sehr willkommen. Jedes Viertel hat mindestens einen professionellen Spannemann. Wie viele Fenster gehen auf diesen Platz hinaus? Irgend jemand hat mit Sicherheit etwas gesehen, aber gemeldet hat sich keiner. Vielleicht einfach deshalb, weil den Zeugen die Bedeutung ihrer Beobachtung gar nicht klar ist. Der Pförtner hatte den Tatort direkt im Blick. Möglich, daß er sich gerade im Haus aufhielt, als der Mord geschah. Aber ich möchte wetten, daß diese Stelle zu keiner Zeit des Tages unbeobachtet war. Daß hinter den Büschen ein Mensch lag, konnte man nicht ohne weiteres sehen, aber wie begeht man so eine blutige Gewalttat ohne richtige Deckung? Und welcher Idiot würde das schon riskieren?»

«Es wäre so was wie ein Superkick, nicht?»

«Wie meinen Sie?»

«Die junge Frau vorhin am Tor hat, als sie noch zur Schule ging, jede Menge Ladendiebstähle begangen. Meist konnte sie das Zeugs überhaupt nicht gebrauchen, aber es sei wie ein Rausch gewesen, sagt sie. Der absolute Knaller, so hat sie es ausgedrückt.»

Die Partie endete mit einem Patt. Charles stand auf, verließ den Park, schloß das Gittertor hinter sich und schaute sich noch einmal um. Cathery sah zu dem weißhaarigen Beobachter hoch. Der spürte den Blick und trat rasch zurück.

Mallory ist wirklich genauso clever wie der Alte, dachte Jack Coffey. Da hatten sich nun in den letzten drei Monaten haufenweise Vernehmungsprotokolle bei ihnen angesammelt, und keiner war auf den Zusammenhang mit den Séancen gestoßen.

Er sah sie an, wie sie ruhig und gesammelt vor seinem Schreibtisch saß, und wünschte, sie wäre schon wieder im Dienst. Erst heute vormittag war ihm so richtig klargeworden, welche Lücke sie hinterlassen hatte. Allerdings hatte er sich schon vorher an ihren freien Tagen lustlos zum Dienst gequält, weil ihm etwas fehlte, wenn sie ihn nicht verrückt machte mit ihrer Ironie und ihrem Hauch von Parfüm. Zwei Monate ohne dieses Parfüm waren eine verdammt lange Zeit.

Coffey sah auf. Charles Butler war hereingekommen, brachte seine langen Glieder auf dem Stuhl neben Mallory unter und betrachtete einigermaßen geschockt die veränderte Umgebung. Zu Markowitz' Lebzeiten hatte es in diesem Raum keinen Quadratzentimeter leere Wandfläche gegeben.

«Hast nicht viel versäumt», sagte Mallory zu Charles.

Aber vielleicht habe *ich* was versäumt, überlegte Coffey. Da trudelt Butler mit einer halben Stunde Verspätung ein, und Pünktlichkeitsfanatikerin Mallory macht ihn nicht fertig, giftet ihn nicht mal mit den Augen an.

«Hätten Sie nicht erwartet, daß eine dieser netten alten Damen sich bei uns melden würde?» fragte er Charles Butler, der sich inzwischen von seinem Schock erholt hatte.

«Sie meinen die alten Damen mit dem Geistertick? Vielleicht hat jede es von der anderen erwartet, das ist ein sehr übliches Gruppenverhalten.»

«Nein», sagte Mallory. «Sie haben Russisches Roulette gespielt.»

Coffey nickte, aber überzeugt war er nicht. So was war kein Zeitvertreib für ältere Damen – jedenfalls nicht für die, die er kannte. Nein, irgendwas hatte ihnen Angst gemacht, so daß sie sich nicht getraut hatten, zur Polizei zu gehen. Er würde schon noch dahinterkommen, was es war.

«Ich habe Polizeischutz für alle angeordnet.» Um sie ohne störende Anwälte vernehmen zu können.

«Das wird ja immer spannender», sagte Charles. «Wie oft habt ihr denn so viele Verdächtige auf einen Haufen?»

Coffey lächelte. «Gewöhnlich fangen wir mit der Gesamtbevölkerung von Manhattan an und engen den Kreis nach und nach ein. Im Augenblick haben wir uns auf Redwing eingeschossen.»

«Und Henry Cathery?»

«Den haben wir gründlich überprüft.»

«Weshalb habt ihr euch eigentlich nicht näher mit ihm befaßt, wenn das FBI-Profil so gut auf ihn paßte?»

«Ich bin mehr für Geldmotive«, sagte Mallory.

«Ich auch», bestätigte Coffey. «Diese alten Weiber schwammen geradezu in Blue Chips. Henry Cathery allerdings auch. Er hat mehr Kohle als seine tote Großmutter.»

«Aber bei einem Serienkiller muß man auch seelische Störungen, eine pathologische Komponente ins Kalkül ziehen.»

«Wenn das FBI in New York säße», sagte Coffey, «hätten die ganz andere Persönlichkeitsdiagramme. New York City ist ein Land für sich.»

«Coffey hat recht», sagte Mallory. «Unser letzter Kannibale zum Beispiel war im Grunde gar keiner.»

«Eben», bestätigte Coffey. «Mit dem Menschenfresser von Minnesota überhaupt nicht zu vergleichen. Er hat mehr zufällig gekillt, und dann wußte er nicht, wohin mit der Leiche.»

«Den Kopf kriegt man immer am schwersten los», ergänzte Mallory. «Als wir einen angeknabberten Kopf fanden, hat das FBI uns mit diesem Psychopathenprofil ganz schön gelinkt.»

«Kein Wort davon, daß wir nach einem Bankkassierer und früheren Pfadfinder hätten suchen müssen», sagte Coffey. «Nach einem Typ, der keine unglückliche Kindheit hatte und nie von seinen Eltern mißhandelt worden ist, dessen Chromosomen total in Ordnung waren.»

Charles setzte ohne viel Hoffnung noch einmal an. «Pure Habgier also? Von allen vier Morden hätte niemand profitiert. Glaubt ihr wirklich, ein normaler Mensch würde vier Frauen umbringen, wenn es ihm in Wirklichkeit nur um eine einzige ging? Würde eine Jury das schlucken?»

«Eine mit New Yorker Geschworenen schon», sagte Coffey.

Mallory nickte bekräftigend.

«Aber findet ihr nicht, daß der Vierwochenabstand sehr gut zu einem pathologischen Täter passen würde?» Charles sah erst Coffey und dann Mallory an. «Nein? Na schön, aber selbst nach eurer Theorie ist noch alles offen. Margot Siddon hat für den Zeitpunkt des Mordes an ihrer Cousine als Alibi ein Theater voller Typen, die sich nicht mal darüber einigen können, welches Jahr wir haben, von präzisen Zeitangaben ganz zu schweigen. Für den Mord an Mrs. Gaynor und Mrs. Cathery kann sie überhaupt kein Alibi vorweisen, für den an Pearl Whitman hat Cathery ihr eins geliefert. Durch Miss Whitmans Tod aber ist er selber in Beweisnot gekommen. Über das Medium können wir noch nicht viel sagen, und Gaynor –»

«Gaynor könnte auch ohne das Alibi, das er dank Mallory hat, vermutlich ganz genau belegen, wann er wo war. Der Hochschulbetrieb mit seinen festen Stundenplänen, dem Leben nach der Uhr liefert ideale Alibis. Wir müssen noch überprüfen, wer bei ihm in der Sprechstunde war, aber ich glaube kaum, daß wir in seinem Tagesablauf irgendwelche Lücken finden werden.»

«Hatte nicht auch Henry Cathery eine Zeugin für die bewußte Zeit? Wie zuverlässig war Pearl Whitman?»

«Hey, was wollen Sie damit andeuten? Doch nicht etwa, daß Mallory unzuverlässig ist?» Nein, das hatte Charles gewiß nicht andeuten wollen. Coffey spürte, wie Kathy sich versteifte.

«Bewahre!» beteuerte Charles, dem sein Leben lieb war. «Aber Gaynor scheidet schon wegen des Zeitfaktors aus. Wenn allerdings die Frauen nicht dort gestorben sind, wo sie gefunden wurden, hat überhaupt niemand ein Alibi, dann kann es jeder von ihnen gewesen sein.»

«Gratuliere», sagte Coffey ohne Ironie. Er mochte Charles.

«Aber wir müssen uns an das halten, was wir am Tatort gefunden haben. Der Gerichtspathologe schätzt den mutmaßlichen Blutverlust aufgrund der Größe, des Gewichts und der Verletzungen des Opfers. Tritt der Tod rasch ein, fließt weniger Blut. Dann stellt der Mann von der Spurensicherung fest, wieviel Blut sich am Tatort befindet. Mit dem ersten Stich wurde jeweils eine Hauptschlagader getroffen, die Opfer bluteten stark. Bei keiner der Leichen wurden Spuren gefunden, die nicht vom Tatort stammten. Damit ist Gaynor aus dem Schneider.»

«Nicht für mich», sagte Mallory. «Weder er noch die anderen.»

Coffey sah sie groß an. «Weißt du etwas, was ich nicht weiß?» Er hatte noch nicht zu Ende gesprochen, da war ihm schon klar, daß sie Katz und Maus mit ihm spielte.

«Und du, Coffey? Ziemlich dürftig, deine Informationen.» Ihre Augen waren mörderisch, er sah schnell weg und suchte etwas, woran sein Blick sich festhalten konnte. Charles Butler lächelte fast mitfühlend.

«Na schön, legen wir die Karten auf den Tisch», sagte er. Doch das nützte ihm wenig, denn sie besaß zwei unschlagbare Trümpfe – ihren scharfen Verstand und ihre Schönheit, der er schon bei der ersten Begegnung rettungslos verfallen war. Nur Mallory selbst war sich ihrer Wirkung offenbar nicht bewußt. Man findet das oft bei Straßenkindern, die von klein auf in Zerrspiegel blicken.

«Kann sein, daß wir einen neuen Ansatzpunkt haben», sagte er, «nachdem wir jetzt wissen, daß Redwing Kontakt mit den Opfern hatte. Ihr geht es eindeutig um Geld, Mallory, das dürfte dir liegen. Inzwischen kennen wir sie unter den Decknamen Cassandra, Mai Fong und –»

«– Mary Grayling.» Mallory betrachtete gedankenvoll ihre Fingernägel. «Im übrigen hat sie den Stützpunkt gewechselt. Euer Mann observiert seit heute vormittag eine leere Wohnung.»

Coffey ließ sich schwer in seinen Sessel zurückfallen und sah einen Augenblick zur Decke hoch. Wenn ich sie jetzt umbringe, dachte er, habe ich Zeugen.

Er senkte den Blick, beging den Fehler, sie anzusehen und verlor sich sekundenlang in ihren schönen Augen. In der ersten Zeit ihrer Zusammenarbeit hatte er bei jeder Begegnung das große Flattern gekriegt. Erst nach Jahren hatte er begriffen, daß sie durch und durch aus Stein war und für einen Mann, der zu ihren Füßen zum sabbernden Schmachtbubi werden konnte, nur Verachtung übrig hatte.

«Hast du noch so ein paar Bomben parat, Mallory?»

«Nicht, wenn du dich an die Spielregeln hältst. Wie du mir, so ich dir.»

«Wenn du nicht augenblicklich alles auspackst, was du weißt, krieg ich dich wegen Verdunkelung ran.»

Mallory gähnte diskret.

«Ich kann schon jetzt glaubhaft nachweisen, daß du massiv gegen die Vorschriften verstoßen, dich nicht an die Bedingungen deiner Beurlaubung gehalten, dich in Polizeibelange eingemischt hast...»

«Es sind meine Belange», sagte sie, jedes Wort einzeln betonend. Wenn sie wütend war, ließ sie keine Gemütsbewegung erkennen, nur die leicht verengten Augen signalisierten dem Opfer, daß sie es im Visier hatte. «Es war mein Vater und nicht deiner.»

«Für diesen Fall ist allein die New Yorker Polizei zuständig. Ich kann dich suspendieren und dir Dienstausweis und Revolver abnehmen lassen.»

«Steckt beides in meiner anderen Jacke. Pech, was?»

«Wenn du mich in die Pfanne haust, kostet dich das den Kopf, Mallory, da lasse ich nicht mit mir spaßen», log er.

Gegen eine Frau aus Stein hatte ein Schmachtbubi schlechte Karten, und das wußten sie alle beide.

«Glaubst du, Coffey hat für den ersten Mord eine neue Spur?» Mallory stand am geöffneten Schiebefenster und sah auf den Gehsteig der schmuddeligen Sohostraße hinunter, wo der Wind den Unrat vor sich herwehte, auf die zerlumpten Gestalten, die keine besseren Klamotten hatten, und die anderen, für die Lumpen ein Modegag waren. Die Müllwerker streikten mal wieder, und die zu Bergen getürmten Abfallsäcke stanken zum Himmel.

«Möglich.» Charles schenkte ihr ein Glas Sherry ein, das sie in einem einzigen Zug leerte. Ein guter, zu schlückchenweisem Genuß bestimmter Sherry war an sie verschwendet. Er seufzte. «Wenn wir allein mit den vorhandenen Konstanten arbeiten müssen, weiß Jack Coffey genausoviel oder genausowenig wie du. Wenn es da aber noch gewisse Variablen gibt...»

«Wenn er mir blauen Dunst vorgemacht hat, meinst du. Wenn er was unterschlägt. Worauf du dich verlassen kannst. Dir wär's lieber, wenn die Tatortfrage nicht so eindeutig wäre, stimmt's?»

«Nicht unbedingt. Es gibt andere Möglichkeiten. Wer weiß, was sich im Park getan hat... Vielleicht wurden die Leute abgelenkt.»

«Die Leute vom Morddezernat haben alle Anwohner vernommen, die an dem bewußten Tag im Park waren, und die Berichte haben nichts Auffälliges ergeben.»

«Mein Onkel Max konnte einen ganzen Saal voller Zuschauer mit einer Handbewegung ablenken. Der entscheidende Trick des Zauberkünstlers ist die Irreführung, das heißt die Kunst, den Blick des Zuschauers in eine andere Richtung zu lenken, während du deine Schau abziehst. In unserem Fall könnte es eine Kleinigkeit gewesen sein, etwas ganz Alltägliches, ein Geräusch, ein Streit...»

«Gut, ich überprüfe das mal. Was noch?»

«War der Mord im Park geplant? Ist es nicht denkbar, daß er sich zufällig, aus einer günstigen Situation heraus, ergab?»

«Nein, dazu ist der Täter zu gezielt vorgegangen. Die Tatwaffe war ein gewöhnliches Küchenmesser, das speziell für die Tat in den Park mitgenommen wurde. Was hältst du von Henry Cathery? Ist ihm so was zuzutrauen?»

Jetzt goß auch Charles gedankenlos seinen Sherry hinunter.

«Er ist zweifellos ein genialer Kopf. Aber ich glaube nicht, daß er, um an Geld zu kommen, auch nur einen Finger krumm machen würde.»

«Ich auch nicht. Wenn er nun aber Grund gehabt hätte, seine Großmutter zu hassen?»

«Zu hassen? Und warum?»

Sie reichte ihm einen Aktendeckel, der unter anderem die Empfehlung eines Psychiaters zur kurzfristigen Einweisung von Henry Cathery in eine Heilanstalt enthielt. Der Junge war damals zwölf gewesen.

Charles las, weil Mallory dabei war, die Unterlagen in normaler Geschwindigkeit, obwohl er es ohne weiteres in einem Bruchteil der Zeit geschafft hätte. Er bemühte sich immer, so zu tun, als sei er ein ganz gewöhnlicher Durchschnittsbürger. Henry Catherys Fehler war es gewesen, daß er sich darum nicht genug bemüht hatte oder daß es ihm nicht wichtig genug gewesen war.

Der Name des Psychiaters kam ihm bekannt vor. Er projizierte den entsprechenden Artikel aus einer psychiatrischen Fachzeitschrift, in dem es um hochbegabte Kinder ging, auf die Wand vor sich.

Der kritische Artikel, den er jetzt vor Augen hatte, warf Dr. Glencome unzulässige Vereinfachungen vor. Er hatte mehrere Bücher über die Sozialisationsphasen von Kindern geschrieben, ohne auch nur ein Wort darüber zu verlieren, daß jedes Kind ein Sonderfall, ein Individuum ist. Offenbar hatte er den ebenso hochbegabten wie zurückhaltenden Henry Cathery als sozial unangepaßt diagnostiziert und in eine Klinik eingewiesen.

Die Zeit des Gewahrsams in der Privatklinik war Monat für

Monat genau dokumentiert. Henry hatte sich immer mehr in sich selbst zurückgezogen, bis sein Geist nahezu gebrochen, seine Gesundheit gefährdet war. Bei ständiger Zwangsernährung war er immer hinfälliger geworden, und schließlich hatte Glencome nur die Wahl gehabt, Henry die Freiheit zurückzugeben oder ihn langsam, aber sicher sterben zu lassen und damit seinen Ruf als Fachmann für Kinderseelen zu ruinieren. Nach der Haft hatte das Schachwunderkind an keinem Turnier mehr teilgenommen.

Charles schloß die Akte. Mallorys Raubzüge wurden immer dreister. Dieses Eindringen in ein Kinderleben ging entschieden zu weit. Aber vergessen konnte er das Gelesene auch nicht. Demnach hatte Anne Cathery den kleinen Henry nach dem Tod seiner Mutter «geerbt». Das sensible, hochbegabte Kind hatte erst Trauerarbeit leisten und sich dann mit einer Großmutter auseinandersetzen müssen, die eigene Vorstellungen von Normalität hatte und sich von einem Esel mit Doktortitel beeinflussen ließ.

«Das ist keine stichhaltige Diagnose. Sie besagt nicht, daß Henry Cathery seelisch gestört war, daß er sich oder andere gefährden würde.»

«Ich weiß», sagte Mallory. «Aber die Großmutter und der Seelenheini haben ihn trotzdem fertiggemacht. Mal angenommen, er hegt und pflegt seinen Groll über all die Jahre, bis er sich eines Tages zum Mord an seiner Großmutter hinreißen läßt? Mal angenommen, er findet nach dieser Tat Geschmack am Töten und kann nicht mehr aufhören?»

Wie hatte wohl der kleine Cathery die Zeit erlebt, in der man ihm sein Schachbrett genommen und ihn wie einen Gefangenen gehalten hatte, gewaltsam umgemodelt, in seiner Entwicklung beschnitten wie ein Bonsaibäumchen? «Ich denke, dir sind Geldmotive lieber als pathologische Täter», sagte er.

«Ich versuche, für alles offen zu bleiben. Hier, sieh dir das an.»

Er nahm ihr die Zettel aus der Hand. Belege der Telefongesellschaft über Gespräche zwischen Anne Cathery und der Privatklinik, der Henry neun Jahre zuvor entkommen war.

«Vielleicht wollte sie ihn wieder einsperren lassen, ehe er mit einundzwanzig an sein Vermögen herankam. Sein Geburtstag war zwei Wochen nach dem Tod seiner Großmutter. Interessant, nicht?»

«Du willst diese Unterlagen doch hoffentlich nicht an Coffey weitergeben? Das wäre sehr grausam. Ich glaube nicht, daß Cathery ihm gewachsen wäre. Es geht schließlich um eine sehr private Sache.»

«Nein, ich habe nicht die Absicht, sie Coffey zu geben.»

«Gut.» Er musterte sie mit neu erwachter Hoffnung. Vielleicht wurde doch noch mal ein richtiger Mensch aus ihr.

«Schließlich hat Coffey für mich ja auch nichts getan...»

Der Summer ertönte einmal kurz und diskret, und Charles öffnete der höflichen Dr. Ramsharan die Tür. Ihr Anliegen mußte dringend sein. Sie hatte sich noch nicht umgezogen, sondern stand in gestärkter weißer Bluse und hellblauem Leinenkostüm vor ihm. Als er beiseite trat, um sie einzulassen, sah er, daß Mallory verschwunden war.

«Geht es wieder um Herbert?»

Sie lächelte und nickte und setzte sich in Charles' Zimmer möglichst nah an die Tür.

«Es tut mir leid, daß ich Sie damit behelligen muß. Wahrscheinlich hätte ich auch zu Edith gehen können, sie kennt Martin und Herbert schon so lange. Aber sie wird schließlich nicht jünger, und da ist es vielleicht auch in Ihrem Sinne, wenn man sie gar nicht mit diesem Unsinn belastet.»

«Sehr vernünftig», sagte Charles. «Was liegt denn an?»

«Herbert hat definitiv eine Schußwaffe, sie zeichnet sich deutlich ab. Wußten Sie übrigens, daß er neuerdings in einer Bomberjacke herumläuft? Beängstigend, nicht?»

«Haben Sie aus Martin inzwischen etwas herausbekommen?»

«Sie wissen ja, wie gesprächig er ist.»

«Hm ... Schwer zu sagen, wer wen aufgestachelt hat. Vielleicht hat sich Martin die kugelsichere Weste beschafft, als er die Schrift an Ediths Wand sah, und Herbert hat nur darauf reagiert.»

«Wer ihm von meinem Revolver erzählt hat, habe ich noch nicht herausgefunden, einige Mieter sind verreist. Ich habe die Waffe schon so lange, daß ich dachte, Herbert wüßte längst davon, zumal er sich ja auch sonst bemüht, alles in Erfahrung zu bringen, was sich hier im Haus tut. Einmal habe ich ihn beim Wühlen in den Mülltonnen erwischt.»

«Ganz schön paranoid, was?»

«Nein, nur ein ganz normaler Tick. Diese Aufpasser vom Dienst gibt es in jeder Gemeinschaft. Eine Schwachstelle, einen Bruch in unserer Persönlichkeit haben wir schließlich alle. Aber bei Herbert wird der Riß immer größer, und ich möchte wissen, warum.»

Sie lehnte sich zurück und sah zur Decke hoch, als wollte sie mit ihrem Blick in Edith Candles Wohnung im dritten Stock vorstoßen. «Ich wüßte wirklich gern, was dort oben an der Wand gestanden hat.»

«Vielleicht sollten wir doch mal mit ihr reden.»

«Nein, das bringt nichts. Sie war wie eine Hausmutter für die Mieter, so was legt man nicht von heute auf morgen ab. Sie würde die Sache selbst regeln wollen. Am liebsten würde ich jede Begegnung zwischen Herbert und ihr unterbinden. Er steht kurz vor der Explosion. Ich kenne meine Pappenheimer.»

Charles legte den Kopf schief und horchte auf das, was Henrietta nicht sagte: daß es gefährlich sein könnte, Edith einzuschalten. Daß Edith selbst das eigentliche Problem war. Daß Henrietta um die verwandtschaftliche Beziehung zwischen ihm und Edith wußte. Sie tanzte auf Zehenspitzen um den kritischen Punkt herum, und Spitzentanz war nicht ihre Stärke. Daß sie sich nicht auf Schliche und Listen verstand, machte sie sympathisch. Eine glatte Lüge hätte sie nie überzeugend herausgebracht, und für Halbwahrheiten war ihre Zunge nicht geläufig genug.

Es traf ihn unvorbereitet. Er hatte sich immer eingebildet, Edith Candle genau zu kennen.

«In Ordnung», sagte er. «Ich spreche mit ihr darüber.»

Henrietta stellte erleichtert lächelnd ihren Spitzentanz ein und war wieder ihr altes nüchtern-zupackendes Ich. Als er die Tür schloß und sich umdrehte, stand Mallory vor ihm. Er hatte sie nicht kommen hören. Man müßte ihr eine Schelle umhängen, dachte er.

Margot legte schützend eine Hand über die Augen und schlug das Schlafzimmerfenster ein. Daß sie sich dabei die Hand zerschnitt, fiel ihr gar nicht auf. Sie legte sich auf den Boden und schlief sofort fest ein, ohne sich an dem harten Bretterboden und dem kalten Luftzug zu stören, der durch das zerbrochene Fenster wehte. Einmal drehte sie sich im Schlaf um, und das Messer mit dem angetrockneten Blut rutschte ihr aus der Tasche und landete mit dumpfem Laut auf dem Boden. Traumlos schlief sie weiter.

Riker holte die alte Dame in ihrer Wohnung am Gramercy Park ab. Zu ihren drei Séance-Schwestern hatte er Kollegen schicken müssen, da sie laut Coffey getrennt vernommen werden sollten, was seiner Meinung nach pure Zeitverschwendung war. Die Frau hüllte sich in Schweigen. Ihr Mondgesicht war eine weiß gepuderte starre Maske, die Augenbrauen waren mit zitternder Hand nachgezogen. Sie hatte nicht nach einem Anwalt verlangt, hatte aber auch nicht wissen wollen, warum er sie mitnahm. Das war immerhin so aufschlußreich, daß er sich an der nächsten Ampel eine Notiz machte. *Angst*, notierte er auf einer freien Seite.

Auf dem Revier bat er einen uniformierten Kollegen, die alten Damen aus ihren separaten Verwahrräumen zu holen und zusammen ins Vernehmungszimmer zu bringen.

«Das wird Coffey nicht recht sein», sagte der Kollege, der sich erst seit einem Jahr rasierte.

«Wenn's Ärger gibt, nehme ich alles auf mich», versprach Riker.

Durch das Einwegglas beobachtete er die Frauen, die sich zwar noch anschwiegen, aber schon entspannter wirkten. Minutenlang wartete er mit angehaltenem Atem, dann hatte sich die Spannung gelöst. Sie fingen an, sich ganz locker zu unterhalten, und ließen sich in ihrem Gespräch auch von dem Polizisten nicht stören, der aus dem Lokal gegenüber Kaffee und Krapfen brachte. Riker grinste und ging in das Dienstzimmer von Markowitz, wo Jack Coffey ihn erwartete.

«Sind die Séance-Damen alle da?»

«Ja.»

«Laß die Penworth ins Vernehmungszimmer bringen, mit der will ich anfangen.»

«Schon geschehen.»

Riker zählte bis drei, während der Lieutenant durch die Scheibe sah.

«Die hocken ja alle beieinander», sagte Coffey erbost, als Riker bei drei angekommen war. «Ich hab doch gesagt, ich will sie einzeln haben.» Was Lieutenant Coffey durch die Scheibe sah, waren vier alte Damen, die aufgekratzt an einem Tisch saßen und munter durcheinanderschwatzten.

«In der Gruppe sind sie gesprächiger», sagte Riker. «Bei 'ner Art Kaffeeklatsch kriegen Sie mehr aus ihnen raus.»

«Riker, wenn ich die Anweisung gebe –»

«Ich weiß schon, was Sie sagen wollen: daß das die Masche von Markowitz war. Okay, der Alte ist nicht mehr da, und Sie sind kein Markowitz. Aber als wir die alten Damen einzeln hergebracht haben, waren sie stumm wie Fische. Jetzt sind sie wie ausgewechselt. Seit zwanzig Minuten unterhalten sie sich mit wachsender Begeisterung über Mord und Totschlag.»

«Also meinetwegen, Riker. Stricken wir an Markowitz' Masche weiter. Wer ist denn wer?»

Riker, der sich auf Zoff eingestellt hatte, war fast enttäuscht. Coffey war also doch kein richtiges Arschloch. Er ordnete die Namen auf der Liste der Frau mit dem Nickekopf, der mit dem Mondgesicht, der mit dem kleinen Kopf und dem Donnerbusen und der großen, schlanken mit den hohen Wangenknochen und dem cleveren Mund zu, die seine Favoritin war.

Als sie das Vernehmungszimmer betraten, schlug der Lärm fast über ihnen zusammen.

«Der Tod von Anne war am spektakulärsten», sagte die Frau, deren Kopf wie von selbst bestätigend nickte.

Coffey übernahm das Präsidium, Riker setzte sich neben ihn und hielt sein Notizbuch bereit. Höflich warteten sie eine Gesprächspause ab, dann stellte Coffey sich vor.

Mondgesicht legte ihm strahlend eine pummelige weiße Hand auf den Arm. «Wissen Sie, Lieutenant, zuerst haben wir gedacht, es wäre eine von uns.»

«Ja, aber das war in der Frühphase», sagte die Große, Schlanke. «Da war Pearl noch nicht tot.»

«Wollen Sie damit sagen, daß Sie häufiger über diese Möglichkeit gesprochen haben?»

Riker grinste in sein Notizbuch hinein. Coffey hatte mit dieser Aussage offenbar so seine Schwierigkeiten.

«Von einer Séance zur anderen haben wir praktisch von nichts anderem gesprochen. Denken Sie, wir unterhalten uns über Gobelinstickerei?» fragte die in Rikers Notizbuch als «kleine Birne, große Euter» gekennzeichnete Seniorin.

«Als Pearl starb, hatten wir dann schon andere Möglichkeiten ins Auge gefaßt», sagte die mit dem Nickekopf.

«Nämlich?» hakte Coffey nach.

«Den jungen Cathery.»

Riker blätterte in seinen Notizen. «Miss Whitman hat ausgesagt, sie habe am Nachmittag des dreißigsten Juni zwischen halb zwei und halb fünf im Park gesessen und mit ihm Schach gespielt. Klingt das plausibel?»

«Ja. Pearl war in ihrer Jugend eine glänzende Spielerin, mit sechzig hat sie es dann aufgegeben. Sie hat mehr Turniere gespielt als Henry.»

«Wenn ich mich recht erinnere», sagte das weiß gepuderte Mondgesicht, «mußte Henry ihr sagen, um welche Zeit es gewesen war. Genau wußte Pearl das nämlich nicht mehr, aber dann meinte sie, ja, das müsse wohl stimmen.»

«Cathery mußte es ihr sagen?»

«Sie haben nie zu einer bestimmten Zeit gespielt. Er war jeden Tag mit seinem Reiseschach im Park, manchmal vormittags und manchmal nachmittags. Wenn dann Pearl auch gerade da war, haben sie sich auf eine Partie zusammengesetzt.»

«In ihrer Aussage steht, daß sie sich absolut sicher war.»

«Ich denke, da sind gewisse Zweifel erlaubt», sagte die große Schlanke. «Sie wissen ja, wie das ist. Das heißt, Sie wissen es wahrscheinlich nicht. Wenn man in die Jahre kommt, wittert man immer und überall die eigene Senilität, auch wenn man nur mal die Schlüssel vergessen hat. Deshalb war es auch nicht schwer, Pearl davon zu überzeugen, daß sie zu dieser Zeit mit Henry zusammen war.»

«Seit dem Mord an Pearl», sagte Nickekopf, «sehe ich Henry vormittags *und* nachmittags im Park. Vielleicht war er immer schon zweimal am Tag da, aber genau weiß ich es nicht, man gewöhnt sich so schnell an einen Anblick...»

«Eben», bestätigte Mondgesicht. «Seine Partie mit Pearl kann er ohne weiteres auch vormittags gespielt haben.»

«Wir hatten uns aber nicht alle auf Henry eingeschossen», sagte die Frau mit dem kleinen Kopf. «Ich hatte die Theorie, daß die Erben sich zusammengetan und einen Killerservice angeheuert haben. Vielleicht haben sie Rabatt gekriegt.»

«Natürlich haben sie Rabatt gekriegt», sagte Nickekopf nachdrücklich. «In New York zahlt keiner den vollen Preis.»

«Und sind Sie auch für die Verschwörungstheorie?» fragte Riker die große Schlanke mit den hohen Wangenknochen.

Muß als junge Frau 'ne heiße Nummer gewesen sein, dachte er. «Glauben Sie auch, daß die Erben die Morde gemeinsam angezettelt haben?»

«Nein, ich setze voll auf Margot Siddon.»

«Margot ist in den letzten Jahren so wunderlich geworden», sagte Mondgesicht nachdenklich. «Das hat jedenfalls Samantha immer erzählt.»

«Wunderlich? Na hör mal...» Die mit dem kleinen Kopf stieß einen theatralischen Seufzer aus. «Doch wohl nicht wunderlicher als Henry, oder siehst du den als den netten amerikanischen Jungen von nebenan?»

Nickekopf hatte einige Mühe, den Kopf mal nicht von oben nach unten, sondern verneinend von rechts nach links zu bewegen. Wieder strahlte Mondgesicht den Lieutenant an. «Henry hat Anne wirklich wenig Mühe gemacht. Sie hat ihn nämlich aufgenommen, als seine Eltern starben.»

«Und hat für die Vormundschaft und als Testamentsvollstreckerin einen hübschen Batzen kassiert», sagte Rikers Favoritin. «Im übrigen ist Henrys Vermögen zehnmal so groß wie das von Anne.»

«Hat denn Margot Siddon ein Alibi, Lieutenant?» Die blanken Augen waren erwartungsvoll auf Coffey gerichtet.

«Ja, wir haben dazu die Aussage von Mrs. Whitmans Pförtner», sagte der. «Aber für mich sind diese Morde nicht frauentypisch.»

Mondgesicht schien gekränkt. Mit schiefgelegtem Kopf sah sie die anderen an. Die lächelten nachsichtig, und die große Schlanke zuckte vielsagend die Schultern. Männer...

«Auf die Aussage von Pförtnern würde ich nicht bauen, mein Lieber», sagte die mit dem kleinen Kopf. «Pearl und ich hatten denselben, er ist an vier von fünf Tagen volltrunken.»

«Ich habe denselben Pförtner wie Anne und Samantha», sagte Mondgesicht. «Am Mittwoch sammelt er immer die Totozettel ein. Das war der Tag, an dem Anne umgebracht wurde, nicht?»

«Der Pförtner von Estelle ist auch mein Pförtner», sagte Nickekopf. «Noch sehr neu und sehr jung. Für diese grünen Burschen sehen wir doch alle gleich aus.»

Coffey blickte kurz zu Riker hinüber, der bestätigend nickte. Die Pförtner waren als Zeugen nicht viel wert.

«Hatten die vier Opfer außer dem Interesse für Spiritismus noch andere Gemeinsamkeiten?»

«Samantha und Anne haben zusammen studiert, in Vassar, soviel ich weiß.»

«Estelle und Pearl waren sehr befreundet», sagte die große Schlanke. «Sie spekulierten gemeinsam.»

«Wie bitte?»

«Sie hatten denselben Broker. Mir haben sie auch mal einen recht brauchbaren Tip gegeben.»

Coffey lächelte gönnerhaft. Riker sah ihm an, daß er an ein zusätzliches Taschengeld dachte, während diese Frauen in Wirklichkeit Hunderte von Millionen an der Börse bewegten. Aber Coffey hatte auch Mallorys Unterlagen über ihre Aktienportfolios und Beteiligungen noch nicht gelesen.

Mondgesicht schaltete sich wieder ins Gespräch ein. «Haben sich nicht Pearl und Estelle mal zusammen eine Firma gekauft?»

«Das ist zwanzig Jahre her, und sie haben den Laden im Jahr darauf wieder abgestoßen. Gemeinsamkeiten, hm...» überlegte Nickekopf. «Estelle und Samantha gehörten beide zu den vierhundert reichsten New Yorker Familien. Anne Cathery und Samantha waren Mitglieder der Daughters of the American Revolution. Sehr exklusiver Verein.»

Riker klopfte mit seinem Bleistift aufs Notizbuch. «Gibt es etwas, was allen gemeinsam war?»

«Sie waren alt.»

«Danke», sagte Riker.

«Ist Ihnen eigentlich klar, meine Damen», sagte Coffey in dem gleichen Ton, in dem er mit den Drittkläßlern zu sprechen pflegte, die auf einem Schulausflug bei der New Yorker

Polizei auftauchten, «daß jede von Ihnen das nächste Opfer sein könnte?»

«Na ja, zuerst war es noch eine Art Lotterie», sagte Nickekopf, «aber diesmal steht wohl so gut wie fest, daß Fabia die nächste ist. Zeig ihm den Brief, Fabia.»

Der kleine Kopf reckte sich, um über den gewaltigen Vorbau hinweg in die auf dem Schoß liegende Handtasche sehen zu können. Mit dramatischer Geste holte Fabia Penworth einen gefalteten Briefbogen heraus und sah interessiert zu, wie Riker und Coffey die Geldforderung und die Drohung gegen ihr Leben lasen.

Charles saß vor dem Microfiche-Gerät und ließ dreißig Jahre alte Zeitungen vor sich abrollen. Kathleen hatte recht gehabt. Da war es, auf dem Titelblatt einer großen Tageszeitung: das Foto der hysterischen Witwe, die sich über ihren toten Mann geworfen hatte.

Der Reporter der *Times* spekulierte, daß man Max noch hätte retten können, wenn der Helfer nicht die Scheibe des Glasbeckens zerschlagen hätte, als er sah, daß Max weit über den kritischen Zeitpunkt hinaus durch das Gewicht am Bein unter Wasser gehalten wurde. Die Scherben hatten eine Hauptschlagader getroffen; hilflos hatte das Publikum mit ansehen müssen, wie er verblutet war.

Jetzt hatte Charles ein weiteres Detail entdeckt. Aus der Zuschauermenge sah ihm das in ungläubigem Entsetzen wie versteinerte Gesicht seines Vaters entgegen. Wie gut er diesen fassungslosen Blick nachvollziehen konnte! Auch er hatte als Kind nie geglaubt, daß Max einmal sterben würde.

Als der neunjährige Charles zu der Trauerfeier gegangen war, hatte er nicht recht gewußt, wie sich Max' endgültiger Abgang von dieser Welt vollziehen würde. An der Hand seiner Eltern hatte er den riesigen, von tausend Kerzen erhellten Kirchenraum betreten, in dem die zahlreichen Trauergäste sich versammelt hatten, um Abschied von ihrem Meister zu nehmen. Onkel Max lag friedlich in einem weißen Sarg. Man hatte dem Jungen gesagt, daß er tot war, aber noch immer klammerte er sich an die Hoffnung, es sei nur eine seiner trickreichen Nummern und nicht das unabänderliche Ende.

Himmelhoch wölbte sich das Dach des Doms. Die bunten Glasfenster und die Kerzen vermittelten den Eindruck unvorstellbarer Weite und Schönheit. Dann waren nacheinander, von keiner Menschenhand berührt, die Kerzen ausgegangen. Die Farben der Glasfenster leuchteten noch immer, doch das Kirchenschiff war in geisterhaftes Dämmerlicht gehüllt, als der erste Magier in weißem Zylinder, weißem Smoking und wehendem weißen Satincape vortrat und einen glühenden Feuerball hervorholte. Charles hatte diese Nummer schon auf der Bühne gesehen, es gehörte zu dem Besten, was Max je gezeigt hatte. Der Feuerball schwebte über den Sarg hinweg, in dem Max schlief. In langer Reihe zogen Männer und Frauen in Weiß daran vorbei. Als sie zurücktraten und wieder zu ihren Plätzen gingen, war der Sarg verschwunden.

Auf dem Friedhof war der Sarg dann wieder da, und Max' Zauberstab wurde über dem offenen Grab zerbrochen.

Deutlich sah Charles den wolkenlos blauen, weiten Himmel vor sich, in den tausend weiße Tauben aufstiegen und die Sonne verdunkelten. Er hörte ihren brausenden Flügelschlag, spürte den Luftzug auf seinem Gesicht und im Haar. Als er wieder nach unten blickte, war der Sarg verschwunden, auf der Erde, die sich in dem offenen Grab häufte, lagen die Blütenblätter weißer Rosen. Höher und höher stiegen die Tauben, die Flügel arbeiteten heftig, als müßten sie eine schwere Last gen Himmel heben. Mit staunenden Augen folgte der kleine Junge ihrem Flug.

Der Vorteil einer langen Nase ist es, daß ihr kaum etwas entgeht. Mallorys Parfüm begleitete ihn im Aufzug nach oben. Mit zwei schweren Lebensmitteltüten und einer Zeitung folgte er dem Duft über den Gang und in sein Büro.

Mallory saß an dem Schreibtisch im Vorderzimmer, ihr gegenüber ein bärtiger Mann, dessen wild gestikulierende Arme Schlimmes für eine zierliche Tiffanylampe befürchten ließen. Das konnte nur der Soziologe, Erbe und Mordverdächtige vom Gramercy Square sein. Er hatte tatsächlich etwas von einer Vogelscheuche, allerdings galt das nur für die langen, unkoordinierten Schlenkerglieder. Das Gesicht war regelmäßig geschnitten und sympathisch, die Augen anteilnehmend und voller Wärme. Der Bart stand ihm gut zu Gesicht und lenkte von der schuljungenhaft kleinen Nase ab.

«Charles Butler, Jonathan Gaynor», stellte Mallory vor.

«Freut mich sehr, Mr. Butler.»

«Charles, bitte.»

«Wunderschön, Ihre Fenster», sagte Gaynor. «Aus welchem Jahr?»

«Danke. So um 1935.»

Schon oft hatte er bedauert, daß er das schöne hohe Bogenfenster nicht in seiner Privatwohnung hatte. Mallory saß am Schreibtisch wie im Mittelfeld eines Tryptichons. Hinter ihr stand das Dämmerlicht der ersten Abendstunde.

Charles legte seine Tüten auf den Schreibtisch. «Dieses Zimmer ist ein Sonderfall. Die anderen Fenster im Haus sind aus derselben Zeit, aber in einem anderen Stil.»

«Es ist auffallend still hier», sagte Gaynor. «Doppelverglasung?»

Charles nickte. Manchmal konnte man hier eine Stecknadel zu Boden fallen und, wie Mallory es ausdrückte, «Autsch!» schreien hören, wenn sie sich an dem harten Parkett den Kopf gestoßen hatte.

«Wissen Sie, woran ich bei diesen Fenstern denken muß?» Gaynor fegte einen Bleistiftbehälter zu Boden und bückte sich ungerührt, er war es wohl gewöhnt, abgestürzte Gegenstände wieder aufzuklauben. «An den *Malteserfalken*. Sam Spade in Reinkultur.»

Charles setzte sich auf die Schreibtischkante und sah seine

Umgebung plötzlich mit ganz neuen Augen. An die Einrichtung dieser Wohnung war er mit dem Konzept gegangen, daß ein Raum eine dreidimensionale Metapher für ein Menschenleben, ein Grundelement der Harmonie ist. War der Raum erst einmal da, so hatte er sich gesagt, würde sein Leben neu, würde es rund und gut werden. Jetzt gab es ihm einen Ruck, als ihm klarwurde, daß sein «idealer Raum» in Wirklichkeit ein stereotyper Rahmen für Mordermittlungen war.

«Ich habe Mallory dazu überredet, mit mir essen zu gehen», sagte Gaynor. «Kommen Sie doch mit.»

Charles ging mit seinen Tüten zur Tür. Über die Schulter sagte er: «Sie sind beide bei mir zum Essen eingeladen.»

In seiner Wohnung hielt er sich am liebsten in der Küche auf. Auch die Besucher empfing er dort, die ständig hereinschneiten, seit er hier wohnte, und über die er sich nach den langen einsamen Jahren im Zimmer seiner Denkfabrik ehrlich freute.

Die Academy of St. Martin in the Fields lieferte mit einem Mandolinenkonzert von Vivaldi diskrete, Gespräche fördernde Hintergrundmusik. Jonathan Gaynor machte sich nützlich, indem er die Sauce für die Klopse rührte. Mallory saß auf der Arbeitsfläche links von Charles' Hackbrett und trank Weißwein, und Charles selbst war unvernünftig glücklich.

«Köstlich», sagte Gaynor und leckte den Löffel ab. «Haben Sie das Kochen bei Ihrer Mutter gelernt?»

«Bewahre.» Charles, der gerade Zwiebeln hackte, lächelte unter Tränen. «Sie hat es nur ein einziges Mal fertiggebracht, den Toast nicht anbrennen zu lassen.»

«Ach, komm», sagte Mallory.

«Ehrlich, ich habe es selbst miterlebt. Eine wunderschön goldbraun getoastete Scheibe lag auf dem Frühstückstisch. Ich wollte sie mir schon schnappen, aber mein Vater kam mir zuvor. Er gab sie meiner Mutter zurück und sagte: ‹Die ist noch nicht angebrannt.› Sie steckte die Scheibe wieder in den

Toaster, ohne mit der Wimper zu zucken, und holte sie kohlschwarz wieder raus.»

«Ich kannte als Junge nur unser Internatsessen», sagte Gaynor und ließ sich von Mallory Wein nachschenken. «Angebrannter Toast wäre da eine willkommene Abwechslung gewesen.»

Beide sahen Mallory an, die in den Jahren bei Helen und Louis tagtäglich mit liebevoll zubereiteter, ausgewogener Kost versorgt worden war. Einen Moment dachte Charles, sie würde, um sich nicht lumpen zu lassen, Erinnerungen an eine Zeit hervorholen, in der sie sich aus Mülltonnen ernährt hatte.

Aber sie korkte nur energisch die Weinflasche wieder zu. «Haben Sie denn Theorien zu dem Unsichtbaren vom Gramercy Park, Jonathan?» erkundigte sich Charles.

«Es muß ein gestörter Mensch sein.»

«Warum?» Charles war mit den Zwiebeln fertig und zerpflückte Weißbrotscheiben in kleine Stücke.

«Ich kann Ihnen aus eigener Anschauung versichern», sagte Gaynor, «daß er Anne Cathery im Gramercy Park unmöglich hätte umbringen können, ohne gesehen zu werden. Der Mörder muß deshalb einen geistigen Defekt haben, so daß er nicht folgerichtig vorausplanen kann.»

«Klingt plausibel. Aber wie erklären Sie sich dann, daß niemand ihn beobachtet hat?»

«Ein dummer Zufall, der durchaus in meine Theorie paßt. Er hat einen unbeobachteten Augenblick erwischt.»

«Und keinem ist ein blutbefleckter Irrer aufgefallen, der in aller Gemütsruhe den Park verließ», ergänzte Mallory trokken.

«Er hätte sich mit irgend etwas schützen können», wandte Gaynor ein.

«Setzt das nicht aber doch eine gewisse Planung voraus?» fragte Charles.

«Gut, dann verlängere ich meinen unbeobachteten Augenblick. Nehmen wir an, der Mann – ein Penner vielleicht, der ihr gefolgt ist, nachdem sie aufgeschlossen hatte – hätte es auch noch geschafft, den Park zu verlassen, ohne daß jemand ihn sah. War er erst mal draußen, dürfte er nicht weiter aufgefallen sein. Wer schaut schon lange und genau genug hin, um zu merken, ob ein Passant Blut an den Sachen hat?»

Charles sah plötzlich das lange rote Kleid der jungen Frau vor sich, die am Parktor gestanden und nach Henry Cathery gerufen hatte. Was Gaynor da sagte, klang durchaus einleuchtend. Blut ist – ob naß oder trocken – im wirklichen Leben nie so auffällig wie auf der Kinoleinwand. Vielleicht hatte der Täter dunkle oder rote Kleidung getragen. Konnte die Lösung so simpel sein?

Bei Mallory kam diese These nicht so gut an.

«Ich kann das einfach nicht glauben», sagte sie.

«Natürlich nicht. Kein vernünftiger Mensch würde glauben, daß jemand so abartig ist, eine hilflose alte Frau umzubringen.» Gaynor, der fleißig weiterrührte, hatte Mallory gründlich mißverstanden. Sie war durchaus nicht sentimental, wenn es um hilflose alte Damen ging. «Aber wahrscheinlich gibt es jede Menge Leute, die sich wünschten, der Unsichtbare wäre zu ihnen ins Haus gekommen.»

«Ganz schön brutal», sagte Charles und krümelte Hackfleisch in eine Schüssel.

«Aber realistisch.» Gaynor sah Mallory an. «Denken Sie mal an die vielen Familien, die sich kein Pflegeheim für ihre Angehörigen leisten können. Die Leute leben heutzutage immer länger, sie werden neunzig und älter und kosten ihre Kinder einen Haufen Geld. Ich glaube nicht, daß die Mordserie in der Öffentlichkeit Empörung ausgelöst hat. Sie dürfte vielmehr die Phantasie der braven Bürger beflügelt haben. Es ist kein Zufall, daß der Unsichtbare in den Medien fast zu einer Art Supermann aufgebaut wird.»

«Das klingt ja fast, als hätte ein Massenmörder der Menschheit einen Dienst erwiesen», sagte Mallory.

Die Richtung paßt ihr nicht, dachte Charles. Sie hätte alles dafür gegeben, wenn Louis und Helen zusammen hätten alt werden dürfen. Sie schenkte sich nach, ohne die beiden Männer anzusehen.

«Ich weiß, daß Sie Soziologe sind», sagte Charles zu Gaynor, «aber haben Sie auch Erfahrungen mit Soziopathen?»

«Ich kann nur soviel sagen, daß sie unbestreitbar einen Einfluß auf die Gesellschaft ausüben. In Kriegszeiten sind sie unentbehrlich. Wenn wir nicht genug davon haben, bauen wir in die Grundausbildung künstliche pathologische Elemente ein. Solange sie aufs Militär begrenzt bleiben oder auf den Kampfsport oder auch nur auf die Polizei, lassen sie sich in Schach halten. Wenn man aber zuläßt, daß sie auf die Zivilbevölkerung losgehen, treffen sie eine Auslese unter den Schwachen, den Faulen und –»

«– den Alten», hatte er sagen wollen, aber Mallory fiel ihm ins Wort.

«Und wie ernst muß man den Einfluß von Insidergeschäften auf die Gesellschaft nehmen?»

Charles sah ihr in die irischen Augen, die etwas Asiatisch-Unergründliches hatten.

«Sehr ernst», erwiderte Gaynor. «Im schlimmsten Fall verlieren die Anleger das Vertrauen zur Wall Street. Weil niemand sich gern mit Leuten einläßt, die mit gezinkten Karten spielen. Denken Sie nur an die Kleinaktionäre, die bei solchen Betrügereien immer am meisten zu verlieren haben. Denn die Verluste gehen ja querbeet von Investmentfonds und städtischen Anleihen bis zu Blue Chips. Zum Schluß kommt es zum großen Crash, und wir dürfen alle mit dem Blechnapf zur nächsten Suppenküche marschieren. Bei der großen Börsenkrise in den Achtzigern wurde das Vertrauen vieler Anleger schwer erschüttert, und das mit der Suppenküche war keine Utopie mehr.»

«Viele Leute begreifen wahrscheinlich gar nicht, was für ein Unrecht es ist«, sagte Mallory betont beiläufig und trank einen Schluck Wein. «Wie ungesetzlich.»

«Es dürfte sehr wenige Anleger geben, die ehrlichen Herzens behaupten können, sie wüßten nicht, daß und warum Insidergeschäfte unrecht sind.»

«Gilt das auch für nette alte Damen?» fragte Mallory lächelnd und sah mit verengten Augen zu Charles hinüber.

«Besonders für nette alte Damen», bestätigte Gaynor. «Sie kontrollieren den Löwenanteil der großen bis mittleren Anlegervermögen.»

Charles wußte natürlich, daß dies alles gezielt an seine Adresse ging. In Mallorys Augen hatte Edith Candle – so sympathisch sie ihr persönlich auch sein mochte – gegen das Gesetz verstoßen, und Mallory stand auf der Seite des Gesetzes. Demnach waren ihre Moralbegriffe komplizierter, als die Pokerrunde glaubte. Warum hatte er das nicht schon längst erkannt? Sie hätte sich mit ihrem Computerfachwissen ein Imperium zusammenstehlen können, aber sie hatte ihre Raubzüge auf das beschränkt, was Markowitz brauchte, um dem Gesetz zu seinem Recht zu verhelfen. Sie mochte im Grunde ihres Herzens eine unverbesserliche Diebin sein, zog aber dabei strenge Grenzen. Grenzen, die Markowitz ihr gezeigt hatte. Sie hatte von ihm viel mehr angenommen als von Helen.

Charles nickte Mallory zu. Es war ein Versprechen, mit Edith über ihre Börsenspekulationen zu reden und auch ihr Grenzen aufzuzeigen.

Nachdem Gaynor sich bedankt und verabschiedet hatte und das Geschirr abgeräumt war, machte Mallory es sich ohne Schuhe auf der Couch bequem. Als Charles mit Kaffee und Likör auf einem Tablett an den Couchtisch trat, stand dort eine Schachtel in rotem Geschenkpapier. Erst jetzt fiel ihm ein, daß heute sein vierzigster Geburtstag war.

Er setzte sich neben sie und riß das rote Papier ab. Auf der Schachtel stand der Name eines Herstellers von Espressomaschinen, aber aus dem, was unter dem Deckel war, hätte man nie im Leben eine gute Tasse Espresso machen können. Er wußte nicht recht, was er sagen sollte, und sprach deshalb aus, was ohnehin offensichtlich war: «Eine Kristallkugel...»

«Eine Huldigung, wenn du so willst. Du bist der einzige Mann, der mich je beeindruckt hat. Alle anderen öden mich an.» Charles hielt die Kugel ans Licht, sah seine Nase in der dunklen Spiegelung noch länger werden und stellte sein Geburtstagsgeschenk auf den Couchtisch zurück.

Ob sie wohl wußte, wie sehr er sich darüber freute? Jede Geste der Freundschaft signalisierte ihm, daß er doch nicht ganz so wunderlich, kein völliger Freak und nicht ganz so fremd auf dieser Erde war. Konnte er sich mehr wünschen? Allenfalls, daß Mallory ein bißchen weniger schön oder seine Nase ihm nicht immer drei Minuten voraus wäre.

«Gefällt sie dir?»

«Sehr. Kein Briefbeschwerer?»

«Nein, ganz echt. Direkt aus dem Asservatenraum. Kann natürlich sein, daß die Landfahrer, von denen wir sie haben, die Wahrsagerkugel als Briefbeschwerer benutzt haben. Die sind nämlich von der Hellseherei auf Computerbetrug umgestiegen.»

Sie schenkte Kaffee und Likör ein und hielt einen Löffel in der Schwebe. Zucker? Nein? Und dann die beiläufige Frage, was er von Gaynor hielt.

«Sehr sympathisch.» Daß Gaynor seinerseits Mallory sehr viel mehr als nur sympathisch fand, bedurfte keiner Erwähnung. «Was weißt du über ihn?»

Die typische Frage besorgter Väter. Louis hatte mal zu ihm gesagt, er würde irgendwann für ein paar Minuten den Stekker von Mallorys Computer ziehen müssen, damit sie einen jungen Mann kennenlernen und heiraten konnte, solange er noch nicht zu alt und klapprig war, um sich an seinen Enkelkindern zu freuen. Daß ein paar Minuten ausreichen würden, davon war Louis überzeugt gewesen. Er wußte ja, daß sie seine Mitarbeiter in noch kürzerer Zeit geschafft hatte.

«Ich habe ellenlange Ausdrucke über ihn», sagte sie. «Seine

Eltern sind tot. Er hat ein Sommerhaus auf Fire Island, spekuliert ein bißchen und hat gerade einige hundert Millionen geerbt. Aber auch vor dem Tod seiner Tante hat er nicht am Hungertuch genagt. Er hat selbst hunderttausend, die sicher angelegt sind. Keine Verhaftungen, keine Jugendstrafen.»

Ihr Interesse an Gaynor war also rein professionell.

Und Gaynor spekulierte ein bißchen ...

«Bei der Whitman-Chemicals-Fusion hat er nicht zufällig mit abgesahnt?»

«Nein. Daran habe ich natürlich auch gleich gedacht, von der Zeit her hätte es gepaßt. Dann habe ich seine Aktienbewegungen zurückverfolgt. Er hat in dem betreffenden Jahr ein paar ganz nette Gewinne gemacht, aber Whitman Chemicals hat er nicht angefaßt, und darüber kann er sich freuen. Estelle Gaynor hat Glück gehabt, sie war den Ermittlern nur eine Fußnote wert, aber den Neffen hätte die Börsenaufsicht allein wegen der nahen Verwandtschaft sofort hochgehen lassen, wenn da was gewesen wäre. Der Staat hätte den Gewinn eingestrichen, ihm außerdem noch eine Geldstrafe aufgebrummt und ihn in den Knast geschickt. Nein, seine Geschäfte sind total sauber. Schließlich hatte er ja auch immer genug Kohle.»

«Manche Leute kriegen den Hals nie voll. Was ist mit den anderen Opfern?»

«Außer Gaynors Tante ist keins mit der Whitman-Fusion in Verbindung zu bringen. Pearl war im Whitman-Vorstand, hat aber nie Aktien der anderen Firma gekauft. Bei Samantha Siddon und Anne Cathery gibt es keinen Verdacht auf Insidergeschäfte, aber spekuliert haben sie beide.»

«Versuch, nicht unnötig Staub aufzuwirbeln, bis du weißt, was diese Frauen wirklich verband.»

«Ja, allein die Séancen können es nicht gewesen sein. Sie müssen sich schon vorher gekannt haben.»

«Vielleicht, vielleicht auch nicht. Was machen alte Damen, wenn sie sich treffen? Sie sprechen über ihre Kinder. Hältst du es für möglich, daß sie ein gemeinsames Geheimnis hatten, etwas, das vielleicht eine von ihnen den anderen anvertraut hat?»

«Zum Beispiel einen Schuß Irrsinn in der Familie?»

«Jetzt hack nicht schon wieder auf Henry Cathery herum. Er ist, wie viele Hochbegabte, im gesellschaftlichen Umgang unbeholfen, aber ein junger Mann mit Macke muß noch lange nicht seelisch gestört sein. Traust du ihm wirklich zu, daß er alte Damen absticht?»

«Ja, natürlich. Und wenn sich herausstellen sollte, daß Anne Cathery darauf hinarbeitete, ihn einsperren zu lassen, um an sein Geld zu kommen, hatte er ja auch allen Grund dazu. Hochgehen lassen würde ich ihn trotzdem.»

«Henry Cathery sehnt sich nur nach Ruhe und Frieden. Du wirst ihn doch nicht quälen wollen?»

Charles zog mit dem Blick das Teppichmuster nach.

Sie berührte seinen Arm, und er blickte widerstrebend auf. «Du magst Henry Cathery, nicht?»

«Ich verstehe ihn.»

«Haben deine Séance-Damen dir weitergeholfen? Haben sie dir gesagt, wo Redwing untergetaucht ist?»

«Nein», sagte Riker. «Sie haben nicht mal eine Kontaktadresse, Redwing ruft sie an. Da bleibt uns nichts anderes übrig, als auf die nächste Séance zu warten und sie dann zu beschatten. Und daß du mir nicht auf dumme Gedanken kommst, Mallory. Coffey hat das schon in die Hand genommen.»

Die nächste Stunde verbrachte Riker damit, Mallorys Bier zu trinken und sie über Coffeys Fortschritte auf dem laufenden zu halten, die, wie er sagte, nicht der Rede wert waren.

«Dr. Slope meint, es könnte bei der Ausführung der Morde kleine Varianten gegeben haben. Falls es sich um zwei Täter handelt, sind beide Rechtshänder und gehen unglaublich brutal vor. Aber die Wunden sind nicht identisch. Bei dem vierten Opfer sind sie ein bißchen anders ausgefallen, und Slope kann nicht mit Sicherheit sagen, ob sie das Werk eines Einzeltäters sind. Vielleicht hatte der Mann es diesmal aber auch nur verdammt eilig.»

«Und daß es ein Mann und eine Frau gewesen sein könnten, glaubt er nicht?»

«Nein, und darin muß ich ihm recht geben. Gedacht hab ich auch schon daran, aber daß eine Frau eine andere derart zurichtet, ist für mich einfach nicht drin. Versteh mich nicht falsch: Frauen können mit dem Messer und mit Schußwaffen genauso gut umgehen wie Männer, und sie leisten ganze Arbeit dabei. Wenn ich eine Leiche sehe, in die jemand ein ganzes Magazin geleert hat, denke ich sofort an eine weibliche Person. Aber diese Verstümmelungen deuten nicht auf eine Frau hin, sondern auf einen Mann, der Probleme mit Frauen hat.»

Als Riker gegangen war, ließ Mallory mit Videogerät und Projektor ihre allabendliche Horrorshow ablaufen, in der Markowitz unermüdlich durch das blutige Geschehen tanzte.

Hast du denn überhaupt nichts für mich? Nicht mal ein paar armselige Brosamen?

Und dann träumte sie, Louis Markowitz bringe ihr das Tanzen bei.

Als Margot Siddon die Augen aufschlug, hätte sie nicht sagen können, ob es die Morgen- oder die Abenddämmerung war, die als graues Licht im Zimmer stand. Welcher Tag war eigentlich heute? Und dann regte sich der Hunger. Ihr Magen biß und knurrte wie ein wildes Tier. Das blutige Messer lag ein paar Zentimeter vor ihrem Gesicht, sie nahm es nicht wahr in den langen Minuten, in denen sie ans Essen dachte. Sie träumte von frischem Brot. Ihre blindlings zur Tür tappenden Füße schoben das Messer beiseite.

Pappbecher gab es draußen reichlich. Sie suchte sich einen

aus, präparierte ihn mit ihren letzten Cents und streckte ihn klimpernd den Touristen hin.

Eine alte Frau blieb stehen und ließ Margot im kalten Wind warten, während sie eine dick geäderte Hand in die große Handtasche steckte, unglaublich tranig darin herumkramte und endlich eine Kleingeldbörse zutage förderte. Margot trat von einem Fuß auf den anderen, während die arthritischen Finger sich mit der Schließe mühten, umständlich eine lächerliche Zehn-Cent-Münze hervorholten und in den Becher fallen ließen.

Mit großen Augen sah sie auf den Dime, der jetzt mit den drei Cents auf dem Grund des Bechers ruhte, dann schrie sie ihre Wut und Enttäuschung so laut heraus, daß die Alte zwei Schritte bis an die mit Plakaten und Graffiti bedeckte Backsteinmauer zurückwich. Margot überschüttete sie mit einem Wortschwall aus Obszönitäten, die in einem wütenden Singsang mündeten: Fotzefotzefotze! Die alte Frau hatte sich umgedreht, sie floh, so schnell die schwachen Krampfaderbeine sie trugen, und zog den dünnen Mantel am Hals enger zusammen, als könne er sie vor der jungen Irren schützen, die neben ihr hertanzte, hin und wieder einen Luftsprung machte und Worte schrie, die sie trafen wie Keulenschläge und panisches Entsetzen auslösten.

Sie versuchte sich in Trab zu setzen, aber die alten Glieder machten nicht mit, die Beine knickten unter ihr weg, es gab einen splitternden Laut, als sie auf dem harten Beton landete, der ein Feind alter Knochen ist und sie kaputtschlägt, wo er sie findet. Daß sie auf die scharfe Kante einer kaputten Bierflasche gefallen war, hatte sie nicht gespürt, das merkte sie erst, als sie das Blut quellen sah. Ein erschrockener Laut kam aus ihrer Kehle, er klang wie ein leises Maunzen, und es war nicht so sehr der Schmerz, der ihr angst machte, als der Anblick von so viel Blut. Auf allen vieren kroch sie über den Gehsteig, während die junge Irre mit den verfilzten Haaren noch immer schreiend und zeternd um sie herumtanzte, so daß die Passanten große Augen machten, rasch vorbeigingen und taten, als hätten sie nichts gesehen, nichts gehört, nichts gespürt.

Die alte Frau hatte ihren Fluchtversuch aufgegeben und lag ganz still. Tränen rannen ihr übers Gesicht, und durch die schartige rote Wunde in ihrem Bein lief ihr Leben davon.

8

Nach ausreichendem Essen und ausreichendem Schlaf war Margot wieder voll da. Sie ließ im Geist noch einmal die Bilder vor sich ablaufen: das Messer, das mit einem schnellen Stoß zwischen seinen Rippen verschwunden war. Das schaumige Blut vor seinen Lippen, als er japsend wie ein Fisch auf dem Trockenen zusammengesackt war. Lange hatte sie ihm in die Augen gesehen. Kein Zweifel, das war der Mann. Nur er konnte solche Augen haben.

Sie mußte das Messer loswerden. Alle Messer. Jetzt brauchte sie ja keins mehr. Wie viele hatte sie im Haus? Sie ging in die Küche, suchte alle zusammen, wickelte sie in ein Handtuch und trug sie so behutsam hinaus, als wären es ihre Babys. Und das waren sie ja auch gewesen. Bis jetzt.

Riker hatte es sich in einem Sessel vor der Korkwand von Mallorys Arbeitszimmer bequem gemacht und leerte das nächste Bier. Neben dem Computer standen Mallorys Kaffeetasse und ein Teller mit den Resten eines bekömmlicheren Frühstücks. Es hätte ihn nicht gewundert, wenn sie ihr Bett hier hereingestellt hätte, um die Korkwand im Schlafen wie im Wachen immer vor sich zu haben.

«Kennt Charles die Wand?»

Sie schüttelte den Kopf und pinnte ein neues Blatt an die Korkunterlage. Windschief baumelte es an einer einzigen Nadel.

Was würde sich Charles wohl denken, wenn er diese schlampige Bescherung sah, die so gar nicht zu Mallory paßte? Und wußte er wohl, wie man mit dieser neuen Mallory umzugehen hatte, die mit jeder angepinnten Markiernadel ein bißchen klarer hervortrat?

Sie ging an den kleinen Kühlschrank, der noch nicht lange hier stand, und holte eine Flasche Bier heraus. «Was habt ihr über Redwing rausgekriegt?» Sie hebelte den Kronenkorken ab und drückte Riker das Bier in die Hand, aus der die leere Flasche auf geheimnisvolle Weise verschwunden war.

Er sah in sein Notizbuch. «Drei Verhaftungen. Erpressung und Betrug. In allen drei Fällen Strafverfolgung eingestellt.»

«Ich weiß.»

Ja, natürlich. Den Zentralrechner der New Yorker Polizei plünderte sie im Schlaf.

«Ich brauche den Bericht der Cops, die sie verhaftet haben. Aus dem Vorgang geht nicht hervor, warum die Strafverfolgung eingestellt wurde.»

«Weil die Leute, die Anzeige erstattet hatten, abgesprungen sind. Du weißt ja, wie schwer wir uns mit Betrugsfällen tun. Sogar dann, wenn die Geneppten mitziehen.»

«Sonst keine Vorgänge? Unter anderen Decknamen vielleicht? Keine Gewalttätigkeit? Keine Körperverletzung?»

«Nein, aber sie ist ja ganz schön massiv. Dich könnte sie ohne weiteres schaffen.» Er tat einen langen, durstigen Zug.

«Die neue Adresse habt ihr noch nicht?»

«Nein, da sind wir noch dran. Die Taxis zu beschatten ist zwecklos, sie läßt sich immer wieder an einer anderen Stelle abholen, meist von Schwarzfahrern, die kein Fahrtenbuch führen.» Riker sah in seine Wunderflasche, die scheinbar nie leer wurde.

«Nachdem Coffey auf den Zusammenhang zu den Séancen gestoßen ist, setzt er wohl wieder auf die Verschwörungstheorie.»

«Und ob! Er interessiert sich brennend für Redwing und meint, daß der Fall irgendwas mit ihrem faulen Zauber zu tun hat.»

«Ja, begreift er denn nicht, daß eine Schmalspurschwindlerin wie Redwing solche Frauen nie über den Tisch ziehen könnte?»

«Frag mich was Leichteres. Ich glaube, er mißt alte Damen immer an den Maßstäben seiner eigenen Oma.»

«Was noch?»

«Das hier. Gut, was?» Er reichte ihr das maschinegeschriebene Blatt in der schützenden Sichthülle.

«Ein Erpresserbrief? Das hat uns gerade noch gefehlt. Woher?»

«Eine der alten Damen hat ihn uns bei der Vernehmung gegeben. Fabia Penworth. Natürlich hatte sie den Wisch vorher schon allen Freundinnen gezeigt, wir mußten allen die Fingerabdrücke abnehmen, um sie zu eliminieren.»

«Und sie fand das Ganze natürlich unheimlich aufregend.»

«Was denn sonst? Und Coffey glaubt nun, daß alle Mordopfer solche Drohbriefe gekriegt und das Lösegeld nicht gezahlt haben oder gleich nach der Zahlung abgemurkst worden sind.»

«Und die alten Damen bestätigen das?»

«Nein, angeblich ist das der erste Brief dieser Art, den sie gesehen haben.»

«Dann ist Coffey auf dem falschen Dampfer. In so einer Clique bleibt nichts geheim. Wenn es vorher schon Drohbriefe gegeben hätte, wüßten das alle. Coffey hat sie doch erlebt! Hat er denn Stroh im Kopf?»

«Komm, Kathy, sei friedlich. Coffey ist zwar nicht bei Markowitz in die Lehre gegangen, aber lernfähig ist er allemal. Er hat schlaflose Nächte, weil er den Saukerl schnappen will. Däumchendrehen tut er bestimmt nicht.»

«Wenn er wüßte, daß du mir Informationen zuspielst...»

«Hey, und was hast du in der Birne, Kathy? Natürlich weiß er das. Von Anfang an hat er's gewußt und sich wohl gesagt, daß er dich sowieso nicht raushalten kann. Mit Verlaub gesagt – Coffey würde nie den Mist bauen, den du dir geleistet hast, dazu hat er einfach zu viel Erfahrung. Und die kriegt man natürlich nicht, wenn man ständig nur vor einem Computer sitzt. In verdeckten Ermittlungen und Observierungen bist du nun mal nicht gut drauf. Bildest du dir wirklich ein, unsere Leute am Gramercy Square hätten dich nicht gesichtet? So blöd sind sie nun doch nicht. Sie haben dich auf Film. Und wenn die dich durchschaut haben, hat der Täter längst Lunte gerochen. Seine Mitmenschen zu unterschätzen kann lebensgefährlich sein, Kathy. Coffey sieht das ganz anders. Wenn der Täter clever genug war, um Markowitz umzubringen, wird er sich auch sonst nicht in die Karten gucken lassen. Du weißt, daß Coffey eigentlich keinen einzigen Mann entbehren kann, aber zwei sitzen rund um die Uhr in dem Haus am Gramercy Square, damit uns nur ja nichts entgeht. Und dann hat Coffey noch Zeit, sich deinetwegen Sorgen zu machen.»

«Und dich als Babysitter abzustellen.»

Schöner Mist! Er hatte ihr nur die Bestätigung für das geliefert, was sie schon längst ahnte. Gekonnt hatte sie ihm die Würmer aus der Nase gezogen. Wenigstens ließ sie keine Schadenfreude erkennen. Resigniert hob er die Hände. Das Bier spritzte.

Mallory wandte sich ab. Sie hat gehört, was sie hören wollte, dachte Riker, hat sich von meinem Gequassel genommen, was sie gebrauchen kann, und den Rest kann ich mir sonstwohin stecken. Er stierte auf seine Flasche. Die wievielte war es eigentlich?

«Vielleicht überschätzt ihr Redwing», sagte sie.

«Bestimmt nicht. Sie ist ein Schmalspurtalent, da hast du schon recht, bei großen Sachen macht sie regelmäßig Murks, aber sie ist immerhin schlau genug, um vorstrafenmäßig eine weiße Weste zu behalten, und gefährlich genug, um dir was anzutun. Komm der Person bloß nicht zu nahe.»

«Also doch eine Anklage wegen Körperverletzung...»

Dabei hatte er sich so fest vorgenommen, nichts über Redwing rauszulassen!

«Bleib du dieser Redwing vom Leibe!»

«Ich weiß, daß ihr eine neue Adresse habt. Her damit.»

«Fällt mir überhaupt nicht ein.» Irgendwo war Schluß. Kathy hatte ihn in die Pfanne gehauen, hatte ihn nach allen Regeln der Kunst über den Tisch gezogen. Sie mußte nicht alles wissen. Wieviel Bier hatte er geschluckt? Und wann war ihm das mit der neuen Adresse rausgerutscht?

«Kannst du denn nie ordentlich zuhören, Kathy? Coffey deckt dich. Wenn du Mist baust, machst du ihn mit kaputt. Denk dran, was Markowitz passiert ist. Ohne Rückendekkung geht niemand zu ihr. Zwei Cops haben mich ihre Notizen über Redwing lesen lassen. In dem einen Fall wurde die Strafverfolgung eingestellt, weil der Mann, der sie angezeigt hatte, spurlos verschwunden war, ein anderer ist an einem Herzinfarkt gestorben. Weil er sich zu Tode erschreckt hat, sagt der Kollege.»

Sie sah mit unbewegtem Gesicht auf die Korkwand. Kathleen Mallory verstand sich sehr wohl aufs Zuhören, dachte Riker – und aufs Auslegen von Ködern. Redwings Adresse war sein letzter Trumpf. Markowitz' Tochter hatte das Zeug zu einer erstklassigen Polizistin.

«Ich wollte dir ja nur helfen, Riker. Wenn deine Leute in dem Kabuff in der Hudson Street auf sie warten, sehen sie ganz schön alt aus. Sie benutzt die Wohnung nur, weil das Haus einen unterirdischen Zugang zu einem anderen Haus in einer Nebenstraße hat und sie dadurch unsere Leute abschütteln kann.»

Er hob die Flasche ans Licht. Wenn er sie ans Ohr hielt wie eine Muschel, konnte er vielleicht Markowitz darin lachen hören…

Edith rumorte in der Küche herum. Sie machte einen kleinen Imbiß für Charles zurecht. Der war im Wohnzimmer stehengeblieben und drehte sich langsam um die eigene Achse. Irgend etwas hatte sich verändert, aber er hätte nicht sagen können, was. Je weiter er in der Erinnerung zurückging, desto öfter ließ ihn sein fotografisches Gedächtnis ım Stich. Seit seiner Kindheit hatte sich an diesen Räumen nichts geändert – bis auf die Adresse. Edith und Max hatten sich am Gramercy Square genau so eingerichtet wie in ihrem früheren Haus, hatten die gleichen Vorhänge angeschafft, die Wände mit den entsprechenden Paneelen und Tapeten versehen lassen. Als Neunjähriger hatte Charles ihnen mit Hilfe seines phänomenalen Erinnerungsvermögens bei Details der Einrichtung geholfen. Für ihn war es ein unterhaltsames Spiel gewesen in den langen Wochen, als seine Eltern zu einer wissenschaftlichen Tagung ans andere Ende der Welt geflogen waren. Er hatte nicht geruht, bis alle Möbelstücke, alle Nippesgegenstände, Fotos und Bilder an ihrem gewohnten Platz waren.

Zwischen jenem Besuch und dem nächsten lagen zehn Jahre. Eine Veränderung war dem Neunzehnjährigen sofort ins Auge gefallen: Statt des Porträts von Max hing ein schöner Jagddruck an der Wand. Ansonsten war alles unverändert. Dieselben Porzellanfiguren von Museumsrang, dieselben silbernen Schälchen und Aschenbecher, auf dem Kaminsims Fotos und Kerzen, auf den Tischen Spitzendeckchen, auf den Brokatpolstern Schonbezüge. Ein Telefonapparat von neunzehnhundertzehn. Ediths Computer, der einzige Vertreter des ausgehenden zwanzigsten Jahrhunderts, war in einen Hinterraum verbannt.

Er ging in das Zimmer, das die Bibliothek vom Gramercy Square in verkleinertem Maßstab war und das er seit seiner Kindheit nicht mehr betreten hatte. Bei seinen späteren Besuchen hatte Edith Tee und Sandwiches immer ins Wohnzimmer gebracht. Die Bibliothek war ihm von allen Räumen stets der liebste gewesen. In den Regalen standen eng gedrängt die Bücher über Zauberkunst, darunter auch viele wertvolle, bis zu zweihundert Jahre alte Sammlerstücke. Der Kamin mit dem reich verzierten Sims erinnerte ihn an die Gespenstergeschichten, die Max an kalten Abenden zu erzählen pflegte, während die am Feuer getoasteten Marshmallows klebrige Fäden zogen, Geschichten, die zum Gruseln und zum Lachen zugleich waren.

Nachdenklich musterte Charles den Kaminsims. Irgendwie deckte sich der Anblick nicht mit seinen Kindheitserinnerungen. Er nahm einen der drei kunstvoll verschnörkelten Silberrahmen in die Hand. Die hatte er als Kind hier bestimmt nicht gesehen. In dem Rahmen steckte der Nachruf auf Max aus einer Zeitung. Das kleine Schwarzweißfoto, das zu dem Artikel gehörte, war das einzige Bild von Max Candle in der ganzen Wohnung. Er sah noch einmal genauer hin. Nein, das war kein Nachruf, es war ein Bericht über die berühmte Hellseherin Edith Candle, die den Tod ihres Mannes vorausgesagt hatte.

Es mußte der Artikel sein, den auch Mallory gelesen hatte. Die Nachbarn der Candles berichteten darin von der Schrift an der Wand, die den Tod des Magiers vorausgesagt hatte. Auch in dem zweiten Rahmen war ein Zeitungsfoto: große, gequälte Augen im Gesicht eines noch nicht ganz Sechzehnjährigen. Dann der Bericht über einen Selbstmord, in dem immer wieder Ediths Name auftauchte. In dem dritten Rahmen steckte das Foto einer glückstrahlenden jungen Frau, die, wie der dazugehörige Artikel berichtete, am Vorabend ihrer Hochzeit eines gewaltsamen Todes gestorben war.

«Charles?»

Edith brachte ein Tablett mit Teekanne und Tassen, Sandwiches und Besteck.

Er nahm es ihr ab. «Wollen wir nicht gleich hier essen? Zum letztenmal war ich als kleiner Junge in diesem Zimmer. Hat Kathleen es gesehen?» Er setzte das Tablett auf dem achteckigen Tisch ab, um den schwere Klubsessel standen.

«Ja, wenn ich mich recht erinnere, habe ich sie durch die ganze Wohnung geführt.»

Sie wirkte zerstreut und fahrig, als sie den Tee einschenkte.

«Was drückt dich, Edith?»

«Es ist wegen Kathy. Ich mache mir Sorgen um das Kind.»

«Sie ist kein Kind mehr, sondern eine beängstigend tüchtige junge Frau.»

«Trotzdem... Ich glaube nicht, daß sie weiß, worauf sie sich einläßt. Ich spüre das Böse auf sie zukommen, Charles, ich spüre es in allen Fasern meines Seins.»

Er sah zu den Fotos auf dem Kaminsims hinüber. «Solche Vorahnungen hast du ja nicht zum erstenmal...»

«Nein, leider. Und keine der Katastrophen habe ich verhindern können. Vielleicht ist unser Schicksal wirklich vorherbestimmt und unabwendbar.»

Er stand auf und griff nach dem Foto des jungen Selbstmörders. «Wie bei ihm?»

Sie kniff die Augen hinter den dicken Brillengläsern zusammen. Als sie erkannt hatte, was er in der Hand hielt, wandte sie rasch den Blick ab, konzentrierte sich voll auf seine Tasse und erkundigte sich fürsorglich, ob er ein Stück Zucker wollte oder zwei. Erst dann sagte sie: «Der Fall liegt mir seit vielen Jahren auf der Seele. Eine ganz, ganz schlimme Geschichte. Damals waren Max und ich auf Tournee im Mittelwesten. Das waren noch Zeiten! Jeden Abend stand unser Zelt in einem anderen Ort, auf Wiesen oder unbebauten Grundstükken.»

Sie streckte die Hand aus, und Charles überließ ihr den Rahmen.

«Dieser Junge hat meine wahre Begabung an den Tag gebracht. Ich spürte ganz stark seine Nähe. Als ich die Binde von den Augen nahm, sah ich in seinen Augen den Tod. Er war ungepflegt, ließ den Kopf hängen, hatte sichtlich etwas zu verbergen. ‹Du mußt der Polizei sagen, was du gemacht hast›, sagte ich zu ihm. Am gleichen Abend wurde hinter der Bruchbude, in der er hauste, in einem flachen Grab ein schon länger vermißtes junges Mädchen gefunden. Später hat er sich dann in seiner Zelle erhängt.»

«Hat sich der Tod des Jungen für dich vorher irgendwie

angekündigt? Durch Zeichen an der Wand oder dergleichen?»

«Nein, das mit der Schrift an der Wand kam erst später. Viel später.»

«Was hat Martin an deiner Küchenwand gelesen, Edith?»

Sie mied seinen Blick, bewegte unruhig die arthritischen Hände und fixierte ein Spitzendeckchen. «Ich wollte nicht, daß er es sieht, du weißt ja, wie sensibel er ist. Als ich noch dabei war, die Schrift abzuwischen, kam er in die Küche. Ich hatte keine Schritte gehört.»

Wieviel Geduld es sie gekostet hatte, eine Beziehung zu Martin aufzubauen, konnte er nur ahnen.

«Und was stand an der Wand?»

«‹Blut an den Wänden und auf den Gängen, Ströme und Meere von Blut...›»

Der Verkäufer in dem Second-hand-Shop war allein im Laden. Seine Mitarbeiter hatten sich über die Mittagspause mal kurz abgesetzt, und er drückte beide Augen zu. Schade eigentlich, daß John und Peter nicht da waren. Wenn er es ihnen später erzählte, würden sie ihm kein Wort glauben. Er fand es ja selber unglaublich. Die junge Frau mit der Macke – eine typische Ladendiebin, hatte er gedacht – deponierte plötzlich eine Ladung Besteck in dem Karton für Küchengeräte. Mit dem leeren Handtuch ging sie rasch zur Tür. Dort aber drehte sie sich auf dem Absatz um, als sei ihr noch etwas eingefallen, und trat wieder an den Karton heran. Sie holte ein Messer heraus und rieb es mit dem Handtuch blank, holte sich das zweite, das dritte, dann setzte sie sich auf den Fußboden und kippte den Inhalt des Kartons auf den abgetretenen Teppichboden.

Eine ältere Frau mit eisengrauem Haar, Typ Hobby-Sozialarbeiterin, stellte sich neben die Kleine mit der Macke, die ein schmutziges, zerrissenes rotes Kleid anhatte, und sprach leise auf sie ein. Die aber starrte, taub und blind für ihre Umgebung, auf das Messer, das sie gerade in der Hand hielt, und putzte, was das Zeug hielt. Leise vor sich hinsummend fuhr sie mit dem Handtuch über die Messerklinge.

Die Eisengraue trat zu dem Verkäufer. Gemeinsam beobachteten sie die junge Frau. Sie putzte und putzte.

«Müßte man nicht irgendwo Bescheid sagen?» Augen und Stimme der älteren Frau schlugen Alarm.

«Wieso? Sie ist nicht gewalttätig.»

«Ja, aber... Finden Sie denn nicht verrückt, was sie macht?»

«Wir sind in New York, Lady. Wenn sie ein Bett in der Klapsmühle haben will, langt es nicht, verrückt zu sein, da muß sie schon einen um die Ecke bringen.»

Charles stellte das Bild auf den Kaminsims zurück. Bei den wenigen Schritten durch den kleinen Raum war ihm erschreckend klargeworden, was es mit den Fotos in den Silberrahmen auf sich hatte. Jetzt wandte er sich wieder seinem Hauptproblem zu.

Redwing verfügte, wie Edith meinte, über starke Kräfte und stellte dank ihrer Kenntnisse der Santeria, einer Mischung aus katholischen Riten und Voodoomagie, Zaubersprüchen und Tieropfern, eine nicht zu unterschätzende Gefahr dar.

«Was Martin gesehen hat, war die zweite Schrift an der Wand», sagte Edith gerade. «Herbert sah die erste. Die erste seit vielen Jahren. An den eigentlichen Vorgang des Schreibens kann ich mich nie erinnern. Der Satz, der plötzlich dastand und den Herbert gesehen hat, lautete: ‹Der Tod ist nah in Zeit und Raum.›»

«Wann hast du das letztemal mit Herbert gesprochen?»

«Das muß schon ein paar Tage her sein. Er machte sich große Sorgen um den armen Martin.»

«Um den armen Martin?»

«Martin ist ja leider ein bißchen gestört», sagte sie und tippte sich vielsagend an die Stirn. Es war keine Frage, sondern eine Feststellung. Charles sah sie ein wenig befremdet an, denn Martin war keineswegs verrückt. Henrietta, immerhin eine Ärztin für Psychiatrie, hatte dieses Wort nie benutzt. Sensibel hatte sie ihn genannt und labil – aber nicht geisteskrank.

Martin hatte sich ein Leben geschaffen, das seine Kunst ergänzte, ein Umfeld, das zugegebenermaßen ungewöhnlich war. Wie Henry Cathery hatte er sich für das kompromißlos Einfache entschieden, hatte jede laute Farbe aus seiner Umgebung verbannt, duldete, um besser zuhören zu können, nur das stille Weiß und reagierte deshalb sehr empfindlich auf jede andere Schattierung.

Charles hatte den Verdacht, daß Henrietta den Minimalkünstler nicht nur deshalb so fürsorglich im Auge behielt, weil sie fürchtete, er könne jeden Augenblick zusammenbrechen. War vielleicht Martin für sie so etwas wie der Kanarienvogel im Käfig, den die Bergleute früher tief unter der Erde in ihren Stollen hielten? So wie die Kumpel wußten, daß giftige Dämpfe drohten, wenn der sensible Vogel den Schnabel aufriß und mit den schwachen Flügeln an die Käfiggitter schlug, konnte Henrietta an Martins Verhalten ablesen, wann wieder mit Aktivitäten von Edith zu rechnen war.

Einem Intellekt zu folgen, dessen Denkvorgänge nur Sekundenbruchteile in Anspruch nahmen – soweit ging Ediths Befähigung nicht, und seine forschenden Fragen nach entscheidenden Einzelheiten hielt sie für höfliche Konversation. Charles Butler ließ sein Sandwich und seinen Tee unberührt. Er hatte es plötzlich sehr eilig.

Noch während der Wagen ausrollte, schaltete Mallory Motor und Scheinwerfer ab. «Hier haust Redwing diese Woche.» Sie beugte sich über Riker hinweg zum Beifahrerfenster. «Behalt den Fernseher im ersten Stock im Auge.»

Riker sah auf die erleuchtete Fensteröffnung und den ärmlichen Raum dahinter. Der abschließbare Fensterriegel wirkte wie Hohn. Zu holen war hier nichts. Auf einem wackligen Klapptisch stand ein alter Schwarzweißfernseher. Von der mit Rissen und Sprüngen durchzogenen Wand blätterte die Farbe. Vor dem Fernseher stand ein Sessel mit herausquellendem Innenleben, und über der Sessellehne ragte ein kahler Kopf mit ein paar schmutzigweißen Haarbüscheln hervor.

Mallory holte ihren Laptop heraus. «Sag mir Bescheid, wenn eine Bildstörung kommt.»

Riker entdeckte allerlei neues Spielzeug in Mallorys Wagen. Die Antenne am vorderen Kotflügel war keine gewöhnliche Radioantenne. Und der schwarze Telefonapparat, den sie in der linken Hand hielt, war ein Gerät, das normalerweise die Instandhaltungstrupps der Telefongesellschaften benutzten. «Du wirst doch nicht ohne richterliche Genehmigung ein Telefon anzapfen wollen?»

«Ich verspreche dir, daß wir keine Stimmen hören werden. Ich hole nur eine Handvoll elektronischer Signale aus der Luft und mache sie auf meinem Computer lesbar. Wo steht geschrieben, daß das verboten ist?»

Riker richtete den Blick wieder auf das erleuchtete Fenster. Er wollte gar nicht mehr als nötig mitbekommen. «Und was ist, wenn die Bildstörung kommt?»

«Dann steht der Alte auf und hämmert wie verrückt auf dem Kasten herum.»

Jetzt zuckten wirre Linien über den Schirm, und Riker stieß Mallory an. Der Alte kam mühsam aus seinem Sessel hoch und bearbeitete ohne Zorn, aber mit einem Gesicht, als könne er jeden Augenblick losheulen, den Apparat mit den Fäusten.

Auf dem Laptop-Bildschirm tat sich was.

«Wir sind drin. Die elektrischen Leitungen da drüben sind total im Eimer. Redwing weiß nicht, daß sie mit ihrem Computer den Empfang des Alten stört, und der Alte weiß nicht, was ein Computer ist. Wie sieht's jetzt aus?»

Riker blickte hin. Der Fernsehempfang war wieder normal, der Alte ging zu seinem Sessel zurück.

«So», sagte Mallory, «und jetzt kannst du mich meinetwegen drankriegen, weil ich Fernseher repariere, ohne einen Gewerbeschein zu haben.»

Wie oft hatte sie schon mit diesem Trick gearbeitet?

«Versprich mir, daß du nicht wieder herkommst, Kathy. Ob du's glaubst oder nicht – Observieren will gelernt sein.» Wie sollte er Mallory klarmachen, daß sie selbst nach gründlichem Schliff für Observierungsaufgaben gänzlich ungeeignet war, weil sie strahlend blondes Haar und ein Gesicht hatte, das sich in der Erinnerung festsetzte – jahrelang oder für ein ganzes Leben. «Du hast dich nie mit Zuträgern abgegeben, mit Luden und Junkies, Dieben und Dealern und Nutten, mit all den Augen und Ohren, die man braucht, um in diesem Job auch nur einen Tag zu überleben. Jeder Streifenpolizist hat mehr Rückhalt als du.»

«Und von wem hat Markowitz die Unterlagen der Börsenaufsicht? Die vielen Hintergrundinformationen? Von mir und nicht von deinen miesen kleinen V-Leuten. Wer hat euch auf die Séancen hingewiesen? Keinen einzigen Zuhälter oder Junkie hab ich dafür zu bemühen brauchen.»

Kein Zweifel – Mallory war immer Markowitz' beste Quelle gewesen.

«Mit dieser Wertpapiergeschichte kann Coffey nichts anfangen», sagte Riker. «Wenn er zu früh bei der Börsenkommission Alarm schlägt, nimmt uns das FBI den Fall ab. Und gerade den Mord an Louis möchte er ihnen natürlich nicht überlassen, der soll sozusagen in der Familie bleiben ...»

«Verstehe.»

«Aber wir müssen uns wegen Redwing einigen, Kathy. Du kannst draufgehen bei so einer Nummer.»

«Ich bin keine Anfängerin.»

«In der praktischen Arbeit schon. Markowitz hat einen Fehler gemacht, daran führt kein Weg vorbei. Und du läufst in dieselbe Falle, wenn du Redwing observierst, ohne Rückendeckung zu haben.»

Er predigte tauben Ohren. Mallory sah auf ihren Bildschirm und verzog keine Miene.

«Was ist das überhaupt für eine Masche, an der Redwing da strickt?» fuhr Riker fort. «Elektronischer Kontenklau oder was?»

«Damit wäre sie entschieden überfordert. Mit ihren Computerprogrammen kommt Redwing mehr schlecht als recht zu Rande, aber selber ein Programm schreiben könnte sie nie. Ich beobachte sie schon seit ein paar Tagen dabei, wie sie Mailboxen abfragt. Sie wartet auf etwas. Wahrscheinlich auf einen Kontakt mit dem Kopf des Unternehmens. Ich vermute, daß sie nach jeder Kontaktaufnahme die Mailbox wechseln. Demnach haben sie zumindest einen Klassespieler im Team.»

Riker sah auf ihren Bildschirm. «Okay, und was tut sich hier?»

«Redwing hat sich in ein elektronisches Schwarzes Brett eingeklinkt. Jeder Telefonteilnehmer kann dort eine Nachricht hinterlassen. Redwing ruft gerade eine ab. Sie ist kodiert, aber kinderleicht zu knacken.»

Riker sah erneut in das Zimmer des Alten hinüber. Wenn Redwing auch so wohnte, konnte bei ihrer Tätigkeit nicht viel herausspringen. Nun war zwar die Einrichtung einer einzigen Wohnung ebensowenig ein sicheres Zeichen für eine schlechte Gegend wie die Ratten, die um die Mülltonnen herumtanzten – die gab es überall in New York –, aber die Kondome, die auf dem Gehsteig herumlagen, verrieten den Straßenstrich. Schon im nächsten Block konnten Yuppies in feinem Tuch wohnen. So war diese Stadt – an jeder Ecke anders. Eine Querstraße weiter war Spielzeug in den Schaufenstern ausgestellt, hier lockten Pornoläden und Peepshows.

«Sehr schön», sagte Mallory zufrieden. «Redwing ruft keine Hintergrundinformationen über Klienten ab. Sie sammelt Angaben über Fusionen und Übernahmen. Wenn die nicht öffentlich sind, wenn die Börsenaufsicht sie nicht in den Akten hat, handelt es sich eindeutig um Insidergeschäfte.»

«Ich glaube, damit komme ich ohne Übersetzung nicht klar. Die Börse ist irgendwie nicht mein Ding.»

«Deine Nichte arbeitet doch in einer Kanzlei, nicht?»

«Gloria? Ja, als Anwaltsgehilfin.»

«Nehmen wir mal an, Gloria wird von ihrem Chef angewiesen, einen Fusionsvertrag aufzusetzen. Noch ist der Vorgang bei der Börsenaufsicht nicht eingereicht. Weil sie weiß, daß die Aktien steigen, sobald die Öffentlichkeit von der Fusion erfährt, gibt Gloria ihrer besten Freundin einen diskreten Tip, die Freundin verdient sich mit der Spekulation eine goldene Nase und zahlt Gloria ein Erfolgshonorar, und die Aktionäre sehen ganz schön alt aus, weil sie Glorias Freundin ihre Anteile für ein Butterbrot überlassen haben. Das FBI hat so was gar nicht gern.»

«So ähnlich wie Betrug beim Pferderennen, ja?»

«Genau. Diese Zahlen und Buchstaben hier ...», sie deutete auf die erste Spalte des Bildschirmtextes, « ... sind die aktuellen Börsennotierungen bestimmter Aktien. Die Zahlen dahinter sind Kauforders. Hier geht's nicht um eine primitive spiritistische Betrugsnummer. Für eine Person ist die Sache viel zu groß. Mit diesen Transaktionen kann man eine ganze Bank in Schwung halten.»

«Und wenn wir ihren Computer beschlagnahmen lassen?»

«Das nützt uns gar nichts, solange wir nicht wissen, woher sie ihre Weisungen bekommt. Rechtlich kann ihr keiner was anhaben. Bulletin Boards, die elektronischen Schwarzen Bretter, sind für jeden da – genau wie Zeitungen. Ein schlauer Dreh, den sich bestimmt nicht Redwing hat einfallen lassen. Wir suchen nach einer Person mit Köpfchen, Riker, die was vom Börsengeschäft versteht und Organisationstalent hat.»

«Coffey wird sich freuen.»

«Sag ihm, es ist ein Geschenk von seiner Anfängerin. Und was hast du für mich?»

«Ich hab alles ausgepackt, was ich weiß», versicherte Riker wahrheitsgemäß. Mallory wandte sich enttäuscht ab.

Margot hielt das Springmesser in der Hand, während sie das Telefon läuten ließ. Zwanzigmal, dreißigmal. Irgendwann würde er sich schon melden. Sie hatte das Messer sorgfältig und immer wieder saubergemacht, und die Klinge warf funkelnde Lichtreflexe an die Wände. Sie wartete weiter. Das konnte sie gut. Jahrelang hatte sie auf den Mann mit dem tanzenden Messer gewartet.

Das Springmesser würde sie behalten. Sie hatte es auf dem Herd ausgekocht, die Blutspuren waren weg, da konnte nichts passieren. Vielleicht brachte es ihr ja noch Glück. Daß sie es in der Bank verloren hatte, war zwar eher Pech gewesen, aber zu der Zeit hatte sie ja auch den Mann aus ihrem Alptraum noch nicht zur Strecke gebracht. Beim nächstenmal lief es vielleicht anders. Was sollte sie wegen der Bank unternehmen? Henry wußte all so was, aber noch immer hob am anderen Ende der Leitung niemand ab.

Vielleicht konnte sein Rechtsanwalt irgendwie erreichen, daß sie ihren Vorschuß bekam. Vielleicht ging sie aber auch mit dem Messer in der Tasche selber noch mal hin. Der Tag hatte sich bisher günstig angelassen, ein Tourist hatte ihr einen Dollarschein in den Becher gesteckt, jetzt reichte es für ein Stück Pizza und eine U-Bahn-Münze. Erstaunlich, wie schnell man zu Geld kommt, wenn man so aussieht und so riecht wie ich, dachte sie.

Eine halbe Stunde später bog sie in die Avenue C ein, in jenen Teil des East Village, der Alphabet City oder auch Kriegszone heißt und in der Recht und Ordnung unbekannte Größen sind. Und deshalb fuhr sie erschrocken zusammen, als sie auf dem Gehsteig vor ihrem Haus einen Cop stehen sah, der sich mit einem zweiten Cop in einem Auto unterhielt.

Er hatte sie also verpfiffen, dieser miese kleine Bankertyp. Das würde sie ihm heimzahlen, dem Arschloch.

Sie drehte sich um, angelte einen Becher aus einem Papierkorb und ging zurück in Richtung U-Bahn. Nicht rennen, befahl sie sich, damit verrätst du dich nur.

Mit dem Bettelbecher in der Hand wußte sie sich in Sicherheit. Kein Cop und kein Passant sieht der Armut ins Gesicht, wenn er es vermeiden kann.

Das Videoband war auf Endlosbetrieb geschaltet. Markowitz durchtanzte die Nacht. Mallory ließ sich von der Popmusik der fünfziger Jahre in den Schlaf singen, und er tanzte im Traum mit ihr Rock 'n' Roll. Der tanzende Detektiv hielt Mallory in den Armen. Sie war bewußtlos, und er versuchte verzweifelt, sie ins Leben zurückzuholen. Der Traum endete mit einem gekonnten Lassowurf. Sie landete am Boden unter der Korkwand. Er sagte etwas zu ihr, laut und drängend, aber sie verstand ihn nicht.

Mallory wachte auf, hob den Kopf von der Schreibtischplatte, und die Videobilder drangen wieder in ihr Bewußtsein. Markowitz tanzte mit der jungen Helen davon und ließ Mallory im Dunkeln sitzen. Langsam reckte sie die Hände über den Kopf, ballte sie zu Fäusten und ließ sie schwer auf den Schreibtisch fallen.

Warum laßt ihr mich so allein?

9

War es Nacht? War es Tag? Auch nach einem Blick auf die Uhr ihres Nebenmannes wußte Margot noch nicht, ob es elf Uhr morgens oder elf Uhr abends war. Wie lange war sie schlafend in der U-Bahn durch die Stadt gerollt? Die Wagentür öffnete sich, ein weiterer Fahrgast stieg ein und setzte sich ihr gegenüber.

Sie starrte auf seinen Mund. Es war ein grausamer Mund, eine grimmig-gerade Linie, die sich rechts und links bösartig nach unten senkte. Nie würde sie diesen Mund vergessen. Niemals. Wie oft hatte sie von diesem grausam verzogenen Mund und von dem tanzenden Messer geträumt. Der Zug hielt. Der Mann stieg aus, sie hielt sich dicht hinter ihm. Er war es, bestimmt. Sie folgte ihm durch den Tunnel zur nächsten Ebene. Das Messer tanzte aus ihrer Tasche. Mit einem Klick sprang die Klinge hoch.

Kein Zweifel, er war es.

Charles war in der Handbücherei gut bekannt. John, der Bibliothekar aus der Zeitschriftenabteilung, grüßte ihn im Vorübergehen. Die Stammgäste – vom Penner bis zum Akademiker – erkannten schon von weitem die Nase und freuten sich auf das unfreiwillig komische Lächeln ihres Besitzers. Diesmal aber war er nicht auf der Suche nach Material, sondern nach Fanny Evenroe. Er hätte auch im *Who's Who* nachschlagen können, aber Fanny kannte den Mann, um den es ihm ging, persönlich.

Sie hatte sich in einen dicken Wälzer vertieft. Er ging

langsam auf sie zu, damit sie in Ruhe ihre Lektüre beenden und er sich vorstellen konnte, wie die über Siebzigjährige mit dem fein geschnittenen Gesicht und der kerzengeraden Haltung früher ausgesehen hatte.

Wenn er an sie dachte, hatte er immer das Bild vor Augen, das sie bei ihrer ersten Begegnung für ihn aus der Erinnerung geholt hatte: wie sie als Siebzehnjährige auf dem Debütantinnenball in Washington in langen weißen Handschuhen und weißem Kleid im warmen Gaslicht des großen Saals Walzer getanzt hatte. Charles Butler war Romantiker und wie alle Romantiker seiner Generation zu spät zur Welt gekommen. Die Zeit der Ritterlichkeit, die Zeit der Walzer war vorbei.

Fanny stellte das Buch ins Regal zurück und begrüßte ihn mit einem Lächeln, so daß er – wie jeder, der mit ihr sprach – sofort das Gefühl hatte, im Mittelpunkt ihrer Welt zu stehen. Als sie Charles die Hände hinhielt und ihn auf beide Wangen küßte, brauchte sie sich nur ganz wenig zu recken. Sie war über einsachtzig, ließ sich aber über ihre Größe – wie auch über ihr Alter – keine genauen Angaben entlocken.

«Wir haben uns ewig nicht mehr gesehen, Charles. Wer ist sie?»

«Wie?»

«In deinem Leben ist etwas Neues, man sieht es dir an.»

«Ein neues Problem vielleicht...»

«Und wie nennst du dieses Problem?»

«Früher nannte ich es Kathleen. Neuerdings muß ich Mallory sagen.»

Während sie sich um Kaffee und Croissants anstellten, erzählte er ihr von seiner neuen Teilhaberin, und als sie sich einen Platz unter einem Sonnenschirm mit Blick auf die steinernen Löwen der New Yorker Bibliothek und den brausenden Verkehr der Fifth Avenue gesucht hatten, war er in seinem Bericht gerade bei dem Gegenstand seiner derzeitigen Ermittlung angekommen.

«Ja, das ist er», bestätigte sie. «Als ich ihn kennenlernte, war er persönlicher Referent eines Senators und ein unheimlich gutaussehender Bursche. Wir haben oft zusammen getanzt. Er war einer der wenigen Tanzpartner, die größer waren als ich. Später hat er sich zu meinem Kummer in seinem Heimatstaat als Anwalt niedergelassen.»

«Hast du ihn noch mal wiedergesehen?»

«Ja, viele Jahre danach. Wir waren beide unverheiratet geblieben. Wir tanzten wieder zusammen. Diesmal war er als Kongreßabgeordneter nach Washington gekommen, und nach zwei Amtsperioden im Repräsentantenhaus kandidierte er für den Senat.»

«Mit Erfolg?»

«Nicht beim ersten- und auch nicht beim zweitenmal, aber dann klappte es doch noch. Danach hatte er wieder eine private Anwaltspraxis und kam dann an den Bundesgerichtshof. Eine sehr ehrenvolle Berufung. Er ist ein außergewöhnlicher Mensch, ich verfolge seine Karriere mit großem Interesse.»

«Hat er mal über den Jungen mit dir gesprochen?»

«Ja. Der Fall ließ ihn nicht los.»

«In seinen Vorträgen und Artikeln ist nie davon die Rede. So, als ob er ihn einfach verdrängt hat.»

«Möchtest du mit ihm sprechen?»

«Wäre das möglich?»

«Glaubst du etwa, er hätte mich vergessen?»

«Aber nein ...» Eine Frau wie sie vergaß man nicht. Wenn eine Mitarbeiterin heute nachmittag dem Richter ihren Namen nannte, würde er nicht erst mühsam im Gedächtnis kramen müssen, um sich ihr Gesicht in Erinnerung zu rufen.

Sie verabschiedeten sich, er half ihr in ein Taxi und ging dann noch einmal zurück in die Bibliothek, um nach dem dritten Foto in Edith Candles Silberrahmensammlung zu fahnden.

Er versuchte das Datum einzukreisen und drehte in schwindelerregendem Tempo an den Knöpfen des Lesegeräts, ohne daß ihm ein Wort entging. Es mußte während seines Sabbatjahres in Europa passiert sein.

Ja, da war sie, die strahlende Braut, die noch nicht ahnte, daß der Verlobte sie am Vorabend der Hochzeit erschießen würde. Wie kam er jetzt an die Einzelheiten heran? Dumme Frage! Es gab nichts, was Mallory ihm nicht beschaffen konnte. Trotzdem ... in diesem Fall war es wohl besser, auf ihre Hilfe zu verzichten.

Sergeant Riker war ein anständiger Kerl, er würde ihm helfen und ihn nicht bei Mallory verpetzen.

Als Henry Cathery unten auf der Straße Redwing sah, kam plötzlich eine große Klarheit über ihn. War es nicht noch zu früh für die nächste Séance? Seine Zerstreutheit, die sich sonst nur beim Schachspielen verlor, war mit einem Schlag verschwunden.

Hinter ihm läutete das Telefon. Es läutete schon den ganzen Tag. So hartnäckig war kein normaler Mensch, nicht mal ein Polizist oder Vertreter. Es mußte Margot sein, die wieder mal Geld wollte. Wenn er nicht aufpaßte, knöpfte sie ihm noch seinen letzten Dollar ab.

Er betrachtete die Frau dort unten auf dem Gehsteig, eine Randfigur auf dem großen Schachbrett Gramercy Square. Sekundenlang sah er alles glasklar vor sich – Vergangenheit, Gegenwart und Zukunft. Dann war es vorbei, und ihm blieb nur noch die Überlegung, ob er dem Lärmen des Telefons ein Ende machen sollte oder nicht. Entschlossen stellte er den Rufton ab, dann ging er langsam in die Küche. Er wollte etwas essen, hatte aber keine Ahnung, wie er das Zeugs aus den Dosen herauskriegen sollte. Henry Cathery hatte einen IQ von einhundertfünfundachtzig!

«Sehr freundlich, daß Sie zurückrufen, Sir», sagte Charles. Angesichts der guten Beziehungen, die hier im Spiel waren, hatte er es allerdings nicht anders erwartet.

«Ihre Nachricht hat mich verständlicherweise neugierig gemacht. Daß sich noch mal jemand für den Jungen interessieren würde, hätte ich nie gedacht. Harte Sache, einen Klienten auf diese Art zu verlieren. Ob durch einen staatlich verordneten Strick oder durch Selbstmord, bleibt sich da letztlich gleich.»

In seiner Stimme schwang der Tonfall des Mittelwestens. Und einiges an Emotionen. Hier war nicht von fernen Erinnerungen die Rede, sondern von Dingen, die bis heute sehr lebendig geblieben waren.

«Aber der Junge war doch schuldig, oder?»

«Seine Schuld bestand darin, daß er sich Tammy Sue Pertwee gegenüber wie ein Ehrenmann benommen hatte. Dieser Fünfzehnjährige ist mit ihr über die Staatsgrenze gegangen, um sie heiraten zu können, und hat dann ein halbes Jahr in schlecht bezahlten Jobs geschuftet, um sie und das Kind durchzubringen, das sie erwartete.»

«Ein Kind?»

«Tammy Sue ist bei der Geburt gestorben. Niemand hätte sie retten können. Aber das kam erst viel später heraus, als der Junge schon tot war. Der Ermittlungsrichter hat sich verdammt viel Zeit damit gelassen. Sie fanden das Kind bei der Mutter in einem primitiv zusammengezimmerten Sarg. Ich habe die Fotos gesehen, ehe sie vernichtet wurden. Es war herzzerreißend: Ein totes Kind mit seinem toten Kind im Arm.»

«In der Presse war nie von einem Kind die Rede.»

«Die Familie hat es vertuscht. Die Fotos seien abhanden gekommen, hieß es. Sie hätten mit dem Heimkommen warten wollen, bis das Kind ein bißchen größer war – damit es nicht so auffällt, hat mir der Junge gesagt. Tammy Sues Vater hatte sie ein paarmal verprügelt, das wollte er ihr nicht mehr zumuten. Seine Familie hatte ihn völlig abgeschrieben, nicht mal die Leiche haben sie abgeholt. In der Stadt gab es einen Riesenrummel, mitternächtliche Fackelzüge und Transparente mit Slogans wie ‹Tod dem Monster!› und ‹Gerechtigkeit für Tammy Sue!› Vor dem Gefängnis verkauften fliegende Händler Bier und heiße Würstchen. Der Junge hat das alles durchs Zellenfenster mitgekriegt.

Abends weinte er sich in den Schlaf, er war schließlich noch ein Kind. Zwölf Nächte ging das so, und als an einem schönen Sommermorgen der Sheriff hereinkam, baumelte er an der Lampe. Er hatte sich mit seinem Bettzeug erhängt. Nun waren es drei tote Kinder.»

«Kannte Edith Candle die Einzelheiten?»

«Ich hatte ihren Mann Max, den Magier, informiert, weiß allerdings nicht, ob er seiner Frau alles erzählt hat. Ich hatte ihn darum gebeten, weil ich dachte, eine Presseerklärung von ihr könnte dem Jungen helfen. Aber die wäre ohnehin zu spät gekommen, am nächsten Tag hat er sich dann umgebracht. Max Candle hat mir Geld für die Beerdigung geschickt. Ich habe dem armen Jungen den größten Grabstein in ganz Claire County gekauft und ihn oben am Hang beisetzen lassen, da hatte die Stadt mal wieder was zu reden.»

Ehe Mallory aus dem Haus ging, steckte sie, wie seit fünfzehn Jahren schon fast automatisch, einen Quarter in die Uhrtasche ihrer Jeans. Der Unterschied zu früher war nur, daß der Vierteldollar nicht mehr von Helen kam. «Damit du zu Hause Bescheid sagen kannst, wenn was ist», hatte Helen morgens immer gesagt, wenn sie die kleine Kathy in die Schule und später die große Kathy ins College und in die Polizeiakademie verabschiedete, und ihr Frühstücksbox und Telefongeld in die Hand gedrückt. «Dann kommen wir und holen dich ab. Anruf genügt.»

Mallory hatte es nie gestört, daß sie als einzige unter den weltgewandten jungen Frauen in Barnard eine Frühstücksbox mit Mickeymausbild hatte. Sie hatte in diesem Kreis keine Freundschaften geschlossen und sich auch nicht darum bemüht.

Seit ihrem zwölften Lebensjahr waren ihre Freunde und Spielgefährten die Polizeicomputer, vor denen sie dreimal in der Woche, wenn Helen Ausschußsitzungen und Ehrenämter wahrnahm und sie nicht von der Schule abholen konnte, ihre Nachmittage verbrachte. Auch noch in den Collegejahren hatte sie ihre freie Zeit fast nur mit Computern verbracht und war Markowitz immer nützlicher geworden. An dem denkwürdigen Tag, als sie mit ihren Hackertricks die Bestellabteilung geknackt hatte, war sie noch ein Kind gewesen, und wenig später wurden die Rechner bei der New Yorker Polizei modernisiert. Danach kamen immer wieder Päckchen und Pakete mit Computerzubehör ins Haus, aus denen sich die kleine und später die große Kathy hochmoderne Systeme zusammenbaute, und Markowitz sah nun vorsichtshalber meist weg, wenn er an ihrem Monitor vorbeikam.

Mallory tastete nach dem Quarter in der Jeanstasche. Sie war ein umsorgtes, behütetes Kind gewesen und hatte ihn nie gebraucht. Jetzt gab es niemanden mehr, den sie hätte anrufen können. So weit reichten Telefonverbindungen noch nicht. Trotzdem hatte sie den Vierteldollar immer in der Tasche, wenn auch mehr aus Anhänglichkeit.

Als sie zur Tür ging, sah sie das Lämpchen des Anrufbeantworters blinken. Eine Nachricht von Riker: Redwing war in der vergangenen Nacht erneut umgezogen. Die neue Adresse aber hatte er Mallory nicht genannt.

10

Edith Candles blaue Augen hinter den dicken Brillengläsern hatten einen großen, erstaunten Kinderblick. «Sie halten sich am besten da raus, Kathy.»

«Woher haben Sie Redwings Adresse?»

Edith nahm die Brille ab und griff, um Zeit zu gewinnen, zu dem beliebten Mittel des Brillenputzens. Ohne die Gläser sahen die Augen wieder normal groß und ziemlich unbeachtlich aus.

Illusion ist alles, dachte Mallory.

«Von ihr selbst.» Edith setzte sich die Brille mit dem erstaunlichen Vergrößerungseffekt wieder auf die Nase. «Sie hat heute vormittag angerufen, und wir haben ziemlich lange miteinander gesprochen.»

«Hat sie ausdrücklich um Ihren Besuch gebeten?»

«Ja.»

«Hat sie gesagt, Sie sollten mit niemandem darüber sprechen?»

«Sie hat mich gebeten, das Gespräch vertraulich zu behandeln. An die genaue Formulierung erinnere ich mich nicht.»

«Geben Sie mir die Adresse.»

«Wollen Sie mitkommen? Ich glaube nicht, daß ihr das recht wäre, Kind. Sie wollte mich allein sprechen.»

«Sie gehen auf gar keinen Fall aus dem Haus. Geben Sie mir die Adresse.»

«Nein, liebes Kind, das möchte ich nicht.»

Mallory lehnte sich zurück, fixierte einen Punkt hinter Ediths Schlohkopf und überlegte, ob sie es wohl riskieren konnte, der alten Dame ein bißchen einzuheizen. Ganz vorsichtig natürlich... Edith war viel schmächtiger als sie und würde vermutlich schnell klein beigeben. Und was würde sie von Charles zu hören bekommen, wenn sie mit solchen Methoden arbeitete?

Eins zu null für Charles. Ausnahmsweise.

«Was wissen Sie über Redwing, Edith?»

«Ich kenne ihre gewalttätige Seite. Es ist zu riskant, Kathy.»

Die Rollodexkartei mit dem griffbereiten Kugelschreiber daneben war in diesem Raum voller Spitzendeckchen und alter Bilder ein Fremdkörper und deshalb unübersehbar.

«Vielleicht haben Sie dann wenigstens einen Kaffee für mich, Edith?»

«Aber natürlich, Kind.»

Edith war kaum in der Küche, als Mallory die neue Karteikarte unter R schon gefunden und an sich genommen hatte.

Als die Tassen leer waren, griff Mallory nach ihren Schlüsseln. «Versprechen Sie mir, daß Sie nicht hingehen?»

«Ja, gewiß, wenn Ihnen so viel daran liegt. Aber eins muß ich Ihnen noch zeigen.» Sie führte Mallory in die große Küche und deutete auf die nur noch schwach erkennbare Schrift an der Wand.

«Genau wie bei Max», erklärte sie und drehte sich um. Doch ihre Gabe befähigte sie offenbar nicht dazu, Mallorys Gesichtsausdruck zu deuten.

«Soso», sagte Kathleen Mallory nur. Kein Wort weiter.

Redwing verdrehte die Augen, als der Dobermannwelpe in die Küche geschlichen kam. Er hatte noch nicht viel Erfahrung mit diesem Spiel, aber Schmerz ist ein guter Lehrmeister. Außerdem war er halb von Sinnen vor Hunger und Durst.

Ein Teller mit rohem Fleisch stand auf dem Boden zwischen ihren Füßen. Vorsichtig schob er sich näher heran, immer die Frau im Blick, die ihm Strafe und Beglückung zumaß, die abwechselnd Zigaretten auf seinem Fell ausdrückte und ihn sinnlich gurrend streichelte und liebkoste. Er schnupperte an dem roten Fleisch, das den inzwischen vertrauten eigenartigen Geruch verströmte. Der Hunger siegte über den Instinkt, es nicht anzurühren. Er kostete ein Stück, dann fing er an zu schlingen. Und dann kam der Durst, das Zimmer begann sich zu drehen, nein, er war es, der sich mit hängender Zunge langsam im Kreis drehte. Durst, rasender Durst. Der dunkle Kopf senkte sich, die Zunge fuhr über die schmutzigen Fliesen, die Augen schlossen sich halb, bis nur noch das Weiße zu sehen war. Das leise Knurren steigerte sich zu durchdringendem Geheul.

Es war ein heller, klarer Tag und in der Sonne noch angenehm warm. Die Hunde des West Village hatten sich in der eingezäunten Ecke des Washington Square, in der sie ohne Leine laufen durften, zum täglichen Treff versammelt, rannten Frisbeescheiben hinterher und wälzten sich glücklich sabbernd im Schmutz.

Von einer Sekunde zur anderen aber war es aus mit der Glückseligkeit. Witternd hoben sie die Schnauzen, um auszumachen, woher die Gefahr kam. Erst nach ihnen merkten die Menschen, daß die Stimmung umgeschlagen war. Wie auf Kommando drängten sich die Hunde in einer Ecke zusammen und rückten von dem Labrador ab, der unter halb geschlossenen Lidern die Augen verdreht hatte. Der dunkle Kopf war gesenkt, die Zunge hing heraus. Ein leises, anhaltendes Knurren kam aus seiner Kehle.

Jetzt hatte er die blonde Frau gesichtet, die mit langen Schritten durch den kleinen Park im West Village in Richtung East Side ging. Das goldene Haar sprühte Funken im Sonnenlicht. Der Hund sah ihr mit seinen irren Augen nach und fletschte drohend die Zähne. Taumelnd näherte er sich der Grenze des eingezäunten Geländes. Seine Besitzerin, eine schlanke junge Frau, kam mit Halsband und Leine langsam und vorsichtig auf ihn zu und rief ihn. Er legte den Kopf über den niedrigen Zaun, reagierte aber nicht. Als die Frau, die er lieb gehabt hatte wie sie ihn, nah genug war, hob er den Kopf und schnappte zu. Zum ersten und einzigen Mal in sieben Jahren. In stummer Bestürzung sah sie auf die Bißspuren hinunter, aus denen das Blut quoll.

Der Labrador trat ein paar Schritte zurück, nahm Anlauf, setzte über den Zaun und lief der Frau mit dem funkensprühenden Haar hinterher. Jetzt hatte seine Besitzerin die Stimme wiedergefunden, sie schrie, und die Frau mit der goldenen Mähne drehte sich um und sah den knurrenden, hechelnden Hund auf sich zukommen. In diesem Moment lief ein kleiner Junge quer über den Weg, dessen rotes T-Shirt ihn ablenkte. Er stürzte sich auf das Kind und verbiß sich in dem sommersprossigen Ärmchen. Der kleine Zweibeiner schrie und heulte mit angstvoll geweiteten Augen. Der Hund biß zu, bis er den Knochen brechen hörte, und schüttelte das Kind wie einen Hasen.

Jetzt kam die Frau mit dem Goldhaar rufend und schrill pfeifend auf ihn zu, aber er war noch mit dem Fleisch beschäftigt, das er zwischen den Zähnen hatte. Erst als die Frau mit dem Goldhaar zutrat, seinen Kopf und seine Rippen traf, ließ er den Kinderarm los und zeigte ihr die Zähne. Sie wich zurück, und er setzte zum Sprung an. Es war der Sprung seines Lebens. Rasch und kraftvoll, den Blick auf ihren weißen Hals gerichtet, schnellte er auf sie zu. Und dann zerbarst die Welt in einer gewaltigen Explosion.

Das metallene Ding in ihrer Hand rauchte, und sein Herz brach. Sie beugte sich über ihn und stieß mit dem Revolverlauf gegen seinen Körper, und das letzte, was er im Leben sah, war ihr Gesicht, das unbewegt war und ohne Mordleidenschaft. Ein Wesen wie die Goldhaarige war ihm noch nie begegnet. Dann ging sie weiter, und der Hund blickte zur Sonne hoch, bis sie sich verdunkelte.

Eine Frau hatte den übel zugerichteten Vierjährigen in die Arme genommen. Mallory legte ihn ins Gras, hob den blutenden, zerbissenen Arm und hielt die Finger auf die sprudelnde Schlagader. Ihr Blick suchte in der Menge nach einem bekannten Gesicht. Riker drängte sich durch und kniete sich neben Mallory. Sie hatte es gewußt. Weit konnte er nicht sein.

«Gib mir deinen Gürtel», verlangte sie.

Gehorsam nahm er ihn ab. «Rufen Sie einen Krankenwagen», sagte sie zu einem der Umstehenden. «Sie können drüben in der Uni telefonieren.» Dann wandte sie sich an eine Frau, die neben ihr stand. «In dem Backsteinhaus gegenüber wohnt ein Arzt. Sagen Sie ihm, daß die Polizei Sie schickt, wenn er nicht gleich mitkommen will. Halt die Hand auf die Schlagader, Riker. Fest zudrücken, bis der Krankenwagen da ist.»

Sie schiente den gebrochenen Arm mit dem Gürtel und einem Skateboard und ließ sich die Jacken von Riker und zwei Passanten geben, um den Jungen zuzudecken. Er war im Schock, man sah es an den geweiteten Augen. Noch hatte er keine Schmerzen, sondern rief nur schluchzend nach seiner Mutter.

Mallory stand auf, winkte Riker noch einmal zu und ging schnell durch den Park davon, während Riker notgedrungen dableiben mußte, um Erste Hilfe zu leisten und später das Schriftliche zu erledigen. Sie lächelte leicht. Rikers Hartnäkkigkeit war unter den Kollegen legendär. Noch nie war es einem Verdächtigen gelungen, ihn abzuschütteln. Er würde sich schwer damit tun, diese Schmach zu verkraften.

«Hallo, Charles. Hier Riker. Ist Mallory da?... Haben Sie eine Ahnung, wo sie sein könnte?... Woher wissen Sie... Ja, ich war den ganzen Tag dicht an ihr dran, aber dann ist sie mir doch durch die Lappen gegangen, diese Rotzgöre, und ich muß sie so schnell wie möglich wiederfinden. Wenn sie mich absichtlich abgehängt hat, und es sieht ganz danach aus, ist sie hinter einer bestimmten Sache her... Ja, ich mach mir auch Sorgen.»

Riker hatte einen Münzapparat vor dem Supermarkt benutzt. Jetzt legte er den Hörer auf und wandte sich auf der Bleecker Street nach Osten. Es war noch nicht ganz dunkel, aber auf den Straßen wimmelte es von kostümierten Gestalten mit lila Glitzerhaar und Monstermasken. Es war der Halloween-Abend. Eine Riesenzahnpastatube stolzierte an ihm vorbei, gefolgt von einer Grünpflanze auf zwei Beinen. Dann kam, in Begleitung von zwei wachsamen Müttern, eine Gruppe von Werwölfen und Unholden, die ihm nicht mal bis zur Gürtelschnalle reichten. Kinder ohne Leibwache sah man heutzutage kaum mehr auf New Yorks Straßen. Das kleinste Monster trug eine Gruselmaske aus dem neuesten Science-fiction-Streifen und machte «Buh!» Riker hob in gespieltem Erschrecken die Hände. «Bitte tu mir nichts!» Die Kinder lachten, und die Mütter drängten zur Eile. Junge, Junge, dich hat wohl noch keiner das Fürchten gelehrt, dachte Riker, während er in Richtung Polizeirevier weiterging.

«‹Der Paladin wird sterben!› Das geht auf Mallory, nicht?»

Die Schrift war unter dem Schleier von Scheuerpulver nur noch schemenhaft zu erkennen. Charles, dem beim Lesen buchstäblich die Luft weggeblieben war, hatte auch jetzt noch Mühe mit dem Atemholen. Edith verließ, ein Papiertaschentuch zwischen den Fingern zerbröselnd, rasch die Küche.

Er ging ihr nach. An der Tür zur Bibliothek blieb er stehen und bemerkte sofort das Durcheinander auf dem achteckigen Tisch. Unter einer Zeitung sah die Ecke eines verschnörkelten Silberrahmens hervor. Er warf einen raschen Blick zum Kaminsims hinüber. Ja, die drei Rahmen waren noch da. Dieser hier war offenbar der vierte aus dem Satz.

Edith zupfte ihn am Ärmel. «Ich bin etwas mitgenommen, Charles, und eigentlich gar nicht auf Besuch eingestellt...»

Wortlos trat er an den Tisch heran. Neben dem Silberrahmen lag ein großer brauner Briefumschlag von einem New Yorker Ausschnittdienst. Er nahm die Zeitung weg. In dem

Silberrahmen steckte eine Großaufnahme von Mallory. Er kannte das Bild, es war auf der Beerdigung von Louis Markowitz entstanden. Wie eine Gefangene wirkte sie unter dem Glas. Mit zwei Schritten war Charles bei Edith und packte sie bei den Schultern.

«Wer wird Mallory umbringen, Edith? Wer?»

«Das kann ich dir nicht sagen, so weit reicht meine Gabe nicht.»

«Zum Teufel mit deiner Gabe! Du hast sie in die Falle laufen lassen. Wer wird sie umbringen?»

«Was redest du denn da ...»

Er nahm das Bild der jungen Braut vom Kaminsims. «Ihr Verlobter wohnte hier im Haus. Er hieß George Farmer. Am Vorabend der Hochzeit tötete er seine Braut und richtete die Waffe dann auf sich selbst. Seit jenem Tag vegetiert er in einem Pflegeheim dahin und starrt an die Decke. Ab und zu lallt er ein paar Worte vor sich hin. Aber weil er nicht tot ist, hat er keinen Silberrahmen verdient. So läuft das doch, stimmt's?»

«Meine Gabe ist eine schwere Last, Charles. Ich habe natürlich versucht, die Katastrophe zu verhindern. Leider vergeblich.»

«Vergeblich? Es darf gelacht werden, Edith. Nach deinen abartigen Maßstäben war das Unternehmen ein voller Erfolg. Und Onkel Max? Du hast ihn abgelenkt, gerade dich hatte er an jenem Abend nicht sehen wollen. Deshalb haben meine Eltern mich nie mehr zu dir gebracht. Sie wußten, daß du seinen Tod herbeigeführt hast. Und jetzt hast du Mallory in den Tod getrieben. Raffiniert gemacht, das muß dir der Neid lassen. Die alten Damen ... die Séancen ... eine bessere Quelle für Insidertips kann man sich gar nicht wünschen. Wer wird sie umbringen, Edith?»

«Wie du redest, Charles ... ich kann es gar nicht fassen ...»

«Eigentlich hattest du einen Unfall mit Herbert und seinem Revolver inszenieren wollen. Als Opfer war diesmal Martin ausersehen. Nur eine kleine Sache für zwischendurch, um nicht aus der Übung zu kommen... Aber Herbert ist ein jämmerlicher kleiner Angsthase und wahrscheinlich keine rechte Herausforderung für dich.»

«Charles, du bist außer dir, du –»

«Und dann kam Mallory, jung, sprühend vor Gewalttätigkeit, vor Haß, vor geballter Energie, und da hast du deine Pläne geändert, stimmt's? Wo ist sie?»

«Das weiß ich nicht. Ich weiß nur, daß sie in Gefahr ist.»

«Das glaube ich dir aufs Wort.»

Er tippte auf den Silberrahmen. «Aber Kathleen Mallory wirst du nicht bekommen.» Mit einem Faustschlag zerschmetterte er das Glas und befreite ihr Bild. Aus einer tiefen Schnittwunde an seiner Hand quoll Blut. Der rote Abdruck einer Handfläche blieb auf der Tür zurück, als er mit dem zerknüllten Foto von Mallory in der heilen Hand die Wohnung verließ.

Videogerät, Farbfernseher und der Hifi-Turm waren ein Traum für Stereofreaks und Einbrecher. Die abblätternde Tapete, der abgetretene Teppich und der Geruch nach Nudelsoße paßten dazu wie die Faust aufs Auge. Durch das geöffnete Fenster zum Luftschacht, durch das die Wärme abziehen sollte, die der tickende Heizkörper verbreitete, kamen Schwaden von Müllgestank.

Mit stierem Blick hinkte der Dobermannwelpe herein. Der kleine Junge saß auf dem Fußboden vor dem Fernseher. Mallory stand einen knappen Meter von ihm entfernt, aber er sah wie aus weiter Ferne zu ihr hoch. Der Blick der gelben Augen folgte ihr, als sie Redwing ins Nebenzimmer nachging.

Die Küche-Bad-Kombination hatte die gleichen Proportionen wie das Wohnzimmer. Hinter einem lila Duschvorhang sah man die Klauenfüße einer Badewanne. Das schmuddelige Stück Stoff vor der Toilette – schwarze Orchideen auf goldenem Grund – bot immerhin Sichtschutz. Als Geruchshemmer war er weniger geeignet.

«Setzen Sie sich», befahl Redwing und bleckte lächelnd die Zähne.

Mallory setzte sich an den mit verkrusteten Soßenflecken und Abendessenresten bedeckten breiten Tisch.

«Wir werden jetzt Tee trinken», erklärte Redwing und trat an die Arbeitsfläche, wo lange Reihen von Gläsern ohne Etikett standen, die mit getrockneten Blättern und den verschiedensten Pülverchen gefüllt waren. Aus einem Schrank holte sie zwei Teetassen, die ersichtlich nicht aus demselben Service stammten.

«Für mich nicht, vielen Dank.» Mallory verfolgte den Weg einer Kakerlake, die an dem verschmierten Toaster hochkrabbelte. In dieser Küche hatte jedes Ding seinen Platz, aber jeder Platz war verkleistert mit allem, was dort gestern oder vor einem Monat verschüttet worden war. Sie schüttelte eine Kakerlake vom Schuh, als täte sie so was alle Tage.

«Sie müssen den Tee trinken.»

«Warum?»

«Weil er dazugehört. Ihr Cops habt eure Arbeitsmittel, ich habe meine. Wenn Sie was von mir wissen wollen, müssen Sie mich auf meine Art arbeiten lassen.»

Mallory nickte. Wie aus dem Boden gewachsen stand plötzlich der Junge in der Tür. Er war in Strümpfen. Wie still er war. Sie hatte ihn noch nie sprechen hören. Er hielt Mallory mit seinem Blick fest. Redwing sagte etwas auf französisch zu ihm, und er kletterte mit den traumverlorenen Bewegungen eines Schlafwandlers auf einen Stuhl, um eine Blechdose vom Regal zu holen. Ein weiterer Befehl, und er holte das Honigglas. Wie an einer Schnur dirigierte Redwing ihn hierhin und dorthin.

Mallory ließ ihn nicht aus den Augen. Was hatte Redwing mit ihm gemacht? Er trug Jeans und ein T-Shirt wie andere Kinder, aber das war auch das einzige Normale an ihm. Wie ein kleiner Automat tappte er zu Mallory und stellte das Honigglas vor sie auf den Tisch. Redwing hatte ihnen den Rücken gekehrt, und Mallory streckte die Hand nach dem Kindergesicht aus. Der Vorhang vor seinen Augen hob sich kurz und gab den Blick auf etwas Blankes, Flinkes frei – ein verborgenes Eigenleben. Mallory lächelte, und der Junge gab das Lächeln ein wenig unsicher zurück. «Ich komme dich holen», verhieß ihr Blick, während ihre Hand die glatte junge Haut streichelte. Die Kinderaugen wurden groß und rund, dann senkte sich der Vorhang wieder, und sie waren nur noch trübe gelbe Scheiben, die nichts preisgaben.

Die Wanduhr tickte laut, der Teekessel pfiff. Der überforderte Heizkörper stöhnte und spie mehr Hitze aus, als der Raum verkraften konnte. Redwing schloß das einzige Fenster. Der Junge zog sich zögernd zur Tür zurück.

Behutsam stellte Redwing die Teetassen auf den Tisch. «Trinken Sie!»

Mit einer heftigen Bewegung scheuchte Mallory die schwarze Fliege weg, die sie umsummte. Als sie die Tasse an die Lippen hob, erschien ihr plötzlich Helen und deutete auf die Lippenstiftspuren am Tassenrand. Im aufsteigenden Dampf verging das Bild. Mallory nahm einen Schluck Tee. Er war gut und auch ohne den Honig, den Redwing in ihre Tasse gab, süß genug.

«Sie wollen also Näheres über Pearl Whitman wissen. Das ist die Frau, die zusammen mit Ihrem Vater gestorben ist, nicht?»

Mallory nickte und nahm noch einen Schluck.

«Ich habe früher einmal meine Dienste der Polizei angeboten, wußten Sie das? Nein? Man hat mich weggeschickt. Danke bestens, kein Bedarf, hieß es. Und dann taucht gestern abend Lieutenant Coffey auf und will, daß ich ihm alles mögliche erzähle. Da kann er lange warten. Scheißcops. Aber Sie gehören ja nicht mehr dazu, Sie haben ein privates Anliegen. Ihnen werde ich helfen.»

Der Junge stellte sich hinter den Stuhl der breit lächelnden Redwing, verdrehte die Augen und ballte die Fäuste.

«Trinken Sie aus, und dann tun wir einen Blick in die Teeblätter. In Ihr Leben.»

«Erzählen Sie bloß keinem, daß ich einen Hausbesuch gemacht habe», sagte Henrietta lächelnd und schnitt den letzten Faden ab. «Zum Glück denkt kaum einer noch daran, daß Psychiater auch gelernte Ärzte sind. Wenn Sie mich bei den Mietern verpetzen, darf ich mir von morgens bis abends nur noch ihre Wehwehchen anhören.»

«Ich werde schweigen wie ein Grab», versprach Charles.

Entweder verstand sie sich besonders gut auf den Umgang mit Nadel und Faden, oder aber er spürte den Schmerz nicht mehr. Das hatte man manchmal nach einem Schock.

«So handfest habe ich lange nicht mehr am Menschen herumgedoktert.» Sie legte Mull über die genähte Wunde und klebte ihn mit Leukoplaststreifen fest.

«Danke. Und was halten Sie jetzt von unserer Haushellseherin?»

«Bei ihr wundert mich gar nichts mehr. In diesem Haus sind schon mehr solcher Sachen passiert.»

«Meinen Sie den Mord an Alison Warwick?»

Henrietta nickte. «Ich kannte George Farmer nicht näher, damals war ich gerade erst eingezogen. Aber man konnte das Fortschreiten der Paranoia genau verfolgen, nach sechs Wochen war er wie ausgewechselt. Inzwischen hatte mir Edith von ihren Absencen, von dem automatischen Schreiben erzählt –»

«– und daß eines Tages George in ihre Wohnung gekommen war und die Zeichen an der Wand gesehen hatte.»

«Ja, genau. Ediths Tür stand immer offen, die Mieter kamen einfach herein, ohne anzuklopfen. Die Schrift an der Wand handelte von Alison. An den Vorgang des Schreibens habe sie keine Erinnerung mehr, behauptete Edith. Ich möchte annehmen, daß in diesen sechs Wochen so einiges an die Wand geschrieben wurde, und das hat ihn langsam, aber sicher mürbe gemacht.»

«Es müssen abscheuliche Dinge gewesen sein.»

«Nicht unbedingt. Vom Verliebtsein zum Wahn ist es nur ein kleiner Schritt. Es brauchte gar nichts Dramatisches zu sein. Edith hatte Zeit genug für ihr Zerstörungswerk.»

«Das ist inzwischen viele Jahre her. Hat sie später noch mehr Schaden angerichtet?»

«Ja, ich habe da einiges beobachtet, kleinere Sachen ... Sie hat die Mieter gegeneinander aufgehetzt, und ich habe das Gefühl, daß sie auch bei Herberts Scheidung ihre Hand im Spiel hatte. Weil Edith zu Ihrer Familie gehört, habe ich es Ihnen nie erzählt. Das war natürlich falsch. Was können Sie mir noch über die Verdächtigen sagen? Haben Sie das Gefühl, daß eine bestimmte Person Mallory gefährlicher werden könnte als die anderen?»

«Da kann ich nur raten», sagte Charles. «Es sei denn, daß man die Frauen ganz beiseite läßt. Angeblich ist diese Art von Verbrechen nicht Frauensache.»

«Das würde ich nicht sagen. Wen von den Verdächtigen kennt Edith näher?»

«Sie ist einmal mit Gaynor zusammengetroffen und einmal mit einem weiblichen Medium, das sich Redwing nennt, aber die anderen kennt sie wohl nicht.»

«Dann würde ich mich auf das Medium konzentrieren, denn da bewegt sich Edith auf vertrautem Gebiet. Und Gaynor ist vermutlich von beiden die stabilere Persönlichkeit. Haben Sie die Adresse?»

«Unter Redwing steht sie nicht im Telefonbuch, vielleicht kann Sergeant Riker sie mir beschaffen.»

«Gut. Aber versuchen Sie bloß nicht, im Alleingang den Helden zu spielen. Schicken Sie dieser Redwing die Polizei auf den Hals. In Mallorys Interesse. Mit einer Kanone argumentiert es sich allemal leichter.»

«Einverstanden. Und wenn ich Gespenster gesehen und ihr völlig überflüssigerweise dazwischengefunkt habe, kann sie meinetwegen Kleinholz aus mir machen.»

Er wählte die Nummer des Reviers. Nach dem vierzehnten Klingelton – Anrufer, die nicht ernstlich ausgeraubt, zusammengeschlagen oder vergewaltigt worden waren, hatten bis dahin vermutlich aufgegeben – kam er endlich durch.

«Sergeant Riker bitte.»

«Unsere Leitungen sind zur Zeit belegt», leierte ein Tonband. «Bitte warten Sie ...»

Es war ein langer Tag gewesen. Jetzt konnte und wollte er nicht mehr warten.

Die Tasse war halb leer, als Redwing die Augen schloß und in wiegende Bewegung verfiel. Mallory wiegte sich mit. Der Tee schwappte über. Sie trank noch einen Schluck und hörte schwere Atemzüge. Deutlich sichtbar atmeten die Wände ein und aus. Auch das Herz des Hauses hörte sie, es schlug mit der Wanduhr im Takt.

Redwing summte Nonsensworte. Mallory wiegte sich mit ihr auf der zähflüssig brodelnden Luft.

Der Junge hörte unvermittelt auf zu schwanken. Er riß die Augen weit auf und tat so, als ob er Tee brühte. Er goß Wasser in die Tassen, gab Teeblätter dazu, schraubte ein Fläschchen auf, goß den Inhalt in die Tasse. Nur in eine Tasse.

Mallory saß jetzt ganz still. Sie sah in die bräunliche Flüssigkeit, die in ihrer Tasse schwappte. Über dem starken süßen Tee hatte sich ringförmig ein gelblicher Rückstand abgesetzt.

Eine Droge.

Klirrend zerschellte die Tasse auf dem Boden. Wie in Wellen wölbte sich das Linoleum unter ihren Füßen. Zweimal fiel sie hin, bis sie die Tür erreicht hatte und ins Wohnzimmer taumelte, wo Ton und Bild des Fernsehers ihre Augen und Ohren marterten. Als sie zum drittenmal stürzte, kroch sie auf allen vieren weiter. Redwing ging ungerührt neben ihr her, während sie sich über den schmutzigen Teppich zur Tür schleppte. Verfilzte Haare hängten sich in ihren Sachen fest, Krümel schoben sich unter die splitternden Fingernägel. Redwing machte die Tür weit auf und lächelte.

Mühsam rappelte Mallory sich hoch und lief in Richtung Treppe. Bei jedem Schritt weitete sich der Gang vor ihr und zog sich wieder zusammen. Und wieder stürzte sie; Kopf, Schultern, Beine schlugen auf die harten Steinstufen. Sie roch ihr Blut an den Händen. Es quoll aus allen Poren, füllte den engen Hausflur, schwappte auf die Straße, trug sie mit hinaus, ein Meer von Blut.

Draußen wirbelten Sterne an ihr vorbei. Sterne, die sie unvermittelt anhupten, anblitzten. Lauter noch als der Straßenlärm war das Rauschen des Blutes in ihren Adern. Sie schmeckte den roten Strom, der ihr über die Augen in den Mund floß. Die wirbelnden Sterne pulsierten in glühenden Farben, wurden größer und größer und platzten wie giftigbunte Eiterbeulen.

Sie hörte Markowitz rufen, aber sie verstand nicht, was er sagte. Sie roch Backpulver und Blütenduft-Raumspray.

«Ich sterbe», rief sie Markowitz zu, der irgendwo in ihrem Gehirn saß, in jener grauen Masse, in der es genauso aussah wie in dem alten Haus in Brooklyn. Markowitz lächelte. «Red kein Blech, Kathy.»

«Hör auf deinen Vater», sagte Helen. Sie kam aus der Küche, gelbe Gummihandschuhe an den Händen, und streckte Mallory die Frühstücksbox hin. «Hast du deinen Quarter, Kathy?» Und dann stand Mallory tränenüberströmt vor dem Telefon und wischte sich das Blut aus den Augen, um den Einwurfschlitz für die Münze zu finden.

«Ich sterbe. Sie hat mich umgebracht. Redwing hat mich mit dem Tee umgebracht», rief sie ins Telefon, und der Schrekken fuhr dem sanften Mann in dem acht Blocks entfernten Haus derart in die Glieder, daß er sich nicht einmal die Zeit nahm, den Hörer aufzulegen oder die Wohnungstür hinter sich abzuschließen.

Krankenhauslicht macht bekanntlich auch aus kerngesunden Menschen halbe Leichen, aber Charles fand, daß Jack Coffey kränker aussah als Mallory. Die blutunterlaufenen Augen, der zerknautschte Anzug und der Stoppelbart ließen vermuten, daß der Lieutenant gut und gern vierundzwanzig Stunden nicht aus den Kleidern gekommen war. Sergeant Riker sah man so was nicht ohne weiteres an.

Im Schlaf bot Mallory ein Bild der Unschuld, das ihre grünen Augen im Wachzustand sofort zunichte gemacht hätten. Ein weißer Verband verbarg die Platzwunde am Hinterkopf, die nackten weißen Arme mit den frischen Blutergüssen lagen regungslos auf dem weißen Bettzeug, eine weiße Bandage hielt in der Armbeuge die Kanüle fest, die über den Schlauch am Tropf die Vene versorgte. Ein Monitor am Bett blieb mit Licht- und Tonsignalen ihrem Leben auf der Spur.

Riker saß auf dem einzigen Stuhl und starrte wie hypnotisiert auf die Lichtzeichen.

Jack Coffey lehnte an der Wand neben dem Bett. «Redwing ist schlau, aber nicht besonders intelligent», sagte er. «Erst mal haben wir sie wegen Drogenbesitz drangekriegt. Mit dem Zeugs, das sie bei sich in der Wohnung hatte, hätte sie einen Laden aufmachen können. Es lag ganz offen herum. Auf die Idee, daß wir ihr mal einen Besuch abstatten könnten, ist sie überhaupt nicht gekommen.»

Coffey sah halb liebevoll, halb irritiert auf die schlafende Mallory hinunter. «Wir werden versuchen, die Anklage auf Drogenhandel zu erweitern.»

«Wo ist der Junge?» fragte Charles.

Der Gedanke an den Jungen hatte ihr keine Ruhe gelassen. Noch als sie glaubte, daß sie aus allen Poren blutete und im Sterben lag, hatte sie um Worte gerungen, um ihm ein gefährdetes Kind ans Herz zu legen. War das die angeblich so abgebrühte Mallory? Keiner hatte sie jemals wirklich gekannt, allenfalls Helen Markowitz, die immer bereit gewesen war, das Beste von ihr zu glauben.

Mallory, tapferer Paladin, ungeschliffener Edelstein ...

«Im Heim», sagte Coffey. «Eindeutiger Fall von Kindesmißhandlung. Sie werden Redwing auf längere Zeit aus dem Verkehr ziehen, soviel steht fest. Fünfmal fünf Jahre könnte ich ihr mit links verschaffen, den Börsenschwindel noch gar nicht mitgerechnet. Dafür können sie ihr gesondert den Prozeß machen.»

«Keine Mordanklage», stellte Charles fest. «Sie glauben also nicht, daß sie Louis Markowitz umgebracht hat?»

«Nein, das habe ich dem District Attorney ausgeredet. Er fand die Theorie nur deshalb überzeugend, weil man es Redwing von der Statur her durchaus zugetraut hätte. Aber sie hatte nicht das Zeug dazu, Markowitz in eine Falle zu locken. Vielleicht hat sie das Ding zusammen mit ihrem Oberboß gedreht, dann kriegen wir sie auf diesem Weg.»

«Hat Redwing Namen genannt?»

«Sie kennt keine. Spricht immer nur vom ‹Direktor›. Unsere Leute sind ihr durch fünf Stadtviertel gefolgt, ehe sie ihnen durch die Lappen gegangen ist. An jedem Wochentag eine Seánce. Wir schätzen, daß an die vierzig Leute mit drinstekken, die holen wir uns so nach und nach. Heute vormittag fangen wir an.»

Riker sah in sein Notizbuch. «Mit den Transaktionen könnte man eine ganze Bank in Schwung halten, hat Mallory mal zu mir gesagt. Das Gesamtkapital dieser Séance-Groupies hätte für die Staatsfinanzen eines kleinen Landes gereicht.»

«Wir glauben, daß gut die Hälfte zu einer Aussage bereit ist, um mit einer geringeren Strafe davonzukommen», sagte Coffey. «Das ist so mit der frechste Schwindel, der mir jemals untergekommen ist. Sie –»

«Lassen Sie mich raten», fiel ihm Charles ins Wort. «Das

macht mehr Spaß. Redwing bekam vom ‹Direktor› die Anweisung, bei einem Kartell von Mehrheitsaktionären Insidertips zu sammeln. Die Kauf- und Verkaufsorders wurden dann so umsichtig verteilt, daß die einzelnen Geschäfte immer relativ klein und unverdächtig blieben. Wäre die Börsenaufsicht doch mal neugierig geworden, hätten sie sich allesamt auf Redwings Kristallkugel herausreden können. Den auf sie entfallenden Gewinnanteil haben sich dann Redwing und der ‹Direktor› gerecht geteilt.»

Coffey nickte anerkennend. «Nicht schlecht. Aber von gerechtem Teilen kann keine Rede sein. Der ‹Direktor› hat Redwing nur eine sehr geringe Provision gezahlt. Wir haben einen Ermittler der Börsenaufsicht kommen lassen, der ihr erst mal klargemacht hat, welche Größenordnung allein das eine Geschäft hatte, auf das wir dank Mallory gestoßen sind. Redwing hat sich furchtbar aufgeregt, sie hatte keine Ahnung, wieviel Geld im Pott war. Jetzt ist sie bereit auszupacken, aber viel hat sie leider nicht zu bieten.»

«Und wie hat sie den ‹Direktor› kennengelernt?»

«Über Pearl Whitman. Die hat mit einer ganzen Reihe von Medien verhandelt, sagt Redwing, ehe sie jemanden mit der nötigen Skrupellosigkeit gefunden hatte.»

«Und wie kam der ‹Direktor› an sein Geld?»

«Keine Ahnung. Wir nehmen an, daß Mrs. Whitman das regelte.»

«Aber die Séancen gingen auch nach ihrem Tod weiter. Ich kann mir nicht vorstellen, daß der Kopf des Unternehmens Börsentips ohne Gegenleistung weitergab.»

«Unser Mann von der Börsenaufsicht tippt auf ein Nummernkonto im Ausland, aber genau werden wir das erst erfahren, wenn wir das ganze Kartell geschnappt haben.»

«Warum aber der Anschlag auf Mallory? Einen Mordversuch an einer Polizistin finde ich nicht besonders clever.»

«Angeblich hatte sie Angst, Mallory könnte das Unternehmen auffliegen lassen.»

«Und hat sie auch verraten, wie sie darauf gekommen ist? Ich glaube nämlich nicht, daß diese Idee auf ihrem eigenen Mist gewachsen ist.»

«Redwing dürfte, auch wenn sie selbst nicht gerade die Hellste ist, Mallorys überragende Intelligenz sehr wohl erkannt haben. Außerdem war an dem Tag von Louis Markowitz' Beerdigung Mallorys hübsches Gesicht in der Zeitung, dazu ein netter kleiner Artikel über die Tochter des Cops, die auch zur Polizei gegangen ist. Als Mallory sich dann in die Séance einschleusen ließ, muß Redwing der Schreck in alle Glieder gefahren sein.»

Mallory regte sich in ihrem weißen Bett, und drei übernächtigte Augenpaare sahen zu ihr hin. Das graue Morgenlicht machte die Neonbeleuchtung irgendwie menschlicher.

Coffey stieß mit dem Fuß an Rikers Stuhl. «Was hat eigentlich der Arzt gesagt?»

Riker zog wieder sein Notizbuch zu Rate, wo auf einer leeren Seite nur das Wort *okay* stand. «Eine neue Designerdroge, sehr unerfreuliches Zeugs. Der Doktor, der ihr den Magen ausgepumpt hat, sagt, daß allein er im letzten Jahr dadurch drei Patienten verloren hat, alle durch Selbstverstümmelung. Die Leute reißen sich die Augen aus und schneiden sich die Pulsadern auf. Bei Mallory rechnet er nicht mit bleibenden Schäden. Ein paar Prellungen und Platzwunden, das ist alles. Nur ihre Reaktionen werden in den nächsten Tagen ein bißchen langsamer sein als sonst, meint er.»

«Sie glaubte fest, sie sei am Verbluten, als Riker und ich sie ins Krankenhaus brachten», sagte Charles. «Dabei war nichts zu sehen außer dem Blut von der Platzwunde am Kopf und ein paar angetrockneten Blutspritzern von dem Zwischenfall mit dem tollwütigen Hund im Park.»

«Der Stoff wirkt offenbar ganz ähnlich wie LSD», sagte Riker. «Wahrscheinlich hat sie die Wunden wirklich gesehen. Was sie mit eigenen Augen sieht, muß selbst eine Mallory glauben.»

Charles überlegte, ob Mallory den Satz an Ediths Wand nicht nur gesehen, sondern auch geglaubt hatte. Nicht anzunehmen, dazu hatte Mallory einen zu scharfen Verstand und schätzte inzwischen Edith wohl auch ziemlich richtig ein. Sie war also sehenden Auges in die Falle gegangen.

Coffey legte Riker eine Hand auf die Schulter. «Du hast wieder Babysitterdienst. Mallory darf hier nicht weg.»

«In Ordnung, Lieutenant.»

«Wenn du mal eine Runde schlafen willst, soll der Doktor sie vorher mit Beruhigungsmitteln vollpumpen. Alles klar?»

«Glasklar.»

«Könnte ich die Wohnungsschlüssel haben?» fragte Charles. «Wenn sie noch hierbleiben muß, braucht sie ein paar Sachen, die Schwester hat mir eine Liste gegeben.»

«Ja, natürlich. Und schönen Dank für Ihre Hilfe, Charles.» Lächelnd schüttelte er Charles die Hand und hielt sie Sekundenbruchteile länger als nötig fest. Und dann lächelte er nicht mehr. «Hat Ihnen der Bericht über diese alte Mordsache in Soho weitergeholfen?»

Riker hatte es also Coffey erzählt, und der wartete jetzt auf eine Erklärung.

«Ja, danke», sagte Charles.

Der Lieutenant war im Denken nicht so schnell wie Mallory, aber ebenso gründlich. Was konnte Coffey unternehmen, wenn Charles ihm die gewünschte Erklärung gab?

Nichts.

Was Edith getan hatte, ließ sich nie beweisen. Trotzdem, dachte Charles, höchste Zeit, daß ich mich einmal mit Coffey zusammensetze. Es muß ein Ende haben.

11

Charles ließ die Reisetasche fallen, so daß Mallorys Zahnbürste, Haarbürste, Morgenmantel und Hausschuhe auf dem Dielenboden herumkollerten, und machte ein Gesicht wie einer, der gerade einen Geist gesehen hat. Und so war es ja auch.

Die Tür des Arbeitszimmers stand offen, und dort, das konnte ihm keiner ausreden, war Louis Markowitz zugange gewesen. Ein unsichtbarer Markowitz werkelte – chaotisch wie zu seinen besten Zeiten – an der hinteren Wand herum.

Charles rief sich die große Korktafel aus Louis' Büro in Erinnerung. Das Bild deckte sich mit einer der Wandhälften, die er vor sich sah. Auch die andere war vom Stil her reiner Markowitz, nur war der schon zwei Tage tot gewesen, als das erste dort angepinnte Foto entstanden war.

Charles schob die Blätter auf der rechten Wandhälfte zur Seite. Die Fotos und Notizen der nächsten Schicht hingen bedeutend ordentlicher, die darunter waren wie mit dem Lineal ausgerichtet. Schicht für Schicht hatte sich Mallory mehr von der Auffassung ihres Vaters überzeugen lassen, daß die wahre Ordnung im Chaos lag.

Auf einer der unteren Schichten fand er ihre Ermittlungen zu Margot Siddon, darüber das Material zu Redwing. Henry Cathery und Jonathan Gaynor waren, jeder für sich, seitlich ausgegliedert. Er nahm die Fotos von Redwing ab, diese Spur führte nur in die Irre.

«Sag was, Louis», flüsterte er.

Und da fing die Wand an zu sprechen. Eine handschriftliche

Notiz, Kreditauskünfte, Aktiengeschäfte aus den frühen achtziger Jahren, Kontoauszüge starrten ihn an – mehr hatte Louis nicht in der Hand gehabt, als er dem Mörder ins East Village gefolgt war. Wenn es denn der Mörder gewesen war...

Auch auf Mallorys Seite hingen die Finanzunterlagen ganz oben, darunter die damaligen Ermittlungen der Staatsanwaltschaft – auch die zu Edith Candle – und die aus Ediths Computer geraubten Daten. Hier wie dort dominierte das Geldmotiv, hier wie dort herrschte Einigkeit über die Person des Täters: hochintelligent und von Grund auf böse.

Im Eiltempo las er Mallorys sauber getippte, erstaunlich detaillierte Aufzeichnungen über ihre Observierungstätigkeit. Mit den Obduktionsberichten hielt er sich nicht auf, er riß sie einfach ab, und dabei löste sich der Markierstift, mit dem auf Mallorys Seite ein Kunststoffsack befestigt war. Er fiel zu Boden, wo sich schon ein Berg von Ausschuß türmte. Auch die Perlen von Anne Catherys Kette landeten dort.

Jetzt, da die Korkwand von allem Unwesentlichen befreit war, beantwortete sie das Warum und das Wie, aber die Frage nach dem Wer war weiter offen. Pearl Whitman gab ihm nach wie vor Rätsel auf, und Markowitz war es bestimmt genauso ergangen. Es war Samantha Siddon, die schließlich den Namen des Mörders preisgab.

Mallory schlug die Augen auf und hätte sich für diesen Moment eigentlich einen erbaulicheren Anblick gewünscht als Riker mit seinen geröteten Augen und dem zerknitterten Stoppelgesicht.

Er lächelte sichtlich erleichtert. «Na, Kathy, wie geht's?»

«Für dich immer noch Mallory. Irgendwie verkatert.»

«Ich mußte gerade daran denken, wie du damals die Blinddarmentzündung hattest, da warst du noch ganz klein –»

«Riker, was –»

«– und wie ich ins Krankenhaus komme, um Lou und Helen ein bißchen moralischen Beistand zu leisten, sagt Louis, daß ich das Beste verpaßt habe. Als dir die Schwester in der Notaufnahme auf dem Blinddarm rumgedrückt hat, hast du ihr einen Tritt in den Bauch verpaßt. Ich hab Tränen gelacht.»

«Was geht hier vor, Riker?»

«Weißt du nicht mehr, was gestern abend war?»

«Redwing!» Sie setzte sich auf und zuckte zusammen. «Verdammt, mein Kopf! Habt ihr sie?»

«Körperverletzung und noch fünf oder zehn andere Sachen. Coffey fällt immer wieder was Neues ein. Der letzte Punkt auf seiner Liste war ‹Hundesteuer nicht gezahlt›. Er kniet sich da genüßlich rein.»

«Wo ist der Junge?» Sie zerrte an dem Schlauch, der sie mit dem Tropf verband.

«Im Heim. Laß das Ding in Ruhe, sonst muß ich die Schwester holen, und die ist größer und biestiger als du.»

«Ich muß hier raus.» Sie zog die Kanüle aus der Vene und rieb sich die Einstichstelle. «Wo sind meine Sachen?»

«Jetzt mal langsam, Mädchen. Du kommst hier nicht raus, ist das klar? Mach mir keinen Ärger, Kathy.»

«Mallory.»

«Wir reden im Augenblick privat. Aber gut, ich kann auch anders. Wenn du nicht liegenbleibst, nehme ich dich einfach fest.»

«Mit welcher Begründung?»

«Diebstahl eines Xerox-Kopierers.»

«Also gut, ich geb's auf.»

«Das ging mir ein bißchen zu fix. Du vergißt wohl, mit wem du redest.»

«Ich will ja nur nach Hause.»

«Du bleibst hier, bis du wieder in Ordnung bist.»

«Auskurieren kann ich mich auch in meiner Wohnung. Hier im Krankenhaus dreh ich durch. Zu Hause hab ich wenigstens meinen Computer.»

«Und die Korkwand von Louis.»

«Auch die.»

«Du bist viel zu schlapp.»

Sie schlug die Decke zurück, hängte die Beine über den hohen Bettrand, rutschte ab und landete unsanft mit dem Po auf dem harten Boden.

«Wer nicht hören will, muß fühlen», sagte Riker ungerührt.

Drei Frauen hatten Alarm geschlagen, aber weil sie ihn mochten, hatten sie ihn überschätzt. Bekanntlich merkt der Dorftrottel immer als letzter, daß sein Haus in Flammen steht. Gegen Ende ihres Lebens hatte seine Mutter eine verschlüsselte Warnung ausgesprochen. «Du darfst auf keinen Fall Edith in ihrer Zurückgezogenheit stören, Charles.» Und dann war seine Mutter gestorben, und bei der Beerdigung hatte man ihm ein Telegramm von Edith ans offene Grab gebracht, in dem sie ihm kondolierte und ihn zum Tee einlud. Von Einladungen zum Tee hatte seine Mutter nichts gesagt.

Später hatte Mallory versucht, ihn zu warnen. Er hatte es ihr schlecht gedankt. Henrietta hatte ihre Warnung nicht offen ausgesprochen, aber durch ihr vorsichtiges Taktieren Alarm ausgelöst. Ohne Frauen war er offenbar nicht überlebensfähig. Am besten schaffte er sich außerdem noch einen weißen Stock und einen Blindenhund an.

Regentropfen schlugen an die Scheiben des Taxis. Ein Blitz tauchte die Straße in fahlweißes Licht, ein Donnerschlag folgte. Der Taxifahrer, offenbar ein vorbildlicher Verkehrsteilnehmer, schlich im Schneckentempo durch den Regen. Daß für Charles höchste Alarmstufe angesagt war, konnte er schließlich nicht wissen.

«Ich zahle Ihnen zehn Dollar für jede rote Ampel, die Sie überfahren», sagte Charles.

«Ihr verrückten Amerikaner», sagte der Mann, dessen Name ausschließlich aus Konsonanten bestand.

Charles schob einen Zwanzig-Dollar-Schein durch den Spalt der kugelsicheren Scheibe.

«Ich liebe dieses Land», sagte der Taxifahrer.

Sie saß mit Riker am Küchentisch, zwischen ihnen gurgelte und spuckte die Kaffeemaschine. Ihr Schädel brummte, und sie hatte den Verdacht, daß die Ärzte ihr den Hirnkasten mit Watte vollgestopft hatten.

«Warum hat mir Charles nicht meine Sachen und die Schlüssel ins Krankenhaus gebracht?»

«Hat er ja vielleicht», sagte Riker. «Du warst einfach zu schnell weg.»

Mallory schüttelte den Kopf. Nach Aussage des Pförtners war Charles schon vor ihr hiergewesen und auffallend rasch wieder gegangen.

«Wohin willst du, Mädchen?»

«Nicht nach draußen.» Mit der massiven Eichentür wäre selbst der Shadow überfordert gewesen.

Der Pförtner hatte sie mit seinem Generalschlüssel hereingelassen, und der mißtrauische Riker hatte die Wohnungstür fest verrammelt und den Reserveschlüssel aus der Küche eingesteckt. Danach hatte er sich den Schlüssel zur Hintertür gesucht, die zur Feuerleiter führte, und auch diesen Fluchtweg dichtgemacht.

Inzwischen bekam sie beim besten Willen keinen Kaffee mehr hinunter. Riker hatte Tasse für Tasse mitgehalten. Bei ihr hatte es wenig geholfen, Riker merkte man die schlaflose Nacht nicht an. Im Gegenteil, er war, hochgeputscht vom Koffein, zum erstenmal so weit, daß er ihre nächsten Schritte voraussehen konnte.

Vielleicht jedenfalls.

Sobald er sich in den Sportteil der Morgenzeitung vertieft hatte, ging sie ins Arbeitszimmer und machte die Tür hinter sich zu. Sie zog den Stuhl, der vor dem Computer stand, in die Zimmermitte und bemühte sich, die Korkwand als Einheit, als einheitliches Denkprodukt zu sehen. Obgleich sich davor die fliegenden Blätter häuften, begriff sie erst nach einer Weile, daß ihr jemand zuvorgekommen war.

Charles.

Er hatte ganze Schichten abgetragen und die Fotos und Ausdrucke neu geordnet. Samantha Siddon nahm jetzt eine zentrale Stellung ein. Anne Cathery, Estelle Gaynor und Pearl Whitman bildeten seitlich, in der zeitlichen Reihenfolge ihres Todes angeordnet, eine besondere Gruppe, es folgten in Charles' Rangordnung die Finanzbelege.

Die weißen Perlen, die man Anne Cathery an ihrem Todestag vom Hals gerissen hatte, waren auf dem Zettelberg und dem Kunststoffsack am Boden gelandet. Blutgetränkte, mit Perlen bedeckte Erde... In der Diaschau, die in ihrem Kopf ablief, schoben sich zwei Bilder übereinander: der Schauplatz des Mordes an Anne Cathery und der Raum, in dem Markowitz gestorben war. Sie sah sich Markowitz' Leiche für den Fotografen zurechtlegen. «Bring die Blutspuren am Körper mit den Blutlachen am Boden zur Deckung», hatte Dr. Slope gesagt.

Sie hockte sich vor das von Charles aussortierte Material. Was fehlte? Was hatte er mitgenommen? Das noch halb betäubte Gehirn arbeitete zu langsam, sie mußte sich von dem schnelleren Hirn ihres Computers helfen lassen und rief die entsprechenden Dateien auf. Und jetzt sah sie, was Charles gesehen hatte. Sah die Zeichen an der Wand.

Charles klopfte energisch.

Keine Antwort.

Er drehte den Türknauf. Die Wohnung war nicht abgeschlossen. Vorsichtig trat er ein. Das Wohnzimmer lag hinter vorgezogenen Vorhängen im Dunkeln. Aus der Tür zur Bibliothek fiel Licht. Ein Sessel war in die Zimmermitte gerückt worden. Im Schein der Tischlampe konnte er in dem Sessel eine dunkle Gestalt ausmachen.

«Ach, du bist es», sagte Ediths Stimme.

Es dauerte eine Weile, bis er erkannt hatte, daß das, was sie in der Hand hielt und jetzt langsam sinken ließ, ein Revolver war.

Edith lächelte. «Du hältst mich sicher für ein sehr dummes, furchtsames altes Weib ...»

«Ich halte dich keineswegs für dumm. Und daß deine Wohnungstür offensteht, spricht nicht gerade für ein furchtsames Gemüt. Ist das Herberts Revolver? Wie hast du ihn dazu gebracht, sich davon zu trennen? Aber ich vergaß – du warst es ja, die ihm die Waffe eingeredet hat, nicht wahr? Und du warst es, die den Drohbrief an Fabia Penworth geschrieben hat. Um Mallory auf Redwings Spur zu setzen. Wem hast du noch geschrieben?»

«Was soll das heißen?»

«Nein, ich habe nicht das zweite Gesicht.» Er deutete auf den Revolver und die Lampe. «Du erwartest Besuch. Einen Besuch, den du selbst eingeladen hast. Telefonisch oder per Brief?»

«Glaubst du wirklich, ich würde mich selbst als Köder hergeben? So weit ist es mit meinem Mut wahrhaftig nicht her.»

«Es handelt sich wohl mehr um einen Hinterhalt. Übrigens muß ich dich enttäuschen: Mallory lebt.»

«Charles, wie kannst du –»

«Du kennst den Mörder, und es konnte dir nichts daran liegen, daß Mallory ihn faßt. Das wolltest du selbst besorgen. Ein raffinierter Coup: Du entziehst dich der Strafverfolgung und feierst gleichzeitig ein triumphales Comeback.»

«Wenn deine Mutter hören könnte, wie du daherredest ...»

«Meine Mutter hatte dich durchschaut», sagte Charles. «Inzwischen hast du allerdings dein Sortiment noch erweitert. Ich wäre dir vielleicht schon früher auf die Schliche gekommen, nur paßte es so gar nicht zu dir, daß du dir von Klienten in die Karten sehen läßt. Inzwischen hast du vierzig Klientinnen, und alle kennen dein Blatt. So langsam wird die Sache heiß, nicht? Was hat dich an dem Unternehmen gereizt? Der Nervenkitzel? Die Vorstellung, daß es jeden Augenblick auffliegen könnte? Ein junger Schachspieler hat versucht, mir dieses Gefühl zu erklären. Den Superkick hat er es genannt. Täusche ich mich, oder bekommst du es jetzt doch mit der Angst zu tun, Edith? Ich glaube, dem Mörder geht es genauso.»

«Ich weiß nicht, was du meinst.»

«Dann lies meine Gedanken – sofern diese Aussicht dir keine Angst macht. Die Whitman-Fusion war nicht dein erster und nicht dein letzter Coup, dazu ist dein Aktienpaket zu umfangreich.» Er holte eine Handvoll Ausdrucke aus der Tasche. «Mallory wußte Bescheid, aber ich wollte nicht auf sie hören. Sie hat sich deine Vermögenskurve angesehen und Einzelheiten aus bekannten Insidergeschäften damit verglichen. Deine vierzig netten alten Damen haben dich bestens versorgt. Sie haben dir von neuen Produkten erzählt, von denen Wertsteigerungen des Aktienkapitals zu erwarten waren, von bevorstehenden Fusionen, Verkäufen und Übernahmen. Sie ließen sich – wie Pearl Whitman – von dir sogar beraten, wenn es um den genauen Zeitpunkt einer Transaktion ging. Und dann wurden sie plötzlich umgebracht, deine netten alten Damen. Eine nach der anderen. Die Polizei interessierte sich für Gemeinsamkeiten bei den Opfern. Die Sache drohte aufzufliegen.»

«Hör auf, Charles, sonst –»

«Auch bei dir und dem Täter gibt es so manche Gemeinsamkeit. Beide habt ihr zunächst aus Habgier getötet – und dann Gefallen daran gefunden. Verwandte Seelen, in der gleichen Branche tätig...»

«Das ist doch lächerlich. Du kannst mich nicht dafür verantwortlich machen, daß –»

«Überall ist deine Handschrift zu erkennen, Edith. Du hast Redwing instruiert, hast Mallory geködert und in den Tod geschickt. Das ist ja deine Spezialität. Zuerst sagst du einen Todesfall voraus, dann sorgst du dafür, daß er auch eintritt. Hätte sie dich entlarvt, hättest du dein Vermögen und deine Freiheit verloren. Sie zu töten war Herausforderung und

Notwendigkeit zugleich. Aber jetzt ist Schluß mit deinen Inszenierungen. Ich werde den Killer empfangen. Du kannst inzwischen drüben bei Henrietta warten.»

«Ich bin sehr wohl selbst in der Lage –»

«Geh!»

Mallory ließ die Datei vom Bildschirm verschwinden und rückte mit dem Stuhl vom Monitor ab. Damit war das letzte Kreditinstitut auf ihrer Liste abgehakt. Wie pflegte Edith doch zu sagen? Erstaunlich, was man sich alles leisten kann, wenn man alt ist...

Auf Zehenspitzen schlich sie an der offenen Küchentür vorbei. Riker studierte immer noch den Sportteil. Sie ging durchs Schlafzimmer in das anschließende Badezimmer und drehte die Dusche auf. Während das Wasser auf die Fliesen prasselte, holte sie den Colt aus der Schublade, den Markowitz von seinem Vater geerbt hatte. Den Smith & Wesson hatte Riker ihr in weiser Voraussicht abgenommen, aber der Colt tat es auch. Die Löcher, die er riß, waren nicht ganz so groß, aber die Kugeln flogen ebensoweit und fast ebensoschnell. Wasserdampf trübte den Badezimmerspiegel. Mallory legte das Schulterhalfter an.

Edith stand im Gegensatz zu den anderen Séance-Teilnehmerinnen nicht unter polizeilicher Beobachtung. Mallory überlegte, ob sie Coffey anrufen sollte. Nein, bei einer so dürftigen Beweislage war es besser, den Täter auf frischer Tat zu schnappen. Coffey hätte ihr nie erlaubt, Edith Candle zu benutzen.

Wenn sie jetzt nicht zuschlug, vergab sie womöglich ihre einzige Chance. Der geldgierigen Séance-Clique ging es an den Kragen, die kunstvolle Konstruktion des Kartells knirschte in allen Fugen, am nächsten Morgen schon konnte alles in der Zeitung stehen. Sie hatte keine Zeit zu verlieren. Bei den Experten von der Börsenaufsicht wurde bestimmt schon auf Hochtouren gearbeitet. Wenn Charles mit den Unterlagen zu

Coffey gegangen war, konnten sie in einer Stunde bei Edith vor der Tür stehen.

Was sollte sie sagen, wenn Charles ihr bei Edith zuvorgekommen war? «Könntest du mal eben wegsehen, während ich Edith die Daumenschrauben anlege?»

Als sie an den Schrank ging, um ihren Blazer herauszuholen, mußte sie an Helen denken. Helen wäre es gar nicht recht gewesen, daß ihre kleine Kathy eine nette alte Dame als Köder einsetzen wollte, darüber hätte sie geweint.

Es gab so vieles, worüber Helen weinte ...

Als sie Kathy an jenem ersten Abend ins Bett gebracht und liebevoll zugedeckt hatte, war dem Straßenkind zum erstenmal im Leben der Duft frischer Bettwäsche in die Nase gestiegen. Und am nächsten Morgen hatten saubere Sachen zum Anziehen bereitgelegen, die nach Weichspüler rochen. Auch Helen roch danach, wenn sie die Wäsche machte. An anderen Tagen roch sie nach Kiefernnadelöl, nach Scheuerpulver oder Bohnerwachs.

Mallory öffnete die Schranktür, und in der Wolke von Lavendel- und Mottenkugelduft wehte ihr Helen entgegen. Mit einer heftigen Bewegung schlug sie die Tür wieder zu.

Riker klopfte diskret an die Schlafzimmertür. Keine Antwort.

«Hey, Kathy!»

Trotz des vielen Kaffees waren ihre Bewegungen langsam und schleppend gewesen. Hatte sie sich vielleicht hingelegt? Nein, er hatte das ungute Gefühl, daß er allein in der Wohnung war. Er warf einen Blick ins Arbeitszimmer. Die Korkwand sah noch genauso chaotisch, aber irgendwie verändert aus. Das eckige Computerauge leuchtete blau mit weißer Schrift. Sie hatte den Rechner laufen lassen.

Und sich dann hingelegt?

Einen Herzschlag später warf er sich gegen die Schlafzimmertür, stolperte ins Zimmer, hörte die Dusche prasseln, klopfte an die Badezimmertür. «Kathy?»

Die Hintertür war abgeschlossen, das Schloß an der Badezimmertür billiger Schrott, der einem kräftigen Tritt nicht standhielt. Die Duschkabine war leer, das Badezimmerfenster stand offen. Riker streckte den Kopf in den Nieselregen hinaus. Vier Meter unter dem Fenster verlief ein Sims, auf dem man ohne größere Schwierigkeiten bis zur Feuerleiter balancieren konnte.

Charles hatte, da er an unsichtbare Mörder nicht recht glauben mochte, die Lampe so gestellt, daß sie wie ein Scheinwerfer die Tür anleuchtete. Ediths Vorbereitungen ließen darauf schließen, daß er nicht lange würde warten müssen.

Markowitz hatte schon recht gehabt: Bei derart dürftigen Beweisen konnte man den Fall nur so zu Ende bringen.

Er hatte keine Schritte gehört.

Eine Ladung geballter Energie brach über ihn herein, so rasch, so gewaltsam, daß zunächst kein Gesicht, keine Farbe, kein Stoff auszumachen war. Die Lampe ging zu Boden und zersprang klirrend, die nackte Glühbirne blendete ihn wie eine kleine Sonne. Dann stand zwei Zentimeter vor seinem Augapfel die Spitze eines Messers. An dem Messer vorbei sah er in die Augen eines Serienkillers.

Die am Boden liegende Lampe vergrößerte die Gestalt ins Riesenhafte, warf an die Wand und über die Decke einen gigantischen Schatten, dessen Konturen vor Charles' Augen verschwammen, als er sich wieder auf die blinkende Messerspitze konzentrierte. Die kleinste Bewegung konnte ihn das Auge kosten. Mit größter Willensanstrengung ignorierte er das Messer, sah seinen Angreifer voll an und lächelte.

«Und welche Rolle spielen Sie jetzt, Gaynor? Jack the Ripper?»

Das Messer zog sich nur ein paar Millimeter weit zurück. Jonathan Gaynors Augen verengten sich mißtrauisch. Das Messer kam wieder näher, berührte jetzt fast das Auge. «Wo ist Edith Candle?»

Charles blinzelte nachdenklich und ließ das Lächeln zu einem leicht irren Grinsen verschwimmen. «Dachten Sie wirklich, ich würde eine alte Dame einer solchen Gefahr aussetzen?»

«Wie haben Sie es rausgekriegt?»

«Sie fragen sich, ob die Polizei inzwischen auch schon dahintergekommen ist. Ich denke schon. Sehr schwierig war es ja nicht.»

«Sie bluffen.» Das Messer vollzog Gaynors Kopfschütteln nach. «Sie haben gar nicht mit der Polizei gesprochen, Sie machen das im Alleingang, stimmt's? Der Brief ist von Ihnen, Sie haben nur den Namen von der Alten daruntergesetzt.»

«Glauben Sie, was Sie wollen.»

«Los, sagen Sie schon, wie Sie mir draufgekommen sind.»

«Wenn Sie sowieso vorhaben, mich umbringen, würde ich die lange Liste Ihrer Patzer und Mißgriffe lieber mit ins Grab nehmen.»

«Spielt ja auch keine Rolle.» Gaynor zog das Messer ein Stück zurück. «Es würde sowieso auf einen Indizienbeweis hinauslaufen. Was an Beweismaterial da ist, belastet Margot oder Henry ganz genauso.»

«Ach richtig, das hätte ich fast vergessen: Ich habe vor ein paar Minuten von der Polizei erfahren, daß Margot Siddon im Gefängnis sitzt. Henry versucht, sie auf Kaution freizubekommen, aber das wird er nicht schaffen. Sie hatte offenbar einen schlechten Tag. Da hat sie versucht, einen Kriminalbeamten zu erstechen, der gerade dienstfrei hatte.»

«Das ist gelogen, Charles.»

«Fragen Sie bei der New Yorker Polizei nach, wenn Sie mir nicht glauben.»

«Wir könnten warten, bis Henry heimkommt. Oder Sie könnten ganz unsensationell als Opfer eines Einbrechers enden, den Sie bei seinem Raubzug gestört haben. Das kommt in New York bekanntlich alle Tage vor.»

Ohne Charles aus den Augen zu lassen, griff Gaynor zum

Telefon. «Tippen Sie die Zahlen ein, die ich Ihnen ansage.» Als die Verbindung hergestellt war, nahm er ihm den Hörer aus der Hand, wartete sechsmal den Rufton ab und legte wieder auf.

«Bei Henry meldet sich niemand. Aber vielleicht wollen Sie ja lieber doch nicht auf ihn warten...»

«Nein, ich habe es mir überlegt», sagte Charles, als das Messer wieder näherkam. «Ich werde Ihnen sagen, wie ich es herausbekommen habe, und vielleicht können Sie noch die eine oder andere Einzelheit ergänzen. Einverstanden?»

«Einverstanden.»

«Sie haben Ihre Opfer nicht sehr klug gewählt. Samantha Siddons Leiche hätten Sie ebensogut signieren können.»

«Sie war ja nicht mal –»

«Für Louis Markowitz war Ihre Tante Dreh- und Angelpunkt des Falls. Louis hielt viel von Geldmotiven. Sie wußten natürlich, daß sich die Börsenaufsicht bei den Ermittlungen in Sachen Whitman Chemicals auch mit Ihrer Tante befaßt hatte.»

«Wie kommen Sie von einer brandaktuellen Mordserie auf eine Börsentransaktion aus den achtziger Jahren?»

«In dem Untersuchungsbericht wurde in einer Fußnote auch Ihre Tante erwähnt. Die Hauptbegünstigten der Fusion wurden damals alle durchleuchtet. Die Justizbehörden entschieden sich gegen eine Strafverfolgung. Über dem Junk-Bond-Skandal und den groß angelegten Brokerbetrügereien gerieten ein paar alte Damen und eine Hellseherin schnell in Vergessenheit.»

«Und was hat das mit mir zu tun?»

«Ihre Tante hat Sie auf die Fusion aufmerksam gemacht, nicht wahr? Nach Mallorys Unterlagen haben Sie in jenem Jahr nur bescheidene – fast zu bescheidene – Gewinne erzielt. Das hat mich stutzig gemacht. Aber schließlich stand Ihnen ja eine Millionenerbschaft ins Haus...»

«Ich habe nie in Whitman Chemicals investiert.»

«Ich denke mir, daß Sie den Insidertip weitergaben und sich dafür mit einer ansehnlichen Gewinnbeteiligung bezahlen ließen. Vielleicht haben Sie diesen Dreh von Ihrer Tante gelernt. Zu der Zeit war sie noch ein ziemlich kleines Licht. Sie führte Edith Klienten zu und nutzte das, was sie dabei erfuhr, für sich.»

«Selbst wenn Sie das beweisen könnten – mir kann keiner was anhängen, das Geschäft ist verjährt.»

«Aber die Geschäfte Ihrer Tante sind es nicht. Mallory haben Sie erzählt, daß Sie wegen der Séance Streit mit Ihrer Tante hatten. Das wundert mich nicht. Es muß ein echter Schock gewesen sein festzustellen, daß und in welchem Ausmaß sie sich nach wie vor auf dem Börsenparkett betätigte. Ihr Vermögen hatte sich nach der auf Ediths Rat vollzogenen Fusion verdoppelt, weitere Deals des Kartells ließen es geradezu beängstigend anschwellen. Bei so vielen Mitwissern war das Unternehmen nicht mehr zu steuern, der Absturz nur noch eine Frage der Zeit. In solchen Fällen kassiert der Staat das ganze Vermögen und verhängt darüber hinaus Geldstrafen in Millionenhöhe. Aber nach der formellen Testamentsbestätigung kommt an einen Nachlaß nicht einmal mehr die Börsenaufsicht heran. Mallory hatte gleich die richtige Witterung. Sie hielt genausoviel von Geldmotiven wie Louis Markowitz.»

«Zurück zu Samantha Siddon. Wo, bitte, sehen Sie da eine Verbindung zu mir?»

«Sie ergibt sich durch die Reihenfolge der Morde. Mrs. Siddon kam nach Pearl Whitman. Trotz einiger Vorbehalte folgte ich schließlich Mallorys Argumentation, daß es zwar vier Morde, aber nur eine Zielperson gab. Pearl Whitman hinterließ keine Erben, ihr Tod nützte niemandem, folglich sollte mit diesem Mord nur der Verdacht auf Henry Cathery gelenkt werden.»

«Man könnte es natürlich auch so sehen, daß Pearl ihre Meinung geändert hatte und nicht mehr bereit war, Henry ein hieb- und stichfestes Alibi für den Mord an seiner Großmutter zu geben.»

«So sehe ich es nicht. Ein junger Mann, der sich auf ein einfaches Leben, auf ein Mindestmaß an Ablenkungen eingestellt hat, würde nie vier Morde durchziehen können – oder wollen. Und ganz gewiß nicht aus Habgier. Offenbar wußten Sie nicht, daß ihm jetzt ein eigenes, sehr beträchtliches Vermögen zur Verfügung steht. Sie waren sichtlich überrascht. Ärgerlich, was?»

«Schweifen Sie nicht immer ab. Wieso habe ich mich durch Samantha Siddon verraten?»

«Samantha Siddon war eine sehr aufschlußreiche Abweichung von dem üblichen Muster, und wir waren ja alle auf Muster und gemeinsame Motive fixiert. Auch das Haus, in dem Louis und Pearl Whitman starben, paßte nicht in den bisher gewohnten Ablauf, dachte ich – bis ich begriff, daß mit einer Ausnahme alles war wie sonst.»

«Sie schweifen schon wieder ab, Charles.»

«Pardon! Wichtig bei den Morden ist, wie gesagt, die Reihenfolge. Sie ermordeten zunächst Anne Cathery, um den Verdacht auf Henry zu lenken. Wunderlich und menschenscheu, wie er war, schien das vielversprechend. Aber selbst wenn man ihn verhaftet hätte – es gab keine Zeugen, kein Beweismaterial. Und ein millionenschwerer Junge wie er wäre vermutlich auf Kaution wieder freigekommen. Sie brauchten also nicht zu befürchten, daß er noch in Polizeigewahrsam war, wenn Sie Ihre Tante umbrachten. Allerdings hatten Sie nicht damit gerechnet, daß er nach dem zweiten Besuch der Polizei Pearl Whitman dazu bringen würde, ihm ein Alibi zu verschaffen. Deshalb mußte Miss Whitman beseitigt werden. Für Markowitz war das vorhersehbar, als er nach dem Tod Ihrer Tante durchschaut hatte, daß Henry Cathery als Sündenbock herhalten sollte. Er ging dem Geldmotiv nach.»

Gaynor versetzte der Lampe einen Tritt, und der veränderte Lichteinfall ließ seinen Schatten schrumpfen. «So simpel kann es nicht gewesen sein.»

«War es ein Schock für Sie, als er Pearl Whitman in das Abrißhaus folgte? Ich denke schon. Vermutlich dachten Sie in diesem Moment, alles sei aus. Vor lauter Schreck haben Sie den Kunststoffsack am Tatort liegen lassen, er ist auf den Fotos zu sehen.»

«Samantha Siddon», zischte Gaynor und machte einen jähen Ausfall mit dem Messer.

«Ja, das letzte Opfer. Ein folgerichtiger Schritt, wenn nach Markowitz' Theorie die Tat Henry Cathery in die Schuhe geschoben werden sollte. Sie kannten die symbiotische Beziehung zwischen Henry und Margot. Inzwischen wohnten Sie schon mehrere Monate am Gramercy Square und hatten die beiden vermutlich öfter zusammen gesehen. Für Sie waren alle Einzelheiten aus Henrys Tagesablauf von Interesse. Sie konnten sich nicht darauf verlassen, daß Henry für alle Morde ohne Alibi dastand, und zogen deshalb Margot Siddon, die einzige ihm nahestehende Person, in die Sache hinein. Damit wollten Sie ihre Glaubwürdigkeit als Zeugin erschüttern und der Polizei den Gedanken an ein Komplott nahebringen.»

«Ich habe für den Mord an Samantha Siddon ein unangreifbares Alibi.»

«Vielleicht sollten Sie da nicht so sehr auf Mallory bauen. Sie hatten natürlich gemerkt, daß sie am Gramercy Square auf der Lauer lag und Ihnen auf den Campus folgte. Mallorys Schwachstelle ist ihre Schönheit – oder vielmehr die Tatsache, daß sie sich dieser Schönheit nicht bewußt ist, sondern ernstlich glaubt, sich völlig unauffällig bewegen zu können. Sie wußten, daß Mallory hinter Ihnen her war, und nutzten das für Ihr Alibi.»

«Sie hat mich nie länger als zwanzig Minuten aus den Augen gelassen.»

«Neunzehn. Ihre Aufzeichnungen sind sehr präzise. Sie hat sogar notiert, wie sich beim Spielen Ihre Bewegungen veränderten. Sie haben eine ausgesprochen linkische Körpersprache, können aber diese Unbeholfenheit ablegen, wenn es sein muß. Auf der Bühne bewegten Sie sich fast elegant.»

«Die Fahrt zum Gramercy Park, den Mord an einer alten Frau und die Rückkehr ins Theater – das schafft man nicht in neunzehn Minuten.»

«Da gebe ich Ihnen recht. Aber meiner Meinung nach wurde keine der Frauen im Gramercy Park getötet. Um die Universität herum gibt es viele finstere Winkel, in denen man unbeobachtet einen Mord begehen kann.»

«Und wie will die Polizei beweisen, daß sie nicht im Park getötet wurde?»

«Sie meinen wegen der Blutspuren? Die Perlen waren übrigens ein genialer Einfall. Sie haben die Toten genauso hingelegt, wie sie nach dem Mord lagen. Wenn die Leichenstarre eingesetzt hatte, ging das relativ problemlos, sogar im Dunkeln. Ursprünglich ging die Polizei davon aus, daß der Täter sich mit dem Plastiksack vor Blutspritzern schützen wollte. In Wirklichkeit brauchten Sie die Säcke, um das Blut aufzufangen, das erforderlich war, um den Tatort überzeugend zu präparieren. Wirklich eine gute Idee. In dem Plastiksack blieb das Blut schön feucht, so daß es in die Erde einsickern konnte und nicht an der Oberfläche gerann. Auch die blutigen Handabdrücke waren ein hübscher Einfall.»

«Das können die mir nie beweisen.»

«Bei den vielen Fehlern, die Sie gemacht haben? Da bin ich mir nicht so sicher. Wollen Sie wissen, was meiner Meinung nach Edith Candle auf Ihre Spur brachte? Sie erzählten von der zerstückelten Brust, die in der Séance gezeigt worden sei. Medien arbeiten normalerweise nicht mit Gruselbildern. Edith wußte, daß Sie gewisse Lücken in der Geisterschau durch persönliche Erinnerungen angereichert hatten. In der Séance gesehen haben konnten Sie das nicht.»

Das Messer senkte sich ein wenig.

«Es ging Ihnen nicht ums Geld, nicht wahr? Ich hatte von

Anfang an den Verdacht, daß die Polizei da nicht logisch genug gedacht hat. Es war ein unnötiges Risiko, die erste Leiche im Park zu deponieren. Ihnen ging es um den Kick, stimmt's? Was war der Auslöser?»

Die Lampe am Boden wirkte wie eine Bühnenbeleuchtung und Gaynor mit seinem verzerrten Lächeln wie der Hauptdarsteller in einem Horrorstück.

«Anne Catherys Hund. Er entwischte aus dem Park, und als wir an den Mülltonnen nach ihm suchten, sah ich plötzlich meinen Weg so deutlich vor mir wie der Affe bei der Banane.»

«Der Affe bei der Banane? Irgendwie kommt mir das bekannt vor...»

«Hat man Ihnen als Kind nicht die lehrreiche Geschichte von dem Affen, dem Stuhl, der Stange und der Banane erzählt?»

«Ah ja, jetzt erinnere ich mich. Die Banane hängt an einer Schnur von der Decke –»

«– und zwar knapp außer Reichweite», ergänzte Gaynor. «Und der hungrige Affe bekommt, um sich die Banane zu holen, einen Stuhl und eine Stange, weiß aber mit diesen Hilfsmitteln nichts anzufangen. Er läuft hin und her, und schließlich gibt er auf und setzt sich entmutigt in eine Ecke. Und da geht ihm ein Licht auf. Von seiner Ecke aus sieht er die Stange, die an dem Stuhl lehnt und auf die Banane gerichtet ist. Er greift sich die Stange, springt auf den Stuhl und holt mit einem Schlag die Banane herunter.»

«Es war also eine spontane Tat?»

«Ja. An den Mülltonnen hatte ein Hausmeister einen halbvollen Karton mit Kunststoffsäcken stehenlassen. Der Müll war schon verpackt, er brauchte die gefüllten Säcke am nächsten Morgen nur noch zum Abholen an den Straßenrand zu stellen. Auf der Erde lag ein ausrangiertes Küchenmesser mit kaputtem Griff. Der Griff stieß an den Karton mit den Müllsäcken, die Klinge zeigte auf Anne Cathery, und hinter der Alten sah ich im Park Henry Cathery mit seinem Schachbrett sitzen. Ich griff mir einen Müllsack und durchstach ihn mit dem Messer, damit war ich vor dem Blut geschützt. Dann nahm ich einen zweiten Sack und schob sie hinein, nachdem ich ihr die Kehle durchgeschnitten hatte. Die Frauen waren alle nicht groß, es war kein Kunststück, sie buchstäblich in den Sack zu stecken. Unter der Plastikhülle konnte ich sie dann in aller Ruhe so zurichten, als sei die Tat das Werk eines Psychopathen.»

«Was sie ja auch war.»

«Psychopathen geht es normalerweise nicht um Dollarmillionen.»

«Aber Sie haben es genossen, nicht?»

Gaynor blieb die Antwort schuldig und fuhr fort: «Später habe ich sie dann geholt. Sie war inzwischen steif, und es war, wie Sie ganz richtig sagten, nicht schwer, sie im Park so hinzulegen, daß es aussah, als sei sie dort auch umgebracht worden. Danach riß ich ihr die Kette vom Hals, so daß die Perlen durch die Gegend flogen.»

Gaynor lächelte. Es war kein angenehmes Lächeln. Er hatte sichtlich Spaß an seinen Ausführungen. Was wäre auch ein perfekter Mord ohne zumindest einen bewundernden Zuhörer?

«Das war selbst um diese Zeit riskant«, sagte Charles und hoffte, daß in seiner Stimme hinreichende Bewunderung schwang.

«In diesem Moment, das will ich zugeben, habe ich einen gewissen Kitzel verspürt. Aber wer schaut schon frühmorgens um vier aus dem Fenster? Und so richtig wach ist um diese Zeit wohl kaum jemand. Ich trug Jeans und eine Baseballmütze und hatte mir für meine Rolle als einfacher Arbeiter einen o-beinigen Gang zugelegt. Ein Müllsack ist unverdächtig, und Arbeiter nehmen die Anwohner hier sowieso nicht zur Kenntnis. Hätte sich wider Erwarten jemand gemeldet, der einen Mann mit einem Müllsack beobachtet hätte, wäre der Verdacht nie im Leben auf mich gefallen. Ich hatte ja kein Motiv. Die Ermordete war Henrys Großmutter.»

«Auf die Idee, Henry könnte seine Großmutter noch in der Nacht als vermißt melden, sind Sie nicht gekommen?»

«Vermißtenmeldungen werden von der Polizei erst nach achtundvierzig Stunden bearbeitet. Ich konnte mir nicht vorstellen, daß Henry einen Suchtrupp in den Park schicken würde. Sie kennen ihn ja – ich habe Sie im Park mit ihm sprechen sehen. Das Risiko war sehr gering. Schlimmstenfalls hätte ich sie an einer anderen Stelle ablegen müssen.»

«Wo haben Sie Ihre Tante umgebracht?»

«Ich hatte sie zum Mittagessen eingeladen und erwartete sie in einer kleinen Nebenstraße am Campus. Sie hatte niemandem von unserer Verabredung erzählt, ich mußte es von mir aus der Polizei sagen, damit sie mein Alibi für die halbe Stunde vor und nach dem Zeitpunkt überprüfen konnte, zu dem ich keins hatte. Der Polizei habe ich erzählt, sie hätte mich versetzt.»

«Was dort sicher auf Verständnis stieß, da sie in eben dieser Zeit ermordet wurde. Und wie ist es Ihnen gelungen, Pearl Whitman ins East Village zu locken?»

«Ich gab mich als Makler aus, behauptete, im Besitz von Informationen über ihr Kartell zu sein und drohte, mein Wissen an die Justizbehörden weiterzugeben. Sie hat mir eine Bestechungssumme angeboten, und ich sagte, wir müßten uns treffen, um die Einzelheiten persönlich zu besprechen. Durch Anrufe in öffentlichen Telefonzellen lockte ich sie von einem Block zum anderen bis zu dem Abrißhaus.»

«Und ihre Angst vor dem Skandal, einer Haftstrafe und dem Verlust ihres Vermögens waren stärker als die Bedenken, sich in eine so gefährliche Gegend zu begeben.»

«Sehr richtig. Bei Samantha Siddon lief es ähnlich. Allerdings hatte ich den Eindruck, daß sie sich auf unser Treffen geradezu freute. Mit drei Anrufen lockte ich sie zum Theater, wobei ich sie dreimal das Taxi wechseln ließ. Die letzten

Blocks mußte sie zu Fuß gehen. Ich erwartete sie am Hinterausgang und erstach sie an einer Mülltonne. Es dauerte nur ein paar Minuten. Zum Umziehen für die Probe habe ich länger gebraucht.»

«Und wie haben Sie die Leiche zum Gramercy Park geschafft?»

«Normalerweise nehme ich mir in der Stadt immer ein Taxi, aber an jenem Tag hatte ich einen Mietwagen dabei und machte mich früher als sonst auf den Weg. Mallory sollte den Wagen nicht sehen.»

Das Messer zog sich noch ein Stück zurück. Gaynor stützte den Arm auf die Sessellehne. «Aber der Ball ist immer noch in Ihrer Hälfte, Charles. Sie können mir nichts nachweisen – es sei denn, Sie hätten noch etwas in petto.»

«Nur das.» Charles stieß das Messer beiseite und warf Gaynor den Schal über den Kopf, den Edith auf dem Sessel hatte liegenlassen. Dann griff er sich den Revolver und hielt ihn Gaynor an die Schläfe, während der sich mit einer heftigen Bewegung aus den Stoffmassen befreite.

«Werfen Sie das Messer weg. Die Polizei muß gleich hier sein, sie ist wahrscheinlich schon im Fahrstuhl.»

Gaynor lächelte, und Charles mußte an das alte Kinderspiel von Messer-Schere-Papier denken.

Papier deckt den Stein zu, Schere schneidet Papier, Stein bricht Schere.

Gegen einen Revolver kam ein Messer nicht an. Warum lächelte Gaynor?

«Die Polizei? Sehr unwahrscheinlich, Charles. Sie konnten nicht wissen, daß ich komme, Sie haben es nur gehofft. Ein Bluff, nichts weiter.»

«Ich verstehe mich leider nicht aufs Bluffen. Dazu habe ich nicht das richtige Gesicht.»

Mit einem dumpfen Laut fiel das Messer aus Gaynors Hand zu Boden. «Das nehme ich Ihnen sogar ab.»

Na also. Die Logik hatte gesiegt.

Doch dann versuchte Gaynor gegen alle Logik, mit einem plötzlichen Ausfall an den Revolver heranzukommen. Sekunden später hatten sie sich ineinander verkrallt und kämpften mit zuckenden Gliedern und verzerrten Gesichtern um die Waffe. Hände glitschten über nasses Fleisch, Beine kickten. Sie rollten in den engen dunklen Gang, stießen an die Wände, landeten im Wohnzimmer, kollerten über den Teppich. Es war so dunkel, daß man die Waffe nur als vagen Umriß erkennen, als kaltes Metall spüren konnte. Der Lauf schwankte, zeigte nach unten. Charles hatte seine Hand noch am Revolver, als der Schuß fiel.

Die Explosion war so laut, als ginge die ganze Welt in Stücke. Charles griff sich mit schmerzverzerrtem Gesicht an die Schulter. Gaynor stand auf, den Revolver in der Hand. Als er ein Taschentuch hervorholte, fiel ein Plastikbeutel zu Boden.

«Sie hätten mich nie abknallen können, Charles, dazu sind Sie viel zu normal, zu zivilisiert.» Sorgfältig wischte er Revolverlauf, Kammer und Griff ab. «Daß Sie zögern würden, einen Menschen umzubringen, war zu erwarten, und die halbe Sekunde hat Sie das Leben gekostet.» Er bückte sich nach dem Plastikbeutel und wickelte ihn um den Revolvergriff. «Jetzt sollen Sie auch eine ehrliche Antwort auf Ihre Frage bekommen: Ja, ich habe es genossen. Ich genieße es noch. Es macht mich an.»

Betroffen sah Charles, wie Gaynor leicht in die Hocke ging und ein Stück von der Tür abrückte, durch die das Licht seinem Opfer jetzt voll ins Gesicht schien. Um seine Todesangst besser beobachten zu können? Ja, das war wohl der krönende Abschluß eines Mordes.

Charles spürte Blut an der Hand. Der Revolverlauf war auf sein Herz gerichtet. Der bevorstehende Tod, das Ungeheuerliche des drohenden Endes verdrängten die Angst. Sekunden dehnten sich zur Ewigkeit. Er sah sich am Bett seiner Mutter stehen. Sie hatte keine Angst gehabt. Sie hatte es kommen sehen und das Unbegreifliche angenommen. Mit einem Ausdruck des Staunens war sie gestorben.

Er lächelte. Gaynors Züge verdunkelten sich im Zorn. Er setzte Charles den Revolverlauf ans Herz.

Bald.

Er hörte, wie jemand nach dem Aufzug klingelte. Jack Coffey war da, aber er kam zu spät. Charles blieb keine Zeit mehr zum Rufen. Er hörte den Schuß, spürte den Schlag gegen die Brust, der die Knochen zerschmetterte. Die Muskeln zuckten, dann lag er regungslos in der Dunkelheit. Vom Gang her sah man nur den Umriß seines Körpers auf dem Teppich. Die höheren Bereiche seines so genial konstruierten Hirns stellten die Arbeit ein, das Gedächtnis brach zusammen. Nur in dem primitivsten Teil seines Seins, dem Sitz der Leidenschaften, war noch ein Stück Bewußtsein lebendig. Das letzte, was seine Sinne aufnahmen, waren die Stimme von Henrietta Ramsharan und gleich darauf ein jäher Schwall von Mallorys Parfüm.

Mallory stürmte, Mordlust im Blick und den Colt in der Faust, aus Edith Candles Wohnung zum Ausgang, dessen Hydrauliktür sich langsam schloß. Auf dem Treppenabsatz blieb sie stehen.

Nach oben oder nach unten?

Von unten drang ein Geräusch. Splitterndes Glas? Durch die Stufen der Wendeltreppe hindurch konnte sie die Kellertür erkennen, die einen Spaltbreit offenstand. Er konnte erst vor Sekunden dort verschwunden sein. Moment – irgend etwas stimmte nicht an diesem Szenario. Instinktiv blieb sie noch stehen. Splitterndes Glas? Das einzige Kellerfenster befand sich hinter der Falttür zu dem Lagerraum mit Max Candles Zaubertricks. War Edith im Keller? Hatte sie die Falttür geöffnet?

Jetzt ging es ihr wie Markowitz: keine Rückendeckung. Keine Zeit, Hilfe zu holen. Ein Alleingang ins Ungewisse.

Auf lautlosen Gummisohlen, mit der Heimlichkeit der geborenen Diebin schlich sie sich nach unten. Auf den Treppenabsätzen blieb sie stehen und schraubte die Birnen aus der Fassung. Dann war sie unten, schraubte die letzte Birne heraus und stand im Dunkeln. Sie schob sich durch die Kellertür, machte sie rasch hinter sich zu und tastete nach der Taschenlampe auf dem Sicherungskasten.

Die Taschenlampe war weg.

Donner rollte dumpf durch den Kellerraum. Ein Blitz zuckte an den Hauswänden nach unten und tauchte die Mülltonnen hinter dem breiten Fenster in fahles Licht. Die Scheibe war eingeschlagen, doch die Öffnung war nicht groß genug für einen menschlichen Körper. Er mußte noch hier sein.

Sie ließ sich von der Erinnerung und von ihrem Tastsinn leiten: vorbei an einer Transportkiste, durch den Gang aus Koffern und Schachteln in den Bereich, wo Max Candles Illusionen lagerten. Schritt für Schritt auf das matte Licht zu, das durch das Fenster fiel. Der nächste Blitz zuckte, gefolgt von einem gewaltigen Donnerschlag – und sie sah die Guillotine. Ein überraschend sanfter Regen tröpfelte auf die Mülltonnen hinter dem zerbrochenen Glas, durch das der Wind feine Wasserschleier wehte.

Mit äußerster Anspannung hielt sie Ausschau nach unbestimmten Schatten, horchte auf den Klang von Schritten. Ihr Blick verhärtete sich, sie sah den einzelnen Regentropfen nicht kommen, der auf ihrem Jackenärmel landete und sich, ohne zu nässen, spur- und wesenlos in dem rauhen Tweedstoff verlor. Mallory konzentrierte sich auf die subtilen Abstufungen der Schwärze um sie her.

«Für den Christen ist die Hölle nicht das Feuer der Verdammnis», hatte Rabbi Kaplan ihr erklärt, als sie sich im Kindergottesdienst nicht zurechtfand (Helen hatte darauf bestanden, christlichem Gedankengut in Kathys Erziehung zumindest gleiche Chancen einzuräumen), «sondern die Abwesenheit derer, die wir lieben.» Das habe er von einem Jesuiten, hatte der Rabbi gesagt, also müsse es stimmen. Und es stimmte ja wirklich. Man hatte ihr die Menschen genommen, die sie liebte. Jetzt würde sie zurückschlagen.

Vor ihr verbreitete eine Kugellampe mattes Licht. Sie erstarrte. Hinter dem chinesischen Paravent trat ein Schatten hervor und bewegte sich nach rechts. Sie hob den Revolver. Gleich mußte der Kopf im Visier erscheinen. Mallory hatte sich für einen Kopfschuß entschieden, obgleich man ihr in der Ausbildung beigebracht hatte, sich am Körper immer das breiteste Ziel zu suchen. Sie fuhr sich mit der Zunge über die Lippen und wartete darauf, daß der Schatten sich erneut zeigte. Der Regen war stärker, das Trommeln auf den Mülltonnen lauter geworden, heftige Böen schleuderten Wasserschwaden in den Kellerraum.

Dann knirschten Scherben, vor den Füßen des Schattens, den ihr Körper warf, tauchte ein weiterer Schatten auf. Sie hörte rasche Schritte, drehte sich um – und plötzlich war der Raum in gleißendes Licht getaucht. Die Gestalt, die sich zwischen ihr und dem Licht bewegte, war klein und dick, rundliche Arme streckten sich ihr entgegen.

Und jetzt hörte Mallory ein Geräusch hinter sich und fuhr herum. Zu spät. Immerhin hatte sie in diesem Sekundenbruchteil alle Einzelheiten des Mannes registriert, der die Waffe gehoben hatte und den Finger um den Abzug krümmte. Der Abstand betrug kaum einen Meter. Ob guter oder schlechter Schütze – auf diese Distanz konnte Gaynor sie kaum verfehlen.

Edith Candle sah ruhig zu, wie Gaynor abdrückte und die blauschwarze Mündung Feuer spie. Sekunden später war es vorbei. Noch immer wehten Regenschwaden durch die zerbrochene Scheibe, ein paar Tropfen verdampften auf dem heißen Lauf.

Mallorys Augen, die sich nur allmählich an das grelle Licht gewöhnten, nahmen Gaynor nur schemenhaft wahr, während die Kugel ihre Bluse durchschlug. Das goldene Haar flatterte im Oktoberwind, sie schwankte, und ihre Augen schlossen sich, noch ehe sie auf dem Kellerboden aufschlug und regungslos liegenblieb.

Sie hörte das leise Tappen schneller Schritte und einen langsameren, schweren Tritt, der ihnen folgte.

Es dauerte eine Weile, bis sie die Augen wieder aufschlug. Sie legte eine Hand vors Gesicht, um es vor dem gleißenden Licht auf der Guillotine zu schützen, und dachte, daß kugelsichere Westen stark überschätzt wurden. In diesem Augenblick hätte sie es fast vorgezogen, tot zu sein. Die Weste hatte zwar einen Durchschuß verhindert, ganz unbeschadet aber hatte sie den Aufprall des Projektils nicht überstanden. Sie ertastete die gebrochene Rippe. Ihr Atem ging in kurzen, mühsamen Stößen. War die Lunge verletzt?

Neben ihr lag ein umgekippter Schrankkoffer, dahinter Max Candles Wachskopf. Das Gesicht, das Charles so ähnlich sah, blickte zu ihr hoch.

Verflixt, wo war... Gaynor hatte ihren Colt mitgenommen. Das zackige Loch in der Fensterscheibe war unverändert, auf diesem Weg war er also nicht entkommen. Und wo steckte Edith? Sie kannte hier unten bestimmt hundert Schlupfwinkel.

Mallory sah zu der gleißenden Sonne auf der Guillotine hoch. Nur Edith wußte, wo der Lichtschalter war.

Beim Aufstehen durchfuhr ein stechender Schmerz ihre Brust. Sie schaltete die Kugelleuchte aus und ging zur Guillotine. Die Taschenlampe lag auf dem Boden neben dem hölzernen Bügel, in dem Ediths Hände gesteckt hatten, als sie damals die Nummer vorgeführt hatte. Mallory hockte sich hin. Unter ihren forschenden Fingern verschob sich ein kleiner Holzklotz. Sie drückte auf den Knopf, den sie darunter fand, und der Keller versank in Dunkelheit. Mit der Taschenlampe in der Hand und dem Wachskopf unter dem Arm ging sie auf die Pirsch.

Wieder zuckte ein Blitz durch die Nacht, und sekundenlang war Gaynor ganz deutlich zu sehen. Den Revolver – es war eine kurzläufige Waffe, nicht ihr Colt – hatte er in glänzende Plastikfolie gewickelt. Wie viele Kugeln waren noch drin? Zwei hatten, soviel hatte sie vorhin gerade noch mitbekommen, Charles getroffen. In ihrem Colt war ein volles Magazin. Sie stellte Max Candles Kopf auf einem Schiffskoffer ab, holte eine Handvoll Kleingeld aus der Tasche, trat zurück und warf die Münzen in Richtung des Koffers. Dann knipste sie die Taschenlampe an und richtete den Lichtstrahl auf die Wachsfigur.

Ein Schuß peitschte durch die Dunkelheit, die Kugel flog weit an dem Wachskopf vorbei. Gaynor reagierte demnach langsam und war ein schlechter Schütze. Sie ließ eine Münze zu Boden fallen und leuchtete kurz ihr eigenes Gesicht an. Die nächste Kugel pfiff dort vorbei, wo sie gerade noch gestanden hatte.

Ihr Fuß stieß an etwas Hartes. Sie bückte sich. Ein Stück Eisenrohr. Beruhigend schwer lag es in ihrer Hand. Prickelnde Erregung hatte sie erfaßt, als ginge sie auf einen Liebhaber zu und nicht auf einen Mann, den sie blutig und bewußtlos schlagen, den sie in den Tod schicken wollte. Schritt für Schritt bewegte sie sich weiter durch den Regen, den der Wind durchs Fenster wehte.

Wieder leuchtete sie ihr Gesicht an.

Gaynor drückte ab, aber man hörte nur ein leises Klicken. Es war keine Kugel mehr in der Kammer. Das zweite Klicken übertönte ein lauter Schuß, dem grollender Donner folgte. Es war fast wie Zauberei. Als habe die Kugel kehrtgemacht und den Schützen durchbohrt. Gaynor stürzte mit rudernden Armen hintenüber, die Kugel hatte ihn an der Schulter erwischt. Auf seinem Gesicht lag ein Ausdruck dumpfer Fassungslosigkeit, er sah aus wie eine Vogelscheuche aus Stroh, die krumm und schief im Kornfeld liegt. Der Revolver fiel ihm aus der Hand und schlitterte über den Boden.

Mallory knipste die Taschenlampe aus und beobachtete schweigend, wie Edith sich an den regungslosen Gaynor heranmachte. Sie hatte Mallorys Colt in der Hand. Mallory zog sich hinter den Schiffskoffer zurück, auf dem Max' Wachskopf stand, während Edith sich, den Revolver im Anschlag, suchend umsah. Geräuschlos ging Mallory um einen Kistenstapel herum, packte von hinten die Handgelenke der alten Dame und entwand ihr mit einer raschen Bewegung die Waffe.

Edith schnappte nach Luft und drehte den Kopf. Das matte Licht, das durch das Kellerfenster kam, fiel auf das faltige Gesicht. Ihr Lächeln kam zu schnell, war zu breit. «Da sind Sie ja, Kathy! Gott sei Dank! Und ich dachte schon, es hätte Sie erwischt.»

«Geschenkt!»

Mallory hockte sich neben Gaynor und stellte unzufrieden fest, daß er noch atmete. Er war mit dem Kopf an die Wand geschlagen und bewußtlos, aber die Wunde war nicht lebensbedrohend.

Und sie hielt einen Revolver in der Hand.

«Töten Sie ihn», sagte Edith. Sie trat dicht an Gaynor heran und kniete sich ebenfalls hin. «Bringen Sie es zu Ende«, flüsterte sie Mallory ins Ohr. Die blauen Augen wurden noch größer. «Keiner wird es je erfahren.»

«Das könnte Ihnen so passen, Edith.»

Markowitz würde es ganz und gar nicht passen.

Mallory blickte auf Gaynor hinunter. Markowitz' Mörder war in ihrer Gewalt. «Wenn ich Sie bitten würde, nach oben zu gehen, um den Krankenwagen zu rufen... Nein, das ist wohl zu viel verlangt.» Sie hob den Revolver auf, an dem ein Stückchen geschmolzener Plastikfolie klebte. Gaynor hatte nicht schnell genug geschossen, eine Kugel steckte noch in der Kammer. Sie zog das Plastik ab und faßte den Revolver mit zwei Fingern an der angerauhten Seite des Griffs. Die alte Dame sah mit glitzernden Augen auf die Waffe.

Mallory fühlte Gaynors Puls und hob ein Lid. Er würde nicht so bald wieder zu sich kommen. «Ich rufe den Krankenwagen. Den Revolver werden Sie kaum brauchen.»

Sie knüllte den Plastikbeutel zusammen, der heruntergefallen war, und schob ihn unter ihre Jacke.

«Verstehe», sagte Edith und nickte lächelnd vor sich hin.

Mallory drehte sich um und ging rasch zum Ausgang. An der Kellertür schraubte sie die Birne in die Fassung, und als sie wieder im Licht stand, war sie drauf und dran umzudrehen, im letzten Moment rückgängig zu machen, was sie gerade in Gang gebracht hatte. Sie hob den Kopf. Ein paar Stufen über ihr stand Jack Coffey. Hinter ihm winkte ein uniformierter Kollege Henrietta Ramsharan, sich in den Hausflur zurückzuziehen, und machte ihr die Tür vor der Nase zu.

«Mallory?» Coffeys Blick erfaßte das schwarze Loch in ihrer Bluse und den Revolver, der zwischen ihren Fingern baumelte. Als er ihr Gesicht sah, krampfte er eine Hand um das Treppengeländer.

Sie nagelte ihn mit den Augen auf seiner Stufe fest. Nur noch eine Sekunde.

Unten fiel ein Schuß.

An Mallory vorbei stürmten Jack Coffey und sein Kollege mit gezogener Waffe die Treppe hinunter zur Kellertür.

Mallory lehnte schlaff an der Treppenhauswand. Später hätte sie nicht mehr genau sagen können, wieviel von all dem sie geplant hatte.

Geschenkt.

Sie ging die Treppe hoch. Dabei kamen erst ihre Gedanken und dann ihre Füße ins Stolpern. Blindlings kämpfte sie sich weiter nach oben. Der Magen rebellierte, das Herz raste, der Kopf hatte das Geschehene noch nicht verkraftet, und im Grunde war es ihr in diesem Moment höchst gleichgültig, ob und wie tief sie fiel.

EPILOG

Mrs. Ortega sah sich mit dem kundigen Blick der kompetenten Putzfrau im Krankenzimmer um, während sie die rosa Geranien in einem leeren Wasserglas auf den Nachttisch stellte. Sie zog sich einen Stuhl ans Bett und hielt sich dabei von Mallory fern, so gut es eben ging.

«Das ist aber nett von Ihnen», sagte Charles. «Was für schöne Blumen.»

«Plastik», sagte Mrs. Ortega. «Die halten länger.»

Charles schenkte ihr sein breitestes, verrücktestes Lächeln, und sie rückte rasch ein Stück vom Bett ab. Er ließ das Lächeln zu Mallory weiterwandern, die sich davon jedoch nicht aus der Fassung bringen ließ.

«Ich gehe also davon aus, daß es ein Verkehrsunfall war», sagte Charles. «Denn daß einem bei einem Unfall im Haus ein Stück Metall so nah am Herzen steckenbleibt, ist ja eher unwahrscheinlich.»

Mrs. Ortega rutschte unruhig auf ihrem Stuhl herum und verdrehte die Augen.

«Klingt plausibel», sagte Mallory.

«Willst du mir nicht wenigstens eine Andeutung machen?»

«Es ist besser, wenn die Erinnerung ganz von selbst zurückkehrt, sagt Dr. Ramsharan. Kann sein, daß du dich nie mehr an alles wirst erinnern können. Vielen Traumapatienten ist die letzte Viertelstunde vor der Bewußtlosigkeit unwiderruflich abhanden gekommen.»

«Und wie viele Traumapatienten haben einen Polizeiposten vor der Tür stehen?»

«Du bist ein unentbehrlicher Zeuge in dem Verfahren um den Insiderskandal.»

«Ich? Die Daten stammen alle aus deinem Computer.»

«Manchmal können Erinnerungen auch zu schnell wiederkommen, Charles. Laß dir ruhig Zeit. Heute nachmittag will ein Mitarbeiter der Börsenaufsicht vorbeikommen, um deine Aussage aufzunehmen. Wenn du nicht mehr weißt, woher du die Unterlagen hast, wäre mir das durchaus recht.»

«In Ordnung. Aber verrätst du mir wenigstens, was sich in den letzten vierzehn Tagen draußen in der Welt getan hat? Sie lassen mich hier weder Zeitung lesen noch fernsehen.»

«Der Skandal um die Insidergeschäfte ist weitgehend geklärt. Das Beweismaterial ist so eindeutig, daß die meisten Beschuldigten zu einer Aussage bereit sind, um mit einer milderen Strafe davonzukommen. Für die Anklagejury bleiben nur noch einige wenige harte Brocken übrig.»

«Und was ist mit Edith?»

«Gegen Kaution freigekommen», sagte Mrs. Ortega hilfsbereit.

«Was?»

Unter Mallorys zornsprühendem Blick verschlug es Mrs. Ortega die Sprache.

«Die Beschuldigten sind alle äußerst auskunftsfreudig«, sagte Mallory. «Edith hat offenbar nicht schnell genug geschaltet, deshalb hat man sie wohl auch etwas unsanfter angefaßt.»

Mrs. Ortega konnte nur darüber staunen, wie geschickt Mallory die schlagzeilenträchtige Mordanklage gegen Edith Candle unter den Teppich gekehrt hatte.

«Was wird man mit ihr machen?»

«Wie ich höre, hat sie den besten Anwalt, den man für Geld bekommen kann. Du bist müde, Charles. Wir gehen jetzt. Heute abend bringe ich dir deine Zeitschriften vorbei.»

Mallory stand auf und warf Mrs. Ortega einen vielsagenden Blick zu. Die Putzfrau sprang auf, folgte ihr auf den langen weißen Flur hinaus und bewegte flink die kurzen Beine, um sie einzuholen. Nicht, daß sie besonderen Wert darauf gelegt hätte, einer Kriminalen – zumal dieser Kriminalen! – so nahe zu sein, aber sie brauchte eine Antwort auf eine ganz bestimmte Frage.

«Wieso weiß er nicht mehr, daß man auf ihn geschossen hat? Wie kann man so was vergessen? Wenn mich einer abgeknallt hätte, wüßte ich das.»

«Charles ist in mancher Hinsicht sehr dünnhäutig, Mrs. Ortega«, sagte Mallory. «Sie sind robuster.»

Mrs. Ortega wuchs um mindestens zwei Zentimeter und bemühte sich tapfer, mit Mallory Schritt zu halten.

«Es ist besser so», setzte Mallory hinzu. «Sensiblen Menschen ist ein Unfall als Erklärung lieber. Daß jemand absichtlich versuchen könnte, sie mit Blei vollzupumpen, ist für sie eine grauenvolle Vorstellung.»

«Aber was passiert, wenn er eine Zeitung in die Hand kriegt und liest, wer auf ihn geschossen hat?»

«Ich will ein paar Monate mit ihm wegfahren, vielleicht machen wir eine ausgedehnte Kreuzfahrt. Inzwischen tagt die Anklagejury, entscheidet, ob es zu einem Prozeß kommt, und gegebenenfalls verhandeln Anklage und Verteidigung über mildere Strafen im Fall von Schuldbekenntnissen. Bis wir zurück sind, ist das alles Schnee von gestern. Kann sein, daß ich es ihm dann sage.»

Als Mrs. Ortega stehenblieb und ihr nachsah, konnte sie eine merkwürdige Beobachtung machen: Je weiter Kathleen Mallory sich auf dem leeren Gang von ihr entfernte, desto größer schien sie zu werden.

«Auch eine, die eigentlich auf einen anderen Stern gehört», sagte Mrs. Ortega.

«Sie können doch jetzt nicht so einfach weg, Kathy!»

«Mallory bitte!»

Edith Candle trat zurück, während Mallory das weiße Tuch

ausbreitete, das die Couch in ein Gespenst verwandelte. Das Zimmer stand voller Gespenster. Sämtliche Möbel in Charles' Wohnung waren gewissenhaft mit Schutzbezügen abgedeckt.

«Morgen tritt die Anklagejury zusammen», sagte Edith. «Sie müssen für mich aussagen.»

«Ich bin nicht vorgeladen.»

Mallory ging in die Küche, und Edith folgte ihr mit besorgtem Gesicht. Mallory sah in den Kühlschrank. Mrs. Ortega hatte ihn ausgeräumt. Sehr schön, da konnte nichts verderben.

«Die Sache ist die, Edith: Ich konnte bei der Polizei und beim Staatsanwalt keine zusammenhängende Aussage machen. Ich mußte immer gleich weinen. Daraufhin meinten sie, als Zeugin wäre mit mir wohl nicht viel anzufangen. Ihr Anwalt ist auch dieser Ansicht.»

«Aber ich habe Gaynor getötet, um Ihnen das Leben zu retten. Sie haben die Schrift an der Wand gesehen, das müssen Sie aussagen.»

«Ich glaube nicht, daß okkulte Beweise vor der Anklagejury zugelassen sind, da geht es nämlich sehr handfest-irdisch zu. Die Kugel in Gaynors Schulter kam aus meiner Waffe. Eben jener Waffe, die man mir mühsam entwinden mußte, weil ich unter Schock stand. Die tödliche Kugel kam aus dem nicht zugelassenen Revolver, der sich in Ihrem Besitz befand, ebenso die beiden Kugeln, die Charles trafen, und die, die in meiner kugelsicheren Weste steckenblieb.»

«Herberts Revolver. Aber er weigert sich –»

«Herbert würde den illegalen Erwerb einer Waffe nie zugeben. Bei Ihren Gaben wundert es mich eigentlich, daß Sie das nicht vorausgesehen haben. Und Henrietta hat ja den Revolver nie zu Gesicht bekommen. Bleibt noch Martin. Aber dem Staatsanwalt wurde es wohl zu anstrengend, ihm jedes Wort einzeln aus der Nase zu ziehen.»

«Ich soll wegen Mordes in einem Fall und versuchten

Mordes in zwei Fällen angeklagt werden. Sie wissen, daß Gaynor der Mörder war. Sie wissen, daß ich Sie und Charles gar nicht hätte töten können. Gaynor hatte die Waffe in der Hand, das haben Sie doch gesehen.»

«Ich kam aus der Dunkelheit in gleißendes Licht, und an das, was geschah, nachdem auf mich geschossen wurde, erinnere ich mich nicht mehr. Typisches Schocksymptom. Gaynor hatte keine Waffe in der Hand, als Coffey ihn fand. Die hatten Sie. Und nur an Ihren, nicht an seinen Händen waren Schmauchspuren.»

Niemand hatte den Plastikbeutel bemerkt, der vor dem letzten Schuß aus dem Keller verschwunden war und an dem Fingerabdrücke und Schmauchspuren hafteten. Vielleicht war er heruntergefallen, als man sie und Charles in den Krankenwagen gehoben hatte.

«Sie wissen, daß Gaynor ein Mörder war. Sie müssen aussagen, daß ich in Notwehr gehandelt habe.»

«Das wird schwierig sein, Edith. Man hat aufgrund der Flugbahn festgestellt, daß es ein Kopfschuß aus allernächster Nähe war und daß Gaynor dabei am Boden lag.»

«Er war ein Mörder.»

Ediths Stimme kletterte in jene Höhen, in denen die Angst wohnt.

«Die Justiz sieht es nicht so.» Mallory holte ihr Notizbuch heraus und machte sich einen Vermerk. Sie mußte noch Charles' Zeitung abbestellen. «Es gab keine eindeutigen Beweise gegen ihn. Dafür hat man bei Charles die Computerausdrucke über die Insidergeschäfte gefunden und damit eine eindeutige Verbindung zwischen Ihnen und Catherys Tante hergestellt. Dazu kommt der Brief, mit dem Sie Gaynor zu sich baten. Er hatte ihn in der Tasche. Es sieht nicht gut für Sie aus, Edith.»

«Helfen Sie mir! Soll ich den Rest meines Lebens hinter Gittern verbringen?»

Mallory lächelte, und Edith, die Hellseherin, sah nicht, was ihr Lächeln bedeutete, ja sie faßte bei diesem scheinbaren Zeichen menschlichen Mitgefühls sogar neuen Mut.

«Eins wollte ich Sie immer schon fragen, Edith. Wer gab dem Helfer den Befehl, das Glas einzuschlagen, als Max sich nicht aus eigener Kraft befreien konnte? Das Glas, das ihm die Schlagader aufschnitt, so daß er verblutete? Ich habe den Mann in einem Altersheim auf dem Land gefunden. Er konnte sich noch ganz genau an jenen Abend erinnern, es war der Höhepunkt seines Lebens. Das Gesicht der Person, die den Befehl gab, hat er nicht erkannt, aber es sei eine Frau gewesen, sagt er, und es war auch eine Frau, die ihm das Feuerwehrbeil in die Hand drückte.»

Edith sagte nichts, aber für Mallory war ihr Schweigen beredt genug.

«Es gibt keine Gerechtigkeit auf der Welt, Edith, aber manchmal eben doch einen angemessenen Ausgleich.»

«Sie müssen mir helfen. Sie sind doch eine zivilisierte Person.»

«Wer? Ich?»

Ein Karton mit Charles' Zeitschriften stand neben ihr auf dem Gehsteig. Sie hob schon die Hand, um ein Taxi heranzuwinken, als im Licht der Straßenbeleuchtung ihr Blick auf ein vertrautes Gesicht fiel.

Sie steckte ihr Geld in den Zeitungskasten, entnahm das Blatt und sah Maximilian Candle in die Augen. Es war ein Foto von Charles' Onkel in seiner besten Zeit. In dem Artikel war von einer längst überfälligen Ehrung des Meisters die Rede. Berühmte Zauberkünstler aus der ganzen Welt wollten in einer Wohltätigkeitsveranstaltung noch einmal seine alten Nummern auf die Bühne bringen. Max war wieder in den Schlagzeilen. Als sie umblätterte, fand sie ein größeres Foto mit einem Artikel über Max' eindrucksvolle Beerdigung vor dreißig Jahren. Im Vordergrund entdeckte sie einen kleinen Jungen mit langer Nase. Charles.

Den kurzen Artikel über Markowitz' höchst unspektakuläre, unmagische Beerdigung mit einem Foto der äußerlich ungerührten Mallory hatte die Redaktion seinerzeit auf Seite fünfzehn verbannt.

Von all den Tränen, die sie in letzter Zeit für Coffey vergossen hatte, der sie zu gut kannte, um sich von ihr täuschen zu lassen, von all den Tränen, die sie für den leichtgläubigeren Staatsanwalt geweint hatte, der sie überhaupt nicht kannte, war keine einzige echt gewesen. Auf Markowitz' Beerdigung dagegen hatte sie nicht geweint. Aber sie hatte nichts von dem gehört, was am Grab gesprochen wurde, wo der Rabbi zum Himmel aufsah, in dem sich der Gott der Sonntagsschulen verkrochen hatte wie ein guter New Yorker, der mit all dem nichts zu tun haben will.

Sie hatte weiter die Rolle der Abgebrühten gespielt, für die eine Leiche eine Leiche ist und die mit dem Höhenflug der Seelen nichts am Hut hat.

Leb wohl, Markowitz.

Sie faltete die Zeitung zusammen und sah sich nach einem Taxi um. Ganz in der Nähe jaulte die Alarmanlage eines Autos los. Ein Taubenschwarm stieg mit rauschendem Flügelschlag aus einem Baum ins Licht der Straßenlaternen, stand einen Moment über Mallory, die mit staunenden Augen zu den Vögeln aufsah, und war gleich darauf in der Dunkelheit verschwunden.

Der Mann, der die Frauen belog

Deutsch von Renate Orth-Guttmann

Die Originalausgabe erschien unter dem Titel
»The Man who Lied to Women«
bei Hutchinson, London

Dieses Buch widme ich einem alten Freund, Richard Hughes, der seine Nachtruhe opfert, um verängstigten Kindern am anonymen Sorgentelefon mit seinem Rat zur Seite zu stehen, und Covenant House, *einer Zuflucht für Kinder, die nicht mehr nach Hause können.*

PROLOG

Der Regen trommelte auf die Plastikhaube ihres Regenmantels. Sie spürte die Tropfen, hörte sie aber nicht, denn sie war heute vormittag ohne Hörgerät und ihre Bifokalgläser aus dem Haus gegangen. Ihre Umgebung war traumstill und segensreich unscharf, keine Kippe, kein Bonbonpapier verdarb ihr Landschaftsbild.

Ein Geruch nach nassem Hundefell zog rasch an ihr vorüber. Noch ehe sie das Tier genauer hatte erkennen können, war es schon vorbei und lief den steilen, buschbestandenen Grashang hoch. Cora kniff die Augen zusammen. Die Hundeleine hatte sich offenbar in den Brombeerranken verfangen. Angstvoll zerrte und zuckte das Tier, bis es wieder freikam, lief weiter und war gleich darauf hinter dem Scheitelpunkt der Anhöhe verschwunden.

Cora steckte eine windverwehte weiße Strähne wieder unter die Kapuze, und der jägergrüne Regenmantel machte sie inmitten der noch recht kräftig gefärbten Büsche und Bäume an diesem dezembergrauen Tag fast wieder unsichtbar.

Sie sah auf die Uhr. Eigentlich war es Zeit umzukehren, aber mit Rücksicht auf ihre alten Knochen, die ihr den

Gang durch den Regen übelnahmen, setzte sie sich noch kurz auf eine der einladend am Parkweg aufgereihten Bänke, auf deren grünem Lack die Regentropfen perlten.

Nur weil es regnet, fühle ich mich im Park sicher, versuchte sie ihre protestierenden Knochen zu beruhigen. Bei schlechtem Wetter sind bestimmt nicht so viele Handtaschenräuber unterwegs, und in dieser Herrgottsfrühe finden die sowieso nicht aus dem Bett.

Trotz guten Zuredens reagierte der Arm, den sie auf die Banklehne legte, mit einem stechenden Schmerz. Gleich darauf spürte sie ein Kribbeln auf ihrem Handgelenk. Etwas Dunkles bewegte sich über die weiße Knitterhaut. Sie senkte den Kopf, bis der kribbelnde dunkle Fleck nur Zentimeter von ihren kurzsichtigen blauen Augen entfernt war, und sog dann scharf die Luft durch ihre langen, gelblichen Zähne.

Es war ein Aaskäfer, auch Totengräber genannt, ein langlebiges Insekt, das ungeniert Leichenschändung betreibt. Aber der hier kam entschieden zu früh. Auch für ihn galten gewisse Naturgesetze. Die alte Frau, die er sich ausgesucht hatte, atmete schließlich noch. Vielleicht hatte ihn das für die Jahreszeit zu milde Wetter verwirrt. Tut mir leid, mein Freund, da mußt du schon noch mal wiederkommen!

Jetzt aber geriet ein zweites Krabbelwesen in Coras eingeschränktes Blickfeld, das auf acht Beinen zielstrebig den Käfer verfolgte.

Von Rechts wegen hätte dieser Gliederfüßer aus der Klasse der Arachniden im Herbst sterben und von den eigenen Kindern aufgefressen werden müssen. Die Spinne hatte sich selbst überlebt, war jetzt, im Dezember, fehl am Platz. Inzwischen hatte sie sich ihrer Beute bis auf zwei Zentimeter genähert.

So viel Gewalttätigkeit am frühen Morgen – das war zuviel!

Die alte Dame schüttelte mit einem entschlossenen Ruck den Käfer ab. Die plötzliche Bewegung ließ die Spinne innehalten, dann machte sie kehrt und zog mit acht leeren Händen davon.

Jetzt ist die Welt wieder in Ordnung, dachte Cora. Sie sah auf die weite Fläche des Sees hinaus, in dem sich der graue Himmel spiegelte. Dann ging ihr Blick zurück zum Ufer. Hier, in der Nähe des Parkwegs, verengte sich das Gewässer zu einem stillen, dunklen Seitenarm. Am Ufer standen zwei dunkle Regenschirme, die sich offenbar miteinander unterhielten.

Der größere Regenschirm hatte lange braune Hosen an und der kleinere blaue Jeansbeine. Jetzt wich der Regenschirm mit den Jeansbeinen zurück, unter dem großen Regenschirm schoß eine weiße Hand hervor und zog Jeansbein wieder zu sich heran.

Cora lächelte. Ein junges Liebespaar – und vermutlich ein heimliches Rendezvous. Unter dem großen Regenschirm erkannte sie verschwommen ein weißes Gesicht, das argwöhnisch mal in die eine, mal in die andere Richtung sah. Die Hand hielt das Jeansmädchen fest, das wegzustreben schien. Goldenes Haar leuchtete auf, als Jeansmädchens Regenschirm nach hinten kippte und ihr aus der Hand flog. Er landete mit der Rundung nach unten im Wasser, der Griff zeigte himmelwärts wie ein Mast ohne Segel. Eine jähe Regenbö ließ ihn erst langsam, dann immer schneller kreisen.

Der große Regenschirm beugte sich vor, hob etwas auf und schien es dem Jeansmädchen zu zeigen. Dann machte er mit ihr eine halbe Drehung und entzog sie damit Coras Blick.

Vielleicht ein Geschenk, dachte Cora und kniff die Augen zusammen. Das Jeansmädchen schien sich zu freuen, denn sie wehrte sich nicht mehr, sondern schmiegte sich vertrauensvoll an ihren Begleiter. Etwas Rotes leuchtete in dem goldenen Haar auf. Sie standen nun ganz dicht beieinander, es sah aus, als müßte gleich ein Kuß kommen.

Cora sah auf die Uhr. Die beiden würden ihn unbeobachtet und ungestört genießen können, denn sie war sowieso schon zu spät dran. Ächzend rappelte sie sich auf und drehte dem Liebespaar den Rücken zu.

In diesem Augenblick fiel ein Schirm zu Boden. Zwei große Hände packten Jeansmädchens Kopf. Sekunden später – Cora war erst ein paar Schritte gegangen – krallten sich die Hände in die leuchtenden Locken, und eine gewaltsame, unnatürliche Drehung befreite das Jeansmädchen aus jenem Zwangskorsett der Minuten und Sekunden, das wir Menschen als Zeit verstehen.

20. Dezember

Daß sie auf Maschinen fixiert war, hatte viel, ja eigentlich alles mit dem weltumspannenden Netz der Telefongesellschaften zu tun.

Als Kind besaß sie nur die Zahlen, die man ihr mit Tinte auf die Handfläche geschrieben hatte, damit sie nicht verlorengehen konnte. Zahlen, von denen alle bis auf die letzten vier unter nassem Blut verschwunden waren.

Im Lauf der Zeit hatte sie gelernt, sich Kleingeld von Prostituierten zu erbetteln – nur bei denen war Verlaß darauf, daß sie das Kind nicht den Sozialarbeitern übergeben würden –, das steckte sie dann in einen öffentlichen Münzapparat, wählte aufs Geratewohl drei Zahlen und dann die vier, die sie kannte. Wenn sich eine Frau meldete, sagte sie: «Hier ist Kathy. Ich hab mich verirrt.»

Mit sieben konnte sie perfekt die Wähltöne pfeifen, die ihr den Zugang zu Fernverbindungen verschafften, und kannte alle internationalen Vorwahlnummern auswendig. Mit einem weiteren Pfeifton brachte sie den Apparat dazu, Wechselgeld auszuspucken. Genaugenommen verdankte sie also dem Telefon ihr Überleben. Es war wie eine Manie. In tausend Anrufen waren diese simple Botschaft und die letzten vier Ziffern einer Telefonnummer sich gleich geblieben.

Noch viele Jahre später hatten Frauen auf der ganzen Welt, in sämtlichen Zeitzonen jene geisterhafte Stimme eines Kindes im Ohr, das sich im Cyberspace der Telefongesellschaften verirrt hatte.

Detective Sergeant Riker vom Dezernat Sonderkriminalität wußte nichts über Mallorys Herkunft. Keiner wußte etwas darüber. Sie war mit zehn oder elf – bei Straßenkindern war die Altersbestimmung immer problematisch – als fertiger kleiner Mensch in das Leben von Inspektor Markowitz getreten. Und ihre Geschichte gehörte ihr allein.

Helen, die Frau des Inspektors, hatte das Kind gewaschen und unter der Schmutzschicht Erstaunliches zu Tage gefördert: langes, goldenes Haar, glitzernde grüne Augen, ein bewegend schönes, zartes Gesicht, volle rote Lippen. Daß Kathy außerdem noch ein hohes Maß an Intelligenz besaß, war fast zuviel des Guten.

Vierzehn Jahre später lag sie laut Bericht von Detective Palanski tot auf einem Obduktionstisch, von Sergeant Riker nur durch eine Tür getrennt.

Entschlossen stieß er die Pendeltür auf. Die kalte Luft traf ihn wie ein Schlag. Grelles Licht fiel auf den Stahltisch und die Wagen mit den Instrumenten, unter denen sich auch Bohrer und Sägen befanden, die man eher in einer Schreinerwerkstatt vermutet hätte. Er sah auf die nur notdürftig mit einem Tuch bedeckte Tote hinunter.

Am Tisch stand ein junger Arzt mit OP-Maske, grüner Schürze und Gummihandschuhen. Der Pathologe nickte Riker zu – sie kannten sich von früheren Leichen her –, dann sprach er weiter in das Mikrophon, das über der Toten hing:

«... *gut entwickelte weibliche Person, etwa fünfundzwanzig Jahre alt ...*»

Als Riker sich über die Leiche beugte, ließ das harte Licht der Deckenlampen sein Haar metallisch aufleuchten und vertiefte die Falten in seinem Gesicht, das ebenso verknautscht wirkte wie sein Anzug.

«... *Wunde und Prellungen am Unterarm ...*»

Eine Defensivwunde? Demnach hatte es einen Kampf gegeben. Blonde Locken umrahmten ein Gesicht wie aus Porzellan. Er ließ den Blick von dem geronnenen Blut der Kopfwunde, in der sich schon Maden und Käfer gütlich getan hatten, weiter nach unten gleiten.

Es war das falsche Gesicht.

«... *Wunde an der Schläfe ...*»

Er zog ein Lid hoch. Das Auge, trüb und seltsam flach, war nicht grün. Und die Haarwurzeln waren nicht blond.

Also nicht Kathy.

«... *Größe ein Meter fünfundsechzig ...*»

Die junge Frau war zehn Zentimeter kleiner als Kathy, aber so schlank wie sie und etwa im gleichen Alter.

Es dauerte eine Weile, bis Riker sich wieder im Griff hatte. Um ein Haar hätte er, ein ausgebuffter Cop mit fünfunddreißig Dienstjahren auf dem Buckel, losgeheult wie ein Weichei. Er machte kurz die Augen zu.

«Verdammter Idiot, dieser Palanski», sagte eine vertraute Stimme hinter ihm. Riker drehte sich um. Dr. Edward Slope, der Chefpathologe, streifte gerade die Gummihandschuhe über, die Maske hing ihm um den Hals, das zerklüftete Gesicht war unbewegt. Auch Slope kannte Kathy von klein auf.

«Nicht mal für Schwestern würde man sie halten.»

«Palanski ist ein junger Spund», sagte Riker, für den alle Männer unter vierzig in diese Kategorie fielen, «und hat ja auch nicht täglich mit ihr gearbeitet.»

«... die Hände zerquetscht, aber kein Blutverlust. Deutet darauf hin, daß ihr diese Verletzungen erst nach dem Tod beigebracht wurden ...»

Riker schlug sein Notizbuch auf. Er sah die Frau auf dem Tisch, die jetzt nackt und wehrlos den Lichtern, den Männerblicken, der kalten Luft ausgesetzt war, nicht mehr an. «Sie haben sie im Park gefunden, etwa fünf Blocks von Mallorys Wohnung auf der Upper West Side entfernt. Sie trug einen Blazer und Jeans, genau wie Mallory. Und auf dem Schneideretikett stand Mallorys Name.»

Dr. Slope sah stirnrunzelnd auf die Tote hinunter. «Aber Kathy Mallorys grüne Augen sind doch unverkennbar, und die hier sind hellblau. Wie konnte Palanski das bloß verwechseln?»

«An ihre Augen hat er sich bestimmt nicht rangetraut», sagte Riker. «Dazu hatte er zuviel Angst vor ihr. Auch noch im Tod.»

«... Leichenstarre noch im Nacken und Kiefer vorhanden ...»

Dr. Slope trat an den Tisch heran, nickte dem jungen Kollegen zu und griff sich das Klemmbrett, das an einer Kette baumelte. «Was liegt bis jetzt vor?» fragte er Riker.

«Die Kollegen von der West Side haben Coffey einen ersten Bericht geschickt. Ihr Mitarbeiter, der am Tatort war, schätzt die Todeszeit auf gestern vormittag zwischen sechs und neun. Ein Entomologe untersucht gerade die Käferlarven, vielleicht kriegen wir es dadurch noch ein bißchen genauer. Angeblich ist die Leiche eine Stunde nach dem Tod noch mal von der Stelle bewegt worden.»

In seinem Notizbuch stand nur ein Wort: Käfer.

Riker wußte, auch ohne hinzusehen, was jetzt mit der Frau geschah. Der junge Mann mit der OP-Maske führte den ersten V-förmigen Schnitt von der Schulter zum Brustbein und wieder nach oben zur anderen Schulter. Aus dem Augenwinkel verfolgte Riker, wie der nächste Schnitt die Leiche von der Brust bis zum Venushügel hin öffnete. Es roch nach Blut, Urin und Fäkalien. Durch seitlich am Tisch angebrachte Öffnungen liefen die Körperflüssigkeiten ab.

«Palanski war als erster Polizeibeamter vor Ort. Er schätzt, daß die Leiche im Park nur abgelegt worden ist.»

«Und was glauben Sie, Riker?»

«Nicht ausgeschlossen. Auf der Kleidung sind Grasflekken. Vielleicht hat der Täter sie im Park umgebracht und dann tiefer ins Unterholz gezerrt, um sich ungestört ihre Hände vorzunehmen.»

Mit einem satten Platschen landete das erste Organ auf der Waage. Eine Lunge vielleicht. Oder das Herz.

«Klingt einleuchtend», sagte Slope. «Die Hände hat man ihr nach dem Tod zerschlagen. Mit Fingerabdrücken ist da nichts mehr zu machen.»

Er holte eine Röntgenaufnahme aus einem großen gelben Umschlag und hielt sie ans Licht. «Der Schlag auf den Kopf wäre nicht tödlich gewesen. Als er ihr den Hals gebrochen hat, muß sie schon bewußtlos gewesen sein. Die Bruchstellen lassen auf einen schweren, stumpfen Gegenstand schließen.»

«Einen Stein zum Beispiel?»

«Möglich. Nach dem Verlauf der Bruchstellen würde ich sagen, daß er von vorn zuschlug und den Gegenstand in der rechten Hand hielt. Keine Würgemale. Den Hals hat er ihr wahrscheinlich mit beiden Händen umgedreht. Wollen Sie auf den Bericht warten?»

«Ich weiß nicht recht», sagte Riker. «Jetzt, wo sich herausgestellt hat, daß es keiner von unseren Leuten war, geht der Fall zurück an die Kollegen von der West Side.»

«*... Anzeichen einer kürzlich erfolgten Abtreibung ...*»

Weitere Organe landeten auf der Waage. Dreimal zählte Riker, stur in sein Notizbuch blickend, den Aufschlag von weichem Gewebe auf Metall. «Hat nicht Dr. Oberon was von einer Defensivwunde gesagt?» fragte er.

Slope griff nach dem Arm der Toten. «So weit würde ich nicht gehen. Sieht aus, als habe er sie an dieser Stelle festgehalten. Muß große Hände haben. Ach ja, und grüßen Sie Palanski von mir. Sie können ihm ausrichten, daß ich ihm Mallory auf den Hals hetzen werde, weil er mir den Vormittag verdorben hat.»

Ohne aufzusehen wußte Riker, daß jetzt alle inneren Organe aufgenommen waren. Der junge Arzt trat ans Kopfende des Tisches, um den langen Schädelschnitt von dem einen Ohr zum anderen zu machen. Danach würde er den Hautlappen über das Gesicht der Frau legen, die nicht Kathy war. Er arbeitete schnell, mit den sicheren Bewegungen eines Schlächters. Knirschend fraß sich die Säge in den Knochen. Noch eine Minute, und das Gehirn würde auf der Waage liegen. Rikers Stift blieb über der Seite in der Schwebe, während die Minute vertickte. Dann war es vorbei.

Sie war nur noch eine leere, wertlose Hülle.

Weil diese Frau Kathy hätte sein können, die Sergeant Riker von klein auf kannte, hatte der Mörder ihn an seiner empfindlichsten Stelle getroffen.

Später würde er seinen Kummer mit Scotch zuschütten, ohne ihn ertränken zu können. Der Kater und der Kummer würden wartend am Fußende seines Bettes sitzen, wenn er morgen früh – oder vielleicht erst am Nachmittag – aufwachte, und dann würden sie sich mit vereinten Kräften auf ihn stürzen.

Solange sie vom Dienst suspendiert war, störte kein Revolverwulst die elegante Linie ihres maßgeschneiderten Blazers. Man hätte sie für eine Zivilistin halten können, wären da nicht die unzivilisierten grünen Augen gewesen. Die Nachmittagssonne beschien das elegante Rokokosofa, auf dem sie es sich bequem gemacht hatte. Ein schlankes Bein war angezogen, ohne daß der Sportschuh den Brokatstoff berührte. Helen Markowitz hatte ihr beigebracht, daß man mit Einrichtungsgegenständen achtsam umzugehen hat, ob es sich nun, wie hier, um kostbare Antiquitäten, in satten Farben leuchtende Orientteppiche und Tiffanylampen handelte oder um die eher schlichte Ausstattung eines New Yorker Polizeireviers.

«Sprich du mit ihm, Mallory», sagte Effrim Wilde, der es nie gewagt hätte, nach nur zehnjähriger Bekanntschaft Kathy oder Kathleen zu ihr zu sagen.

Sie sah ihn unter schläfrig gesenkten Lidern an. «Hauptsache, der Junge ist nicht vom Teufel besessen. So was ist nämlich nicht mein Ding.»

Charles Butler grinste. Effrim Wilde verzog keine Miene.

Das hohe, dreigeteilte Bogenfenster, vor dem er stand, verkürzte seine rundliche Gestalt, so daß der Mittfünfziger fast wie ein Meßknabe wirkte. Das alternde Cherubgesicht umgab stark ins Grau spielendes welliges Haar.

«Ein faszinierendes Problem, Charles.»

«Faszinierend? Es darf gelacht werden! Für mich ist das ein ganz gewöhnlicher Feld-, Wald- und Wiesenschwindel.»

Charles beneidete Effrim um seine Stupsnase, denn sein Zinken war so groß, daß er ihm bei der Betrachtung seiner Umwelt ständig im Wege war und seinen Schatten an jede Wand warf. Auch sonst war Charles Butler keine Schönheit. Das wußte er auch und hatte sich längst damit abgefunden, daß ihn so mancher, der ihn nicht näher kannte, für durchgeknallt hielt – vielleicht vor allem seiner großen, permanent erstaunt wirkenden Augen mit der ungewöhnlich kleinen blauen Iris wegen.

«Vergiß es, Effrim. Mit solchem Nonsens gebe ich mich nicht ab.» Er erhob sich aus seinem Queen-Anne-Sessel und baute sich mit seiner beachtlichen Länge von fast zwei Metern vor dem Besucher auf.

«Es ist kein Nonsens, Charles. Ich habe Daten, die beweisen –»

«Meinst du die von den Russen oder die von den Chinesen? Imponieren mir beide nicht. Bisher hat diese Experimente noch niemand überzeugend nachvollziehen können. Warum gehst du mit dem Fall nicht einfach zu Malachai?»

«Dem Enttarnungskünstler? Ich dachte, der ist tot.»

«Er ist beruflich nicht mehr aktiv, aber mit dieser Geschichte würde er sich bestimmt nicht übernehmen. Und für eine Viertelstunde dürfte er dir auch nicht allzuviel berechnen.» Charles wandte sich an Mallory. «Malachai ist ein alter Freund unserer Familie. Er hat damals Onkel Max und seine Zaubershow auf Europatournee begleitet. Das ist allerdings lange her.»

«Es geht mir nicht ums Geld, Charles», sagte Effrim.

«Um so besser. Ihm nämlich auch nicht. Soll ich ihn anrufen?»

«Untersteh dich! Wo Malachai sich reinhängt, gibt's immer einen Riesenwirbel, und in diesem Fall ist Diskretion angesagt. Es geht schließlich um einen kleinen Jungen mit erheblichen Problemen.»

«Was du nicht sagst!» Charles wippte freundlich lächelnd auf den Fußballen. «Ich habe eher den Eindruck, daß du dich bei dem Vater lieb Kind machen willst, weil er den Vorsitz in einer Spendenkommission hat. Wenn ich mich nicht irre, begibt sich dein Forschungsinstitut um diese Zeit doch immer auf Betteltour. Ich befasse mich nur mit echten, nachprüfbaren Talenten.»

«Ich sage nur Levitation. Ist das kein Talent?» Effrim spielte durchaus überzeugend den Gekränkten.

«Du weißt ganz genau, daß der Junge ein Schwindler ist, Effrim. Von Levitation kann hier keine Rede sein. Und bilde dir nur ja nicht ein, du könntest Mallory als Bundesgenossin gewinnen, sie findet nämlich kleine Kinder, alte Damen und Hunde überhaupt nicht rührend. Und daß unbelebte Gegenstände ohne menschliche Nachhilfe fliegen können, dürfte sie dir auch nicht abnehmen. Übrigens nennt man das in Fachkreisen *Psychokinese.*»

Effrim machte eine großzügige Handbewegung. «Da spricht der Fachmann! Ich bin dir sehr verbunden für die Richtigstellung.»

«Und wenn er Kuchen durch die Luft fliegen läßt, nennt man das Tortenschlacht.»

«Tausend Dank, Charles.»

Effrim lächelte milde, senkte die Augen und seufzte voll Weltschmerz. Dann nahm er einen erneuten Anlauf.

«Dieses Kind hat seelische Torturen hinter sich.» Seine Stimme troff vor Salbung wie die des Pfarrers bei der Sonntagspredigt. «Als er neun war, starb seine Mutter. Und vierzehn Monate später verlor er auch noch seine erste Stiefmutter durch den Tod.»

«Laß gut sein, Effrim. Psychokinese fällt nicht in mein Fach.»

Effrim schlug die Augen gen Himmel wie die statuenhaften Heiligen auf mittelalterlichen Gemälden. «Dein Fach ist die Entdeckung neuer Talente und der Nachweis entsprechender Einsatzgebiete. Der Junge ist auch in anderen Bereichen überdurchschnittlich begabt. Sein Intelligenzquotient liegt irgendwo zwischen deinem und meinem. Und die Zeit drängt. Seine neue Stiefmutter ist nur noch ein Nervenbündel. Er hat offenbar sein Talent auf recht beängstigende Weise demonstriert.»

Mallory erwachte aus ihrer Lethargie und reckte sich. «Demnach ist die neue Stiefmutter die Zielperson?»

Charles sah, wie Effrim in Gedanken einen Schritt zurücktrat, um zu prüfen, inwieweit sich Mallory als Verbündete einspannen ließ. Bei seinen Mitmenschen die Schwachstellen zu finden, über die man sie manipulieren konnte – das war *sein* besonderes Talent.

«Das wollen wir doch nicht hoffen», sagte er herzhaft, aber wenig überzeugend. «Er hat spitze Gegenstände durch die Luft fliegen lassen.»

Charles schenkte Mallory trockenen Sherry nach und beschwor sie stumm, Effrim nicht zu ermutigen.

Dann gab er die Karaffe an Effrim weiter, seinen langjährigen Freund, dem er nicht von hier bis zur nächsten Ecke traute. «Wenn du meinst, daß der Junge ein Trauma hat, Effrim, wäre wohl ein Psychiater die richtige Adresse.»

Mallory nahm Effrim die Antwort ab. «Das möchte ich

bezweifeln. Unter diesen Seelenheinis sind Genies relativ dünn gesät. Wenn der Junge angeblich so hochintelligent ist, wie allgemein behauptet wird, zieht er den durchschnittlichen Wald-und-Wiesen-Doktor doch glatt über den Tisch.»

Charles lächelte leicht gequält. Seine stumme Bitte war offenbar nicht erhört worden.

Mallory entzog sich weiteren diskreten Winken, indem sie Charles einfach nicht mehr ansah. Interessant, dachte er, daß sie sich trotz ihrer spürbaren Skepsis auf Effrims Seite schlägt. Auf ihren Instinkt ist in den meisten Fällen Verlaß.

«Wie sind die Mutter und die erste Stiefmutter zu Tode gekommen?» fragte sie.

Kaum ist von Leichen die Rede, überlegte Charles, ist Mallory sofort hellwach. Die Zusammenarbeit mit mir befriedigt sie nicht. Wenn ihre Suspendierung abläuft, geht sie bestimmt zur Polizei zurück. Ich habe ihr nichts zu bieten – keine Toten, keine Mordermittlungen.

Effrim starrte in sein Sherryglas, als stünde dort die Antwort geschrieben. «Eine tragische Geschichte. Wirklich tragisch. Die leibliche Mutter ist mit achtundzwanzig Jahren an einem Herzinfarkt gestorben.» Er blickte auf, weil er sehen wollte, ob Mallory angebissen hatte, aber ihr Gesicht war wie ein zugeklapptes Buch. Er hatte sich wohl eine Sekunde zu lange in ihren Augen verloren, denn als er sich wieder seinem Sherry zuwandte, war er merklich verunsichert. «Seine erste Stiefmutter beging Selbstmord. Ein Abschiedsbrief wurde nicht gefunden.»

Mallorys Kinn hob sich ein wenig, die Augen waren jetzt weit geöffnet.

Charles sah zur Decke. *Gratuliere, Effrim.*

«Eine erstaunliche Pechsträhne für die Familie», sagte er.

«Nur für die Frauen», widersprach Mallory. «Wir übernehmen den Fall.»

Sie wich seinem Blick noch immer aus, aber er nahm ihr die Selbstherrlichkeit nicht übel. Vielleicht blieb sie dadurch der Firma Mallory & Butler noch eine Weile erhalten. Auf lange Sicht aber war die Trennung unvermeidlich. Schon deshalb, weil ihr die Polizei den Zweitjob nicht mehr würde durchgehen lassen.

«Den Vorschuß bekommt ihr per Scheck», sagte Effrim. Damit verschwand er. Nur sein breites Lächeln – ein Trick, den er wohl der Cheshire-Katze aus *Alice im Wunderland* abgesehen hatte – schwebte noch eine Weile im Raum.

Mallory stand auf. «Ich kümmere mich am besten gleich mal um die Lebensversicherungen.»

«Moment, Mallory! Unser Auftrag lautet nicht, die Familiengeschichte zu erforschen, sondern den psychokinetischen Aktivitäten auf den Grund zu gehen.»

«Scherzbold! Was ich noch sagen wollte: Im Bürokühlschrank herrscht gähnende Leere.»

Charles nickte schuldbewußt. Auf der Rückseite des ihm von Mallory anvertrauten Einkaufszettels hatte er zwei Telefonnummern notiert und ihn dann als Lesezeichen in irgendeinem Buch verschwinden lassen.

«Gehen wir zu mir», schlug er vor.

In seiner Wohnung, die auf dem gleichen Stockwerk wie das Büro lag, sorgte die gestrenge Mrs. Ortega aus Mitleid mit dem einkaufstechnisch behinderten Charles dafür, daß stets Vorräte im Haus waren. Heute hatte sie mit einem Magneten eine Skizze an die Kühlschranktür geheftet, auf der sämtliche auf dem Kriegsschauplatz Küche für die Maus aufgestellten Fallen eingezeichnet waren. Charles hatte unbegrenztes Vertrauen zu Mrs. Ortega und ihren Fähigkeiten, weshalb ihm der unglückliche Nager jetzt schon leid tat.

Mallory hatte es sich erwartungsvoll am Küchentisch gemütlich gemacht. In der Küche war Charles am allerliebsten. Auf Wandregalen standen in Reih und Glied Gewürze, Fleischzartmacher und all die praktischen Folterinstrumente, die man gern zur Hand hat, um unschuldiges Gemüse zu köpfen, zu häuten, zu vierteln und in siedendes Öl zu tauchen. Er packte auf den Tisch, was er im Kühlschrank fand, Mallory sichtete sachkundig das Fleisch-, Aufschnitt- und Käseangebot und kreierte damit originelle Sandwich-Schöpfungen. Als er zum letzten Mal vom Kühlschrank zurückkam, brachte er eine neue Gewürzsauce mit.

«Bei der Polizei hast du dich wohler gefühlt, nicht?»

«Als Markowitz noch lebte.» Sie schraubte das Glas auf, schnupperte und nickte kurz. Der Inhalt war genehmigt. «Coffey ist eben anders. Er ist stocksauer auf mich. Wenn ich ins Dezernat zurückgehe, steckt er mich in die Computerabteilung und läßt mich nie wieder auf die Straße.»

«Ich denke, die Suspendierung ist nur eine Formsache.»

«Ist sie auch. Wer auf einen Täter schießt, wird vom Dienst suspendiert, solange die Zivile Kontrollbehörde den Fall untersucht.»

«Aber du hast den Täter doch nicht umgebracht! Und schließlich hatte er einen alten Mann beraubt und zusammengeschlagen.»

«Coffey hat eine etwas andere Einstellung zu der Sache.»

«Du willst also unser Partnerschaftsverhältnis nicht auflösen?»

«Nein, warum denn? Aber zur Polizei zurück will ich auch. Eins schließt das andere ja nicht aus.» Sie sah auf die Uhr und schaltete den kleinen Fernseher an. Es war Zeit für die Nachrichten, und sie hielt sich gern über die New Yorker Todesrate auf dem laufenden.

«Aber gibt es bei euch nicht eine Vorschrift, wonach Polizisten keine Nebentätigkeiten ausüben dürfen?»

«Ja und?» gab sie leicht erstaunt zurück.

Das Fernsehen berichtete über das tägliche Gemetzel mit einem zusätzlichen Bildschirmfenster, das die Todesuhr am Times Square zeigte. Der Nachrichtensprecher verlas die Statistik, und dazu sprangen vor den Augen Tausender von Autofahrern und Fußgängern und der Millionen, die ihre billigen Sensationen lieber über die Mattscheibe bezogen, die Zahlen auf der riesigen Anzeigetafel um.

«Ich hasse das Ding», sagte Mallory, während die elektronische Anzeige den landesweiten Stand der tödlichen Schußwaffenverletzungen registrierte.

«Ach ja? Ich dachte, eine computergesteuerte Todesstatistik müßte dir liegen. Sie macht die Morde so schön übersichtlich.»

Ihr Gesicht wurde abweisend und fast maskenhaft starr. Warum bildete er sich immer noch ein, Mallory ergründen zu können? Wer wußte schon, was in ihr vorging? Und wann würde er aufhören, sich darüber den Kopf zu zerbrechen?

«Und nun zu unserer letzten Meldung», sagte der Nachrichtensprecher und holte damit Charles ins Hier und Jetzt zurück. Auf dem Bildschirm erschien Mallorys Gesicht.

«Im Central Park wurde eine Kriminalbeamtin ermordet. Bei dem Opfer handelt es sich um Sergeant Kathleen Mallory, Tochter von Inspektor Louis Markowitz, der vor einiger Zeit ebenfalls in Erfüllung seiner Pflicht für die Allgemeinheit sein Leben gab. Weitere Einzelheiten wurden zunächst nicht bekanntgegeben, um die Ermittlungen nicht zu behindern.»

Charles sah die ihm quicklebendig gegenübersitzende Mallory an wie einer, dem es schwerfällt, sich von seinem naiven Glauben an die Wahrhaftigkeit des Mediums Fernsehen zu trennen. Wie hätte er wohl reagiert, wenn sie in diesem Moment nicht bei ihm gewesen wäre?

Sie zappten sich einmal durchs Programm. Alle Sender brachten dieselbe Meldung.

Telefon und Türglocke läuteten gleichzeitig. Da kamen wohl schon die ersten Beileidsbekundungen. Mallory ging zur Tür, während Charles den Hörer abhob.

«Hier Riker. Sag mal, Charles, wozu hast du eigentlich einen Anrufbeantworter, wenn du ihn nie abhörst?»

«Geht es um die Meldung über Mallorys Tod?»

«Ja. Ich bin in Slopers Büro. Wir versuchen schon den ganzen Tag, Mallory zu erreichen. Ist sie bei dir? Gibst du mir die Leiche mal eben rüber?»

Mallory brachte eine Nachbarin, Dr. Henrietta Ramsharan aus dem Apartment 3 A, mit in die Küche. Henrietta trug schon ihre Freizeitkluft – Jeans und Karobluse –, hatte das schulterlange braune Haar aus dem strengen Knoten der Dienstfrisur befreit und sah so konsterniert drein, wie man es von einer Frau erwarten darf, der eine Tote die Tür öffnet.

Lieutenant Jack Coffey saß an seinem Schreibtisch. Er behauptete jedenfalls, es wäre seiner – aber von dem Raum, in dem besagtes Möbelstück stand, sprach nach wie vor jedermann als dem Büro von Inspector Markowitz, auch wenn der inzwischen nicht mehr am Leben war. Manchmal sagte sich Coffey, daß er schon froh sein konnte, wenn der Gehaltsscheck auf seinen Namen lief. Aber im Augenblick dachte er nicht an seinen früheren Chef, sondern an dessen Tochter. Kathleen Mallory.

Auf dem Schreibtisch lagen Palanskis Bericht und das Fax der Kollegen vom Revier West Side mit dem ersten Bericht vom Tatort. Die Fotos waren sehr dunkel, aber selbst in der körnigen Schwärze schien das blonde Haar zu leuchten, und mit einiger Mühe waren die Umrisse der vertrauten Gestalt in Jeans, Laufschuhen und Blazer zu erkennen. Jetzt fehlte nur noch die endgültige Identifizierung durch einen Freund der Familie.

Für Sergeant Riker war es besonders hart. Schon der Tod von Markowitz hatte ihn schwer getroffen. Daß es Mallory erwischt hatte, würde ihm den Rest geben.

Der sechsunddreißigjährige Coffey knipste die Schreibtischlampe aus und stützte sich zum Aufstehen auf die Schreibtischplatte wie ein gebrechlicher Greis.

Wer hatte so dicht an sie herankommen, sie so zurichten können? Er konnte es noch immer nicht fassen.

Aber der Beweis lag schwarz auf weiß vor ihm, auf allen Sendern flimmerte ihr schönes Gesicht über die Mattscheibe. Und wenn er den Cop fand, der es den Medien gesteckt hatte, würden Köpfe rollen.

Könnte er sie für ein paar Minuten zurückbekommen, würde er mit Freuden ihren spöttischen Blick ertragen, der stets jede Anteilnahme an ihrem Wohlergehen zurückwies und ihm mehr als deutlich zeigte, daß sie ihn für einen Schlappschwanz hielt. Er sah sie förmlich vor sich, meinte, ihr Parfüm zu riechen. Zeit zum Heimgehen. Zeit für die Flasche. Er wandte sich um.

Das darf nicht wahr sein ...

Er tastete nach dem Türrahmen, griff daneben, landete unsanft auf einem Stuhl. Sein Magen fuhr Achterbahn.

Unter der Tür stand Mallory. Ihr Haar leuchtete im Gegenlicht. Hinter ihr tauchte Riker auf. Er wirkte unter den Neonröhren fahl und verwaschen.

«Klarer Fall», sagte Mallory. «Du hast gedacht, die Frau in der Leichenhalle bin ich.»

«Wie man's nimmt.» Riker grinste. «Das mit deinem Tod hat der Lieutenant schon geglaubt. Aber er weiß auch, daß eine wie du nach Sonnenuntergang wiederkommt.»

Er warf seinen Bericht auf den Schreibtisch. Ein Getränkefleck und zwei Essenskleckse unterschiedlicher Herkunft zierten die erste Seite.

Während Mallory sich einen Stuhl heranzog und die langen Beine ausstreckte, starrte Coffey auf den Bericht und suchte nach seiner Stimme.

Riker holte sich ebenfalls einen Stuhl, knipste die Schreibtischlampe wieder an und zückte sein Notizbuch. An der hinteren Wand warf Mallory den beruhigenden Schatten einer lebendigen Frau.

Coffey ließ sich langsam in seinen Schreibtischsessel sinken, eine Hand auf der Magengrube, in der er immer noch ein beängstigendes Flattern verspürte. «Die Tote trug einen braunen Kaschmirblazer, der für dich maßgeschneidert war, Mallory.»

Riker warf einen Blick in sein Notizbuch. «Dein Schneider auf der 42nd Street hat das bestätigt. Zu Palanski hat er angeblich gesagt, daß du seine einprägsamste Kundin bist.»

«Was war mit dem Blazer?» blaffte Coffey. Ruhig Blut, Junge, redete er sich zu, du hast schließlich keine Tatverdächtige vor dir. «Der ist bisher unser einziger Hinweis.»

«Riker hatte mit einer Zigarette ein Loch in den linken Ärmel gebrannt», erklärte sie sachlich, «da hab ich ihn weggetan.»

«In den Müll?»

«Nein. Anna, die Frau von Rabbi Kaplan, sammelt Klamotten für Obdachlose, die hat ihn mir abgenommen.»

Coffey versuchte, durch das rötliche Geklecker und einen Fleck hindurch, von dem er hoffte, daß es nicht Bier war, Rikers Bericht zu entziffern. «Laut Autopsiebefund handelt es sich um die Leiche einer gut genährten Frau Mitte Zwanzig. Kein Hinweis auf Obdachlosigkeit, keine Kopfläuse, keine Wanzen.»

Nur die Spuren hungriger Maden und Käfer, mit deren Hilfe sich möglicherweise die Todeszeit genauer bestimmen ließ.

«Na und?» Mallory zuckte die Schultern. «Fragt doch Palanski. Man darf gespannt sein, was er außer der Identifizierung noch verbockt hat. Was liegt bis jetzt vor?»

Als einer Mitarbeiterin im Dezernat für Sonderkriminalität stand ihr diese Frage durchaus zu, und Coffey hätte sie lieber heute als morgen wieder bei sich gehabt. Jetzt ging es darum, das Gespräch so zu führen, daß er sie nicht gegen sich aufbrachte, daß er ihr die Nasenlänge Vorsprung gönnte, die ihr ja sowieso nicht zu nehmen war. Er überflog Rikers Text.

«Wir wissen, daß sie etwa zwei Wochen vor ihrem Tod eine Abtreibung machen ließ. Sie wurde zunächst frontal angegriffen und erlitt eine Kopfwunde. Das könnte bedeuten, daß es eine persönliche Sache und der Täter ein Bekannter war. Aber das ist auch schon alles. Keine Zeugen, keine Tatwaffe.»

«Gestern vormittag hat es laut Bericht unserer Kollegen

geregnet», sagte Riker, «und der Regen hat wahrscheinlich alle Spuren verwischt, sonst hätte Heller was gefunden. Die Tatwaffe kann ein Stein gewesen sein, und wenn der Täter auch nur halbwegs bei Verstand ist, liegt der jetzt im See, wo er am tiefsten ist. Falls sie wirklich im Park umgebracht wurde. Fest steht nur soviel, daß die Leiche nach dem Tod von der Stelle bewegt wurde.»

«Von unseren Leuten ist niemand involviert», sagte Coffey. «Wenn du dem Bericht nichts mehr hinzuzufügen hast, Riker, gebe ich den Fall heute abend an die Kollegen von der West Side zurück.»

Mallory hatte sich mit halb geschlossenen Augen zurückgelehnt und machte ein verdächtig harmloses Gesicht. «Ohne Fingerabdrücke identifizieren sie die Tote bestenfalls in einem Monat. Oder nie. Es ist ja kein Druck dahinter. Und wenn der Täter sie im Park nur abgelegt hat, bleibt der wahre Tatort ein großes Fragezeichen. Die setzen den Fall in den Sand.»

«Während du ihn wahrscheinlich relativ schnell lösen könntest ...»

«Wenn du möchtest ...»

«Ich möchte, daß du dich wieder um deinen verdammten Computer kümmerst.»

«Im Augenblick bin ich noch suspendiert. Außerdem prüfe ich gerade ein günstigeres Angebot.»

Mallory stand auf. Einen Augenblick hatte Coffey noch Gelegenheit, ihren Rücken zu betrachten, dann klappte die Tür hinter ihr zu.

Riker vergewisserte sich, daß sie außer Hörweite war,

dann sagte er: «Natürlich hat sie recht, und das weißt du auch ganz genau. Wetten, daß die Jungs von der West Side voll ins Leere greifen?»

«So was kommt vor. Was soll ich denn machen?»

«Gib Mallory den Fall.»

«In ihrer Stellenbeschreibung steht, daß sie für Verbrechensanalyse und EDV zuständig ist.»

«Aber sie hat auch schon draußen gearbeitet.»

«Inoffiziell, und nur, weil unsere Personaldecke so dünn ist. Wenn sie mehr will, muß sie sich dazu bequemen, einen Antrag zu stellen, und braucht für den Anfang einen Partner. Kannst du dir vorstellen, daß jemand mit ihr auskäme? Und vergiß nicht, daß der Fall in einen anderen Bezirk gehört.»

«Technisch gesehen ist nach wie vor unser Dezernat zuständig. Mach die Augen zu und frag nicht lange.»

«So wie Markowitz?» Unter Markowitz hatte sie jeden Tag gegen sechs Vorschriften verstoßen, hatte in fremden Computern herumgehackt, auf zeitraubende Dienstwege und Durchsuchungsbefehle verzichtet – und sich dem Dezernat damit unentbehrlich gemacht.

«Mit anderen Worten: Ich soll sie ungebremst auf die Menschheit loslassen ...»

«Das nicht, aber –»

«Im Sinne von Markowitz wäre das nämlich nicht. Als er hier das Sagen hatte, saß sie in ihrem Computerraum praktisch wie in einer Zelle, und er ist mit seinen Fällen zu ihr gegangen.»

«Ich fand immer, daß das ein Fehler war.» Riker zündete sich eine Zigarette an, ohne Coffey zu fragen, ob ihn das Rauchen störe.

Coffey, der fanatische Nichtraucher, schluckte die Provokation. Rikers Frotzeleien, die erst hart an der Grenze zur Insubordination aufhörten, war er inzwischen gewöhnt. Daß der Sergeant ihn aber nicht sofort angerufen hatte, als die Falschidentifizierung feststand, würde er ihm so schnell nicht vergessen.

«Inzwischen hätte sie nämlich längst all das lernen können, was man braucht, um draußen zu überleben.» Riker hüllte sich in blauen Dunst. «Aber irgendwie hat sie wohl ihre eigene Überlebenstechnik. Es wäre jammerschade, sie im Computerraum versauern zu lassen.»

«Du siehst ja, was passiert, wenn man sie mal rausläßt: Prompt wird sie vom Dienst suspendiert.»

«Niemand kann ihr einen Vorwurf daraus machen, daß sie geschossen hat.»

«Mit einem sauberen Blattschuß hätte ich kein Problem gehabt. Aber Mallory wollte mit dem Täter Katz und Maus spielen.»

«Wer sagt das? Haben diese Idioten von der Zivilen Kontrollbehörde etwa gegen sie entschieden?»

«Sie haben ihr empfohlen, in Zukunft einem Verdächtigen nur den Revolver aus der Hand zu schießen und nicht die Hand selbst zu lädieren. Was Zivilisten eben sagen. So weit, so gut. Aber ich bin mit der Sache noch nicht fertig. Der Täter hat Mallory mit der Waffe bedroht. Sie hätte ihm die Kugel ins Herz jagen sollen. Aber das wäre ja zu schnell gegangen und hätte keinen Spaß gemacht...»

Kein Widerspruch, Riker?

Coffey schrieb sich einen Punkt gut, aber sein großes Ziel blieb es, irgendwann mal das letzte Wort zu behalten. «So, und nun muß ich meinen Aktenrückstand aufarbeiten. Sie ist am Computer nicht zu ersetzen, und damit Schluß.» Coffey fing an zu lesen. Ein taktvollerer Untergebener hätte begriffen, daß er entlassen war. Riker aber saß immer noch in aller Ruhe da, als sein Vorgesetzter von seinem Papierkram aufsah, und ließ Coffeys erbosten Blick an sich abprallen.

«Geh Mallory nach, Riker, und sag ihr, daß die Suspendierung aufgehoben ist.»

Riker nickte, ohne sich vom Fleck zu rühren.

«Wenn du Mallory nichts zu bieten hast, was sie reizt, können wir sie nicht halten», sagte er. «Dann macht sie bei Charles weiter. In dieser Consultingfirma, die sich Mallory & Butler nennt.»

«Und die in dieser Form natürlich völlig illegal ist. Wenn sie den Laden nicht dichtmacht, ist sie ihre Dienstmarke los.» Coffey hatte beschlossen, die Drohung erst mal an Riker auszuprobieren, ehe er sich damit an Mallory wagte.

«Mit so was kannst du Mallory nicht bange machen.»

Damit hatte Riker natürlich recht, und das ärgerte ihn besonders. Würde die Polizei ihren Mitarbeitern konsequent die Nebentätigkeiten verbieten, blieben keine drei Cops mehr zum Schutz der Stadt übrig.

«Willst du dich freiwillig als Kindermädchen für Mallory melden?»

«Sie braucht kein Kindermädchen. Schon als Dreikäsehoch hat sie keins gebraucht. Und auch sonst niemanden. Sie war und ist eine selbstgenügsame kleine –»

«Markowitz rotiert in der Grube, Riker, wenn du seine Tochter in die Schußlinie bringst.»

«Daran hing's ja gerade: daß es seine Tochter war. Jede andere hätte er beinhart rangenommen, wie es sich gehört.»

Um Riker herum war der Teppichboden grau. Die Welt war für ihn ein einziger großer Aschenbecher.

«Und warum ausgerechnet diesen Fall? Der Typ ist brutal. Ein Psychopath.» Coffey hielt das Foto aus dem Leichenschauhaus hoch, und Riker sah schnell weg. «Erst schlägt er der Frau den Schädel ein, dann dreht er ihr den Hals um. Wie soll Mallory –»

«Diesmal schießt sie bestimmt nicht in die Hand. Ich denke, sie hat ihre Lektion gelernt.» Riker hob den struppigen Kopf. «Gib ihr die Chance.»

«Sie hat nicht den kleinsten Hinweis.»

«So was ähnliches hast du vorhin schon mal gesagt. Hast du ihre Augen aufleuchten sehen? Wie grüne Kerzen. Bei so was könnte man wahrhaftig wieder anfangen, an die Hölle zu glauben.»

«Wir wissen über den Täter nur so viel, daß er für Frauen eine Bedrohung darstellt. Und da soll ich ihm Mallory zum Fraß vorwerfen?»

«Sie ist für den Fall genau die Richtige.»

«Wie kommst du denn darauf?»

Coffey griff nach einem Drehbleistift, um den Bericht

abzuzeichnen, der vor ihm lag. Riker rutschte in seinem Stuhl tiefer und legte die Füße auf die Schreibtischplatte. Coffeys Bleistiftmine brach ab.

«Markowitz», sagte Riker durch blaue Wolken hindurch, «war immer unheimlich stolz auf Mallory. Ständig hat er mit ihr angegeben. Nicht jeder Vater in meiner Gegend, sagte er immer, hat eine Tochter, die vom Persönlichkeitsprofil her eine Soziopathin ist.»

21. Dezember

Er hatte wieder von der magischen Kugel geträumt. Ganz langsam war sie aus der Revolvermündung auf ihn zugeflogen, hatte ihr Ziel getroffen und das Blut aufspritzen lassen.

Auf dem Weg ins Badezimmer stieß Riker mit einem nackten Fuß an eine leere Bierflasche, aber er spürte keinen Schmerz, weil ihm der Traum noch so lebhaft vor Augen stand.

Irgendwann würde der Suff ihn umbringen, würden die Reflexe, die er brauchte, um sein jämmerliches Leben zu retten, nicht mehr funktionieren. Im Schlafen wie im Wachen war die magische Kugel nie weit weg.

Doch er und die Flasche waren mittlerweile ein altes Ehepaar. Und der Traum von der Kugel war ihm immer noch lieber als die Spinnen. Die waren über ihn gekommen, als er mal wieder einen Anlauf genommen hatte, diese Beziehung aufzulösen. Dreizehn Jahre mußte das inzwischen her sein. Mindestens.

Er hatte angeschnallt im Bett gelegen, als Kathy Mallory plötzlich durchs Fenster kletterte. Kinderbesuch war in der Entziehungsklinik verboten. Auf lautlosen Gummisohlen und mit der Heimlichkeit der geborenen Diebin sprang sie vom Fensterbrett zu Boden.

Einen Lidschlag lang hatte dieses seltsame Kind gar nicht so schlecht in das Gewimmel von Spinnen gepaßt, die über seinen Körper, das Bettzeug, die Wände krabbelten. Die größte hatte sich einen prächtigen Faden gesponnen, an dem sie sich mit ihren acht schwarzen Beinen von der Decke herunterließ. Dann fing sie, elegant wie eine Primaballerina, auf seinen Augen an zu tanzen, und er war ihr hilflos ausgeliefert.

«Die Spinne! Mach sie weg!» hatte er Mallory zugerufen, die er damals noch Kathy hatte nennen dürfen. (Erst später, als sie zur Polizei ging, hatte sie sich das verbeten.) Kathy war an sein Bett getreten, hatte ihm in die Augen gesehen und sie verächtlich für spinnenfrei erklärt. Sie war ihm so nah gewesen, daß er sich in ihren Augen gespiegelt sah. Winzig wie ein Mistkäfer.

Der große Spiegel an der Wand zeigte ihm genauer, was Kathy sah: sein schweißnasses, zuckendes Gesicht. Die Spur von Erbrochenem, die sich vom Mund zum Kinn zog. Er nickte ergeben und konnte Kathy nur recht geben: Mit einem so hoffnungslosen Fall mochten nicht einmal mehr Spinnen was zu tun haben.

Er wußte noch, daß er gedacht hatte: Ein Glück, daß Helen Markowitz ihrer Kathy beigebracht hat, in geschlossenen Räumen nicht auszuspucken. Denn dazu hatte sie in diesem Moment sichtlich die größte Lust gehabt. Statt dessen hatte sie sich wortlos umgedreht und war auf dem gleichen Weg, auf dem sie gekommen war, wieder gegangen. Lautlos schlossen zwei kleine Hände das Schiebefenster.

Nachdem die Spinnen von ihm abgelassen hatten, um sich auf vielversprechendere Opfer zu stürzen, hatte er keinen Versuch mehr gemacht, von der Flasche loszukommen. Dafür hatte er nach besten Kräften versucht, sich nicht noch einmal vor Kathy zu blamieren. Diese unerbittliche kleine Range hatte den Sauftouren, von denen er auf allen vieren nach Hause gekrochen war, und den peinlichen Szenen in der Öffentlichkeit ein Ende gemacht. Er war ein halbwegs diskreter Säufer geworden.

Das Tageslicht blendete ihn trotz der Sonnenbrille. Er setzte sich auf den Beifahrersitz von Mallorys braunem Kleinwagen, beugte sich vor und besah sich über die zerschrammten grünen Gläser hinweg die Gegend.

«So sieht die Welt also am frühen Morgen aus.»

Mallory hüllte sich in beredtes Schweigen.

Die Pünktlichkeitsfanatikerin hatte warten müssen, während er sich angezogen und rasiert hatte. Er rutschte tiefer in seinen Sitz, band sich noch rasch den Schlips und wartete auf den fälligen Anschiß. Statt dessen ließ sie wortlos den Motor an und bretterte los.

Riker hielt sich am Armaturenbrett fest. Er hörte förmlich die Hirnmasse in seinem Kopf herumschwappen. Kein angenehmes Gefühl, wenn man einen Kater hat.

«Sachte, Mallory. Wir haben noch einen langen Tag vor uns.»

Sie drosselte das Tempo und sagte so höflich, daß ihm eine Gänsehaut über den Rücken lief: «Bei den Portiers auf der Upper West Side sind die Kollegen nicht fündig geworden. In dieser Gegend hat sie nicht gewohnt, keiner hat sie auf den Fotos erkannt.»

Sie hatte also schon ohne ihn angefangen. Was hatte sie noch alles angestellt? Es war zehn. Meist machte er um diese Zeit erst mühsam die Augen auf.

«Da sieht man mal, daß dir die Erfahrung fehlt», sagte er leicht gönnerhaft. «Es gibt nicht viele Leute, die eine Identifizierung nach einem Foto aus dem Leichenschauhaus vornehmen können, selbst wenn das Gesicht intakt ist. Eine Mutter erkennt ihr Kind auf den ersten Blick. Manchmal schaffen das auch noch gute Freunde. Aber ein Portier? Vergiß es.»

Mallorys Profil blieb unbewegt.

Vorsichtig peilte er die Lage. «Wo geht's hin? Nach Brooklyn?»

«Nein, da war ich schon. Anna hat die Sachen bei einer Sammelstelle abgegeben, und von da sind sie zum Hauptlager nach Manhattan gegangen. Annas Ballen ist in einem Obdachlosenasyl für Frauen in der East Village gelandet.»

«Obdachlosenasyl? Also darin muß ich Coffey recht geben: In einer Pennerbleibe kann ich mir unsere Unbekannte einfach nicht vorstellen.»

«Bereits abgehakt. Der Kaschmirblazer war nicht auf der Liste, den hat jemand schon im Hauptlager geklaut. Und da fahren wir jetzt hin.»

«Woher willst du wissen, daß es niemand aus dem Heim war?» Blöde Frage. Wahrscheinlich hatte sie dort das Unterste zuoberst gekehrt und alle gegen sich aufgebracht.

«Eine Bekannte von Anna hat dort die Leitung, sie hat Annas Ballen selber aufgemacht. Der Blazer war nicht drin. Wir fahren zum Hauptlager und nehmen uns alle vor, die was mit dem Zeugs zu tun hatten.»

Zehn Minuten saßen sie in freundschaftlichem Schweigen nebeneinander. Das war das Positive an der Arbeit mit Mallory: Sie war keine Quasselstrippe, sie machte nur den Mund auf, um ihn zusammenzustauchen oder etwas Sachliches anzumerken. Als sie vor dem Hauptlager hielten, legte er ihr eine Hand auf die Schulter.

«Keine Cowboystücke, Mädchen! Ich hab dir bei Coffey die Stange gehalten, aber er hatte recht, und das weißt du ganz genau. Wenn du schon schießen mußt, dann machst du ganze Arbeit, ist das klar? Die Lehrzeit ist zu Ende.»

Die Atmosphäre zwischen ihnen war wieder etwas gespannt, als sie in einem sarggroßen grauen Aufzug in den dritten Stock fuhren und einen Raum betraten, der so lang und so breit war wie ein ganzer Häuserblock. Bündel und Ballen waren zu hohen Wällen aufgetürmt, zwischen denen sich schmale Gänge hinzogen, die in der Ferne zusammenzutreffen schienen. In einer Staubwolke bewegte sich ein Gabelstapler durch den breiteren Mittelgang und angelte sich die Packen, deren Nummern ein Mann mit O-Beinen und Bierbauch durch ein Megaphon brüllte.

Mallory hielt ihm ihre Dienstmarke vor die Nase und

faßte neben ihm Tritt. In dem trüben Licht nie geputzter Scheiben sah hier alles so schäbig und verschlissen aus wie das Zeug aus den Ballen. Und so roch es auch. Riker hatte solche Sachen als Kind getragen. Wer den Geruch einmal in der Nase hatte, wurde ihn nie mehr los.

Er holte sein Notizbuch heraus und lief hinter Mallory her.

Zwischen seinen Ansagen gab der säbelbeinige Schichtleiter Kommentare ab, die Mallory gar nicht zur Kenntnis nahm.

«An den Ballen da vergreift sich doch keiner», sagte er. «Wer würde schon seinen Job für so'n gebrauchten Fummel riskieren?»

Riker grinste. Der fragliche Fummel dürfte Mallory mindestens neunhundert Dollar gekostet haben. Nur erste Qualität für Mallory, das war schon Helens Devise gewesen, als Riker noch Kathy hatte sagen dürfen. Allerdings hatte die Kleine schon damals statt der Designerklamotten, die Helen Markowitz ihr kaufte, lieber Jeans, Turnschuhe und T-Shirts getragen.

Das hatte sich bis heute nicht geändert. Nur daß der graue Wollblazer, unter dem sich links die schwere Waffe im Holster abzeichnete, jetzt maßgeschneidert und die Lederlaufschuhe sündteuer und handgefertigt waren.

«Wer hatte nach der Anlieferung mit den Ballen zu tun?»

«Einer von meinen acht Kumpels», sagte der Schichtleiter und röhrte «489» ins Megaphon.

«Ich will sie sprechen. Alle acht.»

«Hör mal, Schätzchen, ich bin immer dabei, wenn die Polizei mich um Hilfe bittet, aber –»

«Sie verstehen mich falsch. Das war keine Bitte. Holen Sie die Leute!»

Der Schichtleiter war es offensichtlich nicht gewöhnt, sich von einer Frau Vorschriften machen zu lassen. Wie ein beißfreudiger Pitbullterrier drehte er sich um, machte den Mund auf – und klappte ihn ziemlich plötzlich wieder zu. Vielleicht war ihm eingefallen, daß er seine Kanone zu Hause gelassen hatte.

Er räusperte sich und blaffte acht Namen ins Megaphon. Die Männer kamen mit Stift und Klemmbrett, verschwitzt, neugierig und dreckig grinsend aus den Gängen gekrochen und stellten sich in lockerer Reihe auf.

Mallory musterte sie wie ein Sklavenhändler seine Ware. Unter ihrem Blick verflüchtigte sich das Grinsen, und Beklommenheit machte sich breit. Füße scharrten, beredte Blicke wurden gewechselt. Einem, der mehr schwitzte als die anderen und dessen Adamsapfel auffallend lebhaft hüpfte, galt Mallorys besonderes Interesse. Der Junge mit den roten Haaren und den Sommersprossen zog den Kopf ein wie eine Schildkröte, und durch den dünnen Stoff des T-Shirts sah man, wie angespannt sein Körper war.

Mallory wechselte einen Blick mit Riker, hob fast unmerklich das Kinn und wandte sich wieder dem Rotschopf zu. Riker schlug einen Bogen nach rechts. Als Mallory einen Schritt vortrat, zuckte der Junge zusammen, dann setzte er sich in Bewegung. Riker langte nach seinem

T-Shirt und griff daneben, aber Mallory war ihm schon auf den Fersen, und Riker lief in der Staubwolke, die sie aufwirbelte, hinter ihr her.

«Jimmy», brüllte der Schichtleiter. «Jimmy, du Arsch, komm zurück. Es ist doch bloß 'ne getragene Sportjacke.»

Aber das hörte Jimmy schon nicht mehr.

So schnell war Jimmy Farrow noch nie vor den Bullen weggerannt. Dabei hatte er auf diesem Gebiet einschlägige Erfahrungen. Er warf einen raschen Blick über die Schulter. Der alte Cop war schon rot angelaufen, aber der Atem der Frau, die inzwischen bis auf einen Meter herangekommen war, ging nicht schneller als normal. Unter dem offenstehenden Blazer sah man die schwere Smith & Wesson.

Herrgott, grinste sie sich eins? Tatsächlich ...

Blöde Schwalbe!

Er wurde und wurde sie nicht los. Nicht in den schmalen Durchgängen, nicht beim Sprinten über die breite Houston, nicht bei dem gekonnten Satz über eine Hofmauer in der West Village.

Er machte den Sprung seines Lebens, bekam die Sprossen einer Feuerleiter zu fassen, hievte sich hoch und fing an zu klettern. Auf dem nächsten Absatz spähte er durch den Gitterrost nach unten. Keine Spur von der Frau.

Als er hochblickte, packte ihn jemand an den Haaren und riß ihm den Kopf nach hinten.

Verdammt, wo kam denn die jetzt her?

Ein Tritt in die Kniekehlen brachte ihn aus dem Gleichgewicht. Er fiel hin und rollte bis an den äußersten Rand des Rosts. Und plötzlich hing er mit fuchtelnden Armen und mit dem Kopf nach unten drei Stockwerke über der Straße. Er schielte nach oben. Die Frau kniete auf seinen Beinen und hielt ihn an den Jeans fest. Er hörte auf zu zappeln. Wenn sie losließ, war alles aus.

«Du hast also den Kaschmirblazer geklaut und –»

Sie nahm den Druck von seinen Beinen und ließ ihn tiefer hinunter.

«Was denn, wegen dieser dämlichen Jacke –»

«Du hast sie geklaut, stimmt's?»

Das Pflaster kam noch zehn, zwanzig Zentimeter näher. Kalter Wind umwehte seinen verschwitzten Körper. Er erschauerte.

«Also gut, ich war's. Und jetzt?»

«Hat der Fummel ihr nicht gefallen?»

Bescheuerte Tucke. Was will sie eigentlich?

«Klar hat er ihr gefallen. Sehr sogar.»

Vielleicht hing er gar nicht verkehrt herum, sondern die ganze Welt stand kopf? Der alte Cop hatte sich jetzt die Leiter geschnappt, legte sie an und kletterte ganz gemütlich nach oben. Als wären Typen, die kopfüber von einem Gitterrost hingen, ein alltäglicher Anblick für ihn.

Scheißcops.

«Mach mich nicht schwach, Mallory», flehte Riker. «Das kann mich bei Coffey den Kopf kosten.»

«Mit Coffey werde ich schon fertig.»

«Wenn du jetzt losläßt, kommen wir vor lauter Papierkrieg drei Tage nicht mehr zum Arbeiten.»

Sie lockerte ihren Griff, und Jimmy Farrow rutschte noch ein Stück tiefer.

«Okay, okay», jammerte er. «Ich hab doch schon gesagt, daß ich es war. Zieh'n Sie mich rauf!»

Vier unsanfte Hände holten ihn hoch und drehten ihn um. Als er glücklich saß, holte der alte Cop sein Notizbuch heraus. «Hab ich das richtig verstanden, daß du ein Geständnis ablegen willst?»

«Ja, okay. Die Sozialhilfe für meine Oma ist diesen Monat nicht rübergekommen, da hat 'ne Nachbarin paar Lebensmittel für sie gekauft, bis meine Mutter wieder was hatte. Und da hat meine Oma gemeint, ich soll der Amanda – das ist die Nachbarin – was schenken.»

«Das will ich jetzt aber genau wissen.» Der alte Cop ließ den Stift über seinem Notizbuch kreisen. «Erst schenkst du Amanda den Blazer, dann bringst du sie um. Und darauf hat dich deine Oma gebracht?»

Total durchgeknallt, die beiden.

«Ich hab ihr nichts getan, ich hab ihr nur die Jacke geschenkt.»

«Warst du eng mit Amanda befreundet?»

«Ach wo. Ich geh zweimal die Woche in das Haus, wo meine Oma wohnt. Zum Putzen. Eigentlich ist meine Oma da Hausmeisterin, aber sie packt die viele Arbeit nicht mehr.»

«Mir kommen gleich die Tränen», sagte der Alte. «Und wie war das nun mit Amanda?»

«Die treff ich ab und zu auf dem Flur, das ist alles. Aber mit meiner Oma war sie dick befreundet. Frage Sie die!»

Die alte Frau erwartete sie auf der Vortreppe. Jimmy Farrow stand zwischen zwei uniformierten Polizisten auf dem Gehsteig, den Kopf gesenkt, die Hände hinter dem Rücken gefesselt.

«Polizei.» Mallory zückte Ausweis und Dienstmarke. «Sie sind Mrs. Farrow? Und das ist Ihr Enkel?»

Die Alte blinzelte nervös, dann nickte sie.

Riker sah zur Straße zurück. Beim Anblick des Streifenwagens waren die Nutten auseinandergestoben wie ein Schwarm Kakerlaken. Eine kam jetzt, angetörnt vom Crack und deshalb ohne Angst, langsam wieder angetorkelt.

«Ich will in die Wohnung von Amanda Bosch», sagte Mallory.

«Haben Sie einen Durchsuchungsbefehl?»

Das hatte Riker erwartet. In dieser Gegend kam die Frage automatisch noch vor dem allgemeinen Lieblingsspruch: «Ich war's nicht.»

«Sie ist tot», sagte Mallory. «Und da verlangen Sie noch einen Durchsuchungsbefehl?»

Hübsch formuliert, Kleines.

Auch das fassungslose Kopfschütteln der alten Frau hatte er kommen sehen. Sie wickelte sich wie zum Schutz fester in ihre dünne Strickjacke und trat unsicher ein, zwei Schritte zurück. Mallorys langer Arm schoß vor und hielt ihr ein Foto unter die Nase.

«Ist sie das? Ist das Amanda Bosch?»

Sachte, Mallory. Wenn uns bei der Vernehmung eine Steuerzahlerin draufgeht, sind wir dran... Mrs. Farrow machte tellergroße Augen und bekreuzigte sich. Doch auch das half nicht, als Mallory sich dicht vor der Alten aufbaute. «Ist sie es?»

«Ja. Ja. Das ist Amanda Bosch.»

Mallory machte sich eine Notiz. In ihrem gewissenhaften Bericht würde stehen, daß die positive Identifizierung um zehn Uhr fünf erfolgt war. Im Fall einer Toten, von der keine Fingerabdrücke vorlagen, war das absoluter Rekord.

Mrs. Farrow führte sie zu einer Wohnung im zweiten Stock. Sie tat sich schwer mit dem Aufschließen. Ihre Hand zitterte so heftig, daß die Schlüssel laut klirrten.

Riker trat hinter Mallory ein. Mrs. Farrow blieb einen Augenblick zögernd auf der Schwelle stehen, dann verzog sie sich unauffällig.

Großer Hausputz! Das war sein erster Eindruck, als er durch die blitzende kleine Küche in das dahinterliegende Zimmer sah. Hier hatte sich jemand ins Zeug gelegt, um alles besuchsfein zu machen. Oder um Blutspuren und Fingerabdrücke zu beseitigen?

Der Türknauf an der Innenseite der Wohnungstür funkelte. Daß sich daran noch irgendwo Fingerabdrücke gehalten hatten, war denkbar, aber unwahrscheinlich. Nicht mal Mallory war so pingelig, daß sie beim Verlassen ihrer Wohnung den Türknauf abgewischt hätte. Dem uniformierten Kollegen, der mit Jimmy Farrow draußen auf dem Gang stehengeblieben war, rief Riker zu: «Könnte der Tatort gewesen sein. Fragen Sie die alte Dame, ob wir von ihrem Apparat aus die Spurensicherung verständigen können.»

«Zeitverschwendung.» Mallory beugte sich über einen Beistelltisch. Alle Flächen spiegelten. «Saubere Arbeit. Wenn der Typ wegen verminderter Schuldfähigkeit freikommt, kann er bei mir als Putzmann anfangen.»

Markowitz hatte sie gut gezogen. Damit sie gar nicht in Versuchung kommen konnte, bei ihrem Gang von Zimmer zu Zimmer etwas anzufassen, hatte sie die Hände in die Jeanstaschen gesteckt.

Das Hinterzimmer bot gerade genug Platz für das Einzelbett und den PC. Beim Anblick des Computers zuckten Mallorys Hände in den Taschen. Alles andere interessierte sie jetzt nicht mehr. Markowitz' wacher Blick für Details ging ihr ab.

Die Tür zu dem begehbaren Kleiderschrank war nur angelehnt. Als Rikers Augen sich an das Dämmerlicht gewöhnt hatten, erkannte er die Umrisse einer altmodischen Wiege. Er sah rasch wieder weg.

Im Bücherregal standen Stilfibeln, Nachschlagewerke für die Erstellung von Manuskripten und Verlagsverzeichnisse. Auch hier war alles fleckenlos sauber. Hoch oben an der Wand sah man Schwammspuren. Waren da Blutspritzer gewesen? Hatte Amanda ihren Mörder verletzt, ehe er sie umgebracht hatte?

«Muß der Tatort gewesen sein», sagte er zu Mallory, die gerade das Etikett einer Diskette las. «Sonst hätte der Typ kaum dieses wahnwitzige Großreinemachen veranstaltet.» Keine Reaktion. «So leid's mir tut, Mädchen, ich glaube, das ist für uns schon das Ende der Fahnenstange.»

Sie stand noch immer vor dem Computer und trat

nervös von einem Fuß auf den anderen. Markowitz hatte sich von seinen Leuten immer alles bringen lassen, was nur in eine Plastiktüte oder auf eine Notizbuchseite gepaßt hatte. Aber das war nicht ihr Stil.

«Wir haben ein Team hier in der Nähe», meldete ein uniformierter Kollege von der Schlafzimmertür her. «Sie können in fünfzehn bis dreißig Minuten hier sein.»

«Danke, Martin», sagte Riker.

Wie hatte Mallory gesagt? Zeitverschwendung... Zwanzig Minuten später schloß sich Heller, der Chef der Spurensicherung, dieser Meinung an. Er ließ die braunen Augen langsam über die spiegelnden Flächen gleiten und verzog das Gesicht.

Dann streifte er die Gummihandschuhe über und schickte einen Mitarbeiter in die Küche. Ein dritter Mann arbeitete schon im Vorderzimmer. Blitzlichter flammten auf. Heller wandte sich, den Pinsel in der Hand, dem Nachttisch neben dem schmalen Bett zu.

«Erst den Computer», verlangte Mallory. «Den brauche ich.»

Manch einer, der so viele Dienstjahre wie Heller auf dem Buckel hatte, hätte vielleicht bei diesem schroffen Befehl einer Kollegin, die jünger war als seine jüngste Tochter, die Stacheln aufgestellt. Heller nickte nur und setzte seine Tasche neben dem Computer ab.

Ein uniformierter Polizist übergab Mallory eine Ledermappe mit einem Satz feiner Werkzeuge und mehrere Diskettenboxen. «Von Ihrem Büro.»

Sie stellte sich neben Heller, der den Computer einstäubte. «Sehen Sie zu, daß das Zeug nicht in die Tastatur kommt. Oder in die Lüftung.»

Riker hatte Heller noch nie so schnell arbeiten sehen. Keiner legte sich ohne Not mit Mallory an.

«Ich nehme mir mal die alte Dame und den Jungen vor», sagte Riker.

«Tu das.»

Ihre ganze Aufmerksamkeit galt jetzt dem Computer. Riker und die anderen Kollegen waren für sie Luft.

Als Riker die Tür hinter sich schloß, hörte er noch, wie Heller sich über den Täter ereiferte, der ein wahrer Putzteufel gewesen sein mußte. Daß knapp einen Meter hinter ihm eine Frau saß, die bekanntermaßen ebenfalls einen Reinlichkeitsfimmel hatte, war ihm offenbar nicht bewußt.

«Hey, lassen Sie mir das da», sagte Mallory, als Heller den Karteikasten mitnehmen wollte, der auf dem kleinen Tisch neben dem Computer stand. «Das ist eine Liste der Kunden, für die sie recherchiert hat.»

«Eine Pinzette haben Sie ja wohl...» Heller warf einen fragenden Blick auf die Ledermappe.

Unterstellte er ihr etwa, sie wüßte nicht, wie man mit Beweismaterial umging? Nein, er tat nur seine Pflicht. Markowitz hatte Heller immer mit Samthandschuhen angefaßt, auch wenn die beiden sich mit ihrer Detailbesessenheit ständig gegenseitig genervt hatten. Sie brauchte den Mann.

«Keine Sorge, Heller. Wenn seine Abdrücke auf dem

Kasten wären, hätte er ihn nicht dagelassen.» Sie rückte ihren Stuhl beiseite. «Hier, sehen Sie sich das an.»

Auf dem Bildschirm stand weiß auf blauem Grund eine Namensliste. Heller sah zu dem Karteikasten hinüber, dessen erste Karte aufgeblättert war.

«Die Angaben des ersten Eintrags entsprechen genau denen auf der Karte, es handelt sich also um eine elektronische Kopie der Kartei. Jemand hat mindestens sechs Stunden nach Amandas Tod an diesem PC gearbeitet und nicht nur in der Wohnung, sondern auch in der Datei großen Hausputz gemacht. Die Liste war gelöscht, aber ich hab sie wieder zurückgeholt. Vielleicht haben wir Glück, und die Kartei ist kein genaues Doppel der Liste auf dem Bildschirm.»

«Sie glauben, daß der Täter seine Karte entnommen hat?»

«Darauf wette ich jede Summe. Welchen Grund sollte er sonst haben, die Liste zu löschen?»

Heller nickte, nahm einem Mitarbeiter die Plastiktüte ab, die er ihm hinstreckte, und kritzelte seine Initialen auf das Etikett.

«Wir sind hier fertig», sagte er zu Mallory. «Viel kann ich Ihnen nicht sagen. Der Mann war groß, er reichte an den Wänden weit nach oben.»

«Woher wollen Sie wissen, daß er nicht auf einem Stuhl stand?»

«Die Schwammspur an der Wand geht durch. Einen Stuhl hätte er weiterschieben müssen, dann würde man Absätze sehen. Meiner Schätzung nach ist er einszweiundachtzig bis einssechsundachtzig groß. Die Teppiche und die Matratze nehmen wir mit ins Labor. Wenn irgendwo Blut war, finden wir es. Auf den Schuhen und Gürteln sind ein paar Abdrücke, wahrscheinlich die des Opfers.» Er sah an den Wänden hoch. «Ein so großer Mensch kann keine so kleinen Fingerkuppen haben.»

Es schien, als suche Heller nach Worten.

«Noch was?»

Sie werden mir doch nichts verschweigen wollen, Heller?

«Der Typ ist nicht normal», sagte er nach einer kleinen Pause.

Er zog die Nachttischschublade heraus – sie war leer, der Inhalt schon eingetütet – und streckte sie ihr hin. Der Fichtennadelduft des Reinigungsmittels haftete noch an dem Holz.

«Er hat die Schublade gründlich gescheuert – und zwar innen *und* außen. Wenn das nicht anormal ist ... schließlich hat hier kein Blutbad stattgefunden, davon wären zumindest schwache Spuren geblieben.»

«Demnach suchen wir einen Psychopathen mit einem Reinlichkeitsfimmel?»

«Könnte sein. Vor zehn Jahren hab ich mal was Ähnliches erlebt, vielleicht hat Ihr Vater Ihnen davon erzählt. Der Tatort war so sauber wie diese Wohnung. Als der Mann mit Gummihandschuhen, Eimer und Mop noch mal aufkreuzte, um weiterzuputzen, haben wir ihn geschnappt. Leider machen sie es einem nicht immer so leicht ...»

Danke, Heller, soufflierte der Geist von Markowitz, der in einem Lehnstuhl in ihrem Kopf saß.

«Danke, Heller.»

Sie nahm demonstrativ die Pinzette aus der Ledermappe und blätterte eine Karte nach der anderen auf, um sie mit den Einträgen auf dem Bildschirm zu vergleichen.

Heller und seine Leute waren schon gegangen, als sie bei H angelangt war und feststellte, daß die Karte für Betty Hyde fehlte. Betty Hyde schrieb landesweit veröffentlichte Klatschkolumnen, trat auch im Fernsehen auf und wohnte in den Coventry Arms, einem Gebäudekomplex mit teuren Eigentumswohnungen auf der Upper West Side.

Bingo!

Von den Coventry Arms waren es zu Fuß nur sechs Minuten bis zu der Stelle im Park, wo die Leiche gefunden worden war.

Mallory sah rasch den elektronischen Terminkalender durch. Betty Hyde gab hin und wieder Recherchen bei Amanda Bosch in Auftrag. Auch ein paar Partytermine waren eingetragen, demnach verkehrten die beiden Frauen auch privat miteinander.

Mallory kannte Betty Hydes Gesicht aus ihren Fünf-Minuten-Fernsehauftritten, bei denen sie mit spitzer Zunge Leckerbissen aus dem Privatleben von Prominenten zum besten gab. Als Opfer konnte man sie sich deshalb durchaus vorstellen. Aber als Täterin? Als Mallory am Ende der Kartei angekommen war, stand fest, daß die Karte der Klatschkolumnistin die einzige war, die fehlte.

Mallory hatte im Computer eine Reihe verborgener

Dateien entdeckt. Wozu hatte Amanda Bosch auf ihrem privaten Computer diese Textsicherung eingebaut? Hatte sie womöglich manchmal Logierbesuch? Betty Hyde vielleicht? Nein, wer mehrere Millionen für eine Eigentumswohnung hinblättern konnte, hatte wohl doch einen etwas anderen Geschmack.

Verborgene Dateien waren für Mallory kein Problem. Der Computer verlangte ein Paßwort. Kritisch wie ein Einbrecher, der seine Brechstangen und Glasschneider Revue passieren läßt, musterte Mallory ihre Software, wählte eine Diskette aus und startete ihr Programm, das mit einem Trommelfeuer von Paßwörtern auf den gesperrten Text losging, bis das Wort BUCH einen Roman freigab.

Ein Roman? Ja, das paßte zu den Stilfibeln und Verlagsverzeichnissen auf dem Bücherregal, die in einem Recherchenbüro eigentlich nichts zu suchen hatten.

«Nein, da gebe ich Ihnen völlig recht, Mrs. Farrow», sagte Riker, «so hätte sie nicht mit Ihnen reden dürfen. Aber sie hat vor kurzem den Vater verloren, und das geht ihr nach.»

«Das arme Kind», sagte Mrs. Farrow.

Mallory ist nie ein Kind gewesen.

Riker rutschte tiefer in den Sessel mit dem Rosenmuster. Auch die Tapeten und den Teppich, ja sogar seine Kaffeetasse zierten Rosen. Er lächelte der alten Dame, die in der Wohnung über Amanda Bosch wohnte, freundlich zu.

«Sie hatten Probleme mit Ihrem Scheck vom Sozialamt?»

«Ja. Den hatte Jimmy sich gegriffen, das macht er oft. Ich hab gedacht, Sie hätten ihn deshalb verhaftet. Meist krieg ich dann das Geld von seiner Mutter zurück, die war aber diesmal selber klamm. Angezeigt habe ich ihn noch nie, aber Amanda hat mir mit Lebensmitteln und Medikamenten ausgeholfen, und da hab ich zu Jimmy gesagt, wenn du das bei Amanda nicht wiedergutmachst, sorg ich dafür, daß du in den Knast kommst. War natürlich nicht so gemeint. Und was bringt er an? Eine getragene Jacke mit einem Brandloch im Ärmel.»

«Wissen Sie, wo Jimmy an dem Vormittag war?»

«Hier bei mir. Früh um sechs hatte ihn sein Vater hergeschleppt, der Junge sollte sich entschuldigen. Mein Sohn arbeitet nämlich nachts. Bis früh um fünf. Als seine Frau ihm das mit dem Scheck erzählt hat, ist er ausgerastet, und Mrs. Cramer, meine Nachbarin ... so eine liebe Frau, seit meiner letzten Herzgeschichte schaut sie immer bei mir vorbei, ehe sie zur Arbeit ins Krankenhaus fährt ... ja, also Mrs. Cramer war gerade hier, als er mit Jimmy ankam, die kann das bestätigen. Dann sind wir alle zusammen zur Messe und hinterher zu meinem Sohn zum Frühstück gegangen. Mittags hat mein Sohn mich heimgefahren.»

Riker warf einen Blick in sein Notizbuch. Die Aussage stimmte mit dem überein, was der Junge ihm erzählt hatte. Die alte Dame war keine geübte Lügnerin. Ihre Augen verrieten nur allzu deutlich ihre Gedanken und Ängste.

«Und Sie haben Ihren Enkel den ganzen Vormittag im Auge gehabt?»

«Ja. Fragen Sie nur Pater Ryan, der erinnert sich bestimmt, er war ja ganz baff, daß Jimmy mal wieder in der Kirche aufgekreuzt ist.» In den verkrümmten Händen hielt sie eine Blechdose. «Was werden Sie mit meinem Enkel machen?»

«Ich lasse ihn zu seiner Arbeitsstelle zurückfahren.»

«Wird er nicht angeklagt?»

«Nein.»

Mit einiger Mühe machte sie die Bonbonschachtel auf und streckte sie Riker hin.

«Ich habe noch ein paar Fragen wegen Amanda», sagte der und griff zu.

«Daß sie tot ist, will mir immer noch nicht in den Kopf. Sie war so jung. Und so lieb. Ich kann nicht ...» Die Worte blieben ihr in der Kehle stecken.

«Ich würde mich gern noch ein bißchen mit den Nachbarn unterhalten», sagte Riker. «Vielleicht haben die Amanda mal mit einem Freund gesehen. Kaum zu glauben, daß es im Leben einer so jungen, hübschen Frau wie Amanda keinen Mann gegeben haben soll ...»

Und ohne Mann kein Baby... Die alte Dame verschwieg etwas.

«Die Nachbarn können Ihnen darüber gar nichts sagen», beteuerte Mrs. Farrow. «Tagsüber arbeiten die alle, und abends gehen sie ziemlich bald schlafen. Nein, von denen werden Sie kaum was erfahren.»

«Und am Wochenende haben Sie den Mann in der Wohnung unter sich nie gehört, was?»

«N-nein.»

Erschrocken über das, was sie mit diesem einen Wort verraten hatte, schlug sie die Augen nieder.

Riker lächelte und besah sich die alte Dame wie eine kleine Kostbarkeit. «Ich bin auch nicht dafür, schlecht über die Toten zu reden – aber wir wollen ja auch gar nicht über Amanda herziehen. Und Sie möchten doch sicher auch, daß wir den Mörder finden. Sie glauben also, daß ihr Freund verheiratet ist?»

«Amanda hat nie über ihn gesprochen, er kam nur nachmittags, wenn sonst niemand im Haus war.»

«Aber Sie haben die beiden da unten gehört.»

Die knotig verdickten Finger spielten nervös mit der Bonbondose. *Und was ich alles gehört habe* ... Die Worte hingen unausgesprochen im Raum. Mrs. Farrow sah Riker nicht an.

Mallory ließ den Text durchrollen. Vielleicht stieß sie ja auf etwas Auffälliges. Links von ihr war das Fenster zur Feuertreppe. Von dort hörte sie ein Baby schreien und dann ein leises Geräusch. Sie drehte sich um.

Kein Baby.

Sie sah in ein Paar schrägstehender Augen, die so grün waren wie ihre eigenen. Das ursprünglich weiße Katzenfell war schmutziggrau, ein Ohr war eingerissen und blutete. Offenbar ein Streuner, den Amanda hin und wieder gefüttert hatte.

«Pech gehabt, alter Junge. Jetzt mußt du sehen, wie du allein zurechtkommst.»

Sie wandte sich wieder dem Computer zu und bekam

dabei auch das eine oder andere von der Handlung mit. Eine der Hauptfiguren wohnte in einer teuren Eigentumswohnung in der Upper West Side (das paßte gut zu der fehlenden Karteikarte von Betty Hyde), und der Held des Romans (das wurde ja immer besser!) war ein verheirateter Frauenheld.

Der Kater gab keine Ruhe.

Mallory warf ihm einen bösen Blick zu. Der Kater aber hatte sie offenbar mißverstanden und signalisierte mit genüßlich zusammengekniffenen Augen: *Ich liebe dich auch.* Dann stellte er sich auf die Hinterbeine und trommelte mit den Pfoten an die Scheibe. *Laß mich rein! Laß mich rein!*

Mallory öffnete – eigentlich nur, um dem lästigen Vieh einen Denkzettel zu verpassen – das Schiebefenster, aber da war der Kater schon unter ihrem Arm weg ins Zimmer gesprungen und lief durch die Küche ins Wohnzimmer.

Mallory zuckte die Schultern. Was soll's! Amanda ist tot, die Spuren sind gesichert, mag er sich holen, was er will.

Da fing das Gemaunze schon wieder an. Mallory fielen mehrere recht drastische Möglichkeiten ein, sich Ruhe zu verschaffen, verzichtete aber darauf, ihre Ideen in die Tat umzusetzen. Straßenkater haben es auch so schon schwer genug.

Der Kater hatte mit der Pfote die Tür zu dem begehbaren Kleiderschrank aufgemacht, kam wieder zurück und rieb sich an Mallorys Bein. Das klagende Maunzen ging in ein zufriedenes Schnurren über. Mallory schob den Kater unsanft beiseite, woraufhin er zum Bücherregal lief und hinter den Schachteln mit den Druckerfarbbändern ein Katzenspielzeug hervorholte.

Von wegen Straßenkater...

Mallory ging in die Küche und machte den Schrank auf. Die Schüsseln waren ordentlich ineinander gestapelt, nur eine stand für sich allein auf den Eßtellern. In Goldbuchstaben prangte der Name KNOLLE auf der blauen Keramikglasur. Der Kater sah erwartungsvoll zu Mallory hoch. Die graue Fellpartie, die sie zuerst für Schmutz gehalten hatte, verlängerte und verdickte die Schnauze des Katers optisch tatsächlich zu einer Art Knollennase. Der Name paßte perfekt.

Knolle fing wieder an zu maunzen. Mallory schlug den Blazer zurück, zeigte ihm den Revolver und mußte über sich selber lachen. Blödsinn, das Vieh weiß doch überhaupt nicht, was das ist!

Plötzlich stellte der Kater sich auf die Hinterbeine, drehte sich mit zierlichen Schritten ein paarmal im Kreis, setzte sich wieder hin und sah begehrlich auf die Schüssel in Mallorys Hand. Damit hatte er sich endgültig ihre Sympathien verscherzt. Das einzig Gute an Katzen war, fand Mallory, daß sie sich strikt weigerten, billige Kunststückchen zu machen wie andere Haustiere. Dieses Exemplar aber tanzte im wahrsten Sinne des Wortes aus der Reihe.

Sie machte eine Dose Thunfisch auf. Vielleicht gab er dann endlich Ruhe. Knolle stürzte sich darauf wie ein Verhungernder.

Während sie im Schlafzimmer die Dateien ausdrucken ließ, warf sie einen Blick in den Kleiderschrank und fand die Wiege.

Kauft man eine Wiege für ein Kind, das man nicht haben will?

Im Badezimmerschrank unter dem Waschbecken entdeckte sie – schwarz gepudert, aber ohne Fingerabdrücke – die Katzentoilette. Sogar hier also hatte sich der Reinlichkeitswahn des Mörders ausgetobt!

Daß die Wohnung nicht der Tatort war, stand für sie fest, nachdem sie alle Schränke durchgesehen hatte. Überall schlug ihr der Geruch nach Reinigungsmittel entgegen. So benahm sich kein gewöhnlicher Einbrecher. Der Mann kannte sich in dieser Wohnung aus. Seinetwegen hatte Amanda Bosch die Dateien mit ihrem Roman als verborgenen Text gespeichert. Was darauf schließen ließ, daß er in dem Buch eine wichtige Rolle spielte.

Aber die Kartei hatte er nicht mitgenommen. Unlogisch? Nein, ganz und gar nicht.

Er hatte sie der Polizei dalassen müssen, um zu verhindern, daß sie sich auf der Suche nach Informationen an die Öffentlichkeit wandte. Die Stelle im Park, an der man die Leiche gefunden hatte, war zu Fuß nur ein paar Minuten von Betty Hydes Wohnung entfernt. Und nur diese Karte mit dieser Adresse hatte er verschwinden lassen.

Noch einmal, und diesmal noch sorgfältiger, durchsuchte sie alle Räume.

Markowitz geisterte durch ihren Kopf. Er saß in seinem Lieblingssessel, neben sich den Pfeifenständer und einen

Beutel Cherry-Blend. Details, sagte er eindringlich. Details ...

Unter den Konserven in der Speisekammer fanden sich zwei Dosen Fisch, aber kein Katzenfutter. Manche Leute waren eben eigen, was ihre Haustiere anging. Sie machte den Staubsauger auf, der in einem Schrank im Wohnzimmer stand. Der Staubbeutel fehlte, wahrscheinlich hatte Heller ihn mitgenommen. An der Innenseite des Staubsaugers hing Katzenhaar.

Knolle rieb sich wieder an ihrem Bein, dann stellte er sich auf die Hinterbeine und legte die Vorderpfoten auf ihr Knie. Mallory beugte sich vor und sah sich seine Pfoten an.

Keine Krallen. Ein Haustier, das auf der Straße nicht lange überlebt hätte.

Jetzt war klar, wo er sich das eingerissene Ohr, die blutigen Schrammen geholt hatte. Er war vor dem Mörder geflohen. Oder hatte der ihn kurzerhand vor die Tür gesetzt?

Knolle hatte das Futter gierig verschlungen und die Schüssel saubergeleckt. Offenbar hatte er lange fasten müssen. Eine logische Folgerung, wenn der Täter am Mordtag, dem Tag des letzten Computereintrags, in der Wohnung gewesen war.

Daß er Mallory mal mit einer Katze auf dem Arm erleben würde, hätte Riker sich nicht träumen lassen. Katzen und Ordnungsfanatiker waren natürliche Feinde. Schon jetzt hingen überall weiße Haare an ihrem grauen Blazer. Ein wahres Wunder, daß das Vieh noch lebte.

«Was hast du denn da für einen neuen Freund?»

«Er heißt Knolle und gehört in die Wohnung.» Sie setzte ihn ab, und er schmiegte sich an ihr rechtes Bein. Riker bückte sich, um den Kater zu streicheln, der aber wechselte rasch zu Mallorys linkem Bein hinüber. «Was gibt's sonst?»

«Die Wohnung ist nicht der Tatort.» Sie schob den Kater erstaunlich sanft von sich. «Sie ist im Park ermordet worden, dort hat sie sich mit ihm getroffen. Der Täter wohnt hier in der Gegend. Daß er die Tote danach in ihre Wohnung geschleppt hat, ist unwahrscheinlich.»

«Wie kommst du darauf?»

«Sie hatte ein Recherchenbüro. Vermutlich hat sie ihm gedroht, und daraufhin hat er sie umgebracht. Dann hat er die Nerven verloren und ist weggelaufen. Später ist er zurückgekommen, hat sie ins Unterholz geschleift, wo er ihr mit einem Stein die Hände zerschlagen hat. Dadurch konnten wir keine Fingerabdrücke nehmen, und er hatte Zeit gewonnen, um abends herzukommen und jeden Hinweis auf seine Beziehung mit dem Opfer zu beseitigen. Er wohnt in den Coventry Arms, ist verheiratet und über ein Meter zweiundachtzig. Und was gibt's bei dir?»

Riker steckte grinsend sein Notizbuch weg. «Die Aussage des Jungen stimmt.»

Er folgte ihr ins Schlafzimmer. Der Drucker lief noch immer. Sie überflog die Seiten, die sich über den Fußboden schlängelten, fand das Gesuchte und riß das Blatt ab.

Er überflog die Namen auf der Liste. «Er hat die Kundendatei gelöscht und eine Karte aus der Kartei genommen. Amanda Bosch hat hin und wieder für eine Klatschkolumnistin gearbeitet, eine gewisse Betty Hyde, mit der sie auch privat verkehrte.»

«Du glaubst also, diese Hyde –»

«Nein, eher unwahrscheinlich, daß sie etwas mit dem Verbrechen zu tun hat. Den letzten Auftrag hat Amanda für sie vor zwei Monaten erledigt.»

«Vielleicht wollte sie sich bei Miss Hyde einen neuen holen.»

«Nein.» Sie riß noch ein Blatt ab. «Das ist Amandas Arbeitsplan. Für einen Auftrag von Betty Hyde sind keine Termine vorgesehen, sie hatte sich aber notiert, daß Miss Hyde im Ausland ist. Ich habe mich bei ihrer Redaktion und der Fluggesellschaft erkundigt: Sie kommt erst heute nachmittag zurück. Amanda Bosch hat ihre Arbeitsstunden genau aufgeschrieben. Übers Wochenende hat sie nie gearbeitet. Und sie hat ihre Aufträge immer von Boten abholen und wegbringen lassen.»

«Aber der Täter wohnt in demselben Haus wie Betty Hyde?»

«Ja. Er wollte verhindern, daß die Polizei dort aufkreuzt und peinliche Fragen stellt. Deshalb hat er nur diese eine Karte mitgenommen, der Blödmann. Ebensogut hätte er gleich einen Wegweiser aufstellen können.»

«Wenn Coffey das hört, kriegt er die Krise. Man weiß doch, was für Leute in solchen Häusern wohnen.»

«Helen ist in demselben Block aufgewachsen, und ihre Schwester Alice wohnt immer noch da.»

«Wenn du dich bei den Hausbewohnern in den Coventry Arms gründlich unbeliebt gemacht hast, wirst du solche Beziehungen brauchen können. Ich wußte gar nicht, daß Helen mit einem silbernen Löffel im Mund zur Welt gekommen ist.»

«Die Familie schwamm nicht gerade in Geld, aber es ging ihnen recht gut. Es ist eine eigenartige Mischung in dieser Gegend. In einem mietgebundenen Haus kann eine Frau, die von der Sozialhilfe lebt, Wand an Wand mit einer reichen Witwe wohnen.»

«Sag mal, könnte man deiner Tante Alice notfalls für ein paar Tage ein Überwachungsteam in die Wohnung setzen?»

«Das glaube ich kaum. Ich habe sie nur einmal gesehen. Sie mochte mich nicht.»

«Na hör mal ... Wieso denn nicht?»

Mallory beschäftigte sich mit dem noch immer ratternden Drucker und tat, als hätte sie die Frage nicht gehört.

«Wieso hast du dich denn mit Helens Familie nicht verstanden? Daß sie Markowitz nicht gerade liebte, weiß ich, aber bei dir ...»

«Bei Tante Alice und mir war es Abneigung auf den ersten Blick. Ich habe keinen Kontakt zu ihr.»

Was hatte Mallory dieser Tante bloß getan?

Riker sah sich, das aufgeschlagene Notizbuch in der Hand, im Sprechzimmer um, in dem es nach den üppigen Grünpflanzen mit den zarten Blüten roch, die überall herumstanden. Auch der Arzt war eher zart und sanft. Einer dieser Typen, dachte Riker, von denen man gern sagt, daß sie keiner Fliege was zuleide tun können. Armes Schwein ... Der Mann im weißen Kittel versuchte gerade Mallory klarzumachen, daß er Amanda Boschs Privatsphäre nicht verletzen und ihr deshalb auch nicht sagen könne, ob Amanda an irgendwelchen durch Geschlechtsverkehr übertragbaren Krankheiten gelitten hatte.

Mallorys Schultern spannten sich, aber offenbar hatte der gute Doktor das Warnsignal nicht richtig verstanden. Seine Kontakte mit Frauen, die mit gynäkologischen Problemen zu ihm kamen und bei denen Takt und Zartgefühl angesagt waren, hatten ihn auf so was nicht vorbereitet.

Mallory stand auf.

Sie knallte das Autopsiefoto auf die Schreibunterlage. Der Ärmste fuhr zusammen und rutschte tiefer in seinen Sessel.

In Mallorys Stimme brodelte es gefährlich. «Sehen Sie sich nur genau an, was der Mistkerl mit ihr gemacht hat.»

Das waren nicht die geschönten Fotos, mit denen die uniformierten Kollegen bei den livrierten Portiers die Runde gemacht hatten und auf denen man nur die Kopfwunde und den Würmerfraß sah. Es war eine Aufnahme der Leiche nach der Autopsie, der obszöne Anblick eines wie ein Kanu ausgehöhlten weiblichen Körpers.

Daß hier schon der Pathologe am Werk gewesen war, verschwieg Mallory wohlweislich, und so waren der Phantasie des Arztes keine Grenzen gesetzt. Er wurde leichenblaß und taumelte zur Toilette.

Mallory setzte sich wieder, schlug die Arme übereinander und wartete, bis das Würgen hinter der Tür aufhörte. Der schöne Mund verzog sich angewidert. Von einem Mediziner hatte sie mehr Seelenstärke erwartet.

Als er zurückkam, sah er aus, als sei er gerade um dreißig Jahre gealtert, und setzte sich so vorsichtig, als habe er Angst um seine morschen Knochen. Wie trostsuchend verkrampfte er die weichen weißen Hände ineinander.

Jetzt hatte Mallory ihn da, wo sie ihn haben wollte.

«Kennen Sie den Kindsvater?»

«Nein. Sie wollte nicht über ihn sprechen, aber ich denke mir, daß er verheiratet war.»

«Ich will wissen, ob das Motiv für die Abtreibung eine durch Geschlechtsverkehr übertragbare Krankheit gewesen sein könnte. Auf die Laborergebnisse kann ich nicht warten.»

«Das kann ich guten Gewissens verneinen. Ich habe auf ihren Wunsch alle notwendigen Untersuchungen gemacht. Sie war kerngesund, abgesehen von einer Mißbildung der Gebärmutter, die gewisse Komplikationen bei der Schwangerschaft mit sich brachte.»

«War das der Grund, daß –»

«Ich habe keine Ahnung, weshalb sie das Kind hat abtreiben lassen. Sie hatte es sich so sehr gewünscht. Die Empfängnisfähigkeit war wegen dieser Mißbildung stark eingeschränkt.»

«Haben Sie die Abtreibung gemacht?»

«Nein, sie wurde in einem städtischen Krankenhaus

vorgenommen. Sie meldete sich in der Notaufnahme und klagte über Krämpfe und Blutungen. Ich bin sofort hingefahren, aber ich habe dort keine Belegbetten, und ehe ich mich einschalten konnte, war es schon passiert. Sie haben einen Stümper rangelassen, einen regelrechten Kurpfuscher. Eine zweite Schwangerschaft war nach dieser Metzelei unmöglich geworden.»

Er streifte das Autopsiefoto mit einem scheuen Blick. Vielleicht hatte das Stichwort *Metzelei* gewisse Assoziationen ausgelöst.

«Wann war das?»

«Heute vor einer Woche. Sie sagte alle Termine ab, die sie noch bei mir hatte, und ich habe sie nie wiedergesehen.»

«Es fing also mit einer Fehlgeburt an?»

«Nein, nicht mit einer Fehlgeburt.»

«Haben Sie den Verdacht, daß sie die Abtreibung selbst eingeleitet hat?»

«Nein, natürlich nicht, aber fest steht, daß der Fötus gefährdet war. Sie hatte seit Tagen nicht geschlafen und nichts gegessen. Sie stand unter ungeheurem Druck.»

«Was war das für ein Druck?»

«Das weiß ich nicht. Als ich an jenem Abend bei ihr im Krankenhaus war, wollte sie sich dazu nicht äußern. Der Kollege hatte ihr gesagt, man könne versuchen, das Kind zu retten. ‹Nein›, hat sie ihn angeschrien, ‹schneiden Sie's raus.› Und da hat der Idiot ohne Rücksicht auf ihren seelischen Zustand einfach drauflos geschnitten.»

«Was für eine Art Trauma kann Krämpfe und Blutungen auslösen?»

«Jede Beeinträchtigung des Seelenfriedens und der Nachtruhe, denn die brauchte sie dringend. Viele Frauen mit dieser medizinischen Indikation müssen die ganze Schwangerschaft über liegen.»

«Was kann sie bewogen haben, das Kind plötzlich nicht mehr haben zu wollen?» fragte Mallory. «Wirtschaftliche Gründe können es nicht gewesen sein. Ich habe das Bankkonto gesehen.»

«Vielleicht eine Enthüllung, die den Vater des Kindes oder seine Vergangenheit betraf. Das zweite Drittel der Schwangerschaft hatte gerade angefangen. Wann sie es dem Vater gesagt hat, weiß ich nicht. Vielleicht hat er sie über irgendwelche genetischen Probleme informiert...»

«Aber das hätte man doch testen können, nicht?»

«Eine Fruchtwasseruntersuchung macht man bei so heiklen Schwangerschaften nicht gern. Aber ich kann mir nicht vorstellen, daß es damit etwas zu tun hatte. Amanda hat nie von genetischen Problemen, hat überhaupt nie von Problemen gesprochen. Sie war sehr glücklich – bis zu dem Tag, als sie das Kind verlor.»

«Fällt Ihnen sonst noch etwas ein?»

«Frauen treiben nach einer Vergewaltigung ab, weil sie sich vor dem Vergewaltiger ekeln. Damit will ich nicht sagen, daß es in Amandas Fall so war. Es muß jedenfalls etwas sehr Schwerwiegendes gewesen sein, sonst hätte sie sich nicht zu diesem Schritt entschlossen.»

Der Kummer in den Augen des Arztes war echt.

«Ich hatte Amanda sehr gern», sagte er und fegte nach einem letzten Blick das Autopsiefoto entschlossen vom

Tisch. «Das Bankkonto, von dem Sie sprachen ... Sie hatte etwas gespart, weil sie für das Kind ein Haus mit Garten haben wollte.»

Als sie am Ende des Tages im Büro von Coffey saßen, das bei allen immer noch «Markowitz' Büro» hieß, sagte Riker: «Wenn's nach Mallory ginge, bekäme der Täter den ersten Preis als Hausfrau des Jahres.»

Coffey wandte sich an Mallory. «Hat die Spurensicherung noch irgendwas gefunden?»

«Eine Spielzeugpistole in der Mülltonne. Heller meint, daß sie aus Amandas Wohnung kommt.»

«Fingerabdrücke?»

«Eben nicht. Sorgfältig abgewischt wie alles andere. Nachbildung eines alten Sechs-Schuß-Revolvers.»

«Ich wußte gar nicht, daß so was heutzutage noch hergestellt wird.»

Riker blätterte in seinem Notizbuch. «Nur noch von ganz wenigen Firmen, aber die helfen uns auch nicht weiter. Gut und gern dreißig Jahre alt. Könnte dem Täter als Kind gehört haben.»

«Ob er versucht hat, sie damit einzuschüchtern?»

«Möglich. Läßt tief blicken, wenn erwachsene Männer sich nicht von ihren Spielsachen trennen können», meinte Riker.

Auf dem Schreibtisch lag ein Baseball mit einem Autogramm von Mickey Mantle, aber Coffey lächelte nur friedlich. Riker zuckte die Schultern.

«Haben wir irgendwas an Motiven?»

«Sie hatte etwas gegen ihn in der Hand und hat ihn damit bedroht», sagte Mallory. «Da hat er die Nerven verloren und sie umgebracht.»

«Und woher hast du das, Mallory?»

«Sie hatte ein Recherchenbüro. Er war der Vater ihres Kindes –»

«Das kannst du nicht wissen.»

«*Falls* er der Vater ihres Kindes war, lag es für sie nahe, in seiner Vergangenheit zu wühlen», sagte Mallory. «Dabei ist sie auf irgendwas gestoßen. Ganz klar.»

«Aber das sind doch im wesentlichen nur Vermutungen. Es sei denn, daß du mir was verschweigst, und das würdest du doch nicht tun ...»

«Aber nein», sagte Mallory.

Die Antwort kam um Sekundenbruchteile zu spät, fand Coffey. Daß Riker nicht die Augen verdrehte, rechnete er ihm hoch an.

«Du hast die Tote identifiziert, Mallory, und damit sind wir schon einen großen Schritt weiter. Aber das mit den Coventry Arms ist so eine Sache ... Beim jetzigen Stand der Dinge kann ich dort nicht einfach aufkreuzen und die Leute ausquetschen, die im Haus des Gouverneurs ein und aus gehen, da habe ich sofort Beschwerden wegen Belästigung am Hals. Handfeste Beweise haben wir nicht. Wenn der Mord im Park passiert ist, können wir natürlich nach einem Täter suchen, der für die fraglichen sechs Minuten der Tat kein Alibi vorweisen kann, aber damit kriegen wir vor Gericht kein Bein auf die Erde. Er hatte vierundzwanzig Stunden Zeit, um der Wohnung von

Amanda Bosch einen Besuch abzustatten, ja, er brauchte seinen Hausputz nicht mal in einem Stück zu machen. Nur wegen einer fehlenden Karteikarte können wir nicht alle männlichen Bewohner der Coventry Arms vernehmen. Wer sagt uns denn, daß Amanda die Karte nicht selber rausgenommen hat? Vielleicht hatte sie Betty Hyde von ihrer Kundenliste gestrichen.»

«Sie hat die Karte nicht rausgenommen. In der Kartei befinden sich auch Karten für inaktive Kunden. Eine Frau wie sie wirft nicht so schnell was weg.»

«Für eine Verhaftung ist es jedenfalls nicht genug.»

«Daß du so weit gehst, verlange ich ja gar nicht. Aber du könntest mich in die Coventry Arms einschleusen. Irgendeine Wohnung steht dort bestimmt immer leer ...»

«Glaubst du wirklich, du könntest dort einziehen, ohne daß der Verdächtige den Braten riecht? Wir bekommen noch immer Anrufe von Leuten, die dich für tot halten, weil sie die Meldung in den Nachrichten gehört haben.»

«Ich weiß, daß er etwas mit diesem Haus zu tun hat. Wenn ich ihn nicht bald aus dem Bau locke, kriege ich ihn nie.»

«Man kann nicht alle kriegen, Mallory.»

«Der Killer bewegt sich in Kreisen, die sich mit denen von Amanda Bosch und Betty Hyde überschneiden. Amanda war mit Betty Hyde auch privat bekannt. Möglich, daß Betty die beiden einander vorgestellt hat, vielleicht sogar in ihrer Wohnung.»

«Betty Hyde hat aber deiner Meinung nach nichts mit der Sache zu tun ...»

«Am Mordtag war sie in Australien, das hätte sie schon rein zeitlich nicht hingekriegt. Sie ist über sechzig, und auch die Größe stimmt nicht.»

«Aber ihr Name steht auf der fehlenden Karteikarte. Vielleicht ein gedungener Mörder? Der Autopsiebefund paßt zwar dazu nicht, aber auch Berufskiller fangen mal klein an.»

«Ausgeschlossen! Amanda Bosch hatte eine persönliche Beziehung zu dem Täter und hatte sich mit ihm im Park verabredet. Es war keine vorsätzliche Tat, der Mörder hat keine Waffe mitgebracht, sondern als Tatwerkzeuge einen Stein und seine Hände benutzt.»

«Wir könnten uns Miss Hyde vornehmen, könnten sagen, daß wir ihre Mithilfe brauchen –»

«Nein. Ich möchte nicht, daß Amandas Tod jetzt schon allgemein bekannt wird. Ihre anderen Kunden wohnen fast alle in der City und im Village. Ihre einzige Verbindung zur Upper West Side waren die Coventry Arms, und gerade diese Adresse hat der Täter verschwinden lassen.»

«Du hast nichts in der Hand, Mallory. Du weißt nicht mit Sicherheit, daß er dort wohnt.»

«Ich weiß, wo er wohnt, weil ich weiß, wie er ist. Er hat sich lange mit der Toten beschäftigt, hat ihr die Hände kaputtgeschlagen, hat sich Zeit gelassen. Nach der ersten Panik hat er sich in ihrer Wohnung wie zu Hause gefühlt.»

Coffey schob ihr eine von Heller abgezeichnete Akte zu. «Heller bestätigt deine Vermutung, wonach die Tat im Park begangen wurde. Wie hast du ihn dazu gebracht, sich dort noch mal umzusehen? Sie haben Blutspritzer an der

Unterseite von Steinen am Ufer gefunden. Er war vor einer halben Stunde bei mir. Du hättest die Überstunden genehmigt, hat er gesagt.»

«Damit ist endgültig klar, daß der Täter in den Coventry Arms wohnt und die Karte mitgenommen hat, damit wir uns dort nicht auf eigene Faust umhören. Ich muß da rein, Coffey.»

«Darüber können wir reden, sobald du mir etwas bringst, was Hand und Fuß hat.»

«Wenn du mir schon nicht helfen willst, gib wenigstens den Namen des Opfers nicht bekannt. Diesen Vorsprung brauche ich einfach.»

«Versprochen.»

«Heißen Dank», sagte Mallory ironisch.

Mallory hielt mit laufendem Motor vor den Coventry Arms.

Das über hundert Jahre alte Gebäude wirkte abweisend wie eine Festung. Aus vielen Fenstern fiel Licht, hier strahlend hell, dort eher matt. Giebel und üppig begrünte Balkone lockerten die strenge Fassade auf, Efeu rankte sich an Wänden hoch, vor denen nachtschwarze Bäume standen. An Fensterformen war fast alles vertreten – von Quadraten und Rechtecken, Rauten und Rundfenstern bis hin zu dem großen Bogenfenster aus farbigem Glas, das eines Doms würdig gewesen wäre. Die in satten Farben leuchtenden Bilder aber reichten weiter zurück als die Kirchengeschichte.

Mallory besah sich die mythologischen Figuren in den

Glasfeldern genauer. So ganz umsonst waren die Jahre am teuren Barnard College eben doch nicht gewesen. Bei der Frau handelte es sich offenbar um die Frühlingsgöttin, die von ihrem Geliebten, dem Gott der Unterwelt, auf starken Armen zum Rand einer Schlucht getragen wird.

Der Eingang zu den Coventry Arms war ein steinernes Riesenmaul mit einem reich verzierten kupferbeschlagenen Doppelportal. Außer dem üblichen livrierten Portier stand auch noch ein Wachmann parat – jüngstes Zugeständnis an das Zeitalter der Rockstars und ihrer Groupies, vor denen keine Tür sicher war.

In der Gesäßtasche ihrer Jeans steckte die Dienstmarke. Damit konnte sie ins Haus, wann sie wollte, konnte reden, mit wem sie wollte. Sie hatte die Befugnis, konnte sie aber nicht nutzen. Noch nicht. Und unter falscher Flagge einziehen konnte sie auch nicht. Daß Coffey eine Überwachung abgelehnt hatte, war die richtige Entscheidung (wenn auch mit der falschen Begründung) gewesen. Am besten betrat man so ein Haus in aller Offenheit. Leisetreterei wirkte immer verdächtig.

Sie fuhr an den Coventry Arms vorbei zu einem nicht ganz so prominenten Bauwerk an der nächsten Ecke. Hier war sie bisher nur ein einziges Mal gewesen, aber die Erinnerung an jenen Besuch hatte sich ihrem Gedächtnis unauslöschlich eingeprägt. Sie parkte wie immer in zweiter Reihe. Strafzettel ließen sich über den Computer entschärfen, das war allemal einfacher, als sich mit Hilfspolizisten herumzuärgern.

Dem Portier, der sich mit gewichtiger Miene danach

erkundigte, wohin sie wolle und wer sie sei, drückte sie ihre Visitenkarte in die Hand.

«Wen soll ich melden, Miss? Mallory oder Butler?»

«Sagen Sie, es ist Kathy, ihre Nichte.»

Was nicht ganz korrekt war. Da sie es strikt abgelehnt hatte, Fragen nach ihrer Vergangenheit oder ihren Eltern zu beantworten, ließen die bürokratischen Hürden eine offizielle Adoption nicht zu. Juristisch war sie ein Pflegekind geblieben, und so was wie Pflegetanten gab es wohl nicht. Aber mochten auch viele Mallorys auf der Welt herumlaufen – Alices einzige Schwester hatte nur ein Kind namens Kathy gehabt.

Der Portier legte den Hörer des Haustelefons aus der Hand und hielt ihr die Tür auf. Er grinste breit; Tante Alice schien mit Trinkgeldern nicht zu geizen.

Der Mann am Empfang legte ebenfalls den Hörer auf und nickte Mallory gemessen zu.

Nicht aufdringlicher Reichtum, sondern diskreter Wohlstand bestimmte hier das Bild. Die Halle war ansprechend, aber nicht antik eingerichtet. Das sanfte Surren des Aufzugs verriet sorgfältige Wartung.

Bei ihrem ersten Besuch hatte es noch einen Fahrstuhlführer gegeben, zu dem die Zehnjährige hatte aufsehen müssen. Inzwischen war diese Spezies so gut wie ausgestorben. Im Zeitalter der Automation wurde der Mensch immer entbehrlicher.

Der Aufzug entließ sie auf einen Gang mit hochflorigem gelbem Teppichboden. Die Wände hatten eine diskretgeschmackvolle Streifentapete. Sie sah nicht auf die Wohnungsnummern, sondern folgte ihrer Erinnerung bis zu einer Tür am Ende des Ganges. Als sie mit Helen hier gewesen war, hatte sie nicht mal auf Zehenspitzen an den Türklopfer mit dem Löwenkopf herangereicht.

Es war dasselbe Hausmädchen wie damals, das ihr öffnete und vor ihr her durch den Korridor ging, aber die Perspektiven hatten sich verschoben. War er nicht früher viel länger gewesen?

Auf das Musikzimmer folgte jener Raum, den sie als eine Art Ballsaal in Erinnerung hatte und der sie auch heute noch beeindruckte. Mallory hätte wetten mögen, daß kein Stück der Einrichtung in den letzten vierzehn Jahren umgestellt worden war. Nippesgegenstände, wohin das Auge sah, und an den Wänden eine fast überwältigende Fülle von Familienfotos. Dunkles Holz und rote Portieren. Tiefe Schatten in den Ecken. Hier und da fing sich das Licht in silbernen Konfektschälchen und goldenem Zierat.

Die Fotos und Gemälde reichten über viele Generationen in die Vergangenheit zurück, das hatte ihr Helen damals erzählt. Von den Gesprächen jenes Nachmittags war ihr wenig in Erinnerung geblieben. Alice hatte ihrer Schwester sehr ähnlich gesehen, und auch im Gesicht von Helens Mutter war die Familienähnlichkeit unverkennbar gewesen, aber die Haut der alten Dame war damals schon grau gewesen – ein Zeichen des Todes, der in ihr wuchs und der sich später auch Helen holen sollte.

Zunächst hatte Kathy sich bei den Erwachsenen fürchterlich gelangweilt, als dann aber die Rede auf Markowitz gekommen war, hatte sie aufgehorcht und die kleinen Hände zu Fäusten geballt. Markowitz war – bedauerlich genug! – ein Cop, aber er war auch ihr Vater. Wütend wollte sie aufspringen, aber Helens Blick wirkte Wunder. Die Kinderhände falteten sich brav im Schoß, und das kleine Mädchen, das sich vor noch nicht allzu langer Zeit ihr Essen aus Mülltonnen zusammengesucht hatte, kreuzte artig die Knöchel, wie sie es bei Helen gelernt hatte.

«Was Besseres hatte Louis dir also nicht zu bieten?» fragte Helens Schwester Alice, die schon viel zu lange das große Wort führte und ziemlich laut sprach. Zu laut, fand Kathy Mallory, für die sanfte Helen Markowitz.

«Nicht mal eine Blutsverwandte, sondern ein Gör aus der Gosse! Eine, die keiner hat haben wollen!»

Helens Mutter, die bis dahin geschwiegen hatte, stützte sich auf ihren Stock und stand auf. Das Hausmädchen, das ihr helfen wollte, wurde ungeduldig abgewiesen. «Genug», sagte sie barsch. «Genug, Alice! Was geschehen ist, ist geschehen!»

Als Alice den Mund aufmachte, brachte Helens Mutter sie mit der gleichen ungehaltenen Bewegung zum Schweigen, mit der sie das Dienstmädchen abgewehrt hatte. Aber das Unglück war schon geschehen: Helen weinte bitterlich. Wie eine Kanonenkugel schoß Kathy auf Helens Schwester los und sagte leise und drohend, mit einem Haß, der tief aus dem Bauch kam: «Wenn du Helen noch ein einziges Mal zum Weinen bringst, kriegst du ein Messer in die Kniekehlen, du Fotze!»

«Sag nicht Fotze, Kind», mahnte Helen sanft und steckte die Kinderarme in den neuen Wintermantel. Im Gehen hörten sie Helens Mutter schallend lachen. Kathy wollte sofort kehrtmachen, um die alte Dame windelweich zu prügeln, aber das ließ Helen nicht zu. Helen schaffte es meist nur durch einen Blick oder eine leichte Berührung, die wandelnde Gewitterfront Mallory zum Abzug zu bewegen.

Vierzehn Jahre waren seitdem vergangen. Helen lag seit vier Jahren unter der Erde, und aus dem verwüsteten Gesicht von Alice sahen Helens Augen zu Mallory hoch.

«Ich hab gedacht, du bist tot», sagte Alice.

«Ein Irrtum, wie du siehst.»

Enttäuscht, Tante Alice?

«Aber ich hab's in den Abendnachrichten gehört», sagte Alice, als habe sie Mallory bei einer Lüge ertappt. «Egal. Ein bißchen spät für einen Besuch, was? In mehr als einer Hinsicht ...»

«Ich habe dich bei der Beerdigung von Markowitz gesehen.»

Sekundenlang hatte Alice, Helen ähnlich wie ein Gespenst, zaudernd am offenen Grab gestanden. Als Mallory wieder hinsah, war das Gespenst verschwunden gewesen.

«Ich dachte mir, daß Helen gern jemand von ihrer Familie dabeigehabt hätte», sagte Alice. «Es wäre in ihrem Sinne gewesen.»

«Das war es sicher. Danke.»

«Du hast dich nicht wesentlich verändert. Aber du hast eben auch damals nicht wie ein kleines Mädchen ausgesehen, du hattest immer schon erwachsene Augen. Ein beängstigendes Kind. Gewalttätig, rüde, unzivilisiert ...»

Mallory zuckte nicht mit der Wimper. Es stimmte ja alles.

«Ich weiß, wo du jetzt wohnst, Kathy. Nur ein paar Ecken weiter, in einer teuren Eigentumswohnung. Warum bist du hier? Du willst Geld, was?»

«Ich brauche kein Geld.»

«Was dann?» Alice beugte sich jäh vor, in den feuchten blauen Augen blitzte es kriegerisch auf. «Was könntest du von mir wollen?» Ihre Stimme war hoch und brüchig. «Du hast mir meine Schwester weggenommen. Weißt du eigentlich, daß sie danach nie mehr mit mir gesprochen hat? Weißt du, wie sehr ich Helen geliebt habe?»

Das Aufstehen schien Alice schwerzufallen. Trug auch Alice die Krankheit in sich, an der ihre Schwester gestorben war? Sie wirkte schmal und matt.

Aber mit diesem Ausbruch war ihr Vorrat an Gehässigkeit schon aufgebraucht. Sie ließ sich in den Sessel zurückfallen und fing an zu weinen. Mallory spendete weder Trost noch zog sie sich zurück, sondern wartete in aller Ruhe, bis es vorbei war.

«Warum bist du gekommen? Was willst du von mir?»

«Ich brauche deine Hilfe.»

«Eine ziemlich gemischte Gesellschaft, die jetzt in den Coventry Arms wohnt. Die Rockstars feiern laute Parties, und die Politiker sind auch nicht viel besser», sagte die alte Dame. Sie mußte hoch in den Achtzigern sein.

«Wir haben einen Prominenten vom Fernsehen im Haus und einen Schauspieler», ergänzte ihr Mann, der Mallory als Ronald Rosen vorgestellt worden war.

Mrs. Rosen nickte bestätigend. «Zu meiner Zeit hätte man keine Leute vom Theater in ein anständiges Haus gelassen.»

«Zu deiner Zeit, Hattie», sagte ihr Mann, «herrschte auf der West Side eine Gangster-Aristokratie.» Er wandte sich an Mallory. «Als Kind habe ich Botengänge für Owney Madden gemacht, den Herzog der West Side. In den Schmugglerkriegen während der Prohibition habe ich mitangesehen, wie zwei seiner Leute abgeknallt wurden.»

Mallory trank mit den Rosens, die in den Coventry Arms wohnten, Tee aus zierlichen Porzellantassen. Alice schenkte aus einer antiken Silberkanne nach.

«Sie sind also Helens Tochter», sagte Mr. Rosen. «Da schlagen Sie wohl Ihrem Vater nach.» Mrs. Rosen trat ihm auf den Fuß. Demnach hatte er etwas Falsches gesagt, wußte aber nicht, was. Sehr schlimm konnte es nicht gewesen sein, denn gleich darauf lächelte seine Frau schon wieder freundlich.

«Wir haben Helen in dieser Wohnung aufwachsen sehen», sagte sie. «Nach ihrer Heirat mit Louis Markowitz war sie allerdings nur noch drei- oder viermal hier. Ich bin zu ihrer Beerdigung gegangen. Wie lange ist Helen jetzt schon tot, Alice? Drei oder vier Jahre, nicht?» Mrs. Rosen wandte sich wieder an Mallory. «Ich habe Louis Markowitz kondoliert. Er wirkte sehr ...» Sie sah rasch zu Alice hinüber. «Schon gut. Ich rede zuviel.»

«Ist Mallory der Name Ihres Mannes?» fragte Mr. Rosen, der daraufhin einen zweiten Fußtritt bezog. Seine Frau war offenbar dank Alice besser informiert.

«Ich finde das richtig aufregend», sagte Hattie Rosen. «Wie Fernsehen. Sollen wir uns falsche Namen zulegen?»

«Gute Idee», sagte Mallory. «Und ich brauche einen Brief für den Mann am Empfang, aus dem hervorgeht, warum ich vorübergehend Ihre Wohnung übernommen habe.»

«Natürlich», sagte Mr. Rosen. «Wir sollten auch Arthur Bescheid sagen, das ist der Portier. Ich belüge Arthur nicht gern.»

«Bleiben Sie ruhig bei der Wahrheit, aber machen Sie es nicht unnötig kompliziert. Sagen Sie ihm, daß Sie in einer dringenden persönlichen Angelegenheit verreisen müssen und daß ich eine gute Bekannte bin. Das Lügen besorge ich.»

«Sagte ich schon, daß Ronald schnarcht?» fragte Mrs. Rosen. «Wir haben getrennte Schlafzimmer.»

«Meine Wohnung hat zwei Schlafzimmer, Flußblick und einen Portierservice rund um die Uhr», sagte Mallory. «Haben viele Leute in Ihrem Haus einen PC?»

«Jeder hat jetzt einen, sogar wir», sagte Mrs. Rosen. «Sie haben das ganze Haus an ein Mailbox-System angeschlossen.»

«Für den Computer ist meine Frau zuständig», sagte Mr. Rosen. «Von solchen Sachen verstehe ich nichts.»

«Was gibt's da groß zu verstehen? Man muß nur wissen, wie man ihn einschaltet. Ein Knopfdruck, und schon hat man das Schwarze Brett vor sich, kann dem Verwalter oder dem Hausmeister eine Nachricht schicken und mit einer Anzeige jemanden suchen, der den Hund ausführt oder im Urlaub die Wohnung betreut. Sogar seine Bankgeschäfte kann man per Computer erledigen, wenn man eine Online-Verbindung hat. Keine Angst, Kind, es ist nur eine Maschine, die Gebrauchsanweisung liegt dabei, das lernen Sie ganz schnell. Und die Putzfrau kommt einmal in der Woche. Sarah hat einen Schlüssel und ist sehr zuverlässig.»

«Und ich kann morgen einziehen?»

«Ja, aber in zehn Tagen müssen wir wieder zurück sein, da feiert meine Cousine Bitsy Goldene Hochzeit. Hundert Gäste, Kind, das will man sich schließlich nicht entgehen lassen. Hat Ihre Wohnung Kabelfernsehen?»

Nachdem alles, was den Wohnungstausch betraf, besprochen war, die Rosens gegangen waren und sie sich etwas steif von Alice verabschiedet hatte, ging Mallory langsam, alle Einzelheiten registrierend, noch einmal durch die Räume, in denen Helen aufgewachsen war.

Auf dem Flügel mit der Gobelindecke standen an die fünfzig Fotos in verschnörkelten Rahmen. Nur Kinderfotos. Die älteren Aufnahmen, deutlich an der Kleidung zu erkennen, standen weiter hinten, die Neuzugänge ganz vorn. Mallory entdeckte Helen als junges Mädchen. Sie nahm das Foto in die Hand, um es sich genauer anzusehen, wollte es wieder an seinen Platz zurückstellen – und hielt mitten in der Bewegung inne. In einem Rahmen in der mittleren Reihe erkannte sie zwischen vielen unbekannten ihr eigenes Gesicht. Ein Schulfoto, aufgenommen ein volles Jahr nach ihrem Besuch.

Das Bild hatte weder einen herausragenden Platz noch war es versteckt. Es fügte sich ganz selbstverständlich in die lange Reihe der Generationen ein, die diese Familie schon gesehen hatte.

3

22. Dezember

Riker ging die Stufen zur Tierklinik hoch und betrat das hörsaalgroße Wartezimmer. Es roch nach Tierhandlung und Putzmitteln, und in den Sitzreihen bellte und zwitscherte es um die Wette. Manche Herrchen und Frauchen sprachen beruhigend auf schwankende Transportbehälter ein, in denen es maunzte und jaulte, andere hielten Hunde an der Leine, denen es hier sichtlich mißfiel. Die Wartenden – hundert oder mehr – liebten ihre Tiere, das war klar.

Und eben deshalb wirkte Mallory in diesem Raum ziemlich fehl am Platz.

Obgleich drangvolle Enge herrschte und eigentlich nur noch Stehplätze frei waren, hatte sie eine halbe Reihe für sich. Der Kater, dessen Ohr nur noch an einem schmalen Hautfetzen hing, saß auf ihrem Schoß und versuchte, ihr das Gesicht zu lecken. Sie sah ihn strafend an. Knolle verstand und rollte sich auf ihren Jeans zusammen.

Die Vogelbesitzer musterten den Kater nervös und legten die Arme schützend um ihre Käfige. Die Hundebesitzer hielten ihre Vierbeiner fest und nahmen es Mallory sichtlich übel, daß sie den Kater nicht als Kiste getarnt hatte. Es war ein klarer Verstoß gegen die Etikette, aber da es im

Hause Markowitz keine Tiere gegeben hatte, fehlte es Mallory hier an Erfahrungen.

Riker beobachtete sie über eine Minute lang. Sie hielt den Kater auf Distanz, was Knolles Liebe offenbar keinen Abbruch tat. Jetzt wandte Mallory den Kopf, sah Riker an und nickte ihm zu. An einem Hund, einem Papageien, noch einem Hund, einer Eidechse und zehn freien Sitzplätzen vorbei ging er auf sie zu.

«Die Tierarztrechnung geht wohl auf Spesen?»

«Allerdings. Der Kater ist ein wichtiger Zeuge.»

«Na hör mal! Jeden Blödsinn laß ich mir auch nicht erzählen!»

«Der Kater kennt den Täter, und der Täter kennt den Kater.»

«Übertreibst du's nicht ein bißchen, Kleines?»

Nenn mich nicht Kleines, sagte ihr Blick.

«Coffey ist von dem Wohnungstausch nicht begeistert. Wär vielleicht nicht schlecht gewesen, ihn vorher zu informieren.»

«Wo ich wohne, braucht ihn nicht zu interessieren.»

«In einem Punkt hat er vielleicht nicht mal so unrecht: Amanda Bosch war in deinem Alter und sah dir ähnlich. Ein bißchen kleiner vielleicht, aber definitiv der Typ, auf den der Täter steht.»

«Ich weiß.»

Mallory und der Kater drehten gleichzeitig den Kopf. Vier schräge Augen blickten ihn an.

Für einen Drink war es noch zu früh.

«Unter welchem Namen ziehst du ein?»

«Unter meinem eigenen.»

«Ganz schön riskant. Immerhin kam dein Name in den Nachrichten. Nicht ausgeschlossen, daß er es mitbekommen hat. Oder jemand anders, der es ihm steckt.»

«Um so besser. Und wenn er erst den Kater sieht –»

«Du weißt ja nicht, wer es ist. Da kannst du ganz schnell dran sein ...»

«Der Mann ist nicht Conan Doyles Professor Moriarty, sondern jemand, der von Computern nicht mehr versteht als eine Sekretärin. Eher weniger. Ein ertappter Lügner. Und ein Typ, der leicht die Nerven verliert.»

Sie holte einen Schnellhefter aus der Leinentasche, die vor ihrem Sitz stand. «Das ist die Liste der Hausbewohner. Mit Angaben zur Person.»

Namen von Kreditkartengesellschaften, Versicherungen und Banken ... Riker pfiff leise durch die Zähne. Kein Wunder, daß sie rote Augen hatte: Sie hatte die ganze Nacht Datenbanken geplündert. Und sich außerdem noch durch den Papierwust gekämpft, den sie aus Amandas PC geholt hatte, jene siebenhundert Seiten, die auf der Inventarliste nicht auftauchten.

Wie war sie an die Daten der U.S. Army gekommen? Wenn er von denen etwas wollte, ließen die ihn regelmäßig eine Woche oder länger hängen.

«Wozu brauchtest du die Wehrdienstakten?»

«Größe und Blutgruppen.»

«Wir haben doch gar nichts in der Hand, um seine Blutgruppe zu bestimmen, Mallory.»

«Das weiß er aber nicht. Denk mal an diesen verrückten

Hausputz, den er veranstaltet hat... Der Mann tut nachts kein Auge zu, weil er ständig überlegt, ob wir nicht vielleicht doch was gefunden haben.»

Auf der Liste waren fünfundvierzig Namen ausgestrichen.

«Was ist mit denen?»

«Die meisten sind nicht groß genug. Die Singles entfallen sowieso. Ebenso der verheiratete Mann, der sein Vermögen mit Software gemacht hat, der wüßte nämlich, daß man Dateien löschen, aber nicht endgültig verschwinden lassen kann. Die Wohnungen, die Firmen kurzfristig für Mitarbeiter anmieten, kommen auch nicht in Frage, denn der Täter hat seinen ständigen Wohnsitz in New York. Ebensowenig die Wohnungen, die zur Zeit nicht belegt sind. Die anderen passen mehr oder weniger gut zu unserem Persönlichkeitsprofil.»

«Was ist mit diesem Eric Franz? Auch ein Single.» Er deutete auf das Fax mit dem Unfallbericht. «Seine Frau ist vor einem Monat überfahren worden.»

«Das Verhältnis mit Bosch muß länger gelaufen sein. Hat nicht Mrs. Farrow was von über einem Jahr gesagt? Und Amanda Bosch war im vierten Monat schwanger, als sie die Abtreibung machen ließ.»

Ein Schäferhund mit mordlüsternem Blick hatte sich schon bis auf drei Reihen zu Mallory und dem Kater vorgearbeitet, ehe seine Besitzerin, eine ältere Frau, die Leine wieder zu fassen bekam und die Absätze ins Linoleum stemmte, um ihn zurückzuhalten.

«Deine Favoriten?»

«Die mit den Sternchen hinter dem Namen. Vier haben unregelmäßige Arbeitszeiten und hätten sich nachmittags gut mit Amanda treffen können.»

Der Schäferhund war wieder auf dem Vormarsch und zerrte seine Besitzerin langsam hinter sich her. Riker und Mallory wechselten einen Blick.

«Wenn du den Hund erschießt, knallst du am besten die alte Dame gleich mit ab, sonst verklagt sie die Stadt, und der Polizeipräsident rastet aus.»

Offenbar hatte Knolle noch nie einen Hund gesehen. Er blieb friedlich auf Mallorys Schoß sitzen und betrachtete das geifernde Tier mit freundlichem Interesse.

Riker las weiter. Den Namen Harry Kipling hatte Mallory mit einem Fragezeichen versehen, daneben stand mit Bleistift: Verbindung zu Kipling Electronics?

Das würde Coffey nicht schmecken. Verdächtige aus der Geldprominenz waren immer heikel. Wenn sie Glück hatten, stellte sich heraus, daß Kipling ein Computerfreak und damit aus dem Rennen war. «Wie hast du Kiplings Blutgruppe rausgekriegt? Er war nicht in der Armee.»

Sie sah ihn kurz an, und er ließ die Frage auf sich beruhen. Wenn sie die Computer der U.S. Army geknackt hatte, schaffte sie Krankenhäuser mit links.

«Scheiße!» sagte Riker. Er war schon wieder auf zwei prominente Namen gestoßen, den eines Richters, der für den Obersten Gerichtshof nominiert war, und den eines bekannten Fernsehreporters, der neuerdings jeden Nachmittag seine eigene Talkshow hatte. Hinter beiden Namen standen Sternchen.

Als er aufsah, hatte der tobende Schäferhund gerade zum Sprung angesetzt, und Mallory winkelte ein Bein an, um ihn mit einem gezielten Tritt in den Hundehimmel zu befördern.

Hinter der geschlossenen Tür von Charles' Büro hörte man gedämpfte Stimmen. Mallory setzte die große Leinentasche auf dem Schreibtisch im Vorzimmer ab. Der Kater stieg heraus und rieb sich an ihrem Arm, während sie die Schublade aufzog, um die Nachrichten auf dem Anrufbeantworter abzuhören.

Weil moderne Technik in Räumen, die von der Einrichtung her in ein anderes Jahrhundert gehörten, Charles Butlers Schönheitssinn störte, hatte Mallory dafür gesorgt, daß man möglichst wenig von ihr sah. Das neue Alarmsystem hatte Charles noch gar nicht zur Kenntnis genommen, sie hatte die Leitungen gut versteckt.

Jetzt drängte sie den Kater beiseite und drückte auf den Knopf. «Ich will dich sprechen, sobald du kommst, Mallory. Sofort, ist das klar?» hörte sie Coffey vergrätzt sagen.

Schon gut, schon gut. Nur keine Aufregung.

Aus Charles' Büro kam der spitze Schrei einer Frau. Der Kater sprang mit einem Riesensatz vom Schreibtisch, und Mallory stürzte mit gezogener Waffe ins Nebenzimmer.

«Schluß jetzt, Justin», sagte eine Männerstimme.

Die einzige Frau in der Runde atmete schnell und erregt und hatte ängstlich den Kopf eingezogen. Sie war totenblaß, zitterte heftig und hatte die Hände um die Sessellehnen gekrampft wie ein Wissenschaftler vor dem Start zu seinem ersten Raumflug.

«Reiß dich zusammen, Sally», blaffte der Mann. «Wie kann man bloß so ein Getue um einen Bleistift machen!»

«Er fühlt sich offenbar zu dir hingezogen», sagte der Junge, der zwischen ihnen saß. «Du könntest ihm einen Namen geben und mit ihm Gassi gehen.»

«Jetzt reicht's», sagte der Mann drohend.

Mallory besah sich den harmlosen Bleistift im Schoß der Frau, die ihn anstarrte, als hätte sie eine züngelnde Schlange vor sich, dann drehte sie sich um. Sie hatte das leise Geräusch gehört, mit dem die Vase hin und her wakkelte, streckte die Hand aus und bekam sie gerade noch zu fassen, ehe sie auf dem harten Parkettboden aufschlagen konnte.

«Was hab ich dir gesagt, Justin? Schluß jetzt!» donnerte der Mann.

Der Junge zuckte zurück und sah über die Schulter auf die Vase in Mallorys Hand und auf den Revolver, den sie jetzt wieder ins Holster steckte. Die Frau, die Angst vor Bleistiften hatte, legte die Hand vor den Mund.

«Ich war's nicht», sagte der Junge.

«Stimmt», bestätigte Charles. «Unter diesem Haus fährt die U-Bahn, und durch die Schwingungen kann schon mal was herunterfallen. Die Vase stand sehr dicht am Rand.»

Mallory warf Charles hinter dem Rücken der kleinen

Familie einen argwöhnischen Blick zu. Um ein Haar wäre eben ein kostbares chinesisches Stück aus dem fünften Jahrhundert zu Bruch gegangen, und Charles saß da, hatte die Hände hinter dem Kopf verschränkt und lächelte wie ein Buddha.

«Bleistifte kann die U-Bahn aber nicht zum Fliegen bringen», wandte sein Besucher ein.

«Da haben Sie recht. Darf ich Sie mit meiner Partnerin Mallory bekanntmachen?»

Sie ging zum Schreibtisch hinüber, wo sie die drei Besucher besser im Blick hatte.

Justin Riccalos blondes Haar war nach hinten gekämmt, die Lippen waren leicht geöffnet, so daß man die beiden vorstehenden Schneidezähne sah. Er war höchstens elf und sah aus wie ein nasses Kaninchen mit Sommersprossen. In der Hemdtasche steckte eine ganze Batterie anspruchsvoller Schreibgeräte. Die Füße zuckten nervös, die stahlblauen Augen schossen unablässig hin und her.

Sally Riccalo, die ängstliche Brünette und Justins Stiefmutter, wirkte empfindlich wie eine Schnecke ohne Haus. Sie saß auf der äußersten Kante ihres Sessels, und die weit geöffneten braunen Augen flehten stumm: *Tut mir nichts, bitte, tut mir nichts.*

Robert Riccalo, ein Mann mit soldatischem Bürstenschnitt und strammer Haltung, war so groß, daß er Frau und Sohn optisch fast erdrückte. Bei Charles, der noch größer war, kam dieser Eindruck nie auf, im Gegenteil, er vermittelte einem stets das Gefühl, daß er sich am liebsten ständig für seine Größe entschuldigt hätte.

Wenn Justin seine Stiefmutter ansah, machte er einen langen Hals und ein Gesicht, als habe er sich gerade selbst einen guten Witz erzählt. Als ihm ein nervöses Kichern entfuhr, legte ihm der Vater eine schwere Hand auf die schmale Schulter, und der Junge zog den Kopf ein wie eine Schildkröte. Der Ausdruck in den blauen Augen wechselte ständig zwischen Lust und Frust.

Jetzt begegnete er Mallorys Blick, und die beiden Augenpaare begannen eine stumme Unterhaltung. *Ich kenne dich*, sagte eins zum anderen. Charles beobachtete die beiden scharf. *Moment mal... habe ich da was übersehen?*

Sie verabredeten ein weiteres Gespräch für den nächsten Tag, der Vater gab das Signal zum Aufbruch, und Frau und Sohn trabten brav hinter ihm her. Mallory wandte sich, die Vase in der Hand, zu Charles um.

«Das mit den U-Bahnzügen –»

«Die Vase ist kein Original, sondern eine billige Kopie. Ich habe sie selbst präpariert. Es war wirklich die U-Bahn.»

Er ging zum Bücherregal und hielt ein Streichholz hoch. «Wenn ich damit nachhelfe, neigt sich die Vasenkante dem natürlichen Zug der Schwerkraft entgegen, und die kleinste Erschütterung bringt sie aus dem Gleichgewicht. Mir ging es um die Reaktion des Jungen.»

«Und?»

«Verständliche Überraschung. Normale Reaktionszeit. Gute Reflexe. Er hat energisch abgestritten, etwas mit dem Bleistift und der Vase zu tun zu haben. Zu dem Persönlichkeitsprofil eines Psychokinetikers paßt das allerdings nicht.»

«Und was schließt du daraus?»

«Der Fall wird dadurch noch interessanter. Vielleicht war er es wirklich nicht. Ich habe da gewisse Probleme mit der Logik. Er hat sich nicht dazu bekannt, war aber auch nicht weiter beunruhigt. Als wäre es für ihn etwas Alltägliches, Gegenstände durch die Luft fliegen zu sehen.»

«Sieh zu, daß du den Fall löst, bevor es die Ehefrau Nummer drei erwischt.» Mallory beugte sich über die Leinentasche. Der Kater steckte mit mißtrauisch zuckenden Schnurrhaaren den Kopf unter dem Schreibtisch hervor. Lärm und Geschrei waren ihm offenbar unsympathisch. Als alles ruhig blieb, kam er heraus und sah mit schräggelegtem Kopf zu Charles hoch.

«Hallo!» Charles bückte sich, um ihn zu streicheln, aber Knolle entzog sich seiner Hand und rieb sich an Mallorys Bein. Sie schob ihn weg.

«Der Kater ist ein wichtiger Zeuge. Komm, sag nichts, Rikers dumme Sprüche reichen mir schon. Wenn du lachst, setzt es was.»

«Und das Ohr?»

«Ich war's nicht. Kannst du ihn über Nacht dabehalten? Ich tausche heute mit den Rosens die Wohnung, da kann ich ihn nicht gebrauchen.»

«Ja, natürlich.»

Mallory holte das Katzenklo und zwei Dosen Thunfisch aus der Tasche. «Er heißt Knolle. Sieh zu, daß er nicht in mein Büro kommt. Computer mögen keine Katzenhaare.»

«Ich nehme ihn mit zu mir.»

«Danke. Wie ist denn das Gespräch sonst so gelaufen? Weißt du schon, wer es gewesen sein könnte, wenn der Junge nichts damit zu tun hat?»

«Nein.»

Sie holte eine Akte aus der Tasche.

«Die erste Mrs. Riccalo ist an einem Herzinfarkt gestorben. Wenn man den Mann kennt, muß man sich natürlich fragen, wie stark sie unter Druck stand und wie lange sie diesem Druck standhielt. Hier ist der Bericht aus dem Krankenhaus.»

Charles zögerte einen Moment wie jemand, der sich nicht gern die Hände schmutzig macht. Aber vielleicht war es falsch, ihr zu unterstellen, daß sie sich ihre Daten ausschließlich mit unrechtmäßigen Mitteln beschaffte.

«Geklaut?»

«Ja. Aber das hier nicht.»

Die zweite Akte trug das Siegel der New Yorker Kriminalpolizei. Er überflog den dreiseitigen Bericht über den Selbstmord der zweiten Frau von Robert Riccalo. «Klarer Fall von Suizid. Völlig unverdächtig.»

«Einspruch!»

«Und warum?»

«Nach der Selbstmordstatistik sind es meist Männer, die aus dem Fenster springen. Frauen schrecken davor zurück. Wegen der Schweinerei unten auf dem Gehsteig. Und sie hat keinen Abschiedsbrief hinterlassen. Die meisten Selbstmörder wischen ihren Lieben gern noch eins aus, ehe sie abtreten.»

«Hatten die ersten beiden Frauen von Riccalo irgendwelche Gemeinsamkeiten?»

«Sie waren beide berufstätig und über ihren Arbeitgeber lebensversichert. Vielleicht auch noch anderweitig, das überprüfe ich gerade. Auch Sally Riccalo ist über das Geldinstitut versichert, bei dem sie als Systemanalytikerin tätig ist. Sie und Robert Riccalo haben vor zehn Jahren, als die erste Mrs. Riccalo noch lebte, in einer Firma gearbeitet. Aufschlußreich?»

«Angefangen haben wir mit dem relativ harmlosen Problem fliegender Gegenstände. Findest du nicht, daß es etwas vorschnell wäre, jetzt schon von Mord zu reden? Der Begünstigte war vermutlich –»

«Richard Riccalo. Ebenso wie bei Frau Nummer drei.»

«Aber ist nicht der Ehemann üblicherweise der Begünstigte?»

«Ja, aber in den meisten Fällen ist es die Frau, die letztlich kassiert. Ein Herzinfarkt, ein Selbstmord – und ich habe den Eindruck, daß auch Ehefrau Nummer drei nicht mehr lange zu leben hat. Über einen einzigen Bleistift würde sie sich nicht so aufregen. Was ist ihr denn in letzter Zeit sonst noch so entgegengeflogen?»

«Eine Schere ... Glasscherben ...»

«Wie reagiert der Vater?»

«Mit Wut und Skepsis. Für authentisch hält die Erscheinungen offenbar nur die Stiefmutter. Die steht nämlich auf Geistwesen, Besucher aus dem All und dergleichen. Mr. Riccalo hält die fliegenden Gegenstände für miese Tricks, die er dem Jungen anlastet.»

«Irgend jemand ist für die miesen Tricks verantwortlich, soviel steht fest. Bist du sicher, daß es *dein* Bleistift war, der da durch die Luft geflogen kam?»

«Wie bitte?»

«Na hör mal, Charles, du wirst doch wohl deine Verwandtschaft mit Max Candle nicht verleugnen wollen ...»

«Die Kunst der Illusion vererbt sich nicht. Leider ...»

«Mit der Ausrüstung, die du da unten im Keller hast, könntest du Elefanten zum Fliegen bringen.»

«Das möchte ich bezweifeln. Max beherrschte zwar einige wirklich gute Illusionsnummern, aber seine großen Auftritte hatte er mit Mutproben, die einem den Atem stocken ließen. Fliegende Gegenstände waren Malachais Spezialität. Er ist der größte Illusionist, der je gelebt hat.»

«Ist das der, den Effrim den Enttarnungskünstler genannt hat?»

«Mit der Aufklärung von Schwindeleien unter dem Deckmantel des Übersinnlichen hat er sich erst beschäftigt, als er nicht mehr selbst auf der Bühne stand. Er ist mit seiner toten Frau aufgetreten. Sieh mich nicht so skeptisch an. Sie war seine Assistentin.»

«Und sie war *tot*?»

«Ja. Malachais Assistentin wurde sie erst, nachdem sie gestorben war. Vorher hat sie musiziert und komponiert.»

«Wie gingen denn diese Auftritte vor sich? War sie ausgestopft?»

«Nein, sie ist den Zuschauern nie leibhaftig erschienen. Sie war da und doch nicht da ... tot und gewissermaßen doch noch im Geist gegenwärtig. Wenn Malachai das

Publikum an den Gedanken gewöhnt hatte, daß da oben auf der Bühne eine Tote stand, die man nicht sehen konnte, ließ er sich von ihr alle möglichen Gegenstände reichen, die dann durch die Luft schwebten.»

«Würde ganz gut zu den fliegenden Bleistiften passen. Deshalb hat sich Malachai also später auf die Parapsychologie geworfen?»

«Nein, er war ein erklärter Feind aller Parapsychologen. Wenn sie wieder mal mit viel Trara ein neues PSI-Talent entdeckt hatten, fuhr er dazwischen und wies ihnen den Betrug nach.»

«Denkst du daran, dich von ihm beraten zu lassen?»

«Mit so einer Lappalie mag ich ihn nicht belästigen. Malachai ist inzwischen in den Siebzigern. Er und Louisa leben sehr zurückgezogen.»

«Louisa?»

«Seine tote Frau. Wenn du dich weniger mit Computern und mehr mit klassischer Musik beschäftigen würdest, wäre dir ihr Name schon begegnet. *Louisas Concerto* ist das einzige Stück, das sie geschrieben hat, eine wunderbare Komposition, ohne die keine Plattensammlung mit ernster Musik vollständig ist. Er ließ sie zu jedem seiner Auftritte spielen. Im übrigen – das hatte ich wohl vergessen zu sagen – ist Louisa für Malachai ständig präsent. Er lebt mit ihr, redet mit ihr, schläft mit ihr. Die Nummer mit den schwebenden Gegenständen hatte er sich nur ausgedacht, damit auch das Publikum sie sehen konnte.»

«Und dieser Spinner enttarnt Schwindler des Übersinnlichen?»

«Ja. In dieser Hinsicht reagiert er völlig normal. Er gibt auch unumwunden zu, daß Louisa keine übersinnliche Erscheinung ist, sondern daß er sie erschaffen hat.»

«Wie ist das denn eigentlich alles gekommen?»

«Louisa ist sehr jung gestorben. Sie komponierte dieses wunderbare Concerto, und wenig später war sie tot. Malachai kannte sie von klein auf, und weil er einfach nicht von ihr lassen konnte, hat er sie sich zurückgeholt.»

«Wie bitte?»

«Er hat sie aus der genauen Kenntnis ihrer Persönlichkeit heraus neu geschaffen. Bisher hat es so etwas nur in fernöstlichen Klöstern gegeben. Die dort von Mönchen allein durch die Kraft des Geistes geschaffenen Wesen waren reine Phantasiegebilde, während Malachai eine lebendige Frau als Vorbild hatte. Das ist ein wichtiger Unterschied. Weil er Louisa so gut kannte, weil er genau wußte, wie sie in einer gegebenen Situation reagieren würde, konnte er sie genau dem Original nachbilden, konnte sich mit ihr unterhalten, sie sehen und berühren. Ein Triumph der Konzentration.»

«Aber eben doch nur ein Trick.»

«Eine geniale Illusion und natürlich auch ein Wahn, aber ein Meisterwerk. Wie Platons *Gespräche*. So was ähnliches, wenn auch auf einer anderen Ebene, machen doch viele Menschen. Fragst du dich nicht auch hin und wieder, was Markowitz in einer bestimmten Situation tun oder sagen würde?»

Sie wandte das Gesicht zum Fenster, und er machte sich Vorwürfe, weil er ihren Gefühlen zu nahe getreten war.

Charles Butler gehörte zu den wenigen Bekannten von Kathy Mallory, die ihr überhaupt Gefühle zugestanden.

«Malachai unterscheidet sich auch noch in einem anderen Punkt von den fernöstlichen Mönchen. Die frommen Brüder holten sich ihre gedachten Wesen nach Belieben her und schickten sie wieder weg. Louisa war und ist Malachais ständige Begleiterin.»

«Aber dieser Malachai ist doch eindeutig ein Verrückter, nicht?»

«Ja. Aber ein hochintelligenter Verrückter. Um eine dreidimensionale Illusion zu schaffen, braucht man ein enormes Maß an Konzentration.»

«Und wenn er mit ihr sprach, antwortete sie so, wie sie im Leben geantwortet hätte, auch wenn die Frage für sie neu war?»

«Ja. So grotesk das klingen mag – Wahrheit und Logik hielten den Wahn zusammen. Louisa blieb sich gewissermaßen auch im Tode treu.»

«Könntest du auch ein Gespräch mit einer Toten führen?»

«Malachai und Louisa sind zusammen aufgewachsen. Er kannte ihre Denkweise, ihre geheimsten Gedanken. Es gibt keine Frau, die ich so gut kenne.»

Am allerwenigsten dich, Mallory.

«Muß man für so was verrückt sein?»

«Zumindest so verrückt, wie Verliebte es sind. Zu mir hat mal eine Frau gesagt, daß Verliebte ins Irrenhaus gehören, und damit hat sie wohl recht. Malachai hat die Grenzen des mit der Vernunft Meßbaren überschritten, um Louisa zurückzuholen. Nicht umsonst gibt es in unserer Sprache das Wort Liebeswahn. Malachai ist verrückt, kein Zweifel, aber er ist auch ein Genie und ein sehr sympathischer Mensch. Wenn ich bei Onkel Max zu Besuch war, kamen Malachai und Louisa immer zum Abendessen.»

«Und griff sie dann auch tüchtig zu?»

«Für ein Kind ist so was schwer zu entscheiden. Bei Max zu Hause wurde unentwegt gezaubert. Sie setzten ihr einen Teller vor und schenkten ihr Wein ein, und irgendwann im Lauf des Abends waren Glas und Teller leer. Wahrscheinlich haben sie einen Moment genutzt, in dem ich abgelenkt war, um das Essen und den Wein verschwinden zu lassen, aber im Grunde meines Herzens habe ich immer an Louisa geglaubt.»

«Hast du dich irgendwann mal an einer dreidimensionalen Illusion versucht?»

«An einem dreidimensionalen Wahn, meinst du. Ich würde niemandem raten, sich auf so ein Gebiet vorzuwagen.»

Es sei denn aus Liebe.

Sie griff wieder in die Leinentasche, zögerte, zog die Hand wieder heraus. «Ich wünschte, ich hätte Amanda Bosch hier. Nur für fünf Minuten.»

«Die Tote aus dem Park ...»

«Ja. Ich glaube nämlich, ich kenne das Motiv.» Entschlossen griff sie noch einmal in die Tasche und holte ein dickes Manuskript heraus.

«Das hier war auf ihrem Computer. Seit über einem

Jahr hat sie daran geschrieben. Es ist ein Roman, aber ich glaube, nicht alles ist erfunden.»

«Kunst ist Lüge, die die Wahrheit spricht. Wer hat das gesagt?»

«Das Datenbank-Gedächtnis hast du, Charles ...»

«Nein, ich habe ein eidetisches Gedächtnis, und das funktioniert anders als ein Computer. Es bringt zum Beispiel keine Kreuzverweise zustande.»

«Hier, schau dir Seite zweihundertvierundfünfzig an, Kapitel sieben, letzter Absatz. Sie hat an ihrem Todestag daran gearbeitet.»

Er las: *Und dann ging er, wobei er wie immer die Liste all der Dinge aufzählte, die er noch zu tun hatte, die dring-* DU LÜGNER DU LÜGNER DU LÜGNER DU LÜGNER DU LÜGNER.

Charles nickte. «Ich verstehe. Der Schluß gehört nicht zur Handlung, er ist eine Art Gefühlsausbruch auf dem Bildschirm.»

«Genau. Ich habe nur hier und da eine Seite überflogen, weil ich wissen wollte, ob der Text vollständig ist, dabei bin ich auf die Stelle gestoßen. Es sind alles in allem fast siebenhundert Seiten, und ich vermute, daß darin auch eine ausführliche Beschreibung des Täters vorkommt. Du bist der einzige Mensch, den ich kenne, der mit Lichtgeschwindigkeit lesen kann. Könntest du dir den Text mal ansehen und das ankreuzen, was nach Fakten klingt? Ich habe im Augenblick keine Zeit dazu.»

«Ja, natürlich.» Charles blätterte in dem dicken Packen. Es sah aus, als ob er den Text nur überflog, aber er registrierte jedes Wort. Mallorys rotgeränderte Augen waren ihm schon vorhin aufgefallen. Jetzt sah er an einer leicht gewellten Stelle am unteren Rand, daß jemand schon vor ihm die Seiten umgeblättert hatte. Er blickte auf.

«Ich möchte wissen, warum sie ihn einen Lügner nennt. Daß er verheiratet war, hat sie offenbar von Anfang an gewußt. Das kann es also nicht sein», sagte Mallory.

«Vermutlich steht die Antwort nicht im Roman. Sie hat wohl erst kürzlich davon erfahren.»

«Eine interessante Möglichkeit. Du meinst, er könnte die Frau, mit der er fremdgegangen ist, betrogen haben?»

«Nein, das nicht. Ich denke, sie hat den Mann nur dazu benützt, um schwanger zu werden. Aber warum hat sie das Kind dann abgetrieben? Eine Lüge als Mordmotiv ist natürlich problematisch, aber es ist alles, was ich habe. Amanda Bosch hatte ein Recherchenbüro. Vielleicht hat sie sein Vorleben durchleuchtet, das liegt nahe, wenn er der Vater des Kindes war, und hat ihn bei einer Lüge ertappt.»

«Das hilft uns nicht weiter. Es gibt so viele Arten von Lügen, wie es Menschen gibt.»

«Schade, daß dein Freund Malachai uns nicht Amanda herholen und sie fragen kann. Wenn ich nicht rasch zuschlage, kommt der Täter davon. Leg mir das Manuskript bitte ins Büro, wenn du fertig bist.»

«An deiner Stelle würde ich keine allzu großen Hoffnungen auf das Buch setzen. Ich glaube, daß Schriftsteller sich auch nicht enger an das wirkliche Leben halten als Schauspieler bei der Gestaltung ihrer Rollen. Der Schauspieler zeigt in seiner Rolle nichts von der eigenen Persönlichkeit, und ich habe den Verdacht, daß ein Autor selbst in einer Autobiographie nicht sein tatsächliches Leben beschreibt.»

«Und wem gilt dieser ... dieser Gefühlsausbruch, wie du ihn nennst? Doch wohl einer Figur in ihrem Buch ...»

«Schön, ich behalte es beim Lesen im Kopf.»

«Gehst du morgen abend zum Poker?»

«Natürlich.» Der Pokerabend war für Charles der Höhepunkt der Woche. Den Platz in der Runde hatte ihm Inspector Louis Markowitz vererbt – und damit zugleich drei Freunde. Freundschaften waren für Charles nach den langen Jahren der Isolation an der Hochschule und in der Denkfabrik etwas sehr Kostbares. «Wenn ich sie versetze, erwarten sie von mir einen Scheck in Höhe meiner üblichen Verluste, und das finde ich auch fair.»

«Irgendwann bringe ich dir bei, wie man diese Pokerrunde kleinkriegt.»

Aber nicht heute. Sie hatte sich ihr Notizbuch vorgenommen und hakte Posten auf einer Liste ab. Charles sah, daß viele Punkte noch nicht erledigt waren. Er trat ans Fenster und blickte auf die Straße hinunter. «Es spricht durchaus für mich, daß ich immer verliere, sagt Rabbi Kaplan.»

«Hat er dir auch verraten, warum?»

«Na, hör mal! Er wird sich hüten, seinen Ruf als Orakel aufs Spiel zu setzen!» Er sah einen Augenblick der vertrauten Gestalt in dem formlosen Wintermantel nach, die unten vorbeiging, und wandte sich dann zu Mallory um. «Aber vielleicht kannst du es mir sagen.»

«Es war ein Kompliment, Charles. Der Rabbi hält dich für einen grundehrlichen Menschen. Poker ist ein Spiel für Lügner. Du könntest mir morgen was von Slope und Duffy mitbringen. Ich habe sie um ein paar Sachen gebeten, die ich brauche und mit denen ich Coffey und Riker nicht belemmern möchte.»

«Bei der New Yorker Kriminalpolizei gibt es außer dir noch mehr Leute, Mallory. Schon mal was von Teamarbeit gehört?»

«So was ähnliches hat Riker auch gesagt», gab sie ungeduldig zurück. «Immer diese Belehrungen ...»

Charles hütete sich, ein gutes Wort für Riker einzulegen, so sehr er ihn auch schätzte. Wenn Mallory auch nur den Eindruck hatte, daß man nicht auf ihrer Seite war, konnte sie sehr unangenehm werden. Bei jedem Gespräch mit ihr galt es, gefährliche Untiefen zu umschiffen. «Komm doch mit. Rabbi Kaplan sagt, du bist der ideale Zockertyp.»

«Geht nicht. Als ich dreizehn war, haben sie mich ausgesperrt.»

Ein Schlüssel drehte sich im Schloß, und durch die geöffnete Tür schob sich erst ein Staubsaugerschlauch und dann der dunkle Schopf von Mrs. Ortega. Als sie den Kater sah, blieb sie wie angewurzelt stehen. Im Geiste schien sie ihm schon den Pelz abzuziehen und eine Handtasche daraus zu machen. Eine gute Putzfrau hat mit

Tieren nichts im Sinn. Vierbeiner haaren, ergo ist der einzig gute Vierbeiner ein toter Vierbeiner. Der Kater rieb sich an Mallorys Jeans, was Mrs. Ortegas Achtung vor einer Frau, die sie vor allem ihrer pingeligen Sauberkeit und Ordnungsliebe wegen schätzte, jäh sinken ließ. Knolle aber war, nachdem Mallory ihr zwanzig Dollar für katerbedingte Mehrarbeit in die Hand gedrückt hatte, offenbar akzeptiert.

In diesem Moment meldete sich der Türsummer. Charles setzte sich in Bewegung, aber Mallory hielt ihn mit einer Handbewegung zurück.

«Wer ist es?»

Die Antwort kam wie aus der Pistole geschossen. «Riker.»

Er öffnete. Tatsächlich – da stand Riker in seiner ganzen vergammelten Pracht. Mallory sah Charles mißtrauisch an. Daß man Henrietta Ramsharan aus dem dritten Stock an ihrem höflich-leisen Klingeln und den Musiker aus dem Erdgeschoß am energischen Klopfen erkennen konnte, wußte sie auch, das war eben der persönliche Stil der beiden. Aber von Stil konnte wohl bei Riker keine Rede sein. Woher also hatte Charles gewußt, daß er es war?

«Hi, Charles!» Riker nickte Mallory zu und machte eine übertrieben tiefe Verbeugung vor Mrs. Ortega, die sich mit einer halblauten Bemerkung – hatte sie etwa «Scheißcop!» gemurmelt? – ins Nebenzimmer verzog.

«Du hast Charles vorher gesagt, daß und wann du kommst», sagte Mallory vorwurfsvoll zu Riker und sah fragend zu Charles hinüber.

Der schüttelte lächelnd den Kopf. Daß er Riker vom Fenster aus hatte kommen sehen, gedachte er Mallory nicht auf die Nase zu binden. Nach diesem Durchbruch in der Kunst des Bluffens sah er der nächsten Pokerrunde recht optimistisch entgegen.

Riker ließ sich auf die Couch fallen, holte eine Handvoll zerknüllter Zettel aus der Manteltasche und versuchte, einen auf den Knien glattzustreichen. Es war ein Plan des Parks, auf dem an zwei Stellen gelbe Linien eingezeichnet waren.

«Heller hat jetzt genau festgestellt, wo Amanda gestorben ist, Mallory. Der Mann ist ein Genie. Er ist mit Bodenproben zum Landwirtschaftsministerium gegangen. Der Schmutz in der Wunde war voll von mikroskopisch kleinen Biestern, die in dem Waldstück, in dem wir Amanda gefunden haben, nicht vorkommen.» Riker schob sich eine Zigarette zwischen die Lippen und klopfte seine Taschen nach einem Streichholz ab. «Heller sagt, er schreibt eine Monographie drüber und stellt dich in der Danksagung ganz groß raus. Willst du dir den Tatort nicht mal ansehen?»

«Wozu?» Sie griff nach dem Blatt mit den gelben Markierungen. «Ich kann schließlich Pläne lesen.»

«Ich meine ja nur ... Die meisten fahren gern mal zum Tatort und sehen sich an, wo das Opfer gestorben ist.»

«Zeitverschwendung. Ich hab den Bericht gelesen, die Leute von der Spurensicherung waren da und zehn, zwölf Cops mit großen Füßen. Was gibt's da noch zu sehen?»

«Man kann nie wissen, Kleines.»

«Nenn mich nicht Kleines.»

Mrs. Ortega tauchte wieder auf und steckte die Staubsaugerschnur in die Steckdose. Riker lächelte ihr zu.

«Wir haben einen Verdächtigen, der wär genau Ihr Fall, Mrs. Ortega. Wir wissen von ihm nur, daß er in einem Luxusapartment wohnt und putzen kann wie ein Profi.»

«Dann ist er nicht mit einem silbernen Löffel im Mund zur Welt gekommen.»

«Wieso?»

«Reicher Leute Kinder sind nicht gut gezogen. Man merkt den Leuten an, ob sie sich ihr Geld verdienen müssen oder ob's ihnen in den Schoß fällt. Mallory versteht was vom Putzen.» Sie wandte sich an Charles. «Ihre Mutter hat Sie immer in Watte gepackt, und um den Haushalt hat sich ein Mädchen gekümmert. Woher ich das weiß? Weil Sie keine Ahnung haben, was Stahlwolle ist oder wozu man sie nimmt. Ich sehe sofort, wer nach dem Essen in der Küche Ordnung gemacht hat, Sie oder Mallory. Die ist gut gezogen.»

«Aber der Mann, von dem wir sprechen, ist gut gezogen und trotzdem ein Mörder», wandte Charles ein.

«Glauben Sie etwa, Mallory hat 'ne Kanone bei sich, damit der Wind sie nicht wegweht?» Mrs. Ortega stützte sich auf ihren Staubsaugerschlauch und drohte Charles mit dem Finger. «Kids, die ihren Kies geerbt haben, erkennt man auf den ersten Blick. Wenn denen der Partner wegläuft, sind sie bestenfalls 'ne Woche schlecht drauf, und in der Wohnung stehen jede Menge Flaschen und

Pillenschachteln rum. Aber wenn ihnen die Putzfrau wegläuft, geht die Welt für sie unter, und sie hausen in ihren eigenen vier Wänden wie die Tiere. Und darum denk ich mir, daß Ihr Typ nicht in 'nem reichen Haus großgeworden ist.»

Mallory nickte zustimmend. In Fragen der Fleckentfernung und häuslichen Sauberkeit war Mrs. Ortega für sie eine absolute Autorität. Charles Butlers Putzfrau war vielleicht der einzige Mensch auf dieser Welt, dem Mallory irgend etwas unbesehen abnahm.

«Die Art, wie sie putzen und was sie im Haus haben, verrät 'ne Menge über die Menschen», fuhr Mrs. Ortega fort, die offenbar mal wieder eine ihrer philosophischen Anwandlungen hatte.

«Vor einem Jahr hab ich Mrs. Ortega gebeten, bei mir ein bißchen sauberzumachen», sagte Riker zu Charles. «Da hat sie sich bekreuzigt und mich stehenlassen. Wahrscheinlich kann ich von Glück sagen, daß sie nicht in meiner Wohnung war.» Ein grauer Aschekegel löste sich von seiner Zigarette und zerfiel auf seinem Anzug zu Staub.

«Ich brauch Ihre Wohnung gar nicht zu sehen, Riker.» Mrs. Ortega musterte flüchtig den zerknitterten Anzug und die abgetretenen Schuhe. «Sie haben mindestens drei volle Müllsäcke in der Küche stehen, seit einem Monat die Bettwäsche nicht gewechselt und Bierflaschen unter dem Bett. Im Schrank sind noch zwei saubere Teller, Spinnen sind Ihre Hausgenossen, und heute abend sind Sie mit einer Frau verabredet.»

Drei Köpfe ruckten in Mrs. Ortegas Richtung.

«Woher wissen Sie das mit der Frau?» fragte Riker.

«Sie haben sich 'ne Flasche billiges Fleckenwasser gekauft, ich seh die hellen Stellen bis hierher.»

Mallory nickte Mrs. Ortega zu. «Ich muß mein Zeug zusammenpacken. Bin gleich wieder da.»

«Schön, Sie zu sehen, Sergeant», sagte Charles. «Kaffee?»

«Ist es schon nach zwölf?»

«Ja.»

«Dann ein Bier.»

Der Staubsauger war jetzt so nah, daß man sein eigenes Wort nicht verstand. Als Mrs. Ortega ihn abgestellt hatte, um sich weniger geräuschvoll mit dem Staubtuch zu betätigen, holte Charles ein kaltes Bier aus der Küche.

«Mallory hat sich da auf eine ziemlich gefährliche Sache eingelassen, finde ich. Daß Sie dabei mitmachen, wundert mich eigentlich.»

«Anders geht es nicht, Charles. Wir haben keine Beweise, keine Tatwaffe, keine Zeugen, kein Motiv. Die Mittel hatte jeder, der einen Stein in die Hand nehmen kann, und der Tatort ist sechs Minuten vom Haus entfernt. So gesehen käme selbst der Portier in Frage. Sie muß rasch handeln, sonst geht ihr der Mörder durch die Lappen.»

Kein Motiv? Hatte Riker das dicke Manuskript noch nicht gesehen, das zwischen ihnen auf dem Schreibtisch lag? Solidarität mit Mallory bewog ihn, den Sergeant abzulenken.

«Markowitz wäre das bestimmt nicht recht. Sie behalten Mallory doch im Auge?»

«Sie braucht mich nicht, Charles. Sie ist kein Kind mehr, und schon als Kind hat sie niemanden gebraucht.» Er kippte sein Bier.

«Aber Louis hat immer gesagt, daß Helen –»

«Helen sah nur das Gute in Kathy. Ich weiß noch, wie froh sie war, als Lou die Kleine nach der Schule mit ins Büro nahm, weil sie sonst bestimmt zum Klauen in der Stadt rumgezogen wäre. Aber für Helen waren Polizisten eben immer nur leuchtende Vorbilder.»

«Sind sie das denn nicht?»

«Mag sein, aber fünf Tage in der Woche saß Kathy da und guckte sich die Fahndungsfotos von Mördern an, während andere Kinder draußen spielten.»

«Hat Mallory nie mit anderen Kindern gespielt?»

«Sie hat mit Markowitz gespielt. Jetzt spielt sie allein.»

«Was spielte sie denn so?»

«Einmal, da war sie vielleicht dreizehn, hab ich sie nach ihrem Lieblingsspiel gefragt. ‹Mörder spielen macht doch immer noch am meisten Spaß›, hat sie gesagt. Mir ist es eiskalt den Rücken runtergelaufen. Ob Markowitz ihr zutrauen würde, einen Menschen zu töten, wollte ich von ihm wissen. Und was sagt Louis darauf? ‹Aber ja!› Als hätte ich gefragt, ob Kathy einen Effetball werfen kann.»

«Jetzt weiß ich aber immer noch nicht, warum Sie meinen, sie könnte den Mörder aus dem Bau locken, ohne daß ihr was passiert.»

«Die Verdächtigen in den Coventry Arms sind prominente Steuerzahler mit erstklassigen Anwälten, Charles, die können wir nicht so ohne weiteres alle durch die Mangel drehen. Wenn Mallory sich den Täter schnappt, ist garantiert kein Anwalt dabei. Sie wird den Mann unheimlich unter Druck setzen, und dann wird er reden. Vor laufender Kamera. Spinner reden immer, auch dann noch, wenn sie über ihre Rechte belehrt worden sind. Natürlich erzählen sie uns lauter Lügen, aber dabei fangen sie sich in der eigenen Schlinge. Wenn sie erst einen Anwalt zum Händchenhalten haben, sagen sie nichts mehr, und unser Fall ist geplatzt.»

«Aber die Gefahr –»

«Gefährlich kann's höchstens dann werden, wenn sie so ganz nebenbei noch auf das eine oder andere schmierige Geheimnis stößt. Prozentual gibt es nämlich in Häusern wie den Coventry Arms genausoviel Kroppzeug wie in einer Mietskaserne.»

Aus Rikers Zettelsammlung war ein Foto zu Boden gefallen. Charles hob es auf.

«Wer ist das?»

«Amanda Bosch.»

«Aber sie sieht Mallory doch überhaupt nicht ähnlich! Wie konnte es zu dieser Verwechslung –?»

«Auf dem Foto war sie ja auch noch quicklebendig. Nachdem die Würmer sich über sie hergemacht hatten, mußte sogar ich zweimal hinsehen.»

«Ist die Familie schon benachrichtigt?»

«Sie hat keine lebenden Angehörigen. Paßt Mallory gut in den Kram. Um so weniger kann durchsickern.»

«Und was wird weiter aus ihr?»

«Ihr Vermögen, das heißt ihr Guthaben auf dem Konto, fällt an die Stadt. Die Möbel wird die Wirtin verkaufen, wenn sie noch Miete zu bekommen hat, oder einfach auf die Straße stellen. Danach bleibt nur ein Grab, das niemand besucht, und damit ist dann Amanda Bosch sehr bald endgültig vergessen. Oder auch nicht. Kann sein, daß sie durch Mallory noch berühmt wird.»

Der Kater setzte sich zwischen sie, ohne ihnen einen Blick zu gönnen, und spielte an seinem Verband herum. Charles mußte an das denken, was Louis Markowitz einmal zu ihm gesagt hatte: Mit Mallory zusammenzuleben ist, als habe man ein verletztes Tier im Haus.

Die Bauherren hatten etwas Dauerhaftes haben wollen. Tatsächlich hatte das Haus fast das ganze zwanzigste Jahrhundert überdauert, und auch auf der Schwelle des einundzwanzigsten wirkte es noch sehr solide. Dunkle Balken und rosa Stuck – man konnte sich den alten Kasten gut als Schauplatz für eine Horrorgeschichte vorstellen.

Keuchend setzte Riker den schweren Karton ab. Mallory hatte dem Portier gerade hundert Dollar in die Hand gedrückt.

Stil hat sie, die Kleine. Bin gespannt, wie sie den Lappen in der Spesenabrechnung unterbringt...

Das Grinsen des Portiers wurde immer breiter, je länger Mallory mit ihm sprach.

«Ich rechne damit, daß Amanda Bosch irgendwann

vorbeikommt. Sie kennen Miss Bosch vielleicht vom Sehen?»

«Aber ja», sagte der Portier, der Arthur hieß. «Eine Bekannte von Miss Hyde, nicht? Hübsche junge Frau mit traurigen Augen ...» Das Grinsen bekam plötzlich leichte Schlagseite. «Geht's ihr gut?»

«Warum fragen Sie?»

«Als ich sie das letztemal gesehen habe, hat sie sich ein bißchen komisch benommen.»

«Wann war das?»

«Vor vier, fünf Tagen. Sie hat ganz still da drüben gesessen, als ob sie auf jemand wartet.» Er deutete auf die vier Meter vom Hauseingang stehende schmiedeeiserne Bank. «Ich hab mich ein bißchen gewundert, weil Miss Hyde verreist war, und sonst hat Miss Bosch hier im Haus nie jemanden besucht. Nach einer Weile ist sie dann aufgestanden, ganz rasch und irgendwie aufgeregt, und ist weggelaufen. Wirklich komisch.»

«Was war der Auslöser?»

«Keine Ahnung. Grad in dem Moment war ein ständiges Kommen und Gehen, einer wollte ein Taxi haben – es ging zu wie im Taubenschlag.»

«Können Sie sich noch an bestimmte Personen erinnern?»

«Nein. Hausbewohner, Besucher, Kinder, Hunde ... Die meisten hier haben Hunde.»

Riker griff sich wieder seinen Karton, aber da wandte Mallory den Kopf und sah auf den gegenüberliegenden Gehsteig.

Was soll denn das, dachte er. Gewiß, der Mörder wohnte hier im Haus. Trotzdem war es wohl doch noch ein bißchen früh, sich nach Verfolgern umzusehen. Aber es war eine Frau, die in diesem Moment rasch auf sie zukam.

Ergeben stellte er den Karton wieder ab. Die zierliche, dunkelhaarige Frau sah zu Mallory hoch. «Entschuldigen Sie, daß ich Ihnen nachgegangen bin. Könnte ich Sie kurz unter vier Augen sprechen?»

Die beiden gingen ein Stück weiter, bis sie außer Hörweite waren. Die Hände der Dunkelhaarigen flogen. Mallory sagte etwas zu ihr. Die Dunkelhaarige schüttelte heftig den Kopf, drückte die Handtasche an die Brust, als wollte sie einen Schlag abwehren, wich ein paar Schritte zurück und ging rasch zu einem wartenden Taxi. Mallory kam gemächlich zu Riker zurück, der sich erneut seinen Karton griff. Der Portier schaltete eilfertig sein Grinsen wieder ein.

In der Halle tauchte man voll in eine vergangene Zeit ein. Während Mallory dem Mann an dem verschmockten Empfangstresen einen Brief übergab, besah sich Riker die Wandbehänge und Ölgemälde und die kostbaren Teppiche, von denen jeder gut und gern eines seiner Jahresgehälter wert war. Eine Frau mit Sonnenbrille kam an ihnen vorbei. Dunkle Gläser an diesem bedeckten Tag signalisierten: *Ich bin ein Star, ihr seid nur Fußvolk*. Bunt verglaste Scheiben leuchteten in satten Farben. Auf einem Wandbild unter dem großen Bogenfenster rannte ein Rudel Wild blindlings gegen eine leere Wand.

Der Mann am Empfang begleitete sie zu einem Fahrstuhl von der Sorte, wie sie die Jugend von heute nur noch aus Dreißiger-Jahre-Filmen kennt. In dem kunstvoll geschnörkelten schmiedeeisernen Käfig, hinter dem sich eine Kabine mit Parkettboden und intarsiengezierten Edelholzwänden verbarg, gondelte ein Fahrstuhlführer mit ihnen nach oben.

Im dritten Stock stiegen sie aus. Die Wandlampen verbreiteten ein mildes Licht, das an die Gasbeleuchtung der Jahrhundertwende erinnerte. Der Teppichboden hatte ein Orientmuster, an den Wänden hing Geld. Riker hatte einen Blick für teure Tapeten. Auf einem Beistelltisch stand eine Vase mit frischen Blumen, die bestimmt ebenfalls ein Vermögen gekostet hatten und deren Duft ihnen bis vor die Wohnung der Rosens folgte.

In der gekachelten Diele stellte Riker seine Last ab. «Was wollte denn die Frau von dir?»

«Das war Sally Riccalo, eine Klientin von uns. Sie hat die fixe Idee, daß ihr Stiefsohn sie mit einem fliegenden Bleistift erdolchen will.»

«Seit wann beschäftigt sich Charles denn mit so was? Ich denke, er hat's nur mit Akademikern. Wer spinnt denn da – sie oder der Junge?»

«Kann ich noch nicht sagen. Ihre Angst scheint aber echt zu sein.»

«Was hast du ihr geraten?»

«Eine Weile zu verreisen.»

«Und was hat sie gesagt?»

«Nein.»

Er sah sich um und überlegte, wie die Rosens wohl mit

Mallorys spartanisch schlichten Räumen zurechtkommen würden. Das Wohnzimmer war ein Fotomuseum. Familie, wohin man sah – die Augen der Kinder in den Augen der Eltern, der Großeltern und immer weiter zurück in der Ahnengalerie. Auf der Couch lag ein Spielzeug, das ein Kind dort offenbar vergessen hatte. Schwärme tropisch bunter Fische zogen durch das große Aquarium. An der Scheibe prangten der Abdruck einer kleinen Hand und einer Enkel- oder Urenkelnase. In diesen behaglichen Raum mit den Seidenblumen und üppigen Polstermöbeln wollte das Auge des Computers, das hinter einer halb geöffneten Schranktür hervorleuchtete, nicht so recht passen.

Während Mallory die Wohnung erkundete, machte Riker die Schranktür ganz auf. An der Innenseite hing eine Gebrauchsanweisung für Dumme – also genau das Richtige für jemanden wie ihn. Er drückte auf einen Knopf, und auf dem Schirm erschienen Mitteilungen über Termine für Wartungsarbeiten und eine Eigentümerversammlung im Penthouse. Dieser Termin war als DRINGEND gekennzeichnet, um vollständiges Erscheinen wurde gebeten. Es folgten Hinweise auf Pakete, die unten in der Halle abgegeben worden waren, und das Protokoll der letzten Eigentümerversammlung.

Riker fuhr zusammen, als Mallory ihm auf die Schulter tippte. Das lautlose Anpirschen hatte der Alte ihr beigebracht. Für einen so schwergewichtigen Mann war er darin unheimlich gut gewesen, aber mit dreizehn konnte sie es dann endgültig besser als er. Markowitz und Mallory hatten sich mit solchen Spielchen gegenseitig hochgeschaukelt, und wer dabei in wessen Fahrwasser geraten war, hatte Riker bis heute nicht endgültig entscheiden können.

«Ich habe einen Platz für mein Zeug gefunden», sagte sie.

Er wuchtete den Karton in die kleine Bibliothek und stellte ihn auf dem Schreibtisch ab. Sie holte ihre Computerausrüstung heraus, die kleine Videokamera und all die anderen elektronischen Spielereien, von denen er keine Ahnung hatte. Nur die Abhöranlage fürs Telefon erkannte er und sah rasch weg, weil für die keine Genehmigung vorlag.

Diese Dinge hatte sie nicht bei Markowitz gelernt. Der Alte hatte bis an sein Lebensende mit Maschinen und Computern nichts anfangen können. Je weniger er von dem wußte, was Mallory damit anstellte, desto sicherer war er sich seiner Pension gewesen.

Der Fahrstuhl hielt auf Penthouse-Höhe, und Mallory stieg aus. Sie war erst wenige Schritte gegangen, als ihr auch schon zehn, zwölf männliche und weibliche Augenpaare folgten. Sie trug das schwarze Kostüm, das sie bei der Beerdigung ihres Vaters angehabt hatte. Der Rock bot ihrer Umwelt die seltene Gelegenheit, die auf hohen Absätzen daherkommenden Beine mit den sportlich straffen Waden und den schmalen Fesseln zu bewundern.

Hin und wieder blieb sie vor einem der Art-deco-Kunstwerke stehen, die überall auf Säulen und Sideboards herumstanden. Ein bißchen zuviel des Guten, dachte sie. Alle innenarchitektonischen Sünden aber waren vergessen, als sie zu der verglasten Kuppel hochsah, die den großen Raum überspannte. Am Himmel stand ein zunehmender Mond, dem zwei Sterne Gesellschaft leisteten. Eine duftige Wolke zog rasch über das Kuppeldach hinweg, erreichte den Mond und löschte sein Licht.

«Der Tod steht Ihnen gut zu Gesicht», sagte eine gepflegte Stimme hinter ihr.

«Das höre ich heute nicht zum erstenmal.» Mallory wandte sich zu der dunkelhaarigen Frau um, deren zu straff gespannte, zu oft geliftete Gesichtshaut ihr wahres Alter verriet. «Jetzt werden Sie mir gleich sagen, daß ich für eine Leiche bemerkenswert gut erhalten bin.»

Die scharlachroten Lippen verzogen sich zu einem schmalen Lächeln. «Ganz schön schlagfertig für eine tote Polizistin.» Jetzt schlug der handfeste New Yorker Tonfall durch, und die Frau wurde Mallory sofort sympathischer.

«Ich bin Betty Hyde.»

«Mallory.»

«Kathleen Mallory, nicht? Früher Kriminalpolizei New York, zur Zeit Teilhaberin der Consultingfirma Mallory & Butler. Sie wohnen für ein paar Tage bei Ihren guten Bekannten, den Rosens, weil Ihre Wohnung renoviert wird. Sie haben Vollmacht, in ihrem Namen über den Swimming-pool im Kellergeschoß abzustimmen. Ich habe meine Spione überall.»

Doch Mallory zählte nur zwei Spione. Der Mann am Empfang kannte die Vollmacht, die sie von den Rosens bekommen hatte, alles andere hatte sie dem Portier selbst erzählt.

«Und Sie verkaufen Klatsch», konterte Mallory. «Ihre Kolumne erscheint landesweit in fünfzig Tageszeitungen, außerdem haben Sie einen täglichen Fünf-Minuten-Auftritt in einer Nachrichtensendung von Channel Two. Sie wohnen seit fünfzehn Jahren in diesem Haus, haben einen Billardtisch in Ihrer Wohnung und wechseln Ihre jungen Freunde wie ich meine Jeans. Sie sollten Ihre Spione besser bezahlen, Miss Hyde.»

Betty Hyde lächelte jetzt ehrlich belustigt.

«Sagen Sie Betty zu mir, das machen alle. Ihre Art gefällt mir. Darf ich Sie Kathy nennen?»

«Nein.»

«Um so besser. Ja, also, Miss Mallory –»

«Nur Mallory. Amanda Bosch hat Sie als Referenz angegeben.» Sie gab ihr eine Karte.

«Diskrete Ermittlungen», las Betty Hyde. «Klingt sehr eindrucksvoll.»

«Unsere Auftraggeber sind Ministerien und Hochschulen, meist geht es dabei um Forschungsprojekte und Auswertungen von Fakten. Können Sie mir Miss Bosch empfehlen? Sie hätte es bei uns mit vertraulichem Material zu tun.»

«Mit ihren Infos über Prominente bin ich sehr zufrieden, aber wirklich heiße Sachen recherchiere ich selber.»

«Ich hatte den Eindruck, daß sie auch privat häufiger mit Ihnen zusammen ist.»

«Ist – oder vielmehr war sie auch. In den letzten Monaten ist sie ein bißchen kürzergetreten. Ich habe sie immer gern zu Parties mitgenommen. Wenn ich nach meinen jungen Männern fische, brauche ich einen guten Köder, und Amanda wirkte auf Männer fast so unwiderstehlich wie Sie.»

«Und zum Dank haben Sie Miss Bosch mit den richtigen Leuten bekannt gemacht?»

«Ja.»

«Ist heute abend sonst noch jemand da, der sich für sie verbürgen könnte?»

Betty Hyde verzog spöttisch einen Mundwinkel. Tun wir mal so, als ob ich dir dieses Märchen abnehme, sollte das heißen. Mallory quittierte den stummen Kommentar mit einem liebenswürdigen Lächeln.

«Ich war mit Amanda hin und wieder auf einer Eigentümerversammlung hier im Haus, da hat sie natürlich auch ein paar Leute kennengelernt. Von wem sie dann konkrete Aufträge bekommen hat, weiß ich allerdings nicht. Kommen Sie, ich reiche Sie mal kurz rum. Wenn Sie Lust haben, können wir hinterher noch woandershin gehen.»

«Ist das nicht Richter Heart? Ich kenne ihn aus den Senatsanhörungen im Fernsehen.» Mallory nickte zu einem hochgewachsenen Mann mit grauen Schläfen im gut geschnittenen schwarzen Anzug hinüber, der am Büffet stand und neben dem die magere Frau mit dem braven graublonden Dutt besonders blaß und unbedeutend wirkte. «Ja. Mit seiner Frau Pansy. Sehen Sie, wie er sie am Bändel hat? Mehr als einen Meter läßt er sie nicht von seiner Seite.»

Die Frau kam Mallory vor wie eine willenlose Marionette. Sobald der Richter etwas sagte, hob sie mit einem jähen Ruck den Kopf und lächelte mechanisch.

«Wenn Sie näher herankommen, sagen Sie mir doch bitte, ob unter dem Make-up tatsächlich ein Veilchen blüht», sagte Betty Hyde leise.

«Na, hören Sie mal! Ich denke, er ist –»

«– wegen seiner Position in Sachen Gleichberechtigung der Frau für den Obersten Gerichtshof nominiert worden? Stimmt. Lustig, was? Ich würde einiges dafür geben, wenn ich ihm nachweisen könnte, daß er ein Frauenschinder ist. Sollten Sie was in der Richtung erfahren, Mallory, wäre mir das einiges wert. Die Hearts wohnen direkt über Ihnen. Falls Sie mal Schreie hören oder Geräusche, als wenn jemand mit einem Frauenkörper Fußball spielt – Anruf genügt!»

Während sie wartend zu Mallory hochsah, gefror ihr allmählich das Lächeln auf den Lippen. Für eine professionelle Klatschbase mußte dieses beharrliche Schweigen so peinigend sein wie Sonnenschein für einen Vampir.

«Daß Ihre Wohnung nicht renoviert wird, dürfte wohl klar sein», sagte sie schließlich. «Und Amanda Bosch bemüht sich nicht um neue Kunden. Ganz im Gegenteil. Es ist eine komplizierte Schwangerschaft, soviel ich weiß.»

Mallory verzog keine Miene, und Betty schaltete das Lächeln endgültig ab. Eine ganze Weile taxierten sich die beiden noch stumm, dann warf Betty Hyde das Handtuch.

«Lassen wir mal die Forschungsprojekte beiseite. Sie sind Privatdetektivin, stimmt's? Ein logischer Schritt, wenn man früher bei der Polizei war ...»

Mallory zuckte die Schultern, und Betty Hyde zeigte alle Zähne.

«Lassen Sie sich ruhig von einer erfahrenen Frau ein bißchen helfen, Kindchen.» Sie hakte sich bei Mallory ein und zog sie in eine geschützte Ecke, in der sich nur eine Gesellschaft von Topfpflanzen zusammengefunden hatte. «In Ihrer Branche passiert es leicht, daß man den Beruf mit ins Privatleben nimmt. Das merkt man Ihnen an. Sie stellen keine Fragen, Sie machen ein Verhör. Sie reden wie ein Cop. Lächeln Sie öfter mal. Die Leute hier sprechen gern von sich, wenn man sie läßt. Sie bearbeiten also einen Fall. Einen, der in Geldkreisen spielt. Hat Amanda Ihnen einen Tip gegeben? Schon gut, Sie brauchen mir gar nichts zu sagen. Man will sich schließlich seine Informationsquellen nicht verschütten ...»

«Ich denke, wir werden miteinander ins Geschäft kommen, Miss Hyde.»

«Nennen Sie mich Betty.»

«Ist das da drüben am Fahrstuhl nicht Moss White, der die neue Talkshow hat?»

«Ja, und die Sonnenbräune ist echt. Er war eine Woche zu Außenaufnahmen in Kalifornien.»

«Seit wann ist er wieder zurück?»

«Seit heute früh.»

Den können wir also streichen.

«Welcher ist Harry Kipling?»

Betty Hyde deutete auf einen gutaussehenden, hochgewachsenen Mann mit schwarzem Haar und blauen Augen. «Sehr charmant und ein Bild von einem Mann, aber sonst ist nicht viel los mit ihm. Seine Frau ist bei weitem die interessantere Persönlichkeit. Da drüben, die am Bücherregal.»

«Die mittelalterliche Person mit der komischen Haarfarbe?»

«Zu meiner Zeit gab es noch den Ausdruck ‹eine Frau in den besten Jahren› ...»

«Wer ist der Große neben ihr?»

«Der Blinde? Das ist Eric Franz.»

«Er ist blind?» *Der fällt also auch aus.*

«Ja. Angel hat ihm nur seine dunkle Brille und den Stock weggenommen, weil sie meint, daß er dann in einer ‹normalen› Gesellschaft nicht so auffällt. Und weil er Angst vor ihr hat, gehorcht er brav. Wir haben wohl alle ein bißchen Angst vor Angel. Manchmal benimmt sie sich wie die Axt im Walde. Stellt rüde Fragen, will wissen, wie alt man ist, wieviel man verdient, ob man noch die eigenen Zähne hat. Absolut ätzend.»

«Ein erstaunliches Paar», sagte Mallory.

«Weil Harry so lächerlich gut aussieht und Angel eine so häßliche alte Hippe ist? Da ist was dran ...»

«Die Frage ist nur, womit sie ihn hält.»

«Sie werden mir immer sympathischer, Mallory. Ich bin für jeden Tip dankbar.»

«Ist Harry Kipling einer der Erben von Kipling Electronics?»

«Nein. Er lebt vom Geld seiner Frau und schimpft sich Investmentberater. Angel macht aber ihre Investitionen lieber ohne ihn, soviel ich weiß, und gibt ihm nur ein Taschengeld. Die Kundenkreditkonten gehen auf ihren Namen. Bei Angel müssen Sie ein bißchen aufpassen. Sie ist durchaus nicht so engelhaft, wie der Name vermuten läßt. Ihr Vater hat die Firma Kipling Electronics gegründet und ihr vererbt.»

«Und sie dann nach ihrem Mann genannt?»

«Harry hat Angels Nachnamen angenommen, das wurde im Ehevertrag so festgelegt. Man merkt, daß Sie meine Klatschspalten nicht verfolgen.»

«Wie heißt er wirklich?»

«Das hat noch keiner versucht rauszukriegen, so interessant ist der Typ nun auch wieder nicht. Dunkle Punkte in seiner Vergangenheit können wir aber wohl ausschließen. Angels Vater hat ihn bestimmt gründlich durchleuchten lassen. Achtung, Mallory, da kommt sie! Wahrscheinlich denkt sie schon wieder, daß jemand ein Auge auf ihren Mann geworfen hat. Hoffentlich sind Sie bewaffnet.»

Den Revolver hatte Mallory in ihrer Wohnung gelassen.

Angel Kipling, eine Kartoffel auf Streichholzbeinen mit kurzen dicken Armen, marschierte zielbewußt auf sie zu. Betty Hyde trat unwillkürlich einen Schritt zurück, Mallory aber blieb, wo sie war, und ließ die ausführliche Musterung ungerührt über sich ergehen.

«Sie sind eine Bekannte der Rosens, nicht?» sagte Angel Kipling. «Hallo, Betty, wie geht's? Stimmt es, daß die Rosens sich einen jungen Hai in der Wohnung halten?»

Betty machte die beiden Frauen miteinander bekannt. Wohlgemerkt nur *Mallory*. Ohne *Miss*.

Die Haare auf Angel Kiplings Oberlippe waren so lang wie Knolles Schnurrhaare, aber nicht symmetrisch angeordnet. Das Kopfhaar war nach etlichen mißlungenen Tönungsversuchen braun, blond und schwarz gescheckt.

Eine reiche Frau, die sich selbst die Haare färbte? Interessant...

«Was halten Sie von unserem Haus, Miss Mallory?»

«Nur Mallory.»

«Es ist eine historische Sehenswürdigkeit. Lillian Russel, die Schauspielerin, hielt sich hier eine Wohnung für ihre heimlichen Treffen mit Diamond Jim Brady.»

«Und auf diesen Teppich hat schon Dylan Thomas gekotzt», ergänzte Betty Hyde.

Angel Kipling sah zu Boden, als wollte sie sich vergewissern, daß da kein Fleck mehr war, dann wandte sie sich wieder an Mallory. «Ich möchte Sie mit meinem Mann bekannt machen.»

Sie winkte mit erhobener Hand, so wie man ein Taxi oder einen Kellner heranwinkt, und Harry Kipling setzte sich eiligst in Bewegung.

«Haben Sie Kinder?» fragte Angel Kipling.

«Nein. Sie?»

«Nur Peter, aber der ist fast nie da. Harry, das ist Miss Mallory. Sie wohnt bei den Rosens, sie sind zur Zeit verreist. Ich habe gehört, daß Hattie Rosen in die Mayo-Klinik muß, weil sie Krebs hat. Stimmt das, Miss Mallory? Kathy, nicht?»

«Nur Mallory.» Woher wußte Angel Kipling, wie sie mit Vornamen hieß? Vielleicht bedachte sie ihre Spione nicht weniger großzügig als Betty Hyde.

Angel Kipling wandte sich an den hochgewachsenen Mann mit dem schwarzen Haar und den blauen Augen. «Ich habe Kathy gerade von unserem Haus erzählt.»

Zu Harry Kipling fiel Mallory im Moment nur der etwas verstaubte Ausdruck «eine blendende Erscheinung» ein. Markantes Gesicht, sportlich-breite Schultern – jeder Zoll zeugungsfreudige Männlichkeit. Warum hängt sich so einer an diese Karikatur einer Frau, dachte sie. Weil sie Geld hat vermutlich. Aber hätte er da nicht noch was Besseres finden können?

«Ich arbeite mit den Computerchips Ihrer Frau», sagte Mallory.

«Tut mir furchtbar leid, aber ich kann einen Computerchip nicht von einem Kartoffelchip unterscheiden.» Seine Stimme war tief und verführerisch.

Betty Hyde lächelte den Kiplings zu und ging mit Mallory weiter. «Sie haben Harry Kipling zu lange angeguckt. Drehen Sie sich nicht um. Ich glaube, Sie sind sein Typ. Ein bißchen alt für meinen Geschmack, fast vierzig. Meine Kerle sind nie über dreißig. Nein, nicht umdrehen. Seine Frau hat Sie im Visier. Wenn Blicke töten könnten, hätten Sie jetzt schon ein Loch zwischen den schönen Augen.»

«Entschuldigen Sie.» Harry Kipling war ihnen nachgegangen. «Hatten Sie nicht neulich einen Auftritt als Tote im Fernsehen?»

«Das war nur eine Rolle», sagte Mallory.

«Ach, Sie sind Schauspielerin ...»

«Und ich dachte, Sie sind bei der Polizei.» Neben Kipling war unvermittelt Moss White, der Talkmaster, aufgetaucht. Sinnlicher Mund, schmachtende braune Augen – ein Mann wie für den Bildschirm geboren, Traum aller Fernsehproduzenten.

«Schauspielerin also», fuhr White fort. «Na, da haben die Kollegen aber ganz schön danebengegriffen. Wollen Sie nicht mal als Gast in meine Sendung kommen? Für die Karriere ist so was immer nützlich. Nur ein kurzer Auftritt, in dem Sie den Zuschauern erzählen, was das für ein Gefühl ist, von den Medien für tot erklärt zu werden. Denn als man Sie im Park gefunden hat, haben doch alle gedacht, Sie seien tot, nicht wahr?»

Mallory drehte sich langsam zu Harry Kipling um, der sie mit einem strahlenden Zahnpastalächeln bedachte, aber Betty zog sie weiter.

«Moss White hat einen Akzent», sagte Mallory. «England oder Australien?»

«Indiana. Vor vier Jahren war er mal anderthalb Monate in London, seither redet er so. Fixer Junge. Ich habe für meinen Akzent hundert Dollar die Stunde bezahlt und Jahre gebraucht, bis ich ihn drauf hatte.»

Jetzt standen sie vor dem asketisch wirkenden, hochgewachsenen Mann, der aussah wie eine Anzugreklame für den Herrn in den besten Jahren.

«Darf ich Ihnen Mallory vorstellen, Richter Heart? Sie hat mit dem Fernsehen zu tun.»

Man merkte ihm den wendigen Politiker an. Das Lächeln kam prompt, der Blick der braunen Augen blieb wachsam. «Ich bitte um Nachsicht, Miss Mallory, aber ich bin kein sehr fleißiger Fernsehkonsument. Was für eine Sendung haben Sie denn?»

«Es war nur ein Fünf-Minuten-Auftritt. Eine ganz kleine Rolle. Ich habe eine Leiche gespielt.»

Das Lächeln verblaßte ein wenig, während der Richter sich bemühte, Mallory den angemessenen Platz in seinem Weltbild zuzuordnen, wurde dann aber eiligst wieder aktiviert. «Machen Sie sich nichts draus. Wie heißt es so schön: Kleine Rollen gibt es nicht. Das ist meine Frau. Kleine Rollen gibt es nicht», wiederholte der Richter. «Stimmt doch, Pansy?»

Die nervöse kleine Person, die dem Richter nicht von der Seite wich, nickte gehorsam. Das Lächeln kam zu schnell und paßte nicht zu dem Ausdruck ihrer Augen. Tatsächlich, unter dem dicken Make-up zeichnete sich ein Bluterguß ab. «Haben Sie Kinder, Miss Mallory?» fragte sie.

«Nur Mallory. Nein. Und Sie?»

«Wir haben nur unsere süße kleine Rosie. Sie fehlt mir schrecklich, ich darf gar nicht an sie denken, sonst kommen mir die Tränen. Rosie kann Händchen geben, das hat Emery ihr beigebracht. Sie ist so gescheit. Und Bittebitte machen kann sie auch.»

«Rosie ist ein Hund», erläuterte Betty Hyde, als sie mit der Bemerkung, sie müßten noch weitere Gäste begrüßen, weitergegangen waren.

«Danke bestens, aber soviel hatte ich mir auch schon gedacht», sagte Mallory.

«So, und jetzt mache ich Sie mit unserem hauseigenen Pulitzerpreisträger bekannt.» Betty Hyde blieb an einem Bücherregal stehen und griff sich eine dunkle Brille und einen Stock. «Ich möchte ihm gern eine faire Chance geben, sich zu verziehen, ehe Angel wieder über ihn herfällt.»

«Warum gibt er ihr nicht einfach eins auf die Nase?»

«Weil er gut erzogen ist. So was kann manchmal recht lästig sein. Ein interessanter Mann und eine meiner besten Quellen. In Erics Gegenwart reden die Leute ganz ungeniert. Weil er blind ist, denken sie wohl, er müßte auch taub und trottelig sein.» Sie legte ihm sanft eine Hand auf den Arm. «Hallo, Eric. Hier ist Mallory, eine neue Hausbewohnerin.»

«Guten Tag», sagte Eric Franz.

Seine Stimme klang gebildet, was aber in diesem Kreis recht wenig über sein Vorleben aussagte. Ohne Stock und Brille fiel er, mit leeren Augen ins Nichts blickend, erst recht aus dem Rahmen.

Betty Hyde gab ihm seinen Stock und die Brille in die Hand. «Was siehst du zwischen mir und der Tür?» fragte er.

«Vier äußerst unerfreuliche Zeitgenossen. Wenn du mir einen Gefallen tun willst, brätst du ihnen mit deinem Stock eins über.»

Mit der Sicherheit eines Sehenden schaffte er es bis zum Ausgang, ohne irgendwo anzustoßen. Und Mallory überlegte sofort, ob sein Orientierungssinn nicht vielleicht ein bißchen zu gut entwickelt war. Wie mochte es zu der

Erblindung gekommen sein? Und – hatte seine Frau eine Lebensversicherung gehabt?

«Ganz blind ist er nicht», sagte Betty in ihre Überlegungen hinein. «Er kann Schatten und dunkle Gestalten ausmachen, und damit kann man in New York City schon überleben.»

Mallory wußte, daß Harry Kipling sie beobachtete. Sie sah aus dem Augenwinkel sein dunkles Haar, sah, wie er den Kopf wandte, als sie mit Betty Hyde vorbeiging. Seine Frau verfolgte jede seiner Bewegungen mit verbitterter Miene. Auf ihrem Gesicht spiegelten sich Haß, Wut, Mißtrauen und Schmerz.

Eine glückliche Ehe war das nicht...

«Ich kenne den Anwalt, der den Ehevertrag ausgearbeitet hat», sagte Betty Hyde. «Der Sohn der Kiplings kriegt das Geld, wenn er volljährig ist. Ich habe den Jungen nur einmal gesehen.»

«Ich habe hier im Haus bisher überhaupt kaum Kinder gesehen.»

«Meist sieht man gar keine. Kinder aus diesen Kreisen gehören zu einer neuen Sorte von Obdachlosen. Sie werden frühzeitig ins Internat gesteckt, kommen nur in den Ferien nach Hause oder können von den Eltern gegen angemessene Vergütung sogar das ganze Jahr über in der Schule geparkt werden.»

«Haben die Hearts Kinder?»

«Richter Heart hat eine Tochter aus einer früheren Ehe. Ich kenne sie nur aus den Publicityfotos, die jetzt, nach seiner Nominierung zum Obersten Gerichtshof, in den

Sonntagsbeilagen erschienen sind. Aber irgendwie habe ich den Verdacht, daß sie sich für die Fototermine einfach ein Mädel ausgeliehen haben.»

«Hat die Tochter sich was zuschulden kommen lassen?»

«Sie meinen in Richtung Drogensucht oder Ladendiebstahl? Das kommt in dieser Schicht so häufig vor, daß sich keiner darüber aufregt. Für so was würde ich meinen Computer gar nicht erst anwerfen.»

«Könnte es einen anderen Grund dafür geben, warum man sie nicht sieht? Daß irgend etwas mit ihr nicht stimmt zum Beispiel?»

«So daß die Familie sich schämt und sie wegsperrt? Interessanter Gesichtspunkt. Ich prüfe das mal. Was Schriftliches gibt's darüber bestimmt nicht. Hinter dem Richter steht eine Menge Geld.»

«Und der blinde Eric?»

«Nein, er und Annie hatten keine Kinder, falls man den Blindenhund nicht rechnet. Und das ist ein so guter Kerl, daß man ihn nie für Annies leibliches Kind halten würde.»

«Eine schlechte Ehe?»

«Sehr liebevoll ging es bei den beiden nicht zu. Sie machte sich einen Spaß daraus, die Möbel so umzustellen, daß er darüberfallen mußte. Und er hat überall herumerzählt, Annie hätte ihm Hundefutter aufgetischt. Er hat es wohl als Witz gemeint, aber wahrscheinlich war was dran. Sie hatte einen etwas abartigen Sinn für Humor.»

Er betrat die Küche zu später Stunde und allein. Als er mit der flachen Hand auf das Schneidbrett schlug, sprang die Obstschale hoch und kippte um, so daß die Äpfel herausrollten.

Diese Nutte.

Sie wußte, was er gemacht hatte und was für einer er war. Sie wußte Bescheid.

Ein Apfel, rot wie ihre Lippen, rollte über das Brett. Er hielt die reife Frucht mit einer Hand fest, tastete mit der anderen nach einem Obstmesser und stach hinein, bis der Saft herausquoll. Dann machte er sich langsam und genüßlich ans Schälen und meinte die Schreie zu hören, die der zerfleischte Apfel ausstieß.

Nutte.

Alle Weiber sind Nutten.

Mallory saß in der Bibliothek der Rosens. Fünf Minuten hatten genügt, um in das Herz des Computersystems vorzudringen. Mit dem Datenschutz war es in den Coventry Arms nicht weit her. Jetzt ließ sie die Mieterdateien über den Schirm rollen und notierte sich die Zugänge zu drei PCs.

Sie installierte einen Dummy-Bildschirm und tippte unter «Persönliche Mitteilungen» eine gleichlautende Nachricht an drei verschiedene Empfänger. Spätestens morgen früh würden sie nachsehen, was es Neues im elektronischen Briefkasten gab. Beim nächsten Zugriff auf den Computer wäre die falsche Mailbox spurlos verschwunden, und niemand hätte etwas gemerkt.

Zufrieden stellte sie fest, daß zwei der Verdächtigen ein Faxgerät hatten. Auf dem Gebäudeplan suchte sie sich den besten Weg zu dem Kellerraum, in dem die Verteilerzentrale fürs Telefon war, und griff sich Taschenlampe und Werkzeuge.

Eine halbe Stunde später brachte der Fahrstuhlführer sie wieder nach oben. Im Erdgeschoß hielt er an, und ein etwa vierzehnjähriger Junge stieg zu.

Harry Kipling mochte es mit der ehelichen Treue nicht so genau nehmen, aber seine Frau war offensichtlich bei der Stange geblieben. Der Junge hatte die blauen Augen, das schwarze Haar und die stämmige Figur des Vaters. Er musterte Mallory von oben bis unten und feixte lüstern.

Sie maß ihn mit einem stummen Blick, der Bände sprach. Der Junge wurde knallrot und stieg im nächsten Stockwerk aus, wo er gar nicht hingehörte.

Was mochte dieser vielversprechende Knabe noch alles von seinem Vater geerbt haben?

Durch das Gitter des Fahrstuhls sah sie schon von unten den weißen Stock. Als sie ausstieg, stand Eric Franz vor ihr. «Miss Mallory? Ich wollte zu Ihnen. Pardon, nur Mallory, nicht wahr?»

Sie stutzte ein wenig. «Ja.»

«Es war Ihr Parfüm», beantwortete Eric Franz die ungestellte Frage und hob lächelnd die Schultern. «Wenn man das Augenlicht verliert, werden die anderen Sinne um so schärfer, das hat die Natur sehr weise eingerichtet. Betty Hyde hat mir erzählt, daß Sie sich für den Richter interessieren. Da können wir uns die Hand reichen.»

«Mein Interesse ist rein beruflich. Sie hat Ihnen sicher erzählt, daß ich an einem Forschungsprojekt arbeite.»

«Ich interessiere mich privat für ihn. Mir geht ein Vorfall nach, der schon einige Zeit zurückliegt. Blindsein hat natürlich auch Nachteile, irgendwo gehen immer Informationen verloren. Wie an dem Tag, als die alte Mrs. Heart starb und der Amtsarzt zu Ermittlungen ins Haus kam.»

«Demnach war es kein natürlicher Tod?»

«Angeblich ein Herzanfall. Möglich ist das natürlich. Aber als eine halbe Stunde später der Kriminalbeamte vorbeischaute, habe ich mir doch so meine Gedanken gemacht. Ich war in der Halle und hörte ihn mit dem Portier sprechen. ‹Mord› hat er gesagt.»

«Wenn sie an einer Herzgeschichte gestorben wäre, würde das keinen Sinn machen.»

«Interessant, nicht? Und jetzt hätten Sie natürlich gern eine Beschreibung des Kriminalbeamten ... Er war groß und dünn.» Er beeilte sich, ihre nächste unausgesprochene Frage zu beantworten. «Er machte lange Schritte und lief direkt in mich hinein. Ich weiß noch, wie ich zu ihm sagte: ‹Hey, sind Sie blind, Mann?› Den Gag lasse ich mir nie nehmen. Und bei dem Zusammenstoß merkte ich natürlich, daß er nicht allzuviel wiegen konnte. Er hat sich dann entschuldigt. Dem Tonfall nach dürfte er aus Brooklyn stammen. Er hatte es mit seinem Aftershave zu gut gemeint. Eine sehr teure Sorte. Und er trug einen Ledermantel.»

«Sie sprachen vorhin vom Amtsarzt ...»

«Der war schon oben in der Wohnung des Richters, und der Hausarzt der Hearts ebenfalls. Ich wartete in der Halle auf einen Bekannten, der im Stau steckengeblieben war. Jeder, der ins Haus kam, mußte an mir vorbei.»

Der Kriminalbeamte konnte nur Palanski gewesen sein. Schon wieder Palanski! Immer dem Leichengeruch nach wie eine hungrige Hyäne.

Die Maus pirschte sich vorsichtig an ihr Ziel heran, wobei sie einen großen Bogen um die langen Beine in den blauen Pyjamahosen machte. In den kleinen Augen spiegelten sich goldbraune Croissantkrümel. Sie schnappte sich die Brokken und huschte damit zurück in ihr Versteck unter dem Kühlschrank, wo sie genüßlich ihre Beute verzehrte.

Charles behielt den blubbernden Glaskrug auf der blauen Gasflamme im Auge. Wieviel Zeit mochte dem kleinen Nager auf dieser Welt noch bleiben? Mrs. Ortega versuchte unverdrossen, ihn in eine Falle zu locken, mit einem Besen zu erschlagen, mit Gift aus der Welt zu schaffen. Bisher hatte die erfahrene Stadtmaus sich vor diesen Anschlägen immer noch im letzten Moment retten können und sich damit Charles' Achtung erworben. Doch Mrs. Ortega war ebenfalls eine achtunggebietende Persönlichkeit. Die Maus mochte so flink sein, wie sie wollte – immer stand Mrs. Ortega schon mit erhobenem Besen bereit.

Das Mäuseschicksal war besiegelt.

In sattem braunen Strahl lief der Kaffee in die Glaskanne. Der verführerische Duft wich aus dem Wahrnehmungsbereich von Mann und Maus und verlor sich an der hohen Decke.

Charles ging mit der Kanne ins Wohnzimmer, stellte sie neben das dicke Manuskript und konzentrierte sich nun ganz auf seine Aufgabe.

Schon nach den ersten zwanzig Seiten wurde ihm eins klar: Wenn Amanda Bosch die weibliche Hauptfigur war, machte sie sich keine Illusionen über ihre eigene Person. Er stellte seine Schnellesesitzung ein und vertiefte sich in den Text wie ein normaler Mensch, denn dies war eine sehr menschliche Geschichte. Die Geschichte einer Frau, die aus einem Alptraum erwacht – und merkt, daß er noch neben ihr im Bett liegt.

Der Held der Geschichte schien die Regeln, die eine Beziehung zwischen zwei Menschen bestimmen, nicht zu kennen oder bewußt zu mißachten. Immer wieder fragte sich die Frau, warum er an ihr festhielt. Mit ihrer Eroberung schien sein Interesse an ihr fast völlig erloschen.

Die Erklärungen, mit denen er zu begründen versuchte, warum er sie so selten haben wollte, empfand sie wie einen Schlag ins Gesicht. Und trotzdem machte sie nicht Schluß. Besser dieser kalte, leidenschaftslose Mann als gar keiner. Verstanden es nicht auch die Männer, den Geschlechtsakt von der Person ihrer Partnerin zu trennen? Nach seiner Frau fragte sie nie, sie hatte das dunkle Gefühl, daß er auch für sie nichts empfunden hatte, für niemanden etwas empfand. Noch nie war ihr ein Mann begegnet, der das Liebesspiel so virtuos beherrschte. Und trotzdem machte er sich ganz offensichtlich nichts aus Frauen.

Wenn sie zusammen waren, war das Bettzeug stets naß von Sex und Schweiß. Sie schwammen in diesem Naß, das von ihren Leibern troff, stießen in die Tiefe und ließen sich wieder an die Oberfläche tragen. Es war ihm wichtig und er arbeitete darauf hin, daß sie zuerst kam, und wenn er das erreicht hatte, war er stolz wie ein Techniker, dem eine knifflige Reparatur gelungen ist. Noch auf dem Höhepunkt der Vereinigung aber spürte sie seine erschreckende Kälte.

Wenn sie aus dem Badezimmer kam, war er immer schon angezogen und auf dem Weg zur Tür. Sie sah nur noch seinen Rücken, während er die üblichen Ausreden herbetete und ihr nicht einmal einen Kuß gab. Als wollte er sie dazu erziehen, in diese Beziehung, die von Distanz geprägt war, nicht zuviel zu investieren.

Danach zog sie das nasse Laken ab und legte es zum Trocknen an die Luft, beim erstenmal in die Julihitze, jetzt in die Winterluft. Besser als nichts, sagte sie sich – und glaubte es selbst nicht so recht.

Charles richtete den Blick auf eine leere Stelle an der Wand und projizierte darauf – originalgetreu, bis hin zu dem Schmutzfleck und dem Knick in der oberen linken Ecke – das Foto von Amanda Bosch, das Riker ihm gezeigt hatte. Traurige Augen sahen ihn an.

Inzwischen hatte er das Gefühl, Amanda so gut zu kennen, daß er mit ihr ein Gespräch hätte führen und ihre Antwort auf fast jede Frage hätte voraussagen können.

Wenn er sie nur für eine Minute zurückhaben könnte...

Doch die erstaunliche Leistung, in Rede und Gegenrede die lebensechte Illusion einer Frau zu erzeugen, brachte wohl nur Malachai fertig. Immer wieder mußte Charles an diesen alten Mann und seine wundersame Schöpfung denken. Wahnsinn! Und doch – warum sollte er es nicht versuchen...

Dieser Roman erzählte ja nicht nur Äußerlichkeiten aus Amandas Leben, sondern gewährte ihm einen Blick in ihre Seele.

Ach was, denk nicht mehr dran. Es ist zu verrückt...

Er fing wieder an zu lesen, aber Amandas Gesicht ließ ihn nicht los und legte sich über den Text. Während er Amanda in die Augen sah, mußte er wieder an Malachai denken.

Wie geht es dir so auf deine alten Tage? Liebst du Louisa immer noch? Bist du immer noch so verrückt? Und liegt die Tote heute nacht mit dir im Bett?

Ein Griff zum Telefon – und die Verbindung zu dem größten Magier, den es (auch nach Onkel Maximilians Einschätzung) je gegeben hatte, wäre hergestellt. Aber was hätte er zu Malachai sagen sollen? «Entschuldige die Störung, aber wir kennen uns von früher. Ich habe auch ein kleines Problem mit einer Toten. Wie stelle ich es an, so verrückt zu werden wie du? Oder bin ich schon auf dem besten Wege dazu?»

Er schüttelte langsam den Kopf. Ein Zauberlehrling durfte sich auf derlei Dinge nicht einlassen. Malachai war ein Meister seiner Zunft – und hatte einen hohen Preis für sein Geschöpf bezahlt. Er wandte sich wieder dem Manuskript zu. In dieser Nachtstunde wirkten verrückte Ideen wohl besonders verlockend.

Nach einer Stunde lenkte ein Geräusch ihn ab. Er war es nicht gewöhnt, Gesellschaft zu haben. Nur wenige Zentimeter von seinen Hausschuhen entfernt saß Knolle, der Kater.

Auch ein krallenloser Kater braucht aufs Mausen nicht zu verzichten. Der kleine braune Nager hatte sich gerade noch einmal aus den fest zupackenden Pfoten befreien können, da schnappten die scharfen weißen Zähne schon zu.

Kleine Knochen knirschten, und die Maus stieß einen spitzen Schrei aus.

Der Kater sah auf. Beängstigend, wie ähnlich in Farbe und Form seine Augen denen von Mallory waren.

Charles griff nach der Maus, um ihr den Gnadentod zu geben. Der Kater knurrte leise und peitschte drohend mit dem Schwanz auf den Boden.

Hau ab, sagte der grünleuchtende Katzenblick. *Das ist mein Spielzeug!*

Angel Kipling zog, obgleich es warm im Zimmer war, fröstelnd den seidenen Morgenmantel fester.

Sie saß vor dem Bildschirm und sah wie gebannt auf die Spalte mit den persönlichen Mitteilungen. Hinter den grünen Buchstaben spiegelte sich Harry, ihr Mann, auf der schwarzen Fläche. Jetzt kam er näher. Sie spürte die Wärme seines Körpers.

«Was ist denn, Angel?»

«Nichts, Harry. Eine Nachricht auf dem Schwarzen Brett. Für dich, nehme ich an.»

Sie stand auf und ging ins Schlafzimmer mit dem breiten Bett, in dem sie nachts allein blieb. An der Tür drehte sie sich noch einmal um. Er hatte sich vorgebeugt und las die Worte, die in einer Endlosschleife über den Bildschirm rollten: DU LÜGNER DU LÜGNER DU LÜGNER DU LÜGNER...

Charles Butler wollte nur weg von da, wo der Kater schmatzend die Maus verzehrte. Er ging hinüber in sein Büro und drückte auf einen Schalter. Tiffanylampen verbreiteten vielfarbig warmes Licht, das Holz der schönen alten Möbel und die Rahmen der hohen Spitzbogenfenster glänzten. Dann betrat er Mallorys Büro und eine andere Welt. Computer starrten ihn aus toten grauen Bildschirmaugen an, gelbe Stahlschränke standen in Reih und Glied, über den elektronischen Geräten waren auf Regalbrettern Handbücher aufgereiht. Kein Stäubchen wagte sich in Mallorys Reich.

Die Korktafel betonte noch diesen Kontrast zu einer versunkenen Zeit der Schönheit und Kultur. Wenn denn Mord Mallorys Religion war, so hatte man in der schaurigen Collage auf der Pinnwand einen Schrein für Amanda Bosch zu sehen, eine Madonna ohne Kind.

Wann hatte Mallory das zustande gebracht? Schlief sie denn nie?

Fotos von Amandas Wohnung, von Amanda selbst, Handschriftenproben. Trotz der nüchtern-kühlen Präzision, mit der das alles angeordnet war, ließ sich hier etwas von Amandas sanftem, nachgiebigem Naturell erahnen. Das Bild der alten hölzernen Wiege, die sie für das ungeborene Kind gekauft hatte, traf Charles mitten ins Herz.

Er warf einen kurzen Blick auf die Autopsiefotos und sah gleich wieder weg. Die Aufnahmen vom Tatort waren erträglicher. Doch die stummen Zeugen des Todes sprachen ihn jetzt alle ganz unmittelbar an, denn inzwischen kannte er diese Frau so genau, wie wohl nur wenige Menschen sie zu ihren Lebzeiten gekannt hatten.

Das beste Foto von Amanda bildete den Mittelpunkt der Collage. Charles legte über das zerstörte Gesicht die Erinnerung an das einzige Bild, das Riker ihm von der Lebenden gezeigt hatte, ersetzte die Todesblässe durch rosig durchblutete Haut – und hatte plötzlich das beängstigende Gefühl, als habe die Frau auf dem Foto die Augen geöffnet.

Und dann störte plötzlich wieder die blutige Kopfwunde das friedliche Bild. Der Gegensatz von Amandas wie lebendig wirkendem Gesichtsausdruck und dem geronnenen Blut ging ihm durch und durch.

Sie lächelte. Das störte ihn. Es gelang ihm, das Lächeln in einen angemesseneren Ausdruck zu verwandeln, ohne daß die Erscheinung an Ähnlichkeit verlor. Jetzt sah sie ihn nur noch freundlich und ein wenig fragend an. Lange hielt er dieses neue Bild fest. So lange, daß er es auf Jahre hinaus nicht mehr vergessen sollte.

Er überflog die Inventarliste. Auch ein Parfümflakon mit dem Markenzeichen einer renommierten alten Firma war darin aufgeführt, das er auf dem Foto vom Badezimmer wiederfand. Es war ein Parfüm mit Rosenduft. So ein Flakon mußte sich noch irgendwo zwischen Paillettenkostümen und Schminkkästen im Keller herumtreiben, wo Maximilians Requisiten lagerten.

Ihr Mann starrte auf den Computer.

Leise – den Richter irritierte jedes laute Geräusch – trat Pansy Heart näher und las über seine Schulter die Worte, die den ganzen Bildschirm füllten: DU LÜGNER DU LÜGNER DU LÜGNER DU LÜGNER...

Zornrot wirbelte er herum.

«Untersteh dich, noch einmal so heranzuschleichen.»

Sie wich zurück, wollte die Hand heben, um den drohenden Schlag abzuwehren, und hielt mitten in der Bewegung inne, denn er hatte sich schon wieder dem Bildschirm zugewandt. Wie ein Rasender hieb er jetzt auf die Tasten und fegte dabei Bücher und Zeitschriften vom Tisch. Auf allen vieren kroch Pansy im Zimmer herum und sammelte sie wieder auf.

«Hau ab», schrie er sie an. «Mach schon, verzieh dich!»

Sie richtete sich schwankend auf und flüchtete über den Korridor zum Schlafzimmer. Unter der Tür blieb sie stehen. Der hohe Spiegel an der gegenüberliegenden Wand warf ihr Bild zurück. Sie preßte eine Faust an den Mund, um nicht laut aufzuschreien.

Mit dem straff zurückgekämmten Haar, dem abgemagerten Körper, dem gehetzten Gesichtsausdruck war sie das Ebenbild von Richter Hearts toter Mutter.

Der Brailledrucker füllte Seite um Seite mit zwei schwer lastenden Worten.

Eric Franz saß ganz still. Vor seinem inneren Auge stand ein Bild, das wie eine nie endende Szene aus einem Horrorfilm war. Vor dem breiten Fenster wirbelten, von der Außenbeleuchtung der Coventry Arms in silbriges Licht getaucht, weiße Flocken. Er griff nach den weißen Seiten und riß sie in kleine und kleinste Fetzen. Und nun begann es auch hier im Zimmer zu schneien. Er arbeitete im Dunkeln.

Schwer beladen kam Charles Butler in seine Wohnung zurück.

Rikers Beitrag zur Erschaffung einer Frau war eine halbe Packung Zigaretten, die der Sergeant heute nachmittag bei ihm hatte liegenlassen. Laut Obduktionsbericht hatte Amanda Bosch geraucht, aber in Mallorys gewissenhafter Inventarliste kamen Zigaretten nicht vor. Vielleicht hatte Amanda sich das Rauchen abgewöhnt, als sie von ihrer Schwangerschaft erfahren hatte.

In ihrem Buch aber wimmelte es von Bildern und Ritualen, die mit dem Rauchen zu tun hatten – von dem in der Dunkelheit aufflammenden Streichholz, wenn sie allein aufwachte und sich mit angezogenen Knien, die Arme um den Körper geschlungen, rastlos hin- und herwiegte, bis zu überquellenden Aschenbechern und den blauen Rauchschwaden, in denen Staubflocken tanzten und in die sich nach einer kleinen Ewigkeit das graue Licht des neuen Tages mischte.

Vetter Max hatte den Flakon mit dem Rosenduft aus dem Kostümkoffer im Keller beigesteuert.

Charles holte sich Amandas Bild auf eine leere Wandfläche.

Und nun zu Malachais Rezept.

Eigentlich war dazu eine schwere Kopfverletzung, wie Malachai sie im Koreakrieg davongetragen hatte, unerläßlich, denn sie war es wohl, die den Wahn ausgelöst hatte.

Immerhin war auch er, Charles, versehrt – wenn nicht körperlich, so doch an Herz und Seele. Und womöglich war das Mallorys Beitrag zu dieser heillosen Mixtur.

Dann war da Malachais jahrelange Isolation in koreanischer Gefangenschaft, aus der er sich seine Phantom-Louisa mitgebracht hatte.

Auch Charles hatte eine jahrelange Isolationshaft hinter sich. Nicht in einer Gefängniszelle, sondern auf einem weitläufigen Universitätsgelände – als mißtrauisch beäugter Wunderknabe unter Studenten, die zehn Jahre älter waren als er – und dann hinter den Mauern von Effrim Wildes Denkfabrik. Erst spät hatte er die Fesseln abgestreift und seine eigene Consultingfirma gegründet.

Fast sein ganzes Leben lang war er ein Einzelgänger gewesen, einer, der sich unter seinen gesellschaftlich gewandteren Mitmenschen nicht zurechtfand, und das war mit Malachais Abkapselung durchaus vergleichbar. Aber so weit brauchte er gar nicht zurückzugehen. Ein quälendes Gefühl der Einsamkeit überkam ihn jedesmal, wenn Mallory das Zimmer verließ.

Dein zweiter Beitrag, Mallory. Danke!

Sollte Mallory einmal etwas passieren, würde man sie nie neu erschaffen können, so wie Malachai es mit Louisa gemacht hatte, so wie er, Charles, es mit Amanda Bosch versuchen wollte. Niemand hatte Zugang zu Mallorys Gedanken und Gefühlen. Mallory durfte einfach nichts passieren.

Du Narr.

Er hatte die Musik vergessen. Das Concerto war für Malachai eins der wichtigsten Hilfsmittel zur Erschaffung Louisas gewesen. Die Noten waren inzwischen abgegriffen und praktisch unleserlich, aber irgendwo im Keller mußte es eine alte 78er Schellackplatte geben und ein Grammophon, mit dem sich derlei Museumsstücke noch abspielen ließen.

Wenn aber Amanda Bosch ein Phantasieprodukt werden sollte, war es vielleicht am besten, auch die Musik zunächst nur in der Phantasie nachzuvollziehen. Schließlich hatte er sie ja oft genug gehört.

Jetzt hatte er alles, was Malachai für seinen Wahn gebraucht hatte: Die Musik. Das Parfüm. Die Einsamkeit.

Er zündete eine von Rikers Zigaretten an und legte sie in den Aschenbecher. Dann konzentrierte er sich auf Amandas Gesicht, wie er es sich vorhin in Mallorys Büro zusammengesetzt hatte.

Es war nur zweidimensional – er war schließlich kein Malachai –, aber selbst diese reduzierte Wiedergabe war faszinierend. Die Augen sprachen von Geheimnis und schmerzlichem Verlust.

An seinem siebenten Geburtstag hatte er *Louisas Concerto*, die Einführung zu Malachais Auftritt mit der toten Louisa, zum erstenmal mitbekommen. Onkel Max hatte ihn mitgenommen, es war sein Geburtstagsgeschenk für den Neffen gewesen.

Im matten Schein der flackernden Rampenlichter waren sie zu ihren Plätzen gegangen. In dem Moment, in dem sie auf den roten Samtsesseln Platz nahmen, hob der Dirigent den Stab.

Das Stück zog schon mit den ersten mächtig aufbrausenden Akkorden alle in seinen Bann. Der kleine Charles hatte sich von der Musik forttragen lassen, die kraftvoll und unheimlich war, dann ruhiger wurde, sich in Echos verlor, die wie menschenleere Korridore waren, noch einmal zu einem leidenschaftlichen Crescendo anschwoll, dann leiser wurde und so jäh verstummte, daß die Zuhörer tiefe Bangigkeit ergriff. In dieser Leere versuchte jeder für sich die beängstigende, die unerträgliche Leere mit Tönen – und sei es auch nur gedachten Tönen – auszufüllen.

Und dann setzte die Musik wieder ein. Durch den Saal ging ein tiefes, erlöstes Aufatmen. Die Zuhörer fühlten sich wie gereinigt, obgleich sie nicht durch Feuer oder Wasser, sondern nur durch ein gewaltiges Vakuum gegangen waren.

Der Vorhang hob sich, und zu den Klängen des gleichen Stückes ließ Malachai auf der Bühne seine Louisa neu erstehen.

Er schickte sie hinaus ins Publikum. Hier und da hörte

man ein erschrockenes Luftschnappen, wenn jemand meinte, Louisa habe ihn berührt. Blumenduft wehte durch den Raum und verging.

In jener magischen Leere, die alle Zuhörer dazu zwang, sich ihre eigenen Töne zu denken, hatte der siebenjährige Charles den Schrei einer Frau gehört.

Längst hatte sich der Saal geleert. Nur der besorgte Inspizient war noch da und in der ersten Reihe Onkel Max, der einem verstörten kleinen Jungen die Hand hielt.

Die besten Kompositionen, hatte Max einmal zu Charles gesagt, seien diejenigen, die sich an den natürlichen Rhythmus des Herzens hielten.

Louisas Concerto gehörte zu diesen Stücken.

Die Grundstrukturen waren Charles inzwischen wieder gegenwärtig; jetzt versuchte er, sich auch die Einzelheiten wieder ins Gedächtnis zu rufen. Er hätte nicht sagen können, wie lange er so saß – eine Stunde? vier Stunden? –, bis er das ganze Stück, Note für Note, wieder so hören konnte, wie er es an jenem ersten Abend gehört hatte. Und in jener beklemmenden, genialen Generalpause hörte er auch jetzt wieder den Schrei einer Frau. Im Gegensatz zu damals aber war ihm nun jeder Laut recht – sogar ein Schrei! –, um das Vakuum der Einsamkeit zu füllen.

Er zündete eine neue Zigarette an. Der Rauch waberte vor seinem Gesicht, ohne daß er ihn roch oder in den Augen spürte.

Vielleicht hätte er den Goldflakon nicht aus dem Keller holen sollen. Auch Parfüm hat nur eine begrenzte Lebensdauer. Was ihm in die Nase stieg, war der Duft von Blüten, die schon lange vor Amandas Geburt verwelkt waren.

In seinem Inneren klang die Musik noch nach – und dann war Amanda da. Sie war nur zweidimensional wie auf dem Foto, hatte aber trotzdem eine erstaunliche Ausstrahlung.

Jetzt gab er – wie jemand, der ein Gericht noch mit einem Hauch von Salz und Pfeffer würzt – ein wenig feuchten Glanz in die sanften blauen Augen, goldene Funken in das blonde Haar.

Fertig.

Er beugte sich vor. «Amanda?»

Das zweidimensionale Bild neigte bestätigend den Kopf.

«Warum hat man dich umgebracht, Amanda?»

Sie antwortete mit Mallorys Stimme, aus der Charles alle Schärfe, alles Sarkastische getilgt hatte. «Er hat mich belogen.»

Der weiche Mund öffnete und schloß sich wie in einem schlechten Stummfilm.

Der Kummer in ihrem Blick vertiefte sich. Hatte er sie gekränkt? Offenbar. Aus dem Augenwinkel sah er, daß sie sich von ihm entfernte.

«Es tut mir leid...» Charles sprach ins Leere, denn Amanda war verschwunden. Was für ein groteskes Puppentheater, dachte er. Du bist ein Stümper, Charles!

Er schraubte das Parfümfläschchen zu, aber der Geruch nach verwelkten Rosen, nach Verwesung und Tod begleitete ihn auf Schritt und Tritt. Und als er wehrlos im Bett lag, an Händen und Füßen vom Schlaf gefesselt, war Amanda plötzlich wieder da.

Die ganze Nacht, in allen seinen Träumen, mußten frische junge Rosen sterben. Selbst den kleinen, schlafenden, in einer schützenden Hülle zusammengerollten Knospen – selbst ihnen ging es ans Leben.

4

23. Dezember

Eine volle Minute stand Charles Butler an der Tür und horchte auf das Schurren draußen auf dem Flur. Die leichten Schritte sagten ihm, daß sein Besucher klein war. Wenn er ganz genau hinhörte, konnte er jetzt ausmachen, wie dieser kleine Mensch von einem Fuß auf den anderen trat. Er wartete höflich, bis sein Besucher sich zu einem Entschluß durchgerungen und den Türsummer betätigt hatte.

Charles lächelte. Er mochte Kinder.

«Hallo. Du bist früh dran.» Eine ganze Stunde zu früh.

Justin Riccalo wiegte sich auf den Ballen. «Ja. Ich bin hier mit meinen Eltern verabredet, aber meine Klavierstunde ist ausgefallen, und da wußte ich nicht so recht, wohin.»

War er vielleicht zu Hause nicht gern gesehen?

«Ich hab keinen Wohnungsschlüssel», beantwortete Justin die unausgesprochene Frage. «Natürlich hätte ich es auch woanders probieren können, aber –»

«Macht gar nichts. Ich wollte gerade in den Keller. Magst du Zauberkunststücke?»

Justin reagierte unerwartet. Er hielt mitten in der Bewegung inne und sah plötzlich aus wie ein Ballon, dem man die Luft herausgelassen hat.

«Wollen Sie auf diese taktvolle Art und Weise rauskriegen, ob ich Bleistifte durch die Luft fliegen lasse?»

«Aber nein... Ich glaube wirklich, der Keller würde dir gefallen.» Der Junge hob gleichmütig eine Schulter.

Charles schloß ab und ging über den Flur zu der Tür, die ins Treppenhaus führte. Justin wollte zum Fahrstuhl, aber Charles erklärte ihm, daß der Weg ins Kellergeschoß nur über die Treppe führte. «Die paar Stufen werden dir wohl nichts ausmachen.» Justin schlich neben ihm her, als hätte er Sträflingskugeln an den Füßen.

Für Justin, das Hochhauskind, waren Treppen offenbar etwas Neues. Auf der gußeisernen Wendeltreppe lehnte er sich weit übers Geländer. An den Zugängen zu den einzelnen Stockwerken brannten nackte Glühbirnen. Fasziniert betrachtete er die verschlungenen Muster aus Licht und Schatten.

«Echt heiß, so'n alter Kasten!» sagte er anerkennend.

«Wart's nur ab, es kommt noch besser», verhieß Charles, und jetzt lief Justin erwartungsvoll hinter ihm her.

«Was haben Sie eigentlich mit mir vor?» fragte er. «Wollen Sie mich da unten in einen Spukdetektor stekken?»

«Nein, mit so raffinierten Geräten arbeite ich nicht. Meist führe ich mit meinen Klienten nur Gespräche, und manchmal machen wir einen schriftlichen Test.»

«Was läuft denn bei Ihnen so am besten? Ufos?»

«Die habe ich leider nicht im Programm. Ich berate

Menschen mit einer außergewöhnlichen Begabung. Die werte ich aus, und dann versuche ich, eine Anwendung dafür zu finden. Bei vielen Leuten ist die Intelligenz auf irgendeinem Gebiet überentwickelt. Meine Teilhaberin Mallory zum Beispiel hat eine angeborene Begabung für Computer.»

«So ein Computer ist doch nichts weiter als eine ganz gewöhnliche Maschine», verkündete Justin altklug. «Wer das passende Handbuch hat, kann ihn auch bedienen.»

«Aber Mallory braucht keine Handbücher. Sie stellt mit den Rechnern Sachen an, auf die ein Computerkonstrukteur nie kommen würde...»

Stop! Mallory war vielleicht nicht gerade das beste Leitbild für Kinder...

«Aber für das Talent Ihrer Partnerin gibt es schon eine Anwendung.»

«Ja, aber meist wissen meine Klienten nicht so recht, was sie mit ihrer Begabung anfangen sollen. Ich zeige ihnen, wo ihr Schwerpunkt liegt, und dann suche ich ihnen eine Stellung in einem entsprechenden Forschungsprojekt. Klingt nicht sehr aufregend, was? Aber für alle, die mit neuen Technologien arbeiten, ist es eine hochinteressante Sache.»

«Von mir aus kann's losgehen, Mr. Butler. Oder wollen Sie noch auf meine Eltern warten?»

«Ja, sicher. Ich dachte nur, es macht dir vielleicht Spaß, mich zu begleiten. Ich suche eine alte Schallplatte meines Onkels, das war der Zauberer Maximilian Candle. Schon mal gehört? Nein? Kein Wunder, sein letzter Auftritt liegt auch schon lange zurück. Du hast mir noch nicht verraten, ob du dich für Zauberei interessierst.»

Charles schloß die Kellertür auf, tastete nach der Taschenlampe, die auf dem Sicherungskasten lag, und knipste sie an.

Ihr Weg führte durch eine Schlucht von Kisten und Kästen, alten Möbeln und Bilderrahmen. Der Lichtkegel der Taschenlampe fiel auf verhüllten Hausrat, geisterhaftes Gerümpel, Hand- und Kabinenkoffer und Pappkartons.

Dann standen sie vor einer Faltwand, die sich über die ganze Länge des Kellerraums erstreckte. Charles steckte auch hier einen Schlüssel ins Schloß, und die ganze Wand zog sich lautlos zusammen wie der Balg einer Riesenziehharmonika.

In den tiefen Raum dahinter fiel mattes Licht aus einem breiten, in großer Höhe in die Kellerwand eingelassenem Fenster. Das Gitter davor hatte Mallory anbringen lassen. Auch die einbruchssicheren Schlösser waren auf ihr Betreiben hin eingebaut worden. Am liebsten hätte sie sämtliche Fenster vergittern lassen. Charles hatte ihr nur mit Mühe verständlich machen können, daß er lieber einen Einbruch in Kauf nahm, als im eigenen Haus wie ein Gefangener zu leben.

Jetzt streifte der Lichtkegel Samt- und Seidenstoffe in Plastikhüllen. Straß und Pailletten funkelten durch die verstaubten Kleidersäcke in einem Garderobenkoffer. Ein Teil des Raums war durch einen hohen Wandschirm aus Reispapier abgeteilt, auf dem ein feuerspeiender Drache prangte. In robusten Regalen lagen Masken, Zylinder, überdimensionale Spielkarten, verschnörkelte Kästchen und Köfferchen mit Zauberutensilien.

Wenn der Junge tatsächlich Bleistifte zum Fliegen brachte, fand er hier vielleicht einen Hinweis auf seinen künftigen Beruf. Ein bißchen mehr Magie konnte der Welt nicht schaden. «Gleich wird's heller.» Charles tippte eine gläserne Kugel an, in der ein gespenstisch pulsierendes, scheinbar leise atmendes Licht erwachte.

Als er sich zu dem Jungen umwandte, sah er, daß der anderweitig beschäftigt war. «Ach, du hast Onkel Max gefunden...»

«Guten Tag», sagte der Junge zu dem Wachskopf auf dem Garderobenkoffer und warf Charles einen prüfenden Blick zu. «Der sieht Ihnen ja ähnlich!»

«Schön wär's! Er ist gestorben, als ich etwa so alt war wie du.» Charles nahm den Kopf in die Hand, der ihn – genau wie Onkel Max zu seinen Lebzeiten – mit einem erstaunlich lebendigen und leicht erstaunten Ausdruck betrachtete.

«Onkel Max hat meine Kindheit gerettet.»

«Wieso?»

«Durch seine Magie. Er war ein wunderbarer Zauberer. Der größte Magier aber, den es je gab, war Malachai. Er trat mit einer Toten auf.»

«Wer's glaubt, wird selig...»

«Nein, im Ernst. Sie hieß Louisa und ist schon mit neunzehn gestorben. Sie gehörte zu den Menschen mit außergewöhnlichen Talenten, die –»

«Meinen Sie Louisa Malachai? Die *Louisas Concerto* geschrieben hat?»

«Du hast in der Schule offenbar gut aufgepaßt...»

«Nein, gar nicht. In der Tanner School schalte ich meist auf Durchzug, die bringen einem sonst doch nur Blödsinn bei. Meine erste Stiefmutter hat *Louisas Concerto* gespielt. Haben Sie die gekannt? Louisa, meine ich.»

«Ja und nein.»

«Warum hat sie das Stück nach sich benannt? Weil es so was wie ein musikalisches Selbstporträt war?»

«Der Gedanke liegt nahe, Justin, aber der Titel stammt von Malachai. Du kennst es also?»

«Nicht so richtig. Ich hab die Platte nur einmal gespielt, da war meine Stiefmutter schon tot. Eine Schellackscheibe, die man nur auf diesen vorsintflutlichen Grammophonen abspielen kann. Inzwischen gibt's das alles ja auch auf CD. Meine Stiefmutter – das war die, die sich umgebracht hat – war ganz verrückt nach dem Stück, es lief unentwegt bei ihr.»

«Hat es dir gefallen?»

«Ich hab's nie ganz gehört. Sie hat es immer nur gespielt, wenn sie allein war. Oder Kopfhörer aufhatte. Es ist ein gespenstisches Stück, hat sie immer gesagt. Als wenn's darin spukt. Bescheuert, nicht? Als sie tot war, hab ich die Platte dann mal aufgelegt, aber dann kam Dad dazu und hat sie in tausend Stücke geschlagen. Echt. Ich bin natürlich gleich geflitzt, und wie ich mich noch mal umdreh, seh ich, wie er auf die Scherben eindrischt und gar nicht wieder aufhören kann.»

Hatten Riccalo und seine damalige Frau in dem Concerto auch einen Schrei gehört? Die magische Generalpause wirkte auf alle Menschen unterschiedlich. Einmal, als Halbwüchsiger und heftig in Louisa verliebt, hatte Charles sie sogar lachen hören. Doch das war in dem großen Saal gewesen, in dem sie mit Malachai auftrat und in dem durch die Dunkelheit und Malachais Kunst die Phantasie der Zuschauer ohnehin auf so etwas programmiert war.

«Weil Louisa so jung gestorben ist, haben wir nur diese eine Komposition von ihr. Es war alles, was Malachai von ihr geblieben war, als er aus dem Koreakrieg kam. Er hat das Stück bei jeder Vorstellung spielen lassen.»

«Bei seiner Vorstellung mit einer Toten.»

«Einer unsichtbaren Toten. Sie fungierte ganz so wie eine lebendige Assistentin, reichte ihm Gegenstände zu, die zu ihm hinschwebten, ohne daß man ihre Hand sah. Aber man glaubte an diese Hand. Er war ein glänzender Illusionist.»

«Billige Tricks. Drähte und so Sachen.»

«Mag sein. Malachai verstand sich aber auch auf Horror.»

Jetzt war Justin hellwach.

«Er schickte Louisa ins Publikum. Die Zuschauer schworen Stein und Bein, sie hätten gespürt, wie sie an ihnen vorbeiging und wie ihr Kleid sie streifte. Manche sagten, sie hätten ihr Parfüm gerochen.»

«Und was für technische Tricks hatte er dafür auf Lager?»

«Gar keine. Wenn er sie ins Publikum schickte, hatte er seine Zuschauer schon so weit, daß sie ihm alles glaubten.»

«Alle?»

«Je größer die Menge ist, desto leichter hat es ein Illusionist. Für eine Massenhypnose oder gar Massenpsychose braucht es viele Menschen – wie der Name schon sagt. Mit dieser geballten Energie läßt sich eine Menge anfangen.»

«Aber richtig gesehen hat sie keiner?»

«Ja und nein. Er beschrieb sie so genau, daß ich sie heute noch vor mir sehe. Bei ihren Auftritten trug sie das Kleid, in dem sie gestorben ist. Ein blaues Kleid mit roten Blutflecken.»

«Wie ist sie denn gestorben?»

«Das kam nie heraus, es gehört zu dem Geheimnis um Louisa. Es hieß, Malachai habe sie umgebracht, andere Gerüchte wollten wissen, man habe sie als Spionin erschossen. Es war alles sehr romantisch. Als ich so alt war wie du, vielleicht noch jünger, war ich in Louisa verliebt.»

«Da waren Sie also genauso verrückt wie Malachai?»

«Mag sein. Aber bei Malachai war es wirklich ein Wahn. Es ist erstaunlich, was Menschen fertigbringen, um eine Liebe zu bewahren, zu zerstören oder zu rächen. Manch einer geht für seine Liebe sogar in den Tod.»

Während er mit Justin sprach, rätselte Charles gleichzeitig an dem herum, was Amanda getan hatte. «Schneiden Sie es raus», hatte sie zu dem Arzt gesagt. Sie, die sich so unbändig auf das Kind gefreut hatte.

«Sich als Erwachsener zu verlieben», sagte das Kind, das neben ihm stand, «ist demnach gar nicht so toll.»

Charles lächelte. «Auch die Liebe zu einem Kind führt manchmal zu recht sonderbaren Verhaltensweisen. Was so manche Menschen für ihre Kinder tun ...»

«Und was sie ihnen antun.»

«Ja, auch das.»

Warum hast du dir dein Kind herausschneiden lassen, Amanda? Mit einiger Mühe schaltete er wieder auf Justin um. War er mißbraucht worden? War es das, was ihn und Mallory verband? Denn daß es eine Gemeinsamkeit zwischen den beiden gab, stand für ihn fest.

Auch er und der Junge hatten einiges gemeinsam. Justin Riccalo hatte seine Kindheit ebenfalls unter Erwachsenen verbracht. Er sprach nicht wie ein Kind, weil er keinen Kontakt zu Kindern hatte, von denen er altersgerechte Sprüche und Kraftausdrücke hätte lernen können. Wenn er gängige Modewörter benutzte, hatte er sie bei den Großen aufgeschnappt.

Da war das alte Grammophon! Charles pustete notdürftig den Staub weg, dann zog er die Holzkiste mit den Schellackplatten unter einem Tisch hervor, setzte sich auf den Boden und sah sie durch. Der Junge neben ihm zuckte und zappelte, er konnte keinen Augenblick stillstehen.

«Wie kommst du denn mit deiner Stiefmutter zurecht, wenn nicht gerade Bleistifte durch die Luft fliegen?»

«Ich kenn mich nicht so richtig mit ihr aus.»

«Deine Stiefmutter und dein Vater sind alte Bekannte, oder?»

«Sie haben mal in der gleichen Firma gearbeitet, aber da hat wohl meine richtige Mutter noch gelebt. Mit der hab ich mich auch nie so richtig ausgekannt.»

«Nein?»

«Die meiste Zeit war ich ja in der Schule. Weil meine Eltern auf diesen progressiven Quatsch voll abgefahren sind, haben sie mich schon mit vier hingeschickt, und dann hatten sie sehr bald raus, daß Schule kosteneffektiver ist und weniger Scherereien macht als ein Kindermädchen. Deshalb schieben sie mich andauernd in Arbeitsgruppen und Freizeitprojekte ab. Manchmal komme ich erst um acht oder neun nach Hause. Wie hat Malachai es geschafft, daß die Zuschauer glaubten, Louisa hätte sie angefaßt?»

«So weit hat nicht Malachai sie gebracht, sondern sie sich selbst. Wenn sie sich erst einmal davon überzeugt hatten, daß Louisa leibhaftig unter ihnen war, machten die entsprechenden Sinneswahrnehmungen wie Fühlen und Riechen die Illusion perfekt.»

«Und Sie glauben, so ähnlich macht es meine Stiefmutter auch? Aber der Bleistift –»

«Der Bleistift war kein gedachter, sondern ein wirklicher Gegenstand. Wenn ein Zaubertrick gut ist, erledigt die Phantasie den Rest. Bei Malachais Vorstellung lag die eigentliche Magie in Louisas Komposition.»

Charles holte die Schellackscheibe aus dem stockfleckigen Umschlag und legte sie, als echter Fan noch mit der altväterlichen Technik vertraut, auf den Plattenteller.

Justin hockte sich hin. Er wirkte immer angespannt,

immer wie auf dem Sprung. «Diese Sachen gibt's heutzutage alle auf CD.»

«Ja, das sagtest du schon. Jetzt hör einfach mal zu.»

Die Lautstärke stimmte nicht. Als die Musik anschwoll wie eine Flutwelle, schien der Raum zu klein für die gewaltige Klangfülle. Charles stellte den Ton leiser, aber die erstaunliche Wirkung des Stückes, besonders in den tieferen Bereichen, blieb unverändert groß.

Er fühlte sich in seine Kindheit zurückversetzt, sah Louisa in dem blauen Kleid mit den roten Flecken vor sich – und mußte dabei wieder an Amanda Bosch und die vergangene Nacht denken. Louisa und Amanda wurden eins. Aus alter Gewohnheit schloß er die Augen, während ihn die Musik umfing. Louisa war immer im Dunkeln erstanden. Justins Stiefmutter hatte das Stück sehr zutreffend beschrieben. Es hatte tatsächlich etwas Gespenstisches. Diesmal hörte er in der unheimlichen Pause jemanden weinen. Noch ehe die Musik wieder einsetzte, schlug er die Augen auf. Justin saß zusammengekrümmt da und hielt sich die Ohren zu. Was hörte er wohl in jener gespenstischen Pause mitten im Stück?

Und dann fuhr Charles unwillkürlich zusammen. Neben dem Jungen stand eine dreidimensionale Amanda Bosch in braunem, blutgetränkten Blazer, mit klaffender Schläfenwunde und streckte die Hand nach ihm aus.

Mit einer heftigen Bewegung stieß Charles die Nadel aus der Rille. Grell quietschend zog sie eine tiefe Schramme durch den Schellack. Die Musik verstummte.

Amanda war verschwunden.

Schau an, der Cop der Promi-Szene!

Riker grinste, als er den langen, schlaksigen Detective Palanski in seiner schwarzen Lederjacke sah. Der Typ hatte es offenbar nicht nötig, in geschlossenen Räumen die Sonnenbrille abzusetzen.

Filmstarmacken ... Palanski fuchtelte mit einem dürren Zeigefinger seinem Kollegen Martin vor der Nase herum, der strikte Order hatte, Jack Coffey Besucher vom Leibe zu halten.

So was braucht sich ein toller Hecht von der West Side von einem ganz gewöhnlichen Cop nicht gefallen zu lassen, sagte der Zeigefinger.

Offenbar war Palanski noch nicht aufgegangen, daß Martin zehn Jahre jünger und um einiges sportlicher war als er und daß er, weil er fuchtelnde Zeigefinger vor seiner Nase nicht schätzte, schon die Schultern gestrafft hatte und in Boxerstellung gegangen war.

Der junge Streifenpolizist fühlte sich sicher, denn er wußte Jack Coffey hinter sich. Der hielt zu seinen Leuten. Zu Mallory hielt er auch dann noch, wenn die total falsch lag.

Riker winkte Martin mit einer Kopfbewegung beiseite. Der ging noch ein paar Schritte näher an Coffeys Tür heran und schlug die Arme übereinander. Wütend fuhr Palanski jetzt auf Riker los.

«Mein Captain möchte wissen, warum euer Lieutenant den Fall nicht abgibt. Die Tote im Park, meine ich. Schließlich war es keiner von euren Leuten.»

«Woher wollen Sie das wissen?» Riker holte eine Zigarette heraus und suchte sämtliche Taschen nach Streichhölzern ab.

Hatte Palanski Wind davon gekriegt, daß es da eine Verbindung zu den Coventry Arms gab? Ja, wahrscheinlich war das der springende Punkt. Jetzt, wo der Fall nach Geld und Schlagzeilen roch, wollte er mitmischen, um wiedergutzumachen, was er am Tatort verbockt hatte. Anders war es nicht zu erklären, daß sich ein New Yorker Cop, der schließlich genügend Leichen und ungelöste Fälle am Hals hatte, noch mehr Arbeit auflud.

«Ich weiß zumindest soviel, daß die Tote nicht Mallory war», sagte Palanski.

«Als Sie die Leiche umdrehten, wußten Sie das noch nicht.» Riker zündete sich die Zigarette an. Das hatte gesessen. Es mußte Palanski gewesen sein, der die Falschinformation vorschnell an die Presse gegeben hatte. Informationen bedeuteten in New York City bares Geld, und Palanski war ehrgeizig und hielt bestimmt manchmal die Hand auf. Für einen Cop, dessen Geld für Frau, Ex-Frau und zwei Kinder reichen mußte, war er auffallend gut angezogen. Riker brauchte sein Geld nur für sich und die Flasche, aber den teuren Friseur, bei dem sich Palanski die Haare stylen ließ, konnte er sich nicht leisten.

«Wenn Sie sich gedacht haben, daß es Mallory war, hat sich das vielleicht der Täter auch gedacht.»

Palanski schob die Sonnenbrille auf die Nasenspitze und trat dicht an Riker heran. «Das kauf ich Ihnen nicht ab, Riker, da müssen Sie sich schon was Besseres einfallen lassen.»

Und war es nicht eigenartig, daß Palanski als erster am Tatort gewesen war? Laut Dienstplan hatte er an dem bewußten Vormittag frei gehabt. Er betrachtete diese vornehme Wohngegend wohl als eine Art Spielwiese, die nur für ihn da war.

«Ich kann Mallory ja sagen, daß sie sich mal mit Ihnen unterhalten soll», sagte Riker katzenfreundlich.

«Nein, ich –»

«Kein Problem. Es ist ihr Fall. Sie brauchen ihr nur zu verklickern, warum Sie ihn sich unter den Nagel reißen wollen.»

«Hören Sie, Riker, ich –»

«Wenn man vom Teufel spricht ... da kommt sie ja!»

Palanski blinzelte erschrocken und sah sich rasch um. Mallory, die in der Spiegelung seiner dunklen Gläser zunehmend größer wurde, trug heute einen knöchellangen schwarzen Mantel und ihre guten schwarzen Laufschuhe.

Riker nahm sich vor, sie gelegentlich mal zu fragen, was sie mit Palanski angestellt hatte.

«Schwamm drüber», sagte Palanski hastig. «Ich sag meinem Captain, daß Sie da eine Verbindung zu einem Ihrer Fälle sehen, das wird er schon schlucken.»

In diesem Moment ging Mallory an den beiden vorbei und nickte Riker flüchtig zu. Ein Hauch von teurem Parfüm blieb zurück. Als sie vier Schritte weiter war, begann Palanski hinter ihrem Rücken ein Kreuz zu schlagen – eine bewährte Methode zur Abwehr von Übeln, denen mit einer Kugel nicht beizukommen ist.

Mallory blieb stehen, als hätte er diesen ketzerischen

Gedanken laut ausgesprochen, drehte sich auf dem Absatz um und sah ihn scharf an. Palanski hielt mitten in der Bewegung inne.

Riker schüttelte den Kopf. Er kannte Mallory nun schon so lange – und kannte sie überhaupt nicht. Sie ist eine junge Hexe mit den Augen eines Auftragskillers, hatte Markowitz mal von der kleinen Kathy gesagt. Die Killeraugen hatte sie noch immer.

Mallory hatte Detective Palanski nur ganz kurz gemustert, aber sein Gesicht war so weiß, als hätte sie es geschafft, ihm auch ohne Zuhilfenahme der bekannten Vampirmethode eine anständige Portion Blut abzuzapfen.

Riker sah auf seine gespreizte Hand. Ob das Zittern wohl aufhörte, wenn er sich ein Bier genehmigte?

Jack Coffey lehnte sich zurück und zählte die Häupter seiner Lieben. Mallory war pünktlich wie immer – keine Sekunde zu früh und keine Sekunde zu spät –, aber Dr. John J. Hafner glänzte noch durch Abwesenheit.

«Was gibt's Neues, Mallory?»

«Harry Kipling hat versucht, unter seinem eigenen Namen einen Kredit zu bekommen, aber weil er sich ständig in Lügen verwickelt, spielt die Bank nicht mit.»

«Komm, Mallory ... Banken anzulügen ist doch schon fast ein Kavaliersdelikt. Was noch?»

«Er lügt bei seinen Steuererklärungen. Seine Frau und er werden nicht zusammen veranlagt. Letztes Jahr hat ihm das Finanzamt Einkommen nachgewiesen, das er nicht angegeben hatte. Und er hat ein dickes Konto im Ausland.»

Coffey legte eine Hand vors Gesicht. «Wir ermitteln da hoffentlich diskret?» Im Klartext: Du hast die Informationen hoffentlich unauffällig geklaut? Du hast nur mit Maschinen, nicht mit Menschen geredet?

«Aber sicher. Ganz diskret.»

In welchem Computer hatte sie jetzt wieder geräubert? Hatte sie womöglich sogar eine Hintertür zu den Rechnern des Finanzamts gefunden? Er hütete sich, ausdrücklich danach zu fragen. Wer weiß, wann man's noch mal gebrauchen kann, dachte er unwillkürlich, und ihm war, als hörte er den Geist von Louis Markowitz lachen. Wer sich auf Mallorys Methoden einließ, konnte ganz schnell ins Schleudern geraten.

«Wie viele Verdächtige hast du jetzt eigentlich? Vier?»

«Möglicherweise auch nur drei. Mein Täter ist groß. Harry Kipling ist eins zweiundachtzig.»

«Ich trau mich schon gar nicht mehr zu fragen, wie groß der Richter ist.»

«Eins fünfundachtzig. Er ist nach wie vor im Rennen.»

«Ich hoffe, du weißt, was auf dich zukommt, wenn du den Richter verprellst? Er kennt genug Leute, die ihm gern mal einen kleinen Gefallen tun. Was hast du gegen ihn in der Hand?»

«Er prügelt seine Frau.»

«Der vom Präsidenten persönlich ausgeguckte Streiter gegen weibliche Diskriminierung? Das darf doch nicht wahr sein!»

«Paßt wie die Faust aufs Auge, nicht?»

«Wenn ich auch etwas dazu sagen darf?» Dr. Hafner, Polizeipsychologe und Golfpartner des Bürgermeisters, war hereingekommen, ohne anzuklopfen oder sich für seine Verspätung zu entschuldigen, und hatte sein aufreizendes Klugscheißergrinsen mitgebracht. «Ein Frauenschinder paßt besser zu unserem Fall, als Sie glauben.» Hafner knöpfte das Jackett auf und zog die Hosenbeine zurecht, um den teuren Anzug, der es in Qualität und Schnitt mit Mallorys Blazern und Mänteln durchaus aufnehmen konnte, nicht zu zerknittern.

Er rückte die rutschende Brille gerade, zupfte unsichtbare Fussel von seinem Anzug und klopfte mit der Schuhspitze auf den Boden. Das machte er immer. Und wie immer widerstand Coffey heldenhaft der Versuchung, ihm für jede dieser Macken eine zu schmieren.

Wie brachte er Hafner dazu, Mallory nicht gegen den Strich zu bürsten? Und wie brachte er Mallory dazu, sich anständig zu benehmen, solange der gute Freund des Bürgermeisters in seinem Büro saß?

«Heart ist für den Obersten Gerichtshof nominiert», sagte Coffey und lächelte liebenswürdig. «Ich lege gar keinen Wert darauf, daß er zu dem Fall paßt.»

Du miese, aufgeblasene Dumpfbacke.

Hafner rückte die Brille zurecht. «Es wird Ihnen aufgefallen sein, daß Amanda Bosch keine Handtasche bei sich hatte. Ich habe mir die Inventarliste der Wohnung angesehen. Kreditkarten und Führerschein lagen lose in einer Schublade, sie besaß überhaupt keine Handtasche. Gewöhnlich haben Frauen mehrere, zur Kleidung passend, und –»

«Kommen Sie zur Sache», fuhr Mallory ihn an.

Hafner schob die Brille hoch und lächelte ihr nachsichtig zu wie einem ungebärdigen Kind. «Aus dem Fehlen einer Handtasche ergeben sich interessante Folgerungen für die zwischenmenschliche Dynamik der Beziehung. Wer keine Ausweispapiere bei sich hat, dem fehlt es an Identität. Für eine Frau mit wenig Selbstbewußtsein dürfte ein Mann, der Frauen schlecht behandelt, eine besondere Anziehungskraft besitzen.»

Mallory verpaßte ihm die erste Ladung. «Nach Aussage von Mrs. Farrow ist Amanda Bosch vor drei Jahren auf der Straße überfallen und beraubt worden. Seitdem nimmt sie keine Handtasche mehr. Der Bericht über den Raubüberfall befindet sich in den Akten, aber die muß man natürlich lesen... Und es gibt viele Frauen, die ihr Zeug lieber in Jacken- oder Hosentaschen stecken.»

In diesem Moment hatte Hafner offenbar registriert, daß auch Mallory keine Handtasche bei sich hatte, und musterte sie mit den glitzernden Augen eines Forschers, der soeben eine einzigartige Lebensform entdeckte.

Coffey bemühte sich um Schadensbegrenzung. «Glauben Sie, daß er wieder töten wird, Dr. Hafner?»

«Aber ja, ganz eindeutig. Er kann gar nicht anders. Möglicherweise hat er schon mehrere Morde begangen.»

Quatsch mit Soße, dachte Coffey und sah Mallory an, daß sie es bedeutend drastischer ausgedrückt hätte.

«Bitte weiter, Dr. Hafner.»

Du bist ein Hornochse, und daran ändert auch deine Freundschaft mit dem Bürgermeister nichts.

«Die fleckenlos saubere Wohnung ist ein Zeichen für ritualistisch-zwanghaftes Verhalten. Obsessiv reinliche Menschen haben oft schwere Persönlichkeitsstörungen.»

Coffey sah Mallory an. Sie hatte die Lippen halb geöffnet. Für sie, die allzeit Beherrschte, war das eine sehr emotionale Reaktion. Was würde Hafner zu Mallorys zwanghaft sauberem Umfeld sagen? Der Computerraum sah immer aus wie geleckt. Ein Mitarbeiter, der vor ihr zitterte, sorgte dafür, daß sich kein Stäubchen auf den kostbaren Geräten ablagerte.

«Sie halten also unseren Mann für einen Serienkiller?»

«Sehr wahrscheinlich. Mich würden die Entwicklungsjahre der Verdächtigen interessieren.» Hafner ließ Mallory nicht aus den Augen. «Gibt es da Kindheitstraumen? Sexuellen Mißbrauch? Eine Kindesaussetzung? Flucht aus dem Elternhaus?»

Coffey registrierte voller Unbehagen, daß Hafner von Mallory fasziniert war und jede ihrer Regungen belauerte.

Der Psychologe rückte wieder an seiner Brille. «Das Säuberungsritual kann mit zwanghafter Pünktlichkeit einhergehen.»

Coffey beugte sich vor. *Pünktlichkeit? Wie kam die Pfeife denn auf so was?*

Womöglich kannte er Mallorys Computerraum – oder auch anderes. Vielleicht hatte er sich das psychologische Gutachten geben lassen, das routinemäßig erstellt wird, wenn ein Cop bei einem Einsatz Gebrauch von der Dienstwaffe gemacht hat. Es ging ihm also gar nicht um die Verdächtigen. Dieser linke Typ bildete sich doch tatsächlich ein, er könnte mit Mallory Katz und Maus spielen.

Coffey sah Mallory an und erkannte, daß sie Hafner längst durchschaut hatte. Beruhigt lehnte er sich zurück. Dem Mann war nicht mehr zu helfen. Er nickte ihr fast unmerklich zu.

Faß ihn, Mallory!

«Ich würde dringend zu einer Brille raten», sagte sie mit seidenweicher Stimme. In diesem Moment hätte man sie tatsächlich für eine brave Tochter aus gutem Hause halten können.

Und dann hatte sie plötzlich eine Kanone in der Hand – nicht ihre Dienstwaffe, sondern ein Ding, das sehr viel größere Löcher riß. Coffey stellte sich blind.

«Hören Sie her, Sie Trottel!» Mallory rückte mit ihrem Stuhl näher an Hafner heran. Kein Zweifel, sie betrachtete ihn als zum Abschuß freigegeben, und es versprach kein besonders appetitliches Unternehmen zu werden.

«Es handelt sich hier um eine spontane Tat», sagte sie langsam und mit Nachdruck. «Die Tatwaffe war ein Stein. Diese Information liegt Ihnen vor.»

Sie tippte mit einem langen roten Fingernagel auf den Revolver und entriegelte die Trommel.

Hafner war zur Salzsäule erstarrt. Ein schwarzer Brummer summte um ihn herum. Er schien es nicht zu merken. Die Brille rutschte wieder. Er ließ sie rutschen.

«Der Mörder war nicht bewaffnet, als er zum Tatort kam», sagte Mallory. Ihre Stimme blieb unerschütterlich sanft, die todbringende Waffe lag ruhig in ihrer Hand. «Er hat Amanda Bosch nicht umbringen wollen, und als es dann passiert war, hat er die Nerven verloren und ist getürmt. Erst nach über einer halben Stunde hatte er sich halbwegs wieder im Griff. Hätten Sie den Bericht des Pathologen gelesen, wüßten Sie das.»

Sie ließ die Kugeln in ihren Schoß fallen, legte eine wieder in die Trommel ein und ließ sie einschnappen.

Die Fliege landete auf Hafners Wange. Er rührte sich nicht.

Sie lächelte.

Coffey fand Hafners neue Rolle als Mallorys Maus äußerst spannend.

Die Fliege startete erneut und landete an der Wand neben Hafners Kopf.

«Ich schätze, der Mann ist eher Ihr Typ, Hafner. Ganz Herr der Lage, wenn alles reibungslos läuft, voll in Panik, wenn was danebengeht. Wie in dem Moment, als er mit dem Stein zuschlug.»

Mallory zielte über Hafners Nasenrücken hinweg auf die Fliege, die an der Wand hochkrabbelte, und drückte ab.

Es hörte sich an wie ein Bombeneinschlag, und Hafner zuckte zusammen. Um den Schritt herum färbte sich seine Hose dunkel. Erst nach einigen Sekunden hatte er begriffen, daß er nicht getroffen war, sondern sich nur naßgemacht hatte.

Die Fliege war verschwunden.

Coffey starrte die leere Wand an und überlegte, ob sie

weggeflogen oder vor Schreck einem Herzschlag erlegen war und jetzt als Leiche vor der Scheuerleiste lag.

Mallory ließ den Revolver einen Augenblick baumeln und legte ihn sich dann so in den Schoß, daß der Lauf auf den schwitzenden Mann an ihrer Seite zeigte.

Coffey hörte ihn atmen. Die Brille auf der glitschigen Nase rutschte immer weiter abwärts und landete schließlich auf dem Fußboden.

«Er hat sie nicht verfolgt», fuhr Mallory fort. «Er kannte sie gut. Deshalb ist er noch einmal zurückgekommen, um ihr die Hände zu zerschlagen, damit wir ihre Fingerabdrücke nicht ermitteln konnten. Damit hatte er Zeit gewonnen und konnte in aller Ruhe in ihrer Wohnung jede Spur von sich beseitigen. Ein zwölfjähriger Hilfsschüler hätte sich das zusammenreimen können.»

Mallory beugte sich vor. Der Lauf war wie beiläufig auf Dr. Hafners Schritt gerichtet.

«Sie sind ein unfähiges Arschloch, Hafner.» Sie nickte langsam, und er nickte wie hypnotisiert mit. «Und Sie werden uns für diese Glanzleistung natürlich keine Rechnung schicken.» Sie schüttelte den Kopf, und auch dieser Bewegung folgte Hafner wie unter Zwang.

«Okay, Sie können jetzt gehen.»

Hafner saß da wie angeleimt.

«Schönen Dank für Ihren Besuch.» Coffey stand auf und bemühte sich, den dunklen Fleck auf Hafners Hose nicht anzustarren. Der gute Freund des Bürgermeisters war entlassen. Mallory steckte die für Coffey nicht vorhandene Kanone wieder ins Holster.

Während Hafner zur Tür ging, konnte Coffey sich ein Grinsen nicht verkneifen. Für Mallory war es ein Sieg auf der ganzen Linie. Daß er sich ihretwegen in die Hose gemacht hatte, würde Hafner kaum an die große Glocke hängen.

Er war noch nicht ganz draußen, als Mallory aufstand. «Jetzt nehme ich meine eigene Psychologin für den Fall. Von dem, was ich euch an diesem Trottel gespart habe, könnt ihr die leicht bezahlen.»

«Setz dich! Ich bin noch nicht fertig mit dir», sagte Coffey. Und als sie den Mund aufmachte, schob er schnell nach: «Ich will gar nicht hören, was du heute noch alles zu tun hast. Setz dich!»

Sie gehorchte.

Er hatte einiges von Riker gelernt. Alles, was auch nur entfernt nach höflicher Bitte klang, wäre ihm als Zeichen von Schwäche ausgelegt worden.

«Fangen wir mit der Spielzeugpistole an, die Heller im Müll gefunden hat. Falls sie dem Täter gehört, könnte es doch eine vorsätzliche Tat gewesen sein. Es wäre denkbar, daß er sie damit bedroht hat, so daß sie ihm notgedrungen an diese einsame Stelle gefolgt ist.»

«Es war ein –»

«Ruhe im Saal! Du pickst dir nur das raus, was in deine Lieblingstheorie paßt, Mallory. Daß er sie nicht umbringen wollte, kannst du nicht beweisen.»

«Hafner weiß nicht –»

«Hafner ist für mich abgehakt. Von mir aus hol deine Seelentante, ich zeichne die Rechnung ab. Aber du solltest zumindest nicht von vornherein ausschließen, daß der Täter den Mord geplant und womöglich nicht zum erstenmal getötet hat. Jetzt zum Motiv. Nach deiner Theorie hat sie ihn bei irgendeiner Gaunerei erwischt. Wie soll ich das dem Anklagevertreter schmackhaft machen?»

«Sie hatte ein Recherchenbüro. Wenn eine Frau die Mittel an der Hand hat, den Vater ihres Kindes zu überprüfen, tut sie das. Und was sie rauskriegen konnte, kriege ich auch raus.»

«Du weißt ja noch nicht mal, ob der Täter der Kindsvater war. Merkst du nicht, was du da machst?»

Er redete gegen eine Wand. Und redete trotzdem weiter.

«Wer einen Mörder unterschätzt, ist tot. Du stehst ihm ganz allein gegenüber.» Und dazu brauchte man Mumm – oder auch nicht. Vielleicht war ihr das Gefühl der Angst schlichtweg unbekannt. Ein Defizit, das lebensgefährlich werden konnte.

«Bist du fertig?»

«Noch nicht ganz. Paß auf, daß du nicht den falschen Dampfer enterst, Mallory, sonst kommst du aus den Schadensersatzklagen dein Lebtag nicht mehr raus.»

Charles lehnte sich zurück und wartete, bis Robert Riccalo seine Familie feierlich zur Ordnung gerufen hatte.

Er mochte Riccalo nicht.

Der Mann verlangte nach Scheinwerferlicht und einer Bühne, auf der er den ganzen Vormittag seine Intelligenz, seine Männlichkeit und Skrupellosigkeit zur Schau stellen konnte. Und nach dem Mittagessen überkamen ihn dann Weltmachtgelüste. Seine Augen waren wie schwarzes Wasser. Gott allein wußte, wie es dort unter der Oberfläche aussah, und der hatte sich nach einem kurzen Blick – den er seinem Ruf als Allwissender wohl schuldig war – vermutlich schaudernd abgewandt.

Riccalo war seinem Sohn dicht auf den Leib gerückt. Justin sah seine Stiefmutter an, aber von dort kam keine Hilfe. Sally Riccalo mied seinen Blick.

«Dieser Unsinn muß ein Ende haben, Justin», sagte Riccalo drohend.

Der Kater verzog sich schleunigst in eine Ecke. Knolle mochte Robert Riccalo auch nicht. Charles lächelte Justin zu, und der faßte wieder ein bißchen Mut.

Dann kam Mallory herein, und schlagartig wurde es ganz still. Der Kater ging ihr entgegen und himmelte sie verliebt an.

Mallory warf ihm einen irritierten Blick zu. Knolle retirierte ein paar Schritte und verlegte sich darauf, ihr aus der Ferne seine Ergebenheit zu bekunden. Sein Schnurren war durchs ganze Zimmer zu hören, verstummte aber jäh, als der hölzerne Bleistiftbehälter auf dem Schreibtisch in Bewegung geriet. Noch ehe er umfiel, war Knolle unter der Couch verschwunden. Robert Riccalo wurde zornrot und packte seinen Sohn mit einem harten Griff am Arm. Justin zuckte zusammen.

«Nicht so heftig», sagte Mallory mit Nachdruck, und Riccalo merkte zu seiner Überraschung, daß er den Jungen losließ.

Mallory stellte den Bleistiftbehälter wieder auf. «Daß hier im Büro manchmal Gegenstände herumfliegen, ist nichts Besonderes, stimmt's, Charles?»

Ein Bleistift schoß aus dem Behälter direkt auf seine Kehle zu. Mallory fing ihn im Flug ab.

Charles schluckte. «Nein. Wenn man sich erst dran gewöhnt hat...» Jetzt hatte Mallory also auch noch fliegende Bleistifte in ihrem privaten Waffenarsenal.

«Kommt alle Tage vor.» Mallory beobachtete den Jungen scharf, aber der sah sie nur neugierig an. Sie trat hinter Charles Butlers Sessel. Ein zweiter Bleistift kam aus dem Behälter geflogen und landete in ihrer Hand. «Total normal.»

Der Junge zeigte keine Wirkung mehr.

«Es ist also tatsächlich ein Trick?» Der Blick, mit dem Riccalo seinen Sohn maß, verhieß nichts Gutes.

«Nicht unbedingt», sagte Charles. «Aber auf dem Gebiet der Psychokinese lassen sich viele Erscheinungen mit Hilfe von Tricks nachvollziehen. Deshalb ist es ja so schwierig, eindeutig festzustellen, ob wir es mit einer echten Gabe zu tun haben. Meine Partnerin wollte mit dieser Demonstration nur zum Ausdruck bringen, daß es noch eine Weile dauern kann.»

Er sah Mallory an. Du könntest wenigstens nicken, signalisierte dieser Blick. Oder lächeln. Da kannst du lange warten, lautete das Antwortsignal. Er wandte sich wieder Riccalo zu. «Kommen Sie nach Weihnachten wieder, dann gehen wir den Fall detaillierter an.»

Neue Termine wurden vereinbart, die Riccalos verabschiedet, und Charles wandte sich um. Mallory stand dicht hinter ihm, ohne daß er sie hatte kommen hören – ein Kniff, der ihn jedesmal verunsicherte. Knolle tauchte wieder auf und ließ sich zu ihren Füßen nieder. Wenn er schnurrte, wußte man wenigstens, wo Mallory zu finden war.

Sie setzte sich in den Queen-Anne-Lehnstuhl, ohne dem gleichmäßig laufenden kleinen Motor neben sich Beachtung zu schenken, und winkte Charles neben sich auf die Couch. «Willst du nicht wissen, wie ich dem Bleistift das Fliegen beigebracht habe?»

«Nein, laß mich raten. Hin und wieder sehe ich immer noch Straßenhändler die Schwarze Witwe anbieten, eine Gummispinne an einem fast unsichtbaren Nylonfaden, den der Verkäufer so geschickt handhabt, daß das Vieh wie lebendig wirkt. Wenn er die Spinne einem der Umstehenden ins Gesicht springen läßt, gibt es ein großes Geschrei, und er wird zehn Stück auf einen Schlag los. So was hattest du wohl auch mal?»

Mallory nickte. «Riker hat mir eine geschenkt, als ich klein war. Souvenir vom letzten Säuferwahn, hat er gesagt.»

«Du hast einen Nylonfaden aus einem Strumpf gezogen und ihn an einer klebrigen Unterlage befestigt, einem mit Talkum bestäubten Streifen Heftpflaster vielleicht. Diesen Streifen hast du an einen Bleistift geklebt. Zieht man an dem Faden, fliegt der Bleistift durch die Luft, und das Heftpflaster löst sich. Die Richtung hast du bestimmt, indem du den Faden um meinen Stuhl gelegt hast.»

«Stimmt. Jetzt wissen wir wenigstens, wie es gemacht wird. Ein Kinderspiel.»

«Für die Erforschung paranormaler Phänomene wärst du nicht zu gebrauchen, Mallory. Als ich den Fall übernahm, habe ich mich von allen Voreingenommenheiten gelöst. Daß du es geschafft hast, einen Bleistift durch die Luft fliegen zu lassen, bedeutet noch nicht, daß es nur diese eine Methode gibt. Bei solchen Ermittlungen zählen nur Fakten und nicht vorgefaßte Meinungen.»

«Du würdest einen schlechten Cop abgeben, Charles. Während du dich noch mit deinen empirischen Beweismitteln beschäftigst, ist vielleicht schon irgendwo Alarmstufe rot.»

«Genau das meine ich, Mallory. Du folgst deinem sechsten Sinn, kümmerst dich einen Dreck um die Beweislage und wehe dem, der dir deine Lösung nicht abnimmt.»

Der Kater hatte sich in einem Sonnenfleck zu Mallorys Füßen zusammengerollt. «Mit einem allerdings hast du wohl recht: In dieser Familie herrscht ein ungesundes Klima. Ich weiß nur nicht genau, wer es erzeugt.»

«Gestern flog der Bleistift auf die Stiefmutter zu.»

«Es ist immer am einfachsten, den Bleistift auf sich selbst zufliegen zu lassen», wandte Charles ein.

«Ich schließe die Stiefmutter nicht von vornherein aus. Aber nachdem schon zwei Frauen auf der Strecke geblieben sind, sieht sie mir eher nach dem nächsten Opfer aus. Oder sie will den Jungen belasten.»

«Aber weshalb? Ein schönes Schlamassel...»

«Beklag dich nicht. Immerhin ist dein potentielles Opfer

vorläufig noch gesund und munter, während ich mich mit dem Mord im Park herumärgern darf.»

«Hast du ihn schon gelöst?»

«Scherzbold!» Sie stand auf und stemmte eine Hand in die Hüfte. Der Blazer schlug auf, so daß man das Holster sah. «Wann erwartest du Henrietta?»

Charles kam nicht gleich zu einer Antwort, denn in diesem Moment stellte sich der Kater auf die Hinterbeine und fing an, zierliche Kreise zu drehen. Mallory verzog keine Miene. Demnach kannte sie das Kunststück schon.

«Ich glaube, nach dem Tanzen erwartet er eine Belohnung. So steht es in Amandas Roman», sagte Charles, holte das dicke Manuskript aus dem Schreibtisch und blätterte das erste Kapitel durch. «Hier ... ‹Er hat meinem Kater das Tanzen beigebracht.› Und zwar in vier Tagen, an einem verlängerten Wochenende zu Anfang der Beziehung. Wobei wir nicht vergessen dürfen, daß ein Roman immer aus Dichtung und Wahrheit besteht. Aber der Kater tanzt, soviel steht fest.»

«An einem verlängerten Wochenende? Ich dachte, daß man zum Abrichten von Tieren viel länger braucht. Besonders bei Katzen.»

«Nicht, wenn man weiß, wie's gemacht wird, und auch vor Grausamkeiten nicht zurückschreckt. Wahrscheinlich hat er ihn hungern lassen.»

Mallory drehte dem immer noch tanzenden Kater den Rücken zu. «Für sein Futter braucht er sich jetzt nicht mehr zu strapazieren.» Wie auf Befehl stellte der Kater sich wieder auf seine vier Beine.

«In dem Roman steckt aber wirklich ein gutes Stück Wahrheit, Mallory. Hör dir das an: ‹New York ist schön, wenn es verschneit ist – solange du nicht überfallen wirst, in eine Schießerei unter Drogendealern gerätst, von einem Betrunkenen überfahren, von deinem Hauswirt verklagt, vom Steuereintreiber bedroht, von dem großmäuligen Nachbarn schikaniert, von seinem Pitbullterrier gebissen, von Ratten mit ausgewachsenen Katzen im Maul überrascht, von Tauben im Tiefflug attackiert, von Mäusen und Kakerlaken geplagt, von der Buchhaltung deiner Firma beschissen wirst... Sobald das Kind da ist, ziehe ich mit ihm irgendwohin, wo es die ganze Zeit schön ist und wir keine Angst zu haben brauchen.›

Das Kind kommt erst in den letzten Kapiteln vor. Emotional hat die Heldin offenbar nichts mehr mit dem Mann im Sinn. Ihr geht es nur um das Kind. Für das Kind plant und lebt sie.»

Mallory nickte. «Das spräche für Harry Kipling oder Richter Heart, die sind beide zeugungsfähig. Vielleicht muß ich den Blinden doch streichen.»

«Den Blinden? Soll das ein Witz sein?»

«Ein Berufsunfall. Er war Journalist und hat einen Haufen Geld als Entschädigung bekommen.»

«Daß dich das Geldmotiv reizt, kann ich verstehen.» Es war auch das Lieblingsmotiv von Markowitz gewesen. «Aber der Mann ist *blind*!»

«Als politisch korrekter Mensch darfst du nicht davon ausgehen, daß Blinden aufgrund ihrer Behinderung kein Mord zuzutrauen ist.»

«Ein Blinder wäre nie zum Tatort zurückgekehrt. Er merkt ja nicht, ob er beobachtet wird.»

«Und wenn er in einem Anfall von Panik den Mord begangen und dann einen Komplizen zum Putzen in die Wohnung beordert hat?»

«Im Ernst?»

«Nein. Ich glaube nicht, daß es ein Blinder war. Eine Frage an den Experten für außergewöhnliche Begabungen: Was für Talente bilden sich bei einem Menschen heraus, der das Augenlicht verliert?»

«Daß Blinde besser riechen oder schärfer hören können, weil sie nichts sehen, ist ein Ammenmärchen. Sie werden nur weniger abgelenkt und können sich deshalb mehr auf ihre anderen Sinne konzentrieren. Hat er einen Blindenhund?»

«Ja. In den Conventry Arms gibt es überhaupt keine Familie ohne Hunde.»

«Blinde laufen nicht so oft in Glasscheiben, dafür sorgen ihr Stock und der Hund. Ein guter Blindenhund behält auch im Verkehr seinen Schutzbefohlenen im Auge und zieht ihn von Hindernissen weg. Das wahre Talent in so einer Partnerschaft ist der Hund.»

«Und wieweit kann man sich an Blindheit gewöhnen?»

«Manche Leute entwickeln das zu einer Kunstform. Sie schauen dir direkt ins Gesicht, um den Eindruck zu erwekken, sie könnten dich sehen.»

«Das macht Eric Franz nicht. Aber wie er sich über geschärfte Sinne und die Weisheit der Natur ausgelassen hat, das war schon sehr penetrant. Und er kann quer durch einen Raum voller Menschen gehen, ohne jemanden mit dem Stock zu streifen.»

«Interessant.»

«Finde ich auch. Deshalb habe ich ihn noch nicht gestrichen. Somit habe ich einen Blinden, einen Frauenschinder und einen schönen Mann, der mit einer häßlichen Frau verheiratet ist. Die Schöne und das Biest, nur mit umgekehrten Vorzeichen.»

Charles sah auf seine Hände hinunter. Die Schöne und das Biest – das war auch sein Problem. Er warf einen Blick in den antiken Spiegel über der Couch. Nein, bei ihm war es wohl eher die Schöne und der Clown. Hinter ihm bewegte sich Mallorys Spiegelbild. Sie paßten einfach nicht zusammen in einen Rahmen.

«Ob du wohl mal eben aufmachen könntest? Es wird Henrietta sein», sagte er zu Mallory, die der Tür am nächsten saß.

Erst jetzt hörte man den Türsummer.

Mallory sah ihn groß an. «Irgendwann mußt du mir verraten, wie du das machst.»

«Henrietta kommt direkt aus ihrer Praxis, und sie ist fast so pünktlich wie du. Das haben Psychologen und Cops wohl so an sich.»

Mallory ließ die Bewohnerin von Apartment 3 A ein. Henrietta trug noch ihre Dienstkleidung, ein strenges Kostüm mit pastellfarbener Bluse.

Während sie Mallory in ein Gespräch über den Mord im Park verwickelte, ging Charles in die Küche. Knolle folgte ihm. Er war sehr schnell dahintergekommen, daß alles

Eßbare hier seinen Ursprung hatte. Mallory hatte den Bürokühlschrank wieder aufgefüllt, und Charles holte das Tablett mit Aufschnitt, Käse und verschiedenen Gewürzsaucen heraus. Henrietta kam dazu, als er sich gerade bückte, um den Kater mit einem Stück Rauchfleisch zu füttern. Obgleich Knolle und er sich erst vierundzwanzig Stunden kannten, wußte Charles schon ziemlich genau, was der Kater gern aß und was nicht.

«Wie geht's, Knolle?» fragte Henrietta.

Charles sah auf. Der Kater tat nichts dergleichen.

Zehn Minuten später saßen Charles und Henrietta am Küchentisch und tranken Kaffee. Mallory stand an der Arbeitsfläche und schnitt Käse. Zu ihren Füßen schnurrte es. Sie hielt inne und ließ den Blick einen Moment nachdenklich zwischen dem Messer und Knolle hin und her wandern.

«Ich möchte wirklich wissen, warum das Vieh so an Mallory hängt», sagte Charles. «Für mich tanzt er nicht, dabei bin ich es, der ihn füttert.»

«Steht in dem Roman, wie er abgerichtet wurde?» fragte Henrietta.

«Nein. Ich denke, daß er es über das Futter gemacht hat.»

«Oder mit schmerzhaften Strafen. Es könnten auch visuelle Signale gewesen sein. Was ist mit seinem Ohr?»

«Ich war's nicht.» Mallory stellte einen Teller mit vier verschiedenen Käsesorten auf den Tisch. «Das hat er sich auf der Straße geholt. Er ist ein gepflegtes Tier, meint der Tierarzt, das immer im Haus gehalten wurde.»

Charles nickte. «Wenn die Heldin des Romans Amanda Bosch ist, kann ich mir nicht vorstellen, daß sie einen Tierquäler an den Kater herangelassen hätte.»

«Ihr Liebhaber hat ihm in vier Tagen das Tanzen beigebracht», wandte Mallory ein.

«Wenn wir dem Roman glauben wollen...», sagte Charles und bereute es sofort. Von Mallorys Tischseite kam eine Kaltfront auf ihn zu. Er schenkte Henrietta Kaffee nach. «Sie hat den Roman vor über einem Jahr angefangen. Spuren von Mißhandlungen könnten inzwischen verheilt sein.»

«Dann tanzt der Kater höchstwahrscheinlich, um nicht bestraft zu werden.» Henrietta belegte ihr Sandwich mit Rauchfleisch. «Mißhandelte Kinder hängen manchmal sehr an den Eltern, auch wenn die sie geschlagen und gequält haben. Deshalb habe ich nach Knolles Ohr gefragt. Mallory hat eine gewisse Ähnlichkeit mit Amanda Bosch. Vermutlich werden da Erinnerungen wach.»

Charles nahm einen Streifen Roastbeef von seinem Sandwich und ließ es in Knolles aufgesperrte Schnauze fallen. «Aber bestimmt kann er doch Mallory von seiner Besitzerin unterscheiden?»

«Tiere reagieren manchmal ganz stark auf visuelle Reize», sagte Henrietta. «Als ich neulich im Tierheim war, kam ich an einem Käfig vorbei, in dem eine Katze verrückt spielte. Sie streckte die Pfoten durchs Gitter und schrie zum Gotterbarmen. Das macht sie immer, wenn eine Frau mit langen Haaren vorbeikommt, wurde mir gesagt. Eigentlich hatte ich mir einen Hund holen wollen. Nach

Hause gekommen bin ich mit besagter Katze. Es war Liebe auf den ersten Blick. Wie bei Mallory und Knolle.»

«Was steht sonst noch in dem Roman?» Mallory stieß den Kater weg. Das mit der Liebe auf den ersten Blick war wohl in diesem Fall eine eher einseitige Angelegenheit.

«Nichts, was speziell auf einen deiner drei Verdächtigen hindeutet», sagte Charles. «Der Held macht sich nicht viel aus Frauen, schläft aber gern mit ihnen. Das hilft dir vermutlich nicht weiter. Was mit der Lüge gemeint sein könnte, geht aus dem Manuskript nicht hervor.»

«Das Persönlichkeitsprofil des Lügners paßt auf alle Verdächtigen», sagte Mallory. «Und bei allen geht es um einen hohen Einsatz, bei Richter Heart zum Beispiel um den Sitz im Obersten Gerichtshof. Andere Kandidaten sind schon an Kleinigkeiten wie einer Haschzigarette oder einem nicht angemeldeten Kindermädchen gescheitert. Ein einziger dunkler Punkt in seiner Vergangenheit könnte ihn die erhoffte Position kosten. Harry Kipling hat eine reiche Frau und einen Ehevertrag, der ihm kaum Luft zum Atmen läßt. Eric Franz war dabei, als seine Frau überfahren wurde, vielleicht hatte er dabei sogar seine Hand im Spiel.»

«Somit hätten wir einen Roman, den wir vor Gericht nicht verwenden können, aber keine hieb- und stichfesten Beweise. Bleibt der Kater. Aber falls es dir nicht gelingt, ihn so abzurichten, daß er dem Täter vor Gericht ins Bein beißt, ist er wertlos.»

«O nein.» Mallory warf dem Kater einen Blick zu, der kein Übermaß an Tierliebe verriet. «Der Kater und der

Roman locken den Täter aus dem Bau. Danach muß ich ihn dazu bringen, sich selbst zu belasten, und das könnte schwierig werden.»

«Und nicht ungefährlich», sagte Henrietta. «Wenn deine Theorie stimmt, hat der Täter schon einmal unter Beweis gestellt, daß er auch bereit ist zu töten, wenn er muß.»

«Ja, aber mein Täter hat im Gegensatz zu den meisten Psychopathen keine guten Nerven. Er hat das Verbrechen in Panik begangen, um ein anderes Delikt zu vertuschen.»

«Das kannst du nicht wissen», wandte Henrietta ein. «Daß es kein vorsätzlicher Mord war, spielt keine Rolle. In seiner Phantasie kann er sie schon tausendmal umgebracht haben. Vielleicht ist es ein Monteur oder Wartungsingenieur, der sie nur von seiner Arbeit her kennt. Und sein Aussehen, sein Verhalten in der Öffentlichkeit verrät den Soziopathen nicht. Der Mann kann durchaus krankhaft veranlagt und gefährlich sein und trotzdem in seinem Umfeld als völlig normaler Mensch akzeptiert werden.»

«Ein Soziopath wird in seinem Umfeld nie als völlig normaler Mensch akzeptiert.»

«Doch, bestimmt», sagte Henrietta ungewohnt hartnäckig. Aber dann dämmerte ihr wohl, daß hier jemand aus eigener Erfahrung sprach, und sie ließ das Thema auf sich beruhen.

«Wir wissen jetzt also, wer oder was er nicht ist», sagte Mallory. «Wie ernst kann ich eine Lüge als Motiv nehmen? Wenn ich sämtliche Bewohner der Coventry Arms unter die Lupe nehmen würde, ließen sich bei allen irgendwelche dunklen Punkte finden. Aber was für eine Lüge treibt einen Menschen so weit? Er hat schon einmal die Nerven verloren. Ich will erreichen, daß es ihm noch mal passiert.»

«Käme auf die Lüge an», sagte Henrietta. «Ein Mensch kann sein ganzes Leben auf Lügen aufbauen.»

«Aber welche Strippen soll ich ziehen? Wie bringe ich ihn zum Reden?»

«Wenn du ihm angst machst, sagt er womöglich gar nichts. Besser ist es, ihn in Wut zu bringen. Eine Enthüllung im Zorn ist mehr wert. Wenn es der Täter war, der dem Kater das Tanzen beigebracht hat, ist vielleicht auch Lust an der Macht im Spiel. Machthunger ist der Ursprung von Frauenhaß und Auslöser für viele besonders gewalttätige Verbrechen an Frauen. Wenn so ein Mensch bei einer Lüge ertappt wird, brennt ihm sehr schnell mal die Sicherung durch. Was für Typen neigen deiner Meinung nach besonders zu pathologischen Lügen?»

«Jeder Mensch lügt», sagte Mallory.

«Wirklich jeder?» hakte Charles nach.

«Du nicht, Charles, ich weiß. Aber du könntest es auch gar nicht, du hast nicht das Gesicht dafür. Moment, das nehme ich zurück. Du hast die Vase präpariert. Das war gewissermaßen eine stillschweigende Lüge.»

«Eine normale Testsituation.»

«Und?»

«Okay, eine stillschweigende Lüge. Ich wette, daß Helen nie gelogen hat.»

«Nur, wenn sie es gut mit jemandem meinte. Aber sie hat es mit so vielen Leuten gut gemeint...»

«Markowitz hat nie gelogen.»

«Der? Und ob! Er war ein Meisterlügner. Er hat den Bürgermeister belogen und den Polizeipräsidenten, bei jeder Pressekonferenz hat er das Blaue vom Himmel heruntergeschwindelt. Er –»

«Schon gut. Jeder Mensch lügt.»

Arthur, der Portier, las Zeitung, als Mallory mit Knolle auf dem Arm von der Garage her auf den Eingang der Coventry Arms zukam. In diesem Moment fuhr ein Taxi vor. Er setzte rasch die Brille ab und schob sie unter das Blatt. Beflissen lächelnd machte er die Tür des Taxis auf. Im Vorbeigehen warf Mallory einen raschen Blick unter die Zeitung.

Bifokalgläser. Ein unansehnlicher kleiner Bursche, der aus Eitelkeit gern mal auf die Brille verzichtete. Interessant.

In der Halle trat sie an das breite Fenster, das auf die Straße hinausging. Ein Hausbewohner näherte sich. Als Moss White, der Talkmaster, die vier Meter entfernte Bank erreicht hatte, schaltete Arthur sein beflissenes Lächeln ein.

Demnach konnte er zumindest bis zu der Stelle, wo Amanda am Tag vor ihrem Tod gesessen hatte, Personen und Gegenstände klar erkennen.

Was hatte Amanda an jenem Tag gesehen? Was hatte sie so sehr erschreckt, daß sie weggerannt war? Und wieviel

Gewicht hätte Arthurs Aussage vor Gericht? Sie würde sich noch einmal mit ihm unterhalten müssen.

Als sie die Wohnung der Rosens betrat, hatte sie das deutliche Gefühl, nicht allein zu sein. Auch Knolle spürte es. Er schnurrte nicht mehr, sondern zuckte unruhig mit den Pfoten und sah sich nach allen Seiten hin um.

Im Schlafzimmer wurde ein Möbelstück gerückt, dann fing ein Staubsauger an zu jaulen.

«Hallo, Miss.» Sarah, die Putzfrau der Rosens, stellte den Staubsauger ab. In der Toilette ging die Wasserspülung. Die Tür öffnete sich, und auf der Schwelle stand Justin Riccalo und lächelte vorsichtig. Das Lächeln erlosch, als Mallory ihm demonstrativ den Rücken kehrte.

«Sie haben hoffentlich nichts dagegen, Miss», sagte Sarah. «Er stand draußen und hat gesagt, daß er zu Ihnen will. Und daß er mal auf die Toilette muß. Das geht doch in Ordnung?»

«Aber ja.» Mallory sah jetzt den Jungen an, der sie täglich mehr beschäftigte. Sie spürte sich ihm auf eine ganz seltsame, irrationale Weise nahe. Als hätten sie gemeinsame Erfahrungen. Als wüßte sie dunkel, was ihm geschehen war, weil sie Ähnliches erlebt hatte.

«Hier bin ich fertig.» Sarah rollte die Schnur auf. Bis sie das Schlafzimmer verlassen hatte, blieb alles still.

«Wie bist du an dem Portier vorbei ins Haus gekommen, Justin?»

«Ich bin einfach hinter einem Mann und einer Frau hergegangen. Der Portier hat wohl gedacht, daß ich zu ihnen gehöre.»

«Und woher wußtest du, daß ich hier wohne?»

«Aus dem Telefonbuch.»

Sie schüttelte nachdrücklich den Kopf.

Der Staubsauger jaulte jetzt im Wohnzimmer.

»Na gut... Ich war dabei, als meine Stiefmutter Ihnen neulich nachgegangen ist.»

«Du warst das also...» Sie hatte gespürt, daß sie beobachtet wurde, aber die Stiefmutter hatte nichts von Justin gesagt, und der hatte sich offenbar bewußt im Hintergrund gehalten.

«Der Fahrstuhlführer hat mich hochgebracht. Draußen hab ich die Putzfrau getroffen und ihr gesagt, daß Sie mich erwarten.»

Er fand sich offenbar sehr gut, aber das erwartete Lob blieb aus.

Die Hände in den Taschen seiner Daunenjacke vergraben, wippte er auf den Ballen und besah sich das Schlafzimmer mit dem gerüschten Himmelbett, den Chintzpolstern und Nippes. «So hab ich mir das bei Ihnen nicht vorgestellt.»

Unter Mallorys anhaltendem Schweigen schmolz seine Selbstsicherheit dahin.

Mallory horchte dem Summen von Sarahs Staubsauger nach. Vom Wohnzimmer her roch es nach Möbelpolitur und Ammoniak.

Als die Wohnungstür hinter Sarah ins Schloß gefallen war, sagte er: «Ich brauche jemanden, mit dem ich reden kann. Aber mir hört ja keiner zu.»

«Ich höre dir zu, Justin, aber du mußt die Karten auf den

Tisch legen. Vermißt deine Stiefmutter vielleicht Nylonstrümpfe?»

«Woher wissen Sie das?»

«Hat sie gesagt, du hättest sie ihr gestohlen?»

«Noch nicht. Aber heute früh hab ich einen zerrissenen Strumpf in meiner Kommode gefunden. Keine Ahnung, wie der dahin gekommen ist.»

Was verband sie mit diesem Kind? Eine vage, nicht greifbare und lange zurückliegende Erinnerung... Er war ein Lügner, vielleicht hatte es auch damit etwas zu tun.

«Wenn du mir ehrlich sagst, was hier gespielt wird, helfe ich dir.»

«Sie denken, daß ich die Bleistifte durch die Luft fliegen lasse. Sie und alle anderen. Aber wieso? Was wissen Sie denn von mir? Doch nur das, was mein Vater Ihnen über mich erzählt hat.»

«Ich weiß eine Menge über dich, Justin. Zum Beispiel, daß du als cleverer Knabe inzwischen begriffen hast, wie man diese Kunststücke macht, aber dich in Schweigen hüllst. Entweder du steckst selbst dahinter, oder du hast Angst vor deinem Vater – oder beides. Vielleicht ist es ja auch deine Stiefmutter, und du sagst nichts, weil es dir Spaß macht, deinen Alten zappeln zu lassen.»

Sie sah sich seine Sachen an, das glatte, rosige Gesicht, die heilen Knie. Die Laufschuhe waren neu und völlig sauber.

«Du bist ein Einzelgänger. Hast keine Freunde, treibst keinen Sport.»

Er stand sehr gerade, mit straffen Schultern.

«Du hast in der Schule militärischen Drill gelernt.» Er nickte zustimmend. «Und du verheimlichst mir etwas. Aber wenn du hinter dieser Show mit den fliegenden Bleistiften steckst, komme ich dir schon noch drauf.»

«Was für einen Grund sollte ich denn haben? Alles wissen Sie eben auch nicht. Zum Beispiel, daß das Geld meiner Mutter –»

«– für dich in einem Treuhandfonds angelegt ist. Den Fonds kontrolliert dein Vater.»

«Und mich auch.»

«Ich an deiner Stelle hätte mich ja auf ihn konzentriert. Der Mistkerl hätte bei mir keine Chance gehabt.»

«Mistkerl ist der richtige Ausdruck. Ich mache mir echt Sorgen um meine Stiefmutter.»

Mallory sah ihn an. Er log schon wieder.

«Ja, okay», räumte Justin schließlich ein. «Sie hat einen Knacks.»

«Wie war deine richtige Mutter?»

«Wie meine zweite, und meine zweite war wie die dritte. Sie hatte Angst vor allem und jedem. Mein Vater ist auf einen Typ festgelegt.»

«Hatte deine richtige Mutter auch vor dir Angst?»

Justin steckte die Hände tiefer in die Taschen, zog den Kopf ein, ließ die Unterlippe hängen und seufzte frustriert.

Knolle kam herein. Mallory warf ihm einen warnenden Blick zu, und er setzte sich neben den Jungen. Jetzt waren zwei Augenpaare auf sie gerichtet. Beide erwarteten etwas von ihr.

«Laß den Kater nicht raus, wenn du gehst», sagte Mallory nur und drehte beiden entschlossen den Rücken zu. Zu dumm, daß die Videokamera nicht gelaufen war. Es war vielleicht doch besser, sie auf Dauerbetrieb zu schalten für den Fall, daß sie wieder mal unangemeldeten Besuch bekam.

Die Wohnungstür schloß sich leise.

«Einen Drink, Charles? Komm, mir zuliebe ...»

Effrim Wilde öffnete die Rauchglastür einer blitzenden Hausbar mit funkelnden Gläsern und einer stattlichen Flaschenbatterie. «Eleanor hat gesagt, ich soll nicht trinken, wenn ich solo bin, das sei der sicherste Weg zum Alkoholismus.»

Er wandte sich ab, als gälte es, das Mixrezept eines Whisky-Soda vor unbefugten Blicken zu hüten.

«Eleanor ist also wieder da?»

«Ja. Sie hatte ein schlechtes Gewissen, weil ich nun mit meinem Whisky, meinen Zigaretten und gutem Essen allein dasaß. Eine wahre Heilige, die Frau. Übers Wochenende habe ich ausschließlich von kalorienarmem Tapetenkleister gelebt.»

Er reichte das eine Glas Charles und ging mit dem anderen zu seinem Sessel. Zwischen ihnen war die Rauchglasplatte des Schreibtisches, unter ihnen hochfloriger Teppichboden.

Die Wände von Effrims Büro waren frisch gestrichen, in einem kränklich gelbgrünen Ton, den er wohl nur aushalten konnte, weil er täglich nicht mehr als ein paar Stunden hier verbrachte und ansonsten recht angenehm damit beschäftigt war, bei üppigen Geschäftsessen die Vorsitzenden von Spendenausschüssen und andere Geldgeber für sich zu gewinnen. Überall scharfe Kanten, kaltes Metall, spiegelndes Glas. An den Wänden hing moderne Kunst: zornig-rote geometrische Formen und rabiate schwarze Striche. Das Büro sagte mehr über Eleanor als über Effrim aus.

«Weiß Eleanor, daß du dich neuerdings für miese Zauberkunststücke interessierst?»

«Der Junge ist also ein Schwindler?» Effrim heuchelte Überraschung. «Hoffentlich war die Erfahrung für dich nicht ganz wertlos.»

«Noch bin ich nicht fertig mit ihm. Ich brauche ein paar Unterlagen von euch.»

«Wende dich an meinen Assistenten. Die russischen und chinesischen Untersuchungsmethoden sind übrigens wirklich etwas lasch.»

«Ich brauche die chinesischen Unterlagen über die Sukkubus-Experimente.»

«Hat der Junge sein Programm ausgeweitet?»

«Das nicht. Aber ich verfolge da noch einen anderen Gedankengang ...»

«Ich dachte, dieses bizarre Zeug ist nicht dein Fall. Bist du auf etwas Bestimmtes aus?»

Charles rief sich mit seinem fotografischen Gedächtnis eine Seite aus einer Fachzeitschrift ins Gedächtnis, projizierte sie an die Wand hinter Effrims Kopf und überflog sie rasch. «Es gibt da das Experiment eines asiatischen Mönches, der sich unter Laborbedingungen einen Menschen erschaffen hat. Die Illusion war so echt, daß er seinem Schöpfer sogar blaue Flecken verpaßt hat.»

«Wenn du wieder zu uns kommst, Charles, dann kannst du nach Herzenslust in solch verrückten Sachen wühlen.»

«Verdankst du den Löwenanteil deiner Institutsgelder immer noch Leuten wie Riccalos Arbeitgeber? Mallory hat mir erzählt, daß der Mann nicht nur in Spendenausschüssen sitzt, sondern sich mit unsauberen Immobiliengeschäften befaßt, bei denen hauptsächlich ältere Mitbürger über den Tisch gezogen werden.»

«Er ist nie verhaftet, geschweige denn angeklagt oder verurteilt worden. Nach New Yorker Maßstäben ist er ein vorbildlicher Bürger. Daß wir uns auch nie über die Finanzierung des Instituts einigen können, Charles! Von Rechts wegen müßte ich noch einen Orden dafür kriegen, daß ich diesen Leuten das Geld für einen guten Zweck abknöpfe. Aber ich bin durchaus flexibel. Wenn du wieder zu uns kommst, will ich mich gern nach anderen Geldquellen umsehen.»

«Besten Dank, aber mir geht es nur um die chinesischen Unterlagen ...»

«Dein Verstand verkümmert da draußen unter diesen geistigen Nieten, Charles. Du gehörst hierher. Ich verdreifache die Mittelzuweisung für deine Abteilung –»

«Tut mir leid, aber –»

«Es ist kalt da draußen, Charles.»

«Da draußen» – das war für Effrim das Leben außerhalb seiner Denkfabrik. Vermutlich, sagte sich Charles, hat er damit gerechnet, daß es mir eines Tages zuviel werden würde, mich unter Menschen zu bewegen, in deren Augen ich exzentrisch und unangepaßt bin.

«Können wir dem Vater des Jungen einen positiven Bescheid geben?»

«Ich halte es nicht für ausgeschlossen, daß Robert Riccalo hinter diesen Aktivitäten steckt. Ich traue ihm nicht über den Weg. Ebensowenig wie dir übrigens ...»

Eine Stunde später klappte Charles in seinem Wohnzimmer die Mappe mit den Unterlagen über das chinesische Experiment zu.

In der tiefer werdenden Dämmerung hatte er plötzlich ganz deutlich ein Bild aus seiner Kindheit vor Augen. Eine knusprig braun gebratene Gans stand, umgeben von feinem Porzellan, funkelndem Silber und brennenden Kerzen, auf dem weiß gedeckten Tisch. Der Stuhl neben Malachai – Louisas Stuhl – war leer. Die Erwachsenen hatten Wein getrunken und lachten miteinander, im Hintergrund spielte heitere Mozartmusik, und der kleine Charles erkannte ganz deutlich, wie sich Louisas Lippen auf die von Malachai legten.

Noch war Amanda Bosch nur zweidimensional, nicht körperlich greifbar. Noch war er, Charles, also nicht akut gefährdet, nicht übergeschnappt. Er hatte nur ein bewegliches Bild geschaffen, das als ein etwas ausgefallenes Produkt seines eidetischen Gedächtnisses gelten mochte.

So weit, so gut.

Das rote Blinklicht meldete, daß auf dem Gerät des Richters ein Fax eingegangen war. Dank der geänderten Schaltung wurde das Antragsformular für eine Kreditkarte auf Mallorys PC umgeleitet. Sie las es mit dem Scanner in ihren Computer ein, formatierte es um, tippte ihren eigenen Text und kopierte das Schreiben für Harry Kipling, der auch ein Faxgerät besaß.

Sie kannte die beiden inzwischen gut genug, um ihnen Faxterror maßgeschneidert ins Haus zu liefern. Ob der Blinde von dem Drucker mit Blindenschrift Gebrauch machte, der, wie sie vom Hausmeister wußte, an seinen PC angeschlossen war? Sie tippte auch für ihn eine Nachricht: ICH BIN DIR AUF DEN FERSEN. KANNST DU MICH HÖREN? KANNST DU MICH SEHEN? KANNST DU SEHEN?

Das Schnurren zu ihren Füßen irritierte sie. Knolle sah aus genüßlich zusammengekniffenen Augen zu ihr hoch. In diesem Moment klirrte es in der Küche. Sie griff nach ihrem Revolver, und der Kater hob witternd die Nase.

Vor dem Küchentisch lagen Glasscherben in einer Wasserlache. Sie überprüfte alle Schränke, jedes nur mögliche Versteck. Das Streichholz fiel ihr ein, mit dem Charles die Vase in seinem Büro präpariert hatte, und sie suchte nach Holzstückchen oder ähnlichen kleinen Gegenständen. Nichts.

Der Junge war clever, aber wirklich zaubern konnte er natürlich nicht. Das Glas mußte von selbst heruntergefallen sein. Trotzdem war sie sehr nachdenklich, als sie die Scherben zusammenfegte und den Boden trockenwischte.

Von nebenan hörte sie es poltern. Knolle stand bukkelnd vor der Obstschale, die er heruntergeworfen hatte. Als ein Apfel auf ihn zurollte, wich er zurück, als stünde der Teppich in Flammen. Mallory schnippte mit den Fingern. Prompt sprang er an ihr hoch und in ihre Arme.

Ein neuer Trick?

Sie setzte ihn ab, schnippte noch einmal mit den Fingern. Sekunden später hatte sie Knolle wieder auf dem Arm.

Was kannst du noch, du Biest?

Sie ließ ihn fallen und sammelte die Wachsfrüchte ein. Der Kater wich ihr nicht von der Seite und bettelte mauzend um eine kleine Zärtlichkeit.

Einer so ordnungs- und sauberkeitsliebenden Frau wie Helen Markowitz kamen Tiere natürlich nicht ins Haus, aber wenn sich eine streunende Katze im Garten sehen ließ, konnte sie sicher sein, bei Helen satt zu werden. Einmal hatten sie im Winter zehn Tage lang einen Mischlingshund in der Garage beherbergt, der Helen die Hand geleckt und sie aus großen braunen Augen seelenvoll angesehen hatte.

Helen hatte der kleinen Kathy die Spuren der Mißhandlungen auf dem Hundefell gezeigt. *Von einem Tier kannst du viel über seinen Besitzer erfahren*, hatte sie gesagt. In diesem Fall hatte das dazu geführt, daß eines Tages der Anhänger mit Namen und Adresse vom Hundehalsband des Mischlings verschwunden war und Helen den Flüchtling bei einer befreundeten Familie in der Nähe unterbrachte.

Nicht der Hund hat sich verlaufen, hatte Helen zu Kathy gesagt, *sondern der Mensch, der ihn gequält hat, ist in die Irre gegangen.*

Arschloch, Drecksack, Scheißkerl – solche Ausdrücke, die Kathy und Markowitz mit der größten Selbstverständlichkeit benutzten, hätte Helen nie in den Mund genommen. Für sie war der Mensch, der seinen Hund blutig geschlagen und ihm die Knochen gebrochen hatte, nur in die Irre gegangen. *Jeder Mensch hat seine dunkle Seite*, hatte Helen gesagt. *Erst wenn das Dunkel alles Licht in seiner Seele löscht, ist er verloren.*

Der Kerl ist trotzdem ein Drecksack, hatte Kathy bei sich gedacht und hätte dem Hundebesitzer einen kräftigen Tritt in die Rippen gegönnt. Ihr Begriff von Gerechtigkeit war schlicht und geradlinig, und daran hatte sich im Lauf der Jahre nicht viel geändert. Nur Helen zuliebe hatte sie so getan, als hätte sie auch eine lichte Seite.

Mallory streckte eine Hand aus und streichelte Knolles Kopf. Das wäre in Helens Sinn gewesen. Knolle schloß beseligt die Augen. So, die lästige Pflichtübung war absolviert. Sie wischte sich die Hand an einem Hosenbein ab. Der Kater riß verstört die Augen auf und sah sich nach Mallory um, die unbegreiflicherweise von einer Sekunde zur anderen verschwunden war.

Die Akte Amanda Bosch hatte einen Ehrenplatz ganz oben auf Rikers Papierbergen. Im Augenblick kramte er in einem der Schreibtischfächer nach den Fotos des Tatorts im Park, war aber in seiner provisorischen Ablage ein paar

Schichten zu tief geraten und hielt nun die Aufnahme von Kathys Abschlußfeier an der Polizeiakademie in der Hand.

Neben ihr auf dem Bild stand stolz lächelnd Helen Markowitz. Damals hatte sie noch nicht gewußt, daß sie den Krebs in ihrem Körper trug, der schon ein Jahr später ihrem Leben ein Ende machen sollte. Markowitz hatte den Verlust nie verwunden. Wäre Kathy nicht gewesen, wäre er Helen sicher schon vor Jahren gefolgt.

Wie gefaßt sie in diesen Tod gegangen war! Bei klarem Bewußtsein. Ohne Gegenwehr. Auf leisen Gummirollen war die Frau von Inspektor Markowitz in den sterilen OP gebracht worden. Zurückgebracht hatte man ihnen eine Tote.

Es war alles erstaunlich geräuschlos abgelaufen. Mit gedämpfter Stimme hatte der Arzt zu Markowitz und Kathy gesagt, es tue ihm sehr leid. Doch im Klartext bedeutete das schlicht und einfach: Aus und vorbei, Endstation. Da saßen sie nun in dieser schrecklichen Stille auf einem billigen Plastiksofa im Wartezimmer, zwei unwichtige Nebendarsteller in einem Stück, das kein richtiges Ende gehabt, das sich in unverständlichem Gemurmel verloren hatte und bei dem kein Vorhang fiel.

«Beschiß!» hatte Kathy damals zu Riker gesagt, und der war ganz ihrer Meinung gewesen.

Jetzt aber stand jemand vor Rikers Schreibtisch, der zu rücksichtsvoll war, um ihn zu stören, und deshalb nur ganz diskret mit den Füßen scharrte.

Riker sah zu dem lächelnden Charles hoch. Schon wieder etwas, was ihn an alte Zeiten erinnerte. Auch bei

Markowitz hatte man, und wenn einem noch so schwer ums Herz gewesen war, unwillkürlich zurücklächeln müssen.

«Holen Sie sich einen Stuhl, Charles. Warten Sie auf Mallory?»

«Nein. Jack Coffey wollte mich wegen Amanda Bosch sprechen.»

«Wahrscheinlich denkt er, daß Mallory ihm irgendwas verschweigt. Aber Coffey legt bei Mallory auch nicht alle Karten auf den Tisch, und von mir erfahren beide manches nicht. Na ja, bleibt letztlich alles in der Familie... Sie haben doch nichts ausgequatscht?»

«Natürlich nicht.»

Mallory verschwieg also tatsächlich etwas.

«Was kann ich für Sie tun, Charles?»

«Coffey hat mir erzählt, daß es Ihre Idee war, Mallory den Fall zu geben. Darf ich fragen, warum?»

«Wegen Amanda Bosch. Wenn eine so junge Frau stirbt, muß man einfach ein Zeichen setzen. Und Mallory ist so mit das Schlimmste, was man dem Täter antun kann.»

«Aber es ist gefährlich.»

«Wenn ihre Theorie stimmt, braucht sie ihn nur aus dem Bau zu locken.»

«Machen Sie sich keine Sorgen um Mallory?»

«Nein», schwindelte Riker, denn er hatte Charles ehrlich gern.

«Aber so wie sie es anpackt, könnte sie ebensogut –»

«Ohne Beweise können wir niemanden einbuchten. Manchmal wissen wir, wer es war, können aber den Täter nicht festnageln. Manchmal müssen wir einen Mörder laufen lassen. Zum Glück nicht oft. Aber ich wette, Mallory schnappt sich den Dreckskerl. Ich hab hundert Mäuse auf das Mädel gesetzt.»

«Aber damit wird sie praktisch zur lebendigen Zielscheibe!»

«Jeder Cop ist eine Zielscheibe. Und jetzt läßt sie sowieso nicht mehr locker. Glauben Sie wirklich, bei Ihnen im zivilen Leben wäre sie sicherer? Der Fall ist eine Traumnummer für sie, Charles. Dagegen kommen Sie mit Ihrer zahmen Consultingfirma nicht an.»

«Ich weiß.» Charles sah auf seine Schuhspitzen. «Aber sie braucht Beweise, die vor Gericht Bestand haben, und sie arbeitet gern am Rand der Legalität.»

«Mallory wird sich, wenn es sein muß, über sämtliche Vorschriften hinwegsetzen, und ich bin inzwischen schon fast so weit wie Markowitz und finde das gut.»

«Und was wird aus ihrem Job, wenn man sie bei diesen Tricks erwischt?»

«Dazu muß man wissen, wie Markowitz sie eingesetzt hat. Sicher, der Alte hatte Sie gern, Charles, aber von dem, was im Dezernat lief, hat er bestimmt nicht viel rausgelassen. Wer sich hier stur an die Vorschriften hält, kommt nicht weit. Mallory hat ihm beschafft, was er brauchte, auch die unmöglichsten Dinge, und er hat nie gefragt, ob das, was sie gemacht hat, legal war oder nicht. Das, was sie auf illegale Art bekommen hat, war zwar vor Gericht nicht zu gebrauchen, eignete sich aber bestens dazu, einen Täter weichzukochen. Mallory weiß etwas über diesen Mörder.

Sie hat ein Gespür für so was. Zum Schluß hat sie ihn so weit, daß er denkt, sie hätte ihm über die Schulter gesehen, als er Amanda Bosch fertiggemacht hat. Mallory kriegt ihn, davon bin ich fest überzeugt.»

«Sie ist genauso verwundbar wie andere Menschen auch.»

«Darauf sind wir zuerst auch alle reingefallen, Charles. Eine so schöne, junge Frau, ein Engelsgesicht ... da regt sich natürlich der Beschützerinstinkt.»

Charles nickte so lange vor sich hin, daß Riker ihn sacht am Arm packte und schüttelte, um ihn in die wirkliche Welt zurückzuholen. In jene unheimliche Welt, in der Mallory sich bewegte.

«Sie hat unwahrscheinlich kalte Augen», sagte Riker ziemlich laut. «Wer die sieht, kriegt das große Zittern, auch wenn er nicht an der Flasche hängt wie ich. Sie hat einen schweren Revolver und schießt phantastisch. Ich schätze, Sie könnten ohne Gebrauchsanweisung so eine Kanone nicht mal laden, Charles.»

Riker lehnte sich zurück und legte die Füße auf den Schreibtisch, während Charles versuchte, logisches Denken und seine hoffnungslose Liebe zu Mallory auf einen Nenner zu bringen. Ob Mallory wußte, wie es um Charles stand? Anzunehmen, dachte Riker. Und das nutzt sie weidlich aus.

«Schön, daß Sie vorbeigekommen sind, Charles», sagte er leise. «Hoffentlich sehen Sie jetzt ein bißchen klarer.»

Charles landete, als er bei Robin Duffy hielt, mit seinem Wagen fast auf dem Gehsteig, so sehr war ihm der Anblick der Menora und des Weihnachtsbaums im Haus gegenüber in die Glieder gefahren. Da drüben hatten Louis und Helen Markowitz gewohnt. Und die waren beide tot.

Robin stand im warmen Licht der geöffneten Haustür. Frisch gefallener Schnee knirschte unter Charles Butlers Sohlen, als er durch den Vorgarten ging.

Nachdem er Robin begrüßt hatte, warf er noch einen Blick zu dem Haus mit der Weihnachtsbeleuchtung hinüber.

Robin lächelte zufrieden. «Wie in alten Tagen... Kathy weigert sich strikt, das Haus zu verkaufen.»

«Sie dürfte die einzige sein, die in der Upper West Side wohnt und sich ein Sommerhaus in Brooklyn leistet», sagte Slope, der aufgestanden war und Charles einen freundschaftlichen Schlag auf die Schulter gab. «Sie hatte eben schon immer einen Dickschädel.»

«Aber sie benutzt das Haus doch gar nicht», wandte Robin ein. «Sie kommt nie her. Deshalb ist es mir so wichtig, daß es bewohnt wirkt. Lou hat für Kathy immer einen Baum geschmückt. Ohne Weihnachtsbaum käme mir das Haus ganz fremd vor.»

«Einen Chanukkabusch», verbesserte Rabbi David Kaplan, der gerade alles, was man für ein zünftiges Sandwich brauchte, aus der Küche brachte. «Louis hat Stein und Bein geschworen, es wäre ein Chanukkabusch.»

«Ich habe den Baumschmuck aufgehängt, den sie an

ihrem ersten Weihnachten mit Kathy hatten», sagte Robin.

«War das der, den Kathy im Kaufhaus geklaut hatte?» fragte Slope und mischte.

«Streng juristisch betrachtet...» – Robin war nicht nur Louis Markowitz' Freund, sondern auch sein Anwalt gewesen – «...ist die Sache, weil Helen ja dem Kaufhaus den Schaden ersetzt hat...»

«Schwamm drüber», sagte Edward. «Setzt euch doch. Erzähl mal, was du da drüben noch gemacht hast, Robin.»

Sie saßen zu viert am Spieltisch, prüften ihr Blatt, tauschten Senf gegen Mayonnaise, reichten Aufschnitt und Gewürzgurken, Weißbrot und Graubrot herum. Kronenkorken kullerten über die Tischplatte, während Robin ihnen einen Vortrag über die Schwierigkeiten elektronischer Zeitschaltgeräte hielt.

«Ich habe für alle Räume Zeitschaltuhren gekauft», sagte er und legte eine Karte ab in der Hoffnung, eine bessere zu ergattern. «Die Küchenlampe habe ich so eingestellt, daß sie um Viertel vor acht ausgeht, da war Helen meist in der Küche mit allem fertig.»

Slope gab Robin eine und dem Rabbi zwei Karten. «Robin ist richtig high, weil er endlich einen Timer gefunden hat, bei dem sogar er als Jurist die Gebrauchsanweisung versteht.»

«Am besten finde ich die Lampe, die nach den Abendnachrichten in Louis' Arbeitszimmer angeht. Dort im Giebelfenster.» Robin deutete mit der Bierflasche hinüber und schob die Karte in sein Blatt.

Ob er damit seine Chancen verbessert hatte, konnte Charles ihm auch diesmal nicht ansehen, während umgekehrt für die anderen die Zusammensetzung *seines* Blattes stets ein offenes Geheimnis war. Mit einem Blick auf die Lichterkette, die über dem Vordach von Louis Markowitz' Haus blinkte, sagte er: «Zuerst hab ich gedacht, das wäre Mallorys Werk.»

«Eine gefühlvolle Regung, meinst du?» Edward musterte über seine Karten hinweg Charles mit einem ärztlich besorgten Blick.

Als Charles nickte, verdrehte Edward die Augen. «Mit der sentimentalen Vorstellung von der Revolverheldin mit dem goldenen Herzen liegst du völlig falsch, mein Freund! Ich bin ja nun wirklich ein erfahrener Mediziner – aber ein schlagendes Herz habe ich bei Mallory noch nie wahrgenommen.»

«Sie hat Helen geliebt», wandte Rabbi Kaplan ein, der donnerstags das milde Lächeln meist hinter der Maske des ausgebufften Pokerspielers verschwinden ließ.

«Zugegeben. Auf ihre Art hat sie sogar Louis geliebt.» Edward legte seine Karten hin.

«Kann man das ohne Herz?» Der Rabbi legte seine Karten neben Robins aufgefächerte Hand und kassierte den ersten Pott des Abends. «Die elektrische Menora im Fenster war eine gute Idee, Robin.»

Während Robin zur nächsten Runde gab, fragte Charles: «Ist sie mit beiden Religionen aufgewachsen?»

«Kathy hat mit keiner Religion was am Hut. Wir glauben, daß sie für die Gegenseite arbeitet.»

«Wie du redest...», sagte der Rabbi. «Sie ist doch keine Kriminelle!»

«Ach nein?» Edward knallte seine Karten auf den Tisch. «Jetzt mutet sie mir auch noch einen handfesten Diebstahl zu. Ich soll die persönlichen Notizen eines meiner Mitarbeiter an mich bringen und sie Charles übergeben. Bei der Polizei gibt es zuviele undichte Stellen, sagt sie. Dabei will sie nur Jack Coffey umgehen.»

«Coffey sollte sich freuen, daß sie ihn nicht mit reinzieht», sagte Robin. «Markowitz war immer heilfroh, wenn er nicht so genau wußte, was sie gerade am Laufen hatte.»

Edward zog ein Bündel zusammengefalteter Blätter aus seiner Hüfttasche und schob sie Charles hin. «Hier hast du das Zeugs. Kein Mitarbeiter gibt so was gern aus der Hand, weil er sonst ganze Tage vor Gericht vertrödelt, um etwas zu vertreten, was im Grunde nur ins Unreine gesprochen war.»

Charles hatte einen Straight Flush. Die anderen Spieler folgten Edwards Beispiel und legten die Karten hin. Woher wußten sie bloß immer so genau Bescheid? Gut möglich, daß die viermal fünfundzwanzig Cents, die im Pott lagen, sein einziger Gewinn bleiben würden. «War es denn was Interessantes?»

«Sie wollte den Bericht über den Tod von Richter Hearts Mutter haben. Ich habe zu ihr gesagt, daß wir niemanden hinschicken, wenn der Hausarzt anwesend ist, aber es hat sich dann herausgestellt, daß in diesem Fall doch ein Mitarbeiter von mir da war. Muß der Fehler eines unerfahrenen Mannes in der Zentrale gewesen sein. Die alte Dame hatte innerhalb eines Jahres zwei Knochenbrüche, aber alte Knochen sind nun mal nicht so stabil wie junge. Über eine Exhumierung können wir erst dann reden, wenn sie handfeste Beweise vorlegt, das kannst du ihr ausrichten, Charles. Mit einem schönen Gruß von mir.»

Robin Duffy legte einen Umschlag neben Charles Butlers Karten. «Das sind die Unterlagen über Eric Franz, die sie haben wollte. Das Protokoll der Verhandlung über den Verkehrsunfall, bei dem seine Frau ums Leben kam. Er hatte Streit mit ihr, als es passierte. Aber wenn man den Zeugen glauben darf, war er bis zu dem Moment, als das Auto sie erwischt hat, mindestens einen Meter von ihr entfernt und hat sie nicht angerührt.»

«Hat sie sich nicht auch für den Unfall interessiert, durch den Franz erblindet ist?» fragte Charles.

«Doch, natürlich», bestätigte der Arzt. «Der liegt inzwischen drei Jahre zurück. Franz hat eine siebenstellige Abfindungssumme kassiert. Die Operation, mit der man versucht hat, ihm das Augenlicht zurückzugeben, war zunächst erfolglos. Ehe die zweite Nachuntersuchung fällig war, hat er den Arzt gewechselt, und von dem liegt kein Bericht vor.»

«Ist es denkbar, daß Franz später doch wieder sehen konnte?»

«Der Kollege, der ihn operiert hat, hat ihm eine höchstens zwanzigprozentige Chance gegeben.»

«Wozu hätte er den Blinden spielen sollen?» wandte

Robin ein. «Als das Gericht ihm die Entschädigung zusprach, war er eindeutig blind. Wäre er später wieder sehend geworden, hätte man ihn nicht dazu zwingen können, die Summe zurückzuzahlen. Und das Geld, das er nach dem Tod seiner Frau von der Versicherung bekommen hat, wurde für einen wohltätigen Zweck gespendet. Ich würde sagen, der Mann hat eine saubere Weste.»

«Warum holt sich Kathy ihr Zeug eigentlich nicht selber ab, Charles?» fragte Edward.

«Sie wollte nicht mitkommen, weil sie von der Pokerrunde ausgeschlossen ist.»

«Soso...» Edward lächelte. «Ich will dir den wahren Grund verraten, Charles. Sie ist heute abend nicht hier, weil sie direkten Kontakt mit diesen Unterlagen vermeiden will.»

«Kluges Kind», sagte Robin mit fast väterlichem Stolz. «Diese Tricks hat sie von Markowitz. Keine lästigen Durchsuchungsbefehle, keine Spur, die der Anwalt der Gegenseite zurückverfolgen könnte.»

«Aber ist sie nun wirklich von der Pokerrunde ausgeschlossen?»

Die anderen drei sahen stur in ihre Karten und schwiegen sich aus.

«Warum?»

Robin hob den Kopf. «Wenn Helen abends mal wegging, hat Markowitz sie mitgebracht, und da hat sie immer so haushoch gewonnen, daß sie das Geld mit einer Schubkarre nach Hause schaffen mußte.»

«Wenn's hoch kam, hat sie mal dreißig Dollar bei einem

Penny-Einsatz gewonnen», verbesserte der Rabbi milde. «So entstehen Legenden.»

Charles mischte und gab Rabbi Kaplan die erste Karte. «Und was war der eigentliche Grund, Rabbi?»

«Du bist ein mißtrauischer Mensch, Charles.»

Die zweite Karte bekam Slope.

«Da sieht man Mallorys schlechten Einfluß...»

Und die dritte der Anwalt.

«Das Mädel ist mit einem Pokergesicht zur Welt gekommen. Gegen so was haben gewöhnliche Sterbliche keine Chance.»

Charles wartete höflich lächelnd auf eine überzeugendere Antwort.

Robin gab sich einen Ruck. «Kathy ging auf eine piekfeine private Mädchenschule. Da hat sie ihren Mitschülerinnen das Pokern beigebracht.»

Charles teilte die zweite Runde Karten aus.

«Und als es dann so weit kam, daß sie pro Woche etliche Scheinchen kassierte, bestellte die Direktorin Helen und Lou zu sich», sagte Edward.

Jetzt waren alle Karten verteilt.

«Wir waren unheimlich stolz auf unser Naturtalent, aber Helen war ziemlich unglücklich.»

«Das ist noch sehr vorsichtig formuliert», ergänzte der Rabbi, der nur einen flüchtigen Blick auf seine Karten geworfen hatte.

Edward legte sein Blatt hin. «Weil Kathy nicht von der Schule fliegen sollte, hat Lou die Schuld auf sich genommen. Er hätte sich einen Spaß daraus gemacht, sagte er zu der Schulleiterin, Kathy das Pokern beizubringen, es sei unüberlegt gewesen, das habe er inzwischen begriffen, aber Kathy sei sich einfach nicht bewußt gewesen, etwas Unrechtes zu tun.»

«Louis war ein begnadeter Lügner», sagte Robin. «Sogar Helen hat diese Erklärung geschluckt, und nun war sie ihm natürlich böse. Es war das erste und einzige Zerwürfnis zwischen den beiden. Kathy wußte, daß es ihretwegen war, aber sie war sich keiner Schuld bewußt. Schließlich hatte sie ja nicht mit gezinkten Karten gespielt oder so ...»

«Sie war einfach den Kindern, die sie schröpfte, um Lichtjahre voraus», bestätigte Edward. «Du hast Helen nicht gekannt, Charles, und kannst dir deshalb vielleicht kein richtiges Bild von der Beziehung zwischen ihr und Louis machen. Beim Essen hielten sie unter dem Tisch Händchen, und manchmal saßen sie bis früh um zwei beisammen und redeten.»

«Und dann wird es von einem Tag zum anderen still im Haus, weil Helen glaubt, daß Louis ihre Kathy verdorben hat. Louis war am Boden zerstört, aber er blieb bei dem, was er gesagt hatte. Kathy spürte die Mißstimmung, litt unter der lastenden Stille. In dieser Situation war sie nahe dran zu begreifen, was Recht und Unrecht ist.»

«Aber ganz hat sie es dann doch nicht gepackt», sagte Edward.

«Poker allerdings hat sie nie wieder gespielt. Sie hat sich selbst ausgeschlossen. Auch eine Art Buße.»

«Du liest zuviel in sie hinein. Kathy ist ein herzloses kleines Ungeheuer. Sie verdirbt jede –»

Das Telefon läutete. Es war ein Anruf für Robin. Als er aufgelegt hatte, wandte er sich an Charles. «Kathy hat eine Nachricht auf unserem Anrufbeantworter hinterlassen. Sie holt die Unterlagen selber ab.»

«Kathy kommt hierher? Wann?»

«Um halb neun.»

«Es ist jetzt fünf Minuten über die Zeit. Sie kommt sonst nie zu spät...»

«Herrgott, die Weihnachtsbeleuchtung», stieß Robin hervor. «Kathy hat ja keine Ahnung...»

Sie sahen alle gleichzeitig aus dem Fenster. Draußen stand Mallorys Wagen.

Edward Slope, der am lautesten gegen sie gewettert hatte, stürzte ohne Jacke aus dem Haus.

Und dann standen drei Männer in der kalten Nachtluft unter der Tür und sahen dem einen nach, der über die Fahrbahn hetzte.

Charles sollte später nie ohne schmerzliche Bewegung an diese Szene zurückdenken, die kristallklare Winterluft, Mallorys schönes Profil, das im Licht der Straßenlampen leuchtende Haar, ihre erschreckende Regungslosigkeit, die unheimliche Stille, in der nur die raschen Schritte des Arztes zu hören waren.

An Mallory bewegte sich nur der Atem, der als kleiner weißer Nebelfleck vor ihrem Gesicht waberte. Sie stand in dem frisch gefallenen Schnee des Vorgartens und betrachtete Menora und Weihnachtsbaum. Dann hob sie den Kopf. In Louis' Arbeitszimmer war das Licht angegangen.

Jetzt war Slope bei ihr, legte ihr die Hände auf die Schultern, sprach leise auf sie ein. Sie reagierte nicht. Ihr Blick war noch immer auf das Licht im Giebelfenster gerichtet.

Die Ex-Partnerin eines Cops ist wie eine Geschiedene, von der man nicht loskommt. Peggy fehlte ihm sehr, aber mit einer Kugel in der Lunge kann man den Polizeidienst vergessen. Den wöchentlichen Besuch in ihrer Bar aber hielt Riker so gewissenhaft ein wie ein guter Christ den sonntäglichen Kirchgang.

Er beobachtete sie unauffällig, während sie mit einem weißen Lappen den feuchten Ring von der Mahagonifläche wischte und das Kleingeld einsteckte, das der letzte Gast dagelassen hatte.

Man sah Peggy ihr Alter nicht an – aber dafür tat sie auch einiges. Eine blonde Tönung deckte das erste Grau im Haar ab, Hüften und Schenkel waren allenfalls eine Spur fülliger geworden. In der gedämpften Beleuchtung der Bar und aus einiger Entfernung wirkte sie fast unverändert.

Ja, das waren noch Zeiten gewesen, als Peggy eine junge Frau und er ein ganz passabler Kerl und fast immer nüchtern gewesen war, als sie eine Dienstmarke und einen Revolver gehabt hatte ... Aus und vorbei.

Er schätzte, daß die mittelalterliche Dame auf dem Barhocker neben ihm die einzige Zivilistin im Raum war. Sie hatte diesen unverkennbar wehleidig-sauertöpfischen Steuerzahlerblick. Andauernd wedelte sie sehr betont den

Rauch von sich weg und rückte dabei Riker viel zu nah auf die Pelle.

«Wußten Sie, daß Passivrauchen für Nichtraucher lebensgefährlich sein kann?» fragte sie.

«Kann mir nur recht sein», sagte Riker.

Die Frau griff sich ihre Handtasche und rückte ans andere Ende des Tresens, und Peggy brachte Riker lächelnd ein frisches Bier.

«Wo waren wir stehengeblieben?»

«Die ersten Alarmzeichen.»

«Richtig. Frühalarm gibt es immer im Geldbereich, aber das fällt ja in Mallorys Fach. Sie braucht nur die Kreditkartenabrechnungen nach Stammkneipen und Lieblingsrestaurants zu durchforsten. Auch der Beitritt zu einem Fitneßklub ist ein guter Hinweis. Die Kerls halten sich gern schlank und schön, wenn sie eine Neue haben. Und noch was: Kauft er sich neuerdings seine Unterwäsche selber? Scharfe Fummel womöglich?»

«Wie kommt es, daß die Frauen nichts merken, wenn es so viele Hinweise gibt?»

«Wer sagt denn, daß sie nichts merken? Männer sind da meist schwerer von Begriff, aber die Frauen wissen immer, was ihre Männer treiben, auch wenn sie sich hier ausheulen und mir weismachen, sie hätten keine Ahnung gehabt. Sie haben es ganz genau gewußt, von Anfang an. Aber sie wollten es nicht wahrhaben.»

«Na hör mal, Peggy, das ist denn doch –»

«Sie reden es weg. Und zwar um so verbissener, je mehr sie zu verlieren haben. Eine Frau ohne Kinder und ohne

Hypothek aufs Haus kann sich noch so was wie Galgenhumor leisten. Aber wenn acht Kids zu versorgen sind, setzt sie sich mit dem Mann zusammen und hilft ihm dabei, Ausreden zu erfinden, die sie ihm glauben kann.»

Riker holte sein Notizbuch heraus. In der Spiralheftung hatte sich eine silberne Kette mit Anhänger verfangen, die jetzt auf den Tresen fiel.

«Der Davidstern?» wunderte sich Peggy. «Du bist doch Protestant.»

«Nein. Alkoholiker.»

«Das sind so deine Aufsteigerträume, Riker. Was ein richtiger Alkoholiker ist, der geht zu Abstinenzlertreffen und Selbsthilfegruppen.» Sie gab ihm den sechszackigen Stern zurück.

«Sagen wir so: Ich bin ein ganz gewöhnlicher Suffkopp mit einem Hang zu Höherem.» Er betrachtete nachdenklich den Stern in seiner Hand. «Den hatte Lou Markowitz immer bei sich. Mallory hat ihn mir geschenkt.»

«Sentimentaler Trottel!»

«Trottel sagt Mallory auch immer zu mir, aber für sentimental hält sie mich nicht.» Er zückte seinen Stift. «Okay. Was verrät den ungetreuen Ehemann? Gehen wir mal davon aus, daß es das erstemal ist ...»

«Er ändert seine Gewohnheiten. Vielleicht geht er mit dem Hund Gassi, ohne daß sie ihn viermal dazu auffordern muß. Oder er versucht sich in einer neuen Sportart, einem Partnersport wie Tennis. Er macht Geschäftsreisen, die in seiner Stellenbeschreibung nicht vorgesehen sind ... Überstunden im Büro ...»

«Ist er ein guter Lügner?»

«Sie halten sich alle für begnadete Lügner, aber die Frauen sehen das natürlich ein bißchen anders. Schade, daß man sie nicht einfach fragen kann. Die Frauen, meine ich. Aber die meisten würden es einem wohl sowieso nicht sagen.»

In Rikers Notizbuch stand nur GASSIGEHEN.

«Glaubst du, daß Mallory mit ihrer Theorie richtig liegt? Daß der Täter die Nerven verloren hat und weggelaufen ist?»

«Ich denke, daß sie ihn unterschätzt. Sie hält ihn für einen Schlappschwanz, der schon rennt, wenn er eine Maus quieken hört.»

Er fand es gut, wenn sie quiekten. Aber noch besser war es, wenn sie richtig schrien.

Nutten. Alle Weiber sind Nutten.

Glaubte sie denn, er würde nicht merken, daß sie gegen ihn arbeitete? Wie leicht zu durchschauen, wie dumm sie war.

Er stand in der Dusche und ließ sich vom Wasser und von seinem Haß überspülen. Danach stellte er sich vor den Badezimmerspiegel, und zu seinen Füßen sammelte sich eine Wasserlache, während er mit der Hand über das beschlagene Glas fuhr. Er sah so lange in den Spiegel, bis ihm war, als ob seine Augen ganz für sich alleine im Raum schwebten.

Es waren kluge Augen. Wache Augen. Augen, die rot sahen... Hinter seinem Spiegelbild krabbelte ein Käfer herum, der ihn störte. Er trat zu, immer wieder, und bei jedem Tritt schrie seine Feindin gellend auf und starb. Er schlug auf sein Kissen ein, als hätte er ihr Gesicht vor sich, und wunderte sich, warum er nicht einschlafen konnte. Und als dann der Schlaf doch kam, träumte er nur vom Tod. Jetzt zählte allein der Krebs des Hasses, im Schlafen wie im Wachen. Er war allumfassend und unbesiegbar.

Kein gewöhnlicher Sterblicher kommt gegen diesen Krebs an. Es gab keine Heilung.

Mit einem langen roten Fingernagel tippte Mallory auf die Unterlagen, die Edward Slope an Charles und Charles an sie weitergereicht hatte. Sie sah den jungen Mann aus Dr. Slopes Dienststelle scharf an. Beklommen mied er ihren Blick. Die Hände hatte er um den Becher mit dem längst kalt gewordenen Kaffee gelegt. Mallory scheuchte die wartende Bedienung mit einer Handbewegung weg.

«Slope glaubt nicht, daß Sie sich schmieren lassen, aber ich kenne Ihr Bankkonto, ich kenne Ihr Aktienportfolio, und ich kenne Ihr Gehalt.»

«Ihr Alter hat nie einen seiner Leute hochgehen lassen.»

«Stimmt. Er hat sie nur versetzt. Die meisten haben dann gekündigt. Immer noch besser als der Dienst in einem Todesbezirk. Ich weiß Bescheid, denn ich hab die Versetzungen am Computer bearbeitet. Und so eine Versetzung kann ich Ihnen auch verschaffen. Ich kann Sie in die Hölle schicken. Dagegen ist Frühpensionierung mit gekürzten Bezügen das reinste Paradies.»

Nichts überstürzen, Kathy, flüsterte Markowitz ihr zu.

Wenn du in der ersten Runde zuviel Dampf machst, nehmen sie sich einen Anwalt, und dann hast du den Ärger. Sie lehnte sich zurück. «Ich wollte Ihnen nur ein bißchen Stoff zum Nachdenken für die Feiertage geben. Vielleicht sehen Sie sich noch mal in Ruhe Ihre Notizen über den Fall in den Coventry Arms an. Frohe Weihnachten. Sie hören bald wieder von mir.» *Gut gemacht, Kleines*, sagte der Geist von Markowitz, der sich noch nicht in jene Ecke ihrer Erinnerung zurückgezogen hatte, in der die Toten wohnen.

Pansy Heart sah, wie er aufstand und ins Badezimmer ging, und Entsetzen kroch in ihr hoch. Sekundenlang sah es aus, als krabbele ihr Mann auf acht Beinen über den Boden. Sie horchte auf die Geräusche aus dem Badezimmer. Dann raschelte die Bettdecke, die Nachttischlampe klickte. Sie seufzte leise. Erst jetzt konnte sie wieder Luft holen. Aber nicht schlafen. Oder erst dann, als sie seine tiefen, regelmäßigen Atemzüge hörte und wußte, daß sie nun wohl bis zum Morgen Ruhe haben würde.

Angel Kipling sah auf, als Harry verschlafen in die Küche getappt kam. Unter der Tür blieb er stehen, um die Lage zu peilen. Eitel Sonnenschein oder Gewitterwolken? Aber da fiel schon der erste Schuß.

«Was hast du jetzt wieder angestellt, Harry?»

«Nichts», sagte Harry Kipling. Er machte den Kühlschrank auf und holte die Reste des Huhns vom Vorabend heraus.

Sie hätte ihm am liebsten mit der Faust in das lächelnde Gesicht geschlagen.

Pansy erwachte von einem Schlag auf den Kopf und hob abwehrend die Hand, aber dann sah sie im Dämmerlicht, daß Emerys Arm schon wieder ruhig an seiner Seite lag. Sie knipste die Nachttischlampe an, sah das zerquälte Gesicht, die glitzernden Schweißtropfen auf der Stirn.

«Wach auf, Emery!»

Jäh öffneten sich die braunen Augen. Das Gesicht verzog sich, und sie zuckte zurück wie vor einem heftigen Wort. So hatte er sie abgerichtet. Wie man einen Hund abrichtet.

Was hatte er mit Rosie angestellt? Und warum log er, wenn sie sich nach ihr erkundigte?

«Hast du schlecht geträumt, Emery?»

Von Rosie vielleicht oder von deiner Mutter?

«Ich habe schrecklich geträumt. Von einem Abgrund, an dessen Rand ich stehe und in dem es von Maden wimmelt. Alles um mich herum bricht zusammen. Wer tut mir das an?»

Hätte Pansy an Gespenster geglaubt, hätte sie vielleicht eine Antwort auf diese Frage gehabt. In dem Spiegel am anderen Ende des Zimmers sah sie das Gesicht von Emerys Mutter. Nein: Sie sah ihr eigenes Gesicht.

Der Rausschmeißer und der Barkeeper hatten die Frau mit den roten Haaren an den wabbelnden Armen gepackt, aber selbst zu zweit wurden sie nur mühsam mit ihr fertig.

Was die beiden der Frau noch nachriefen, als sie glücklich auf der Straße stand, kriegte Betty Hyde nicht mit.

Sie sah sich um.

In den Ecken lag Rattenkot. Ein lohnendes Betätigungsfeld fürs Gesundheitsamt.

Die Gesichter der Betrunkenen am Tresen erinnerten sie lebhaft an gewisse weniger vom Erfolg verwöhnte Mitglieder ihrer Familie. Als sie die Lippenstiftspuren an ihrem Glas reklamierte, wollte die schlampige Bedienung sich ausschütten vor Lachen, aber ein Dollar veranlaßte sie dann doch, ein sauberes Glas zu bringen. Betty Hyde kippte den Inhalt in einem Zug. Mit reichlich Whiskey ließ sich alles ertragen.

«Eine reizende Pinte haben Sie da ausgesucht, Kindchen!» sagte sie zu Mallory, die bereits an einem kleinen Tisch saß und auf sie wartete.

Aber sinnvoll war dieser Treffpunkt schon. Wer in den Coventry Arms wohnte, verirrte sich wohl kaum hierher, und wenn, dann nur mit persönlicher Leibwache. Der Wulst unter Mallorys Blazer konnte nur eine Kanone sein. Wie beruhigend!

«Ich wüßte gern ein bißchen mehr über Eric Franz», sagte Mallory. «Ist er wirklich blind?»

«Hundertprozentig.»

«Woher wollen Sie das so genau wissen?»

«Wie verbirgt ein Mann so was vor der eigenen Frau?»

«Vielleicht wußte sie ja Bescheid.»

«Nein. Annie hielt ihn für blind. Sie hatte, wie gesagt, einen etwas abartigen Sinn für Humor. Sie hat sich vor ihm an andere Männer rangemacht, in aller Öffentlichkeit, hat mit ihnen rumgeschmust und rumgeknutscht, aber eben so, daß Eric es nicht mitkriegte. Und solche Scherze hatte sie jede Menge auf Lager – Grimassen, obszöne Bewegungen und und und. Schwärzester Humor. Wenn man das Pech hatte, in so eine Szene hineinzugeraten, war man aufgeschmissen. Man konnte ihr ja nicht befehlen, damit aufzuhören ...»

«Warum hat sie ihn so sehr gehaßt?»

«Weil er sie zu sehr geliebt hat. Er hätte sie ab und zu richtig zusammenstauchen sollen. Sie brauchte das.»

«Und was brauchte er? Das Gefühl, Fußabtreter spielen zu können?»

«Im Grunde ist er ein lieber Kerl. Aber es stimmt schon, sie hat ihn wohl verachtet.»

«Ist die Ehe deshalb kinderlos geblieben?»

«Vor einiger Zeit hätte ich schwören können, daß Annie schwanger ist. Man sieht den Frauen so was ja an. Dieses sanfte Leuchten trotz morgendlicher Übelkeit und ähnlicher Späße ... Aber dann war sie eines Tages wieder ganz die alte Giftspritze.»

«Glauben Sie, daß sie es hat wegmachen lassen?»

«Ja. Aber beweisen kann ich das natürlich nicht. Ich bin stolz auf meine dicke Haut, aber einen Blinden zu fragen, ob seine Frau das gemeinsame Kind hat abtreiben lassen, bringe nicht mal ich fertig. Wenn allerdings eine gute Story drin wäre ... Was meinen Sie?»

«Haben Sie Eric gesagt, daß ich früher bei der Polizei war?»

«Nein. Nur, daß Sie sich für alles interessieren, was den Richter betrifft. Aber es ist ja tagelang über die Mattscheiben gegeistert, daß Sie Polizistin sind.»

«Am Montag ist ein Feuerwehrmann ums Leben gekommen. Erinnern Sie sich an die Meldung?»

«Ja, er wollte einen alten Mann retten und ist dabei selber draufgegangen. Es war eine lange Geschichte.»

«Wie hieß der Feuerwehrmann?»

«Das weiß ich nicht mehr ... Ach so, kapiere: Wer erinnert sich schon an Gesichter von gestern? Aber Sie haben ein denkwürdiges Gesicht, Kindchen.»

«Und Eric Franz ist blind.»

Zu Hause hängte sie ihre Sachen in den Schrank, wie Helen es ihr beigebracht hatte. Der Kater trommelte mit seinen krallenlosen Pfoten an die Badezimmertür. Sie drückte auf den Knopf des Anrufbeantworters und ging in die Küche, um für ihren Starzeugen eine Dose Thunfisch aufzumachen.

Über den Anrufbeantworter hörte sie Riker fragen: «Hat einer der Verdächtigen einen Hund, Mallory?»

Charles dämpfte das Licht im Wohnzimmer, setzte sich auf der Chaiselongue zurecht und streckte die langen Beine aus.

Vor ihm lag ein vorgezogenes Weihnachtsgeschenk von Mallory.

Es war ein weiterer Versuch, ihm den Schritt ins zwanzigste Jahrhundert zu erleichtern. Er hatte eine beachtliche

Schallplattensammlung und den besten Plattenspieler, den man für Geld kaufen konnte, der aber in Mallorys Augen ein vorsintflutliches Monstrum war. Für sie zählte nur der technische Fortschritt.

Er nahm den tragbaren CD-Player in die Hand. Sie bildete sich doch wohl nicht im Ernst ein, daß er mit so was auf der Straße herumlaufen würde?

Es war schon zum Lachen, wie sie mit ihren Geschenken ständig danebengriffen. Er schenkte ihr Schmuck in antiken Fassungen, den sie nicht trug. Sie schenkte ihm teure High-Tech-Geräte, auf denen sich ohne Mrs. Ortega und ihre Putzlappen längst eine dicke Staubschicht angesammelt hätte.

Er ließ den Deckel aufschnappen. Daß sie dort eine gefühlvolle Botschaft hatte eingravieren lassen, war zwar so unwahrscheinlich wie das Erscheinen von zwei Monden am heutigen Nachthimmel, aber bei Kathy konnte man nie wissen ... Eine CD lag abspielbereit im Gerät. *Louisas Concerto ...*

Wußte sie von der beschädigten Platte im Keller? Nein, unmöglich. Wahrscheinlich hatte sie nur gesehen, daß dieses für den ernsthaften Plattenfan unentbehrliche Stück in seiner Sammlung fehlte.

Er war immer noch wie betäubt von dem, was an diesem Nachmittag geschehen war. Wie es dazu gekommen war, hatte er inzwischen begriffen. Die Musik, die früher ein Auslöser für seine Kindheitsphantasien um Louisa gewesen war, hatte jetzt seine eidetische Erinnerung an Amanda aktiviert.

Nicht daran rühren... Die Angst saß tief. Dies war keine harmlose Gespenstergeschichte, sondern etwas, was seine Seele bedrohte.

Mallory hätte sich nicht so einschüchtern lassen.

Aber wovor hatte er eigentlich Angst? Es war doch nur eine Illusion, die er mit Hilfe von Kindheitserinnerungen geschaffen hatte. Auch Malachais Wahn war, wenn man so wollte, eine besondere Begabung, und besondere Begabungen fielen nun mal in sein Fach. Auch eine praktische Anwendung für den Wahn des alten Magiers hatte er schon gefunden. Falls es ihm gelang, sich eine lebensechte Amanda zu schaffen, konnte sie ihm vielleicht etwas sagen, was Mallory bei ihren Ermittlungen weiterhalf. Wenn Mallory keine Angst vor Kugeln hatte, brauchte er auch keine Angst vor Amanda zu haben. Und – war man denn schon verrückt, wenn man ein harmloses Gespräch mit einer Phantasiegestalt führte?

In der Erinnerung war er wieder ein Kind und wartete auf den Beginn der Vorstellung. Der Stab des Dirigenten hob sich, im Saal wurde es totenstill. Die Musik rauschte auf, strömte dahin, wurde leiser... schon drohte das große schwarze Loch.

In dieser magischen Leere, die die Zuhörer mit Phantomtönen zu füllen pflegten, weil sie die Stille nicht ertrugen, hörte er das leise Klagen einer Frau. Und jetzt kam sie auf ihn zu und trat ans Licht.

Sie trug die Sachen, in denen sie gestorben war – Blazer, Jeans, Laufschuhe. Sein Gedächtnis lieferte getreulich sämtliche Einzelheiten – bis hin zu dem Blutflecken auf dem Blazerstoff und dem rot verklebten blonden Schläfenhaar.

Wie fing Malachai immer an? Ja, richtig ... Es war ganz einfach.

«Guten Abend, Amanda.»

Sie lächelte schüchtern und setzte sich in den Sessel ihm gegenüber.

Erleichtert sah er, daß das von ihm geschaffene Wesen nicht genug Substanz hatte, um eine Delle in das Polster zu drücken. Sie stützte die Hände auf die Sessellehnen. Er sah zur Wand hinüber. Sie warf keinen Schatten. Auch das registrierte er mit Erleichterung.

«Guten Abend, Charles.»

«Als ich dich heute vormittag neben dem kleinen Jungen stehen sah, Amanda –»

«Er hatte Kummer.» Die zarten weißen Hände waren im Schoß gefaltet. «Das tat mir weh.»

«Du wolltest ihn nur trösten.»

«Ja. Der Kleine tat mir leid, weil er so verstört war. Ich liebe Kinder.»

«Ich weiß. Deshalb verstehe ich auch nicht, daß du dein Kind nicht mehr hast haben wollen.»

Sie sah zu Boden, und weil sie dort keine Antwort auf seine Frage fand, hob sie wieder den Kopf, und in ihren Augen standen Tränen. Können gedachte Wesen weinen? Hilflos hob sie die Hände.

«Du hattest dir das Kind so sehr gewünscht ...»

«Ja. Ich hatte mein Leben um dieses Kind herum geplant. Es bedeutete mir alles.»

«Warum hast du es dann getan? Schneiden Sie es raus, hast du zu dem Arzt gesagt. Was war so fürchterlich an dem Mann, daß du sein Kind nicht zur Welt bringen wolltest?»

Sie stand auf und zog sich mit müden, schleppenden Schritten in die Dunkelheit zurück. Es war hart gewesen, das so heiß ersehnte Kind herzugeben. Das Kind, das ihr Leben, ihre Zukunft hätte sein sollen. Zu hart für sie.

5

24. Dezember

Angel Kiplings Glitzerblick überflog die Zeilen, die über den Bildschirm rollten und neue Lügen brachten, und sie überlegte, wieviel sie dafür würde zahlen müssen. Womöglich mußte sie diesmal, um ihren Namen aus der Presse herauszuhalten, nicht nur Geld, viel Geld, sondern auch einen Ehemann opfern.

Bei jedem Kuß, den er ihr auf die Wange gab, fuhr sie unwillkürlich zurück, weil sie sich automatisch fragte, wo er wohl gewesen war, was er wohl angestellt hatte. Seine Lügen bohrten in ihr, und sie gab keine Ruhe, bis jede einzelne aufgedeckt war.

Die Morgensonne schien auf den Bildschirm, so daß ein paar Zeilen schlecht zu lesen waren, aber das machte nichts, denn die Worte wiederholten sich endlos.

«Nicht ausrasten», redete sie sich zu. «Du rastest immer viel zu schnell aus.» Wahrscheinlich ein Erpressungsversuch. Sonst hätten die Medien längst alles breitgetreten. *Vorläufig ist also noch keine Gefahr im Verzug. Wir warten auf konkrete Forderungen.* Sie nickte ihrem Spiegelbild zu, das sie vom Monitor her ansah. So einfach kann alles sein. Man darf nur nicht die Nerven verlieren ...

Solange er lebte, war er angreifbar. Manchmal wünschte sie, er wäre tot. Dann hätte sie es überstanden, brauchte sich seine Lügen und Ausflüchte und endlosen Entschuldigungen nicht mehr anhören. Er hatte sich sehr lieb entschuldigt, weil er die Eigentumswohnung, die nicht ihm gehörte, als Sicherheit für den Kredit eingesetzt hatte. Er entschuldigte sich unentwegt, bei jedem Räuspern. Er entschuldigte sich bei dem Hund, und dann entschuldigte er sich im gleichen Ton bei ihr.

Der Mann am Empfang der Coventry Arms betrachtete seine Welt und sah, daß sie gut war. Es war eine Welt gepflegter Menschen in Designerkostümen, maßgeschneiderten Anzügen und handgefertigten Schuhen. Er achtete mehr auf die Kleidung als auf die Gesichter, und die Gesichter der wenigen Kinder nahm er überhaupt nicht wahr.

Die heiteren Klänge eines Vivaldi-Mandolinenkonzerts berieselten die Halle, und er schlug mit der Schuhspitze den Takt dazu.

Weniger melodisch, ja, ausgesprochen störend war das hohe Kläffen und kehlige Knurren, das aus der Aufzugskabine drang. Dann ging die Tür auf, und der Hundezoff setzte sich in der Halle fort.

Der Mann vom Empfang winkte einem Pagen, der aber hielt respektvollen Abstand. Er dachte nicht daran, sich von einem Pitbull und einem Mastiff in Stücke reißen zu lassen, das war in seiner Stellenbeschreibung nicht vorgesehen. Die Hundehalter verhielten sich ebenfalls zurückhaltend. Der Portier verließ seinen Posten, um den Mastiff anzufeuern. Der Page hielt einen Fünfdollarschein hoch. Er setzte auf den Pitbull.

Irgend etwas mußte geschehen, fand der Mann vom Empfang, aber da er die Regeln nicht kannte, hatte er sich zu nah herangewagt. Der Mastiff schnappte zu, und menschliche Jammerlaute mischten sich in das wütende Gekläff.

Inzwischen hatte sich eine stattliche Zuschauermenge versammelt, und niemand bemerkte, wie von dem Schlüsselbrett hinter dem Empfangstresen Mallorys Schlüssel verschwand und durch einen ganz ähnlichen ersetzt wurde.

«Hast du dich über den CD-Player gefreut?»

«Ja, schönen Dank. Und daß du mir *Louisas Concerto* dazu ausgesucht hast, war eine gute Idee.»

«Du mußt jetzt auf CDs umsteigen, Charles. Die meisten deiner Platten lassen sich wahrscheinlich überspielen, sie sind ja gut erhalten.»

«Ich mag aber Schellackplatten. Und ich mag Plattenteller.» Er wehrte sich mit Händen und Füßen gegen die zunehmende Technisierung.

«Mit veralteter Technik kannst du deine Plattensammlung nicht weiter ausbauen. Was macht übrigens der Freund von Max, der verrückte Malachai? Der Jüngste kann er ja auch nicht mehr sein.»

«Nein.» Seit wann hatte Mallory einen Hang zu nichtssagender Konversation?

«Ja. Aber Louisa ist noch immer neunzehn, sie wird nie älter.»

Charles sah zu, wie sie in ihrem Büro neue Ausdrucke an die Korktafel pinnte. «Bist du schon dieser Lüge auf die Spur gekommen, die Amanda ihrem Liebhaber vorwirft?»

Mallory tippte auf die Auskunft eines Immobilienmaklers. Er hütete sich zu fragen, ob der Makler die Angaben freiwillig herausgegeben oder ob Mallory sie sich bei einem mitternächtlichen Raubzug auf der Datenautobahn geholt hatte.

«Vier Tage vor der Abtreibung hat man ihr ein kleines Haus außerhalb von New York angeboten. Sie hat sich eingehend nach Schulen und Spielplätzen erkundigt. Wie wir von ihrem Arzt wissen, hat sie danach kaum geschlafen und kaum etwas gegessen. In diesen Tagen hat er ihr wohl seine Lüge vorgesetzt. Sie hat sich eine Weile damit herumgeschlagen und dann eine Aussprache mit ihm erzwungen.»

«Zum Gefühlsausbruch am Computer kam es unmittelbar vor ihrem Tod. Könnte es nicht auch sein, daß sie da gerade erst von der Lüge erfahren hatte?»

«Nein. Seine Lüge hat sie ja dazu gebracht, das Kind abtreiben zu lassen. Das hat in ihr gearbeitet, bis sie es dann nicht mehr ausgehalten hat.»

«Da ist aber ein Bruch in der Logik.»

«Logik allein bringt's nicht. Du mußt dich in den Täter hineinversetzen. Wenn du ihn kennst, kennst du auch das Wie und das Warum. Mir fehlt jetzt nur noch das Wer.» Sie wandte sich zu Charles um. «Wie gut glaubst du Amanda zu kennen?»

Er stutzte. Aber sie konnte schließlich nicht wissen, daß

er auf dem besten Wege war, in Malachais Wahn zu verfallen. Oder doch? Warum hatte sie ihm ausgerechnet die CD mit *Louisas Concerto* geschenkt? Ach was, das war ja paranoid...

«Durch das Manuskript kenne ich Amanda vielleicht gut genug, um ihre Reaktionen auf bestimmte Ereignisse zu erraten, aber nicht die Ereignisse selbst, nicht die Lüge, unter der sie so gelitten hat. Ich kann nur soviel sagen, daß es etwas Ungeheuerliches gewesen sein muß. Sie war sehr sanftmütig, konnte auch mal über sich und andere lachen, ich fand sie sehr –»

«In den Unterlagen über ihre Recherchen haben wir nichts Einschlägiges gefunden. Aber irgendwie muß sie es ja rausgekriegt haben, und so gut wie sie bin ich schon lange.»

«Meinst du? Vergiß nicht, daß es womöglich nicht sein erster Mord war. Vielleicht war es das, was sie entdeckt hat.»

«Aber wenn es nichts Schriftliches darüber gibt...»

«Die beiden kannten sich sehr gut, Mallory. Auch wenn es nicht die große Liebe war – sie waren häufig zusammen, haben miteinander geredet, miteinander geschlafen... Wie ertappt man einen Menschen bei einer Lüge? Indem man genau hinhört. Die Wahrheit bleibt sich immer gleich, eine Lüge aber verändert sich ständig, weil das Gedächtnis der meisten Menschen nicht unfehlbar ist.»

Er erschrak ein wenig, als er begriff, daß sie in diesem Stück unterschiedliche Rollen übernommen hatten. Mallory machte es keine Mühe, sich in die Denkweise eines

Killers hineinzuversetzen. Den schwierigeren Part, sich in ein ganz normales menschliches Wesen einzufühlen, das schutzlos einer brutalen Welt ausgeliefert ist, hatte sie ihm überlassen.

Wie gern hätte er Mallory mit der von ihm geschaffenen Amanda zusammengespannt und sich aus dem Spiel zurückgezogen. Denn nichts anderes war es für Mallory. Wie hatte die kleine Kathy gesagt? Mörder spielen macht doch immer noch am meisten Spaß.

Sie packte einen Stapel Videokassetten aus. «Vielleicht war der Auslöser ja auch etwas aus dem Fernsehen. Der Richter war in den letzten zwei Wochen sehr oft auf dem Bildschirm.»

Charles betrachtete die Pinnwand, die sich in der Einteilung sehr vom Stil des detailbesessenen Louis Markowitz unterschied. Für dessen pingelige Arbeitsweise war Mallory mit ihrer schnellen, wachen Intelligenz zu ungeduldig. Aber niemand konnte schließlich von ihr verlangen, daß sie in allem ihren Pflegevater kopierte. Mallory sah, daß er ihren Bericht über das Gespräch mit dem Portier las.

«Ich glaube, das war der entscheidende Vormittag», sagte sie. Sie war ‹irgendwie aufgeregt›, so hat es der Portier formuliert. Aufgewühlt, wie sie war, ging sie nach Hause, schaltete ihren Computer ein, wollte vielleicht arbeiten, um sich abzulenken, und dann brach es aus ihr heraus: DU LÜGNER DU LÜGNER...»

Sie legte eine Kassette ein. «Es sind alle einschlägigen Sendungen aus den letzten zwei Wochen.»

Die erste Aufzeichnung präsentierte einen äußerst publikumswirksamen und seiner Wirkung voll bewußten Richter Heart auf einer Pressekonferenz. Wenn sich die versammelten Journalisten meldeten, um Fragen zu stellen, bevorzugte er das weibliche Kontingent und sah jeder einzelnen Reporterin so tief in die Augen, als drehte sich seine Welt nur noch um sie.

Noch aufschlußreicher waren die Szenen, die Richter Heart bei den Senatsanhörungen zeigten. Der Mann, den Mallory im Verdacht hatte, seine Frau zu prügeln, referierte ausführlich über sein großes Anliegen, die Verhinderung sexueller Belästigungen am Arbeitsplatz, und tönte von seiner Empathie für Frauen, die schließlich eine besonders schutzwürdige Spezies seien. Die Senatorin von Maine hing an seinen Lippen.

Was hätte Amanda an so einem Mann reizen können, überlegte Charles. Aber die Macht hat ihre eigene Dynamik, und Richter Heart war ein hochintelligenter Mann.

«In der Zeitung steht der Richter auch ständig. Keine Artikel, die einen vom Stuhl reißen. Trockenes Zeug über die Anhörungen, ein paar Fotos des Kandidaten und seiner Familie. Sagte ich dir schon, daß er meiner Meinung nach seine alte Mutter umgebracht hat?»

«Slope hat beim Pokern davon erzählt, aber er hält das für reine Spekulation.»

«Wenn man sonst nichts hat, greift man nach jedem Strohhalm, Charles. Ich solle nicht vergessen, daß es womöglich nicht sein erster Mord war, hast du vorhin gesagt. Vielleicht hatte Amanda Angst, die Neigung zum Muttermord könnte sich vom Vater auf das Kind vererben.»

«Möglich ist alles... Was ist mit Harry Kipling? Nach deiner Schilderung scheint er ja ziemlich harmlos zu sein.»

«Er ist ein Typ, der leicht in Panik gerät. In der Ehe hat eindeutig Angel das Sagen.»

Eine Stunde saßen sie schweigend nebeneinander. Mallory spielte die Bänder im schnellen Vorlauf ab und stoppte nur hin und wieder, um sich eine Szene genauer anzusehen. Charles hatte den Eindruck, daß Heart im Verlauf dieser vierzehn Tage zunehmend nervös geworden war.

«Sieh bloß, wie Heart diese Journalistin um den Finger wickelt.»

Die junge Frau strahlte ihn an, und der Richter lächelte gütig-väterlich zurück.

«Am sechsundzwanzigsten schließe ich den Fall ab», sagte Mallory. «Aber das bleibt unter uns. Coffey und Riker brauchen nichts davon zu wissen.»

«Wie kannst du den Tag so genau bestimmen? Du weißt ja noch nicht mal, welcher deiner Verdächtigen es ist.»

«Nicht nur den Tag. In etwa sogar die Zeit.»

«Und warum –»

«Weil ich weiß, wie ich ihn manipulieren kann. Bei Franz und Kipling habe ich schon meinen Ansatzpunkt. Den Richter bringe ich in Trab, indem ich ihm sage, daß ich beantragen werde, seine Mutter exhumieren zu lassen.»

«Slope wird da nicht mitspielen.»

«Den brauche ich dazu nicht.»

Wie es schien, brauchte Mallory nichts und niemanden

auf der Welt. «Aber einer von den dreien ist dein Favorit, nicht?»

«Am sechsundzwanzigsten liefere ich ihn beim Staatsanwalt ab.» Mit dieser Antwort mußte er sich zufriedengeben.

«Wen wollen Sie abliefern?» fragte eine Kinderstimme. «Mich?»

Justin Riccalo stand unter der Tür und sah von einem zum anderen. «Mich?» wiederholte er.

«Das wäre dir nicht recht, was?» Mallory wandte sich an Charles. «Wenn Kinder so einfach ins Haus spazieren können, haben wir ein Sicherheitsproblem.»

Charles sah den Jungen an. «Wie bist du hereingekommen, Justin? Warum hast du dich nicht unten über das Haustelefon angemeldet?»

«Ein alter Mann auf Krücken hat mich reingelassen. Er hatte ein Päckchen fallenlassen, das hab ich aufgehoben und ihm getragen. Da fand ich es irgendwie blöd, noch mal rauszugehen und mich anzumelden. Es ist ganz schön kalt draußen.»

«Mugridge hat dich eingelassen?» fragte Mallory skeptisch. Der alte Mugridge war von allen Hausbewohnern am meisten auf Sicherheit bedacht.

«Ja. Ich hab geklopft, das haben Sie aber wohl nicht gehört.»

«Draußen ist auch ein Klingelknopf», stellte Mallory fest.

Charles ging mit dem Jungen in sein Büro und machte die Tür hinter sich zu.

«Mallory haßt mich, Mr. Butler.»

«Sie mißtraut jedem, auch mir, das darfst du nicht persönlich nehmen. Was kann ich für dich tun?»

«Ich wollte fragen, ob Sie noch mal mit mir in den Keller gehen würden.»

«Das wundert mich aber, nachdem –»

«Ich glaube nämlich, daß ich Zauberkunststücke doch ganz lustig finde.»

«Was sagen denn deine Eltern dazu, daß du die Schule schwänzt?»

«Wir haben Weihnachtsferien.»

Richtig – heute war Weihnachtsabend. Wie hatte er das nur vergessen können ...

«Dann rufe ich sie nur eben an und sage Bescheid, daß du bei mir bist.»

«Muß das sein? Die denken nämlich, ich bin in der Tanner School.»

«Aber eben hast du doch gesagt –»

«Das mit den Weihnachtsferien stimmt, aber heute haben sie mich in der Schule geparkt. Ein Service für berufstätige Eltern. Überall sind Firmenweihnachtsfeiern, da müssen meine Eltern sich sehen lassen.»

Der Junge setzte sich auf den äußersten Rand eines Stuhls mit gerader Lehne. Die zappeligen Füße reichten nicht ganz bis auf den Boden, die Hände umklammerten die Sitzfläche, als könnte der Stuhl jeden Augenblick mit ihm auf und davon gehen.

Robert Riccalo war bestimmt nicht begeistert, wenn er von dieser Eskapade hörte.

«Das trifft sich ganz gut, ich wollte sowieso noch mal mit dir unter vier Augen sprechen», sagte Charles. «Täusche ich mich, oder gehen deine Eltern dir ein bißchen auf die Nerven, Justin?»

«Das ist die Untertreibung des Jahres, Mr. Butler. Die beiden gehen mir furchtbar auf den Geist. Ihre Partnerin übrigens auch. Sie denkt, daß ich das mache. Aber an diesen Quatsch mit der Levitation glauben Sie doch nicht, oder?»

«Nein, ich glaube nicht, daß es sich hier um Levitation handelt. Parapsychologie ist für mich keine Wissenschaft. Allerdings muß einer von euch dreien ein recht begabter Illusionist – oder eine begabte Illusionistin – sein.» Vielleicht reicht aber auch schon eine mittelprächtige Begabung, dachte Charles. Wer sucht schon nach einem Nylonfaden, wenn ein spitzer Gegenstand auf ihn zugeflogen kommt?

«Ich schätze, daß meine Stiefmutter dahintersteckt. Sie will wahrscheinlich meinen Vater gegen mich aufbringen. Der ist jetzt schon unheimlich sauer auf mich. Und Ihre Partnerin hat sie auch schon für sich gewonnen, ich hab gesehen, wie die beiden sich unterhalten haben.»

«Wo war das?»

«Vor den Coventry Arms.»

«Ich bin auf deiner Seite, Justin, das darfst du mir glauben. Und ich weiß etwas, das dir Spaß machen wird.» Charles holte seine Schlüssel aus dem Schreibtischfach. «Komm mit. Diesmal gibt's keine Musik, sondern Zauberei pur.»

Als sie die Wohnung verließen, stieg Mallory gerade ohne Gruß, ohne Abschied in den Fahrstuhl. Sonderbar, wie sie vorhin aus heiterem Himmel das Gespräch auf Malachai gebracht hatte. Was hatte dieses ungewohnte Verhalten zu bedeuten?

Charles sah Justin von der Seite an. Der Junge wirkte unfroh, aber nicht verängstigt. Rasch gingen sie die Wendeltreppe hinunter. Diesmal lief Justin erwartungsvoll voraus, um die bunte Welt hinter der Faltwand zu erkunden. Im matten Licht der Kugellampe tanzte sein Schatten seltsam unscharf über die Kostüm- und Requisitenkoffer.

«Ey, cool!» Er wird die Guillotine entdeckt haben, dachte Charles. Aber als er um den hohen chinesischen Paravent kam, sah er, daß Justin mit großen Augen den Messerständer und die alte, vielfach durchlöcherte rotweiße Zielscheibe auf dem altertümlichen Gestell betrachtete. Verlangend streckte er eine Hand nach den Messern aus.

Charles nickte. «Wenn du vorsichtig bist, habe ich nichts dagegen.»

Justin warf das erste Messer, verfehlte aber die Zielscheibe.

«Mach dir nichts draus. Man braucht ein bißchen Übung. Max hatte viele Jahre Zeit zum Üben.»

«Ja, das sehe ich.» Justin trat einen Schritt näher an die Zielscheibe heran und zog mit dem Finger die von Einstichstellen umgebenen Umrisse eines menschlichen Körpers nach. «Da hat seine Assistentin gestanden, nicht?»

Charles nickte.

«Ganz schön knapp. Zwischen den Fingern sind ja auch Löcher. Können Sie so was?»

«Aber ja! Als ich so alt war wie du, habe ich selbst mal an der Zielscheibe gestanden. Das hatte ich mir von Onkel Max zum Geburtstag gewünscht.»

«Echt? Hatten Sie keine Angst?»

«Nein. Danach hat Max mir die Messer gegeben, und wir haben die Plätze getauscht.»

Der Junge lehnte sich gegen die Zielscheibe. «Na, dann los! Ich fürchte mich nicht.»

«Brauchst du auch nicht – solange ich das Messer nicht wirklich werfe. Man tut so, als wenn man das Messer wirft, steckt es aber hier hinein. Die Klingen springen von hinten aus der Zielscheibe heraus.»

Er drehte einen kleinen Tisch so, daß Justin den schwarzen Samtbeutel sehen konnte, der unter der Tischplatte hing, und deutete auf den Hebel an einem Tischbein und den Draht, der vom Tisch zur Zielscheibe führte.

«Die Messer werden durch dieses Fußpedal gesteuert. Ein Federmechanismus läßt sie aus der Zielscheibe herausschnellen. Aber die Zuschauer sehen nur das, worauf sie programmiert sind. Ein Messer fliegt durch die Luft, ein Messer landet auf der Zielscheibe. Völlig ungefährlich, wenn man weiß, wie's geht.»

Wenn Justin die fliegenden Gegenstände präpariert hatte, bot sich hier eine praktische Anwendung für seine Begabung. Charles überlegte noch, wie er Mr. Riccalo das Zaubern als zukunftssicheren Beruf verkaufen sollte, als Justin sich enttäuscht abwandte.

Er sah zu der Guillotine hoch. «Und das ist dann wohl auch nur ein Trick...» Ein Betrug, sollte das heißen, eine miese Erwachsenenmasche.

«Ja, leider. Der Mechanismus ist pannensicher. Sieht mörderisch aus, ist aber harmlos.»

Gerade diese raffinierten Tricks waren es gewesen, die Charles als Kind fasziniert hatten. Justin sah das offenbar anders. Er fühlte sich fast betrogen, weil alles so ungefährlich war. Vielleicht steckte also doch kein angehender Illusionist in ihm. In seiner Stiefmutter vielleicht? Oder im Vater?

«Hast du dir eigentlich schon mal überlegt, was du mit einem so hohen Intelligenzquotienten anfangen, wie du deine Intelligenz weiterentwickeln könntest?»

«Was heißt weiterentwickeln? Gehirn ist Gehirn. Und wenn Sie mir glauben, daß nicht ich hinter den fliegenden Gegenständen stecke, hab ich eben gar keine besondere Begabung.»

«Aber eine gute Beobachtungsgabe und den Ansatz zu logischem Denken. Beides läßt sich testen, das kann sogar ganz unterhaltsam sein. Ich könnte dir beibringen, wie man bestimmte Tricks durchschaut. Den mit den fliegenden Gegenständen zum Beispiel. Du arbeitest eine Weile mit mir, und wir helfen uns gegenseitig. Gemacht?» Das war einer von Mallorys Lieblingssprüchen.

«Gemacht.» Sie wechselten einen festen Händedruck.

Charles holte eine schwarze Kugel mit Löchern aus einer Kiste zu seinen Füßen. «Das war einer der wenigen Tricks mit schwebenden Gegenständen, die Onkel Max im Programm hatte. Er ist im Nu vorbereitet.» Wo war der Kanister mit der chemischen Lösung?

Er fand sich in einer benachbarten Kiste. Während Charles noch überlegte, ob sich wohl die Flüssigkeit gehalten hatte, kam Justin aus Versehen an die Mechanik einer anderen Kiste, aus der unvermittelt bunte Tücher schossen, sich blähten, langsam zur Decke stiegen, wieder heruntersanken und sich in einer seidigen Schicht auf den Boden legten.

Erschrocken haschte Justin nach den herausquellenden Stoffbahnen und versuchte, sie wieder in die Kiste zu stopfen. Er sah Charles halb ängstlich, halb schuldbewußt an. «Tut mir leid, echt.»

«Laß gut sein, Justin. Es ist ja nichts passiert.»

«Sie sind mir nicht böse?»

«Nein, natürlich nicht.»

«Aber Ihre Partnerin haßt mich.»

«Das kann ich mir nicht vorstellen.» Charles leuchtete mit der Taschenlampe in eine dunkle Ecke. «Welchen Grund sollte sie dazu haben?»

«Mein Vater sagt, daß sich Haß immer gegen das kehrt, was ein Mensch an sich selbst nicht leiden kann.»

«Im Prinzip stimmt das natürlich. Aber was sollte das bei Mallory sein?»

Aus der Kommode, die in einem geöffneten Schiffskoffer stand, holte Charles eine vergilbte Streichholzschachtel.

«Keine Ahnung. Ich kenne sie ja kaum.»

«Sie ist eine Einzelgängerin. Wie du.» Charles verschwand aus dem matten Lichtkreis, den die Kugellampe warf, in der Dunkelheit und kam mit leeren Händen zurück. «Auch sie tut sich schwer im Kontakt mit anderen Menschen.»

Aber das war wohl nicht alles. Da war etwas wie Übereinstimmung zwischen den beiden, für die er keine Erklärung fand.

«Ich bin fertig, Justin. Kann's losgehen?»

Der Junge nickte.

Ein greller Lichtschein flammte auf, und ein roter Feuerball rollte geradewegs auf sie zu. Einen Meter vor ihnen blieb er plötzlich stehen, stieg hoch und verlosch in der Dunkelheit.

Justin pfiff anerkennend und klatschte Beifall.

«Gut, nicht?» sagte Charles zufrieden. «Dagegen sind fliegende Bleistifte Kinderkram. Die Kugel läuft auf einer Spur aus zwei Drähten. Es ist das einzige Kunststück dieser Art, das ich beherrsche, aber in den Kisten lagern jede Menge Zauberbücher, in denen kannst du stöbern, soviel du willst.»

«Ach, ich weiß nicht... Vielleicht ist es für mich am besten, wenn ich sowenig Ahnung wie möglich von dem Zeugs habe. Warum denken eigentlich alle, daß ich hinter der Sache mit den Bleistiften stecke?»

«Wenn man angebliche Gespenstererscheinungen oder sonstige übersinnliche Aktivitäten genauer unter die Lupe nimmt, stellt sich meist heraus, daß die Urheber Kinder sind, die hinter der Nachbargarage hocken und sich schlapplachen.»

«Aber das mit den Bleistiften ist nicht zum Lachen. Sally ist total daneben, ich halt es einfach nicht mehr aus mit ihr. Ständig starrt sie mich an, keine Sekunde hab ich mehr meine Ruhe. Wenn diese Sachen passieren, sind wir immer alle drei beisammen, aber die Schuld krieg ich.» Justin gab einer der herumstehenden Kisten einen wütenden Tritt. «Das ist gemein. Ich brauche einfach jemanden, der auf meiner Seite ist.»

Beide hatten das Geräusch zu ihrer Linken gehört. Charles wandte sich um. In der Zielscheibe steckte ein Messer. Die Klinge zitterte noch nach.

Justins Augen weiteten sich. Das war kein fliegender Bleistift, kein Feuerball, der auf Drähten lief.

«Jetzt glauben Sie mir bestimmt überhaupt nichts mehr», stieß er hervor und rannte stolpernd davon.

Charles hatte die Kellerräume noch so gut in Erinnerung, daß er mühelos zur Tür fand. Er hatte sie kaum aufgemacht, als Justin schon an ihm vorbeischoß und die eiserne Wendeltreppe hochhastete. Auf dem letzten Absatz fiel er hin. Charles half ihm auf und packte ihn bei den Schultern.

«Alles in Ordnung?» Nein, nichts war in Ordnung. Justins Augen standen voller Tränen. Er ließ sich gegen Charles fallen, und der hielt ihn fest, bis das würgende Schluchzen aufgehört hatte.

Die Stühle in Coffeys Büro waren streng nach Rangordnung aufgestellt, und Captain Judd Thomas vom Bezirk West Side saß genau in der Mitte. Er hatte sein diplomatisches Lächeln aufgesetzt. Ein schmales Lächeln, bei dem man die Zähne kaum sah und das signalisieren sollte, daß er fürs erste Wert auf eine Begegnung ohne Blutvergießen legte.

«Palanski will bei dem Fall mitmischen.»

«Tut mir leid, Judd.» Jack Coffey war anzusehen, daß er – überarbeitet und personell unterbesetzt – nur den einen Wunsch hatte: das Gespräch so schnell wie möglich hinter sich zu bringen.

«Palanski hat so seine Methoden, an Informationen zu kommen ...»

«Wem sagen Sie das!» warf Mallory ein.

Die kleinen Augen des Captains wurden noch kleiner. «Was soll das heißen?»

Mallory stand auf und ging so schnell hinaus, daß Coffeys unheilverkündender Blick ins Leere stieß.

Riker grinste.

Coffey sah Captain Thomas an. In seinen Augen braute sich ein Unwetter zusammen, aber nach außen hin blieb er noch friedlich.

«Wer hat Palanski gesagt, daß sie in den Coventry Arms arbeitet?»

«Er hat seine Quellen.»

Riker beugte sich vor. «Ich wette, daß er nicht nur den Portier anzapft. Ist doch komisch, daß die feinen Herrschaften in diesem Luxussilo immer so wild darauf sind, ihm was zu erzählen.»

Coffey warf Riker einen warnenden Blick zu, und Captain Thomas verzog leicht angeekelt das Gesicht. «Palanski ist einer meiner besten Leute. Er kann die Ermittlung nur weiterbringen.»

«Das ist Mallorys Fall, Judd, und damit Schluß.»

«Commissioner Beale und ich sind alte Freunde, Jack.»

«Bei Beale hat Kathy Mallory neuerdings einen Stein im Brett. Zum erstenmal hat die Kontrollbehörde eine Polizistin belobigt, weil sie auf einen Zivilisten geschossen hat.»

«Dann denken Sie mal an sich, Jack ... Bei Ihnen ist demnächst eine Beförderung fällig, und Sie haben es hier mit einem schlagzeilenträchtigen Fall zu tun. Großes Geld, große Namen ... Palanski hat sechzehn Jahre Berufserfahrung, Mallory ist eine Anfängerin. Sie wollen doch nicht, daß sie Ihnen Ihre Chance vermasselt?»

«Wenn ich den Eindruck hätte, Judd, daß Sie mir drohen wollen, würde ich dafür sorgen, daß Mallory *Ihnen* die Chancen vermasselt. So was hab ich nämlich gar nicht gern.»

Riker lehnte sich zurück. Wenn Coffey seinem Vorgesetzten gegenüber weiter eine so kesse Lippe riskierte, würde er ihn bald nicht mehr guten Gewissens frotzeln können. Schade eigentlich ... Eine kleine Freude muß der Mensch schließlich haben.

«Palanski kann sich den Fall abschminken. Sagen Sie ihm das, Judd. Mit einem schönen Gruß von mir.»

Der Captain seufzte. «Sie wissen ganz genau, daß wir unsere Vorschriften nicht immer strikt durchsetzen können, Jack. Wenn man bedenkt, was an Nebentätigkeiten, kostenlosen Abendessen und Preisnachlässen für Cops in der Stadt so läuft, kämen wir damit überhaupt nicht mehr nach ...»

«Ich verstehe nur Bahnhof», sagte Coffey. «Falls Sie damit einen meiner Leute meinen, reden Sie gefälligst Klartext!»

Thomas winkte ab, wuchtete sich aus seinem Sessel und ging.

Diesmal waren sie noch glimpflich davongekommen. Ein bißchen zu glimpflich, fand Riker.

«Hast du eine Ahnung, was Mallory über Palanski weiß?»

«Keinen Schimmer. Sie würde nie einen Kollegen ans Messer liefern. Allenfalls abknallen, wenn er ihr dumm kommt.»

«Du hast dich bei Judd Thomas zu weit aus dem Fenster gelehnt.»

«Daß Palanski zuviel redet, weißt du selber, und das könnte für Mallory irgendwann einmal lebensgefährlich werden.»

«Thomas kann Palanski gut gebrauchen – so wie ich Mallory gut gebrauchen kann. Wenn sie ihm nicht mehr vorzuwerfen hat als seine feinen Klamotten und die Fünfzig-Dollar-Haarschnitte, ist das reichlich dünn. Schließlich leistet sich Mallory auch ein maßgeschneidertes Outfit und schneidet sich die Haare nicht über dem Waschbekken. Wir können von Glück sagen, daß der Captain seinen neuen Job der Politik und nicht seinem Grips verdankt. Aber ein kompletter Idiot ist er nicht. Es wäre gefährlich, ihn zu unterschätzen.»

Riker war sauer, weil Coffey leider wieder mal recht hatte. «Soll ich mich mal wegen Palanski umhören?»

«Nein. Ich hab einen unserer Leute auf ihn angesetzt. Und jetzt will ich nichts mehr von der Sache hören. Wenn du Mallory siehst, sag ihr, sie soll sich gefälligst wieder hierherbequemen. Ich würde ganz gern mal einen Bericht von ihr sehen. Nur so als nette Geste ...»

«Vielleicht will sie dir ja nur einen Gefallen tun. Kann doch sein, daß es für dich gesünder ist, wenn du nicht weißt, was sie treibt und wie sie es treibt. Denk mal an deine Pension ...»

«Sie versucht, im Alleingang drei Verdächtigen auf den Fersen zu bleiben, aber damit muß sie irgendwann Schiffbruch erleiden. Wenn sie ihn nicht bald kriegt, geht er ihr durch die Lappen.»

«Ich habe den Eindruck, daß sie schon weiß, wer es ist. Wenn sie von drei Verdächtigen spricht, will sie dir nur Sand in die Augen streuen, weil sie denkt, du traust ihr keine selbständige Ermittlung zu. Aber diesem kleinen Monster war schon mit zehn alles zuzutrauen.»

«Es ist tatsächlich nichts Übernatürliches, glaub mir das», sagte Charles.

Justin sah aus dem Taxifenster auf die Schneeflocken, die lautlos gegen die Scheibe schlugen, und machte den Mund nicht auf.

«Wenn ich heimkomme, gehe ich gleich in den Keller und sehe mir die Zielscheibe genauer an. Wahrscheinlich hast du beim Dagegenlehnen den Mechanismus ausgelöst.

So einfach ist das. Im Grunde brauche ich gar nicht nachzusehen. Nein, ich werde auch nicht nachsehen, denn ich vertraue dir. Es gibt keine andere Erklärung, Justin. Niemand hat das Messer durch die Luft fliegen lassen. Okay?»

Der Junge drehte sich um. In seinem Kindergesicht stand ein mühsames Lächeln.

Vor der Schule auf der Upper East Side stiegen sie aus. Charles wollte warten, bis Justin sich den anderen Schülern angeschlossen hatte, die in Dreier- oder Vierergruppen auf dem Schulhof herumstanden, aber er wartete vergeblich. Die Hände in den Taschen vergraben, in schweigender Übereinkunft von den anderen gemieden, blieb Justin allein.

Charles gab es einen Stich. Ihm war, als sähe er eine Szene aus seiner eigenen Schulzeit. Eine Glocke rief die Jungen zurück ins Schulgebäude. Zu zweit und zu dritt gingen sie hinein. Nur Justin hatte niemanden neben sich.

Charles spannte seinen Schirm auf, denn das Schneetreiben war stärker geworden. Auf der anderen Seite der breiten Straße lag der Park. Am anderen Ende des Parks wohnte Mallory. Und dort war auch der Tatort.

Leere Taxis rollten hoffnungsvoll an ihm vorbei, aber er ging gern zu Fuß durch den Schnee. Es war etwas, was man auch allein machen konnte – eine Überlegung, die in seiner Lage so wichtig war, wie sie es später einmal für Justin sein würde.

Er überquerte die Straße und ging durch eine unberührte Schneelandschaft bis zu der Fahrstraße, die quer durch den Park führte. Was mochte wohl Mallory jetzt treiben? Halt... Wollte er das wirklich so genau wissen?

Eine Pferdekutsche kam ihm entgegen. Der Schnee stäubte auf seinen Schirm, und erst jetzt ging ihm auf, daß seine Schuhe nicht für so ein Wetter gemacht waren. Trotzdem ließ er die Kutsche vorbeifahren. Schuhe kann man ersetzen, frischgefallenen Schnee gibt es nicht alle Tage. Er setzte seinen einsamen Weg fort.

Was hätte Markowitz dazu gesagt, daß Mallory nicht am Tatort gewesen war? Charles hatte den Verdacht, daß es vor allem Rikers schulmeisterliche Bemerkung gewesen war, die sie vergrätzt hatte. Aber wahrscheinlich hatte sie damit sowieso nichts versäumt.

Wenn er nun am Tatort etwas entdeckte, was den Fall weiterbrachte? Immerhin waren sie Partner...

«Alles ist eitel auf dieser Welt», ließ sich plötzlich eine Stimme unter Charles' Schirm vernehmen. «Und ich sah, und siehe, ein weißes Pferd.» Der Mann, der so unerwartet an seiner Seite aufgetaucht war, schien ein Gespräch mit einem unsichtbaren Dritten zu führen.

Er war alt und so viel kleiner als Charles, daß der von oben die kahle Stelle in dem verfilzten grauen Haarschopf sah. Sein neuer Begleiter trug einen schmutzigen Wollmantel, der einmal bessere Tage gesehen hatte, und um den Hals einen langen Schal, den er hinter sich herzog wie eine Schleppe und der so vielfarbig schillerte wie ein angeschmuddelter Regenbogen. Der Mann hielt mit ihm Schritt und akzeptierte den Schutz seines Schirms wie eine Selbstverständlichkeit.

Charles fröstelte unwillkürlich. Er sah Wahn und Tollheit neuerdings mit anderen Augen. Auch er hatte ja Gespräche mit einer Person geführt, die gar nicht da war. Wie oft hatte sich wohl Malachai an diesem Trick versucht, bis das Unglück geschehen war, bis er Louisa nicht mehr hatte wegschicken können?

«Ich bin Alpha und Omega, der Anfang und das Ende.»

«Ich bin Charles Butler. Guten Tag.» Schützend hielt er den Schirm über seinen grauhaarigen Gefährten.

«Da ward ein großes Erdbeben, und die Sonne ward schwarz wie ein härener Sack», tönte der Alte.

«Ja, das Wetter könnte wirklich besser sein», bestätigte Charles.

«Ein Weib, mit der Sonne bekleidet und den Mond unter ihren Füßen.»

Was hat wohl Mallory heute erlebt? Was macht sie gerade?

«Und es erhub sich ein Streit im Himmel.»

Das mit dem Streit konnte hinkommen . . .

Mit diesem Satz trennte sich der Alte von Charles, um mit seinem unsichtbaren Gesprächspartner den verschlungenen Pfaden der Offenbarung auf einem anderen verschneiten Parkweg nachzugehen.

Als Charles zum Tatort kam, wehten die gelben Plastikbänder verloren im Wind.

Er ging bis zu der Stelle, an der laut Hellers Plan der Mord geschehen war, und sah sich um. Bisher hatte er nichts erfahren, was Mallory nicht auch aus Hellers Skizze hätte erfahren können. Die Stelle war vom Weg aus deutlich einzusehen. Das paßte zu Mallorys Theorie, daß es sich um eine spontane Tat gehandelt hatte. Für einen heimlichen Mord war die Deckung zu dürftig.

Am Mordtag hatte es geregnet. Bei Schnee und Regen waren nur wenige Fußgänger unterwegs, das aber waren Unverdrossene, die bei jedem Wetter aus dem Haus gingen. Er sah zu dem Hochhaus am Central Park West hinauf, dessen oberen Stockwerke die kahlen Wipfel überragten und wo vielleicht in diesem Moment Mallory aus einem Fenster sah.

Er ging um den Seitenarm des Sees herum bis zu dem Weg, auf dem die Bänke standen, setzte sich und wartete.

Fast hätte er sie übersehen. Der Schnee blendete, und er hatte Mühe, in dem weißen Umfeld das weiße Gesicht und das weiße Haar unter dem weißen Wollcape zu erkennen.

Cora zog sich die Kapuze tiefer ins Gesicht.

Zu spät.

Der Mann hatte ihre Tarnung durchschaut. Er war sehr groß, aber seine Haltung hatte nichts Bedrohliches. Sie kniff die Augen zusammen. Seine Züge wurden deutlicher, je näher er herankam.

Das freundlich-närrische Lächeln wies ihn als einen der vielen harmlosen Irren aus, die ziellos durch den Park streiften. Nein, von dem drohte ihr keine Gefahr.

Sie wühlte sich durch die übereinandergezogenen Pullover bis zu den tiefen Taschen ihrer weißen Wollhose durch.

«Entschuldigen Sie bitte ...» Der Mann beugte sich vor,

damit ihm der Wind nicht die Worte entriß, aber diese Vorsichtsmaßnahme war überflüssig: Sie las ihm die Worte von den Lippen ab.

Jetzt hatte sie die Münzen gefunden und streckte sie ihm hin. «Hier, guter Mann... Aber Sie müssen mir versprechen, keinen Schnaps dafür zu kaufen.»

«Nein, danke. Ich will kein Geld...»

Ihr Mißtrauen erwachte wieder. Kein Geld? Dann war er nicht nur verrückt, sondern womöglich doch gefährlich. Sie wandte sich ab. Er vertrat ihr den Weg, hielt aber höflichen Abstand. Seine Haltung hatte etwas Entschuldigendes, sein Blick war närrisch und hoffnungsvoll zugleich. Seltsame Augen hatte er, mit einer kleinen Iris und zuviel Weiß drumherum.

Ein Verrückter, kein Zweifel.

«Ich brauche Ihre Hilfe», sagte er. «Es handelt sich um etwas, was hier am neunzehnten Dezember passiert ist.» Er deutete auf das Ufer und die Stelle vor der dunklen Wasserfläche, wo die zerrissenen gelben Bänder im Wind wehten. Ehe er weitersprach, wandte er ihr wieder das Gesicht zu. Demnach hatte er schon begriffen, daß sie ihm von den Lippen las. Der Mann war nicht dumm.

«Waren Sie an dem Vormittag zufällig auch spazieren?»

Das klang durchaus vernünftig. Er sprach wie ein gebildeter Mensch. Kein Slang, keine Schludrigkeiten. Und tadellose Manieren.

«Ja, junger Mann, an dem Vormittag war ich auch spazieren.»

«Haben Sie zufällig dort drüben einen Mann und eine Frau stehen sehen?»

Er meinte offenbar die beiden Verliebten, das Jeansmädchen und den Großen mit dem Regenschirm. Sie hatte das seltsame Gefühl, die beiden in Schutz nehmen zu müssen. Was hatte er sich in ihre Privatangelegenheiten zu mischen?

«Warum fragen Sie?»

Als er mit seiner Erklärung fertig war – daß nämlich das vermeintliche Liebespaar ein Mörder und sein Opfer gewesen waren –, zitterten ihr die Knie. Er geleitete sie fürsorglich zur nächstgelegenen Bank, wischte mit einer rührend ritterlichen Geste den Schnee ab, setzte sich neben sie und musterte sie besorgt.

Sah er ihr die Horrorvision an, die ihr vor Augen stand? Sie hatte die Verletzung des Jeansmädchens für eine Blume gehalten. Wie töricht! Eine Rose im Winter? Warum hatte sie nicht gemerkt, daß die junge Frau sterben sollte? Vielleicht hätte sie ...

Ganz recht ... Wäre sie nicht so dumm gewesen, ohne Brille und Hörhilfe aus dem Haus zu gehen, hätte sie, so wie sie mit einer Handbewegung den Käfer vor der Spinne gerettet hatte, vielleicht ein Menschenleben retten können.

Ein Käfer hatte überlebt, eine Frau mußte sterben.

Es tut mir so leid, Jeansmädchen ...

Er berührte leicht ihre Hand, damit sie ihn ansah und er die nächste Frage stellen konnte. War ihr sonst noch etwas aufgefallen? Nein. Sie hatte sich ganz auf das Liebespaar konzentriert.

Ein flüchtiger Schatten zog an ihr vorbei – rote Mütze und Jacke, strampelnde Hosenbeine, umweht von dem Geruch nach Kaugummi und nassem Holz. Ein Hund rannte hinter dem Jungen her. Hund und Kind bogen vom Weg ab, zogen eine neue Spur durch den frischgefallenen Schnee des Hügels und waren wenig später schon nicht mehr zu sehen.

«Ja, richtig, der Hund ... Den Hügel dort ist ein Hund hochgerannt und hat sich mit der Leine im Gestrüpp verfangen. Eigentlich komisch, ein Hund ohne Herr, aber mit Leine. Die Leute lassen ihre Hunde oft frei im Park herumlaufen, obwohl es verboten ist.»

«Ich möchte Sie mit jemandem bekannt machen», sagte der Mann, und inzwischen fand sie sein närrisches Lächeln ganz sympathisch.

Der Portier blätterte in einer abgegriffenen Liste, erklärte, die Gesuchte sei nicht da, und lud die beiden dann mit beflissenem Lächeln ein, in der Halle auf Miss Mallory zu warten.

«Setz dich, Mallory, und halt verdammt noch mal den Mund.»

Zu Coffeys Verblüffung gehorchte sie widerspruchslos.

«Daß du mir nie wieder so einfach rausläufst! Du hast mir schon genug Ärger gemacht. Für Widersetzlichkeiten hab ich Riker, ist das klar? Der mag es nicht, wenn man ihm ins Handwerk pfuscht.»

«Ich denke nicht daran, mit Palanski zu arbeiten.»

«Sollst du auch nicht. Aber das ist *meine* Entscheidung.

Und jetzt zu dem kleinen Gefallen, um den ich dich gebeten hatte. Hast du mir die Unterlagen besorgt?»

Im Klartext: Hast du das Zeug für mich geklaut?

Schweigen. Das konnte er nun auslegen, wie er wollte. Das Spiel lief jetzt nach Mallorys Regeln.

«Hoffentlich machst du es diskret.»

Laß dich bloß nicht erwischen.

Schweigen.

«Ich hab den Eindruck, daß Palanski viele Überstunden macht.»

Der Mann kassiert ab.

Sie nickte. Coffey faßte wieder Mut.

«Sobald er irgendwo Geld riecht, ist er da. Als die Leiche im Park auftauchte, hatte er seinen freien Tag. Entschuldige, Mallory, ich erzähle dir Sachen, die du schon weißt...»

Mit leiser Genugtuung registrierte er das ärgerliche Zucken um ihre Mundwinkel. «Hast du die Unterlagen mitgebracht?»

«Die brauchen dich nicht zu interessieren.»

«Mallory –»

«Markowitz hat nie einen Kollegen hochgehen lassen.»

«Jetzt halt mal die Luft an. Gewiß, ich bin kein Markowitz, aber du könntest auch noch das eine oder andere von ihm lernen. Markowitz hat an Informationen genommen, was er kriegen konnte. Von überall und von jedem. Als Einzelkämpfer kommt man bei uns nicht weit. Irgend jemand in den Coventry Arms hat Palanski einen Tip gegeben. Vielleicht war es dein Täter, vielleicht ist es auch eine ganz andere Sache, aber wenn ich die undichten Stellen stopfen soll, muß ich wissen, was mit Palanski ist.»

Sie kreuzte die Arme über der Brust. «Palanski übernehme ich.» Kleine Pause. «Wenn du möchtest...»

Es war allenfalls ein Etappensieg.

«Meinetwegen.» War er von allen guten Geistern verlassen, daß er ihr in Sachen Palanski freie Hand ließ? «Daß du nichts unternimmst, womit Markowitz nicht einverstanden gewesen wäre.»

«Gemacht.»

Später, auf der Toilette, sah er im Spiegel über dem Waschbecken ein Gespenst. Markowitz. Nein, nicht Markowitz, sondern Jack Coffey, der sich, wie vor ihm der Inspektor, ständig fragen mußte, was Mallory wohl gerade anstellte und wieviel davon auf ihn zurückfallen würde. Der Balanceakt am Rande der Legalität war zur Routine geworden.

Wenn es um Mallory ging, war er sehr leicht verführbar.

Er würde sie umbringen. Klarer Fall. Aber erst würde er ein bißchen Spaß mit ihr haben, würde ihr gründlich und mit Genuß heimzahlen, daß sie ihn gequält hatte.

Wenn er sich mit ihr beschäftigte, ging eine heiße Welle durch seinen ganzen Körper und durch sein Hirn. Dann waren es ihre Augen, die er vor sich sah, die hellen Lichter eines drohenden Unglücks, rücksichtslos, gnadenlos heranbrausend, niemand am Steuer, keine Möglichkeit zu bremsen.

Und jedesmal war er ausgepumpt, gedemütigt, wütend

nach diesem Moment hilfloser Angst und Panik. Die Hände ballten sich zu Fäusten, die Nägel hinterließen rote Male in den Handballen. Eines dieser Male füllte sich mit Blut.

Er sah auf die Wunde. Das hatte sie ihm angetan. Sie hatte Blut fließen lassen, und das würde ihr noch leid tun.

Eine dicke graue Taube stolzierte vor dem geöffneten Fenster auf und ab. Er zerkrümelte eine Scheibe Brot und streckte die Hand aus, um die Krümel aufs Fensterbrett zu legen.

Die Taube fuhr kurz zusammen, legte den Kopf schief und sah ihn aus einem Auge an. Als gassenschlaue Stadtbewohnerin hatte sie keine Angst vor diesen Zweibeinern, deren Versuche, ihre unappetitliche Sippe auszurotten, allesamt kläglich gescheitert waren. Ohne sich von der großen Hand stören zu lassen, fing die Taube an zu picken.

In der Halle stand jetzt eine junge Frau am Empfangstresen. Als sie das wartende Paar sah, auf das der Mann am Empfang deutete, verbarg sie rasch etwas hinter dem Rücken.

Coras neuer Freund, der Mann mit dem närrischen Lächeln, machte sie mit der jungen Frau bekannt. Zu dritt fuhren sie in die geräumige Wohnung hinauf, die so gar nicht zu der jungen Frau passen wollte, die Mallory hieß.

«Du hattest recht, Mallory», sagte der Mann, den Cora inzwischen Charles nannte.

Es sprach für seine guten Manieren, daß er ihr stets das Gesicht zuwandte, so daß sie seinem Gespräch mit dieser Mallory folgen konnte.

«Amanda hat sich an dem bewußten Vormittag mit ihm im Park getroffen. Es war, wie du gesagt hast, eine spontane Tat. Und der Mord geschah um sieben Uhr fünfundvierzig. Unsere Zeugin, Mrs. Daily, macht gern bei schlechtem Wetter lange Parkspaziergänge.»

Wie hübsch sie ist, dachte Cora. Aber sie hat auch etwas... ja, etwas Unbarmherziges an sich. Augen wie eine Katze. Das störte Cora nicht, eher im Gegenteil. Im Lauf von achtundsiebzig Jahren hatte sie viele Katzen überlebt. Sie hatte keine Angst vor Mallory.

«Was haben Sie gesehen?» fragte die junge Frau, die ebenfalls sofort begriffen hatte, daß Cora von den Lippen las. «Den Mord?»

«Nein, leider nicht.»

«Den ersten Schlag?»

«Nein. Aber ich habe sie beieinander stehen sehen.»

«So daß Sie den Mörder identifizieren könnten?»

«Nein, ich hatte nämlich meine Brille nicht auf. Ich weiß nur, daß er groß war.» Cora merkte, daß sie der jungen Frau damit nichts Neues erzählte. Wie peinlich, wenn sie diesen reizenden Mr. Butler enttäuschen müßte... «Ich habe hinterher die Wunde gesehen. Im Moment des Schlags war ein Regenschirm dazwischen. Aber vorher und nachher hat er sie festgehalten. Hilft Ihnen das weiter?»

«Wenn Sie mir noch Genaueres über den Täter sagen könnten... Er war also groß.»

«Größer als die Frau.»

«Um wieviel größer?»

«Schwer zu sagen. Ich konnte wenig erkennen, eben wegen des Regenschirms. Der machte ihn irgendwie noch größer. Aber ...»

«Finden Sie mich groß?»

«O ja.»

«Und sind Sie sicher, daß es ein Mann war? Oder sind Sie einfach davon ausgegangen, weil Sie dachten, die beiden wären ein Liebespaar?»

«Sie haben natürlich recht, das war eine vorschnelle Folgerung. Ich habe Ihnen überhaupt nicht weitergeholfen, was?»

«Doch, doch», versicherte ihr neuer Freund schnell. Er sah die junge Frau an. *Benimm dich*, sagte sein Blick. *Ich weiß doch, was sich gehört*, antwortete der ihre. Und dann lächelte sie.

«Sie haben Ihre Sache sehr gut gemacht. Mein Alptraum ist ein Fall, der nur an einem Augenzeugen hängt.

Augenzeugen bringen nichts, vor Gericht sind sie so gut wie wertlos. Aber Sie haben uns den Tatort bestätigt und uns die Tatzeit angeben können, das hilft uns weiter. Sie haben das Blut gesehen, damit läßt sich durchaus etwas anfangen. Eine gute Leistung.»

Das Lächeln verschwand, das Gesicht der jungen Frau zeigte keine Regung mehr.

Charles beugte sich vor, um Cora einzubeziehen, während er mit Mallory sprach. «Hat einer der Verdächtigen einen Hund?»

«In den Coventry Arms wimmelt es von Hunden. Warum?»

«Cora hat erzählt, daß an dem bewußten Vormittag ein Hund durch den Park gelaufen ist, er hat eine Leine hinter sich hergezogen. Vielleicht war einer deiner Verdächtigen mit dem Hund draußen und hat ihn losgelassen, um mal eben schnell einen Mord zu begehen.»

Mallory wandte sich an Cora. «Sie haben den Hund gesehen?»

Cora nickte.

«Was für eine Rasse war es?»

«Das habe ich leider nicht erkennen können. Meine Brille –»

«Wie groß?»

«So die übliche Größe, nicht übermäßig groß, nicht übermäßig klein. Tut mir wirklich leid, ich kann –»

«Welche Farbe?»

«Das weiß ich nicht mehr genau. Irgendwie dunkel. Nicht schwarz, so dunkel nicht. Braun vielleicht ...»

«Vielleicht?»

Darauf gab es nichts mehr zu sagen. Inzwischen war sie sich nicht mehr sicher, ob da überhaupt ein Hund oder ein Liebespaar gewesen waren. Hatte sie womöglich zwei Frauen gesehen? Und der Hund ... konnte der nicht ...?

Wieder rettete Charles die Situation. «Zwergpudel und Dänische Doggen können wir demnach schon streichen.»

Die junge Frau nickte. Charles war in sie verliebt, das sah man auf den ersten Blick. Und jetzt freute er sich. Wie schön. Sie mochte diesen Charles.

Er brachte sie im Aufzug nach unten, setzte sie ins Taxi und ließ es sich nicht nehmen, dem Fahrer das Geld im voraus zu zahlen. Sie schüttelte Charles die Hand. «Sie leben im falschen Jahrhundert, junger Mann», sagte sie.

Charles ging ins Apartment der Rosens zurück. Das scharfe Messer, das auf dem Couchtisch neben der Leinentasche lag, war unübersehbar. Hatte sie noch nicht genug Waffen? Da war die schwere Kanone, die den Blazer ausbeulte. Dann die reguläre Dienstwaffe, die sie wahrscheinlich bei sich zu Hause hatte. Letztlich war da noch der alte Long Colt von Markowitz, der in ihrem Schreibtisch im Büro von Mallory & Butler lag. Mit einem Messer konnte er sich Mallory beim besten Willen nicht vorstellen.

Er nahm es in die Hand und drehte es um. Auf der Rückseite der Klinge war Maximilian Candles Wappen eingraviert.

«Es geht mich ja eigentlich nichts an», sagte Mallory, die in diesem Augenblick wieder hereingekommen war, «aber ich wollte einfach mal wissen, was sich da im Keller tut. Die Tür war unverschlossen, die Trennwand zu den Requisiten von Max stand weit offen.»

«Meine Schuld. Ich hatte es ziemlich eilig. Hast du das Messer aus der Zielscheibe gezogen?»

Sie nickte.

Charles war so überrascht, daß er vergaß zu fragen, was sie eigentlich im Keller gewollt hatte. Es war das falsche Messer. Die Klingen, die aus der Zielscheibe herausragten, waren fest mit dem Mechanismus verbunden. Man konnte sie zurückschieben, aber nicht herausziehen.

Als er Mallory das klargemacht hatte, fragte sie: «Könnte es sein, daß außer dir und Justin noch jemand im Keller war?»

«Denkbar wäre es natürlich, aber ich glaube es nicht.»

«Hast du den Eltern erzählt, was sich da unten abgespielt hat?»

«Ja, natürlich. Es hat eine Dreiviertelstunde gedauert, bis ich sie auf einer Cocktailparty aufgespürt hatte. Der Junge war ja völlig verstört.»

«Du hast die Kellertür offen gelassen. Hätten er oder seine Eltern Zeit gehabt, noch einmal hinzugehen und die Messer zu vertauschen?»

«Aber die Haustür war abgeschlossen. Da kann doch –»

«Wir wissen beide, daß das für Justin kein Hindernis wäre...»

«Ich kann mir einfach nicht vorstellen, daß einer von ihnen –»

«Immerhin ein überzeugenderes Szenario als ein Messer, das von selbst durch die Luft fliegt. Der Fall eskaliert, Charles, aber klären mußt du ihn. Ich habe meinen Mörder am Hals.»

«Glaubst du wirklich, daß jemand aus der Familie Riccalo in Gefahr ist?»

«Ja, natürlich.»

«Logisch spricht nichts dafür.»

«Na und?»

Logik hatte bei ihren Überlegungen noch nie eine große Rolle gespielt. Sie hielt es immer so, daß sie zuerst eine Hypothese aufstellte und dann auf die dadurch vorgegebene Lösung hinarbeitete, ohne nach rechts oder links zu schauen.

Eben noch war der Platz zu Mallorys Füßen leer gewesen, jetzt lag dort Knolle, der, gelehrig wie er war, Mallory schon einiges abgeguckt hatte.

«Hast du immer noch vor, den Fall am sechsundzwanzigsten Dezember abzuschließen?»

Sie nickte. «Wenn ich ihm zuviel Spielraum lasse, nimmt er sich einen Anwalt.»

«Wie gut, daß keiner deiner drei Verdächtigen über Weihnachten verreist ist.»

«Dann hätte ich ihn von meiner Liste gestrichen.»

«Aber von der Logik her –»

«Logik funktioniert nur auf dem Papier.»

«Jack Coffey glaubt offenbar –»

«Ich hoffe, du hast ihm nichts von dem Roman gesagt.»

«Nein. Aber warum hast du ihm eigentlich nichts davon erzählt? Was soll diese Geheimniskrämerei? Du arbeitest schließlich mit ihm zusammen.»

Unsinn, Charles ... du weißt ganz genau, daß Zusammenarbeit ein Fremdwort für sie ist.

«Irgendwo gibt es eine undichte Stelle. Ich will kein Risiko eingehen.»

«Kein Risiko eingehen? Na hör mal ... Coffey sagt, du unterschätzt –»

Mallory hatte sich kerzengerade aufgerichtet. Sie hob ein wenig das Kinn.

«Ich *kenne* diesen Mann. Er hat die Wohnung geputzt, bis kein Stäubchen mehr zu finden war, auch Sachen, die er gar nicht angefaßt hatte. Er wollte sichergehen, daß er nichts übersehen hatte. Er ist der einzige, der weiß, daß ich etwas mit Amanda Bosch zu tun habe, weil er als einziger weiß, daß sie tot ist und ich mit ihr verwechselt wurde. Er möchte gern weg, aber er traut sich nicht. Er weiß, daß ich etwas weiß, aber er weiß nicht, wieviel. Daß ich hier wohne, macht ihn verrückt. Mit jeder Nachricht, die ich ihm über die Mailbox schicke, dreht er ein bißchen mehr durch. Mit meinem Einzug habe ich ihn zu meinem Gefangenen gemacht. Er wartet darauf, daß ich ihn holen komme. Bei jedem Klopfen stirbt er tausend Tode. Wenn er das Warten nicht mehr aushält, kommt er zu mir. Aber diesen Moment bestimme ich.»

Charles hätte schwören können, daß sie während dieses Monologs kein einziges Mal geblinzelt hatte.

«Jack Coffey hat recht.»

Knolle staunte sichtlich über Charles Butlers Kühnheit.

«Ach ja?»

«Ja. Und nicht nur in dieser Sache.»

Der Kater sah weg und gab ihn verloren.

«Und ich habe unrecht?»

Im Klartext: *Auf welcher Seite bist du eigentlich?* So war das immer. Sie verlangte, daß man sich auf ihre Seite stellte – gegen den Rest der Welt.

«Wenn du dir einmal die reinen Fakten ansiehst, mußt

du zugeben, daß sie nicht viel hergeben. Jedenfalls nicht das, was du in den Fall hineininterpretierst.»

Es war Knolle, der die Alarmzeichen zuerst erkannte – so wie Tiere auch immer zuerst spüren, wenn ein Gewitter im Anzug ist. Er sträubte das Fell und verkroch sich unter die Couch. Und Charles mußte an den Alten im Park denken, der aus den Offenbarungen Johannes' zitiert, von Erdbeben und härenen Säcken gesprochen hatte.

Die Hand mit den langen roten Fingernägeln griff in die Leinentasche und holte einen Packen Computerausdrucke heraus. «Okay, Charles, dann wollen wir uns mal dein Problem ein bißchen genauer ansehen.» Das Bündel knallte auf den Tisch.

«Das sind die *Fakten* – mein Beitrag zur Partnerschaft. Zwei Frauen sind tot. Zwei Versicherungen haben gezahlt. Eine dritte Frau hat Angst – oder tut jedenfalls so. Das Treuhandvermögen des Jungen ist um ein Drittel geschrumpft. Treuhandverwalter ist der Vater. Vermutlich hat er sich auf gewagte Spekulationen eingelassen, denn sein Aktienportfolio und seine Konten sind auch verdächtig abgemagert, aber das ist, wie gesagt, eine Vermutung, und wir reden ja hier von Fakten. Die Stiefmutter ist Programmiererin und kennt sich in der Finanzwelt aus. Sie hat ein Faxgerät und Zugang zu der Unterschrift und den Akten des Treuhandverwalters. Vor ihrer Ehe war sie schon zehn Jahre mit Robert Riccalo bekannt. Die Gegenstände fliegen nur dann durch die Luft, wenn alle drei in einem Raum sind. Ein Bleistift flog auf die Stiefmutter zu. Es ist immer am einfachsten, den Gegenstand auf die

Person zufliegen zu lassen, die den Faden zieht, aber ich habe ihn auf dich zufliegen lassen, stimmt's?»

Ihre Stimme säuselte jetzt so sanft, daß der Kater den Kopf unter der Couch vorstreckte.

Woher hatte sie diese Informationen? Die Frage war kaum formuliert, als er sie rasch zu den anderen unausgesprochenen, unbeantworteten Fragen packte, die irgendwo in den Dachsparren seines Gehirns hingen wie schlafende Fledermäuse. Längst hatte er es aufgegeben zu fragen, woher sie das Material bekam, das sie ihm brachte. Er wurde Markowitz immer ähnlicher.

«Der Junge ist fast nur noch in der Schule», fuhr sie fort. «Manchmal bis zu sechs Tage in der Woche, ohne auch nur eine einzige Mahlzeit zu Hause einzunehmen. Das hat die neue Stiefmutter so geregelt. Wie gesagt – das Treuhandvermögen ist geschrumpft, und Papa sitzt in der Klemme. Die neue Stiefmutter ist über ihre Firma hoch versichert. Die leibliche Mutter hatte Herzgeschichten. Die Stiefmutter, die Selbstmord beging, war eine Weile in psychiatrischer Behandlung. Das sind Fakten.»

«Und hat die Dame, die in psychiatrischer Behandlung war, auch Gegenstände durch die Luft fliegen sehen?»

«Das wissen wir nicht. Wir wissen nur, daß sie mal in einer Klinik zur Beobachtung war. Verdacht auf Paranoia. Sie hat keinen Abschiedsbrief hinterlassen. Der Arzt, der die Autopsie gemacht hat, sagt, die Familie habe ihm gegenüber keine fliegenden Gegenstände erwähnt. In der Akte ist auch von dem Jungen die Rede. Zweimal fällt im Zusammenhang mit ihm das Wort ‹unheimlich›.»

In ihren Worten schwang mühsam unterdrückter Zorn, das Gesicht aber blieb völlig beherrscht.

«Bei Selbstmord gibt es jedenfalls kein Geld von der Versicherung.»

«Irrtum, Charles. Riccalo hat erfolgreich auf Zahlung geklagt. Eine Ausschlußklausel für Selbstmord war nicht vorgesehen, und als sie die Versicherung abschloß, war sie noch nicht in psychiatrischer Behandlung.»

«Und Robert Riccalo war der Begünstigte.»

«Ja. Das also sind die Fakten. Der Betrag wurde dem Treuhandvermögen zugeschlagen.»

«Ganz schön makaber ...»

«Halten wir uns an die Fakten, Charles. Die Summe machte die Spekulationsverluste des letzten Vierteljahres gerade so wieder wett. Wenn ein Treuhandvermögen zu sehr zusammenschmilzt, droht automatisch eine Bankenprüfung. Eine hoch versicherte Frau stirbt genau zum richtigen Zeitpunkt. Recht aufschlußreich ...»

«Du kannst nicht beweisen, daß ein Verbrechen vorliegt. Soweit ich weiß, war zur Zeit des Selbstmords sonst niemand im Haus.»

«Das ist Spekulation. Alibis überprüft die Polizei nur bei Tötungsdelikten. Wenn du dich an die Fakten hältst, kannst du gegen alle drei eine Anklage aufbauen. Instinkt zählt für dich offenbar nicht. Aber woher weiß ich wohl, wer der Täter und wer das nächste Opfer ist?» Eiszapfen klirrten in ihrer Stimme, und seine Logik floh zu dem Kater unter die Couch. Inzwischen glaubte er an sie, wie andere an Magie glauben – aber jetzt war es zu spät.

«Und wer von den Riccalos ist es?»

«Bedaure, das kann ich dir nicht sagen. Ich hab's nicht mit Hilfe der Logik rausgekriegt, und da zählt es ja nicht. Gegen einen logischen Geist wie dich können wir kleinen Cops ja doch nicht anstinken. Sag mir Bescheid, wenn du die Lösung hast.»

«Aber für alle drei spricht etwas. Von der Logik her –»

«Für Logik und Fakten kann man sich nichts kaufen. Viel Spaß, Charles. Vergiß nicht, den Kopf einzuziehen. Und schick mir mal eine Ansichtskarte.»

Sie holte Kartons mit Disketten aus der Tasche.

«Das hört sich ja an, als würden wir uns eine Weile nicht sehen.»

«Ich habe alle Hände voll zu tun.»

Er wandte sich nur sekundenlang ab, um zu überlegen, was er zu ihr sagen sollte. Als er wieder hinsah, war sie verschwunden. Die Tür zum Hinterzimmer schlug zu. Der Kater war ihr nachgelaufen. Er war allein.

«Die Verabredung für heute abend steht aber noch, ja?» rief er durch die geschlossene Tür. Schweigen.

Logik und Fakten, hatte sie gesagt ... Als Fakten hatte sich ihre Behauptung herausgestellt, daß Amandas Manuskript autobiographisch war – zumindest, was die Schwangerschaft und den tanzenden Kater anging – und ihre Vermutung, daß Amanda Bosch sich mit dem Täter verabredet hatte, daß der Mord eine spontane Tat gewesen war. Er stand schon am Aufzug, wäre aber am liebsten noch einmal zurückgegangen und hätte sie gefragt, wer die Bleistifte durch die Luft fliegen ließ.

Denn sie wußte es.

Und erst jetzt fiel ihm ein, daß das Messer noch auf dem Couchtisch lag. Warum hatte sie es mitgebracht? Was hatte sie wirklich im Keller gewollt?

Robert Riccalo beherrschte den ganzen Raum, obwohl er sich hinter der Finanzseite der Zeitung verschanzt hatte, so daß man nur seine Hosenbeine und das grüne Lederpolster des Klubsessels sah.

Der Sessel war so dick gepolstert, daß er wie ein Thron die Couch überragte, auf der seine Frau saß. Justin hockte in einem kleinen Lehnstuhl, den man für ein Kindermöbel hätte halten können.

Über dem Gesabbel eines Weichspüler-Werbespots hörte man Riccalos Zeitung rascheln. Jedesmal, wenn der Mann auf dem grünen Thron seufzte oder brummte, sah Justin von seinem Buch auf, und jedesmal, wenn er aufsah, begegnete er dem Blick seiner Stiefmutter. Offensichtlich fand sie Justin Riccalo sehr viel spannender als alles, was sich auf der Mattscheibe tat.

Drei Köpfe ruckten gleichzeitig herum, als es im Nebenzimmer klirrte. Robert Riccalo sah seinen Sohn an, der sich in seinem Sessel ganz klein gemacht hatte. Sally Riccalo saß stocksteif auf der Couch. Ihre lange spitze Nase wies wie ein Kompaß in die Richtung, aus der das geisterhafte Geräusch gekommen war.

Riccalo war als erster am Ort des Geschehens. Auf dem Marmorboden lagen blaue Glasscherben. Vier lange, spitze Splitter waren hintereinander aufgereiht und wiesen ins Nebenzimmer. Seiner Frau entfuhr ein erstickter Schrei.

Justin kam in dem Moment herein, als die erste Glasscherbe sich langsam auf Sally Riccalo zubewegte. Nach einer Schrecksekunde deutete sie auf ihren Stiefsohn: «Das ist sein Werk! Er will mich umbringen! Hinter all dem steckt er...» Robert Riccalo warf seinem Sohn einen unheilverkündenden Blick zu.

Justin drehte sich um, flüchtete in sein Zimmer, schloß ab und verbarrikadierte mit seiner Kommode die Tür.

«Justin», donnerte sein Vater. «Justin!» Seine Schritte kamen bedrohlich näher. Der Türknauf bewegte sich. Justin horchte. Die schweren Schritte entfernten sich kurz, kamen wenig später zurück. Ein Schlüssel drehte sich im Schloß.

Justin wich in die hinterste Ecke zurück, als die Tür gegen die Kommode stieß und langsam, aber sicher das schwere Möbelstück zurückschob.

Das lautstarke Gequengel lenkte ihre Aufmerksamkeit auf den Fünfjährigen. «Ich will den toten Mann sehen!» verlangte er, und das wollte jetzt auch Mallory. Sie ging auf die Gaffer zu, die vor dem Nebenhaus den Gehsteig versperrten. Die Frau, die den Jungen am Arm gepackt hatte, bekam von ihm einen kräftigen Tritt vors Schienbein. Sie hatte eine andere Hautfarbe als ihr Schützling, trug eine gestärkte Uniform und schien mit beiden Beinen auf der Erde zu stehen, was einem in dünner Hochhausluft aufgewachsenen Kind nur guttun konnte.

«Ich will noch nicht rein!» Er ballte die kleinen Fäuste.

Ein Mann in langem schwarzen Mantel – vorzüglich geschnitten, wie Mallory mit Kennerblick feststellte – stieß dem reglosen Mann die Spitze seines Regenschirms in die Seite.

«Ist er tot?» fragte die Frau neben ihm und wich zurück. «Riecht er deshalb so?»

«Nein», sagte eine andere. «So riechen sie alle».

Als Mallory sich nach vorn drängte, sah sie gerade noch, wie der Regenschirm den steifen Körper auf die andere Seite rollte. Das schmutzige Gesicht mit den geschlossenen Augen sah fast friedlich aus. Die Flasche neben ihm, eine Pfütze mit Erbrochenem, zerlumpte Kleidung... Es war nicht schwer zu erraten, was hier geschehen war. Der Mann war spätabends – zu betrunken, um sich nach einer geeigneteren Bleibe umzusehen – ins Gebüsch gekrochen und erfroren oder an Erbrochenem erstickt. Der Portier der Nachtschicht, der den ausdrücklichen Befehl hatte, Penner vom Grundstück zu vertreiben, hatte vermutlich geschlafen oder Zeitung gelesen, so daß ihm der Mann, der vor dem Schneefall der letzten Nacht unter dem dürftigen Buschwerk Schutz gesucht hatte, nicht aufgefallen war. Der Junge schien zu spüren, daß er in Mallory so etwas wie eine Autoritätsperson vor sich hatte. «Ruft der Portier jetzt den Abdecker an wie bei dem Hund?» fragte er.

«Welchen Hund meinst du?»

«Ich hab gesehen, wie einer einen Hund totgemacht hat. Da!» sagte er mit Verschwörermiene und deutete auf den Gehsteig. «Ich war oben...»

«Wie weit oben?»

«Er wohnt im zehnten Stock», schaltete die Kinderfrau sich ein. «Andauernd redet er von diesem Hund, dabei konnte er den unmöglich sehen, weil ...»

«Klar hab ich ihn gesehen! Ich war nämlich gar nicht im zehnten Stock! Das sagt sie bloß, damit meine Eltern nicht rauskriegen, daß ich *ohne Aufsicht war*», sagte der Junge mit genüßlicher Betonung der letzten Worte, die er offenbar gerade erst als nützliches Werkzeug zur Erpressung der Kinderfrau entdeckt hatte.

«Ich hab im dritten Stock an einem Flurfenster gestanden», sagte er. «Und wie ich runterseh, macht da ein Mann gerade einen Hund tot.»

«Wie denn?»

«Erwürgt hat er ihn. Der Hund hat an der Leine gezerrt, das fand der Mann wohl nicht so gut, da hat er den Hund am Würgehalsband hochgenommen, und der Hund hat furchtbar gezappelt. Und dann hat er plötzlich aufgehört, da war er nämlich tot. Und dann hat der Mann ihm einen Tritt gegeben, daß er auf die Fahrbahn geflogen ist. Ich wollte ihn angucken gehen, aber der Portier hat mich nicht rangelassen. Den holt der Abdekker, hat er gesagt.»

«Wann war das?»

«Weiß nicht.»

Mallory sah die Kinderfrau an. «Wann hat sich das abgespielt?»

Die zuckte die Schultern. «Überhaupt nicht, wenn Sie mich fragen. Er denkt sich ständig solche Sachen aus.»

«Ist nicht wahr, ist nicht wahr.» Der Junge trat wieder zu.

«Ich könnte ja mal den Portier fragen», sagte Mallory. «Oder seine Eltern.»

«Es war am neunzehnten Dezember», erinnerte sich die Kinderfrau plötzlich. «An dem Tag, als es geregnet hat.»

Aber weder der Portier noch der Junge konnten den Hund beschreiben. Und Mallory wünschte sich wieder einmal eine Welt ohne Augenzeugen, weil die sowieso nichts sahen.

Die Tür stand offen. Mallory setzte sich die Einkaufstüte auf eine Hüfte, zog den Revolver und betrat ihre Wohnung.

Von der Diele aus sah sie, daß der Mann vom Empfang im Wohnzimmer stand und Angel Kipling die Tür zu dem begehbaren Kleiderschrank aufmachte.

«Suchen Sie was?»

Der Mann fuhr herum.

«Entschuldigen Sie bitte die Störung, Miss Mallory, aber Mrs. Kipling meinte, aus dieser Wohnung einen Schrei gehört zu haben.»

«Wahrscheinlich war es der Kater», sagte Angel. «Sperren Sie ihn immer ein?»

«Im Badezimmer ist viel Platz. Ich möchte den Rosens Katzenhaare auf den Polstermöbeln ersparen.»

Als der Mann vom Empfang mit einer nochmaligen Entschuldigung abgezogen war, sagte Angela Kipling scharf:

«Wir haben Ihre Nachricht bekommen.»

«Was für eine Nachricht?»

«Tun Sie nicht so ahnungslos. Ich habe genug gesehen.» Angel deutete mit einer Kopfbewegung zum Arbeitszimmer hinüber. «So viel Elektronik auf einem Haufen ist immer verdächtig. Was wollen Sie? Wieviel?»

«Dafür, daß ich den Mund halte?» Das war fast zu schön, um wahr zu sein. Nur schade, daß die Videokamera nicht lief. Aber was sie von Angel erfuhr, konnte sowieso nicht gegen ihren Mann verwendet werden. «Ich würde lieber mit Mr. Kipling direkt verhandeln ...»

«Der Mann im Haus bin ich.»

Angel Kipling ging auf Mallory zu, holte tief Luft, um etwas zu sagen – doch die Worte blieben ihr im Hals stecken, als sie Mallorys warnenden Blick sah. Gleich darauf schlug die Wohnungstür hinter ihr zu.

In der Küche setzte Mallory die Einkaufstüte ab, legte den Revolver daneben und packte ohne Eile aus. In aller Ruhe verstaute sie noch die Butter im Kühlschrank, dann ging sie gemächlich ins Wohnzimmer, wo schon die ganze Zeit das Telefon spektakelte. Knolle schlug mit den Pfoten ans Aquarium. Daß er an die schönen Fische in dem gläsernen Kasten nicht herankam, bedeutete permanenten Frust für ihn.

«Ich kann's dir nachfühlen», sagte Mallory und hob ab. «Mallory.»

«Hier Justin. Ich hab die Bleistifte nicht durch die Luft segeln lassen.»

«Wie bitte?»

«Ich war's nicht. Wollen Sie mir helfen?»

«Du kennst die Bedingungen. Sobald du mir die Wahrheit sagst, bin ich für dich da.»

Ein tiefer Atemzug, dann war die Leitung tot.

Gleich darauf war Justin vergessen. Durch die offene Tür sah sie die Vase von dem kleinen Tisch fallen und weich auf dem dicken Teppich landen. In einer großen Pfütze lagen gelbe Rosen.

Verdammter Kater!

Doch Knolles Maunzen kam aus einem anderen Raum. Sehr nachdenklich besah sie sich die Blumen, bis ein rotes Blinklicht an ihrem Computer ein Fax ankündigte. Sie holte es auf den Bildschirm. Absender war eine juristische Fachzeitschrift, die in einer ihrer nächsten Nummern einen Vortrag von Richter Heart nachdrucken wollte.

Sie lud das Fax in die Grafikdatei, holte sich den Briefkopf, kopierte ihn auf eine leere Seite und tippte darunter: «Unserer Fachzeitschrift liegt ein Manuskript vor, dessen Wahrheitsgehalt wir gerne überprüfen möchten, um uns gegen eventuelle Verleumdungsklagen abzusichern. Dazu bitten wir um Klärung einiger Fragen. Trifft es zu, daß Sie regelmäßig Ihre Frau schlagen? Trifft es zu, daß Ihre Mutter an einer brutalen Tracht Prügel gestorben ist?»

Die nächste Stunde verbrachte sie recht angenehm damit, bei verschiedenen Leuten im Haus über die Mailbox Computerterror zu verbreiten.

«Ach du meine Fresse!» sagte Riker, als er vor Mallorys Tür stand. Vorsichtshalber sah er noch einmal genauer hin. Das, was er gern für einen wüsten Traum gehalten hätte, war knallharte Wirklichkeit.

Während er klingelte, hämmerte er gleichzeitig wie verrückt an die Tür. «Mallory! Mallory, bist du da?»

Als sie aufmachte, zog grenzenlose Erleichterung seine Mundwinkel auseinander und brachte seine Füße zum Stehen, die sich schon in Bewegung gesetzt hatten, um die Tür einzutreten.

Er deutete auf das große, tiefrote Kreuz an ihrer Wohnungstür. Sie wußten beide, daß es kein Ketchup war.

«Hübsche Idee, Mallory.» Riker ging an ihr vorbei zum Telefon. «Ein bißchen aufwendig, aber eindrucksvoll. Der Täter weiß, wie du heißt und wo du wohnst. Aber das genügte dir wohl noch nicht. Du hattest offenbar Angst, er könnte sich in der Tür irren ...»

«Ein Spinner», sagte sie nur und starrte auf das rote Zeichen.

«Was ist jetzt mit deiner Lieblingstheorie, Mallory? Der Typ verfolgt dich, und das paßt nicht zu einem Schlappschwanz, der in Panik zuschlägt und dann die Beine in die Hand nimmt.»

«Es sei denn, er hätte einen Helfer ...»

«Zwei der Verdächtigen sind verheiratet. Angenommen, eine der Ehefrauen ist eher wie du – hart, aber herzlich, meine ich –, oder aber –»

«– oder aber ein unterwürfiges Weibchen, das jedem Wink seines Herrn gehorcht.»

«Du tanzt auf zu vielen Hochzeiten, Mallory. Mußtest du unbedingt allen dreien die Hölle heiß machen? Denkst du denn gar nicht daran, daß einer deiner Verdächtigen womöglich mit einer Schadensersatzklage in Millionenhöhe gegen die Stadt anrückt?» Oder mit einer Waffe, ergänzte Riker bei sich und sah zur Tür. «Wie lange ist das deiner Meinung nach schon dran?»

«Als ich vor einer Stunde kam, war es noch nicht da.»

Riker verständigte das Revier. «Am besten schickt ihr Heller her. Vielleicht haben wir Glück, und das Blut stammt von unserem Täter.» Er sah Mallory an. «Wird Zeit, daß wir uns um Verstärkung für dich bemühen, Kleines.»

«Nenn mich nicht Kleines. Ich denke, ihr wollt den Fall auf Sparflamme fahren ...»

«Du kannst hier nicht mehr allein bleiben.»

«Ich habe keine so hohe Meinung von dem Täter wie du. Schau dir das an.» Sie deutete auf den Schnittpunkt der blutigen Balken. «Federn. Unser furchtloser Verbrecher hat einen Vogel umgebracht. Vergiß die Verstärkung. Ich laß mir von niemandem die Tour vermasseln.»

Sie stritten noch immer verbissen, als Heller erschien, um Proben von der Tür zu kratzen. Bis er fertig war, hatte sie Riker weichgekocht. «Okay, also keine Verstärkung», sagte er erschöpft. «Wann willst du zuschlagen?»

«Vielleicht am Sonntag.»

Daß es ausgerechnet der Tag sein sollte, an dem der liebe Gott sich eine Ruhepause gönnte, paßte ins Bild. Falls das nicht auch wieder geschwindelt war.

Der Kater schnurrte um Mallory herum, während sie den Revolver ins Holster steckte. Sie nahm ihn auf den

Arm. Er schmiegte seinen Kopf an ihr Gesicht, fuhr ihr mit der rauhen rosa Zunge über die Haut und schloß langsam und genüßlich die Augen. Als Mallory ihn im Badezimmer zu Boden plumpsen ließ, stellte er sich auf die Hinterbeine und fing an zu tanzen.

Riker stieß einen leisen Pfiff aus. «Hat er das schon mal gemacht?»

«Nein.»

Sie kniete sich hin, faßte Knolles Vorderpfoten und setzte sie energisch auf den Boden.

Der Kater schnurrte schon wieder mit halb geschlossenen Augen. Als sie aufstand und zur Tür ging, machte er sie wieder auf und sah ihr tief bekümmert nach. *Was hab ich denn verbrochen?* fragten die runden Augen, der unruhig zuckende Kopf, die hochgereckten Pfoten.

Die Tür klappte zu.

Schon fünf Minuten nach der vollen Stunde hatte er gewußt, daß sie nicht kommen würde. Jetzt bemaß er das Verstreichen der Zeit nach dem schmelzenden Eis in dem silbernen Weinkühler. Das Päckchen in dem roten Geschenkpapier kam ihm lächerlich vor. Ein albernes Schächtelchen, aufgeputzt für eine Frau, die sich nicht die Mühe machte, es abzuholen. Noch eine Stunde starrte er auf die Tür, an die niemand klopfte. Dann zog er seinen Mantel an, verließ die Wohnung, ohne sich später daran erinnern zu können, ob er abgeschlossen hatte, und ging hinaus in die Dunkelheit. Er brauchte Bewegung. Und er mußte nachdenken.

Die Nacht war kalt und trocken. Im Norden läuteten die Glocken des Klosters auf der Bleecker Street, im Westen die von St. Anthony. Eine dieser romantischen Stunden, dachte Charles, die eigentlich erst zu zweit richtig schön sind. Ob er so eine Zweisamkeit je erleben würde?

Riker hatte schon recht: Mallory hatte kein Herz, hatte keine Stelle, an der sie verwundbar war, über die man sie hätte erreichen können. Sie hielt ihn für einen Trottel. Und das war er ja auch. Immer sagte er das Falsche, weil sie so unkonventionell war und er damit nicht klarkam.

Der CD-Player in der tiefen Manteltasche schlug gegen seinen Schenkel. War womöglich dieses technische Spielzeug, für das er sich zwar bedankt, das er aber noch nie benutzt hatte, eine Brücke, die zu Mallory führte? Er holte es heraus, setzte die Kopfhörer auf und drückte den Startknopf. Die Musik strömte unter seine Schädeldecke, schien aus allen Richtungen zugleich zu kommen. Es war hinreißend. Die Töne, die er seit seiner Kinderzeit im Kopf hatte, waren plötzlich ganz neu und anders.

Sein hausgemachter Wahn hatte eine zusätzliche Dimension bekommen.

Jetzt hörte er ein neues Geräusch. Sekundenlang stockte ihm der Atem. Keine Musik, kein Räderrollen, kein Glokkenklang. Er wußte, daß es Amandas Schritte waren, noch ehe sie ihn eingeholt hatte. Ein gedachtes Wesen, dessen Schritte man hören konnte... Er wandte sich ab und stoppte die CD.

Die Schritte entfernten sich. Er sah weiter in die andere Richtung und dachte an Mallory.

Sie wußte, wer die Bleistifte durch die Luft fliegen ließ, und hatte – was ihm noch immer nicht gelungen war – die Triebkräfte in der Familie Riccalo durchschaut. Sah sie bei Justin verräterische Anzeichen von Mißbrauch? Oder hatte sie in ihm tatsächlich etwas entdeckt, was sie an sich selber nicht mochte, wie der Junge behauptet hatte? Aber es gab auch eine ganz simple Erklärung dafür, daß sie Dinge durchschaute, die er, Charles, nicht erkannte: Ihr fehlte das Herz.

«Manchmal können sie Liebe nicht erwidern», sagte Amanda, die sich als genauso beharrlich erwies wie eine lebendige Frau. Als er in ihr trauriges Gesicht sah, wich seine Furcht, und Neugier regte sich.

«Deine Liebe wurde auch nicht erwidert.»

«Nein.»

«Und als du diesen Mann dann näher kanntest, verdrängte die Verachtung alle anderen Empfindungen. Habe ich recht?»

«Ja. Aber du wirst Mallory nie verachten. Meine Verachtung galt seiner Schwäche. Sie aber ist ein ungewöhnlich starker Mensch, und das macht dir manchmal angst, nicht wahr? Du kommst nicht mehr von ihr los, Charles. Da war ich besser dran. Mir jedenfalls ist – auch in einer Beziehung zwischen Mann und Frau – ein Ende mit Schrecken allemal lieber.»

«Letztlich ging es dir nur um das Kind.»

«Ja.»

«Warum hast du dem Arzt dann gesagt, er solle es aus dir herausschneiden?»

«Ich bin belogen worden.»

Ihre Schritte wurden immer leiser, während sie neben dem einsamen Mann herging, der einen Schatten für sie beide warf. Er hatte diesmal keine besonderen Anstrengungen unternommen, um sie heraufzubeschwören, und das hätte ihn eigentlich beunruhigen müssen. Trotzdem war er seltsam froh über ihre Gesellschaft.

«Weißt du, warum Mallory dir mein Manuskript gegeben hat?»

«Damit ich es gründlich lese. Sie hoffte wohl, ich würde auf den ein oder anderen wichtigen Fingerzeig stoßen.»

«Du weißt, daß sie das Manuskript selbst gelesen hat, Wort für Wort, ehe sie es an dich weitergab ...»

«Ja, natürlich.»

«Es war die Liebe zu dem Kind, die sie nicht verstand. Daß ich meinen Lebensplan ganz auf ein ungeborenes Kind abstellen konnte, war ihr unbegreiflich.»

«Aber Mallory hat in ihrem Leben sehr viel Zuwendung erfahren. Helen und Louis haben sie abgöttisch geliebt.»

«Ja, aber durch das Leben auf der Straße, das sie vorher geführt hat, war schon zu viel zerstört worden. Was ist mit Mallorys leiblicher Mutter? Wie kam es, daß ein so schönes und intelligentes kleines Mädchen, das wohl jede Frau gern als Tochter gehabt hätte, zum Straßenkind wurde? Wie kam es, daß sie plötzlich von aller Welt verlassen war? Suchst du noch immer nach Berührungspunkten zwischen Mallory und dem Jungen? Ihre Lebensgeschichte könnte dir weiterhelfen. Was weißt du über ihre frühe Jugend?»

Charles seufzte. «Mallory ist ein sehr verschlossener

Mensch. Über ihre Vergangenheit haben wir nie gesprochen.»

«Wenn du nicht immer auf deiner Logik und deinen Fakten herumreiten würdest, wärst du vielleicht schon von selbst auf den Gedanken gekommen, daß Mallorys Mutter tot ist. Daß sie möglicherweise ermordet wurde.»

«Ist das nicht ein bißchen weit hergeholt, Amanda?»

«Meinst du? Mallory sagt eine Gewalttat im Hause Riccalo voraus. Du siehst eine Beziehung zwischen ihr und dem Jungen. Beide haben die Mutter verloren. Macht dich das nicht nachdenklich? Was trieb dieses Kind auf die Straße? Wovor war es auf der Flucht?»

«Vielleicht ist sie als Kind mißbraucht worden?»

«Von ihrer Mutter? Nein. Mallory hat Helen vom ersten Augenblick an geliebt. Irgendwo hat sie die Erfahrung gemacht, daß man zu Frauen, die einem zu essen geben, aufgeschürfte Knie versorgen und Liebe schenken, Vertrauen haben kann. Wenn nun Mallory den Mord an ihrer Mutter mit angesehen hätte?»

«Es gibt nichts, was für eine solche Annahme spricht. Jetzt fehlt nur noch, daß du mir erzählst, Justin hätte seine Mutter sterben sehen und *das* sei die Verbindung zwischen den beiden. Gedanken lesen kann auch Mallory nicht.»

«Wer kann schon sagen, was sie in seinen Augen liest und er in ihren ... Justins Verhalten, seine Sprache haben nichts Kindliches. Mallory war als kleines Mädchen vermutlich genauso. Daß sie beide seelische Schäden davongetragen haben, ist doch unbestreitbar.»

«Eigentlich habe ich dich ja nur geschaffen, um zu erfahren, wer *dich* umgebracht hat...»

«Ja, aber war das *deine* Idee? Sie hat dir mein Manuskript erst gegeben, als ihr klar war, daß du mich mit Hilfe meiner Lebensbeichte würdest zurückholen können.»

Konnte eine Frau wirklich so raffiniert sein? Aber was hätten ihre diskreten Hinweise auf Malachai sonst bedeuten sollen? Er hatte sich für dumm verkaufen lassen.

Amanda nickte ihm teilnahmsvoll zu und ging an ihm vorbei.

«Und was ist mit dir, Amanda?» rief er ihr nach. «Wer hat dich umgebracht? Und warum?»

«Er hat mich belogen.»

Er war zu müde, um sie festzuhalten. Hilflos sah er, wie sie in der Dunkelheit verschwand. Sie hatte so wenig Substanz, daß die Schatten es leicht hatten, sie zu verschlingen.

Schon die zweite Frau an diesem Abend, die ihn wortlos verließ.

Licht und Dunkelheit wechselten auf seinem Weg. In Gedanken noch immer mit Mallory beschäftigt, sah er nicht nach links und nicht nach rechts. Erst nach einiger Zeit merkte er, daß er in eine Gegend geraten war, in der er sich nicht auskannte und von der ihm deshalb Gefahr drohte. Die Entdeckung ließ ihn kalt. Ebenso kalt wie die Tatsache, daß der Weihnachtsabend unversehens in den Weihnachtstag übergegangen war.

In einem Wust alter Zeitungen vor einer Hauswand kam er unvermutet ins Stolpern und schlug zu Boden.

Unter seinen gespreizten Beinen kam etwas Kleines, Zapplig-Lebendiges hervor, ein sechs- oder siebenjähriges Mädchen in einem viel zu kleinen roten Mantel mit schmutzverkrustetem Gesicht, verfilzten Haaren und riesengroßen Augen, das offenbar unter den Zeitungen geschlafen hatte. Die Kleine streckte ihm einen zerknautschten Pappbecher entgegen, in dem Münzen klimperten. Es dauerte einen Augenblick, bis er begriffen hatte, daß dieses erschreckend magere, vor Kälte zitternde Kind ihn anbettelte.

«Wo ist deine Mutter? Warum bist du –»

Die Kleine wich zurück. Wache, altkluge Augen hatten ihn taxiert und eingeordnet: Ein Typ, der nichts gab, der vielleicht eine Autoritätsperson, womöglich ein Cop oder – schlimmer noch – ein Sozialarbeiter war. Noch ehe er auf das reagieren konnte, was er in ihrem Blick las, hatte sie sich schon umgedreht und war in der Dunkelheit verschwunden.

Er rappelte sich hoch und lief hinter ihr her, durch Lichtinseln und lange Dunkelzonen mit ausgebrannten oder kaputtgeschlagenen Straßenlampen. An einer dieser dunklen Stellen war die Kleine plötzlich verschwunden. Er blieb stehen und horchte in die Stille hinein. Irgendwo ein leises Klimpern.

Er sah auf. Sie saß rittlings auf einem Gitterzaun und war gerade dabei, gewandt wie ein Äffchen auf der anderen Seite hinunterzuklettern. Als er vor dem Zaun angekommen war, sah er gerade noch ihren roten Mantel um eine Ecke biegen.

Mit ihr verschwand das Bild einer einstigen, kindlichen

Mallory. Er legte den Kopf an die kalten Gitterstäbe und schloß die Augen. Sein Herz war schwer wie Blei.

Du Narr!

Das Grün ihrer Augen war nicht weihnachtlich warm. Kalt und unheimlich glitzerten sie im matten Licht des Armaturenbretts.

«Manchmal ist es vielleicht ganz gut, daß du kein Herz hast, Mallory. Jede andere würde sich Gedanken darüber machen, warum ich Weihnachten freiwillig Dienst schiebe.»

Sie verzog spöttisch einen Mundwinkel und verzichtete auf eine Antwort.

Er schlug die Beifahrertür zu. «Bin gleich wieder da. Will mir nur noch schnell mein Frühstück holen.» Er ging auf den matten Schein hinter den Fenstern der Bar zu und winkte. Peggy lehnte den Besen an die Wand und winkte zurück. Riker stiefelte zur Tür.

Sein Bierpegel war schon ziemlich hoch, so daß er den Halbwüchsigen zu seiner Rechten nur undeutlich wahrnahm. Der Junge sah sich suchend um, als warte er auf jemanden. Riker sah noch einmal zu Mallory zurück, die in dem dunklen Innenraum des Wagens nicht zu erkennen war, dann machte Peggy die Tür auf.

«Wen hast du denn da mitgebracht, Riker?» fragte sie und sah über seine Schulter.

Riker wandte langsam den Kopf. Hinter ihm stand der Junge. Peggy reagierte schneller. Sie zog sich in Richtung Tresen zurück, wo ihre Schrotflinte lag, aber es war schon zu spät, denn in diesem Moment streckte der Junge die Hand nach dem Revolver aus, der in seinem Gürtel steckte. In der einen Sekunde, die der Junge brauchte, um sich den Revolver zu greifen, überlegte Riker, ob es dessen schnelle Reaktionen waren, die ihn das Leben kosten würden, oder seine eigenen, durch den Alkohol gebremsten Reflexe. So oder so – jetzt war er dran.

Doch zum Ziehen oder Abdrücken kam der Junge nicht mehr. Eine energische Person mit blonden Locken drängte ihn durch die offene Tür der Bar, stieß ihn so heftig gegen einen Tisch, daß er in der Mitte einknickte, zog ihm den Revolver aus dem Gürtel, legte ihm Handschellen an und zerrte ihn wieder hinaus auf die Straße. Der Junge war so verdattert, daß er alles mit sich geschehen ließ.

Riker fing die braune Tüte mit seinem Sechserpack auf, die Peggy ihm wortlos zuwarf, und folgte Mallory und ihrem Gefangenen.

Mallory bugsierte den Jungen auf den Beifahrersitz. Dabei wußte doch jedes Kind, wenn es nur lange genug vor der Glotze hockte, daß der Täter immer hinten saß.

Was hatte sie jetzt wieder vor?

Sie machte Riker die hintere Tür auf. «Tut mir leid, daß ich Ihnen Umstände mache, Sir. Ich werde versuchen, die Sache so schnell wie möglich zu bereinigen.»

Seit wann sagte Mallory «Sir»? Ihn hatte sie noch nicht mal Sir genannt, als er noch Captain gewesen war. Damals, als er noch eine Frau gehabt hatte und nicht an der Flasche hing. Er stieg widerspruchslos hinten ein und machte das Spiel mit.

Mallory setzte sich ans Steuer und beugte sich zu dem Jungen hinüber. «Pech für dich, daß du unseren Obercop nach der Polizeistunde betrunken in einer Bar erlebt hast. Jetzt werde ich dich leider abknallen müssen. Nimm's nicht persönlich. Die Politik hat nun mal ihre eigenen Spielregeln.»

Mallory fuhr an, und Riker beobachtete den schwitzenden Jungen, der sichtlich nicht wußte, woran er war.

«Zu dumm, daß du deine Schau ausgerechnet an dem Abend abziehen mußtest, an dem ich einen besoffenen Bullen im Wagen sitzen habe. Da bleibt mir wirklich nichts anderes übrig...»

Ob der Junge ihr das abkaufen würde? Er war noch ein halbes Kind, hatte vor ein paar Jahren wahrscheinlich noch an Märchen und den Weihnachtsmann geglaubt. Und Mallorys Killeraugen sprachen für sich. Ja, er würde es schlucken.

Rikers Magengeschwür meldete sich. Sie hatte nicht gewartet, bis der Junge die Waffe gezogen hatte, und ihn nach seiner Verhaftung nicht über seine Rechte belehrt, sondern setzte sich mal wieder munter über sämtliche Vorschriften hinweg. Trotzdem war die Lage noch nicht kritisch, denn Mallory wußte genau, daß es nicht im Sinne von Louis Markowitz gewesen wäre, den Jungen abzuknallen. Da sie kein Gefühl für Recht und Unrecht, Gut und Böse hatte, richtete sie sich bei ihren Entscheidungen häufig nach dem, was Markowitz gebilligt hätte und was nicht.

Sie fuhren jetzt durch die menschenleere Wall Street.

Mallory bog in eine Sackgasse ein. Ihr Blick glitt prüfend über die herumstehenden Schuttcontainer.

«Nein, hier nicht. Tut mir leid, daß es so lange dauert, Sir. Ich fahre noch eine Ecke weiter. Okay?»

«Ich sag auch bestimmt nichts», stieß der Junge hervor. Mallory fuhr im Schrittempo, hielt hier und da an einer besonders dunklen Stelle an, schüttelte wortlos den Kopf, fuhr weiter.

«Ich frag mich schon die ganze Zeit», sagte sie schließlich, «wo die Kanone herkommt und was du damit angestellt hast.»

Interessant, dachte Riker, wie schnell sich gute Schulbildung unter Streß verlieren kann. Es war fast unheimlich, wie genau Mallory in emotionsgeladenen Momenten den Ton der Straße traf. Was dem Jungen in diesem Moment durch den Kopf ging, konnte er nur vermuten. Er selbst drückte sich tiefer in das Polster der Rückbank.

Mallory und der kleine Räuber kamen ihm beide sehr jung vor. Mit ihren glatten Gesichtern und dem blonden Haar hätte man sie für Geschwister halten können. Nur hatte natürlich Mallory, die Powerfrau, eindeutig die Oberhand.

«Tut's sehr weh?» fragte sie plötzlich in mütterlich sanftem Ton.

«Und wie.»

«Freut mich. Dein Pech, daß die Kanone nicht geladen war...»

Betroffen ließ der Junge seinen Blick zwischen der Kanone und Mallory hin und her gehen.

«Du hast eine Kanone geklaut, aber keine Munition dazu. Wenn ich die Nummer in den Computer gebe, wird sich herausstellen, daß bei einem unserer Steuerzahler jemand eingebrochen hat, der denkt, daß so eine Kanone sich ihre Kugeln selber macht. Was hast du noch mitgenommen?»

«Nichts. Ich –»

Riker wurde nur ein bißchen durchgeschüttelt, als Mallory auf die Bremse trat. Der Junge kam nicht so glimpflich davon. Weil er sich mit den gefesselten Händen nicht festhalten konnte, schlug er mit dem Kopf ans Armaturenbrett. Er stöhnte, und Riker schaute schnell weg. Er wollte gar nicht sehen, wie Mallory am Weihnachtstag Blut vergoß.

Die Wall Street war jetzt, nach Büroschluß, eine Geisterstadt, in der man keine Zeugen zu fürchten hatte. Mallory packte den Jungen am Hemdkragen. «Du bist wirklich eine Oberpfeife. Glaubst du, das kommt nicht raus, wenn ich ein bißchen nachbohre?»

«Die paar Kleinigkeiten ... ein Ring und ein Armband. War doch bloß Modeschmuck. Ich hab das Zeug einem Juwelier angeboten, und der hat gesagt, ich soll damit lieber auf den Flohmarkt gehen. Ich kenne den Mann von klein auf, der lügt mich nicht an.»

Riker schüttelte lächelnd den Kopf. Ein Möchtegerngangster, der seine Beute in den Schmuckladen an der Ecke bringt ... Die Kriminellen werden doch jedes Jahr dümmer. Und keine Munition. Was lernen die Kids eigentlich heutzutage noch in der Schule?

Mallory gab übers Autotelefon die Beschreibung des Schmucks durch, verschwieg aber, daß sie den Verdächtigen in Gewahrsam hatte. Von dem Revolver war nicht die Rede. «Nein, scheint eine andere Sache zu sein», sagte sie schließlich und legte auf.

«Okay, heut laß ich dich noch mal laufen», sagte sie zu dem Jungen. «Aber daß du unseren Obercop betrunken in einer Bar gesehen hast, erzählst du keinem. Gemacht?»

Der Junge nickte wie ein dressiertes Pony. Ich mach alles, was du willst, nur tu mir nicht mehr weh.

Riker war das Lächeln vergangen. Trotz der vielen Sechserpacks, die er konsumiert hatte, überkam ihn ein sehr unerfreuliches Gefühl der Nüchternheit, während er versuchte, Mallorys Gedankengänge nachzuvollziehen.

Natürlich. Da paßte eins zum anderen.

Sie wollte nur die Waffe des Nachwuchseinbrechers haben. Er verdrehte die Augen. Wie konntest du dich aus dem Staub machen, Markowitz, und mir dieses Balg anhängen? Kannst du mich hören, alter Gauner? Schau dir an, was sie jetzt wieder macht. Sie nimmt einem anderen Kind das Spielzeug weg...

«Ich zähle bis zehn. Wenn du dann noch da bist, drücke ich ab.»

Mallory griff an dem Jungen vorbei nach der Verriegelung der Beifahrertür. Riker hörte es klicken, als die Handschellen aufsprangen. Die Angst hielt den Jungen auf seinem Sitz gefangen wie eine unsichtbare Fessel. «Raus mit dir, du Lahmarsch», fuhr sie ihn an.

Wieder nickte er wie ein braves Pony, stolperte hinaus

und machte ein paar unsichere Schritte. Erst dann hatte er wohl endgültig begriffen, daß er frei war, und fing an zu laufen.

Riker setzte sich nach vorn zu Mallory.

«Den Revolver nehme ich.»

«Nein, er gehört mir.»

«Du hast den Jungen von Anfang an nicht im Revier abliefern wollen. Nicht etwa, weil du es mir ersparen wolltest, dort sturzbesoffen aufzukreuzen. Daß ich trinke, ist ja inzwischen allgemein bekannt. Nein, du warst scharf auf den Revolver, weil du den für den Täter in den Coventry Arms brauchst. Bitte korrigier mich, wenn ich das falsch sehe –»

Aber er gab ihr keine Chance, ihn zu korrigieren. Er brauste auf sein Ziel los wie eine Lokomotive unter Volldampf. Wenn er auch nur eine Sekunde innehielt, konnte der ganze Zug entgleisen und ihn unter sich begraben.

«Du glaubst, daß er sie mit bloßen Händen umgebracht hat. Wenn du einen unbewaffneten Mann abknallst, bekommst du es mit der Kontrollbehörde zu tun. Wenn du wieder die Revolverheldin spielst und ihm ins Knie schießt, bekommst du es mit Coffey zu tun. Der schickt dich zurück an den Computer, und den Außendienst kannst du dir dann ein für allemal abschminken. Verdammte Zwickmühle, was? Wenn aber neben dem Täter eine Waffe liegt, wenn es so aussieht, als ob er bewaffnet zu dir gekommen ist, bist du aus dem Schneider.»

Sie sah ihn nicht an.

«Markowitz hat sich in seiner ganzen Dienstzeit nicht

ein einziges Mal so einen Trick erlaubt. Er hat sich den Wind ins Gesicht blasen lassen wie wir anderen auch. Aber dazu gehört Mut. Vielleicht hast du einfach nicht das Zeug dazu, Kathy.»

«Mallory», verbesserte sie.

«Entweder du gibst mir jetzt die Kanone, oder ich nehm sie mir. Notfalls mit Gewalt. Ich habe Markowitz schon gern gehabt, ehe es dich überhaupt gab, und wenn ich was dafür tun kann, daß seine Tochter keinen Mist baut, dann tu ich's. Her damit. Du weißt, daß ich nicht bluffe.»

Sie saß da wie erstarrt, blind und taub für seine Worte.

«*Jetzt*, Mallory. Sonst ist bei mir der Ofen aus.»

Sie gab ihm den Revolver. «Und fröhliche Weihnachten, Riker.»

Der Piepser an seinem Gürtel meldete sich.

Er griff zum Autotelefon und wählte die Nummer des Dezernats.

«Ja», sagte er. «Den kenne ich... Nein, kein Problem. Bin schon unterwegs.»

«Charles sitzt auf dem Revier», sagte er zu Mallory. «Er hat unseren Leuten gesagt, daß ich mich für ihn verbürgen kann. Kommst du mit?»

«Nein. Ich setz dich dort ab.»

«Hattet ihr Zoff?»

«Charles hat nach dir gefragt. Nicht nach mir.»

Zehn Minuten später beugte sich Riker, ehe er ging, noch einmal zu Mallory hinunter. «Was ist eigentlich mit der Spielzeugpistole, die auf der Inventarliste steht?» fragte er leise.

Sie warf ihm einen verständnisvollen Blick zu, und dabei hatte sie dieses leise, verschlagene Lächeln um die Lippen, das Riker haßte und fürchtete.

Charles saß auf einem gelben Plastikstuhl, der für seine langen Gliedmaßen zu klein war, schlug die Beine mal in der einen, mal in der anderen Richtung übereinander und bemühte sich, eine nicht allzu lächerliche Figur abzugeben.

Es war drei Uhr morgens, und unter dem kalten Licht der Neonröhren tat sich ständig irgendwas. Zwei Polizisten führten eine kreischende Frau vorbei, die in eine Decke gewickelt war.

Benommen und lammfromm trottete ein Teenager neben einem Kriminalbeamten her, den Charles flüchtig kannte.

Zeternd stürzten zwei Touristen herein, die gerade ihr Gepäck, ihre Brieftaschen und ihren Schmuck eingebüßt hatten. Als nächstes kamen zwei junge Männer mit einer vierköpfigen Polizei-Eskorte um die Ecke.

«Fröhliche Weihnachten» stand in silbernen Buchstaben auf einem Spruchband über dem Schreibtisch des Diensthabenden.

Charles betrachtete die Risse und Schrunden des Linoleumbodens, bis zwei abgetretene braune Schuhe auf ihn zukamen, zu denen ein schlecht sitzender Anzug und eine Bierfahne gehörten.

Riker nickte ihm zu und ging zu den beiden Kollegen hinüber, die sich redlich bemüht hatten, Charles klarzumachen, daß es ein Ding der Unmöglichkeit ist, ein Kind einzufangen, das sich nicht einfangen lassen will. Mit erwachsenen Gaunern tun wir uns da lange nicht so schwer, hatten sie zu ihm gesagt, aber Kids finden Verstecke, auf die ein normaler Mensch nie kommen würde. In seiner Verzweiflung hatte Charles, was ihm sonst sehr gegen den Strich ging, seine Beziehungen zur Polizei spielen lassen, der Diensthabende hatte sich ans Telefon gehängt, und wenig später war Riker als rettender Engel erschienen.

Nachdem er sich die Probleme der Kollegen mit seinem verrückten Freund angehört hatte, griff er zum Telefon. Führte ein Gespräch, ein zweites, ein drittes. Beim vierten lächelte er befreit und legte die Füße auf den Schreibtisch. Die Kollegen zogen ab.

Riker sprach noch ein, zwei Minuten mit dem Teilnehmer am anderen Ende der Leitung, dann legte er auf und winkte Charles.

«Ihre kleine Freundin trug einen roten Mantel und unterschiedliche Schuhe und Socken. Verfilztes Haar», las er weiter aus der Anzeige vor, die seine Kollegen aufgenommen hatten. «Helle Augen. Ungewaschen. Unterernährt. Motorische Fähigkeiten und Reflexe gut entwickelt. Eins vierzig groß, etwa sieben Jahre alt, sehr scheu.»

Charles nickte bestätigend.

«Sie haben ausgelassen, daß sie Kopfläuse hat, Charles. Mit Ihrer Anzeige haben Sie übrigens ein gutes Werk getan. In ihrer Angst hat sie sich in ein Obdachlosenasyl geflüchtet, wo man sie schon kennt. Den Leuten dort hat sie erzählt, ein Riese sei hinter ihr her.»

«Ich wollte sie nicht erschrecken.»

«Gut, daß Sie's getan haben, damit haben Sie ihr zu einer warmen Mahlzeit und einem Bett verholfen.»

«Was kann ich sonst noch für sie tun?»

«Nichts, Charles. Sie werden die Kleine nie wiedersehen und auch nicht erfahren, wo sie steckt oder was aus ihr wird. Das mußte ich denen versprechen. Normalerweise sagen sie einem in den Asylen überhaupt nichts. Rechtlich gesehen gehört ein Kind zu den Eltern, und danach richten wir uns, aber viele von den Leuten, die mit Straßenkindern zu tun haben, stellen sich auf den Standpunkt, daß so ein Kind manchmal länger lebt, wenn die Polizei sich nicht einmischt. Nun hatte ich zufällig bei der Frau, mit der ich eben gesprochen habe, noch was gut, und als ich ihr von meinem verrückten Freund erzählt habe, der die ganze New Yorker Polizei auf Trab bringt, damit ein kleines Mädchen Weihnachten nicht auf der Straße schlafen muß, hat sie mich gefragt, wie groß du bist.»

«Ich bin ein Narr.»

«Bleiben Sie so, wie Sie sind, Charles.»

«Ich hab Ihnen die Feiertage verdorben.»

«Seit meine Frau ausgerechnet zu Weihnachten auf und davon ist, sind diese Tage für mich kein Grund zum Feiern mehr. Trinken wir was zusammen?»

«Gern. Ich lade Sie ein.»

«Nein, Sie sind mein Gast. Ich kann Ihnen einen erstklassigen Scotch anbieten.»

Sie schoben sich durch die Pendeltür. Zu Lebzeiten von Markowitz war Charles diesen Weg – die schmale Treppe hoch in den großen Raum mit der trüben Beleuchtung, in dessen Stille wie verloren ein Telefon läutete – sehr oft gegangen.

Nur zwei Schreibtische waren besetzt, Lichtinseln in einem Meer der Dämmerung. Einer der Beamten hob den Kopf und winkte Riker zu.

Riker betrat Jack Coffeys Büro, das einmal das Büro von Markowitz gewesen war, setzte sich an den Schreibtisch, als sei er hier zu Hause, manipulierte mit einem Draht das Schloß des unteren Schreibtischfachs und holte eine Flasche und eine halbleere Packung Plastikbecher heraus.

Charles setzte sich lächelnd und ohne erkennbar schlechtes Gewissen angesichts dieser kriminellen Handlung in den Sessel gegenüber und streckte die langen Beine aus.

Er nahm Riker einen der Becher ab und trank ihm zu. «Frohe Weihnachten, Riker.»

«Frohe Weihnachten, Charles. Was ist los mit Ihnen und Mallory? Kann ich was tun?»

«Wir haben uns zur falschen Zeit gestritten. Sie spricht nicht mehr mit mir. Hat sie Ihnen von dem kleinen Riccalo erzählt?»

«Ist das der hoffnungsvolle Knabe, der Gegenstände durch die Luft fliegen läßt?»

«Ja. Sie sieht etwas in dem Jungen, was ich nicht erkennen kann. Es muß da so etwas wie eine Erinnerung, eine

Verbindung geben, und der will ich auf die Spur kommen. Aber sie läßt mich nicht mehr an sich heran. Was soll ich machen? Mich entschuldigen?»

«Nein, bloß nicht, dabei können Sie nur das Gesicht verlieren. Wieso glauben Sie, daß es da eine Verbindung gibt?»

«Natürlich ist es nicht logisch, und beweisen kann ich es auch nicht, aber ich habe den Eindruck, daß sie etwas von sich selbst in diesem Jungen sieht.»

«Ist der denn auch ein Monster?»

«Ich dachte eher an Kindesmißbrauch. Wissen Sie etwas über ihre Vergangenheit? Über die Zeit, bevor sie zu Louis gekommen ist?»

«Markowitz hat sich natürlich Gedanken darüber gemacht und lange versucht, etwas rauszukriegen. Helen wollte sie ja unbedingt adoptieren, aber Mallory hat nicht mitgemacht. Sie hätte ihr Leben für Helen gegeben, aber nicht mal ihr zuliebe war sie bereit, etwas von ihrer Vergangenheit preiszugeben, und schließlich hat Markowitz eingesehen, daß es allein Mallorys Geschichte ist, und hat sie in Ruhe gelassen.»

«Aber er hatte doch sicher seine Vermutungen.»

«Gesprochen hat er nie darüber, Mallorys Privatsphäre war für ihn tabu.»

«Halten Sie es für möglich, daß sie in ihrer frühen Jugend mißbraucht worden ist?»

«Diese Wildkatze? Wer will schon riskieren, einen Arm loszuwerden? Von edleren Teilen ganz zu schweigen ...»

«Aber –»

«Als Markowitz die Kleine von der Straße holte, hat er genau begriffen, an welcher Stelle in der Nahrungskette sie stand. Mallory war ein richtiges kleines Raubtier. Sie mag so oft suspendiert werden, wie sie will, aber unsere Bosse würden sich nie trauen, sie zu entlassen. Der Gedanke, sie auf der anderen Seite zu wissen, wäre einfach zuviel Streß für uns alle. Es ist gar nicht so schwierig, mit Mallory fertigzuwerden, man braucht sich nur an ein paar simple Regeln zu halten: Laß sie nie im Stich. Fall ihr nicht in den Rücken. Und trau ihr nicht über den Weg.»

Charles überlegte, ob Riker bewußt versuchte, ihn von seinem eigentlichen Thema abzubringen. «Ihre Beziehung zu dem Jungen ist mir sehr wichtig», sagte er.

Riker holte ein Foto aus seiner zerfledderten Brieftasche. «Kann sein, daß Sie es kennen. Markowitz hatte es immer bei sich. So hat das Früchtchen mit zehn ausgesehen. Fällt Ihnen was auf?»

Charles betrachtete das Foto nachdenklich. Fast trotzig hatte sie sich darauf in Positur gestellt. Irgendwie erinnerte ihn das Bild an Justin Riccalo. Beide Kinder hatten an ihrer Seele Schaden genommen, und das sah man ihnen an.

«Halten Sie es für denkbar, Riker, daß Mallory als Kind einen Mord mit angesehen hat?»

Rikers Whisky schwappte über. Das kam sehr selten vor. Für den Sergeant war es eine Todsünde, so ein kostbares Naß zu verschütten. Jetzt holte er eine braune Tüte aus der Schublade, kippte einen Packen Papierservietten auf die Schreibtischplatte und tupfte umständlich die Pfütze trocken. Dann sah er auf und zuckte die Schultern. «Sie hat jahrelang auf der Straße gelebt, da kann sie durchaus einiges an Gewalt mitgekriegt haben. Erzählt hat sie nie was davon.»

«Ich könnte ja mal Edward Slope fragen. Er kennt Mallory genauso lange wie Sie.»

Lieber nicht, sagte Rikers Blick.

Was verheimlichte er?

Charles griff nach der Rolle Endlospapier, die ebenfalls naß geworden war und auf der – in ständiger Wiederholung – nur ein Satz stand: ICH WERDE NUR NOCH GEZIELT SCHIESSEN ICH WERDE NUR NOCH GEZIELT SCHIESSEN ICH WERDE...

«Von welchem Verrückten stammt denn das?»

«Von Mallory. Manchmal hat sie wohl doch Humor. Nachdem Coffey sie zusammengestaucht hat, lag das am nächsten Tag auf seinem Schreibtisch.»

«Warum ist Coffey so sauer, daß sie den Straßenräuber nur angeschossen hat? Er hat einen alten Mann mit einer Schußwaffe bedroht, und sie –»

« –hat mit dem Täter Katz und Maus gespielt, behauptet Coffey. Und damit hat er recht, auch wenn ich mich auf ihre Seite gestellt habe. In der Ausbildung lernt man, daß ein bewaffneter Täter mit dem ersten Schuß unschädlich zu machen ist.»

«Klingt ganz schön brutal.»

«Ist es auch. Aber man hat meist nur diese eine Chance, das eigene Leben zu retten. Und sobald man die Waffe zieht, hat man gleichzeitig eine Fürsorgepflicht für alle betroffenen Zivilisten. Als Mallory auf der Bildfläche erschien, war sie für den Alten verantwortlich. Hätte sie danebengeschossen, wäre er dran gewesen.»

«Die Leute von der Zivilen Kontrollbehörde –»

«Lassen Sie mich bloß mit dieser Laienspielschar in Ruhe! Heute ist Mallory für die noch eine Heldin, aber wenn dem Täter plötzlich einfällt, daß der kleine Finger seiner zerschossenen Hand nicht richtig operiert worden ist, und er die Stadt auf eine Million Dollar verklagt – so was soll schon vorgekommen sein –, besinnen sie sich darauf, daß sie ja auch Steuerzahler sind, und fallen alle über Mallory her. Warum hat sie den Mann nicht abgeknallt? Tote können nicht klagen. Ich *liebe* diese Stadt...»

«Was soll ich denn machen, Riker? Sie weiß etwas über Justin, aber sie sagt es mir nicht.»

«Sie müssen eben lernen, wie Mallory zu denken.»

«Leichter gesagt als getan. Ich selbst war als Kind nicht unterprivilegiert, und von Mallorys Kindheit weiß ich nicht viel.»

«Sie sind ein sehr gescheiter Mann, Charles, deshalb hat Lou wohl auch Sie gebeten, sich um Mallory zu kümmern, und nicht einen seiner alten Kumpel, Doc Slope zum Beispiel.»

«Dabei hätte Slope doch wirklich nahegelegen. Ein hochintelligenter Mann.»

«Eben. Er hat eine Menge auf dem Kasten, hat sie voll durchschaut und läßt sich ständig über ihre Macken aus. Warum also nicht er, fragen Sie...»

Charles nickte.

«Weil sie ihn um den Finger wickeln kann. Darum. Er würde für Mallory bedenkenlos seinen hippokratischen Eid brechen. Und der Rabbi würde sich, wenn's hart auf hart käme, gegen den lieben Gott und für Mallory entscheiden.»

Riker trank aus, schenkte sich nach und sah aus rotgeäderten Augen zu Charles hoch. Und sein Blick fragte: *Und was würdest du für Mallory tun?*

6

25. Dezember

Alle Weiber sind Nutten.

Nur der Tod macht sie schön. Dieser fassungslose Blick, wenn sie wissen, daß der Tod nah ist, wenn sie sehen und hören, wie er kommt, um sie zu holen. Es war das einzige an den Weibern, was ihm Respekt abnötigte – die Erfahrung, tot und ein Nichts zu sein, sich keiner Herausforderung mehr stellen zu müssen. Eine Erfahrung, die ihm bisher versagt geblieben war.

Er war besessen von dem Wunsch, einmal mit anzusehen, wie das Leben den Körper verläßt. Aber auch das war ihm bisher versagt geblieben. Denn im Tod hatten sie ausgesehen, als ob sie schliefen. Sie hatten ihr Geheimnis mitgenommen. Nutten eben, die nichts hergeben wollten. Vielleicht würde ihm irgendwann aber doch mal eine sagen, wie es war. Wie sie es erlebte. Die Nächste vielleicht.

Seine Gedanken kreisten nur um sie, während er in der Kommode nach seinen Socken kramte, während er sich die Hose anzog, das Hemd zuknöpfte. Er legte sich seine Pläne zurecht, während er das Frühstück aß, das ihm sauer aufstieß. Er trat ein kleines Tier tot und hörte seine Feindin schreien. Begehrlich starrte er auf scharfe Messer und stieß eines in eine Frucht. Immer wieder. Er tötete sie hundertmal am Tag, und Tiere, Obst und Insekten starben stellvertretend für sie.

Sandsteinfiguren schmückten die Bauteile, die wie Arme rechts und links der breiten Treppe auf die Plaza vorstießen. Den großen Platz beherrschte der bronzene Engel mit den ausgebreiteten Flügeln und dem wallenden Gewand, der (wenn denn Engel tanzen können) hoch über dem Brunnenbecken tanzte.

Im Schutz einer der Steinfiguren beobachtete Mallory den Mann auf der menschenleeren Plaza, der in der tiefstehenden Wintersonne einen bläßlichen Schatten warf. Er sah auf die Uhr, dann setzte er sich auf den Rand des großen Brunnenbeckens. Sechs, sieben Meter über ihm erhob sich der Engel von Bethesda. Dem Wasser des biblischen Teichs Bethesda sagte man heilende Kräfte nach, aber einen schlimmen Finger wie Palanski, dachte Mallory, würde – Bibel hin, Bibel her – auch das wundertätigste Wasser nicht bessern. Wenn ihr Verdacht sich bestätigte, war das, was er trieb, eindeutig kriminell.

Mallory hob das schöne alte Opernglas, das Charles ihr geschenkt hatte. Weil Opern sie anödeten, war sie froh, daß sie endlich eine nutzbringende Verwendung dafür gefunden hatte. Daß es mit kleinen Perlen und Edelsteinen besetzt war, interessierte sie weit weniger als die Stärke der Gläser, durch die sie jetzt sogar den Leberfleck auf Palanskis Wange erkennen konnte. Durch die dünne Wolkendecke warf die Sonne ein seltsam fahles Licht auf den großräumigen gepflasterten Platz. Nur hin und wieder hatte sie Kraft genug, um einen Schatten zu erzeugen, der von der nächsten Wolke gleich wieder ausgelöscht wurde.

Dicht an Mallorys Beobachtungsposten kam eine Frau vorbei. Mallory wandte sich um und sah ihr nach. Sie war klein, höchstens ein Meter fünfzig, und hatte ratzerotes, hochtoupiertes Haar. Unter dem ledernen Minirock, der Berufskleidung der Straßenmädchen, sah man nackte, verfrorene Beine mit Einstichstellen in den Knien.

Als sie an einer dekorativen Steinbank vorbei war, sah Mallory erneut durch ihr Glas.

Eine Frau? Irrtum!

Lidstrich, schwarz nachgezogene Augenbrauen und grellrot geschminkte Lippen waren nur Tarnung für ein Kindergesicht. Wie alt mochte sie sein? Zwölf? Dreizehn? Hellbraune Augen mit stumpfem Blick. Schweißnasses Gesicht, obwohl der Morgen kühl war und die knapp sitzende dünne Jacke kaum wärmen konnte.

Mallory steckte das Opernglas ein. Wann hatte sich diese Babystricherin wohl den letzten Schuß gesetzt?

Palanski stand auf, als die Kleine über den Platz kam. Sie hob die Hand zu einem matten Gruß.

Über den Fußweg, den Palanski nicht einsehen konnte, ging Mallory rasch auf den Platz hinunter und um das Brunnenbecken herum.

Die Kleine sah nicht nach rechts und nicht nach links. Mechanisch bewegte sie die Beine, während ihre Gedanken durchs Nichts trudelten und die Augen ins Leere blickten. Langsam ging sie auf Palanski zu, der schon den Köder aus der Tasche geholt hatte.

Überraschend war die Sonne herausgekommen. Der bronzene Engel warf einen langen Schatten über das Brunnenbecken und das Pflaster, auf dem Mallorys Schritte widerhallten. Zwei Meter vor Palanski hatte sie die Kleine eingeholt, packte sie an einem mageren Arm und zeigte ihre Dienstmarke. Die Kleine wehrte sich nicht. So hatte sie es bei den älteren Schwestern vom Strich gelernt. Sich abgreifen zu lassen gehörte zum Geschäft.

Palanski sah Mallory, die ruhig die Dienstmarke wieder einsteckte, aus angstgeweiteten Augen an und ging einen Schritt auf sie zu. Instinktiv fuhr ihre freie Hand ans Holster. Palanski erstarrte, nur sein Blick ging unruhig hin und her. Jetzt legt er sich eine Geschichte zurecht, um sich aus der Schlinge zu ziehen, dachte sie. Schon machte er den Mund auf, aber Mallory kam ihm zuvor: «Bemühen Sie sich nicht. Ich weiß genau, was hier gespielt wird.»

Palanski drehte sich um, zögerte noch einen Augenblick, dann gab er sich einen Ruck und lief, immer schneller, über den Platz davon.

Drei Plastikbeutel mit weißem Pulver schwammen im Brunnenbecken.

«Lauf nur, lauf, du Arschloch!» Mallorys Stimme trug weit über die trostlose kalte Steinwüste, auf der sie mit einem blinden Engel aus Bronze und einem Kind mit verlorenen Augen allein geblieben war.

Betty Hyde wartete, während Arthur einem älteren Mitbürger mit Hund, einer Dame mit Lebensmitteltüten und einem Managertyp mit Aktentasche die Tür aufhielt, und sah zu der Stelle hinüber, an der vor einem Monat Annie Franz von einem Betrunkenen überfahren worden war.

Jetzt war an der Eingangstür zu den Coventry Arms Ruhe eingekehrt, und Arthurs beflissenes Lächeln galt ganz allein ihr.

«Guten Morgen, Miss Hyde.»

«Guten Morgen, Arthur. Herrlicher Tag heute, nicht wahr?»

Ein Fünfzig-Dollar-Schein aus Bettys Handtasche wechselte rasch den Besitzer – ein New Yorker Taschenspielertrick, den Ortsfremde leicht mit einem Händedruck verwechseln konnten.

«Ja, Ma'am, das stimmt. Ein herrlicher Tag.»

«Irre ich mich, oder hatten Sie in der Nacht, als Mrs. Franz starb, mit Bertrum die Schicht getauscht? Sie hatten doch an dem Abend Dienst, nicht?»

«Ganz recht, Miss Hyde. Was für ein gutes Gedächtnis Sie haben.»

«Dann haben Sie das Unglück also mit angesehen.»

«Von A bis Z, Ma'am. Ich konnte der Polizei eine genaue Beschreibung des Betrunkenen und die Autonummer geben. Eine Stunde später hatten sie ihn schon. Da drüben war's.»

Arthur deutete auf die Fahrbahn, die am Park entlang verlief, und fuhr im Ton eines routinierten Reiseführers fort: «Es war zwei Uhr fünfzehn, und Mrs. Franz war ein wenig wacklig auf den Beinen. Wohlgemerkt, ich sage nicht, daß sie betrunken war ...»

Nein, so etwas würde Arthur nie sagen. Betty nickte aufmunternd.

«... ja, und sie stritten sich mal wieder.»

Als sie damals Eric mit in ihre Wohnung genommen hatte, um ihn vor der Presse und der Polizei abzuschirmen, war von einem Streit nicht die Rede gewesen. Sie hatte ihren Arzt geholt, der ihm etwas gegen den Schock gegeben hatte. Nach Erics Darstellung hatte er mit Annie über den ersten Entwurf seines neuen Buchs diskutiert.

«Sie hielt es für das beste, was ich je geschrieben habe.»

Diesen Satz hatte Eric auch in den Talkshows, auf denen er nach dem Tod seiner Frau herumgereicht worden war, ständig wiederholt.

«Na ja, und dabei sind sie ziemlich laut geworden», fuhr Arthur fort. «Sie ist gestolpert, und dann stand sie plötzlich auf der Fahrbahn.

«Annie sagte, sie habe ihre Handtasche fallen lassen, und wolle sie nur schnell holen», hatte Eric damals schluchzend hervorgestoßen. Als er den grausigen Laut beschrieb, mit dem der Körper seiner Frau gegen den Wagen geprallt war, konnte man in dem großen Panoramafenster hinter ihm den millionenschweren Blick auf die Skyline der großen Stadt im Glanz der ersten Morgenröte genießen.

Arthur redete jetzt wie ein Sportreporter – nur daß es bei dem Spiel, über das er berichtete, nicht um Punkte, sondern um Tod und Leben gegangen war.

«Er steht also immer noch auf dem Gehsteig. Er schaut direkt zu ihr, starrt in die Lichter des herankommenden Wagens. Ich sehe noch sein Gesicht vor mir, die Scheinwerfer leuchten ihm ins Gesicht, als der Wagen auf seine Frau zuschießt. Angst und bange konnte einem dabei werden. Er steht nur einen Meter von ihr entfernt, er könnte sie noch zurückziehen oder zumindest warnen. Aber ich weiß ja, daß Mr. Franz blind ist, er kann den Wagen ja nicht sehen ...»

«Hat die Polizei Sie zu dem Unfall vernommen?»

«Ja, sie haben mir ein paar Fragen gestellt, erst die Uniformierten, dann einer von den Kriminalen, so ein langer, dürrer Typ. Aber der Typ in dem Unfallwagen, der dann Fahrerflucht begangen hat, war für sie offenbar interessanter.»

Und von der Polizei hatte er nichts für seinen minutiösen Bericht über den Tod einer Frau erhalten, die er ebenso gehaßt hatte, wie er Eric liebte. Alle liebten Eric.

«Später ist der Kriminale noch mal hier aufgetaucht und hat gefragt, ob ich die Aussage der anderen Fahrer bestätigen kann. Alles in allem waren nämlich drei Fahrzeuge an der Sache beteiligt. Aber in der Zeitung haben sie natürlich mal wieder alles durcheinandergebracht. Sie stand mit dem Rücken zu dem Wagen, der sie erwischt hat, und ist fünf, sechs Meter durch die Luft geflogen, in diese Richtung.»

Arthur deutete nach Norden. Ob ihm bewußt war, daß er leicht lächelte, während er diese aufregende Szene beschrieb?

«Mrs. Franz landete auf einem Lieferwagen, der in südlicher Richtung fuhr. Der Fahrer geriet auf den Gehsteig und rammte die Markisenstütze vor dem Nachbarhaus. Mrs. Franz rutschte von dem Lieferwagen und einem silbergrauen Oldtimer-Jaguar entgegen, der mit den Rädern ihr Kleid erfaßte und sie noch ein paar Meter mitschleifte, ehe er zum Stehen kam.»

Und in vertraulichem Ton setzte er hinzu: «Da hat sie noch geatmet, Miss Hyde. Das hat auch nicht in der Zeitung gestanden. Gestorben ist sie erst kurz vor Eintreffen des Rettungswagens.»

Betty nickte. Daß mindestens drei Autos nötig waren, um Annie Franz umzubringen, leuchtete ihr ein. Und wie sinnig, daß der letzte ausgesehen hatte wie eine silberne Pistolenkugel ...

«Hat Mrs. Franz noch etwas gesagt, ehe sie starb?»

«Ich glaube nicht, aber da müßten Sie die Polizei fragen. Oder vielleicht den Kriminalen, der war als erster am Tatort. Er kam wohl nur zufällig vorbei und hat dann Erste Hilfe geleistet.»

«Und wo war Eric inzwischen?»

«Der stand einfach nur da. Einer der Uniformierten hat versucht, seine Aussage aufzunehmen, aber er ist wohl nicht recht schlau daraus geworden. Und dann haben Sie ihn mitgenommen.»

«Ja, er stand unter Schock», bestätigte Betty. «Armer Eric, es muß schrecklich für ihn gewesen sein. Wäre er nicht blind ...»

«... hätte er sie retten können.»

Mallory beugte sich zu dem Taxifahrer hinunter. «Eine dringende Polizeisache. Ich beschlagnahme das Fahrzeug.»

«Ich nicht Englisch», sagte der Fahrer.

«*Polizei!*» Sie hielt ihm Dienstmarke und Ausweis unter die Nase. «*Dienstmarke*. Soviel Englisch werden Sie wohl noch verstehen.»

Sie fesselte das Mädchen mit Handschellen an den Türgriff und betrat die Telefonzelle auf der anderen Straßenseite.

Der Fahrer protestierte lautstark. Seine Muttersprache verfügte über viele beredte Gesten. Mindestens eine davon galt in allen Ländern dieser Erde als obszön.

Das Gespräch dauerte fünf Minuten. Danach löste sie die Handschellen und nannte dem Fahrer eine Adresse.

«Ich nicht Englisch.»

Mallory riß die Tür auf, packte den schmächtigen Burschen beim Kragen und zerrte ihn vom Fahrersitz: «Wollen Sie auf dem Rücksitz mitfahren oder im Kofferraum? Übrigens ist das nicht Ihr Gesicht auf der Taxizulassung. Wo haben Sie den Schlitten geklaut?»

«Also gut. Ich Rücksitz.» Doch bis der Fahrer sich aufgerappelt hatte, waren Mallory und das Mädchen schon eingestiegen, und der Wagen fuhr an.

Jetzt machte die Kleine zum erstenmal den Mund auf. «Warum haben Sie keinen Streifenwagen gerufen?»

«Weil ich dich dann aufs Revier bringen müßte. Du bist schon jetzt mies drauf, und dann sitzt du, wenn es übel kommt, in einer Zelle.»

Die Kleine sah zum Fenster hinaus.

Mallory machte einen neuen Anlauf. «Ich will wissen, wie das Geschäft mit Palanski abläuft. Er hat sich da unten nicht mit dir getroffen, um Sex zu machen.»

Das Mädchen schwieg. Es sah jetzt aus wie ein bockiges Kind.

«Wenn du glaubst, Palanski holt dich raus, irrst du dich. Er wird versuchen, erst mal ein paar Tage unterzutauchen. Und wenn du glaubst, er bringt dich um, wenn du singst, liegst du damit gar nicht so falsch. Aber ich paß schon auf, daß dir nichts passiert.»

«Jetzt wollen Sie wahrscheinlich meine Lebensgeschichte hören. Wie jemand, der so jung ist wie ich –»

«Geschenkt. Es ist ja doch immer dasselbe Lied. Du kannst nicht zurück nach Hause.»

Erst als sie in das Dämmerlicht des Lincoln Tunnel eintauchten, bequemte sich die Kleine zu einer Antwort.

«Es bringt nichts, wenn ich ihn verpfeife. Keiner würde mir mehr glauben als einem Cop.»

«Da hast du recht. Palanski wird sagen, daß du ihm nur Informationen geliefert hast, und dafür kriegt er allenfalls einen Verweis, weil er dich nicht dem Jugendamt übergeben hat. Es sei denn, jemand könnte deine Aussage bestätigen.»

«Die Freier nicht, das sind reiche Arschlöcher, die –»

Sie merkte, daß sie zuviel gesagt hatte, und biß sich erschrocken auf die Lippen. Mallory lächelte. «Na also, da kommen wir der Sache schon näher. Palanski bringt dir die Freier. Er sucht sie aus, beschattet sie, macht sich mit ihren Gewohnheiten vertraut, dann sagt er dir, wo du dich hinzustellen hast, damit sie dir in die Arme laufen. Sagt er dir auch, was du ihnen erzählen sollst, oder kriegst du sie selber soweit, daß sie dich abschleppen?»

Die Kleine ließ den Kopf zur Seite sinken und schloß die Augen. «Ich sag zu allen dasselbe. ‹Es ist kalt, Mister. Haben Sie vielleicht 'n Tip, wo ich mich aufwärmen kann und was zu essen kriege?› Manchmal geben sie mir nur Geld. Einer hat mal versucht, einen Streifenwagen anzuhalten, da mußte ich flitzen. Manchmal baut Palanski eben auch Mist. Aber Sie würden staunen, wie viele mich ohne viel Federlesens mit in die warme Stube nehmen.»

«Am nächsten Tag steht dann Palanski bei den Freiern vor der Tür und zeigt ihnen dein Bild mit dem Geburtsdatum. Wie alt bist du?»

«Dreizehn.»

«Die Freier zahlen, und sie zahlen gut – auch ohne ausdrückliche Aufforderung. In New York weiß jeder, wie so was läuft. Bereitwillig zücken sie die Brieftasche, drükken Palanski die Scheine in die ausgestreckte Hand, und er tippt höflich an die Mütze und verschwindet.»

«Wo bringen Sie mich hin?» Das Mädchen sah aus dem Wagenfenster. Sie waren nicht mehr in Manhattan.

«An einen sicheren Ort. Ein Freund von mir hat dafür gesorgt, daß du ein paar Tage aufs Land kannst.»

«Ich halt's aber nicht so lange aus, ohne –»

«Ich weiß.» Mallory zog die Beutel mit dem weißen Pulver aus der Tasche, die sie aus dem Teich von Bethesda gefischt hatte, hielt sie hoch und steckte sie wieder ein.

Als sie auf die kreisförmige Auffahrt einbogen, hatte sie erfahren, daß die Kleine Fay hieß und nicht mehr nach Hause konnte, weil ihre trunksüchtige Mutter sie zu Tode prügeln würde. Oder Mutters neuer Freund sich erst mal an die Junge halten würde, ehe er sich mit der Alten vergnügte. Mallory bremste vor einem großen, vornehmen alten Haus mit weißer Säulenfassade. Neben dem freistehenden Holzschild stand Edward Slopes Wagen.

«*Mayfair Forschungsprojekt*. Was is'n das?»

Mallory gab keine Antwort. In der Halle, die aussah wie die Lobby eines feinen Hotels, kam ein Pfleger in weißem Kittel auf sie zu. Fay versuchte sich loszumachen, aber Mallory hielt sie fest, während der Pfleger sie an den Armen packte und wegführte. «Sie haben gesagt, daß Sie mich nicht hochgehen lassen», stieß Fay hervor. «Sie haben es versprochen!»

Sie riß sich los, lief zu Mallory zurück und umklammerte ihre Taille. «Es war abgemacht. Sie haben es versprochen.» Sie weinte jetzt, und das schrille Make-up verlief zu einer grotesken Halloween-Maske.

«Du solltest sie doch vorbereiten», sagte Slope verärgert zu Mallory. «Daß du nie machst, was man dir sagt...»

Er hockte sich hin. «Du hast Angst vor den Schmerzen», sagte er freundlich zu Fay. «Und es geht dir schlecht, nicht? Ja, ich seh's dir an. Aber der Mann da gibt dir was, damit die Schmerzen vergehen. Und danach tut es nie mehr weh, großes Ehrenwort.» Zögernd ließ sie Mallory los, aber das Unglück war geschehen, das Vertrauen futsch.

Als Fay und der Pfleger außer Sicht waren, sagte Slope: «Ich habe im Rahmen meiner Möglichkeiten getan, was ich konnte. Minderjährige hier einzuschleusen ist streng verboten, ich habe sie als eine Verwandte von mir ausgeben müssen. Sie kann drei Tage zur Entgiftung hierbleiben. Und dann?»

«So weit habe ich noch nicht vorausgedacht. Ich wollte sie nur eine Weile von der Straße haben. Ach ja, und ich brauche ein Polaroidfoto von ihr. Kannst du das veranlassen?»

«Ja, sicher. Aber was wird danach aus dem Mädchen?»

«Frag mich was Leichteres. Ich hab den Kopf voll.»

«Immer, wenn ich denke, daß du dich endlich zu einem vernünftigen menschlichen Wesen gemausert hast, kommst du mir mit so was, Kathy! Du kannst eine Dreizehnjährige doch nicht einfach irgendwo abstellen wie einen Sack Kartoffeln.»

«Bei euch zu Hause kocht deine Frau, was?»

«Wieso?»

Mallory stemmte die Hände in die Hüften. «Wenn du schon mal gekocht hättest, wüßtest du, daß großes Können dazu gehört, alles zur gleichen Zeit fertig zu haben.» Ihre Stimme hob sich. «Genau das mache ich jetzt nämlich. Ich hab sechs Gerichte mit unterschiedlichen Garzeiten am Kochen, die alle gleichzeitig auf den Tisch müssen, weil sonst das ganze Essen im Eimer ist.» Sie tippte ihm mit einem langen roten Fingernagel auf die Brust. «Kümmere du dich um deinen Dreck und laß mich in Ruhe.»

Und damit stürmte die Kochkünstlerin mit der Kanone durch die Halle und aus dem Haus.

Heute bestand Mallorys Nachricht für die Verdächtigen aus einem einzigen Satz: ICH HABE EINEN ZEUGEN. Und das war nicht gelogen. Wenn man Kater mitzählte.

Obgleich der Korridor breit genug war, drückte sich Pansy Heart flach an die Wand, als ihr Mann vorbeikam. Sein Gesicht war gerötet, sein Blick böse, sein Schritt schwer. Ein Faustschlag traf wenige Zentimeter von ihr entfernt die Wand. Durch die geöffnete Tür sah sie, daß der Computerbildschirm in dem Zimmer, aus dem er gerade kam, wieder leer war. Was hatte diesmal daraufgestanden?

Am anderen Ende des Korridors klappte eine Tür. Pansy zuckte wie unter einem elektrischen Schlag zusammen und griff haltsuchend nach dem Dielentisch. Ihr Herz hämmerte.

Es lag nahe, daß sie in diesem Augenblick an den letzten Tag im Leben ihrer Schwiegermutter dachte, in deren Augen das Wissen um den nahen Tod und die Angst davor gestanden hatten. Unvermittelt aber hatte sich das gefurchte Gesicht geglättet, und zum Schluß lag auf den Zügen der Sterbenden ein Ausdruck – nein, nicht von Frieden, sondern von Triumph. Die alte Mrs. Heart war ein für allemal sicher vor ihrem Peiniger.

Angel Kipling lief erregt vor ihrem Mann Harry auf und ab. «Erzähl mir bloß nicht noch mal, du hättest keine Ahnung, worum es geht.» Sie hielt ihm den Computerausdruck unter die Nase. «Ein Zeuge wofür? Was hast du angestellt?» Das penetrante Winseln hatte sich zu einem häßlichen Kreischen gesteigert.

Harry Kipling knöpfte sich vor dem Spiegel das Hemd zu. «Die Nachricht ist schließlich nicht ausdrücklich an mich gerichtet», sagte er zu ihrem Spiegelbild.

Angel verzog verächtlich die Lippen und stemmte die Hände in die breiten Hüften, so daß ihr Morgenrock aufschlug. Als er sich umdrehte, sah er, was er lieber nicht gesehen hätte – den Hängebusen, den schweren Leib – und wandte rasch den Blick ab. Sie zuckte zusammen wie unter einem Schlag. Während er die Auswahl unter seinen zahlreichen Krawatten traf, blieb Angel – noch ungeschminkt, mit wirrem, unfrisiertem Haar – mit ihrem Spiegelbild allein. Sie zog den Morgenrock fester. «Geht es wieder mal um eine Kreditkartengaunerei, Harry?» fragte sie milder. «Mußtest du schon wieder dein Taschengeld selbst aufstocken?»

Die Rettungsaktion nach seinem letzten Ausflug an die Börse hatte sie ein Vermögen gekostet, aber was tat man nicht alles, um einen Skandal zu vermeiden und die Aktionäre zu beschwichtigen! Daß das gestohlene Geld weg war, daß er es schlicht und einfach ausgegeben hatte, nahm sie ihm nicht ab. Legte er Geld zurück, um sich absetzen zu können? Aber nein, von einer so reichlich sprudelnden Geldquelle würde er sich doch nie trennen ...

Er band sich mit großer Sorgfalt den Schlips. Eine erstaunlich sinnlose Tätigkeit für einen Mann, der nichts zu tun hat, den keine Geschäfte ins Büro rufen, dachte sie. Und jetzt ging sie wieder auf ihn los, ohne daran zu denken, daß sie frühmorgens, ohne kunstvoll bemalte Fassade und sorgfältig zementierte Frisur, besonders verletzlich war.

«Antworte, du mieser Schwanz. Oder legst du es darauf an, daß ich dir wieder mal den Geldhahn zudrehe?»

«Ich weiß nicht, was hier gespielt wird, Angel. Ehrlich. Vielleicht ist es nur ein schlechter Scherz. Eine Kinderei...»

«Hab ich dir nicht deutlich genug gesagt, was passiert, wenn du noch mal die Bank begaunerst? Du bist das Armsein nicht mehr gewöhnt, Harry!»

«Ich hab doch nichts gemacht.»

Sie zog ein zusammengeknülltes Stück Computerpapier aus ihrer Morgenrocktasche.

«Das kam gestern per Fax. Ein Kreditkartenantrag. An dich persönlich adressiert.»

«Ich hab keine Kreditkarte beantragt.»

«Lies!»

Er legte den Zettel auf den Nachttisch und glättete ihn umständlich. Unter «Sachdienliche Angaben» stand: «Hier den Grund für Ihre Tat eintragen. Ihr Geständnis erbitten wir mit der Maschine geschrieben oder in Druckbuchstaben an der dafür vorgesehenen Stelle.»

Er hielt sich den Zettel dicht vor die Augen und musterte den Briefkopf.

In der nächsten Zeile stand: «Weiß Ihre Frau, was Sie getan haben? Falls ja, erbitten wir Ihre Stellungnahme.» Zwei weitere Fragen folgten. «1. Warum haben Sie gelogen? 2. Würden Sie es noch einmal tun, wenn Sie die Möglichkeit dazu hätten?»

Er ließ den Zettel sinken und sah Angel an, die sich nur noch mühsam beherrschte. «Und dann kommt diese Nachricht über den PC», giftete sie ihn an. «‹ICH HABE EINEN ZEUGEN...› Was hat das zu bedeuten? Raus mit der Sprache, oder du kannst dich von deiner monatlichen Apanage verabschieden. Und von deinen Eiern auch.»

Es dauerte, bis Eric Franz zur Tür kam. Betty Hyde hörte die Ledersohlen über den Marmorboden schurren. Als er aufmachte, blickte er über ihre Schulter, fast so, als habe er Hemmungen, ihr in die Augen zu sehen. Er hatte einen zerknüllten Zettel in der Hand, sein Gesicht war maskenhaft starr. Das Zimmer hinter ihm lag im Dunkeln, nur das Auge des Computers leuchtete matt.

«Wenn sie erfährt, daß du in ihrer Vergangenheit herumstocherst, könnte dich das ihre Freundschaft kosten», sagte Rabbi David Kaplan.

«Mir geht es doch nur um die Verbindung zwischen dem Jungen und Mallory», wandte Charles ein.

Das Arbeitszimmer des Rabbis war ein Raum, in dem sich Bücher sichtlich wohl fühlten. Sie blieben nicht brav auf ihren Regalen stehen, sondern versammelten sich in hohen Stößen auf allen verfügbaren Ablageflächen und fanden sich zu freundschaftlichen Gruppen mit verwandten Themen zusammen. Ein dicker ledergebundener Band lag aufgeschlagen auf dem Schreibtisch und wartete geduldig darauf, daß der Rabbi die unterbrochene Lektüre fortsetzte.

«Mag sein, daß sie das eine oder andere gemeinsam haben ...», sagte der Rabbi.

«Bei ihrem unterschiedlichen Werdegang? Sehr unwahrscheinlich.»

«Etwas, was alle Kinder verbindet, ist die Unschuld.»

«Unschuldig würde ich sie alle beide nicht nennen. Der Junge redet wie ein Vierzigjähriger. Und Mallory ... ist Mallory.»

«Ich meine damit mehr die Unschuld im Sinne von Gut und Böse.»

«Daß Unschuld mit dem Begriff des Bösen in einem Atemzug genannt wird, höre ich heute zum erstenmal.»

«Helen hat das ähnlich gesehen wie ich. Kathy, sagte sie immer, kann gar nichts Böses tun, denn niemand hat ihr die Regeln erklärt. Und damit hatte sie gar nicht so unrecht. Was sind Begriffe wie Gut und Böse, Recht und Unrecht für ein kleines Mädchen, das auf der Straße nur durch Diebereien und einen wachen Verstand überleben konnte? Als sie zu Louis und Helen kam, ähnelte sie diesen Wolfskindern, die von wilden Tieren aufgezogen wurden.»

«Könnte es sein, daß die leibliche Mutter sie mißbraucht hat? Das wäre eine Erklärung für die seelischen Schäden.»

«Ich weiß nichts über ihre leibliche Mutter, Charles. Kathy hat nie von ihr gesprochen.»

«Was könntest du nach deiner Kenntnis von Kathy über ihre Eltern sagen?»

«Wir schätzen, daß Kathy drei oder vier Jahre auf der Straße gelebt hatte, als sie von Markowitz verhaftet wurde. Damals war sie zehn. Sie hat versucht, sich für zwölf auszugeben, Markowitz hat sie dann auf elf heruntergehandelt. Eine richtige Schule hatte sie bis dahin nie besucht. Helen hat sie testen lassen. Sie konnte lesen und schreiben, das hatte sie offenbar schon früh gelernt, und besaß eine ganz erstaunliche mathematische Begabung. Deshalb haben Helen und Louis sie, auch wenn sie es sich eigentlich nicht leisten konnten, auf eine Privatschule geschickt. In einer öffentlichen Schule, in der ein Lehrer auf fünfzig Kinder kommt, wäre dieses Talent womöglich verkümmert.»

Der Rabbi trat ans Bücherregal, griff nach einem Karton, der zwischen den Büchern stand, und nahm ein paar lose Blätter heraus.

«Das ist eine Probe von Kathys Handschrift, als sie zehn war. Es ist keine Kinderschrift. Irgend jemand hat sich mit ihr sehr früh große Mühe gegeben. Und dann hat Helen versucht herauszubekommen, wie es um ihre Religion stand. Wir haben sie in Pater Barrys Kirche mitgenommen, es war gerade die Zeit, wo wir uns jedes Jahr in der Gemeinde zusammentun, um Essen und Kleidung an die Armen zu verteilen. Als Kathy das Kruzifix über dem Altar sah, hat sie automatisch das Kreuz geschlagen, offenbar hatte ihr das jemand beigebracht, und Helen hat sie deshalb in jüdischer und in christlicher Ethik unterrichten lassen.

Aus alldem schließe ich, daß sie kein ungewolltes, vernachlässigtes Kind war, sondern intensive Zuwendung erfahren hat. Vermutlich von einer Frau. Und diese Frau muß Helen Markowitz sehr ähnlich gewesen sein, deshalb hat Kathy Helen auch vom ersten Augenblick an geliebt. Kannst du dir vorstellen, daß so eine Frau ihr Kind mißbrauchen oder zusehen würde, wie es mißbraucht wird? Ich nicht. Ich schließe diese Frau, von der ich nichts weiß, täglich in mein Gebet ein.»

«Du glaubst, daß sie tot ist?»

«Was sonst könnte so eine Frau von ihrem Kind trennen?»

«Ich bin fest entschlossen, den Richter abzuschießen.»

Mallory saß dem jungen Arzt in demselben Café gegenüber, in dem sie ihm schon einmal die Hölle heiß gemacht hatte. Sie hatte den Fisch lange genug an der Angel zappeln lassen, um seine Phantasie auf Touren zu bringen, und ihn dann genüßlich eingeholt. Die Methode Markowitz hatte sich wieder mal bewährt.

«Heller ist einer unserer besten Leute. Wenn er wüßte, daß Sie Beweismaterial vom Tatort entfernt haben, würde er Sie glatt über den Haufen schießen. Sie nehmen die Beweise an sich und übergeben sie einem Cop. Damit sind Sie aus dem Schneider, keiner kann Sie mit einem Erpressungsversuch in Verbindung bringen.»

«Sie haben nichts in der Hand, Mallory. Denn sonst –»

«Ich habe die Berichte über drei Selbstmorde gelesen, bei denen keine Abschiedsbriefe vorlagen. In allen drei Fällen haben Sie ermittelt. Wen haben die Briefe belastet? Welche peinlichen Einzelheiten enthielten sie? Selbstmörder packen nur zu gern noch einmal aus, ehe sie sich vom Leben verabschieden. Ich denke mir, daß Sie auch noch andere Souvenirs mitgenommen haben. Fotos? Liebesbriefe? Was noch? Im Fall der alten Mrs. Heart war es rechtlich gesehen die Unterschlagung von Beweismaterial für einen Mord. Und dabei steckten Sie mit Palanski unter einer Decke.»

«Es war allenfalls Körperverletzung. Die Platzwunde an der Lippe war bestimmt schon vierundzwanzig Stunden alt und der Bluterguß im Gesicht achtundvierzig. Daran ist sie nicht gestorben. Fragen Sie doch ihren Hausarzt. Es war ein natürlicher Tod.»

«Trotzdem war die Sache für den Richter mehr als peinlich, und deshalb hat sich Palanski eingeschaltet und mit Emery Heart ein freundschaftliches Gespräch geführt.»

Der junge Arzt zerkrümelte eine Papierserviette zwischen den Fingern. Ehe er den Mund aufmachen und womöglich nach einem Anwalt verlangen konnte, schlug Mallory mit der Hand so heftig auf den Tisch, daß er nervös zusammenfuhr.

«Ihr größtes Problem ist die Dummheit Ihres Partners. Der Trottel kauft Aktien, zahlt in bar und bildet sich ein, daß diese Transaktionen niemand zurückverfolgen kann.

Dabei werden die genauso im Computer gespeichert wie Überweisungen von Konto zu Konto. Wußten Sie übrigens, daß Palanski Sie bei der Aufteilung der Beute über den Tisch gezogen hat?»

Nein, das hatte er ganz offensichtlich nicht gewußt.

«Und Sie haben Ihr Geld auch nicht viel schlauer angelegt.» Sie blätterte ihre Papiere durch und legte ihm ein Blatt hin. «Das ist eine Aufstellung aller Summen, die Sie in bar auf das Konto Ihrer Mutter eingezahlt haben. Für dieses Konto haben Sie eine Vollmacht, deshalb sind auch Sie im Computer erfaßt. Die alte Dame lebt von der Sozialhilfe und verfügt trotzdem über dieses dicke Guthaben... Unsere Internen Ermittlungsbeamten wären Ihnen wahrscheinlich nicht draufgekommen. Aber dieser Trottel Palanski...»

«Ohne meine Aussage kriegen Sie den nicht...»

«Abgemacht ist abgemacht. Sie wissen ja: Der Kronzeuge geht straffrei aus.»

Knolle wurde für diesen Abend auf Bewährung aus dem Badezimmer entlassen. Er schnurrte um Mallorys Beine herum, während sie Patronen in den Schnellader ihres Revolvers einlegte.

Jetzt stand sie vor dem Dielenspiegel. Visuelle Auslöser, hatte Henrietta gesagt... Sie sah aus zusammengekniffenen Augen auf den Kater hinunter. Knolle fing an zu tanzen. Was brachte ihn dazu?

Dann aber war Knolle vergessen. Durch die Decke drangen gedämpfte, aber unverkennbare Geräusche. Auch ein dicker Teppichboden und gute Schallisolierung hatten den Schrei nicht abblocken können. Möbel polterten. Schritte hasteten durchs Wohnzimmer über ihr.

Im Hauscomputer suchte Mallory sich Betty Hydes Nummer heraus. «Hier bei Hyde», sagte eine Stimme mit fremdländischem Akzent.

«Geben Sie mir Miss Hyde. Sagen Sie, es ist Mallory, und es ist eilig.»

Sie klemmte den Hörer zwischen Schulter und Ohr und holte die Lammfelljacke aus dem Schrank, die den Revolverwulst verbarg. In der schweren Jacke war sie zwar in ihrer Bewegungsfreiheit etwas eingeschränkt, aber sie wollte sich vorläufig noch nicht bewaffnet in der Öffentlichkeit zeigen. Das wäre unweigerlich ein visueller Auslöser für den Ruf nach einem Anwalt gewesen. Als Betty Hyde sich meldete, fuhr sie gerade in die Ärmel.

«Hallo, Mallory! Ich hatte schon fast die Hoffnung aufgegeben ...»

«Wir treffen uns bei Richter Heart. Bleiben Sie im Hintergrund, kommen Sie mir nicht in die Quere, ist das klar?»

In großen Sätzen hastete sie die Treppe hoch. Schon von weitem sah sie, daß die Tür durch drei Schlösser gesichert war, von denen das Hauptschloß das schwächste war. Die meisten Leute schließen tagsüber nur einmal ab, aber die Tür war zu dick und zu schwer, um sie einzutreten. Sie hämmerte mit der Faust gegen die Türfüllung und drückte gleichzeitig auf den Summer.

«Aufmachen!»

Totenstille. Und hinter der Tür eine tote Frau?

Sie fing wieder an zu hämmern. «Aufmachen, oder ich rufe die Polizei!» Für einen Mann, der im Scheinwerferlicht der Öffentlichkeit steht, eine sehr unerfreuliche Drohung.

Schwere Schritte kamen über die Fliesen der Diele, die Tür öffnete sich einen Spalt breit hinter vorgelegter Kette. Mallory sah in die kalten Augen von Richter Heart.

Sie lächelte höflich, trat zurück und versetzte der Tür einen genau berechneten Tritt. Die Kette riß, der Richter verlor das Gleichgewicht, und Mallory stürmte an ihm vorbei ins Wohnzimmer.

Pansy Heart hockte in einer Ecke des Raums und sah aus, als wünschte sie sich nichts sehnlicher als eine Tarnkappe. Sie blutete aus der Nase, hatte eine Platzwunde an der Lippe und eine dick verschwollene Wange. «Sie haben kein Recht ...», blaffte der Richter.

Mallory sah ihn an. «Ich nehme Ihre Frau mit. Machen Sie mir keine Schwierigkeiten.»

Rot vor Wut kam er auf sie zu. Ihr Schuh traf ihn genau zwischen den Beinen. Er wurde weiß wie die Wand, verdrehte die Augen vor Schmerz und Verblüffung und sank auf ein Knie.

Mallory zog die leise weinende Pansy hoch, legte ihr einen Arm um die schmale Taille und führte sie zur Tür.

Dort stand Betty Hyde und hatte, als sie Pansys geschundenes Gesicht sah, sichtlich Mühe, ihre Genugtuung zu verbergen.

«Ich kümmere mich um sie», sagte sie und legte die

Arme um die weinende Frau. «Kommen Sie, Pansy. Sie brauchen einen Arzt.»

Der Richter hatte sich, beide Hände ans Gemächte gedrückt, mühsam aufgerappelt. Mallory hakte einen Fuß unter seine Beine und brachte ihn wieder zu Fall, so daß er mit dem Gesicht auf die Kante eines schweren Eichentisches schlug und sich auch eine blutige Nase holte.

Pansy Heart drehte sich noch einmal zu ihrem Mann um, und erst, als von ihm keine Signale kamen, ließ sie sich von Betty Hyde wegziehen, die entschlossen war, sich diese Chance zu einem Gespräch mit der mißhandelten Frau von keiner irdischen oder göttlichen Macht nehmen zu lassen. Mallory überlegte, daß der Richter ihr am Ende noch dankbar sein konnte, weil sie eine Konfrontation zwischen ihm und Betty Hyde verhindert hatte.

Mallory stellte das Tablett mit der Teekanne und den Tassen ab und sah sich in Betty Hydes großzügig geschnittenem Wohnzimmer um, das nur vom Grundriß her mit dem der Rosens identisch war. Charles hätte wahrscheinlich besonders die geschickte Kombination von modernen Möbeln mit alten amerikanischen und englischen Stücken zu würdigen gewußt. Mallory schätzte an diesem Raum vor allem die kühle Eleganz ohne Souvenirseligkeit, ohne Sentimentalitäten und Gefühlsduselei.

Die Frau des Richters saß in einem frühamerikanischen Schaukelstuhl und drückte einen kalten Umschlag an die geschwollene Gesichtshälfte. Betty Hyde saß auf einer Fußbank, schaukelte die weinende Frau sanft hin und her und murmelte Tröstliches. Mrs. Heart wirkte zerbrechlicher als die dünne Tasse mit dem Old-Willow-Muster, die Mallory ihr reichte.

«Mrs. Heart, waren Sie an dem Abend zu Hause, als der Richter Ihre Schwiegermutter zusammengeschlagen hat?»

Der Löffel klirrte auf der Untertasse, und Pansy Heart zuckte zusammen, als habe man sie an diesem Abend zum zweitenmal tätlich angegriffen.

Mallory trat zurück, nahm noch eine Tasse vom Tablett und rührte darin herum.

«Hat die alte Dame ebenso laut geschrien wie Sie?»

Jetzt schüttelte wieder Schluchzen den schmächtigen Körper.

Betty Hyde stand auf und ging mit Mallory in die Küche.

«Das war brutal, Mallory. Ich glaube, von Ihnen kann sogar ich noch was lernen. Stochern Sie nur mit der Stange im Nebel herum, oder haben Sie Beweise?»

«Ich habe Kopien der Krankenhausberichte für die Jahre, in denen die alte Mrs. Heart bei ihrem Sohn, dem Richter, wohnte. Das Krankenhaus hat auch eine Akte über seine Frau. Es könnte sich lohnen, den Hausarzt ein bißchen unter Druck zu setzen. Und für den Fall, daß Sie die Leiche gerne exhumiert hätten – der Staatsanwalt hat einen wachen politischen Verstand. Wenn Sie ihm zu verstehen geben, daß hier etwas vertuscht werden soll und ein Prominentenfall seiner Karriere förderlich wäre, ist mit ihm bestimmt was zu machen. Aber lassen Sie meinen Namen aus dem Spiel.»

«Geht klar. Und was kann ich für Sie tun, Mallory?»

«Holen Sie aus Pansy heraus, was Sie können. Auf der Eigentümerversammlung hat sie uns doch was von ihrem Hund erzählt...»

Sie standen wieder im Wohnzimmer, und Betty wandte sich an die Frau im Schaukelstuhl, die jetzt stumm in ihre Teetasse starrte. «Was macht eigentlich Ihr Hund, die niedliche kleine Rosie?»

Pansy Heart sah Betty leicht erstaunt an. «Rosie ist in der Tierklinik. Ich weiß nicht, wann sie wiederkommt. Sie ist sehr krank.»

Der geläufige Ton solcher Antworten war Mallory nur zu vertraut. Die Frau log.

Jeder Mensch lügt.

Mallory kam so dicht an den Schaukelstuhl heran, daß Pansy unwillkürlich eine abwehrende Handbewegung machte.

«Rosie ist tot, nicht wahr?»

Die Frage gab Mrs. Heart den Rest. Ihre wild zuckende Hand fegte die Teetasse vom Tisch, die Augen verrieten den Schock.

«Wann ist sie gestorben?»

«Das weiß ich nicht. Mein Mann war mit ihr draußen – das ist jetzt schon ein paar Tage her – und ist ohne sie zurückgekommen. Sie ist beim Tierarzt, hat er gesagt.»

«Und dann haben Sie den Tierarzt angerufen, und bei dem war Ihre Rosie nicht...»

Pansy nickte benommen. Mallory wandte sich ab und überließ Betty Hyde die völlig aufgelöste Frau.

Edward Slope setzte sich. «Hör endlich auf, dich zu entschuldigen, Charles.»

«Ich wollte eigentlich nur eine Nachricht auf deinen Anrufbeantworter sprechen. Es wäre mir nie eingefallen, dich um dein Weihnachtsfest im Familienkreis zu bringen.»

«Hat sich was mit Weihnachtsfest und Familienkreis! Ich habe versucht, den Rückstand an Autopsien aufzuarbeiten. Zu Weihnachten herrscht bei uns immer Hochbetrieb. Warum die Heimlichtuerei? Hat die Range dich jetzt auch zu Straftaten angestiftet?»

Einmal in der Woche mußte sich Charles von Edward Slope sagen lassen, daß er mit diesem Gesicht nie ein guter Pokerspieler werden würde. Trotzdem war er entschlossen, sich heute auf ein Gebiet vorzuwagen, für das eigentlich Mallory zuständig und das für ihn ein weißer Fleck auf der Landkarte war. Auf das Gebiet der Lügen und Halbwahrheiten.

«Ich habe mich gestern abend mal mit Riker unterhalten», sagte er, «und weiß jetzt, daß Kathy als Kind einen Mord mit angesehen hat.» Das war noch keine Lüge. Rikers Reaktion war eindeutig gewesen. Und ebenso eindeutig hatte er zu erkennen gegeben, daß Charles von Edward Slope erfahren würde, was er, Riker, ihm verschwieg.

Der Arzt lehnte sich zurück, nahm die Brille ab und putzte sie umständlich. «Das hat Riker dir also erzählt.»

Charles nickte. Die erste Lüge dieses Abends. Aber wie hatte Mallory gesagt? Jeder Mensch lügt.

Verzeih mir, Edward, alter Freund.

Slope setzte die Brille wieder auf. «Als ich Riker klipp und klar nach den Filmen gefragt habe, hat er abgestritten, sie je gesehen zu haben. Du hast hoffentlich mit niemandem sonst darüber gesprochen ...»

«Nein», sagte Charles und begriff, daß er in diesem Moment einen Verrat an Riker begangen hatte.

Verzeih mir, Riker, denn ich bin auf dem besten Wege, noch mehr zu sündigen. Er schob die Serviette auf seinem Schoß zurecht, um den Mann, gegen den er beim Poker nicht gewinnen konnte, nicht ansehen zu müssen. «Einzelheiten wollte Riker mir nicht erzählen.»

Und das war die Wahrheit. Nein: Es war eine Irreführung.

«Kann ich mir vorstellen. Offiziell darf er gar nicht davon wissen, daß es diese Filme gab. Die Sache muß ihm wichtig sein, sonst hätte er sich nicht so weit aus dem Fenster gelehnt.»

«Sehr wichtig.» Wenn seine Vermutung zutraf, stand das Leben eines Kindes auf dem Spiel.

«Markowitz hat Stein und Bein geschworen, daß Riker den Film nie gesehen hat. Wir haben ihn noch am gleichen Abend vernichtet. Ist dir klar, daß du juristisch gesehen mit diesem Wissen zum Komplizen werden könntest?»

Charles nickte. *Noch eine Lüge. Nein, das war mir nicht klar. Und jetzt habe ich auch Markowitz verraten.*

«Markowitz hat den Film auch mir nur gezeigt, weil er von mir eine Identifizierung brauchte, um den Fall abschließen zu können. Hat Riker dir etwas über den Hintergrund erzählt?»

«Nicht viel.»

«Bei einem Toten, dessen Verletzungen auf zwei Serienmörder von der Ostküste hindeuteten, hatte sich das FBI eingeschaltet. Markowitz gab ihnen einen Hinweis auf einen der Killer, aber bei der Verhaftung haben sie Mist gebaut. Sie schickten fünf Mann hin, es gab eine Schießerei, und der Verdächtige kam ums Leben.»

«Da war Markowitz bestimmt sauer.»

«Kann man wohl sagen. Er jagte die FBI-Leute zum Tempel raus, untersuchte selbst das Haus, in dem die Schießerei stattgefunden hatte, entdeckte das Versteck mit den Filmen und sah sie sich an. Allein. Sie waren so brutal, daß er seine Leute damit nicht belasten wollte, wie er meinte. Den anderen führte er später nur den Ausschnitt vor, auf dem das Gesicht des zweiten Mörders zu sehen war.

Die Geschichte, wie Kathy zu Louis und Helen kam, kennst du ja. Er hat Kathy tatsächlich verhaftet, weil sie ein Auto knacken wollte, und Helen bestand darauf, das Kind zu behalten. So weit, so gut. Aber es steckte noch etwas anderes dahinter: Er hatte sie erkannt. In dem Film war sie ein paar Jahre jünger, aber so ein Gesicht prägt sich ein.»

«Sie hatte also den Mord mit angesehen, und er brauchte sie als Zeugin?»

«Nein. Sie wußten damals schon, wo die Filme gedreht worden waren, inzwischen waren einige Jahre vergangen, die Spur war kalt geworden. Erst vier Jahre später hat Riker dann den zweiten Mann verhaftet und getötet.»

«In Ausübung seiner Pflicht...»

«So hat es Riker begründet. Bei der Untersuchung sprach zu seinen Gunsten, daß seinerzeit auch der Komplize bei der Verhaftung ums Leben gekommen war. Markowitz stellte sich auf den Standpunkt, daß Riker nur das getan hatte, wozu beim FBI fünf Mann nötig gewesen wären. Und er schwor, daß nur er die Filme kannte. Sie konnten also nicht beweisen, daß hier jemand rot gesehen und die Opfer gerächt hatte. Und weil Riker den Verdächtigen mit den Fäusten und nicht mit seiner Dienstwaffe fertiggemacht hatte, kamen Untersuchungsausschuß und Staatsanwalt zu dem Ergebnis, daß es kein Vorsatz war, sondern ein Unfall, ausgelöst durch die Gegenwehr des Verdächtigen bei seiner Verhaftung.»

«Klingt einleuchtend.»

«Auch mir hat das damals eingeleuchtet, zumal nach meinem damaligen Wissensstand nur Markowitz persönlich betroffen war. Offenbar hat er mich damals beschwindelt. Aber er wollte mich wohl nicht mit hineinziehen. Und wahrscheinlich fühlte er sich mitschuldig an dem, was Riker getan hatte, denn mit der Objektivität steht und fällt ja die Arbeit der Polizei.»

Und Riker liebte Kathy.

«Kathy weiß nichts von dem Film. Markowitz hat das so gewollt. Du darfst ihr von dem, was wir heute abend besprechen, nie etwas erzählen, ist das klar?»

«Ja, natürlich.»

«Markowitz hatte mich gewarnt. Du brauchst dir nicht den ganzen Streifen anzusehen, sagte er. Teile davon mußte ich sehen, weil Riker den Burschen so zugerichtet hatte, daß man ihn nach dem Führerscheinfoto nicht mehr identifizieren konnte. Seine Fingerabdrücke waren nicht in den Akten, aber er hatte eine Narbe von einer Verletzung, die er sich bei diesem Ereignis, von dem es einen Film gibt, zugezogen hatte.»

«Erzähl mir von dem Film.»

«Soll ich wirklich? Es wird dir noch leid tun ...»

Das war seine letzte Chance, der ehrliche Mann zu bleiben, für den Edward Slope ihn hielt.

«Ja, schieß los.»

«Es gibt eine gewisse Sorte von Filmen – wahre Leckerbissen für Freaks –, die handeln davon, wie Menschen gefoltert und ermordet werden. Die Opfer sind meist Kinder. Irgendwie läßt sich also auch mit New Yorker Straßenkindern noch Geld machen.»

Slope winkte einen Ober heran und bestellte einen doppelten Scotch. «Nüchtern schaffe ich das nicht», sagte er zu Charles. «Willst du wirklich alle Einzelheiten hören?»

«Ja, natürlich.»

Nein, natürlich nicht. Habe ich nicht schon genug Alpträume? Nein. Red weiter. Ich habe es nicht anders verdient.

«Zu Beginn des Films – eine Billigproduktion, gedreht in einem Lagerhaus mit nur einem Set – lagen die Kinder, ein Junge und ein Mädchen, schlafend in einem Käfig. Ich hatte den Eindruck, daß sie unter Drogen standen. Der kleine Junge wurde gerade wieder wach, vielleicht haben sie deshalb zuerst ihn genommen. Das kleine Mädchen regte sich nicht. Es war Kathy. Aber das weißt du ja.»

Charles nickte.

Noch eine Lüge, die er mit einem weiteren Alptraum würde büßen müssen.

«Kathy kann damals höchstens acht gewesen sein und lebte wohl schon eine Weile auf der Straße. Sie trug ein schmuddeliges T-Shirt und Jeans, die ihr viel zu groß waren. Später hat sie mir mal erzählt, daß sie nur das klaute, was sie sich am leichtesten schnappen konnte, deshalb paßte natürlich nicht immer alles perfekt.»

Der Ober brachte den Whisky, und Edward trank rasch.

«Sie hatte nur einen Schuh an, der andere Fuß war nackt. Sie holten den Jungen aus dem Käfig. Ich hatte Markowitz gebeten, den Ton leiser zu stellen, aber ich höre das Kind heute noch schreien. Was sie mit ihm gemacht haben, brauchst du nicht zu wissen. Aber er hat lange leiden müssen. Den Käfig hatte man dabei immer im Blick. Kathy rührte sich nicht und machte die Augen nicht auf. Ich habe sie die ganze Zeit beobachtet.»

O Gott. Nein . . .

«Dann war Kathy dran.»

Ich will nichts mehr hören.

«Einer machte die Käfigtür auf und hob sie heraus. Sie lag ganz still in seinen Armen.» Edward fuhr sich mit der Hand durchs Haar und trank den Whisky wie Wasser.

«Weißt du, was ich am deutlichsten in Erinnerung

habe? Den einen kleinen Schuh und den einen nackten Fuß. Verrückt, was? Sie legten Kathy auf die Matratze, an der das Blut des Jungen war. So viel Blut. Und Kathy schlief weiter.»

Slopes Augen gingen hin und her, als hätte er eine Kinoleinwand vor sich. Dann legte er eine Hand vors Gesicht, seine nächsten Worte kamen erstickt darunter hervor.

«Himmel noch mal, was ist das für eine Welt, in der unsere Kinder leben, Charles!»

Charles sprang besorgt auf, aber Edward winkte ab.

«Alles in Ordnung. Setz dich wieder hin.»

Der Film vor den Augen des Arztes lief weiter.

«Der Mann beugte sich über sie, und mit einem Schlag war Kathy hellwach. Sie hatte sich nur schlafend gestellt, und nun stürzte sie sich fauchend und zähnefletschend wie ein kleines Tier auf den Mann. Sie stieß ihm beide Daumen in die Augen, er legte die Hände vors Gesicht und wich taumelnd zurück. Zwischen seinen Fingern quoll Blut hervor. Als der Kameramann sie packen wollte, schlug sie die Zähne in seinen nackten Arm und biß ein Stück Fleisch heraus. *Ein Stück Fleisch*, Charles. Und spuckte es auf den Boden.»

Charles sah in Edward Slopes vor Grauen geweiteten Augen das Geschehen von damals noch einmal ablaufen.

«Die Männer schreien, die Scheinwerfer fallen um, die Kamera liegt am Boden. Zum Schluß sieht man Kathy mit einem Schuh durch einen Gang ins Dunkel flüchten.»

Schön war er gewesen, dieser Ausdruck fassungslosen Staunens, als sie begriffen hatte, daß sie sterben würde. Am besten aber hatte sie ihm gefallen, als der Tod ihrem Gesicht alles Feindselige genommen hatte. Nur eine tote Nutte ist eine gute Nutte. Bei Mallory würde es nicht anders sein. Er legte die Daumen auf die beiden Weinbeeren, drückte zu und spürte genüßlich, wie die Haut aufplatzte, das Fleisch nachgab. Es waren grüne Trauben gewesen. Er nahm die Hände weg. Zerquetschte, zermalmte, blinde Augen sahen ihn an.

Sie standen in der Küche der Rosens. «Sie will ihn nicht anzeigen», sagte Betty Hyde und setzte ihren Kaffeebecher ab. «Daß er seine Mutter verprügelt hat, kannst du wohl nicht beweisen, was? Ich habe mich mit meinem Artikel für die Frühausgabe ziemlich zurückhalten müssen. Mein Redakteur hat mir verboten, vor der Exhumierung Namen zu nennen, aber die ist jetzt eingeleitet. Außerdem wird morgen früh eine junge Reporterin den Richter vor den Coventry Arms abfangen. Du kennst ja die Masche. ‹Ist etwas Wahres an dem Gerücht, daß Sie Ihre alte Mutter zu Tode geprügelt haben?›»

«Hat Pansy Ihnen sonst noch was erzählt?»

«Nein. Arme Pansy. Ich habe so viel Leid noch nie aus der Nähe gesehen. Sie ist wieder bei ihm.»

«In seiner Wohnung? Das ist doch Wahnsinn!»

«Wenn er sie geschlagen hat, sagt sie, ist er hinterher immer ganz besonders lieb, und deshalb hat sie keine Angst vor ihm.»

«Beim nächstenmal schlägt er sie tot, ist ihr das nicht klar?»

«Muß sie eigentlich die Anzeige erstatten, oder könnten Sie das machen? Ich denke nicht nur an die menschliche Seite, sondern auch an den Verleumdungsparagraphen. Sachen, die nicht im Polizeibericht stehen, faßt die Redaktion nicht so gern an.»

«Ich habe ihn nicht prügeln sehen. Wenn sie sagt, daß sie hingefallen ist, kann man juristisch nichts dagegen unternehmen.»

Mallory schlug die Arme übereinander und sah Betty Hyde an, die energisch gegen den Eindruck ankämpfen mußte, daß Mallory innerhalb weniger Sekunden größer geworden war. Mallory beugte sich vor, und Betty wich zurück, bis es nicht mehr weiter ging.

«Sie verheimlichen mir etwas. Was wissen Sie über Eric Franz?»

Für einen nachbarlichen Besuch war es eigentlich zu spät. Aber als sie sich damals, nach Annies Unfall, um Eric gekümmert hatte, war es auch spät gewesen. Eine Hand wäscht die andere.

Eric öffnete, zog den Morgenrock fester und sah über Betty Hydes linke Schulter.

«Ich bin's, Betty. Ich habe mit Ihnen zu reden.»

Er trat zurück und machte Licht im Wohnzimmer. Der Raum war fast unverändert. Kein Wunder, Annie war schließlich erst einen knappen Monat tot. Nur das gerahmte Hochzeitsfoto, auf dem dem Bräutigam irgend jemand mit schwarzem Filzstift Hörner aufgesetzt hatte, war nicht mehr da.

Viele Stunden und Flaschen später brach es dann aus Eric heraus: «Was glauben Sie wohl? Wäre ich nicht blind gewesen, wäre Annie die letzten drei Jahre nicht bei mir geblieben. Sie wollte sich damals scheiden lassen, aber dann kam das Geld von der Versicherung, und sie hat es sich anders überlegt. Danach hatte ich großen Erfolg mit meinen Büchern und bekam einen Preis nach dem anderen. Trotzdem ... von einem Sehenden hätte sie sich wohl früher oder später doch noch getrennt und sich mit einer schönen Summe abfinden lassen. Aber bei einem Blinden konnte sie das nicht machen. Was hätten denn die Nachbarn dazu gesagt?»

Der Schnapper schnellte zurück. Ein kleiner Schubs, und die Tür war offen. Er tappte durch die dunklen Räume, bis er sie gefunden hatte. Lang ausgestreckt lag sie auf dem Bett. Ihr Haar leuchtete, als hätte sie eine Portion Sonnenlicht mit ins Haus gebracht.

Geräuschlos legte er sich neben sie, rollte sich auf den Rücken und schlief ein. Vier Pfoten fuchtelten in der Luft herum und jagten im Traum den Mäusen nach.

Er wachte von kaltem Metall auf, das an seine Nase stieß. Eine Lampe brannte. Er schielte zu dem Revolver hinüber, stellte sich auf die Hinterbeine und fing, ein bißchen unsicher auf der weichen Unterlage, prompt an zu tanzen. Aber da war sie schon aufgestanden und mit der Waffe in der Hand ins Nebenzimmer gegangen.

Er sprang vom Bett und lief hinterher. Als sie an der Badezimmertür stehenblieb, rieb er seinen Kopf an einem nackten Fuß, der mit der Zärtlichkeit offenbar nichts anzufangen wußte, denn er stieß den Kater weg. Sie drückte auf den Schnapper der Badezimmertür. Einmal und noch einmal. «So schlau bist du also?» sagte sie leise, was er mehr oder weniger korrekt als Lob deutete und mit lautem Schnurren quittierte.

Sie nahm ihn auf den Arm, er räkelte sich genüßlich – und landete mit einem Plumps auf den Fliesen. Das Licht ging aus, die Tür schlug zu. Knolle saß allein im Dunkeln und überlegte, was er jetzt schon wieder falsch gemacht hatte.

Charles hatte sich an einem einzigen Abend auf Lügen und auf Verrat eingelassen. Mallory, die Meisterlügnerin, konnte stolz darauf sein, wie weit er gekommen, wie tief er gesunken war. Aber sie würde nie etwas davon erfahren. Er hatte Slope versprechen müssen, den Mund zu halten. Eine stillschweigende Lüge...

Kathy wäre sehr betroffen, wenn sie von dieser Einmischung, dieser Verschwörung gegen sie wüßte. Aber Slope würde mit Riker nie über diesen Abend sprechen. Niemand würde je etwas von Charles' Lüge, von seinem Verrat erfahren. Und das würde zwangsläufig zu weiteren stillschweigenden Lügen führen.

Er hatte nicht den Trost, sich als Buße von der Pokerrunde auszuschließen. Fragen würden gestellt werden, sie würde die Antworten herauslocken, es würde noch mehr

Scherben geben. Mindestens einmal in der Woche, wenn er Edward Slope am Spieltisch gegenübersaß, würde er an seine Sünden erinnert werden.

Auch Riker konnte er sich nicht anvertrauen, ohne sich in weitere Lügen zu verstricken. Und da er kein praktizierender Katholik war, blieb ihm auch der Weg zur Beichte verschlossen.

Durch dieses komplizierte Netz fand der Schlaf nicht mehr zu ihm. Lange lag er wach, und als er dann doch einschlief, sah er ein kleines Mädchen vor sich, das durch die Dunkelheit lief und von dunklen Schatten – Spinnen vielleicht – verfolgt wurde. Dann kam sie auf dem Blut ins Rutschen – ja, auch Blut gab es in seinem Traum –, und er war mit einem Ruck wieder wach.

Und dann hörte er Musik in seinem Kopf, und ehe es ihm gelang, sie wieder abzustellen, sagte Amanda: «Interessant, daß sie sich schlafend stellt, während ein anderes Kind umgebracht wird.»

Bitte nicht... Ich mag nicht daran denken.

«Du wirst nicht mehr davon loskommen, Charles. Diese Reaktion hättest du bei einem kleinen Mädchen nicht erwartet...»

Mallory tut bis heute nie das, was man von ihr erwartet...

Er hatte noch nicht gelernt, sein Geschöpf wieder wegzuschicken. Vielleicht verblaßte der Wahn, wenn er nicht hinsah? Nein, mit diesem Trick klappte es auch nicht. Amanda bestand so hartnäckig auf einer Antwort wie eine wirkliche Frau.

«In dem Film wird nicht gezeigt, wie Mallorys Mutter umgebracht wurde.» Charles richtete seine Worte an die Decke. «Das siehst du offenbar falsch.»

«Meinst du?» Amanda blieb einen Moment lang stehen. «Sie hat sich tot gestellt, während ein Kind in ihrer unmittelbaren Nähe gefoltert wurde.»

«Vielleicht hatte die Angst sie gelähmt. Es gibt keine Fakten, die –»

«Laß endlich die Logik und die Fakten, Charles. Ein erfahrener Arzt, der den Film gesehen hat, kann bezeugen, daß sie sich tot gestellt hat. Wo hat sie das gelernt? Womöglich bei einem anderen Mord. Vielleicht ist ihre Mutter auf diese Art ums Leben gekommen. Und Justins Mutter auch.»

Er rollte sich herum und wandte seinem gedachten Geschöpf das Gesicht zu, ohne die Augen zu öffnen. «Das ist doch grotesk, Amanda. Justins Mutter ist an einem Herzinfarkt gestorben. Das ist eine Tatsache, Kindesmißbrauch wäre als Erklärung viel überzeugender. So etwas könnte Mallory dem Jungen angesehen haben, aber doch nicht einen Mord, den er miterlebt hat...»

Ziellos zogen die Klänge des Concerto durch sein Hirn. Er sagte flüsternd das griechische Alphabet auf. Die Musik verstummte, Amanda blieb. Er machte die Augen auf. Blasser Mondschein und das Licht der Straßenlampen fielen durchs Schlafzimmerfenster. Er drehte das Gesicht zur Wand, über die sich ein neuer Alptraum bewegte.

Amanda hatte gelernt, einen Schatten zu werfen.

26. Dezember

Das Dienstmädchen war trotz aller Einschüchterungsversuche bei ihrer Aussage geblieben. Vielleicht war Betty Hyde ja heute vormittag wirklich nicht zu Hause. Eric Franz ging nicht ans Telefon. Aber der Richter war daheim und Harry Kipling ebenfalls.

Mallory hielt die versiegelte Plastiktüte mit dem Beweismaterial vor die Kamera, dann nahm sie die Spielzeugpistole heraus und legte sie auf den Couchtisch.

Im Arbeitszimmer ließ sie die gerade bespielte Videokassette zum Test noch einmal durchlaufen, dann ging sie zur Tür. Vier goldgerahmte Wandspiegel warfen ihr Bild zurück: T-Shirt, Schulterholster, Jeans. Im Gehen zog sie den braunen Kaschmirblazer über, eine originalgetreue Kopie der Jacke, die Amanda Bosch getragen hatte, als sie starb. Der Schneider hatte sich mit der Nachschöpfung seines Werks große, leider nur von wenigen gewürdigte Mühe gegeben.

Am liebsten hätte Mallory auch das Brandloch im Ärmel kopieren lassen, aber dagegen hatte Helen Markowitz' Geist energisch protestiert. Helen hätte auch keinen Zweifel daran gelassen, daß sie den Revolver unter dem

Blazer mißbilligte, weil er die Linie verdarb. Mallory blieb vor dem Dielenspiegel stehen und musterte den Wulst kritisch.

Sie rief den Kater, schnippte mit den Fingern – und schon hatte sie einen beseligten Knolle auf dem Arm. Wieder ein prüfender Blick in den Spiegel. Nein, so ging es nicht. Der lebende Pelzkragen war als Tarnung für die verräterische Wölbung einfach zu zappelig.

Sie setzte Knolle ab, zog den Blazer aus, trennte sich von dem Holster und legte den Revolver in die Schublade des Tischchens unter dem Dielenspiegel. Dann zog sie den Blazer wieder an und schnippte erneut mit den Fingern.

Ohne ein Fünkchen Stolz oder Selbstachtung kam Knolle bereitwillig wieder in ihre Arme und schnurrte wie eine altmodische Nähmaschine.

Vor der Wohnung der Hearts blieb Mallory stehen. Der Richter hatte offenbar schon eine neue Kette anbringen lassen und spähte wie gestern durch den schmalen Spalt zwischen Tür und Rahmen.

«Ich möchte zu Ihrer Frau.»

«Scheren Sie sich weg!»

«Wir können das diskret oder weniger diskret regeln, das liegt ganz bei Ihnen. Ich will mich nur davon überzeugen, ob alles in Ordnung ist.»

Die neue Kette wurde ausgehakt, die Tür öffnete sich. «Pansy», rief der Richter. «Pansy!»

Pansys Gesicht sah nicht wüster aus als am Vortag. Mallory nickte ihr zu. «Ich wollte nur mal nach dem Rechten sehen», sagte sie. Im Gehen wandte sie sich noch einmal an den Richter. «Ich weiß, was Sie getan haben. Keine Angst, ich kriege Sie noch.»

Zornrot knallte Richter Heart die Tür zu.

Einen Stock höher machte Kiplings Sohn auf und ließ Mallory eintreten. Das anzügliche Lächeln verkniff er sich diesmal. Harry Kipling saß am Tisch. Als er den Kater sah, stand er schnell auf – aber doch nicht schnell genug.

Mit freudig blitzenden Augen stürmte ein Springerspaniel auf Knolle zu.

In der Wohnung war alles still. Keine Bewegung, kein Laut, kein lebendiges Wesen. Nicht einmal eine Katze. Und dann hallten plötzlich Schritte durch die Stille. Aber nicht lange. Ein Griff – und der Revolver war gefunden. Kaltes Metall blitzte kurz auf, als die Waffe aus dem Dunkel des Schubfachs geholt wurde und im Dunkel einer Tasche verschwand. Lautlos verließ der Dieb die Wohnung.

Als Mallory die Tür hinter sich zuschlug, hörte sie den Kiplingsohn zetern: «Jetzt sieh dir an, was sie mit meinem Hund gemacht hat!»

Mallory ging durchs Treppenhaus zurück. Die Tür zur Wohnung der Rosens stand offen. War sie wirklich so nachlässig gewesen?

Knolle mauzte diesmal nicht, als sie ihn zu Boden plumpsen ließ, inzwischen war er an das Spiel gewöhnt. Er gähnte herzhaft, dann ging er seiner Wege.

Sie trat an das Tischchen unter dem Dielenspiegel. Das Schubfach war leer.

Sonst schien alles unberührt. Die Spielzeugpistole lag noch an ihrem alten Platz auf dem Couchtisch.

Was jetzt? Unterstützung anfordern und zugeben, daß sie sich die Dienstwaffe hatte stehlen lassen? Unmöglich. So was leisteten sich nicht mal Anfänger. Coffey und Riker würden sie damit noch jahrelang aufziehen.

Im Schlafzimmer polterte es. Auf dem Weg durch die Küche griff sie sich eine Weinflasche, dann ging sie dem Geräusch nach. Knolle stand vor den Trümmern einer Lampe. Zwischen seinen Pfoten hingen noch ein paar Lampenschirmfransen. Vom Schlafzimmer aus rief sie Charles an. «Hör zu, Charles. Ich hab's eilig. Bring mir den Long Colt aus der mittleren Schublade in meinem Schreibtisch. Und die Munition. Du mußt aber erst –» Sie legte rasch auf, denn sie hatte wieder ein Geräusch gehört, und nicht immer mußte Knolle der Urheber sein. Charles Butlers wiederholtes «Hallo! Hallo?» ging ins Leere.

Im Arbeitszimmer schaltete Mallory so geräuschlos wie möglich Kameras und Tonbandgerät ein, dann ging sie zurück ins Wohnzimmer.

Dort hatte sich der Kater unter der Couch verkrochen, und mitten im Raum stand Harry Kipling. Die Spielzeugpistole lag noch auf dem Couchtisch.

Wann würde Charles ihr eine Waffe bringen, die nicht nur zum Spielen taugte?

«Die Tür stand offen», sagte Kipling. «Ganz schön leichtsinnig.»

Sie hatte ihm den Zugang erleichtern wollen, aber mit einem Revolver in der Hand hätte sie sich entschieden wohler gefühlt. Jetzt war es zu spät, um Unterstützung anzufordern. Und Charles hatte sich gerade erst auf den Weg gemacht.

Im Bücherregal lag Max Candles Messer, das sie ursprünglich griffbereit für Kipling hingelegt hatte, damit der eine Waffe in der Hand hielt, wenn die Kameras festhielten, wie sie einen Steuerzahler abschoß. Nur hatten sich jetzt die Voraussetzungen geändert. Wo hatte er ihre Kanone versteckt?

Kipling starrte die Spielzeugpistole an.

«Kommt Ihnen bekannt vor, was? Damit haben Sie den Kater abgerichtet. Sobald Knolle einen Revolver sieht, fängt er an zu tanzen. War es der Knall der Zündplättchen? Haben Sie ihm das Ding jedesmal an den Kopf gehalten, damit er tanzt?»

Der Kater fing an zu schnarchen.

Charles machte die Wohnungstür hinter sich zu. Wozu brauchte sie plötzlich so viele Waffen? Sie hatte doch schon einen schweren Revolver, dazu ihre Dienstwaffe und ein scharf geschliffenes Messer ... Aber wer sich eine Tote als Weggefährtin leistete, durfte wohl Mallorys Entscheidungen nicht in Frage stellen. Während er über den Flur ins Büro von Mallory & Butler ging, überlegte er, welche seiner vielen dummen Bemerkungen sie wohl am meisten geärgert hatte. Fehlende Logik hatte er ihr vorgeworfen und daß sie ihre Gegner unterschätzte und ...

Sie hatte ihn nach einem Blinden ausgefragt. Den hatte sie demnach nicht unterschätzt. Und nun legte sie sich ein Waffenlager an. Das sprach zumindest für Voraussicht. Wie stand es denn mit seiner Logik?

Vielleicht hatte er, das große Genie, alles gründlich mißverstanden. Was hatte ihn geritten, sich auf Coffeys Seite zu schlagen? Zunächst war ihm das durchaus sinnvoll erschienen, aber jetzt? Vielleicht hatte Coffey nur Angst gehabt, sie könnte sich zu sehr auf einen Verdächtigen festlegen. Riker hatte ihn mit Recht zur Ordnung gerufen. Er hatte sie einfach nicht ernst genug genommen. Jetzt durfte er sie nicht im Stich lassen.

Er schloß Mallorys Büro auf und trat an den Schreibtisch. Die mittlere Schublade war abgeschlossen, und er hatte keinen Schlüssel. Für Mallory mochte das kein unüberwindliches Hindernis sein, aber nicht jeder war so versiert im Umgang mit fremdem Eigentum wie sie. Er nahm den Brieföffner zur Hand, ein unersetzliches altes Stück, das er ihr einmal geschenkt hatte. Einen Augenblick zögerte er noch, dann schob er die Klinge in den Spalt über der Schublade, um sie mit Gewalt aufzubrechen.

Als Vorwarnung ertönte ein ohrenbetäubendes Quietschen, dann stürmte ein Getöse lautsprecherverstärkter Gongs und Glocken auf ihn ein. Typisch Mallory: Da sie seine Technikfeindlichkeit kannte, hatte sie für die Alarmanlage keine banalen Piepser oder Sirentöne gewählt, sondern das Geläut von Kirchenglocken aus seiner Schallplattensammlung. Er kam sich vor wie im Glockenturm, ja, wie in der Glocke selbst, und hielt sich die Ohren zu.

Irgendwie würde vielleicht sogar er es schaffen, diese teuflischen Geräusche abzustellen, aber das kostete Zeit, und die brannte ihm auf den Nägeln. Allein die Suche nach den Lautsprechern wäre in diesem elektronischen Dschungel ein schweres Stück Arbeit gewesen. Außerdem tut man sich schwer damit, die Richtung von Tönen zu bestimmen, wenn der eigene Kopf zum Klöppel einer Riesenglocke geworden ist.

Charles griff sich den von Mallory liebevoll gepflegten alten 38er Long Colt von Louis Markowitz und die Schachtel mit der Munition und suchte das Weite. Das höllische Geläut folgte ihm die Treppe hinunter bis auf die Straße.

Er winkte ein Taxi heran und bat im Geist die Nachbarn um Verzeihung.

Kipling schloß die Wohnungstür ab. «Damit wir ungestört plaudern können.»

Wie würde Charles mit einer verschlossenen Tür fertigwerden? Er war zwar groß genug, um sie einzutreten, hatte aber so etwas vermutlich noch nie gemacht.

«Wie haben Sie es rausgekriegt?» Harry Kipling setzte sich auf einen Stuhl mit gerader Lehne und machte eine einladende Handbewegung.

Mallory blieb stehen.

Er lehnte sich zurück und kippelte nachdenklich auf den hinteren Stuhlbeinen. Sein Gesicht war eingefallen, die länger werdenden Schatten des Nachmittags nisteten in den Vertiefungen unter den hohen Wangenknochen. Er wirkte müde und resigniert. «Was habe ich falsch gemacht?»

«Sehr viel.» Seit zehn Minuten belauerten sie sich nun schon. Wo war der Revolver? Hatte er ihn vielleicht hinten in den Gürtel gesteckt? Noch war ihm das Messer mit Max Candles Wappen offenbar nicht aufgefallen. «Wieviel wollen Sie?» Kipling lächelte. «Denn darauf läuft es doch hinaus, oder? Sie wollen bei mir abkassieren.»

«Was ist Ihnen die Sache wert, Harry?»

«Mit anderen Worten: Was ist mir meine Ehe wert? Wieviel verlangen Sie, damit die Sache unter uns bleibt?»

«Warum haben Sie es getan?»

«Aus Verzweiflung. Das muß Ihnen genügen. Jetzt sagen Sie schon, wieviel Sie wollen.»

«Das muß ich mir noch überlegen.»

Sie traute sich nicht, noch einmal zu dem Messer hinzusehen. Wenn sie nur nah genug herankäme, konnte sie es mit einem Griff an sich bringen.

Vorsichtig ging sie um Kipling herum, der noch immer die Spielzeugpistole anstarrte. Sie sah ihn jetzt von der Seite. Er trug ein Polohemd und enge Freizeithosen. Eine versteckte Waffe hätte sich abzeichnen müssen. Wo, verdammt noch mal, war ihr Revolver?

«Okay, ich hatte ein Verhältnis mit Amanda Bosch. Wieviel verlangen Sie, damit meine Frau es nicht erfährt?»

«Es geht wohl um ein bißchen mehr als nur um das Verhältnis mit Amanda.»

«Sie haben mich nur mit einer Frau erwischt. Wenn Sie von anderen wüßten, hätten Sie das inzwischen rausgelassen. Ein Vermögen zahle ich Ihnen dafür nicht. Wieviel also?»

«Sagte ich schon, daß ich Amanda kannte? Ich weiß, daß Sie Ihre Geliebte belogen haben und daß sie Ihre Lüge durchschaut hatte.»

«Aber ich habe sie in so vielem belogen ...» Das klang fast stolz.

«Ich rede von der Lüge, die Amanda dazu gebracht hat, das Kind abtreiben zu lassen.»

«Diese Lüge ist mir kein Geld wert. Außerdem nehme ich Ihnen nicht ab, daß Sie Amanda kannten. Sie sind eine bestechliche Polizistin, nichts weiter. In der Zeitung stand, daß schon Ihr Vater bei der Polizei war. Hat er auch Schmiergelder genommen? Muß wohl in der Familie liegen ...»

«Sagen wir so: Ich habe viel von meinem alten Herrn gelernt. Woher sollte ich wissen, wie Amanda Ihre Lüge entdeckt und was sie zum Äußersten getrieben hat, wenn ich sie nicht kannte?»

Mallory war nicht umsonst als Kind eine Weltklasse-Pokerspielerin gewesen.

«Amanda saß an dem Tag, an dem sie starb – an dem Tag, ehe sie Ihnen die Lüge auf den Kopf zusagte –, auf einer Bank hier vor dem Haus. Der Portier hatte alle Hände voll zu tun, es herrschte ein ständiges Kommen und Gehen. Mieter, Kinder, Hunde. Und dann sah sie –»

«Machen Sie's nicht allzu dramatisch. Sie sah Peter, und

sie wußte, daß er nicht adoptiert war. Soll ich Ihnen mal was sagen? Ich war bis zu diesem Moment immer heilfroh gewesen, daß er mir und nicht Angel ähnlich sah.»

Kipling stand auf und ging zu dem Bücherregal hinüber, auf dem Max Candles Messer lag. Die Spielzeugpistole hatte er immer noch in der Hand.

«Wenn Sie Amanda gekannt haben, wissen Sie auch, daß ich für sie nur genetisches Material war. Ich wurde gar nicht gefragt, ob ich noch ein Balg in die Welt setzen wollte.»

«Und sie wußte nicht, daß sie ein Kind würde austragen können. Daß sie schwanger wurde, war wie ein Wunder, hat der Arzt gesagt. Und da haben Sie sich entschlossen, sie anzulügen.»

«Ja. Ich hab ihr gesagt, daß meine Gene verkorkst wären und ich nur Ungeheuer zeugen könnte, Kinder mit verwachsenen Organen, mit nur einem Auge, ohne Hände und solche Sachen. Aber das ist schließlich kein Verbrechen. Jetzt sagen Sie schon, wieviel Sie haben wollen, damit die Sache aus der Welt ist.»

«Es war eine dumme Lüge. Sie wußten doch genau, daß der Schwindel auffliegen mußte, sobald sie Ihren Sohn zu Gesicht bekam.»

«Ja, aber damit war kaum zu rechnen. Mein Sohn ist das ganze Jahr über im Internat und in den großen Ferien im Sommerlager. Meine Frau hat überhaupt keine mütterlichen Gefühle. Im Gegenteil. Peter sieht mir so ähnlich, daß sie um jeden Tag froh ist, an dem ihr sein Anblick erspart bleibt.»

«Aber Amanda hat ihn gesehen und daraufhin das Treffen im Park erzwungen.»

«Unsinn! Wir haben uns immer nur in ihrer Wohnung getroffen.»

«Ich weiß, daß Amanda im Park mit Ihnen zusammen war. Sie brauchen nichts zu sagen. Aber was Sie sagen, kann vor Gericht gegen Sie verwendet werden.»

«Sie wollen mich über meine Rechte belehren? Reichlich albern, dieses Räuber-und-Gendarm-Spiel, finden Sie nicht? Fehlt nur noch, daß Sie sagen, Sie würden mir einen Pflichtverteidiger besorgen, wenn ich mir keinen eigenen Anwalt leisten kann. Sie sind ebensowenig bei der Polizei, wie ich es bin! Eine miese kleine Erpresserin sind Sie! Wer seine Frau betrügt, ist noch lange kein Verbrecher. Oder habt ihr beide euch zusammengetan und denkt, ihr könnt in einem Zivilprozeß Millionen absahnen?»

Mallory zuckte die Achseln. Daß seine verfassungsmäßigen Rechte gewahrt waren, hatten die Kameras festgehalten. Er hatte sich, nur wenige Zentimeter von dem Messer entfernt, mit dem Arm am Bücherregal abgestützt. Alles lief wie geplant. Der Haken war nur, daß sie ihren Revolver nicht hatte. Was hatte er damit gemacht?

«Sie haben sich mit ihr im Park getroffen. Sie hatte gerade ihr Kind getötet, weil sie glaubte, es würde als Ungeheuer zur Welt kommen. Als sie Ihre Lüge durchschaute, war sie außer sich und drohte, auf der Stelle zu Ihrer Frau zu gehen. Da haben Sie die Nerven verloren und Amanda umgebracht.»

«Ein Seitensprung *und* ein Mord... Ist Ihnen noch nie

der Gedanke gekommen, daß sie mehr als einen Mann hier im Haus kannte, daß ein anderer sie umgebracht haben könnte?»

«Nein, nie.»

«Ich an deiner Stelle würde mit der U-Bahn fahren», sagte Amanda und nahm einen tiefen Zug aus ihrer Zigarette.

Charles sah sie groß an. Im Taxi hatte er keine Musik gehört. Vielleicht hatte diesmal der Streß die Erscheinung ausgelöst.

Jetzt merkte er, daß seine Schöpfung noch immer nicht ganz fehlerfrei war, denn hin und wieder verwandelten sich Amandas blaue in Mallorys grüne Augen.

«Hier darf man nicht rauchen, Amanda, auf dem Schild steht es groß und breit! Sei so nett und –»

«Ich rauche doch gar nicht, Sportsfreund», sagte der Fahrer. «Und ich heiße Fred.»

Amanda lächelte, ohne die Zigarette aus der Hand zu legen. «Es hat eben auch sein Gutes, tot zu sein. Man braucht keine Angst vor Lungenkrebs mehr zu haben. Aber wenn es dich stört, mache ich sie aus.»

Er roch weder den Tabak noch brannte ihm der Rauch in den Augen. Ein gutes Zeichen. Total übergeschnappt war er also noch nicht. Der Revolver drückte, er nahm ihn aus der Hosentasche und schob ihn ins Jackett.

«Was willst du mit der Kanone?»

«Mallory braucht sie.»

«Was ham Sie gesagt?» fragte der Fahrer.

«Nichts.»

«Wenn's eilt, nimmst du bei diesem Verkehr besser die U-Bahn», wiederholte Amanda. Sie sah durchs Rückfenster auf die Autos, die sich hinter ihnen stauten.

«Es geht bestimmt gleich weiter.» Charles wedelte mit der Hand den Phantomrauch weg. «Ein bißchen stört es mich doch. Die Luft ist schon ganz blau ...»

Der Fahrer drehte sich um. «Zum letzten Mal, Sportsfreund: Ich rauche nicht.»

Der Qualm wurde dichter. Qualm, der nicht wirklich war und trotzdem alles Wirkliche verhüllte. Charles spürte aufsteigende Panik.

Ruhig bleiben. Ganz ruhig. Es ist ja alles nicht wirklich ...

Doch dann wandte er sich Amanda zu, die immer mehr im dichter werdenden Dunst seines Wahns verschwand.

«Hör auf ... bitte hör auf ...»

«Jetzt reicht's aber», sagte der Fahrer. «Raus mit Ihnen, Sportsfreund! Wird's bald?»

«Daß ich meine Frau betrogen habe, ist noch kein überzeugendes Mordmotiv.»

«Da bin ich anderer Meinung. Geldmotive sind immer gut. Ihr Schwiegervater hat testamentarisch verfügt, daß Sie nichts erben, wenn Ihre Frau stirbt. Ganz schön clever, der alte Herr. Und wenn Sie ihr einen Scheidungsgrund liefern, bekommen Sie keine Abfindung. Sie könnten es also gar nicht riskieren, sich erwischen zu lassen.»

«Sie können unmöglich eine Anklage auf die These stützen, daß meine Frau mir einen harmlosen kleinen

Seitensprung nicht verzeihen würde. Das Gericht würde Sie auslachen. Jeder Mensch geht mal fremd.»

Und jeder Mensch lügt.

«So wie sie Ihnen die Unterschlagungen verziehen hat, meinen Sie? Sie hat vertuscht, daß Sie Aktien verkauft haben, die Ihnen nicht gehörten, und sie hat vertuscht, daß Sie unrechtmäßigerweise einen Kredit auf die Eigentumswohnung aufgenommen haben. Wegen dieser Dinge würde Ihre Frau Sie wohl wirklich nicht vor Gericht bringen. Schon deshalb nicht, weil die Aktionäre darauf womöglich nervös reagieren könnten. Aber wenn es um Ehebruch geht, kennt sie bestimmt keinen Pardon.»

«Auch eine angedrohte Scheidung ist als Mordmotiv nicht viel wert.»

«Nein? Wenn Angel sich von Ihnen scheiden läßt, stehen Sie vor dem Nichts. Sie haben sich vertraglich sogar verpflichten müssen, das Sorgerecht für den eigenen Sohn der Familie Ihrer Frau zu übertragen, falls Angel stirbt. Der Alte hat Ihnen nicht von hier bis zur nächsten Ecke getraut.»

Kiplings Körpersprache verriet, daß er einen neuen Anlauf vorbereitete. «Meine Frau ist frigide, ich darf sie nicht mal mehr anfassen. Aber ich brauche eine Frau. Und ich habe Amanda nicht umgebracht.»

Sie hatte von Anfang an gewußt, daß die Lösung simpel und enttäuschend sein würde. Jetzt brauchte sie nur noch dafür zu sorgen, daß er vor laufenden Kameras weiterredete und sich in Widersprüche verwickelte. Harry Kipling war der typische Lügner. Er erklärte zuviel, plusterte sich zu sehr auf. Und jetzt ließ er sich endlos über Amandas tragischen Tod aus – und über seine eigene Tragödie, die ihm weit wichtiger war.

Sein Leben lang hatte er auf seine Chance gewartet, bis dann eines Tages diese reiche Erbin auf der Bildfläche erschienen war. Jetzt, da er scheinbar ein gemachter Mann war, konnte oder wollte er nicht begreifen, daß er vor einem Scherbenhaufen stand. Die Lügerei funktionierte nicht mehr, trotzdem log er unentwegt weiter.

«Die Abtreibung war Amandas Entscheidung», sagte er. «Mir kann daraus niemand einen Vorwurf machen.»

Sie wollte es deiner Frau sagen.

«Aber letztlich hat Amanda sich dann von mir überzeugen lassen.»

Durch einen Schlag auf den Kopf.

«Ich habe Amanda geliebt. Ich liebe alle Frauen.»

Du liebst sie zu Tode.

«Ihre Blutgruppe ist B positiv», fuhr Mallory dazwischen.

Harry Kiplings Gesicht erstarrte.

«Sie haben Amanda am See ermordet, sind weggelaufen und später noch mal zurückgekommen, um ihr die Hände zu zerschlagen. Sie haben Ihre Sache sehr gründlich gemacht.»

«Sie reden, als ob Sie dabeigewesen wären.»

Mallory lächelte.

Charles rannte, ja, er fiel fast die Stufen hinunter und drängte sich an den treppauf hastenden Passanten vorbei.

Vor dem Fahrkartenschalter kramte er in hektischer Eile Kleingeld für den U-Bahnchip zusammen. Der Mann hinter dem kugelsicheren Glas erledigte irgendwelchen Papierkram und machte sich dann gemächlich ans Abzählen von Dollarscheinen, ohne auf sein verzweifeltes Klopfen zu reagieren. Fauchend fuhr der Zug ein. Im allerletzten Moment bekam Charles seinen Chip und drängte sich durch die Menge.

An der Sperre warf er den Chip ein und hastete zum Zug, dessen Türen sich schon schlossen. Er schob eine Hand in den Türspalt, überredete das elektronische Auge, die Tür noch einmal aufzumachen, dann quetschte er sich zwischen die anderen Fahrgäste, die ihm seine Größe sichtlich übelnahmen.

Der Zug hatte sich schon in Bewegung gesetzt, als eine Ansage über den Lautsprecher kam. Sie hörte sich an, als ob der Mann am Mikrophon des Englischen nur unvollkommen mächtig war und beim Sprechen ein Frühstücksbrot kaute.

«Was hat er gesagt?» fragte Charles eine Frau, deren gelangweilte Miene verriet, daß sie so was nicht zum erstenmal erlebte. Sie zuckte nur die Schultern. Statt ihrer antwortete Amanda, die an seiner Seite geblieben war. Sie bestätigte seine schlimmsten Befürchtungen. «Was sie immer sagen. Wohin du auch willst, es ist sowieso die falsche Richtung.»

Als der Zug hielt, stellte sich heraus, daß der Fahrplan geändert worden war und bestimmte Stationen nicht mehr angefahren wurden. Nicht alle Fahrgäste waren so abgeklärt wie die Frau, die vorhin die Schultern gezuckt hatte. Einige hätten den Fahrdienstleiter am liebsten gelyncht. Als Charles die Treppe hochhastete und ein Straßenschild zu Gesicht bekam, wußte er, daß er meilenweit von seinem Ziel entfernt war, und setzte sich in Trab.

«Sie standen unten am Wasser, als Amanda Sie mit Ihrer Lüge konfrontierte. Einen besseren Scheidungsgrund konnte sich Ihre Frau gar nicht wünschen. Und da hat es bei Ihnen ausgesetzt. Sie haben Amanda am Arm gepackt, sie mit einem Schlag betäubt und dann getötet. Danach sind Sie weggerannt. Wie der Hund.»

«Mein Hund –»

«Sie hatten den Hund mitgenommen. Als Vorwand, um aus dem Haus zu kommen. Während Sie mit Amanda beschäftigt waren, lief er frei herum und verfing sich mit der Leine im Gebüsch. Sie holten den Hund zurück, brachten ihn nach Hause, gingen eine halbe Stunde später noch mal in den Park, schleiften Amandas Leiche ins Unterholz –»

«Aber das können Sie doch nicht –»

«... und bearbeiteten ihre Finger. Sie haben viele dumme Fehler gemacht, Harry.»

Er kam auf sie zu und entfernte sich damit von dem Messer. Gut so. Sie ging in großem Bogen um ihn herum. Der Weg zur Tür war fast frei. Er hob die Hände, die einer Frau den Hals gebrochen hatten. Wieder eine Panikreaktion, Harry? Mallory packte seine ausgestreckte Hand und stellte ihm ein Bein, so daß er schwer zu Boden ging.

Während er noch versuchte, wieder auf seine großen Füße zu kommen, versetzte sie ihm einen Tritt zwischen die Beine, rollte ihn auf den Bauch und zog ihm einen Arm nach hinten, bis er schrie.

«Halten Sie still, dann passiert Ihnen nichts», fuhr sie ihn an.

Mit der freien Hand griff sie nach der dicken Gardinenschnur und zog daran, bis Vorhang und Vorhangstange am Boden lagen.

Die wimmelnden Passanten hielten ihn immer wieder auf. Warum hatten diese Leute mit dem Umtausch ihrer Weihnachtsgeschenke nicht noch einen Tag warten können?

Charles fiel der Revolver aus der Hand, und eine alte Dame beförderte ihn mit einem achtlosen Tritt zur Seite. Hatte sie über ihrem Turm von Paketen nicht erkennen können, was es war, oder fand sie es in dieser Gegend ganz normal, wenn Handfeuerwaffen auf der Straße herumlagen? Er bückte sich und hob den Colt auf. Jetzt kam er schneller voran, die Passanten behinderten ihn nicht mehr so stark, ja, er hatte sogar den Eindruck, daß sie ihm höflich den Weg freimachten.

Es dauerte eine Weile, bis er begriff, daß dieses plötzliche Entgegenkommen möglicherweise mit der Waffe in seiner Hand in Verbindung stand.

Harry Kipling machte, zusammengeschnürt wie ein Paket, eine klägliche Figur. Er *war* eine klägliche Figur. Ein Jammerlappen, der in kindischer Angst und im Affekt zugeschlagen, danach versucht hatte, seine Spuren mit Wasser und Seife zu tilgen und die Schuld am Tod einer Frau namens Amanda von sich abzuwälzen.

Er war ein enttäuschender und unwürdiger Gegner gewesen, ein so kleines Licht, daß sich nicht einmal der Kater von ihm hatte aus der Ruhe bringen lassen. Knolle schnarchte, während Kipling vor laufender Kamera flennte. Kritisch betrachtete Mallory ihren Gefangenen und ihren Fall, der auf recht schwachen Füßen stand. Eine Attacke auf eine Kriminalbeamtin war kein Beweis für einen Mord. Da lag noch ein tüchtiges Stück Arbeit vor ihr, besonders wenn sie an den zuständigen Staatsanwalt dachte, der bei jedem Fall kniff, für den man ihm nicht einen kompletten Satz von Fingerabdrücken und einen rauchenden Revolver präsentierte.

Aber davonkommen würde Kipling nicht, das hatte sie sich geschworen. «Hören Sie auf zu flennen. Ich habe Ihnen doch gar nichts getan. Was haben Sie mit meiner Kanone gemacht?»

Er heulte weiter, aber damit war ihr schließlich nicht gedient. Sie hob den Kopf, als das Schloß an der Wohnungstür ging. Charles? Das war kaum möglich ...

In der Diele stand eine kleine Gestalt, die einen langen Schatten auf den Gang warf.

Hier kam ein würdiger Gegner. Hier kam der Tod persönlich.

Sie sah in die Augen, die den ihren so ähnlich waren. «Mörder spielen macht doch immer noch am meisten Spaß, nicht?»

«Stimmt», sagte Justin Riccalo und zielte mit Mallorys gestohlener Dienstwaffe auf ihren Kopf. «Nein, halt mal – man soll ja immer auf den breitesten Teil des Körpers zielen ...» Der Revolverlauf zeigte jetzt auf ihre Brust. Auf ihr Herz.

Mallory lächelte. Das gefiel ihm nicht.

Kiplings Schluchzen war jäh verstummt. «Mach sie alle, die Nutte», schrie er.

«Alle Weiber sind Nutten», sagte der Junge. Es klang tonlos wie eine Litanei.

«Sind sie auch», bestätigte Kipling mit der Inbrunst eines Fernsehpredigers. «Knall sie ab! Mach schon!»

«Kriegen Sie sich wieder ein», sagte Mallory zu dem Mann, der ihr höchst unfreiwillig zu Füßen lag. «Nach mir sind Sie dran, haben Sie das noch nicht begriffen?»

Kipling verschlug es die Sprache. Mit offenem Mund starrte er Mallory an. Die hörte eine Männerstimme mit Brooklyn-Akzent sagen: *Bring ihn zum Reden, Kathy ...*

«Was für einen Vogel hast du eigentlich umgebracht, um das blutige Kreuz an meine Tür zu malen, Justin?» fragte sie.

«Eine Taube», antwortete Justin eine Spur unsicher.

«Weißt du, diese Einzelheiten interessieren mich nun mal. Und wie hast du es angestellt, daß das Wasserglas in meiner Küche umgefallen ist?»

Bohr weiter, laß nicht locker. Wenn sie einmal anfangen zu reden, sind sie nicht mehr zu bremsen.

Justin lachte. «Ich hab das Glas ganz nah an die Tischkante gestellt und unter die hinteren Tischbeine Münzen geklemmt, damit der Tisch ein bißchen schief steht. Das Glas habe ich auf ein Stück Eis gestellt. Als es geschmolzen war, ist das Glas einfach runtergerutscht.»

Er sah zu ihr hoch wie ein Welpe, der Streicheleinheiten und ein dickes Lob erwartet. «Alle Achtung, Justin. Und mit der Vase lief es genauso?»

«Ja. Es muß immer was mit Wasser sein, damit die Pfütze von dem geschmolzenen Eis nicht auffällt.»

«Aber der beste Trick war doch das Messer in der Zielscheibe. Damit hast du sogar Charles reingelegt, und darauf kannst du dir was einbilden. Du hast wohl in den Federmechanismus eingegriffen.»

«Ja. Ich hab nicht schlecht gestaunt, als ich plötzlich vor dieser alten Jahrmarktsattraktion stand. Diese magischen Tricks finde ich nämlich ab und zu ganz lustig – aber das wissen Sie ja inzwischen. Die Feder war alt und rostig, das sah man sogar in der schlechten Beleuchtung da unten. Ich hab sie über die Kante von einem Zahnrad gezogen und brauchte Mr. Butler nur so lange abzulenken, bis sie gebrochen war und das falsche Messer freigab.»

«Später bist du noch mal in den Keller gegangen, hast die falsche Messerklinge wieder in der Zielscheibe verschwinden lassen und eins der echten Messer vorne reingesteckt.»

Justin nickte.

«Wie hast du das zeitlich hingekriegt?»

«Kein Problem. Er fährt praktisch nur Taxi, ich hab ihn beobachtet. Wahrscheinlich mag er die U-Bahn nicht, und Geld hat er ja genug. Ich bin mit der U-Bahn nach Soho zurückgefahren, sobald Mr. Butler im Park verschwunden war.»

Die Waffe war schwer für eine Kinderhand. Er korrigierte die Stellung, bis der Lauf wieder auf ihr Herz zeigte.

«Willst du mich gar nichts fragen, Justin?»

«Daß ich gekommen bin, hat Sie wohl nicht überrascht.»

«Nein.»

«Ab wann hatten Sie mich im Verdacht?»

«Von Anfang an. Ich spürte deutlich, daß Gewalt in der Luft lag. Du hattest ja alles gut vorbereitet. Du bist der Intelligenteste in eurer Familie, ich habe immer gewußt, daß es auf dich hinausläuft.»

Justin richtete den Revolverlauf nach unten. Auf Harry. «Sie haben einen letzten Wunsch frei», sagte er zu Mallory. «Wenn Sie wollen, bring ich ihn zuerst um.»

«Er nervt, nicht?»

«Tu's nicht!» stieß Kipling hervor. «Ich kann dir helfen.»

«Zusammengeschnürt wie Sie sind? Sie können sich ja nicht mal selber helfen», sagte Justin. «Wissen Sie überhaupt, wie albern Sie aussehen?»

«Nein, hör doch mal zu. Ich hab eine narrensichere Idee. Wenn die Cops anrücken, kriegst du von mir Rückendekkung. Sie will mich verhaften, weil ich eine Frau umgebracht habe. Eine Nutte. So, jetzt weißt du's. Damit hast du mich in der Hand, und ich kann dich nicht verpfeifen.»

«Hat er wirklich eine Frau umgebracht?» fragte Justin.

«Der Schlappschwanz? Kann ich mir nicht vorstellen. Was meinst du?»

«Dann erklären Sie dem Jungen doch mal, warum Sie mich gefesselt haben.»

Justin sah Mallory an.

«Weil ich eine unheimliche Wut auf ihn habe und ihn nicht abknallen darf.»

Sie nahm sich vor, diesen Satz später aus dem Band herauszuschneiden.

«Hast du von der unbekannten Frau gehört, die sie tot im Park gefunden haben?» stieß Kipling hervor. «Die hab *ich* kaltgemacht.»

Mallory schüttelte den Kopf. «So was nennen wir ein Geständnis unter Zwang. Es ist wertlos, und ich glaube auch nicht, daß Justin es Ihnen abnimmt. Sie sind ein notorischer Lügner, Harry. Der Junge ist clever. Ich schätze, daß es hinterher so aussehen wird, als ob er versucht hat, mich zu beschützen. Richtig, Justin?»

Er nickte. Kipling wand und wälzte sich auf dem Boden.

«Sie können überhaupt nichts machen», befand Mallory. «Sie sind erwachsen und größer als er. Mit einem Wort, Harry: Sie sind ein toter Mann. Wieder richtig, Justin?»

«Hundertprozentig.»

«Eben. Ziemlich gedimmter Typ, was?»

«Ich habe Amanda Bosch wirklich umgebracht. Weil sie eine Nutte war.» Harry tat sein Möglichstes, sich bei dem jungen Frauenhasser als Gleichgesinnter anzubiedern, und hatte damit Justin, für den alle Frauen Nutten waren, offenbar zum Nachdenken gebracht.

«Dann rücken Sie mal mit ein paar Einzelheiten raus, die nicht in der Zeitung standen», verlangte Mallory. «Mich interessieren sie beruflich, und Justin hat schon zweimal gemordet, ist also gewissermaßen ein Profi. Im Gegensatz zu Ihnen, Harry. Hat Amanda geschrien? Oder hat sie die Nerven behalten – auch wieder im Gegensatz zu Ihnen?»

«Hätte sie mir nicht gedroht, wäre es nicht passiert. Selber schuld, die Nutte.»

«Alle Frauen sind Nutten», wiederholte Justin monoton.

«Einzelheiten, Harry.»

«Ich habe sie mit einem Stein bewußtlos geschlagen und ihr dann den Hals umgedreht. Bis es knackte. Das stand nicht in der Zeitung.»

«Wie lange haben Sie gebraucht, um dem Kater das Tanzen beizubringen?»

«Vier Tage. Okay, Junge, jetzt bind mich los.»

«Nein, ich hab's mir überlegt.» Justin richtete den Revolver auf Kipling, der stocksteif wurde, und ließ den Lauf der Waffe dann wieder zu Mallory wandern. «Es wäre wohl doch logischer, erst sie zu erschießen. Mallory ist gefährlich, Sie sind nur kläglich. Sie haben die Frau nicht mal gehaßt, nicht?»

«Nein. Ihm ist einfach die Sicherung durchgebrannt», sagte Mallory. «Und dann ist er weggelaufen. Nicht dein Stil, Justin.» Ihr war, als stünde Markowitz neben ihr. *Sie reden gern, Kathy. Auch wenn du sie über ihre Rechte belehrt hast, reden sie noch.*

Der Junge lachte leise und hatte sichtlich Spaß daran, zwei Erwachsene in seiner Gewalt zu haben.

«Ich möchte annehmen, daß du deine Morde besser durchdacht hast», sagte Mallory, «aber vielleicht überschätze ich dich auch. Deine Mutter und deine Stiefmutter waren allein, als sie gestorben sind. Vielleicht machst du uns auch blauen Dunst vor.»

«Das glauben Sie ja selber nicht! Sie waren doch schon so dicht dran. Ich hab gehört, wie Sie zu Mr. Butler gesagt haben, Sie wollten meine Mutter ausgraben lassen.»

«Und was hätte sich dann herausgestellt?»

«Daß ich ihre Herzpillen gegen Vitamintabletten von derselben Größe und Farbe ausgetauscht habe.»

«Warum hast du sie umgebracht?»

«Sagen wir so: Ich lasse mir nicht gern einen Spaß entgehen.»

«Sie ist also gestorben, weil sie ihre Tabletten nicht hat einnehmen können? Du enttäuschst mich, Justin ...»

Arthur hielt gerade einem Hausbewohner die Tür auf, als der lange Kerl angerannt kam und einen Gegenstand, den er an die Brust gedrückt hatte, rasch in seiner Tasche verschwinden ließ. Jetzt konnte Arthur ihn auch erkennen. Es war der Freund von Miss Mallory. Ein Zwanzig-Dollar-Schein segelte durch die Luft, und Arthur fing ihn im Flug auf. «Keine Zeit, mich anzumelden... sowieso schon spät dran... Sie bringt mich um...», keuchte der Lange und verschwand durch die kleine Tür, die zum Treppenhaus führte.

Arthur nickte verständnisvoll und steckte den Zwanziger ein. Auch er fand, daß es nicht ratsam war, Miss Mallory zu verärgern.

«Nein, so war das nicht. Ich hab sie umgebracht.»

«Es war ein Herzinfarkt», sagte Mallory. «Ich habe den Totenschein gesehen.»

«Stimmt. Ich habe sie gewissermaßen zu Tode geängstigt. Sie war schon ziemlich schlapp, weil sie ihre Tabletten nicht mehr hatte, da ging das ganz leicht. Wenn sie die Sachen, die ich gemacht hab, anderen erzählt hätte, hätten die sie für verrückt erklärt. Sollte sie meinem Vater sagen, daß bei uns in der Wohnung Sachen durch die Luft flogen? Sie kennen ihn ja. Ziemlich ungemütlicher Typ.»

«Das war geschickt eingefädelt, aber für einen Mord doch ein bißchen zahm.»

«Zahm? Haben Sie eine Ahnung ...! Auf allen vieren ist sie hinter diesen dämlichen Pillen hergekrochen – sie wußte ja nicht, daß es die falschen waren –, von einem Zimmer zum anderen, und ich bin neben ihr hergegangen und hab das Röhrchen immer ein Stück weitergekickt. Sie hat geheult und geflucht und war total daneben vor Angst. Tierisch gut war das. Sie hätten ihr Gesicht sehen sollen, als sie starb.»

«Und deine erste Stiefmutter hast du auch umgebracht?»

«Klarer Fall. Die hat auch keinem was von den Sachen erzählt, die durch die Luft flogen. Sie hat geglaubt, sie wird verrückt. Wahrscheinlich war sie's vorher schon halb.»

«Aber sie hatte nichts mit dem Herzen.»

«Nein. Dafür war sie mal in der Psychiatrie gewesen, so einer nimmt man einen Selbstmord anstandslos ab. Eigentlich hätte vor das Fenster eine Kindersicherung gehört, das ist Vorschrift.»

«Nach dem polizeiärztlichen Befund waren beide Frauen allein, als sie starben.»

«Ja. Ich hatte eigentlich Schule, aber in der Tanner School sind sie so unheimlich progressiv, daß sie den Schülern auf Ehrenwort noch den größten Mist glauben. So richtig nachgefragt hat aber auch keiner, die sind einfach davon ausgegangen, daß ich nicht zu Hause war, und Schluß. Es waren ja auch keine irgendwie verdächtigen Todesfälle.»

Amanda schwebte wie wesenlos neben ihm die Treppe hoch. «Noch drei Stockwerke. Du hättest den Aufzug nehmen sollen, Charles.»

«Wem sagst du das...» Er hatte Seitenstiche von der ungewohnten Anstrengung, und in seinen Lungen brannte es, als hätte er Feuer geschluckt.

«Hast du dir die eine oder andere Trophäe aufgehoben, Justin? Ich frage nur aus beruflichem Interesse. Alle berühmten Serienkiller haben Andenken an ihre Morde aufbewahrt.»

«Das Röhrchen mit den vertauschten Pillen habe ich noch und die Sachen, die ich für die Tricks bei meiner ersten Stiefmutter gebraucht habe.»

«Wie hast du sie dazu gebracht, aus dem Fenster zu springen?»

«Springen ist zuviel gesagt. Ich hatte das Fenster aufgemacht. Es war ein hohes Fenster. Dann habe ich ein Messer an eine Schnur gebunden, die oben an der Decke entlanglief. An der Lichtschiene. Danach hab ich es so eingerichtet, daß sie mit dem Rücken zum Fenster stand. Wenn man ein Messer auf sich zuschweben sieht, tritt man unwillkürlich einen Schritt zurück. Ich brauchte ihr nur noch einen Schubs zu geben, aber das war der kritische Moment. Inzwischen hatte sie gemerkt, was los war, und wollte mich mitnehmen. Ganz ohne Risiko geht's eben manchmal nicht ab.»

«Aber deine zweite Stiefmutter hat deinem Vater von den Gegenständen erzählt, die bei euch zu Hause durch die Luft fliegen.»

«Ja, da hab ich wohl einen Fehler gemacht. Ich hätte Sally erst besser kennenlernen sollen. Ich wußte ja nicht, daß sie zu diesen New-Age-Typen gehört, die es mit dem Übersinnlichen haben. Aber es ist dann doch noch alles gut gegangen. Inzwischen ist sie als Hysterikerin ausgewiesen.»

«Du hast also immer noch vor, sie umzubringen.»

«Ja, natürlich. Eine Nutte weniger. Aber jetzt sind erst mal Sie dran. War schön mit Ihnen, Mallory. Ehrlich.»

Der Junge hob den Revolver.

«Halt mal! Denk an die Sicherung!»

«Ein Revolver hat keine Sicherung. Guter Versuch, Mallory. Was haben Sie sonst noch auf Lager?»

«Früher gab's mal eine Sendung, die hieß *Hinter Ihnen steht einer . . .*»

«Kenne ich. Irgendwann wiederholen die vom Fernsehen auch noch den ältesten Schrott.»

Charles Butler stand in der Diele. Er hatte Markowitz' Colt in der Hand und sah leicht zerstreut zur Seite und nach unten. Was war los mit ihm?

Laß mich nicht im Stich, Charles.

«Dann nimmst du es sicher nicht übel, wenn ich dem Typ hinter dir sage, er soll schießen?»

Charles sah sie mit großen Augen an und schüttelte langsam den Kopf.

Laß mich nicht im Stich, Charles.

Der Junge lächelte. «Das waren Ihre letzten Worte, Mallory. Die nimmt Ihnen keiner übel.» Der Revolverlauf richtete sich auf ihr Gesicht. «Schieß, Charles», rief sie.

Charles hob den Colt und drückte ab. Einmal. Noch einmal. Immer wieder. Bei jedem Klicken des leeren Colts kam er einen Schritt näher.

Der Junge hatte sich umgedreht und sah den langen Menschen mit den traurigen Augen groß an.

Mallory machte eine Bewegung, und der Kopf des Jungen ruckte wieder zu ihr herum. Einen Augenblick schwankte er noch, dann entschied er sich für die größere Gefahr und richtete die Waffe auf Charles. In diesem Moment kam der Kater unter der Couch hervor, stellte sich elegant auf die Hinterbeine und tänzelte auf den Revolver zu. Der Junge stutzte sekundenlang, Mallory machte einen Satz, die Waffe ging los, und der Aufschlag der Kugel wirbelte Knolle einmal um die eigene Achse. Blut spritzte auf den Teppich.

Kipling sackte in sich zusammen, seine Augen schlossen sich, das Kinn fiel ihm auf die Brust.

Mallory ging mit dem Jungen zu Boden. Der Revolver lag jetzt wieder in ihrer Hand.

«Saubere Arbeit!» Sie hielt Justin mit einem Bein am Boden fest und sah zu Charles hoch.

In einer Hand hielt er noch immer krampfhaft klickend den Colt, der anderen entfiel die noch ungeöffnete Schachtel mit der Munition.

«Du hast bestimmt noch nie einen Revolver geladen, Charles ...»

«Nein.»

Er war ohne Deckung und mit ungeladener Waffe auf den Jungen losgegangen, ohne auch nur eine Sekunde zu zögern. Und die Erklärung dieses erstaunlichen Verhaltens war wohl, daß keine Kugel im Colt gewesen war. Er hätte nie auf ein Kind geschossen. Zivilisten machen so was nicht. Charles war ein eher weicher, kultivierter Mensch, aber in einer für ihn typischen Mischung aus Mut und verquerem Denken hatte er sein Leben eingesetzt, um das Feuer auf sich zu ziehen und ihr den nötigen Freiraum zu schaffen.

Jetzt stürmten Riker und Martin mit gezogener Waffe herein und staunten den gefesselten Kipling und den unter Mallory festgeklemmten Justin Riccalo an.

Riker hockte sich neben Mallory, holte die Handschellen heraus und fesselte Justin die Hände auf dem Rücken.

«Wo kommt ihr denn so schnell her?» fragte Mallory mißtrauisch.

«Ich bin aufmerksam geworden, als Charles wie ein Verrückter an uns vorbeirannte.» Riker angelte einen kleinen Gegenstand aus seinem Ohr. «Der große Lauschangriff hat sich diesmal echt gelohnt. Bei meinem letzten Besuch hier hab ich nämlich eine streng verbotene Wanze eingebaut. Von dir kann man so einiges lernen.» Er griff in die Vorhangmassen, die sich auf dem Boden bauschten. «Ganz schön chaotisch, Mallory. Nicht dein Stil.»

Martin steckte die Waffe weg. «Nur der Ton war mies. Da war immer so ein komisches Brummen im Hintergrund, als wenn irgendwo ein Kleinmotor läuft. Riker wollte mir weismachen, daß es ein schnarchender Kater ist. Der denkt wohl, ich fall auf alles rein.»

Riker nickte zu Charles hinüber. «Ob du da wohl was machen könntest? Diese Klickerei geht mir auf den Keks.»

Mallory nahm Charles mit einem energischen Griff die Waffe weg und legte ihre Hand über seine noch immer krampfhaft zuckenden Finger. Er und Justin Riccalo sahen sich lange an, dann zog sich der Junge in sich selbst zurück, und es berührte sie ganz seltsam, daß er einen Flunsch zog wie ein richtiges Kind, das sich über etwas ärgert.

Martin stand vor dem gefesselten Kipling. «Ist er tot?»

«Nein. Als es knallte, ist er in Ohnmacht gefallen.»

Mallory und Riker sahen sich an. *Ich kenne doch meine Pappenheimer*, signalisierte ihr Blick. Er hob den Daumen. *Astrein!*

Martin holte seine Handschellen heraus.

Riker winkte ab. «Sicherer als Mallorys Knoten sind die auch nicht. Am besten tragen wir ihn so, wie er ist, aus dem Haus.»

Martin grinste. «Gute Idee.» Er deutete auf den blutbespritzten Teppich. «Wen hat's denn erwischt?»

Als Antwort schleppte sich ein maunzendes Etwas mühselig bis zu Mallory und färbte ihre weißen Laufschuhe rot.

«Ich war's nicht», sagte Mallory.

«Du wirst begeistert sein, Mallory!»

Betty Hyde schob die Kassette ein. Vor den Coventry Arms stand, flankiert von zwei Polizeibeamten, Richter Heart. Eine junge Reporterin hielt ihm ein Mikrophon unter die Nase und fragte, ob es stimme, daß der Staatsanwalt die Anweisung gegeben habe, die Leiche seiner Mutter exhumieren zu lassen.

Der Richter ging auf die Frau los, schlug ihr mit einer geballten Faust das Mikrophon aus der Hand und zielte mit der anderen nach dem Kameramann. Dann sah man nur noch die Füße der Polizisten, die um die Füße des Richters herumtanzten, um ihn von der Reporterin wegzuziehen. «Sie tun mir weh, Sie Arsch –»

«Warum der Richter eine Polizeieskorte hatte, können Sie mir wohl auch nicht erklären, was?» fragte Betty Hyde.

«Irgend jemand hat mir erzählt, daß ein amtsärztlicher Mitarbeiter einen Kriminalbeamten in einem Erpressungsfall belastet hat. Die Polizisten wollten wohl den Richter fragen, ob er etwas darüber weiß. Aber wohlgemerkt – ich habe nichts gesagt ...»

«Alles klar. Schönen Dank, daß Sie mir den Richter auf dem Silbertablett gereicht haben. Ich will ja nicht unverschämt sein – aber haben Sie sonst noch was Interessantes ausgegraben?»

«Nein», schwindelte Mallory und packte weiter.

«Aber ich. Eric Franz ist nicht blind.»

Mallory strich ein T-Shirt glatt, ehe sie es in ihre Leinentasche legte. «Hat er Ihnen das selbst erzählt?»

«Nein. Wir haben zwar lange miteinander geredet, aber er hat sich nur furchtbar betrunken und in Erinnerungen an Annie geschwelgt. Erstaunlicherweise hat er sie nämlich wirklich geliebt. Aber wenn er nicht blind ist, handelt es sich bei dem Unfall eindeutig um Mord, und –»

«Woher wissen Sie es dann?»

«Ich habe eben überall meine Späher ...»

Mallory legte ihre Jeans in die Leinentasche und zog den Reißverschluß zu. «Arthur? Stimmt, er hatte an dem Abend Dienst. Hat er Ihnen erzählt, daß Franz seine Frau umgebracht hat?»

«Nein, das nicht. Arthur weiß ja nicht, daß Eric sehen kann. Er hat nur gesagt, er hätte seine Frau retten können, wenn er nicht blind wäre. Aber das, was Eric mir über den Unfall erzählt hat, stimmt nicht mit Arthurs Version überein. Eric hat gelogen.»

«Wieviel haben Sie Arthur gezahlt?»

«Fünfzig Dollar.»

«Dann hat er Sie bestimmt gut bedient. Von mir hat er

nur zwanzig gekriegt.» Mallory kramte in dem Seitenfach der Leinentasche, bis sie die gesuchte Akte gefunden hatte. «Arthur hat Ihnen erzählt, er habe der Polizei die Autonummer gegeben, und die habe daraufhin eine Stunde später den Fahrer geschnappt ...»

«Ja, aber –»

Mallory hielt ein Blatt hoch. «Das ist der Unfallbericht. Die Zulassungsnummer, die er der Polizei genannt hatte, stimmte nicht. Und sie haben den Fahrer erst um sieben Uhr früh erwischt. Er stand mit seinem Schlitten vor der Werkstatt, um den Kotflügel ausbeulen zu lassen, und bis die aufmachte, schlief er im Wagen erst mal seinen Rausch aus. An dem Wagen war Blut. Eine Hilfspolizistin hat ihn entdeckt.»

«Aber Arthur hat genau beschrieben, wie –»

«Wahrscheinlich hat er Ihnen auch was von einem silbernen Jaguar erzählt. Es war ein grauer Ford, aber ein Jaguar macht sich in so einer Geschichte natürlich besser.»

«Er hat den Streit zwischen Annie und Franz beobachtet.»

«Auf der anderen Straßenseite? Unwahrscheinlich.» Sie holte ein anderes Blatt aus der Akte. «Das sind Daten aus dem Computer seines Optikers. Ohne Brille sieht Arthur bestenfalls vier Meter weit. Aber auch wenn er sehr gut sehen könnte, hätte er wahrscheinlich nichts anderes erzählt. Daß mit den Aussagen von Augenzeugen nicht viel los ist, wird Ihnen jeder Cop bestätigen. Vor Gericht kommen Sie damit so gut wie nie durch. Und Aussagen, die Sie bezahlen müssen, sind besonders übel. Als Detektivin könnte aus Ihnen nicht viel werden, Betty. Bleiben Sie lieber bei Sachen, von denen Sie etwas verstehen.»

«Sie haben mich auf die Spur von Eric Franz gesetzt, damit ich mich nicht näher mit Kipling beschäftige, stimmt's?»

«Dafür haben Sie den Richter und eine Exklusivstory über den Mord an Amanda. Zwei Treffer sind doch gar keine so schlechte Quote.»

«Dann bin ich Ihnen wohl noch was schuldig, Mallory...»

«Vielleicht mehr, als Sie glauben. Wäre der Unfug über Franz erschienen, hätten Sie einen Prozeß am Hals und müßten sich nach einem anderen Job umsehen.»

Auf der Straße sprach Eric Franz Mallory an. Er hatte die dunkle Brille abgenommen, sein Gesicht war übernächtigt und gequält.

«Wir haben wohl noch etwas miteinander auszufechten. Die Nachrichten auf dem Computer kamen von Ihnen, nicht wahr?»

«Nein, wir haben nichts mehr miteinander auszufechten», sagte Mallory. Sie holte ihre Dienstmarke heraus. «Ich bin Polizistin, aber Sie haben sich nicht strafbar gemacht.» Jedenfalls nicht so, daß man es ihm hätte beweisen können. Er war wohl nur ein bißchen verrückt. Charles hätte das besser erklären können, er war Spezialist für Schuldgefühle.

Sie hatte Betty Hyde nicht erzählt, daß der Portier in jener Nacht seine Brille aufgehabt hatte. Seine Reaktion war typisch für den normalen Augenzeugen. In dem gleißenden Licht hatte er nur soviel erkannt, daß ein Mann mit angesehen hatte, wie seine Frau überfahren wurde. Wie Cora war er Zeuge eines Mordes geworden, ohne es zu wissen.

Aber es war kein kaltblütig geplanter Mord gewesen, den man ohne weiteres vor Gericht bringen konnte, sondern ein Verbrechen aus Leidenschaft, nicht anders, als hätte er Annie mit einem anderen Mann im Bett ertappt und erschossen. In gewissen Momenten dürfte ein Mensch keine Waffe in der Hand halten. Der Wagen, der mit überhöhter Geschwindigkeit auf die Frau zugefahren war, war für Eric Franz zur Waffe geworden. Weil er seine Frau nicht gewarnt hatte, war sie jetzt tot.

Mallory sah dem falschen Blinden mit seinem Hund nach. Wie lebte es sich wohl in dieser selbstgeschaffenen Dunkelheit? Sie hatte mit dem Gedanken gespielt, ihn so weit zu treiben, daß er zusammenbrach und gestand – aber wozu? Eric Franz hatte sich sein eigenes Urteil gesprochen: lebenslänglich.

Markowitz, da war sie sich ziemlich sicher, hätte ihn laufen lassen.

EPILOG

Silvester

Jack Coffey hatte – wie landesweit Millionen von Fernsehzuschauern – auf der Mattscheibe den tätlichen Angriff von Richter Emery Heart auf eine Reporterin verfolgt. Da die Szene seit fünf Tagen in fast jeder Nachrichtensendung lief, mußte man lange suchen, um jemanden zu finden, der sie nicht gesehen hatte.

Indessen saß der Richter bei der Polizei und beim Staatsanwalt und sang.

Er bestätigte, daß Palanski ein Erpresser war, und verifizierte damit die Aussage eines Mitarbeiters von Dr. Edward Slope. Die angedrohte Exhumierung einer alten Dame hatte dem Richter die Zunge gelöst.

Nachdem man ihm ein bestimmtes Foto vorgelegt hatte, bestätigte Palanski bereitwillig, daß der Richter ein Frauenschinder war, während nebenan der junge Arzt saß, der mit ihm gemeinsame Sache gemacht hatte und sich in der Illusion wiegte, seine Immunität als Kronzeuge würde ihn vor einer Anklage wegen Steuerhinterziehung bewahren. Damit aber befand er sich leider im Irrtum. Nach Ende des Prozesses würden ihn die Herren vom Finanzamt mit offenen Armen empfangen, und auch Palanski würden sie sich kaufen, sobald er die lange Haftstrafe abgesessen hatte, die ihm jetzt schon sicher war.

So scholl denn der Chor der Singvögel aufs lieblichste. Nur der Dirigent war weit und breit nicht zu sehen. Irgendwann, sagte sich Coffey, habe ich Mallory vielleicht so weit, daß sie mir vertraut, und dann frage ich sie, wie sie das gemacht hat. Und dann wird sie mich kalt lächelnd abblitzen lassen ...

Er sah sich noch einmal das Foto an, das bei Palanski so prompt gewirkt hatte und das an sich harmlos war – die Aufnahme eines hübschen kleinen Mädchens mit langem, welligem, ratzerotem Haar vor einem Weihnachtsbaum. Der Weihnachtsbaum stand im Haus von Dr. Edward Slope, und seine Frau Doris hatte der Kleinen liebevoll einen Arm um die Schulter gelegt. Von Mallory war in Slopes kurzem, mysteriösem Begleitbrief nicht die Rede gewesen.

Coffey hielt ein brennendes Streichholz an das Foto. So hatte Slope es haben wollen. Jetzt war das Dezernat endgültig aus dem Rennen. Und Mallory war offiziell nie mitgerannt.

Wenn Riker von der Sache mit Palanski erfuhr, würde er nur denken, daß Mallory sich mal wieder nicht hatte in die Karten gucken lassen.

Aber so machten es schließlich alle. Jeder Mensch lügt.

Er und Riker würden nie darüber sprechen, daß Mallory einen Cop abgeschossen hatte. Sie hatte ihre Spur verwischt, niemand würde ihr einen direkten Kontakt mit den Beteiligten nachweisen können.

Und er brauchte nur noch seine Unterschrift unter den Papierkram zu setzen, mit dem nicht weniger als drei Mordfälle ihren Abschluß finden würden. Ein Tag zum Feiern!

Wie Malachai hatte auch Charles der Logik seiner Schöpfung treu bleiben müssen. Amanda würde nicht wiederkommen. Sie war eine Frau, die Kinder liebte.

Wie verrückt war er?

Er stellte den CD-Player an, und die Musik von der silbernen Scheibe, die Mallory ihm geschenkt hatte, klang auf und schwoll an, als käme sie geradewegs aus der Tiefe seines Bewußtseins. Als sie verklungen war, blieb er im Dämmerlicht des frühen Abends mit gesenktem Kopf an seinem Schreibtisch sitzen.

Und dann sah er aus dem Augenwinkel, wie im tiefen Schatten die Frau Gestalt annahm, lebendig wurde, auf ihn zukam und schließlich ins Licht trat.

Mallory.

Sie setzte sich auf die Schreibtischkante und wartete, bis er aufsah.

«Justin kommt in eine Klapsmühle. Eine von der feinen, teuren Sorte. Ich dachte, das interessiert dich vielleicht.»

«Glaubst du, daß es was hilft?»

«Nein. So was ist angeboren.»

«Aber er ist noch ein Kind.»

«Ein Killer.»

Ein Kind.

«Hat sich der Staatsanwalt über deinen Videofilm gefreut?»

«Und wie! Zwei Killer und drei Morde auf einer Kassette – damit hab ich dem Steuerzahler viel Geld gespart.»

In der tiefer werdenden Dunkelheit konnte er ihr Gesicht nicht mehr genau erkennen, aber er hatte den Eindruck, daß sie lächelte.

«Die Zivile Kontrollbehörde denkt jetzt womöglich, *ich* hätte auf den Kater geschossen. Bis jetzt hat es allerdings noch keinen Verweis gesetzt.»

Auch er lächelte unwillkürlich, obgleich ihm eigentlich nicht danach zumute war.

«Du hast doch das Video.»

«Die letzten Minuten sind nicht drauf.» Das war nun Mallorys Art, ihm zu sagen, daß die Szene, in der er einen kleinen Jungen unter Feuer genommen hatte, gelöscht und damit ungeschehen gemacht war. Hin und wieder überraschte sie ihn mit einem ganz erstaunlichen Maß an Takt und Zartgefühl.

«Das war verdammt mutig, Charles. Ihn mit einer ungeladenen Waffe auszutricksen, meine ich.»

Sie rutschte von der Schreibtischkante und ging hinaus. Der Kater, behindert durch seinen Verband, tapste unbeholfen hinterher. Ein Hauch von Parfüm blieb im Raum zurück, und erst nach einigen Minuten war Mallory wirklich weg.

In einer Romanze aus alter Zeit hätte eine Frau wohl gefragt: «Würdest du mir zuliebe einen Drachen töten?» Doch in einer veränderten Welt hatten die Ungeheuer viele

Gesichter und waren nicht mehr so leicht auszumachen. In dieser bizarren Romanze an der Schwelle eines neuen Jahrtausends hätte Mallory fragen können: «Würdest du mir zuliebe ein Kind töten?»

Auch Mallory hatte so etwas wie einen Ehrenkodex und würde ihn das nie fragen, aber die Frage würde unausgesprochen immer zwischen ihnen stehen. Und irgendwann würde er vielleicht Mut fassen und ihr antworten. Mit einem klaren Ja. Denn er hatte geglaubt, die Waffe sei geladen, und er hatte gezielt geschossen. Mallory zuliebe.